LUCY DILLON

Tanz mit mir!

Buch

Wenn es im Leben an Zauber fehlt, kann Tanzen wahre Wunder bewirken …
Davon ist Angelica, die ihr ganzes Leben dem Tanzen gewidmet hat, fest überzeugt und entschließt sich, nach dem Ende ihrer Karriere als Profitänzerin noch einmal voll durchzustarten und eine Tanzschule zu gründen. Wie sich bald herausstellt, scheint ihre Lebensphilosophie auch für andere zu gelten. Ihre ersten Schüler sind drei sehr unterschiedliche Paare:
Lauren und Chris stecken mitten in ihren Hochzeitsvorbereitungen. Um auch den Hochzeitswalzer angemessen zu meistern, muss allerdings noch hart gearbeitet werden. Laurens Eltern Bridget und Frank haben zwar ihren Hochzeitstanz schon vor langer Zeit absolviert, sind aber mit den Jahren ein bisschen aus der Übung gekommen. Und dann wären da noch die permanent überarbeitete Stadtplanerin Katie und ihr Mann Ross, der als Hausmann tagsüber die Kinder hütet. Die beiden stecken in einer Beziehungskrise und hoffen, dass ein gemeinsames Hobby sie einander wieder näherbringt.
Im Laufe des Tanzkurses werden beim Foxtrott neue Freundschaften gebildet, beim Walzer tiefe Blicke ausgetauscht und beim Tango neue Leidenschaften geweckt – und auch für Angelica selbst soll sich ihre Lebensphilosophie noch einmal bewahrheiten …

Autorin

Lucy Dillon kommt aus Cumbria, einer Grafschaft im Nordwesten Englands, hält sich aber in letzter Zeit immer häufiger in London auf, wo es einfach die besseren Tanzpartys gibt. Sie hat schon in der Grundschule das Tanzen gelernt und wird seitdem jeden Tag ein bisschen besser. Ihr großer Traum ist es, einmal wie Ginger Rogers Foxtrott zu tanzen. Leider wird sich dieser Wunsch nicht erfüllen, da Lucy Dillon es einfach nicht lassen kann, die Führung zu übernehmen.

Lucy Dillon

Tanz mit mir!

Roman

Aus dem Englischen
von Sina Baumanns

GOLDMANN

Die Originalausgabe erschien 2008
unter dem Titel »The Ballroom Class«
bei Hodder & Stoughton, London.

FSC
Mix
Produktgruppe aus vorbildlich
bewirtschafteten Wäldern und
anderen kontrollierten Herkünften

Zert.-Nr. SGS-COC-1940
www.fsc.org
© 1996 Forest Stewardship Council

Verlagsgruppe Random House FSC-DEU-0100
Das FSC-zertifizierte Papier *München Super*
für dieses Buch liefert Arctic Paper Mochenwangen GmbH.

1. Auflage
Deutsche Erstveröffentlichung Juni 2009

Umschlaggestaltung: UNO Werbeagentur, München
Umschlagillustration: FinePic/Carolin Liepins, München
Redaktion: Werner Wahls
KA · Herstellung: Str.
Satz: deutsch-türkischer fotosatz, Berlin
Druck und Bindung: GGP Media GmbH, Pößneck
Printed in Germany
ISBN: 978-3-442-46896-6

www.goldmann-verlag.de

Für meine Mutter;
sie hat die wundervollen Beine einer Tänzerin,
die ich gerne von ihr geerbt hätte.

Angelica Andrews, die die British Open Ballroom Dancing 1974, 76, 77 und 78 sowie die British Ten-Dance Championships 1977 gewonnen und als Finalistin an den European Ballroom Dancing Championships so oft teilgenommen hatte, dass sie die Male kaum noch zählen konnte, brauchte sich nicht um rostige Schlüssel oder Schlösser zu kümmern.

Selbst ohne die perlenbesetzten Turnierkleider und den schwarzen Eyeliner gehörte Angelica nicht zu der Sorte Frau, die sich die Türen selbst öffnen muss. Für gewöhnlich nahm ihr ein Mann diese Aufgabe ab, der sich schier überschlug, damit sie ungehindert hindurchrauschen konnte. Heute allerdings war weit und breit kein Mann in Sicht. Außerdem öffnete der Schlüssel, mit dem sie im Schloss herumstocherte, nicht nur eine simple Tür, von der die Farbe abblätterte, sondern vielmehr die Tür zu ihrer Kindheit – bevor sie tanzen konnte, bevor sie schön war, ja bevor sie überhaupt »Angelica« war.

Dies war ganz gewiss kein Augenblick, in dem ihr eine Begleitung angenehm gewesen wäre. Daher biss sie die Zähne in einsamer, aber majestätischer Erhabenheit zusammen und rüttelte am verrosteten Türschloss der Longhampton Memorial Hall.

»Verdammt!«, fauchte sie, als ihr dabei ein dunkelrot lackierter Nagel einriss. Mrs. Highams Aussage zufolge, die gut und gerne dem ersten Kuratorium der Memorial Hall von 1921 angehört haben könnte, musste man für das Schloss »ein wenig Geschick« haben. Wie dieses »Geschick« aussehen sollte, hatte sie aber leider nicht näher beschrieben. Mrs. Higham hatte ihr den Schlüssel mit argwöhnischer Miene überreicht, obwohl Angelica nicht nur über die Erlaubnis verfügte, am folgenden Abend einen Tanzkurs zu leiten, sondern sich auch noch sehr lebhaft daran erinnern konnte, wie Mrs. Higham vor fünfzig Jahren immer ihre segelohrige Tochter Vanessa vom Tanzunterricht abgeholt hatte. Schon damals hatte sie stets den Eindruck erweckt, außergewöhnlich argwöhnisch zu sein.

»Du bist also zurück, Angela«, hatte sie mit einer erbitterten Genugtuung festgestellt, als Angelica unterschrieben hatte. Es klang, als hätte sie dreißig Jahre lang darauf gewartet, sie mit diesen Worten zu begrüßen.

Angelica hatte sich vergewissert, dass sie mit »Angelica Andrews« und nicht »Angela Clarke« unterzeichnet hatte. Sie war zwar zurückgekehrt, aber sie war nicht mehr die gleiche Person wie früher.

In einem letzten Anlauf, der einen feinen Staubschleier auf ihrer edlen Wolljacke zurückließ, schaffte sie es endlich, die schwere Eingangstür aufzustoßen, und betrat den gefliesten Vorraum. Hier hatte sich nichts verändert. Seit sie wieder nach Longhampton gezogen war, hatte sie ein paar Mal die freitäglichen Tanzabende besucht, doch da war die Halle mit Menschen gefüllt gewesen; mit modernen Menschen, die das Gebäude fest an die Gegenwart knüpften. Jetzt jedoch war sie allein hier und hatte das Gefühl, sich auf eine Zeitreise in die Vergangenheit zu begeben – in ihre Vergangenheit, die im Inneren des Tanzsaals ungeduldig mit den Fingern trommelte und sie mit einigen Erinnerungen in sprödem Schwarz-Weiß, anderen wiederum im knalligen Farbglanz der Achtzigerjahre erwartete.

Angelica schloss die Augen und atmete den Geruch ein, der

sie mit einem Schlag in die Fünfziger- und Sechzigerjahre zurückversetzte: Bohnerwachs und Holzvertäfelung, Schmutz und Staub von der Straße, die sich im Laufe von Dekaden festgetreten hatten. Wenn man das Licht herunterdimmte und einen Langsamen Walzer auflegte, hatte Angelica in der Memorial Hall schon immer das Gefühl gehabt, in eine andere Zeit versetzt zu werden.

Genau wie jetzt, dachte sie und lauschte dem sachten Scheppern der uralten Rohrleitungen. Fast spürte sie die weiten Satinröcke im Dunkeln vorbeirauschen, und in jedem Knarren der hölzernen Dachbalken schwang ein »Darf ich bitten?« mit, das als Echo aus den düsteren Dreißigerjahren widerhallte.

Angelica öffnete wieder die Augen und ließ den Blick über die Eichenholztafeln wandern, die an die Bewohner Longhamptons erinnerten, die im Krieg gefallen waren, über die geschwungenen Schmuckschnitzereien und Knäufe sowie über den Fries aus gemalten Moriskentänzern und Tänzerinnen in festlichen Gazekleidern, die mittlerweile verblasst waren wie alte getrocknete Blüten. Das Fensterglas in den Türen, die den Vorraum mit dem Haupttanzsaal verbanden, war von Spinnweben überzogen. Obwohl der Saal immer noch genutzt wurde, schien er ohne die Musik, mit den übereinandergestapelten Stühlen und den Hinweisen zu den Brandschutzbedingungen in einen tiefen Dornröschenschlaf gefallen zu sein. In ihrer Erinnerung hörte Angelica schmetternde Hörner, die flotten Streicher einer Tanzkapelle und den widerhallenden Shuffle-Rhythmus der Snares, gespielt mit einem Jazz-Besen.

Es war fast wie ein Déjà-vu-Erlebnis, und ein unheimliches Gefühl beschlich sie – ihre Vergangenheit wurde wieder lebendig, nachdem sie viele Jahre lang so getan hatte, als hätte es sie nie gegeben.

Musik besaß die Kraft, Erinnerungen wachzurufen. Angelica hatte stets den Eindruck gehabt, den Geist der Vergangenheit zu spüren, wenn sie zu Musik tanzte, die Jahre vor ihrer Geburt aufgenommen worden war. Wenn man sich zu dieser Musik bewegte, teilte man den freudigen Schauer mit allen zaghaften Männern und erwartungsvollen Frauen, die genau das Gleiche, am selben Ort, an den gleichen lauen Sommerabenden oder kühlen Herbsttagen wie heute erlebt hatten. Die Welt mochte sich immer weiter um ihre Achse drehen, doch die Schritte und Kombinationen, das Führen und Folgen, blieben gleich.

Angelica ließ sich auf der Bank nieder, auf der sie schon als Sechsjährige gesessen und eifrig ihre roten Ballettschuhe angezogen hatte. Sie kramte aus ihrer Tasche die roten abgenutzten, aber butterweichen Schnürschuhe mit der Ledersohle hervor, die sie zum Unterrichten trug. Selbst jetzt noch wollte sie den Schwingboden nicht mit ihren Straßenschuhen betreten.

Wenn sie sich schon auf den Weg in die Vergangenheit machte, dann wenigstens in den richtigen Schuhen.

Als sie mit den Füßen in die Tanzschuhe schlüpfte, fiel ihr Blick auf die Verbindungstüren. Sie spürte die Gänsehaut auf ihren gebräunten Armen. Wenn sie die Türen gleich aufstoßen würde, würden dann die Geister der Vergangenheit dort tanzen und sie missbilligend empfangen?

Mrs. Trellys zum Beispiel, die erste Ballettlehrerin, mit ihrem Gehstock und der alten Geschichte, wie sie *beinahe* zum Kirow-Ballett nach Russland gegangen wäre, und ihren scharfen Worten über kleine Mädchen mit rrrrrrrrunden Schultern.

Oder der süße, aber schwerfällige Bernard, ihr erster richtiger Tanzpartner. Mit zurückgegelten Haaren und leuchtend roten Ohren wartete er im Frack seines Vaters ein wenig unbeholfen darauf, dass sie vielleicht doch noch ihre Meinung ändern würde.

Womöglich aber auch ihre Eltern, die nun im großen Tanzsaal des Himmels wieder miteinander vereint waren, wo nur klassische Walzer gespielt wurden und wo die Hochsteckfrisur ihrer Mutter bis zum letzten Tanz hielt.

Angelica schluckte und wurde starr.

Ob Tony wohl auch dort sein würde? Mit seinen verführerischen Latinoaugen und den Hosen, die für einen Tanzwettbewerb viel zu eng saßen? Der ihr seine Hand entgegenhielt und sie auf eine sehr altmodische Art und Weise zum Tanz aufforderte, die jedem anderen zwar überaus galant erschien, für sie aber unerträglich aufregend und quälend anmutete?

Sie schloss die Augen und ließ sich von einer Welle aus Sehnsucht, Bedauern und immer noch schmerzlicher Enttäuschung fortreißen. Sie hatte diese Gefühle jahrelang von sich ferngehalten, so, wie sie ihr Leben lang alle starken Gefühle unter ihrem professionellen Lächeln einer Tänzerin verborgen hatte. Doch nun, da sie nach Longhampton zurückgekehrt war, waren diese Gefühle mit der ganzen verstörenden Macht eines Todesfalles zurückgekehrt.

Gott allein wusste, wo Tony war. Doch in ihrer Phantasie würde er immer fünfunddreißig Jahre alt und sein Haar so rabenschwarz wie seine polierten Schuhe bleiben, und sie beide wären immer kurz davor, entweder sich zu streiten oder unter wilden Küssen ins Bett zu fallen.

Angelica schob die Erinnerungen beiseite und erhob sich von der Bank. Sie holte tief Luft und stieß die massiven Holztüren auf, in die ab Hüfthöhe etwa sechzehn kleine Fensterscheiben eingearbeitet waren, durch die man schon beim Anziehen der Schuhe einen Blick auf die Tänzer erhaschen konnte, während der eigene Puls in die Höhe schoss und die Füße darauf brannten, sich dem Tanz anzuschließen. Das Glas reichte aus, um sehen zu können, ob der eigene Mann mit einer anderen Dame tanzte oder ob sich die Tanzfläche leerte für ein Pärchen, das mit neuen Schritten prahlen wollte.

Angelicas Schritte hallten über den wunderbaren Holzboden. Der Schwingboden aus Ahorn – wie in den feinsten und besten Tanzsälen, in denen sie getanzt hatte – war ein Juwel der Vollkommenheit, das man in einer solchen Stadt wirklich nicht erwartet hätte. Angelica legte den Kopf in den Nacken, betrachtete die Dachbalken und die kunstvollen Friese an der Wand, deren Farbe an manchen Stellen verblasst und hier und da abgeblättert war, die aber immer noch prachtvoll anzusehen waren. Alles war immer noch so magisch wie in ihrer Erinnerung, sogar mehr noch, da dieser Eindruck die lange Zeit überdauert hatte. Als sie noch ein kleines Mädchen gewesen war, hatte ihre Mutter, ihr Zuhause in der Sydney Street war gleich um die Ecke, oft davon erzählt, wie die Memorial Hall einem herrlichen Pilz gleich hinter Longhamptons glanzloser High Street aus dem Boden geschossen war. Obwohl es Angelica damals schwergefallen war, die Beschreibungen ihrer Mutter mit dem Beton, über den sie ging, in Einklang zu bringen, so hatte sie damals doch inständig an den früheren Glanz und die Pracht glauben wollen.

Schon lange vor der Jahrhundertwende kam man den Angaben ihrer Mutter Pauline zufolge freitagabends zum Tanzen nach Longhampton, dieser alten Marktstadt, Zentrum des gesellschaftlichen Lebens für die Bauernhöfe und Dörfchen der Umgebung. Longhampton verfügte über eine Markthalle, die auch für Tanzveranstaltungen genutzt wurde, sowie über eine eigene Musikkappelle. Als jedoch die Mehrheit der männlichen Bevölkerung Longhamptons während des Ersten Weltkrieges an die Front musste, fanden keine Bälle mehr statt. Nach Ende des schrecklichen Gemetzels hatten die Einwohner Longhamptons, die dank ihrer Mostmühlen damals recht gut situiert waren, ihr ganzes Geld zusammengetragen, um statt eines bedrückenden, düsteren Ehrenmals für die Toten eine Memorial Hall zu bauen, da die

Ehemänner und Söhne der Stadt in glücklicheren Tagen stets gern getanzt hatten. So wurde die baufällige, alte Markthalle abgerissen und an der gleichen Stelle die herrliche Memorial Hall errichtet mit ihren schmiedeeisernen Heizkörpern und ihren bunten Glasfenstern, die ein vielfarbiges Lichtermeer auf den polierten, glänzenden Boden warfen. Der Schwingboden war von Lady Eliza Cartwright gestiftet worden, für die Angelicas Großtante Martha gekocht hatte. Lady Elizas Ehemann, Sir Cedric, war ein begeisterter Anhänger des Reels gewesen, eines schottischen Volkstanzes, und hatte bei Weihnachtsfeiern sogar mit den Bediensteten getanzt. Doch er war während des Ersten Weltkrieges am ersten Tag seines Einsatzes in Ypern gefallen, und Lady Eliza, nun Witwe mit drei kleinen Töchtern, hatte über Nacht schlohweiße Haare bekommen, wie Martha immer nach ein oder zwei Sherrys traurig erzählte hatte. Lady Eliza verkaufte seine von Hand gefertigten Jagdgewehre, überreichte den Gewinn der Stiftung und setzte sich für das Freiwilligenkomitee der Witwen ein, deren Leitung sie schließlich übernahm und die sich mit vollen Terminkalendern über ihre Trauer hinwegtrösteten. Lady Cartwright war eine der Tänzerinnen, die auf dem bunten Glasbild gleich neben der Tür abgebildet war. Ihr blondes Haar wehte, während sie sich als Mutter der drei Musen mit der kleinen Clementine, Ada und Felicity um sich drehte. Auch achtzig Jahre später war sie immer noch hier und hielt die blassen Arme im Tanz fest um ihre Töchter geschlungen.

Angelica trat vor, um sich das Bild der Cartwrights anzusehen. Genau so hatte sie sie in Erinnerung gehabt, obwohl die Farben im Laufe der Zeit ein wenig verblasst waren. Angelica hatte Adas rechten Fuß als Orientierung beim Einüben der Pirouetten genutzt. Sie hatte sich darauf konzentriert, sich gedreht und dann den Fuß mit den Augen wieder gesucht, um die Balance nicht zu verlieren. Auf eine Art und Weise hatte sie immer das Gefühl gehabt, dass Ada am Unterricht teilnahm, obwohl »das arme Mädchen« während der Grippeepidemie 1919 im St. Mary's Hospital gestorben war, als die Fensterbilder noch als Skizze am Zeichenbrett des Zeichners hingen.

Während der Zwanziger- und frühen Dreißigerjahre hatten die Witwen in der neuen Memorial Hall mit ihren Töchtern tanzen müssen. Eine ganze Weile lang hatte sich der Céilidh, ein irischer Volkstanz, großer Beliebtheit erfreut. Bei diesem Tanz fiel es nicht so schwer, die Rolle des Mannes zu übernehmen, da er eher einer atemlosen körperlichen Leibesübung ähnelte als einem romantischen Tanz. Als jedoch die Söhne so groß geworden waren, dass sie mittanzen konnten, nahm man die Tradition der Ballnächte wieder auf. Es wurde sogar extra aus Europa eine Spiegelkugel importiert, die über Foxtrotts und rasanten Quickstepps funkelte – insbesondere, als während des nächsten Krieges die feschen GIs im Stützpunkt am anderen Ende der Straße stationiert wurden.

Gegen Ende der Fünfzigerjahre – Angelica konnte sich noch selbst daran erinnern, vor allem an das schiere Entsetzen ihres Vaters – erklang drei Mal pro Woche Rock'n'Roll in der Memorial Hall und lieferte sich einen erbitterten Kampf mit den eingefleischten Balltänzern um ein alternatives Angebot für den Freitagabend.

Longhamptons Leidenschaft für einen schwungvollen Rhythmus war tief verwurzelt und hielt lange an. Selbst als der Punk in London grassierte, zog es immer noch Paare in ihren besten C&A-Klamotten in die Memorial Hall, um dort am Freitagabend das Tanzbein zu Walzer und Foxtrott zu schwingen. Modetrends brauchten lange, bis sie das Zentrum des Nichts erreichten, und abgesehen davon gab es außerdem kaum etwas anderes zu tun. Angelica hatte Longhampton zu diesem Zeitpunkt bereits verlassen, doch ihre Mutter berichtete ihr in ihren Briefen von dem Erfolg, den die örtliche Tanzformation hatte, und darüber, dass sich der Gruppentanz allmählich wieder größerer Beliebtheit erfreute. All dies schien ihr damals wie aus einem anderen Leben zu stammen. Sie war in der Zwischenzeit ein Star des professionellen Turniertanzes geworden; sie trat auf den glänzenden Parketts der Welt auf, unter der rot-goldenen Pracht des berühmten Tower Ballrooms in Blackpool, England, in der Lounge von Kreuzfahrtschiffen, auf Nachtclubbühnen, glitzernd und funkelnd wie ein farbenfroher, herausgeputzter Pfau, der sich in etwas anderes verwandelte, sobald die Musik anhob.

Wenn Angelica in jenen Tagen nach ihrer Herkunft gefragt wurde, behauptete sie für gewöhnlich, aus London zu stammen. Und in gewisser Hinsicht *stimmte* es auch tatsächlich, denn dort wurde sie Angelica und ließ die Vergangenheit der kleinstädtischen Angela zurück wie ein altes Kleid, das man nicht mehr anzog. Wer interessierte sich schon für Longhampton? *Sie* ganz gewiss nicht.

Nun war Angelica jedoch zurückgekehrt, und sie war sich nicht sicher, ob sie die Vergangenheit noch einmal so einfach abschütteln konnte. Als sie eines Abends das Lokalblatt im stillen, einsamen Haus ihrer Mutter überflog, sah sie, dass es hier an zwei oder drei Freitagen im Monat einen Tanzabend gab. Sie nahm an, dass der Promi-Tanzwettbewerb »Strictly Come Dancing« im Fernsehen nicht ganz unschuldig daran war. Natürlich hatte sie einen dieser Tanzabende besucht – wie hätte sie der Versuchung widerstehen können? – und war erstaunt gewesen über das Niveau, selbst gemessen an ihren hohen Anforderungen. Natürlich entsprach es in keiner Weise dem Standard eines Tanzturniers, doch es bewegte sich auf einem Amateurlevel, bei dem man sich gleichzeitig nett unterhalten und tanzen konnte, ohne dabei ramponierte Zehen zu riskieren. Allerdings waren ausschließlich ältere Semester zugegen, kaum Jugendliche.

Du gehörst nun auch schon zum älteren Semester, erinnerte sich Angelica. Bald bekommst auch du ein Seniorenticket für den Bus.

Angelica konnte sich diesen Scherz erlauben, da ihr Aussehen keinesfalls ihrem Alter entsprach – bei Weitem nicht.

Aus eigener Erfahrung wusste sie, dass man sich immer weiter verbessern wollte, wenn man einmal mit dem Tanzen begonnen hatte. Daher gab sie eine Anzeige in der Zeitung auf und warb für ihre eigenen Tanzkurse, Standard und Lateinamerikanisch. Sie wollte in jenem Saal unterrichten, in dem sie selbst als Dreikäsehoch inmitten der pausbäckigen, pummeligen Mädchen Longhamptons Stepptanz und das Plié, die Ausgangsform des Balletttanzes, gelernt hatte. So stand sie nun in der Memorial Hall. Am nächsten Tag sollte die erste Unterrichtsstunde stattfinden.

Angelica nahm sich einen Besen, fegte den Staub vom Holzboden und musste lächeln, als sie an die hinreißende, junge Angelica mit ihrem zurückgegelten Haar und den falschen angeklebten Wimpern à la Dusty Springfield dachte. Damals hätte sie es grauenhaft gefunden, ausgerechnet hierher zurückzukehren und blutigen Anfängern einen Tanzkurs anzubieten, wo sie doch ihr Leben genießen und von den Unterhaltszahlungen ihres Exmannes in Islington leben konnte. Sie hätte es sich im Leben nicht vorstellen können, Leute zu unterrichten, die nicht einmal wussten, dass sie fast zwanzig Jahre lang die eine Hälfte eines der besten Profi-Tanzpaare Großbritanniens gewesen war. Leute, die sich weder an die damalige Tanzturnier-Sendung »Come Dancing« auf BBC erinnern konnten noch an den tosenden Applaus im Ballroom Tower bei ihren regelmäßigen Auftritten dort, wenn sie und Tony wie zwei Schwalben über das Parkett segelten.

Angelica zuckte mit den Schultern und fegte weiter, während sie unbewusst im Gleichschritt immer wieder einen

Schritt zurückging, die rot beschuhten Füße gleichmäßig überkreuzte und sich dabei bemühte, nicht der Versuchung zu erliegen, sich in Erinnerungen an Tony zu ergehen.

Vor einem Glasgemälde, das eine etwas ältere, korpulente Dame zeigte, die weniger ansehnlich war als Lady Cartwright, verharrte sie kurz. Die arme Mrs. Dollis Fairley hatte schon immer eher so ausgesehen, als sei sie eher in einen dicken Verband eingehüllt als in ein griechisches Gewand. Im Stepptanzunterricht hatte man sich stets über sie lustig gemacht und sie nur als die »Mummy« bezeichnet. Angelica war überrascht, dass sie nun angesichts der Trauer, die von dieser Frau ausging, einen Anflug von Mitleid verspürte.

Angelica bot den Tanzkurs aus demselben Grund an, aus dem sie auch in die Sydney Street zurückgekehrt war. Nachdem Mum nun auf dem trostlosen Friedhof am Rande der Stadt neben Dad beerdigt worden war, hatte es eigentlich keinen Grund gegeben, ihre Rückkehr nach London noch hinauszuzögern. Nun gut, das Reihenhaus ihrer Mutter musste ausgeräumt werden, doch damit hätte sie auch jemanden beauftragen können. Nein, sie hatte plötzlich gespürt, dass sich ein Teil ihrer Vergangenheit – und damit auch ein Teil ihres Wesens – in Longhampton befand, mit dem sie niemals wirklich abgeschlossen hatte und dem sie nun nicht mehr länger entfliehen konnte.

Außerdem unterrichtete sie gerne, insbesondere, seitdem sie das Alter ein wenig milder und nachsichtiger hatte werden lassen. Es fiel ihr schwer, mit vollkommen unfähigen Schülern zurechtzukommen, und sie würde auch keine Schüler dulden, die nicht zuhörten oder nicht übten oder die blauäugig waren und es allein auf den Glamour des Tanzes abgesehen hatten. Doch sie freute sich schon jetzt auf den Moment, in dem es in den Köpfen ihrer Schüler Klick machen, sich alles zu einem Tanz zusammenfügen und ein Paar bemerken würde, dass es völlig in der Musik aufgehen und sich zusammen bewegen konnte, ohne dabei ständig über Schritte nachdenken zu müssen.

Musik war und blieb letztlich Musik – hier übte sie den gleichen Zauber aus wie im Tanzsaal des Ritz. Der Augenblick, wenn sich plötzlich die Füße wie von selbst zu bewegen schienen und sich der Tanz, die Musik und der Moment zusammenfügten und einen vorwärts über das Parkett trieben wie das Segel eines Bootes, das vom Wind aufgebläht wurde – das war einfach wunderbar anzuschauen. Es war fast lohnender, Anfängern dabei zuzuschauen, wie sie sich unter ihrer Anleitung verwandelten und verbesserten, als die bissigen, wetteifernden professionellen Tanzpaare zu unterrichten, wie sie es in den letzten Jahren in London getan hatte.

Wenn sie sich dazu hatte aufraffen können. In letzter Zeit war es ihr immer schwerer gefallen.

Angelica lehnte den Besen an den alten Heizkörper. Auch das war etwas, was die alte Angelica niemals für möglich gehalten hätte – dass sie vielleicht eines Tages die Lust am Tanzen verlieren könnte und dass der Grund ein anderer war als ihr schmerzender Nacken. Vielmehr gab sie ihrem Herzen die Schuld, das anscheinend allen Elan verloren hatte, und nicht etwa den steifen Knien. Und Angelica hasste es, etwas nicht mit ganzem Herzen zu tun. Sie seufzte und ermahnte sich, dass es nur eines gab, das noch schlimmer war als eine bewegte Vergangenheit, nämlich, überhaupt keine Vergangenheit zu haben.

Sie schloss die Augen, summte die ersten Takte von »Let's Face the Music and Dance« und tanzte einen rasanten Quickstepp durch den Saal, bei dem ihre Füße sich rasch, aber dennoch sicher und graziös bewegten und ihre Arme scheinbar schwerelos balancierten – der eine ruhte auf einer unsichtbaren Schulter, der andere ragte in die Höhe, während sich ihr Kopf anmutig zuerst nach links beugte, bevor er sich wie eine Feder im Wind nach rechts wiegte, während Angelica innehielt.

Und obwohl sie den Tanz in ihrer Phantasie mit Bernard begonnen hatte, war wie immer in der zweiten Strophe Tony hinzugekommen und hatte übernommen, woraufhin ihre Schritte gleich viel geschmeidiger geworden waren.

1

Siebzehn: Als ich wieder arbeiten gegangen bin, haben wir uns darauf geeinigt, dass Ross die Kinder gebadet und ihnen die Schlafanzüge angezogen haben soll, wenn ich abends nach Hause komme, damit wir sie gemeinsam ins Bett bringen können. Aber neun von zehn Malen laufen sie um diese Zeit noch munter herum, was meiner Meinung nach total unfair ist, weil ich mich dann wieder darum kümmern muss und als die gemeine, herumbrüllende Mutter abgestempelt werde, bevor ich überhaupt meinen Mantel ausgezogen habe. Achtzehn: Er putzt nie das Bad. Ich weiß, es mag vielleicht kleinlich klingen, aber es bedeutet schlichtweg, dass ich immer erst aufräumen und saubermachen darf, bevor ich es betreten kann. Und abends bin ich dafür einfach zu müde und erledigt. Neunzehn: Er gibt mir das Gefühl, seine Mutter zu sein. Vielleicht auch seine Schwester, aber ganz bestimmt nicht seine Ehefrau.«

Stille.

Katie schaute von ihrem Notizbuch auf. Vielleicht war der letzte Punkt ein wenig übertrieben. »Aber seine Beine sehen recht ordentlich aus für jemanden, der nicht ins Fitnessstudio geht«, gestand sie.

Ross und der Paartherapeut saßen auf ihren Stühlen und reagierten nicht. Katie verspürte einen unwillkommenen Anflug von Enttäuschung und Frustration; dieses Gefühl bekam sie immer, wenn ihr Team im Büro nicht auf dem Laufenden war. Sie hasste sich dafür, aber andererseits: Was sollte sie hier, wenn sie sich nicht mehr über Ross' chronische Passivität aufregen durfte?

Bevor sie ihre Zunge hüten konnte, platzte es aus ihr heraus. »Hören Sie, wir sind doch hier, um alles auszudiskutieren, oder?«, blaffte sie den Eheberater an. »Sie haben uns doch aufgetragen, eine Liste aufzustellen mit allen Dingen, die bei uns nicht funktionieren!«

»Eine *Liste*«, murmelte Ross. »Und keinen verdammten *Roman!*«

Peter, der Eheberater, rührte sich. »Nun ja, es ist gut, einmal alles offen zur Sprache zu bringen. Lassen Sie uns nun aber zu Ihrer Liste mit den positiven Dingen kommen, die Sie in Ihrer Ehe glücklich machen.«

Katie blätterte die Seite um und schluckte. »Erstens: Ross ist ein toller Vater. Zweitens: Wir haben ein schönes Haus. Drittens …« Sie hielt das Notizbuch höher, damit Ross nicht sehen konnte, dass sie nur drei Punkte für diese Auflistung gefunden hatte. Ross hatte sie bei dem Punkt, er sei ein toller Vater – was sie fairerweise wirklich zugeben musste –, mit großen Augen angestarrt und hätte sie am liebsten umgebracht, wenn Blicke töten könnten. Manchmal wünschte sie fast, er möge es doch endlich tun. Alles war besser als diese langweilige Vorhersehbarkeit, die ihre Ehe so langsam zu einer Art Bruder-Schwester-Beziehung geraten ließ.

Katie Parkinson wusste nicht mehr, welche Eigenschaften ihrer Ehe sie noch glücklich machten. Sie hatte hart gearbeitet, um alles zu erreichen, was sie für ein glückliches Leben zu brauchen glaubte – einen anständigen, treuen, gut aussehenden Mann, ein großes Haus mit Garage, einen Job, für den sie von dem besagten hübschen Haus aus nicht weit fahren musste, zwei wunderbare Kinder – und alle schienen glücklich zu sein, mit Ausnahme von ihr selbst. Sie hatte all ihre Hoffnungen auf den Therapeuten gesetzt, dass er herausfinden würde, was nicht stimmte, und das Problem dann beheben könnte (oder bestätigte, dass es nicht mehr wiedergutzumachen war), doch bis dato hatte er höchstens verdrießlich genickt, während sie beide verlegen auf ihren Stühlen herumgerutscht waren.

Ross schaute zu ihr herüber. »Das ist alles?«

»Drittens«, fuhr sie fort, »wir haben zwei wundervolle Kinder. Sie machen mich glücklich.«

Ross nickte zustimmend und wollte es damit, wie immer, allen recht machen.

Er erinnert mich an einen Cockerspaniel, dachte Katie und wünschte sich, er würde sie, wie früher, noch an einen echten Kerl erinnern. Ein schokoladenbrauner Cockerspaniel mit Schlappohren, treu-doofem Hundeblick und großen Füßen.

»Ja, die haben wir«, erklärte Ross dem Therapeuten. »Jack ist gerade zwei geworden, und Hannah ist vier. Die beiden sind wirklich zauberhaft. Aufgeweckt, lieb und fröhlich.«

»Womit er mal wieder andeuten will, dass mir das nicht auffällt, da ich eine Vollzeitstelle habe, doch mir *ist* es aufgefallen.« Katie konnte der Versuchung einfach nicht widerstehen. Jetzt hör schon auf, dich wie eine dumme *Kuh* zu benehmen! »Ähm, viertens«, improvisierte sie geschwind, um ihr Verhalten wiedergutzumachen, »Ross hat sich wirklich viel Mühe mit dem Garten gegeben. Wir wollen uns vielleicht einen Wintergarten anschaffen, wenn ich dieses Jahr befördert werden sollte. Diese unmenschlich langen Arbeitstage im Stadtplanungsamt haben durchaus auch einen Vorteil, Ross – ich weiß, wie man einen Antrag für eine Baugenehmigung stellt!«

Ihre Bemerkung – eigentlich als Witz gemeint – klang bissiger, als Katie beabsichtigt hatte.

Ross und Peter lächelten nicht. Katie ließ sich auf den harten Plastikstuhl zurückfallen.

Es gibt keine Probleme, nur Lösungen, ermahnte sich

Katie. Bei der Arbeit war dies ihr Motto. Zum ersten Mal seit vielen Jahren fragte sie sich, ob dieser Spruch womöglich nicht ganz der Wahrheit entsprach.

»Ross?«, hakte Peter nach und wandte sich mit freundlicher Miene Katies Ehemann zu. »Warum lesen Sie uns nicht Ihre Liste vor? Lassen Sie uns ruhig dieses Mal mit den positiven Aspekten beginnen.«

Ross warf Katie einen bösen Blick zu und holte ein Blatt Papier hervor. »Okay. Wir haben das Beste aus unserer Situation gemacht – als die Kinder zu Welt kamen, haben wir nachgerechnet und herausgefunden, dass die Kinderbetreuung mehr kosten würde, als ich damals verdiente.« Er sah zu Peter hinüber. »Ich bin Grafikdesigner. Ich war freiberuflich tätig und bin eigentlich ganz gut zurechtgekommen, aber na ja, Sie wissen ja, wie viel Kindertagesstätten heutzutage kosten. Katies Stelle hatte weitaus bessere Zukunftsaussichten, und sie verdient doppelt so viel wie ich …«

Wenn du dir nur die Mühe gemacht hättest, dich um Aufträge zu *kümmern* …, dachte Katie und schaffte es dieses Mal, ihre Gedanken für sich zu behalten.

»… deswegen schien es sinnvoll zu sein, dass ich zu Hause blieb. Ich denke, eine Ehe muss schon ziemlich belastbar sein, damit sie einen solchen Rollentausch aushält, aber es funktioniert. Jedenfalls was mich betrifft«, fuhr Ross fort und zuckte gekränkt die Schultern. »Und die Kinder scheinen auch glücklich zu sein.«

»Nein, Ross, es funktioniert eben *nicht*! Warum sind wir sonst hier?«, protestierte Katie. Typisch Ross, den Kopf mal wieder in den Sand zu stecken! »Vielleicht ist es für die Kinder okay, aber nicht für *uns beide*! Du kannst nicht einfach ignorieren, dass wir beide uns nur noch darüber unterhalten, wer die Kinder zur Schule bringt oder welche Rechnungen beglichen werden müssen! Und außerdem …«

Katie hielt plötzlich inne. Vielleicht sollten sie ihr nicht mehr vorhandenes Liebesleben für die nächste Sitzung aufsparen.

»Bist du jetzt fertig?« Ross schien verärgert zu sein.

»Ja.«

»Sprechen Sie ruhig weiter, Ross«, ermunterte ihn Peter, als sei er solche Zankereien gewöhnt. »Es ist gut, wenn diese Dinge alle einmal thematisiert werden.«

Katie fragte sich, wie Peter das alles hier nur ertragen konnte und wie er es schaffte, immer wieder einen positiven Aspekt zu entdecken.

»Zweitens: Ich schätze mich glücklich, mit solch einer intelligenten, erfolgreichen Frau verheiratet zu sein. Ich bin sehr stolz auf Katie und das, was sie alles erreicht hat. Ich weiß, dass es nur sehr wenige weibliche Städteplanerinnen gibt – und sie macht ihre Sache wirklich gut. Ihr Job ermöglicht uns eine hohe Lebensqualität, und das weiß ich sehr zu schätzen.«

Ross hörte sich so gefasst und vernünftig an! Katie platzte innerlich fast vor Wut. Peter bekam ein völlig falsches Bild von ihrem Zusammenleben, doch je mehr sie protestierte, desto härter und kühler würde sie wirken. Und sie *hasste* nichts mehr, als in der Öffentlichkeit schmutzige Wäsche zu waschen.

»Drittens: Wir hatten oft viel Spaß zusammen, und ich weiß, dass es auch immer noch so sein könnte, wenn wir uns ein wenig mehr Mühe geben würden. Viertens: Hannah und Jack sind gesund und glücklich, und es ist schön für sie, dass sie einen von uns beiden bei sich zu Hause haben.« Ross schaute von seinem Zettel auf. »Katie, sie wollen dich noch einmal sehen, bevor sie ins Bett gehen, aber deine Überstunden sind einfach schwer abzuschätzen. Wie soll ich für einen geregelten Tagesablauf sorgen und ihnen versichern, dass sie regelmäßig von Mummy ins Bett gebracht werden, wenn sich dein Feierabend von Tag zu Tag ändert?«

»Aha, *das* ist also der Grund, warum wir zu Hause keine

geregelten Abläufe haben?«, sprudelte es aus Katie hervor. Ross wusste genau, welche Knöpfe er drücken musste, um in ihr Schuldgefühle zu wecken. »Es ist also meine Schuld, dass ich eine arbeitende Mutter bin!«

Ross starrte sie an, während sich sein Mund in eine harte, dünne Linie verwandelte. »Sie haben einen geregelten Tagesablauf. *Meinen* Tagesablauf. Es ist aber nun einmal Tatsache, dass *dein* Leben über keine Regelmäßigkeit verfügt.«

»Wenn du aber so stolz auf das bist, was ich beruflich erreicht habe, warum begreifst du dann nicht, wie schwer es für mich ist, pünktlich um sieben von der Arbeit nach Hause zu kommen? Insbesondere in einem Amt wie dem unseren, wo eine ganze Horde von Idioten nur darauf wartet, mir schlampiges Arbeiten vorzuwerfen?«

»Konzentrieren Sie sich bitte auf die Liste«, ermahnte Peter sie.

Dabei war sie gar nicht scharf darauf, Überstunden zu schieben. Wenn sie erst einmal das Büro verlassen hatte, kam ihr selbst eine zehnminütige Verkehrsstörung vor, als würde sie um ihre kostbare Zeit mit Jack und Hannah betrogen.

Doch Ross fuhr fort und traf ihren wundesten Punkt.

»Fünftens: Wir haben genügend Geld, und ich würde mir wünschen, dass Katie damit aufhört, einer Beförderung nach der anderen hinterherzujagen, und sich stattdessen etwas mehr Zeit nimmt, um das zu genießen, was wir haben.«

»Das ist prinzipiell richtig, aber du bist schließlich nicht derjenige, der sich jeden Monat die Kreditkartenabrechnung anschaut!«, unterbrach sie ihn, weil sie nicht wollte, dass Peter einen falschen Eindruck bekam. »Wir haben *nicht* genug Geld! Du bist bei allem so schrecklich kurzsichtig! Wenn wir wollen, dass die Kinder später auf die Uni gehen sollen, müssen wir schon jetzt mit dem Sparen beginnen! Außerdem weißt du nur allzu gut, dass ich nicht einfach eine Beförderung *ablehnen* kann! So einfach ist das alles nicht!«

»Ach, ist es *nicht*?«, schoss Ross zurück. »Man könnte fast annehmen, du hättest keine Lust, abends nach Hause zu kommen!«

»Vielleicht habe ich tatsächlich keine Lust, wenn es zu Hause aussieht wie in einem Schweinestall und die Kinder wild herumlaufen!«, blaffte Katie zurück.

»Sie spielen! Sie sind Kinder!«

»Könnten wir auf Ihre Liste zurückkommen, Ross?«

»Sechstens: Katie hat den schönsten Mund, den ich je bei einer Frau gesehen habe.« Ross ließ den Zettel auf den Schoß sinken. »Zumindest hatte sie ihn. Bevor sie mich damit nur noch ununterbrochen angeschrien hat.«

Mehr wegen ihres schlechten Gewissens denn aus Leidenschaft wollte Katie erwidern, dass Ross wunderschöne Augen habe oder vielmehr hatte, bevor er den lieben Tag lang nur noch aussah wie ein begossener Pudel, doch sie schloss ihren hübschen Mund wieder, schwieg und starrte ihn stattdessen finster an.

»Nun ja, da haben wir ja allerhand positive Aspekte«, fasste Peter beruhigend zusammen. »Ich denke, dass es äußerst hilfreich für Sie beide ist, sich gegenseitig zuzuhören, anstatt sich bei einem Konflikt immer nur im Kreis zu drehen, wie viele andere Pärchen es tun.«

Katie nickte. Genauso lief es mittlerweile ab, wenn Ross und sie sich in die Haare bekamen: Wütend drehten sie sich unaufhörlich im Kreis, wie zwei Züge auf Gleisen, deren Wege sich nicht kreuzten und die kein Ziel erreichten.

»Gut«, nickte Peter. »Sollen wir …?«

Ross winkte mit seiner Liste. »Wollen Sie meine Negativliste gar nicht hören?«

»Hmmm.« Nervös ließ Peter den Blick zwischen ihnen beiden wandern. »Glauben Sie, das wäre hilfreich?«

Ross hielt seine Liste hoch. Darauf war nur ein einziger Punkt in seiner ausgedehnten Designerschrift zu erkennen.

Die Schrift, die Katie einmal so entzückend kreativ gefunden hatte.

Wie lautete noch einmal diese dumme Plattitüde? Heute top, morgen flop?

»Wir haben einfach aufgehört, es miteinander zu versuchen. Katie hat für sich beschlossen, dass es zu Ende ist, und wenn sie etwas entscheidet, dann ist das so.«

»Du bist kindisch«, protestierte Katie, die immer noch von Gewissensbissen geplagt wurde. »Immerhin bin ich hier, oder etwa nicht?«

»Aber nur, weil du versuchst, unsere Beziehung überprüfen zu lassen! Ich weiß genau, was du vorhast, Katie. Du willst, dass jemand anderer uns bewertet, genauso, wie du irgendein ... marodes Gebäude bewerten würdest!« Ross sah zugleich wütend als auch mitleiderregend aus. »Du willst, dass jemand anderer dir sagt, ob wir unsere Ehe begraben sollen! So läuft das aber nicht!«

»Ach, nicht? Du willst doch gar nicht zuhören, wenn ich Vorschläge mache, wie es besser laufen könnte ...!«

»Aber nur, weil du mir immer das Gefühl gibst, du seist die Einzige, die in der Lage ist, über mein Leben zu entscheiden, und dennoch bist du nicht bereit, es einfach mal zu versuchen, die –«

»Ruhe jetzt, alle beide!«, brüllte Peter und sah sie verzweifelt an. »Entschuldigung, tut mir leid. Wie wäre es, wenn wir uns alle jetzt wieder etwas beruhigen würden?«

Katie schüttelte frustriert den Kopf. Ihr Haar schaukelte und legte sich danach wieder zu dem honigblonden Bobschnitt, der pünktlich alle sechs Wochen geschnitten wurde – aber nur, weil sich der Friseursalon direkt neben dem Stadtratsgebäude befand. Konnte Ross denn nicht sehen, wie sehr sie sich bemühte? Einmal ganz davon abgesehen, wie schwer es gewesen war, im Büro früher Schluss zu machen, hatte es sie eine Menge Energie gekostet, einen Babysitter zu finden.

Dabei war sie sich nicht einmal sicher, ob sie Gemma Roberts die Kinder mehr als zwei Stunden lang anvertrauen konnte.

Peter rieb sich den Bart. Er war der Typ Therapeut mit Bart und Kuschelpulli, freundlichen Augen, Bierplauze und einem warmen Lächeln, das die Preisgabe von peinlichen Familiengeschichten ein wenig erleichterte. »Als Beobachter fällt mir auf, Katie, dass sich die Ihrer Meinung nach einzigen positiven Aspekte in Ihrer Ehe allein auf Ihr Haus beziehen. Finden Sie das fair? Dass es Ihr *Haus* ist, das Sie glücklich macht?«

Sie holte tief Luft. Es war wohl am besten, ehrlich zu sein und die Streitereien am Morgen und das eisige Schweigen nachts zu erwähnen. Vielleicht war Peter tatsächlich in der Lage, auf der Stelle zu entscheiden, dass es für alle das Beste sei, den Schaden zu begrenzen und sich zu trennen. Das würde ihnen allen eine Menge Zeit und Tränen ersparen. Vielleicht sollte man die Ehe einfach begraben, wie Ross schon sagte, um ein schmerzhaftes Auseinandergehen zu vermeiden.

Doch sobald Katie sich auch nur vorstellte, wie Ross auszog, wie ihre Familie auseinanderbrach, ihre Träume von einem perfekten Leben wie Seifenblasen zerplatzten und sich die letzten sieben gemeinsamen Jahre als *Zeitverschwendung* herausstellen würden, wurde ihr das Herz bleischwer.

»Ja«, antwortete sie bissig. »Mein *Haus* macht mich glücklich. Ich habe das Gefühl, dass ich alle Rechnungen bezahle, für Disziplin sorge und so viele Stunden arbeite und doch keinerlei Spaß habe …«

Peter ging schnell dazwischen. »Und was denken *Sie* über Ihr Haus, Ross?«

»Es ist unser Zuhause«, antwortete er. »Dort ziehen wir unsere Kinder groß.«

»Sie sind also ein häuslicherer Typ als Katie?«

»Nein«, mischte sich Katie ein. »Nein, nein, nein! So ist es nun auch wieder nicht! Ich bin schon gerne zu Hause – ich habe nur einfach kaum noch die Gelegenheit dazu!«

Peter spielte mit seiner Brille. Katie hatte schon längst bemerkt, dass er jedes Mal an etwas herumspielte, bevor er ganz beiläufig eine niederschmetternde Bemerkung fallen ließ. Katie machte sich innerlich auf das Schlimmste gefasst.

Ich mag die Person nicht, die ich geworden bin, dachte sie plötzlich. Ross ebenfalls nicht. Aber hatte ich eine Wahl? Einer von uns musste arbeiten gehen, um Geld zu verdienen – und hätten wir von Ross' Einkommen leben müssen, hätten wir niemals …

Sie schob den Gedanken an diese Vorstellung beiseite. Ross' Einkommen wäre nicht nur zu gering gewesen; hinzu kam außerdem noch, dass seine Antriebslosigkeit von Tag zu Tag abstoßender wurde und er immer mehr aus den Augen zu verlieren schien, wie viel Kinder heute kosteten. Er übernahm den lustigen, spielerischen Teil, während ihr der brüllende, ermüdende Teil der Elternrolle zufiel. All dies machte sie zu einer Person, die sie so nicht kannte.

»Eine Ehe lässt sich nicht an einer Skala von eins bis zehn bemessen«, erklärte Peter sanft. »Ich bin nicht hier, um Ihnen Punkte dafür zu verleihen, wer hier der bessere Ehepartner ist.«

»Was haben Sie *dann* vor?«, fragte Katie. Sie fühlte sich ertappt, ein Gefühl, das sie in letzter Zeit öfters hatte, ganz gleich, was sie tat.

Peter lächelte. »Ich werde Ihnen dabei helfen, Ihre Probleme auszudiskutieren, Sie zum Zuhören ermuntern. Das wird Ihnen hoffentlich dabei helfen, Ihre Probleme zu lösen.«

»Und wie lange wird das ungefähr dauern?«

Er zuckte mit den Schultern. »So lange, wie es eben dauert. Das ist nicht mal eben auf die Schnelle zu erreichen. Normalerweise werden sechs Sitzungen empfohlen, um einiges genauer unter die Lupe zu nehmen, aber vielleicht dauert es auch länger. Wenn Sie eine Sitzung pro Woche zeitlich nicht schaffen, können wir uns auch gerne alle vierzehn Tage treffen. Doch den schwersten Schritt haben Sie schon hinter sich gebracht, indem Sie hergekommen sind. Was meinen Sie?«

Katie spürte, wie sich ihr Magen vor Frust zusammenzog. »Aber nach ein paar Sitzungen wissen Sie doch sicherlich, was wir *tun* sollen, oder?«

»Katie, es steht mir nicht zu, über irgendetwas zu entscheiden. Es ist allein *Ihre* Ehe. Aber ...« Wieder spielte er an seiner Brille herum. »In erster Linie sollen Sie hier lernen, einander wieder zuzuhören und ehrlich über Ihre Gefühle zu sprechen. Das ist nichts Ungewöhnliches – ich habe schon viele Paare hier gehabt, die einfach aufgehört haben, sich füreinander Zeit zu nehmen. Und wenn Sie beide den Wunsch hegen, gute Eltern zu sein, und das scheint ja offensichtlich der Fall zu sein, dann kann es nur hilfreich sein, außerhalb des Familienlebens Zeit in Ihre Beziehung zu investieren. Sie müssen ein wenig Zeit allein miteinander verbringen.«

»Keine Chance«, schnaubte Ross. »Da müsste ich ihr schon das Mittagessen zur Arbeit bringen.«

Peter überging seine gereizte Stichelei mit einer Gelassenheit, um die ihn Katie sehr beneidete. »Haben Sie jemals ein Hobby miteinander geteilt? Haben Sie vielleicht eine Sportart zusammen ausgeübt?«

Katie und Ross warfen einander einen Blick zu – zum ersten Mal, seit sie sich hingesetzt hatten. Ihr fiel auf, wie müde er aussah. Bisher hatte sie Ross immer allen als »jungenhaft« beschrieben: kastanienbraunes, naturgelocktes Haar, große braune Augen mit langen Wimpern, und eine spitze Nase, die er sich immer unbewusst mit der linken Hand rieb, wenn er nervös wurde. Ross besaß eine drahtige Figur und eine olivfarbene Haut, die sich unerwartet zart anfühlte. Voller Bewunderung hatte sich Katie früher immer vorgestellt, dass er, falls er mit dreiunddreißig Jahren diese Vorzüge immer noch besaß, wohl bis zu seinem Lebensende so aussehen würde.

Jetzt war er sechsunddreißig Jahre alt und sah längst nicht mehr so jungenhaft aus; vielmehr wirkte er ein wenig zerzaust. Offensichtlich hatte er am Morgen keine Zeit mehr gehabt, um sich zu rasieren, und die Fältchen um seinen Mund herum hatten sich während der angespannten Gespräche über ihre Ehe immer mehr vertieft. Ross war, wie sie nun wusste, ein Spezialist darin, Dinge zu bestreiten oder sie einfach zu ignorieren. Anscheinend zog er es vor, nichts zu sagen und zu hoffen, dass sie schon von selbst auf das Problem kommen würde.

Dies entsprach so gar nicht Katies Art. Katie nannte die Dinge lieber beim Namen und diskutierte gern alles. Doch ihr fiel mittlerweile immer öfter auf, dass sie ihre Fragen einfach hinunterschluckte, weil sie wusste, dass sie niemals bis in den Sumpf seiner verschwiegenen Gefühle vordringen würde. Stattdessen versuchte sie, die ausgefahrenen Gleise zu verlassen. Dies war der Grund, warum sie hier waren.

»Bevor Hannah zur Welt kam, haben wir gelegentlich ein wenig Badminton gespielt«, erklärte Ross. »Wir haben damit jedoch aufgehört, als Katie schwanger wurde, und …« In seinen Mundwinkeln zeigte sich der Anflug eines Lächelns. »Wir waren damals ziemlich gut, oder?«

»Du hast mich immer gewinnen lassen«, erinnerte ihn Katie.

Das Lächeln erlosch. »Aber nur so lange, bis du schließlich besser wurdest als ich.« Ross schaute Peter an. »Katie ist überaus ehrgeizig. Sie muss immer gewinnen.«

»Sehr gut«, erwiderte Peter schnell. »Ich würde Ihnen empfehlen, gemeinsam etwas Neues auszuprobieren. Etwas, was keiner von Ihnen bislang gemacht hat, und sie sollten dafür mindestens eine Stunde pro Woche erübrigen, wenn möglich, mehr. Nutzen Sie diese Zeit, um etwas zusammen zu tun, sich gegenseitig zu helfen und den Alltagsstress einmal hinter sich zu lassen, okay?«

»Okay«, wiederholte Katie zögernd.

»Sehr gut! Beim nächsten Mal möchte ich, dass Sie beide mir – jeder für sich – erzählen, wie Sie sich kennengelernt haben und was Sie am Anfang aneinander so anziehend fanden.«

Was soll das bringen, dachte Katie skeptisch, als sie aufstanden und sich verabschiedeten. Wir sind einfach nicht mehr dieselben wie damals.

Es schien fast eine halbe Ewigkeit her zu sein, doch in Wirklichkeit waren es gerade einmal sieben Jahre, dass sich Katie Rogers und Ross Parkinson in einem überfüllten Pub in Manchester kennengelernt hatten. Sie hatte gerade ihre erste Stelle als Stadtplanerin angetreten und lebte in einer winzigen Wohnung in Castlefield. Ross arbeitete in einem Designstudio in der Nähe des Pubs. Ihre erste Unterhaltung, eigentlich völlig nichtssagend und unverbindlich, war Katie vorgekommen, als hätte sie jemanden getroffen, den sie schon als Kind gekannt hatte. Obwohl sie beide auf den ersten Blick recht unterschiedlich zu sein schienen, gab es doch in ihrem Inneren so viele Verbindungen, die sie wie Magneten zusammenhalten ließen – Gemeinsamkeiten im Hinblick auf Geschmack und Aussehen, weniger hinsichtlich der Logik. Ross duftete wie ein kleiner Junge, trug die richtige Designerbrille, hatte die Angewohnheit, sich den Pony – damals noch lang und fransig – aus dem Gesicht zu streichen, was Katie an einen längst vergessenen Jugendschwarm erinnerte. Zudem besaß er einen Sinn für Humor, der Katies Herz jedes Mal höher schlagen ließ, wenn er seine Augenbraue hob und zaghaft einen Witz machte, von dem er dachte, dass nur er und Katie ihn verstehen würden. Darüber hinaus war zwischen ihnen jedoch noch etwas anderes gewesen, etwas Besonderes, was ihr plötzlich das Gefühl gab, dass sie beide in dem jeweils anderen das passende Gegenstück gefunden hatten, mit dem sie vollendet wurden. Etwas, was selbst die rational denkende, analytische Katie nicht genau erklären konnte.

Dem ersten Abend im Pub folgten weitere. Sie trafen sich jedoch nie in Restaurants, die sie mit befreundeten Arbeitskollegen frequentierte, sondern besuchten Konzerte und verschwitzte Indie-Clubs oder spazierten gemütlich am Kanal entlang. Jener Sommer in Manchester war lang und heiß gewesen, und jede Erinnerung daran ging mit einem Prickeln einher: wie sie bis zum Morgengrauen geredet hatten und mit dem Heulen der Sirenen die stickige, nach Curry duftende Luft herübergeweht wurde, oder das wohlige Brennen von zu warmen Decken auf nackter Haut, während sie im Dunkeln der Musik lauschten, ihre Arme und Beine umeinandergeschlungen, das gemeinsame Schweigen genießend. Eigentlich war Ross gar nicht ihr Typ gewesen, doch völlig ohne Grund oder Erklärung hatte sie sich verliebt, was die Richtigkeit des Ganzen jedoch nur zu bestätigen schien.

Damals hatte Ross ihre Karriere noch nicht als Ärgernis betrachtet. Obwohl Katie den aus Modeklamotten und Starbucks bestehenden Lebensstil der Städter vielleicht geteilt haben mochte, war sie jedoch kein typischer Stadtmensch. Im Gegenteil – sie war auf dem Land in der Nähe von Tewkesbury, Gloucestershire, aufgewachsen. Ehrgeizig, wie sie war, hatte sie an einem Graduiertenprogramm teilgenommen, weshalb sie auch nach ihrem Studium noch in Manchester geblieben war. Nachdem Katie ihre Zulassung bekommen hatte, waren ihre Eltern nach Spanien ausgewandert, sodass es für Katie plötzlich keinen Grund mehr gab, nach Tewkesbury zurückzukehren.

Sie hatte schon immer im Bereich der Städteplanung arbeiten wollen, doch es war für sie alles andere als leicht gewesen; sie hatte schon nach kurzer Zeit gemerkt, dass sie doppelt so hart arbeiten musste wie ihre männlichen Kollegen, um voranzukommen. Nachdem Ross und sie bereits über ein halbes Jahr miteinander ausgegangen waren, hatte man ihr überraschend eine Stelle mit besserer Bezahlung und mehr Verantwortung angeboten – jedoch auf dem Land, nicht weit von dem Ort entfernt, an dem sie aufgewachsen war, in einem mittelgroßen Marktstädtchen namens Longhampton.

Katie befand sich in einer Zwickmühle. Sie hatte sich niemals wirklich an Manchester gewöhnt, und das geschäftige, hektische Treiben dort hatte ihr immer irgendwie das Gefühl verliehen, ein Landei zu sein, ganz gleich, wie schick und gestylt sie sich kleidete. Sie hatte es ertragen, um beruflich voranzukommen – was ihre Eltern ihr immerzu eingeschärft hatten –, doch im Grunde wäre es für sie kein Problem gewesen, Manchester zu verlassen, nicht nur wegen eines so guten Stellenangebots. Was jedoch Ross betraf, der viele Aufträge von Medienunternehmen erhielt, so würde es schwierig werden, ihn dazu zu bewegen, mit ihr ans Ende der Welt zu ziehen. Katie war klar gewesen, dass sie damit sehr viel von ihm verlangte.

Dennoch hatte sich Ross schnell entschieden.

»Nimm das Angebot an«, hatte er gesagt, bevor sie ihm überhaupt alles erklärt hatte.

»Aber was ist mit … uns?« Sie waren an dem heiklen Punkt angelangt, statt vier Nächte pro Woche miteinander zu verbringen, nun ganz zusammenzuziehen. »Du hast so viele Kunden aus der Medienbranche, du musst in Manchester bleiben!«

»Hast du schon mal etwas vom Internet gehört? Außerdem werde ich auch andere Kunden bekommen«, hatte er erklärt und seine Hände um ihr Gesicht gelegt. »Katie oder Job? Katie oder Job? Hmmm. Katie.« Und dann hatte er sie geküsst.

Plötzlich entwickelte sich ihre Beziehung genauso schnell wie Katies Karriere. Innerhalb von eineinhalb Jahren waren sie verheiratet, und dann war auch schon Hannah unterwegs. Für Ross schien es nur logisch zu sein, ein Jahr lang zu Hause zu bleiben, da Katie sich keine Auszeit erlauben konnte. Und dann wurde sie mit Jack schwanger, und obwohl sie es hasste, Hannah zurückzulassen, schien alles gut zu klappen … Also warum eigentlich nicht? Ross blieb zu Hause, und sie arbeitete.

Alles war so schleichend passiert, wie ein Foto, das im grellen Tageslicht langsam verblasste, und nach und nach hatten die Arbeit, die Babys, das Haus und die Rechnungen alle Erinnerungen an die stickig-schwülen Nächte in Manchester verdrängt. Sie gaben einander flüchtige Küsschen, anstatt sich leidenschaftlich zu küssen, fielen jeden Abend erschöpft ins Bett und scherzten darüber, wie unattraktiv sie sich fühlten, und es war leichter, sich wegen der Unordnung im Haus übereinander zu ärgern, als einen Babysitter für einen gemeinsamen Abend zu finden, für den letztlich keiner von ihnen genügend Energie aufbringen konnte. Das schöne, dynamische Pärchen aus Manchester verwandelte sich in die Eltern von Hannah und Jack. Ross und Katie wurden zu zwei dauermüden Menschen, die einander zwar liebten, aber genauso gern am Abend früh schlafen gingen.

Eines Morgens quälte sich Katie wie gewohnt zur Arbeit, steuerte einen Zehner bei für das gemeinschaftliche Hochzeitsgeschenk für einen Kollegen, ging dann zur Toilette, um ihr Make-up für die Mittagspause aufzufrischen, und konnte plötzlich nicht mehr aufhören zu weinen. Auf ihren Schultern schien eine unsichtbare Last zu ruhen, weil so viele Dinge nicht mehr mit dem Leben übereinzustimmen schienen, das auf dem Papier so vorbildlich und erstrebenswert ausgesehen hatte.

Nun war sie hier. Und hatte nur noch fünf Sitzungen vor sich, um das Problem zu lösen oder einen Schlussstrich unter diese Ehe zu ziehen.

Als sie die Therapiestunde verließen, saß schon ein anderes Paar auf den orangefarbenen Stühlen vor Peters Beratungszimmer und wartete schweigend, mit verbitterter Miene und verschränkten Armen. Katie und Ross gingen den schäbigen Korridor des Gemeindezentrums hinunter, ohne das Pärchen anzusehen. Nur ihre Schritte durchbrachen das Schweigen zwischen ihnen.

Es hatte geschmerzt, dachte sie, Ross einige der Dinge sagen zu hören, die er ihr offensichtlich ohne die Anwesenheit einer anderen Person niemals hätte eingestehen können. Dass er das Gefühl hatte, sie würde sich keine Mühe mehr geben. Wie selbstverständlich er sich vorkam. Sie hatte angenommen, ihre Gefühle gut vor ihm verborgen zu haben, doch obwohl er eben nie etwas gesagt hatte, hatte sie dennoch den tiefen Schmerz in seinem Blick bemerkt. Niemand konnte so sehr leiden wie Ross. Wenn sie ehrlich war, war dies genau der Grund, warum sie ihm während der Sitzung nicht in die Augen hatte schauen können. Sie fragte sich, ob Peter, dem so gut wie nichts entging, es bemerkt hatte.

Katie blieb stehen und beobachtete, wie Ross den Korridor hinunterging und dabei die Schultern niedergeschlagen hängen ließ. Er war groß und gut aussehend, und sein Haar war noch immer so dicht und voll wie damals, als sie ihn kennengelernt hatte. Was also war es, was sie so sehr vermisste?

Aus Angst, die Antwort laut auszusprechen, ließ sie den Gedanken daran nur selten zu. Die Antwort war sexistisch, selbstsüchtig und einfach nur unfair. Doch es stimmte: Ross hatte seine Männlichkeit verloren, all das, was sie an ihm anziehend gefunden hatte – eine unerwartete Bemerkung, das Gefühl der Geborgenheit. Und alles war einzig und allein ihre Schuld.

Ich fand ihn so toll, dachte Katie, als ob sie sich plötzlich an etwas erinnern würde, was ihr jemand einmal gesagt hatte. Mir stockte jedes Mal der Atem, wenn er sich nachts das T-

Shirt auszog und ich einen Blick erhaschte auf den schmalen Haarstreifen auf seinem Bauch, der in seine Jeans hineinlief. Jetzt aber habe ich immer nur das Gefühl, dass mich zwei Kleinkinder und ein schmollender Teenager zu Hause erwarten. Ich fühle mich ungefähr so sexy wie meine Mutter, dabei sollte ich mich den Magazinen und Zeitschriften zufolge eigentlich in der besten Zeit meines Lebens befinden.

Ross war vor der Informationstafel stehen geblieben und studierte die Angebote. Katie bemerkte, dass seine Jeans mit Plakatfarbe besprenkelt war und gar nicht mehr designermäßig aussah. Sie erinnerte Katie allein daran, dass er die Wäsche nie ordentlich sortierte.

»Wie wäre es hiermit?«, fragte er und deutete auf eine handgeschriebene Anzeige.

»Womit?«, erwiderte sie und fühlte sich nicht einmal in der Lage, genügend Interesse zu heucheln.

»Singen.« Er ließ ein tapferes, künstliches Lächeln aufblitzen, wie er es auch Hannah gegenüber aufsetzen würde. »Tritt in den Chor ein. Keine Karaoke-Erfahrungen benötigt.«

»Singen? Ernsthaft? Nein, danke.«

»Töpfern vielleicht?«

Katie verzog das Gesicht.

»Musst du so negativ sein?«, beschwerte sich Ross. »Die *Hauptsache* ist ja wohl, dass wir etwas ausprobieren, das keiner von uns schon mal gemacht hat.«

»Tut mir leid.« Katie gab sich einen Ruck. »Wie wäre es mit einem …« Ihr Blick wanderte über das Durcheinander aus Kinder-Gymnastikkursen und Treffen der Anonymen Alkoholiker. »… Tanzkurs? Er beginnt morgen.«

Ross betrachtete die Anzeige genauer. Im Gegensatz zu den anderen Werbezetteln war dieser hier ordentlich und mit einem Computer gestaltet worden; an den Ecken funkelte silberner Glitzer. Die grellen Lichtröhren verliehen der Anzeige einen hübschen, fast animierten Anblick. »Tanzkurs. Uhh.«

»Du müsstest allerdings auf den Tanzlehrer hören, anstatt dich einfach treiben zu lassen, sodass ich dir dann hinterher wieder alles erklären muss«, fügte sie gereizt hinzu, bevor sie die Bemerkung hinunterschlucken konnte.

Ross vergrub das Gesicht in seiner großen, bleichen Hand. »Mein Gott, Katie, warum versuchst du eigentlich andauernd, mit Gewalt einen Streit vom Zaun zu brechen?« Er ließ die Hand sinken und sah Katie mit ernstem Blick an. »Hör zu. Ich weiß, dass die Therapie deiner Meinung nach eine reine Zeitverschwendung ist, aber mir ist es wirklich ernst damit. Wir machen gerade eine harte Zeit durch, aber wir müssen es einfach versuchen! Allein schon der Kinder wegen. Lass uns an dem Tanzkurs teilnehmen! Aber denk dran: Nur unter der Voraussetzung«, fügte er hinzu und hob die Augenbrauen, »dass wir ausschließlich Tänze lernen, bei denen ich keine engen Satinhosen oder diese schicken Netz-Shirts tragen muss wie im Fernsehen. Auf diesen Anblick ist die Welt noch nicht vorbereitet.«

»Satinhosen und Netz-Shirt – für dich oder für mich?«, fragte sie regungslos.

»Für uns beide.« Er hielt inne. »Obwohl ich ja, wie du weißt, schon immer etwas für Olivia Newton-John aus *Grease* übrighatte. Wenn du also unbedingt darauf bestehst, diese engen Satinhosen zu tragen …«

Der Versuch war ein wenig lahm, doch Katie wusste die Mühe zu schätzen, die er sich gab. Sie wünschte sich nur, dass Ross' Versuche nicht so plump und offensichtlich waren.

»Okay«, sagte sie und kapitulierte. »Dann also der Tanzkurs.«

»Toll. Das wird schon nicht allzu schlimm werden!« Ross notierte sich flüchtig die Details und schaute dann mit einem hoffnungsvollen Lächeln von seinem Notizbuch auf. »Komm schon. Wir wollen doch nicht Gemma das Geld für eine dritte Stunde geben, oder?«

Schweigend eilten sie den hallenden Korridor hinunter.

»War die Sitzung so schlimm, wie du sie dir vorgestellt hattest?«, fragte Katie schließlich.

»Sie war genau so, wie ich sie mir vorgestellt hatte«, antwortete Ross stoisch. »Eben nicht einfach. Aber du weißt schon … Nichts Wichtiges ist einfach. Ich will die Sache wirklich in Ordnung bringen«, erklärte er, blieb stehen und nahm plötzlich ihre Hand. »Ich wünsche mir sehr, dass wir wieder dahin zurückkommen, wo wir einmal waren.«

Aber ich weiß nicht, ob ich das kann, dachte Katie. *Ich weiß ja nicht einmal, ob ich das überhaupt will!*

»Vieles hat sich verändert.«

»Aber vieles ist auch gleich geblieben!«, antwortete Ross beharrlich, und eine ganze Weile lang starrten sie einander an. »Und wir haben so *viel* dazugewonnen! Denk doch bloß einmal an all die Dinge, die wir erreicht haben und von denen wir nur träumen konnten, als wir uns kennengelernt haben, Katie!«

Ein Hypothekendarlehen. Fettpölsterchen. Die Fähigkeit, Sex zu haben, ohne dabei aufzuwachen. Die zunehmende Befürchtung »Das war's jetzt also?«.

Katies Magen verkrampfte sich. »Wann haben wir aufgehört, einander zu lieben?«, hörte sie sich dann sagen.

»*Wir* haben aufgehört?« Ross' Gesicht ließ eine schmerzliche Enttäuschung erkennen. »Ich habe nicht aufgehört«, erklärte er verbissen. »Aber vielen Dank für die Erinnerung daran, wie du dich fühlst.«

»Ross!« Katie wollte seinen Arm packen, doch Ross stürmte schon mit großen Schritten auf den Parkplatz hinaus.

2

Lauren Armstrong hatte zum letzten Mal Netball gespielt, als sie vor über vier Jahren die Schule verlassen hatte, doch in ihrer Vorstellung war sie immer noch Verteidigerin – und würde es auch immer bleiben.

»Bleib einfach da stehen, Lauren«, hatte ihr Mrs. Hathaway immer von der Seitenlinie aus zugerufen. »Bleib stehen, streck deine langen Arme aus, und versuch ja keine Tricks!«

Lauren brauchte keine Tricks auszuprobieren, da sie seit ihrem vierzehnten Lebensjahr knapp 1,80 Meter groß war und damit die meisten anderen um gute zehn Zentimeter überragte. Sie war sogar fast zwanzig Zentimeter größer als ihre Mutter und etwa zweieinhalb Zentimeter größer als Mr. Huddart, der Direktor. Mrs. Hathaway *wollte* einfach nicht, dass Lauren irgendwelche Tricks versuchte, weil dabei jedes Mal etwas umfiel. Der Torpfosten, der Angreifer der gegnerischen Mannschaft, manchmal sogar Lauren selbst. Da jedoch Lauren ihr Bestes gab, blockte sie mehr Korbwürfe ab, als sie andere Spieler umrempelte, und wurde daher fast immer ins Team gewählt, was ihr zweifelndes Selbstwertgefühl fürs Leben stärken sollte.

Lauren war mittlerweile zweiundzwanzig Jahre alt und arbeitete als Reception Manager/Lead IT Administrator in der Longhampton Park Praxis. In einem recht späten Moment der Erkenntnis war ihr kurz nach ihrem sechzehnten Geburtstag aufgefallen, dass sie eigentlich für ihre schlaksigen

Beine dankbar sein konnte, insbesondere in Verbindung mit ihrem langen blonden Haar. Doch leider gehörte ihre Ungeschicklichkeit nicht nur einer Entwicklungsphase ihrer Jugend an. Andauernd fielen irgendwelche Gegenstände um. Genau das war der Grund, warum sie einige Monate vor dem großen Tag, an dem sie Mrs. Christopher Alan Markham werden würde, fest entschlossen war, die Braut zu werden, von der sie schon von klein auf geträumt hatte.

An ihrem Hochzeitstag, so hatte sich Lauren »Big Bird« Armstrong vorgenommen, würde sie wie eine Prinzessin aus den Disney-Filmen aussehen: hinreißend schön, elegant, anmutig und hundertprozentig *nicht* schlaksig.

Dies war jedoch nicht so einfach, wie sie gedacht hatte. Lauren war stets frohen Mutes und ein wahres Organisationstalent bei der Arbeit. Zu Hause stürzte sie sich mit Feuereifer auf die Organisation der Hochzeit. Doch sie hatte nicht damit gerechnet, dass sie dabei jemanden zur Seite haben würde, der noch felsenfester entschlossen war als sie selbst, die Hochzeit in ein romantisches Märchen zu verwandeln. Die Rede war nicht etwa von ihrer Mutter, Bridget, die Freude daran hatte, Lauren wie gewohnt freie Hand zu lassen, sondern von Irene »Nenn mich ruhig Mum!« Markham, ihrer zukünftigen Schwiegermutter.

Oder, wie Lauren sie in ihren Hochzeitsnotizen nannte, die SMIS (Schwiegermutter in spe); Lauren war die BIS (Braut in spe), Bridget die MdB (Mutter der Braut) und so weiter.

Lauren saß an Irenes marmornem Küchentresen und hatte einen Stapel Magazine vor sich liegen, die Irene der Reihe nach durchblätterte auf der Suche nach einem gläsernen Schuh, der auf der Spitze der Hochzeitstorte ruhen sollte und über den sie gerade diskutiert hatten.

Verstohlen warf Lauren einen Blick auf die Uhr. Eigentlich sollten sie auf ihre Mutter warten, die nachkommen wollte, sobald die Schule zu Ende war. Doch es war fast ein Ding der

Unmöglichkeit, Irene aufzuhalten, wenn sie einmal in Fahrt war. Fast so, dachte Lauren, als würde sie sich nicht mich, sondern sich selbst in diesen Kleidern vorstellen.

»Wenn du dich für das Dornröschen-Thema entscheiden solltest, dann brauchst du eine Kutsche und ein bezauberndes, ausladendes Kleid. Außerdem musst du dann beim Empfang zu ›Once Upon A Time‹ einen Walzer tanzen.« Irene nickte Lauren vielsagend zu. »Während du beim Schneeweißchen-Thema zugegebenermaßen ein sehr viel aparteres Kleid brauchtest mit einem Korsett und einem Überrock, wie du schon sagtest. Aber dann wird sich jeder fragen, wo wohl die Zwerge geblieben sind.«

»Es ist meine Hochzeit«, erwiderte Lauren und hoffte, dass sie den scherzhaften Ton ihrer Antwort verstehen würde; man musste Schwiegermüttern zeigen, wer die Hosen anhatte. Doch Irene fand kein Ende. Lauren musste sich schon sehr zurückhalten, um weiterhin zu lächeln und zu nicken. »Mums Erstklässler könnten doch meine Zwerge sein!«

»Schon, aber willst du wirklich, dass sich deine Mutter als die böse Stiefmutter verkleiden muss?«

Lauren blinzelte. Darauf wollte Irene also hinaus. »Ich habe eigentlich nicht vorgehabt, dass sich die Gäste ebenfalls verkleiden sollten. Aber wenn du meinst, es sei eine gute Idee …«

»Oooh!« Irene suchte nach ihrem dicken Notizbuch, in dem schon hunderte Post-it-Zettelchen klebten und herausgerissene Seiten aus Brautmagazinen gesammelt waren. »Äpfel! Ich denke, wenn du dich für das Schneewittchen-Thema entscheidest, könnte man Desserts mit Äpfeln anbieten …«

»Und beim Aschenputtel-Thema könnte ich einen Hochzeitskuchen bestellen, der sich wie im Film erst rosa und dann blau und schließlich wieder rosa färbt«, erklärte Lauren strahlend. »Irene, dürfte ich mir bitte noch eine Tasse Kaffee machen? Ich befürchte, dass Mum sich verspätet.«

»Lass mich das machen!«, unterbach Irene sie und sprang wie von der Tarantel gestochen auf. Lauren erinnerte sich leider zu spät, dass sie beim letzten Mal, als sie bei Irene Kaffee hatte kochen wollen, versehentlich den Griff einer Designerkaffeedose abgebrochen hatte. »Latte Macchiato oder Cappuccino?«

»Was schneller geht«, antwortete Lauren und errötete bei der Erinnerung. »Pulverkaffee wäre auch in Ordnung.«

»Bohnenkaffee ist ebenso einfach, wenn man nur die richtige Maschine besitzt.« Irene strich mit den Fingern über ihre neueste Errungenschaft und trommelte stolz mit den hellrosa lackierten Fingernägeln auf dem glänzenden Chrom des Gerätes herum.

»Wolltest du nicht weniger Latte Macchiatos trinken? Was ist mit dem Entgiftungsplan, den wir neulich besprochen haben?«

»Die Hochzeit wird frühestens im Juni stattfinden, und jetzt haben wir gerade einmal September!«

»Du kannst nicht früh genug damit beginnen!«, rief Irene, als die Maschine zischte und gluckste. »Du wirst dir diese Fotos schließlich bis ans Ende deines Ehelebens ansehen – und du willst dir dabei bestimmt nicht wünschen, ein paar Monate früher mit der Weizen- und Milchdiät begonnen zu haben!«

»Na ja …« Laurens Magen zuckte zusammen bei der Vorstellung, eine Hungerattacke so lange nicht mehr bei McDonald's bekämpfen zu dürfen, bis sie verheiratet war. Doch sie stählte sich mit neuem Mut. »Sagtest du nicht, du hättest in einem der Magazine eine neue Diät gefunden?«

»Ich werde dir die Seiten heraussuchen.« Irene goss Kaffee in ein Glas und setzte es vor Lauren auf die Theke. Der Cappuccino war mit einer dicken weißen Schicht Milchschaum bedeckt und duftete köstlich.

Ich werde nächste Woche damit aufhören, dachte Lauren. »Oh, wunderbar. Trinkst du auch einen?«

»Ich bleibe lieber bei meinem Pfefferminztee«, erwiderte Irene und lächelte sie vorwurfsvoll an.

Das Problem war, dachte Lauren, dass Irene *keine* böse Schwiegermutter war. Sie meinte es einfach nur gut und war insgesamt ziemlich modisch und stilvoll für eine Dame in den Fünfzigern. Außerdem scheute sie keinerlei Aufwand, was die Hochzeit anging. Irene hatte einfach nur sehr viel Zeit zur Verfügung, um sich über alles Gedanken zu machen. Seit Chris' Vater gestorben war und mit der Lebensversicherung das Haus abbezahlt worden war, musste sie nicht mehr arbeiten, wenn man einmal von den drei Tagen in der Woche absah, an denen sie morgens im karitativen Secondhandshop an der High Street aushalf.

»Du hast also Christopher noch nicht darüber informiert, dass er Reiten lernen soll?«, fragte Irene und nahm ihren Stift zur Hand. »Er sollte allmählich wirklich mit dem Reitunterricht beginnen, wenn du willst, dass er zur Hochzeitsfeier angeritten kommt, um dich wachzuküssen.«

»Ähm …« Lauren hatte bisher noch keine Idee gehabt, wie sie Chris diese Sache schonend beibringen sollte. Chris dachte – *hoffte* – nämlich immer noch, dass sie eine ganz normale kirchliche Hochzeit haben und anschließend im Hotel essen gehen würden. Seine Vorstellung davon, schön feiern zu gehen, bestand nämlich darin, mit seinen Kumpels in den Pub zu gehen, dann beim »Peking Tiger« einem All-you-can-eat-Gelage zu frönen und anschließend noch ins »Diamond« zu gehen, den Club am anderen Ende der High Street. Für Chris war damit die Welt in Ordnung: Sein ganzes Leben lang war er der Typ Rugbyspieler gewesen, der immer der Anführer war, der als Erster ein Auto besaß und dem zu Schulzeiten die Frauenherzen nur so zuflogen. Für ihn war die Hochzeit längst nicht so ein großer Traum wie für Lauren.

Irenes Stift hielt mitten im Wort inne. »Du hast ihm noch gar nichts von dem Pferd erzählt, nicht wahr?«

»Ähm, na ja …«, murmelte Lauren. Tatsächlich hatte sie sogar ihrer eigenen Mutter noch nichts davon erzählt, doch in einem der Hochzeitsmagazine war ein so hübsches Foto abgebildet von einer Braut etwa ihrer Größe, die auf einem perlweißen Pony saß und so unglaublich elegant und märchenhaft aussah …

»Soll ich mit ihm reden?«, schlug Irene mit einem kleinen mitleidigen Lächeln vor. »Immerhin bin ich seine Mutter.«

Die Klingel bewahrte Lauren davor, eine Antwort geben zu müssen.

»Das wird Mum sein«, rief sie und sprang hastig auf. »Ich werde ihr aufmachen. Sie trinkt einen starken Kaffee, wenn noch genug da ist. Drei Stückchen Zucker.«

Lauren entging nicht das gedämpfte Schnauben, das Irene ausstieß, als sie Lauren außer Hörweite wähnte. Doch Lauren ging schon längst nicht mehr auf solche Dinge ein. Nach einem langen Tag, an dem sie sich mit lauter Fünfjährigen herumgeschlagen hatte, brauchte ihre Mutter schlichtweg zwei Tassen Kaffee hintereinander, mit drei Zuckerstücken in jeder Tasse, um genügend Kraft aufzubringen, sich auch nur die Schuhe ausziehen zu können.

Irenes Einfamilienhaus war groß genug, um über einen separaten Windfang zu verfügen. Aber nicht ein einziger verirrter Schuh oder eine Plastiktüte lugte aus den Weidenkörben hervor, die hier die Wand säumten. Durch das Milchglas hindurch erkannte Lauren die kleine, rundliche Figur ihrer Mutter. Als sie die Haustür öffnete, sah sie gerade noch, wie sich Bridget das letzte Stück einer Banane in den Mund stopfte, während sie gleichzeitig mit einer vollen Einkaufstüte aus dem Supermarkt und ihrer abgenutzten Ledertasche jonglierte.

»Uuups! Jetzt hast du mich erwischt – ich hatte einfach Kohldampf! Heute ist nicht einmal Zeit für eine kleine Pause geblieben! Hallo, Lauren, Schatz!«, grüßte Bridget Armstrong und beugte sich vor, um ihre Tochter in die Arme zu nehmen.

Lauren umarmte sie und atmete den vertrauten Geruch ein: Ihre Mutter roch nach Grundschulkindern, Erfrischungstüchern und Chanel No. 5, das Laurens Dad ihr jedes Jahr zum Geburtstag und zu Weihnachten schenkte. »Für die Femme fatale in den vernünftigen, bequemen Schuhen«, erklärte er jedes Jahr wieder, und jedes Mal lachte Bridget auf die gleiche wehmütige Art und Weise. Ein paar Mal hatte Lauren ihm vorgeschlagen, dass vielleicht ein Fußmassagegerät oder ein Gutschein für eine Maniküre eher Mums Geschmack treffen würde. Er hatte genickt und zugestimmt, doch letztendlich wieder Chanel No. 5 geschenkt.

Lauren hatte sich insgeheim schon gefragt, ob das Parfum vielleicht eine Art Insiderwitz zwischen den beiden war.

Bridget zögerte kurz und wusste nicht, wohin mit der Bananenschale. Da sie keinerlei Möglichkeit sah, sie in Irenes makellosem Windfang zu verstecken, stopfte sie sie tief in ihre Schultasche. »Wie läuft's?«

»Ganz gut«, erwiderte Lauren und trat einen Schritt zurück, um ihre Mutter hereinzulassen. Bridget und sie hatten früher daheim in der kleinen Küche über Laurens Traumhochzeit geredet, um sie nach einem erneut kläglich verlorenen Netballspiel wieder aufzumuntern. Das Problem dabei war, dass Bridget nun, wo die Sache allmählich Realität werden sollte, den vollen Umfang der Planung einer solchen Traumhochzeit nicht zu erkennen schien.

Lauren nahm dies ihrer Mutter nicht krumm, da sie nun einmal mit Ausnahme ihrer eigenen bisher keine andere Hochzeit hatte organisieren müssen. Billy, Laurens vierzehn Jahre älterer Bruder, war nach Neuseeland ausgewandert, als Lauren gerade einmal elf Jahre alt gewesen war. Dort hatte er geheiratet und sie damit um ihre Aufgabe als Blumenmädchen gebracht. Dabei hatte Lauren lange Zeit davon geträumt, Blumenmädchen zu werden – bevor sie schließlich zu ihren Brautphantasien überging. David, ihr anderer älterer Bruder, hatte oben in Schottland geheiratet, als sie vierzehn war. Seine Frau Vivienne hatte das ganze Ereignis geplant – sogar diese scheußliche Schottentracht, die Lauren hatte anziehen müssen. Vivienne war Eventmanagerin und erlaubte nicht einmal, dass sich Bridget ihr eigenes Ansteckssträußchen aussuchen durfte.

Kein Wunder, dass Mum ein wenig aus der Übung war, ermahnte sich Lauren. Sie wusste nicht einmal, was eine Brautparty war.

»Ich habe eine gute Nachricht.« Bridget zog sich das Tuch vom Hals und hängte ihren Anorak neben Irenes weißen Wollmantel. »Ich habe mich mit Marjorie aus der Kantine über die Hochzeitstorte unterhalten. Sie versteht ihr Handwerk wirklich gut und stellt wunderbare Hochzeitstorten mit selbstgemachtem Marzipan her. Sie würde mir sogar einen Mitarbeiterrabatt gewähren!« Bridget blinzelte, schloss die funkelnden, braunen Augen, um sie kurz darauf wieder wie ein Siebenschläfer aufzureißen. »Wir bekämen eine dreistöckige Torte zum Preis einer zweistöckigen! Und ein Hochzeitspaar aus Zucker obendrauf. Wenn du ihr beschreibst, wie dein Kleid aussieht, kann sie die Figuren sogar wie dich und Chris aussehen lassen.«

»Das wäre schön«, antwortete Lauren unwillkürlich. Es wäre in der Tat schön gewesen, wenn sie nicht das Bild einer Croquembouche-Torte gesehen hätte – einen riesengroßen Turm aus herzförmigen Windbeuteln mit einem Netz aus Karamellfäden darüber –, das Irene aus dem *Central Brides*-Magazin herausgerissen hatte.

Karamellfadennetz. Croquembouche. Oh Gott. So eine Hochzeit schaffte es tatsächlich, das Vokabular zu erweitern.

»Soll ich sie also bestellen?«

»Was bestellen?«

Irene tauchte in der Küchentür auf und klopfte sich eine imaginäre Staubfluse von ihrem makellosen, cremefarbenen Hosenbein. Nicht zum ersten Mal dankte Lauren dem Himmel dafür, dass die Chance, dass beide Mütter das gleiche Outfit tragen würden, relativ gering war. Obwohl dagegen die Chance beängstigend hoch war, dass Irene bei der Hochzeit in einem weißen, brautkleidähnlichen Kostüm auftauchen würde.

»Die Torte, Irene! Ich denke, wir können dieses Thema schon von der Liste streichen. Wie geht es dir? Eine schöne Hose trägst du da!«

»Mmmwuh.« Irene spitzte die Lippen und hauchte Bridget ein Küsschen auf die Wange. Bridget dagegen weigerte sich prinzipiell, an diesem gesellschaftlichen Begrüßungsgeküsse teilzunehmen. »Jaeger. Der Schnitt macht's.«

»Sehr hübsch. Oooh! Rieche ich da den Duft einer Tasse Kaffee? Ich bin wirklich kurz davor zusammenzubrechen!«

»Ich werde die Kaffeemaschine gleich noch einmal anstellen«, erklärte Irene.

»Arme Mum!«, bedauerte Lauren und folgte ihr durch die Küche. »Haben die Kids mal wieder verrückt gespielt?«

»Das und noch viel mehr. Wenn ich die kleinen Teufelchen jedes Mal wie die ›Super Nanny‹ aus dem Fernsehen zu ein paar Strafminuten auf der ›stillen Treppe‹ verdonnern würde, wenn sie es verdient haben, brauchten wir ein viergeschossiges Schulgebäude. Oooh!« Sie sank auf einen Stuhl und seufzte erleichtert auf. »Das steht dir alles noch bevor, Lauren!«

»Mum! Ich bin zweiundzwanzig! Es wird noch einige Jahre dauern, bis wir überhaupt über das Thema Kinder *nachdenken* werden!«, protestierte Lauren. Dann bemerkte sie, wie Irenes Miene starr wurde, während sie Milch in ihrem silbernen Milchkännchen aufschäumte. »Alles zu seiner Zeit, oder?«, fügte Lauren schnell beruhigend hinzu.

Irene legte den Kopf zur Seite und starrte sie böse an.

»Na ja, ich hoffe, ihr werdet uns nicht allzu lange warten lassen«, entgegnete sie. »Ich kann es nämlich gar nicht abwarten, Großmutter zu werden. Bridget, du bist natürlich schon Großmutter, nicht wahr? Das muss wundervoll sein!«

»Das ist es in der Tat«, stimmte Bridget ihr zu und starrte gierig auf den Kaffee.

»Aber bist du denn gar nicht traurig, dass deine Enkel so weit entfernt leben?« Irene hielt inne und hielt ihr die Tasse und den Unterteller quälend lange unter die Nase. »Das ist doch wirklich unglaublich schade.« Sie seufzte und stellte die Tasse auf den Tisch. »Möchtest du Zucker haben?«

»Ja, bitte.« Bridget rührte rasch den Milchschaum in den Kaffee und trank dann die Tasse in einem Zug aus. Dabei hielt sie nicht einmal kurz inne, um die aparten italienischen Tässchen zu loben, die sich Irene in Mailand gekauft hatte. »Ah, wunderbar – genau das habe ich jetzt gebraucht. So, wie weit seid ihr zwei gekommen?«, fragte Bridget fröhlich und schien den Milchschaumbart auf ihrer Oberlippe gar nicht zu bemerken.

»Wir haben uns definitiv für das Märchenthema entschieden – aber *welches* Märchen es genau werden soll, das steht noch nicht fest.« Irene zog ihr Notizbuch zu sich herüber und überflog kurz, was sie aufgeschrieben hatte. Zwanzig Jahre als Chefsekretärin der Geschäftsleitung ließen sich eben nicht so leicht verleugnen. »Hattest du diesbezüglich noch Ideen?«

Bridget warf ihrer Tochter einen Lehrerinnenblick zu. »Also haben wir uns gegen die Jane-Austen-Hochzeit entschieden?«

»Ja«, bestätigte Irene.

»Ähm, ja«, wiederholte Lauren und wünschte sich, dass Irene nicht so klingen würde, als träfe sie allein alle Entscheidungen. »Ich habe ein paar dieser Brautkleider aus dem Magazin im Empirestil angehabt, und sie … Um ehrlich zu sein, waren sie nicht gerade schmeichelhaft.«

»Was Lauren damit sagen will: Sie sah aus, als sei sie im vierten Monat schwanger«, erklärte Irene. »Das mag ja auch alles schön und gut sein für die Mädchen, die tatsächlich im vierten Monat *sind*, aber es besteht ja nun absolut kein Grund, warum man so aussehen sollte, wenn man nicht schwanger ist. Nicht wahr, Lauren? Wir beide waren uns einig, und auch die Verkäuferinnen im Laden haben uns zugestimmt. Weiß ist bei deinem Teint nicht unbedingt die richtige Farbe – schließlich soll deine Haut wie Pfirsichhaut aussehen; du willst bestimmt nicht wie die Braut von Dracula wirken.«

Bridget rührte in ihrem Cappuccino mit einer Beiläufigkeit, die – so wurde Lauren mit einem Mal klar – nur aufgesetzt war. »Ich wusste ja gar nicht, dass du die Kleider anprobiert hast.«

»Ich bin schnell während der Mittagspause in das Geschäft hineingesprungen«, antwortete Lauren eilig. »Der Brautmodenladen liegt direkt um die Ecke von Irenes Wohltätigkeitsladen. Deswegen ist sie kurz dazugekommen, damit ich eine zweite Meinung hatte. Es war eine ziemlich spontane Sache. Wir können am Wochenende gerne noch einmal hingehen, wenn du dich mit eigenen Augen davon überzeugen möchtest. Aber ganz ehrlich: Die Kleider waren schrecklich!«

»In der Tat«, pflichtete Irene ihr bei. »In dem *richtigen* Kleid würdest du umwerfend aussehen, Lauren. Wir müssen es nur noch finden. Aber immerhin können wir nun die Kleider im Empirestil von der Liste streichen.«

»Es ist ganz schön schwer«, seufzte Lauren. »Auf den Fotos sehen die Kleider so schön aus, aber wenn man sie dann anprobiert …« Sie verzog das Gesicht.

»Liebes, selbst in einem Müllsack würdest du noch hinreißend aussehen«, beharrte Bridget. »Ich weiß immer noch nicht, wie wir gleich auf Anhieb ein solch bildhübsches Mädchen zeugen konnten.« Stolz schaute sie zu Irene hinüber. »Als Lauren noch klein war, habe ich ihr immer gesagt, dass sie eines Tages noch froh sein würde, diese Modelmaße zu besitzen!«

Lauren rang sich ein kleines Lächeln ab. Das war so typisch für ihre Mutter. Immer nur auf die Sonnenseite des Lebens schauen. Sie war jedoch nicht diejenige gewesen, die auf Schulfotos hinten zwischen den Jungs in ihrer Klasse hatte stehen müssen.

»Ich weiß«, antwortete Irene. »Es ist mir ein großer Trost, dass unser Christopher seinem Vater so ähnlich sieht. Er ist fast ein Ebenbild von Ron in jüngeren Tagen. Wie auch immer …« Ihr Gesicht war auf einmal schmerzgequält, und sie zog das Notizbuch wieder zu sich herüber. »Lasst uns noch einmal zusammenfassen: Schneewittchen ist also Laurens bevorzugtes Hochzeitsthema, gefolgt von Dornröschen. Letzteres fände ich übrigens viel romantischer.«

»Was ist denn mit meiner Idee für die Zwerge …«, versuchte Lauren einzuwerfen, jedoch vergeblich.

»Was auch immer – du musst dich jedenfalls unbedingt für einen Tanzkurs anmelden«, fuhr Irene fort. »Dieses Magazin hier schreibt, dass die meisten Leute zu lange damit warten und dann an ihrem großen Tag alles vermasseln, wenn die Nerven mit ihnen durchgehen …«

»Und der Sekt, wie ich Lauren kenne«, fügte Bridget hinzu.

Irene richtete den Blick auf Lauren. »Das willst du doch nicht, oder? Ich habe mich erkundigt, und offensichtlich beginnt morgen Abend ein Kurs in der Memorial Hall in der Inkerman Street. Soll ich dich und Christopher dort anmelden?«

»Du glaubst, dass Chris mit mir zu einem Tanzkurs gehen wird?«, fragte Lauren zweifelnd. »Seine Arbeitskollegen fänden das bestimmt zum Totlachen.«

Chris war stellvertretender Ausstellungsmanager in dem Autohaus, das sein Vater jahrelang betrieben hatte, bis er an einem Herzinfarkt gestorben war – kurz nach den Gratulationsreden bei der üppigen Feier zu seinem sechzigsten Geburtstag (»Das war genau der Abschied, wie er ihn sich gewünscht hätte«, hatte Irene beteuert. »Im Kreise seiner Freunde, mit einem Drink in der Hand.«). Chris war ein ebenso talentierter Verkäufer wie sein Dad – mit männlichen Kunden konnte er sich über Autos und Rugby unterhalten, und bei Frauen war er jungenhaft genug, um in ihnen Mutterinstinkte zu wecken. Auch das blonde Haar, das gute Aussehen sowie das freche Lächeln schadeten dabei nicht. Doch ein Tanzkurs war etwas, womit ihn die Kumpel vom Rugby Club nicht so einfach davonkommen lassen würden.

»Na ja, warum erzählst du ihm nicht einfach von dem Reitunterricht. Wenn er den ablehnt, könntest du ihm den Tanzkurs vorschlagen«, erwiderte Irene forsch. »Dann kann er sich für einen der beiden Vorschläge entscheiden.«

»Reitunterricht?«, hakte Bridget ungläubig nach. »Habe ich etwas verpasst?«

»Wir hatten überlegt, das Dornröschenthema so zu gestalten, dass Chris wie der Prinz im Märchen auf einem Pferd angeritten kommt«, erklärte Lauren. »Nach der Feier könnten wir dann beide auf dem Pferd davonreiten.«

»Und was machst du mit dem Pferd, während wir in der Kirche sind?«

»Oh«, entfuhr es Lauren. »Na ja. Vielleicht könnten wir ja die Messe im Park abhalten? Sie haben eine Erlaubnis dafür, und wir könnten einen pagodenartigen Pavillon aufbauen und ihn über und über mit Rosen schmücken, damit er wie eine Laube aussieht. Oder wir könnten irgendetwas mit Dornen organisieren, sodass sich Chris erst einen Weg zu mir bahnen muss, und … Was ist?«

Lauren hatte bemerkt, dass ihre Mutter sie anstarrte, als hätte sie etwas Dummes gesagt. Auch das Lächeln in ihren Augen war erloschen.

»Was ist denn?«

»Lauren«, erwiderte Bridget resolut, »dein Vater und ich planen für dich liebend gern alles, was du dir für deine Hochzeitsfeier wünschst – eine achtstöckige Torte, Brautjungfern in Hasenkostümen, was immer du willst –, aber du heiratest in der St. Mary's Church.« Fragend hob sie die Hand. »Stimmst du mir da nicht zu, Irene?«

»Prinzipiell finde ich es nicht falsch, einen weniger traditionellen Weg einzuschlagen«, murmelte Irene. »Die Kirche ist ja schön und gut, aber sie schränkt es schon sehr ein, eurem besonderen Tag einen eigenen Stempel aufzudrücken.«

Bridget schien einen Augenblick lang fassungslos zu sein, schaffte es jedoch, ihren Mund zu einem schmalen Lächeln zu verziehen. »Aber Irene, es geht doch nicht nur um die –«

»Aber es ist doch nur dieser eine Tag.« Irenes große blaue Augen schauten traurig zu Boden. »Dieser eine, besondere Tag im Leben einer Frau, an den man gerne zurückdenkt und an den man sich ein Leben lang erinnert. Wenn ich die Zeit noch einmal zurückdrehen könnte, würde ich keine Kosten und Mühen scheuen, um den Tag genau so zu feiern, wie ich ihn haben wollte.«

Bridget gab ein wenig nach. »Ja, würden wir das nicht alle gern tun, Irene? Aber …« Sie wandte sich Lauren zu. »Was die Hochzeitsfeier betrifft, Liebes, kannst du gern tun und lassen, was du willst – ich bin sicher, wir können alles so romantisch und märchenhaft organisieren, wie du es dir wünschst. Aber was die Messe betrifft …«

»Mum, ich kann doch wohl kaum ein romantisches Märchen mit Chris inszenieren, bei dem er mich als Symbol für den Beginn unseres gemeinsamen Lebens wachküsst, wenn dann der Vikar dabei einen Aufstand macht, weil ein Pferd in der Kirche steht, oder?«

»Lauren, du glaubst also, dass das *Pferd* wichtiger ist als die eigentliche Messe?«

»Du drehst mir die Worte im Mund herum!« Laurens Unterlippe schob sich vor.

»Heutzutage ist es nicht mehr so, wie es damals einmal war, Bridget«, pflichtete ihr Irene bei. »Die Dinge haben sich weiterentwickelt. Die jungen Leute von heute haben ihre eigenen Vorstellungen, wie ihr besonderer Tag gestaltet werden soll.«

Mit Pferden, dachte Bridget verzweifelt. Dabei können die beiden nicht einmal reiten! Das Problem bei Laurens Traumhochzeit war, dass es eben genau *das* war – ein Traum. Ihrer Meinung nach gaukelten viele dieser Traumhochzeiten dem glücklichen Paar etwas vor. Wenn dieses dann erst einmal nach Hause kam, die Hochzeitstorte verspeist war und die Rechnungen nach und nach eintrudelten, wurde das frischgebackene Ehepaar mit der harten Wirklichkeit konfrontiert. Nicht, dass Lauren und Chris auch nur einen Penny für die Hochzeit zahlen würden; Frank hatte stolz darauf beharrt, dass er und Bridget den Löwenanteil der Kosten übernahmen. Andererseits schien Frank aber noch zu glauben, dass die Hochzeit etwa das Gleiche kosten würde wie ihre bescheidene Feier, die aus einem kleinen Essen bestanden hatte.

Lauren schaute sie mit erwartungsvollem Blick an und hielt dabei immer noch das Magazin in der Hand, in dem Edinburgh Castle als Veranstaltungsort angepriesen wurde.

Das hat doch nichts mehr mit dem wahren Leben zu tun, dachte Bridget verärgert. Wir sollten sie bei diesem Unsinn nicht auch noch unterstützen. Andererseits hatte Lauren schon so lange davon geträumt, sogar schon während der Zeit, als sie in der Schule all die Sticheleien hatte erdulden müssen …

»Na ja, vielleicht bin ich ja ein wenig altmodisch«, antwortete Bridget. »Aber wenn du mich fragst, finde ich, dass es auch sein Gutes hat, sich an Traditionen zu halten – hier im Ort zu heiraten, mit deiner Familie, in einer Kirche.« Sie hielt inne und presste die Lippen aufeinander. Ihre Worte klangen anders als beabsichtigt.

Lauren hielt die Luft an. Das Letzte, was sie wollte, war ein Streit zwischen ihre Mutter und ihrer Schwiegermutter, bevor überhaupt der Ort der Vermählung feststand.

Eine angespannte Stille breitete sich in der Küche aus. Ob Irene wohl gleich weinen würde?, fragte sich Lauren. Es sah fast danach aus. Arme Irene! Es war noch gar nicht so lange her, dass sie ihren Ehemann verloren hatte. Jetzt kamen sicher alte Erinnerungen hoch.

Bridget ergriff als Erste das Wort. »Oje! Es tut mir leid!«, erklärte sie ein wenig zu munter und wedelte mit den Händen durch die Luft. »Ich habe einen ziemlich langen Tag hinter mir. Nehmt es mir bitte nicht krumm. Wie war das mit dem Tanzunterricht? Hm? Vielleicht sollten wir auch teilnehmen, Irene, um unseren Foxtrott ein wenig aufzupolieren? Frank ist eigentlich ein ganz guter Tänzer, auch wenn er sich immer über seine schmerzenden Knie beklagt.«

Lauren zuckte zusammen – was dachte sich Mum bloß dabei, so unsensibel zu reagieren? Schließlich gab es den Vater des Bräutigams nicht mehr, mit dem Irene hätte tanzen können. Doch wie von Zauberhand waren die Tränen aus Irenes Augen verschwunden. »Ich werde es mir überlegen. Haben wir nicht noch andere Ideen für die Feier gehabt?«

Sie setzten sich in das Auto, das Chris für Lauren gekauft und in Ordnung gebracht hatte, und fuhren heim. Lauren fuhr Bridgets Meinung nach zu schnell, doch Lauren wusste, dass ihre Mutter sich alle Mühe gab, diplomatisch zu sein, da sie kein Wort darüber verlor.

Andererseits schien sie aber auch über irgendein Problem zu grübeln, da ihr gelegentlich ein Seufzer über die Lippen kam.

Lauren zerbrach sich den Kopf, wie sie ihre Mutter wieder aufheitern konnte.

»Möchtest du noch kurz beim großen Tesco-Supermarkt reinspringen und einkaufen, während ich im Wagen warte, Mum?«, fragte sie ein wenig schuldbewusst. »Oder bin ich mit Einkaufen an der Reihe? Ich glaube, wir haben kein Müsli mehr. Chips übrigens auch nicht«, fügte sie hinzu.

Vor ihrer Verlobung hatten Chris und Lauren gemeinsam mit zwei Schulfreunden in einem Haus am Rande der Stadt gewohnt. Doch in dem Bestreben, ein Sparguthaben anzusammeln, war Lauren wieder zu Hause in ihr altes Kinderzimmer zurückgekehrt, während Chris bei seinem Kumpel Kian eingezogen war. Lauren vermisste es schmerzlich, mit Chris auf dem Sofa zu kuscheln. Doch wenn sie ganz ehrlich war, musste sie sich eingestehen, dass der Kick, sich rund um die Uhr, sieben Tage die Woche lieben zu können, durch die Aussicht, täglich von morgens bis abends putzen und saubermachen zu müssen, allmählich ausgeglichen wurde. Glücklicherweise war der Wonneschauer gelegentlicher Liebesnächte, die die Hochzeit noch romantischer und altmodischer erscheinen ließen, rechtzeitig wiedergekehrt, und Chris ließ keinen Zweifel daran, wie sehr er Lauren vermisste.

Außerdem war ihre Mutter geradezu verrückt danach, sie wie gewohnt zu verhätscheln, wogegen Lauren keinerlei Einspruch erhob. Natürlich gab es vereinzelte kleinere Reibereien, wenn Bridget gelegentlich zu glauben schien, Lauren sei immer noch dreizehn und nicht zweiundzwanzig Jahre alt. Alles in allem klappte es mit dem Zusammenleben aber ziemlich gut, wenn man bedachte, dass Lauren ein paar Jahre lang in ihren eigenen vier Wänden gelebt hatte. Lauren war der Meinung, dass sie sich glücklich schätzen konnte, ein derart gutes Verhältnis zu ihren Eltern zu haben. Je länger sie aber die Hochzeitspläne mit Irene besprach, desto besser verstand sie, warum Chris so schnell Kians Angebot angenommen hatte, anstatt wieder ins Elternhaus zurückzukehren.

»Nein, alles in Ordnung«, erwiderte Bridget, wie Lauren

es schon erwartet hatte. »Dein Vater und ich werden am langen Donnerstag einkaufen gehen. Du weißt doch, wie er ist, seitdem er in Rente ist – er möchte sich gern um etwas kümmern.«

»Na gut, aber dann lass mich dir dafür Geld geben«, beharrte Lauren.

Bridget wedelte mit der Hand. »Hörst du wohl auf damit! Du isst doch ohnehin kaum etwas. Außerdem musst du doch sparen, oder?«

Sie sagte nichts Ungewöhnliches, doch ihre Stimme klang seltsam: irgendwie angespannt. Lauren kannte ihre Mutter lange genug, um zu spüren, dass sich tief unter der nach außen hin demonstrierten Normalität etwas verbarg.

»Mom, was ist los?«, fragte sie daher.

»Nichts ist los.«

»Aber sicher. Das merke ich doch.«

Bridget seufzte. »Seit wann sind wir dazu übergegangen, Hochzeiten als *besonderen Tag* zu bezeichnen?«, fragte sie dann leicht gereizt.

»Wie bitte?«

»Ist das wieder einer dieser neutralen, politisch korrekten Ausdrücke? Wenn Irene die Hochzeit noch ein einziges Mal als deinen ›besonderen Tag‹ bezeichnet …«

»Mum, es *ist* ein besonderer Tag für sie. Sie hat doch nur noch Chris, also ist dies die einzige Hochzeit, bei deren Organisation sie jemals helfen wird!« Lauren sah überrascht zu ihrer Mutter hinüber. Sonst war sie doch nie so gehässig! »Kannst du ihr nicht wenigstens eine Chance geben? Sie hat mir vor ein paar Tagen Fotos von ihrer eigenen Hochzeit gezeigt. Die arme Irene hat 1978 in Guildford nur standesamtlich geheiratet. In einem rosafarbenen Kostüm, mit einer kurzsichtigen Brautjungfer, Birnen-Schaumwein und zehn Gästen. Sie will doch nur, dass ich eine Hochzeit erlebe, die ihr seinerzeit verwehrt geblieben ist.«

Mag ja sein, aber immerhin ist nicht Irene diejenige, die alles bezahlen muss, dachte Bridget. *Und es ist nicht ihre Hochzeit.*

»Lauren, es ist *dein* Tag, und nicht eine Wiederholung ihrer Hochzeit.«

Lauren gefiel es gar nicht, wie eifersüchtig ihre Mutter klang. »Mum, du hast doch Dad, und du bist glücklich. Außerdem weißt du doch, wie lange ich schon von einer wunderschönen Hochzeit träume.«

Bridget seufzte. »Ich weiß, Lauren. Ich *möchte* ja, dass du eine wunderbare Hochzeit hast.«

»Na gut, dann lass uns dafür dankbar sein, dass ich immerhin Irenes Vertrag verhindert habe, den die Kirchendiener und Brautjungfern unterschreiben sollten. Bußgelder für unerlaubte Gewichtszunahmen, Tattoos oder Wechsel der Haarfarben. Und das waren nur die Klauseln für die Männer!«

Bridget lachte und stupste ihre Tochter an – vorsichtig, da Laurens Fahrstil immer noch ein wenig unberechenbar war –, und sie fuhren schweigend weiter. Vorbei am Supermarkt, an der weißen Nobelvilla, die Bridget seit Ewigkeiten kaufen wollte für den Fall, dass sie im Lotto gewann, ja sogar am Donut Dinner, der rund um die Uhr geöffnet hatte und zu dem Lauren sie gelegentlich einlud.

»Tut mir leid«, sagte Bridget schließlich, als sie in die Chestnut Grove abbogen. »Es tut mir leid, dass ich solch ein Miesepeter war. Ich mag es gar nicht, wenn wir uns streiten.«

»Schon gut, Mum«, erwiderte Lauren. »Ich fühle mich nur so hin- und hergerissen. Ich möchte Irene einfach nicht verärgern, aber dich genauso wenig. Und was die Brautkleider angeht, tut es mir ebenfalls leid. Ich wollte dich nicht ausschließen. Wenn du magst, können wir uns dieses Wochenende Kleider ansehen gehen. Es gibt noch genügend, die ich mir ansehen muss.«

»Jetzt sei nicht albern«, entgegnete Bridget. »Das ist gar

nicht nötig. Irene kennt sich in diesen Dingen besser aus als ich. Es ist nur …« Ihre Stimme verlor sich.

Lauren parkte vor dem Haus. Dads Rover stand in der Einfahrt, und in der Küche brannte Licht. Sie konnte sehen, wie er dort hantierte und eine Kanne Tee kochte. Sein roter Pullover strahlte in dem kleinen erleuchteten Fensterausschnitt. Diesen Pullover hatte sie ihm vor ein paar Jahren zu Weihnachten geschenkt. Lauren würde jede Wette eingehen, dass er ihn noch nie getragen hatte und den Pullover bei ihrer Rückkehr nur herausgekramt hatte, um ihr eine Freude zu machen. »Es ist nur … was?«

Bridget seufzte und schaute Lauren gequält an. »Es ist albern, ich weiß, aber … Ich wäre einfach nur gern dabei, wenn du den Vorhang der Umkleidekabine zur Seite schiebst und dann dort stehst. Mein kleines Mädchen in einem Brautkleid! Ich schätze, ich muss mich langsam daran gewöhnen, dich als schöne junge Frau zu sehen. Sonst heule ich mir an deinem großen Tag die Augen aus dem Kopf, und dann verärgere ich dich und deinen Vater, und was hättest du dann gewonnen? Du musst Irene sagen, dass sie sich um eine brautmutterfeste Wimperntusche kümmern soll!«

Als Lauren hörte, wie die Stimme ihrer Mutter zitterte, stiegen ihr die Tränen in die Augen. »Ich weiß«, sagte sie und nahm eine Hand vom Steuer, um die Hand ihrer Mutter zu drücken. Bridget hielt Laurens Hand fest, sodass diese spürte, wie der goldene Diamantring ihrer Mutter auf ihren eigenen Solitär drückte. Wenn ihre Ehe so stark und unerschütterlich sein würde wie die ihrer Eltern, wäre es für Chris und sie okay. Im kommenden April waren sie immerhin schon vierzig Jahre miteinander verheiratet, und das trotz der fürchterlichen Fahrkünste ihrer Mutter, der gärtnerischen Besessenheit ihres Vaters und des Größenunterschiedes von gut eineinhalb Köpfen. »Ich habe eine ganze Liste von Geschäften, die ich am Samstag abklappern muss – willst du mitkommen?«

»Sehr gern, Lauren.«

Bridget blinzelte und versuchte, die Tränen zurückzuhalten, die ihr über die Wangen zu kullern drohten. Eigentlich neigte sie kaum dazu, in Tränen auszubrechen, doch diese Hochzeit war weitaus schlimmer als die Wechseljahre, was hormonelle Stimmungsschwankungen betraf. Lauren mit ihrer umfassenden Vermählungskladde und ihren Hypotheken-Broschüren war zwar erwachsen, jedoch nicht so erwachsen, dass Bridget in ihr nicht noch gelegentlich das fröhliche kleine Mädchen sah, das sie einmal gewesen war und dem es so wichtig gewesen war, seiner Mutter eine Freude zu bereiten. Sie erschien ihr viel zu jung, um zu heiraten.

Sie ist ein Jahr älter, als du selbst damals warst, erinnerte sie sich. Aber die Situation zwischen ihr und Frank war eine andere gewesen. Eine ganz andere.

Vielleicht erschrak sie ja auch nur darüber, wie schnell die Zeit vergangen war, ohne dass sie es wirklich bemerkt hatte. Lauren war nun in einem Alter, dem sie selbst sich innerlich immer noch am nächsten fühlte. Vielleicht fiel es ihr daher auch so schwer, in Anbetracht der immer höher steigenden Kosten und der immer verrückter werdenden Wunschliste ein Veto einzulegen.

»Mum?«, fragte Lauren besorgt. »Geht es dir gut?«

»Alles in Ordnung. Mir geht es gut«, erklärte Bridget und schluckte mit einem Lächeln die gemischten Gefühle hinunter, die in ihrem Hals einen Kloß zu bilden drohten. »Ich hoffe bloß, dein Dad hat noch nicht damit begonnen, sich selbst einen Tee zu kochen.«

Lauren lächelte. »Wenn ja, wäre das dann ja wohl eine Premiere.«

»Genau.« Bridget fuhr mit der Hand durch ihr dunkles, kurz geschnittenes Haar und versuchte, nicht mehr an die Hochzeit zu denken. Stattdessen fragte sie sich, ob sie alle Zutaten für ihr Thunfischgericht im Haus hatte. »Ich laufe lieber mal schnell ins Haus und verhindere, dass dein Vater etwas anbrennen lässt!«

Lauren blickte ihrer Mutter hinterher, die den Weg zum Haus hinaufeilte und nach ihrem Mann rief, als sie die Tür aufschloss. Nun musste sie sich wohl oder übel damit abfinden, jedes Brautkleid im Umkreis von dreißig Kilometern anzuprobieren – zum zweiten Mal.

3

Mittwochabend um zwanzig vor acht hielt Katie neben einem unscheinbaren Betonwohnblock aus den Sechzigerjahren und zog die Handbremse an. »Bist du sicher, dass wir hier richtig sind?«, fragte sie zum dritten Mal.

»*Ja*«, erwiderte Ross.

»Hast du vorher dort angerufen, um sicherzugehen? Aus dem Werbeplakat ging das ja nicht so klar hervor.« Sie blickte an der grauen städtischen Wohnsiedlung hoch. »Wir können hier *unmöglich* richtig sein ...«

Ich hätte mich selbst darum kümmern sollen, dachte sie. Dann hätte ich wenigstens sicher sein können, dass alles glattgeht.

»Katie! Ich weiß *genau*, wo wir hinmüssen!« Ross starrte sie verärgert an, und einen Augenblick lang fragte sie sich, wie zum Teufel eine einstündige, dämliche Tanzstunde die eiskalte, tiefe Kluft zwischen ihnen überbrücken sollte. Im Auto war es wieder einmal deutlich zu spüren gewesen. Genauso gut hätten sie eine Glasscheibe zwischen sich haben können, obwohl Katie versucht hatte, die Kluft zu überspielen, indem sie Ross von ihren Problemen mit den neuen Bauunternehmern erzählte. »Einmal pro Woche trifft sich dort eine Krabbelgruppe, die ich manchmal mit Jack besuche.«

»Okay, okay.« Katie löste den Sicherheitsgurt und fühlte sich ausgeschlossen – wie jedes Mal, wenn er ihr etwas über die Kinder erzählte, was sie nicht wusste.

»Die Memorial Hall befindet sich hinter dem Wohnblock«, fuhr Ross fort, während er aus dem Auto stieg. »Die Häuser rundherum müssen im Krieg bombardiert oder später abgerissen worden sein, doch die Memorial Hall ist geblieben. Sie ist sogar ziemlich hübsch.«

»Ich hätte nicht gedacht, hier auf solch ein Gebäude zu stoßen.«

»Ach?« Ross antwortete mit einem genervt-destruktiven Ton, von dem er genau wusste, dass er Katie bis aufs Blut reizte.

»Was meinst du damit? Wenn du etwas zu sagen hast, dann sag es doch einfach! Wenn es eine Anspielung sein soll, dass ich die Kinder nicht zu dieser verdammten Spielgruppe bringe, dann sag's doch einfach!«

Katie wurde plötzlich bewusst, dass sie im Straßenlicht der Wohnsiedlung stehen geblieben war und in der Stille, die um sie herum herrschte, Ross fast anschrie.

Ross hielt nun auch inne und sah sie an. Seine Stimme blieb gelassen, doch seine Selbstbeherrschung brachte Katie noch mehr in Rage. »Es dreht sich nicht immer nur um dich. Ich wollte gar nichts damit *andeuten*. Ich habe lediglich gemeint, dass du in der Abteilung Städteplanung arbeitest, und mich gewundert, dass du das Gebäude nicht kennst. Das war alles. Könntest du jetzt bitte damit aufhören, bei jeder Kleinigkeit einen Streit vom Zaun zu brechen, und dich wieder beruhigen?«

»Ich bin ruhig!«, fuhr sie ihn an. »Ich hatte nur einen anstrengenden Tag, ja? Erinnerst du dich an dieses Treffen zur Städtebauförderung, von dem ich dir erzählt hatte?«

Ross erwiderte nichts, und dies war die nervigste Antwort aus seinem Arsenal der nervigen Reaktionen. Es bedeutete, dass seine Gedanken zu viel Sprengstoff enthielten, um sie laut zu äußern.

»Was ist?«, hakte sie nach. »Raus mit der Sprache!«

»Wir hatten *beide* einen anstrengenden Tag!«, korrigierte er. »Hast du dich auch nur ein einziges Mal erkundigt, wie mein Tag verlaufen ist? Nein.«

Sofort meldete sich ihr schlechtes Gewissen zu Wort. »Okay. Wie war also dein Tag?«

Er warf ihr einen finsteren Blick zu. »Egal. Vergiss es einfach.«

Na super, dachte Katie. Also mal wieder einer dieser Abende, an denen alles, was wir tun, den anderen auf die Palme bringt. Ganz gleich, wie sehr wir uns bemühen, dass genau *das nicht* passiert.

Eine ganze Weile lang starrten sie sich im wenig schmeichelhaften Licht der Straßenlaternen finster an.

Wir werden alt, dachte sie. Es gab Zeiten, da habe ich mich darauf gefreut, mit ihm zusammen alt zu werden. Wenn ich mit einem anderen Mann einen Neubeginn starten muss, wird er nicht einmal mein *junges* Ich gesehen haben als Entschädigung für die Krähenfüße und Speckröllchen, die ich jetzt habe.

Wie gewohnt, brach Ross als Erster das Schweigen. »Tut mir leid. Komm schon«, versuchte Ross, Katie zu überreden. »Wir wollen doch nicht zu spät kommen, oder?«

Katie schüttelte den Kopf heftiger, als sie musste, um die Gedanken aus dem Kopf zu bekommen, und folgte ihm.

Die Memorial Hall stand tatsächlich, wie Ross gesagt hatte, zwischen zwei grauen Hochhäusern und sah aus wie ein Puppenhaus aus roten Ziegelsteinen. Die Tür mit dem Rundbogen und die glasierten Dachziegel ließen das Gebäude wie einen unerwarteten Farbklecks im monotonen Grau der Siedlung erstrahlen. *Zum Gedenken an die Kriegsgefallenen 1914–1918* war auf einer Steintafel auf der einen Seite der Tür zu lesen, auf der anderen Seite stand *Grundstein gelegt von Mrs. Holloway, Lady Mayoress, 20. April 1922.*

»Oh, wie schön!« Gegen ihren Willen war Katie begeistert.

»Ja, nicht wahr?« Ross stieß die Tür auf und ließ ihr den Vortritt.

An der Türschwelle blieb Katie einen Augenblick lang zögernd stehen. Obwohl sie es gewohnt war, im Büro an Besprechungen mit allen möglichen Leuten teilzunehmen, musste sie sich dennoch innerlich stets einen Ruck geben. Tief in ihrem Inneren war sie immer ziemlich angespannt, wenn sie fremde Menschen kennenlernte, und hatte Angst, dass diese die Fassade ihres geschäftigen Tuns durchschauen oder sie nicht mögen würden. Ross stand wie ein kleiner Junge zaudernd hinter ihr und wartete darauf, dass sie zuerst hineinging. Das tat er immer. Zu Beginn hatte es noch wie eine galante Geste gewirkt; doch mittlerweile wusste Katie, dass Ross damit beabsichtigte, dass sie die Regie übernahm, damit er es nicht tun musste. Doch heute war nicht der Abend, sich mit diesem Thema zu beschäftigen. Sie holte tief Luft und trat ein.

Der Saal roch genau wie der alte Gemeindesaal, in dem sich damals ihre Pfadfindergruppe getroffen hatte. Wahrscheinlich verströmten alle alten Säle diesen Geruch; es roch nach Keksen und Bohnerwachs, und über allem lag dieser durchdringende Staubgeruch. Blaue Plastikstühle waren übereinandergestapelt und an einer Wand aufgereiht. Neben den Erste-Hilfe-Hinweisen und den Werbeplakaten für die Samariter markierten zerknitterte Bilder mit Fingerfarbe den Bereich, in dem sich die Spielgruppen trafen.

Von draußen hatte Katie jedoch nicht sehen können, dass sich in den Seitenwänden des Saals bogenförmige bunte Fenster befanden und die Decken mit ineinander verschlungenen Zweigen und Blättern bemalt waren. Diese waren zwar an einigen Stellen abgebröckelt, aber die Farben strahlten immer noch. Der abgenutzte Holzfußboden war in einem schrägen

Fischgrätmuster angeordnet, und das Licht wurde von drei riesigen, staubigen Leuchtern verbreitet, die wie Trauben von den Dachbalken herunterhingen.

Trotz ihrer schlechten Laune gefiel Katie die schlichte Eleganz des Saals. Die Halle erinnerte sie an eine emaillierte Spieldose, die zwar schon ein wenig abgenutzt, aber dennoch auf eine altmodische Art und Weise hübsch und kunstvoll verziert war. Erst jetzt bemerkte sie, dass schon einige Leute im Saal waren und nun Ross und sie neugierig betrachteten.

»Hallo!«, grüßte sie, schaltete auf Autopilot und setzte ein Lächeln auf. »Ich hoffe, wir sind nicht zu spät?«

Sie erblickte ein junges Pärchen in den Zwanzigern, ein anderes Paar etwa im Alter ihrer Eltern, vielleicht sogar noch ein wenig älter, dann zwei Frauen, die um die dreißig Jahre alt sein mochten, sowie ein sehr viel älteres Ehepaar. Ein wenig abseits stand eine Frau, die Katie wegen ihrer perfekten Haltung auffiel. Diese Frau musste die Tanzlehrerin sein.

»Natürlich nicht! Hallo! Ich bin Angelica«, erwiderte die Frau und schritt so anmutig auf sie zu, dass Katie den Eindruck hatte, dass sich ihre roten Schuhe kaum bewegten.

So sieht also eine Angelica aus, dachte Katie, als sie einander die Hände schüttelten. Der Name schien sehr gut zu ihr zu passen: Das dunkle Haar war von ihrer hohen Stirn aus nach hinten zurückgekämmt und zu einem Zopf geflochten, der in ihrem Nacken zu einem Dutt gewunden war. Die durchdringenden blauen Augen waren mit einem schwarzen Kajalstrich umrandet, die Nase lang und schmal. Sie hatte die schlanken Beine einer Tänzerin und schmale, ringlose Hände. Sie trug einen schwarzen Satinrock, der geschmeidig ihre Beine umspielte, wenn sie sich bewegte. Ihr Alter war schwer einzuschätzen, irgendwas zwischen vierzig und fünfundfünfzig.

Neben ihr kam sich Katie mit einem Mal steif und altbacken vor.

»Na dann«, erklärte Angelica und deutete den Anwesenden mit einer Handbewegung an, sich im Halbkreis um sie herum zu versammeln. »Wollen wir beginnen? Sehr schön! Mein Name ist Angelica Andrews, und ich werde Ihnen das Tanzen beibringen. Aufgrund meiner Erfahrung als Tanzlehrerin weiß ich, dass nicht alle von Ihnen freiwillig hier erschienen sind, insbesondere wahrscheinlich die Herren unter Ihnen …« Sie warf Ross und dem anderen jungen Mann einen vielsagenden Blick zu. »Aber ich liebe Herausforderungen!«

Ross brach in ein nervöses Kichern aus, das Katie ziemlich auf die Nerven ging.

»Bevor wir beginnen, möchte ich allerdings noch ein paar Dinge loswerden. Zuallererst möchte ich, dass Sie sich für meine Tanzstunde herausputzen. Holen Sie Ihr Kostüm aus dem Schrank, das Sie für wichtige Anlässe zurückgehängt haben, und ziehen Sie Hemden in leuchtenden Farben an. Ganz gleich was, aber es soll Ihnen das Gefühl geben, etwas Besonderes zu sein!«

Katie spürte einen Moment lang ihren durchdringenden Blick auf sich ruhen. Sie hatte das Gefühl, als ob Angelica ihre Gedanken lesen würde, doch dann schweifte ihr Blick weiter. Katie fühlte sich plötzlich seltsam schutzlos.

Ich trage einen Hosenanzug, dachte sie streitlustig. Na und? Er ist äußerst modisch. Außerdem sind einige von uns direkt von der Arbeit hergekommen.

Da Katie die einzige weibliche Stadtplanerin in einer ausgesprochenen Männerbehörde war, hatte sie sich Strategien einfallen lassen müssen, um in ihrem Projektentwicklungsteam ernst genommen zu werden. Der Umwandlungsprozess begann jeden Morgen mit den schicken Hosenanzügen. Sie kam nie zu spät, drückte sich nicht einmal vor dem schmutzigsten Begutachtungstermin und wurde bei der Arbeit von allen Kate genannt, nicht Katie. Von manchen sogar KP. Das einzige Problem dabei war, dass es ihr am Ende des

Tages oftmals schwerfiel, die Rolle des knallharten Chefs abzustreifen – allein mit dem Ausziehen der Jacke war es nämlich nicht getan.

»Damit meine ich nicht etwa, dass Sie jetzt alle in Gehröcken und Ihrer besten Abendgarderobe hier auftauchen sollen«, fuhr Angelica fort. »Da das Tanzen jedoch sehr viel damit zu tun hat, eine bestimmte Stimmung zu erzeugen, bin ich der Meinung, dass es sehr hilfreich ist, sich zu diesem Zweck ein wenig schick zu machen. Es wird Ihre Haltung verbessern, Ihnen ein elegantes Gefühl geben und …«, sie ruderte anmutig mit dem Arm, »Ihnen dramatischere Bewegungen ermöglichen. Meine Damen, Sie dürfen sich so bunt kleiden, wie es Ihnen beliebt, aber vielleicht drehen Sie sich ein paar Mal zu Hause vor dem Spiegel, wenn Sie das Gefühl haben sollten, Ihr Rock könnte dabei ein wenig zu hoch fliegen! Und bitte: keine Knoblauchbaguettes vor der Tanzstunde!« Sie warf allen Anwesenden einen schelmischen Blick zu. »Das ist die oberste Regel beim Tanzen!«

Das ältere Pärchen stimmte murmelnd zu.

Angelica hielt inne. »Regel Nummer zwei lautet: *Lächeln*. Haben Sie Spaß. Niemand will mit einem übellaunigen Miesepeter tanzen. Regel Nummer drei: Hören Sie gut zu, was ich Ihnen sage, schauen Sie mich an, und seien Sie aufmerksam.«

Ihr Ton wurde plötzlich schärfer, und Katies Blick, der umhergeschweift war, um zu sehen, ob sie wirklich die einzige Frau im Kurs war, die eine Hose trug, richtete sich wieder auf Angelica.

»Sie mögen vielleicht glauben, dass ich zu viel Wert auf Disziplin lege und sehr streng bin, doch glauben Sie mir: Es ist viel besser, gleich von Beginn an alles richtig zu machen, als sich im Nachhinein Nachlässigkeiten wieder abzugewöhnen«, fuhr Angelica entschlossen fort. »Es handelt sich um eine Geste der Höflichkeit gegenüber Ihrem Partner, ihm das

Tanzen so leicht wie möglich zu machen. Sie wollen ihn doch ganz bestimmt nicht über das Parkett schleifen, Schritte nachholen, die er ausgelassen hat oder andauernd den Füßen Ihres Partners ausweichen müssen. Ich bin jedoch überzeugt, dass Sie vorbildliche Schüler sein werden!«

Die plötzliche Schärfe wurde von einem strahlenden Lächeln abgelöst, das sofort von allen wie auf Knopfdruck erwidert wurde.

»Sollen wir mit unseren Namen anfangen?« Angelica warf einen Blick in den Halbkreis, und Katie hatte erneut das Gefühl, dass er an ihr hängen blieb. Wie bei einer Katze, die gegen den Strich gestreichelt wurde, wuchs in ihr das Bedürfnis, sich zu wehren.

»Ich bin Katie, und das ist mein Ehemann Ross«, erklärte sie, bevor sie gefragt werden konnte.

»Hey«, grüßte Ross und hob die Hand.

Warum sagte er nicht einfach »Hallo«, dachte Katie gereizt. Schließlich befindet er sich hier nicht in einem Designstudio.

»Ich bin Lauren«, stellte sich das jüngere Mädchen vor und strich über den Arm des großen, jungen Mannes neben ihr. »Und das ist mein Verlobter, Chris.«

Sie sahen einander an und grinsten, weshalb Katie annahm, dass sie wahrscheinlich noch nicht lange miteinander verlobt waren. Es war der halb stolze, halb ängstliche Ausdruck gewesen, der über ihre Gesichter gehuscht war, als sie das Wort »Verlobter« gesagt hatte. Außerdem spielte diese Lauren andauernd an ihrem Diamantring herum. In Katies Augen gehörte sie genau zu dem Typ Frau, die ihre Unterschrift als Ehefrau schon lange im Voraus übte.

»Wir möchten gern für unsere Hochzeit tanzen lernen«, erklärte Lauren, als die Umstehenden beifällig zu murmeln begannen. »Wir haben uns allerdings noch nicht für einen Tanz entschieden, da wir immer noch nicht das Thema der Hochzeit festgelegt haben.«

»Oh, Sie müssen die Hochzeit um den Tanz herum planen, den Sie am besten beherrschen«, warf Angelica ein. Sie legte nachdenklich einen Finger ans Kinn, wobei Katie ein wenig neidisch den glänzenden, scharlachroten Nagellack beäugte. »Ich kann Sie mir gut als Tangotänzer vorstellen, Chris.«

Seine Schultern schoben sich nervös nach hinten. »Ist das einer dieser Tänze, bei denen man diese Satinhosen tragen muss?«

Doch Lauren war fasziniert. »Chris? Tango?«, fragte sie ungläubig. »Ernsthaft? Wow! Und das können Sie einfach den Leuten ansehen, ähnlich wie zum Beispiel, welches Sternzeichen sie haben?«

Angelica hob eine Augenbraue. »Natürlich. Aber ich würde Ihnen sicher den Spaß verderben, wenn ich nun allen ihren Tanz verraten würde, nicht wahr?« Sie wandte sich dem älteren Pärchen zu. »Nun, Sie müssen die Eltern der Braut sein«, sprach sie die kleine, dunkelhaarige Frau und den großen, blonden Mann an, dessen Hand auf dem Rücken seiner Frau ruhte. »Die Ähnlichkeit zwischen Ihnen ist nicht zu übersehen.«

»Ja, ich bin Bridget Armstrong, und dies hier ist mein Ehemann Frank«, erwiderte sie mit klarer, selbstbewusster Stimme.

»Das ist die Mrs. Armstrong aus der Grundschule«, flüsterte Ross. »Sie unterrichtet Hannah.«

»Ich weiß, wer Hannah unterrichtet!«, fauchte Katie zurück, als Mrs. Armstrong sie entdeckte, wiedererkannte und ihnen zuwinkte. Vielmehr hatte sie Ross entdeckt. Denn Katie hatte an Hannahs Kennenlerntag keine Zeit gehabt.

Angelica war mittlerweile zum nächsten Pärchen übergegangen und begrüßte den kleinen Mann und seine vollbusige Frau. »Sie beide sehen aus, als wüssten Sie bereits, wie man sich auf der Tanzfläche bewegt.«

Die Frau war von bescheidenem Stolz erfüllt. Trotz ihrer

bequemen absatzlosen Schuhe überragte sie ihren Ehemann um gute sieben bis acht Zentimeter. Doch während sie in ihrem karamellfarbenen Twinset wie ein Mauerblümchen wirkte, schien ihr Mann ein wahrer Schillervogel zu sein. Sein dunkles Haar glänzte ebenso stark wie seine schwarzen, polierten Schuhe, und unter seinem Ärmel schimmerte eine Golduhr hervor, die hervorragend zu den Goldknöpfen seiner Klubjacke passte.

»Ich denke, wir können gut und gerne von uns behaupten, bereits eingehende Erfahrungen auf diesem Gebiet gesammelt zu haben«, erklärte er und schob die Ärmel nach oben. »Ich bin Baxter, und das ist meine treue Seele, meine Frau Peggy. Vielleicht sollte ich vorausschicken, dass wir zwar keine Anfänger mehr sind, uns aber ab und zu einen kleinen Auffrischungskurs genehmigen. Nicht wahr, Peggy? Es gibt immer etwas Neues, das man noch lernen kann. Wir kommen schon seit Jahren zum Tanzen her, schon seit der Zeit, als hier noch die Ted Preston Band spielte.«

»Ich bin sicher, dass Sie uns eine ganze Menge beibringen können«, erwiderte Angelica.

Katie bemerkte den scheuen Blick, den Peggy Angelica zuwarf. »Natürlich wissen wir alles über Sie, Angelica«, entgegnete sie mit einer sanften, unsicheren Stimme, als sei sie es nicht gewohnt, für sich zu sprechen. »Wir haben Ihre Karriere seit Jahren verfolgt, nicht wahr, Baxter?«

Angelica schien überrascht und sehr erfreut zu sein. »Tatsächlich?«

Auch Katie war überrascht. Sie hatte keine Ahnung gehabt, dass Angelica eine Karriere gehabt hatte, die man hätte verfolgen können.

»Oh, ja!«, wollte Peggy gerade sagen, »Sie haben die ganze Stadt stolz gemacht mit Ihren –«

Doch was auch immer sie hatte sagen wollen, ging unter, als Baxter sie harsch unterbrach. Er nahm Angelica geradezu in die Mangel und löcherte sie, welche Tanzschuhe sie tragen sollten, zu welcher Musik getanzt werden würde und ob sie ihre »Schüler mit diesen schrecklichen modischen Tänzen quälen« oder lieber bei den »richtigen« Tanzschritten bleiben würde.

Katie beobachtete, wie sich Peggy wieder zurückzog und den Blick scheu zwischen ihrem Ehemann und der Tanzlehrerin hin- und herwandern ließ. Dies musste sie Ross eindeutig zugutehalten – er fiel ihr nie ins Wort.

Katies Aufmerksamkeit wurde auf die zwei Frauen gelenkt, die sich darüber zu einigen versuchten, wer sich zuerst vorstellen sollte. Obwohl sie sich gegenseitig immer wieder mit den Ellbogen anstießen, wanderten ihre Blicke immer öfter und verzweifelter zur Tür hinüber.

Bürokolleginnen, nahm Katie an, die hergekommen waren, um Männer kennenzulernen. Nicht, dass es hier jemanden gegeben hätte, den sie hätten kennenlernen können – wie es aussah, würden die zwei wohl miteinander tanzen müssen.

»Nun, wie sieht es mit Ihnen beiden aus?«, fragte Angelica.

»Mein Name ist Chloe«, antwortete die Größere mit den blonden Korkenzieherlocken und schob ihre Brille ein wenig höher, während sie sprach. Mit ihrer Stupsnase, den strahlend grünen Augen und den vielen Haaren sah sie ein wenig aus wie eine Spielpuppe.

Ihre Freundin wirkte dagegen wie eine Bulldogge mit Verdauungsstörungen. Ihre Gesichtszüge waren auf die Mitte des Gesichts konzentriert, und so wie es aussah, war sie durchaus in der Lage, jemandem den Arm abzubeißen, sobald sich ihr dazu auch nur die kleinste Gelegenheit bot. »Ich bin Trina«, stellte sie sich vor. »Und ich bin zwar mit *ihr* hier, aber nicht mit ihr *zusammen*, wenn Sie wissen, was ich meine. Ich bin nicht so eine. Was mich betrifft, jedenfalls.«

»Trina!«, rief Chloe und wirkte zwar empört, jedoch nicht

sonderlich überrascht, als sie ihr den Ellbogen in die Seite rammte.

»Na ja, ich will ja nicht unhöflich sein, Chloe, aber man weiß ja schließlich nie ...!«, antworte Trina, rempelte zurück und konzentrierte sich dann wieder auf Angelica. »Kommen eigentlich viele männliche Singles zu Ihren Kursen?«

»Das weiß ich nicht«, antwortete Angelica. »Dies ist doch erst die erste Woche.«

»Verdammt«, murmelte Trina, woraufhin Chloe sie erneut ermahnend mit dem Ellbogen anstieß.

»Wunderbar«, schloss Angelica und klatschte in die Hände. »Sollen wir nun anfangen?« Als sie sich in die Mitte des Saals bewegte, folgte ihr die Gruppe wie eine Herde Schafe. »Normalerweise wechselt die Anzahl der Teilnehmer ständig und hängt nicht nur vom Wetter, sondern auch vom Fernsehprogramm ab. Machen Sie sich also keine Gedanken über Tanzpartner. Wenn Sie erst einmal den Dreh heraushaben, werde ich Sie ohnehin mischen. So!«

Sie drehte sich elegant auf dem Absatz um, um die Gruppe anzusehen, und stemmte die Hände in die Seiten, während sich ihr Rock wieder um ihre Beine legte. »Bevor wir unseren ersten Tanz lernen, beginnen wir damit, einfach nur auf und ab zu gehen, um Sie daran zu gewöhnen, sich in der Gruppe zu bewegen. Stellen Sie sich dazu bitte jeweils gegenüber voneinander auf, und legen Sie die Hände auf die Schultern Ihres Gegenübers.«

Katie drehte sich zu Ross um und fühlte sich gehemmt. Das war immer so, wenn sie sich in der Öffentlichkeit bewegen sollte. Sie mochte das Gefühl einfach nicht, dass alles Mögliche passieren konnte und sie sofort auf alles reagieren musste – und das dazu auch noch vor fremden Leuten. Die Badmintonspiele, die Ross gegenüber dem Therapeuten erwähnt hatte, waren das Äußerste, wozu sie bereit gewesen war – andererseits hätte sie damals fast alles in Kauf genommen, um in seiner Nähe sein zu können. Ross mochte sich vielleicht über ihr Konkurrenzdenken geärgert haben, doch der einzige Weg, um mit ihren Ängsten klarzukommen, hatte darin bestanden, sich darauf zu konzentrieren, die Beste zu sein und alles richtig zu machen.

Ross grinste und breitete die Arme aus.

Er hatte natürlich keinerlei Hemmungen dieser Art und konnte mit den Kindern Purzelbaum schlagen und für sie den Clown machen – auch etwas, was in ihr nur noch mehr Minderwertigkeitskomplexe auslöste.

Katie verzog das Gesicht, breitete die Arme aus und balancierte sie auf Ross' hängenden Schultern. Sie konnte seine warme Haut durch den Baumwollstoff des Hemdes spüren; es fühlte sich seltsam vertraut an, obwohl die Haltung doch recht umständlich war. Sie standen einander so nahe, dass sich ihre Fußspitzen berührten und sie es nicht vermeiden konnte, ihm direkt in die Augen zu schauen. Eigentlich sollte sie es romantisch finden, dachte Katie. Doch das tat sie nicht. Es war eher das genaue Gegenteil. Wir sind hier, weil wir nicht mehr wissen, wie wir miteinander Romantik erleben sollen.

Ross zuckte mit den Augenbrauen. »Ist das nicht das *Lächerlichste*, was wir je getan haben?«, flüsterte er.

»Nicht!«, murrte Katie. »Du bringst mich völlig aus dem Konzept.«

»Oh Gott, werd mal wieder locker«, brummte Ross. Sie wollte ihm erklären, warum sie sich albern vorkam, doch dazu blieb keine Zeit.

»Kommen Sie, Katie, entspannen Sie sich mal ein wenig! Sie sollen mit ihm tanzen, nicht mit ihm ringen!«, ermahnte sie Angelica, die plötzlich hinter ihnen auftauchte. »Alle mal hersehen!«, rief sie dann zu Katies jähem Entsetzen. »Ich möchte, dass Sie einfach rückwärtsgehen, Katie. Ross, Sie gehen vorwärts. Los geht's! Schauen Sie nicht nach unten, schauen Sie sich nicht gegenseitig auf die Füße! Schauen Sie einander an! Passen Sie sich an Ross' Geschwindigkeit an, Katie. Und Ross, denken Sie nicht über die Schritte nach, sondern konzentrieren Sie sich lieber darauf, Katie anzusehen und den Platz einzunehmen, den Katie gerade eben noch eingenommen hat.«

Katie zuckte zusammen, als Ross ihr auf den Fuß trat.

»Autsch!«, rief sie vorwurfsvoll und starrte ihn böse an.

»Das war Ihr Fehler, Katie!«, erklärte Angelica.

»Warum das denn? *Er* ist mir doch auf den Fuß getreten!«

»Sie haben ihn zu sich gezerrt. Fahren Sie fort. Sie müssen einfach nur gehen … und gehen … nein! Jetzt zerren Sie schon wieder an ihm! Sie müssen *ihm* gestatten, *Sie* zu führen! Soll ich es Ihnen einmal zeigen?«

Ohne Katies Antwort abzuwarten, trat Angelica zwischen die beiden, legte ihre Hand auf Ross' Schulter und deutete ihm mit einem Kopfnicken an, vorwärtszugehen.

»Sehen Sie? Ich beobachte ihn und suche sein Gesicht nach Anzeichen oder Signalen ab und trete nach hinten, trete nach hinten …«

Katie beobachtete, wie Ross und Angelica den hinteren Teil des Saals mit gleitenden Schritten durchquerten. Ihre Beine bewegten sich perfekt im Takt miteinander, und sie ließen sich gegenseitig keine Minute aus den Augen. Ross' Stirn, die er zu Beginn vor Konzentration gerunzelt hatte, entspannte sich wieder, und ein Lächeln brachte sein Gesicht zum Strahlen, als hätte Angelica einen Zaubertrick gefunden.

»Haben Sie das gesehen? Meine Damen, zeigen Sie mir Ihre *Sohlen*, wenn Sie rückwärtsgehen – es wird Ihnen dabei helfen, seinen Füßen aus dem Weg zu gehen … Lauren, achten Sie auf Ihre Füße! Oje!«

Katie war fast erleichtert, als der große, blonde junge Mann auf Laurens Fuß trat, sodass sie aufschrie. Er schien noch nervöser zu sein als Katie.

Angelica tänzelte zu ihnen hinüber und übernahm für Lauren, wobei ihr kleines, zierliches Wesen den Jungen noch riesiger und klotziger wirken ließ.

»Komm schon«, sagte Ross und streckte die Arme aus. »Lass es uns noch einmal probieren.«

Widerwillig legte Katie ihre Arme auf die seinen.

»Schau mir ins Gesicht«, forderte er sie auf. »Ich werde die Augenbrauen heben, wenn ich loslege.«

»Du musst mich nicht bevormunden!«, knurrte sie. »Nur weil du's beim ersten Mal gleich richtig gemacht hast!«

Doch Ross zog die Augenbrauen hoch und bewegte seine Füße, und Katie gab sich Mühe, im Takt mit ihm zu bleiben und zu erraten, wann er einen Schritt nach vorn machen würde.

»Sie zerren schon wieder an ihm, Katie!«, ertönte eine Stimme quer durch den Saal. »Lassen Sie ihn einfach dorthin treten, wo Ihre Füße zuvor waren …«

»Warum hackt sie eigentlich immer auf mir herum?«, murmelte Katie. »Wie kommt es, dass sie uns die ganze Zeit über beobachtet?«

»Sie beobachtet alle«, erklärte Ross. »Und eins, und zwei, und drei, und vier … Autsch!«

»Was?«

»Du hast mir auf den Fuß getreten!«

»Nein, habe ich nicht!« Katie hielt inne. »Du hast ihn einfach am falschen Ort stehen gelassen.«

»Und jetzt werden wir es genau andersherum machen«, verkündete Angelica, »da die Damen manchmal Schritte nach vorn machen und die Herren dann rückwärtsgehen müssen. Also, meine Damen: Machen Sie einen Schritt nach vorn und visieren Sie den Platz an, auf dem sich Ihr Partner gerade befindet. Und Schritt, und … Katie, darin sind Sie viel besser, nicht wahr?«

»Ach, lass mich doch in Ruhe«, murmelte Katie und starrte Ross an.

»Schschsch!«, kicherte er.

»Hör auf zu lachen!«, knurrte sie verärgert. »Du siehst dabei aus wie ein Mädchen.«

Aus der anderen Ecke des Saals ertönten plötzlich ein Gekreische und Getöse, und als sich Katie umschaute, sah sie, dass Lauren und ihr Verlobter (er hieß Chris, oder?) in die übereinandergestapelten Stühle gefallen waren.

»Na, das ist eine Premiere!«, rief Angelica. »Normalerweise passiert so etwas erst, wenn wir zu den Drehungen kommen. Steht auf, ihr zwei. Kommt schon, es ist nichts passiert!«

»Seien wir ehrlich, Katie, wir sind gar nicht mal so schlecht«, hielt Ross fest.

»Aber nur, weil ich keine Lust habe, mich bloßzustellen«, entgegnete Katie und biss die Zähne zusammen. »So, jetzt gehst du vorwärts …«

Es dauerte noch eine gute Viertelstunde, bis Angelica überzeugt war, dass alle auf und ab gehen konnten, ohne sich dabei gegenseitig zu verletzen. Schließlich verkündete sie, dass es nun so weit sei und sie ihren ersten Tanz lernen würden.

»Ich schlage vor«, sagte sie und klatschte in die Hände, »wir beginnen mit einem Rock'n'Roll-Schritt. Dieser Schritt ist sehr einfach und schnell zu lernen. Wenn Sie Ihre Füße nicht bewegen wollen, Christopher, können Sie mehr oder weniger auch einfach stehen bleiben und Lauren all die raffinierten Schritte überlassen.«

»Gut«, erwiderte Lauren und sah wütend zur Seite.

Nichts hatte sich gebessert, Chris hatte den Bogen einfach nicht raus. Sie war fast sprachlos, wie unglaublich linkisch und plump sich Chris – der König des Ausweichmanövers auf dem Rugbyfeld – bei etwas anstellen konnte, was so leicht war, dass selbst sie es mit links hinbekam.

»Tatsächlich ist Rock'n'Roll – den man auch als Jive bezeichnet – der Tanz, den jeder Vater aufs Parkett legt, wenn der DJ aktuelle Musik laufen lässt«, fuhr Angelica mit einem Augenzwinkern in Richtung von Laurens Eltern fort. »Dieser Tanz passt zu ziemlich jeder Musik, nicht wahr?« Sie reichte Frank eine Hand. »Sie sehen aus wie ein Mann, der seinerzeit schon ein paar Mal Rock'n'Roll getanzt hat. Würde es Ihnen etwas ausmachen, mit mir gemeinsam die Schritte zu demonstrieren? Wenn Sie erlauben, Bridget?«

Bridgets Gesicht glänzte vor Freude, dass die bezaubernde, glamouröse Angelica mit ihrem Frank tanzen wollte. »Aber natürlich!«

Katie entging nicht, wie Lauren Chris den Ellbogen in die Rippen stieß und dabei kaum ihren Stolz verbergen konnte.

Angelica nahm Franks Hände und redete mit den Kursteilnehmern über ihre Schulter hinweg, als sie begannen, sich zu bewegen. »Wir verlagern unser Gewicht nach links, nach rechts, dann folgt ein Rückwärtsschritt«, erklärte sie und streckte dabei ihre Hüfte heraus, »und dann … Ooooh!«

Frank drehte sie im Kreis, ließ ihren Rock hochfliegen und drehte sie dann in die entgegengesetzte Richtung. Angelica lachte und nahm die Herausforderung an. Sie tanzten weiter, wechselten die Hände bei einer kleinen Drehung, die Frank hinter ihr tanzte, bevor sie dann mühelos im Takt wieder zum Grundschritt zurückkehrten.

Katie starrte sie verblüfft an. Alles sah so sanft und geschmeidig aus! Dabei machte Frank eher den Eindruck, als sei er einer dieser Männer, dessen Herz ausschließlich für den neusten Rasenmäher-Katalog schlug.

»Ho, ho, ho, Dad!«, rief Lauren. »Jetzt noch einmal langsamer! Ich habe nichts davon behalten.«

»Das war auch die Version für Fortgeschrittene«, erklärte Angelica, als Frank sie ein letztes Mal drehte, dieses Mal jedoch mit seiner Hand über ihrem Kopf. »So, gut jetzt! Ich denke, wir haben alle einen Vorgeschmack davon bekommen, was Ihr Vater bei Ihrer Hochzeitsfeier tun wird«, lachte Angelica, klopfte sich auf die Brust und tat so, als müsse sie verschnaufen, als Frank, rot vor Anstrengung, wieder zu Bridget zurückkehrte.

Katie blickte nervös zu Ross hinüber, doch dieser schien geradezu an Angelicas Lippen zu hängen.

»Wir werden gemeinsam beginnen«, erklärte Angelica. Dann gab sie laut die Schrittfolge vor, während die Kursteilnehmer ihren Anweisungen folgten und mühsam von einem Fuß auf den anderen traten. »Machen Sie *kleine* Schritte. Jetzt die Damen … Den anderen Fuß, Katie!«

Herzlichen Dank, dachte Katie und kam schon wieder mit dem rechten und dem linken Fuß durcheinander. Lenk ruhig alle Aufmerksamkeit auf mich – warum auch nicht?

Angelicas wachsamem Auge entging nichts, und ihr Tonfall wechselte von Ermutigung über zarte Sticheleien bis hin zur vorgespielten Bestürzung. »Chris, Sie sollen keinen *Ausfallschritt* machen! Sie sind hier nicht beim Aerobic! Verlagern Sie nur Ihr Gewicht vom einen auf das andere Bein, und machen Sie dann einen Schritt zurück – das ist alles! Lauren – wenn er weiterhin so zappelt und herumtrampelt, werden wir ihn einfach zwischen zwei Stühle zwängen. Manche brauchen eben ein wenig länger, bis sie es kapiert haben. Machen Sie sich also bitte keine Sorgen … Wenn ich gleich die Musik anmache, wird sich schon alles zusammenfügen. Was wollen Sie hören? Bill Haley? Etwas von Elvis? Schauen wir mal …«

Angelica ließ »Summertime Blues« auf ihrem CD-Player laufen und schnippte laut mit den Fingern im Takt zur Musik.

Neidisch beobachtete Katie die beiden älteren Pärchen, die sich mit minimalem Aufwand zu bewegen schienen und elegant von einer Position in die nächste glitten. Bei ihnen sah alles so einfach aus, als seien sie in Wirklichkeit Teenager und der Rest von ihnen Greise, die sich ungeschickt und steif durch die Grundschritte schleppten. Sie fragte sich, warum sie bei ihrem Können überhaupt hier waren, doch falls sich Angelica dieselbe Frage stellte, so zeigte sie es jedenfalls nicht.

»Oh, Baxter, Sie bewegen sich wirklich toll«, lobte sie, »Peggy, Sie können sich wirklich glücklich schätzen.«

»Vielen Dank, ich weiß«, erwiderte Peggy. Ihre bequemen Hush-Puppies-Schuhe glitten geräuschlos über das Parkett, als Baxter sie ausscheren ließ, sie drehte und mit ihr eine Schrittfolge tanzte, die die beiden wahrscheinlich zwanzig Jahre vor Katies Geburt gelernt hatten. Katie fiel auf, wie Peggy Baxters dezenten Signalen gehorchte und anschließend in Angelicas Gesicht nach Anerkennung suchte.

Die anderen zwei, die Armstrongs, gaben sich nicht so prahlerisch und auffällig, sondern tanzten so, als seien sie bei einer Hochzeit. Das Lächeln, das gelegentlich in ihren Gesichtern erstrahlte, ließ schöne Erinnerungen an früher erahnen.

»Langsam kommt alles wieder«, hörte Katie Mrs. Armstrong kichern, als sie aneinander vorbeitanzten.

Neben ihnen drehte Chris Lauren in die falsche Richtung und kugelte ihr dabei fast den Arm aus.

»Aua!«, schrie Lauren, hielt sich die Schulter und starrte ihn mit einer Mischung aus Ärger und Überraschung an. »Chris!«

»Du hast dich in die falsche Richtung gedreht!«, erklärte er.

»Nein, hat sie nicht«, fiel ihm Angelica ins Wort. »Lassen Sie es mich Ihnen noch einmal zeigen …« Sie nahm Chris' Position ein und legte eine Hand um Laurens Taille, obwohl Lauren sie um einiges überragte. »Langsam, langsam, und zurück, langsam, langsam; heben Sie die Hand, damit sie weiß, dass Sie sie nun drehen werden; langsam, langsam, und schon haben Sie es geschafft!«

Lauren war sichtlich überrascht, als sie eine fehlerlose Drehung vollbrachten, die so elegant war, dass sie mit offenem Mund staunte. »Wow!«, rief sie begeistert. »Chris, schnell, lass uns das noch einmal probieren, bevor ich vergesse, wie es geht!«

Sie packte ihn und begann zu zählen.

Wenn die beiden das können, sollte ich es doch wohl auch können, dachte Katie und drehte sich wieder zu Ross um.

»Sollen wir es noch einmal probieren, bevor die Musik zu Ende ist?«

»Klar«, antwortete Ross und lächelte.

Katie spürte, dass die Rock'n'Roll-Musik in ihr den unbändigen Wunsch weckte zu tanzen, und sie wollte *unbedingt* die Schritte in die richtige Reihenfolge bekommen, damit Ross und sie ebenso dahingleiten konnten wie Baxter und Peggy oder sogar Frank und Bridget, die vergnügt wie Teenager den »Chicken Step«, den Grundschritt, miteinander tanzten.

Doch es wollte einfach nicht klappen. In ihrer Vorstellung konnte Katie tanzen, doch wenn sie sich an Ross' Schritte anpassen wollte, schien jede Koordinierung im Nu verschwunden zu sein, und sobald ihre Beine zögerten, trampelte sie Ross auf die Füße und verdrehte seine Finger.

»Du musst es mir schon signalisieren, wenn du mich drehen willst!«, fuhr sie ihn an.

»Das tue ich doch«, jammerte Ross. »Aber du willst mich ja nicht ansehen!«

»Das wird schon«, rief Angelica im Vorbeigehen und lenkte damit alle Aufmerksamkeit auf Katies Ungeschicklichkeit. Ihr Gesicht brannte vor Scham.

Sie konnte sich nicht im Entferntesten vorstellen, wie dieses Getrampel ihre Ehe retten sollte. Wenn überhaupt, würde der Tanzkurs auf grausame Art und Weise beweisen, wie fremd sie einander geworden waren.

4

Freitagabend war für die Parkinsons der »Heimabend«. Nachdem sie alle Hoffnungen aufgegeben hatten, jemals wieder ein Restaurant zu betreten, ohne dabei Malbücher bunt ausmalen zu müssen, wechselten Katie und ihre beste Freundin Jo sich dabei ab, so zu tun, als ginge man schick essen, allerdings abwechselnd im Haus des jeweils anderen, während die Kinder oben im Bett lagen und tief und fest schliefen. Das Geld, das sie für Babysitter gebraucht hätten, wurde stattdessen für ein oder zwei gute Flaschen Wein ausgegeben.

Katie und Jo Fielding hatten sich beim Geburtsvorbereitungskurs kennengelernt und waren einmal im Anschluss unerlaubterweise einen Cappuccino zusammen trinken gegangen. Von diesem Augenblick an waren sie Freundinnen gewesen. Hannah und Molly waren beide fast fünf Jahre alt, und Jos Baby Rowan war kaum älter als Jack. Während Katie jedoch wenige Monate nach Jacks Geburt wieder angefangen hatte zu arbeiten, hatte Jo es sich dank Gregs gutbezahltem IT-Beraterjob leisten können, ihre Stelle in einem Maklerbüro an den Nagel zu hängen und sich rund um die Uhr ihren Mutterpflichten zu widmen. Infolgedessen traf Ross Jo nun öfters als Katie – auf dem Spielplatz, beim Abholen in der Schule –, doch Katie freute sich stets auf die gelegentlichen Mittagessen, die sie ein wenig gehetzt zu sich nahmen, sowie auf die besagten Freitagabende. Mit Jo konnte man viel lachen.

Da Katies neuestes Projekt ihr schon jetzt übermäßig viele

Überstunden abverlangte, wäre sie auch gut und gerne ohne die freitagabendlichen Pflichten als Gastgeberin ausgekommen. Doch für die Chance, einen Abend mit sympathischen Erwachsenen verbringen zu können, hätte sie Berge versetzt.

»Tut mir leid, aber das Essen ist noch lange nicht fertig«, entschuldigte sie sich zum dritten Mal und versuchte verzweifelt, das Küchengarn von den Hähnchenschenkeln zu lösen, damit sie noch ein wenig Zitrone in das Innere des Vogels schieben konnte. Eine völlig überteuerte ungespritzte Zitrone, die sie acht Minuten zuvor noch im Tante-Emma-Laden um die Ecke gekauft hatte. »Ross hatte die letzte Zitrone aufgebraucht, um Madame – Hannah ist offenbar unter die Vegetarier gegangen – ein paar Pfannkuchen zu backen. Natürlich hat er mir das erst gesagt, als ich von der Arbeit nach Hause gekommen war und gerade mit den Essensvorbereitungen beginnen wollte – *nachdem* ich die Pfannkuchensauerei beseitigt hatte. Deswegen musste ich schnell noch einmal los zum Einkaufen, während er die Kinder gebadet hat und –«

Jo legte beschwichtigend eine Hand auf Katies Arm. »Katie. Beruhige dich mal wieder. Wir haben doch keine Eile.« Sie setzte das Weinglas neben dem Schneidebrett ab und schenkte nach. »Die Kinder sind im Bett, der Wein steht auf dem Tisch, unsere Ehemänner unterhalten sich über … irgendetwas, und es gibt keinen Babysitter, der sich um Mitternacht auf den Heimweg machen muss. Ich will nicht, dass du dich wegen des Essens so unter Druck setzt – mir ist es wirklich *egal*, wann es fertig ist. Wir zwei trinken jetzt erst einmal ein Glas Wein und *entspannen* uns.«

Katie verpasste der Zitrone einen letzten Stoß und schob das Huhn in den Bräter.

»Oder muss ich dir etwas unter den Wein mischen?«, fragte Jo. »Ich meine es ernst! Ich habe ein Beruhigungsmittel in meiner Handtasche.«

Katie verzog das Gesicht zu einem schiefen Lächeln. »Tut mir leid«, entschuldigte sie sich und hielt die Hände kurz unter den Wasserhahn. »Die Arbeit ist schuld. Das neue Projekt ist meiner Karriere sicher äußerst förderlich, aber jedes Mal, wenn ich das Büro auch nur für zehn Minuten verlasse, scheinen sie wieder eine neue Besprechung anzuberaumen.«

»Vergiss jetzt mal die Arbeit«, sagte Jo entschlossen. »Du bist jetzt zu Hause. Mit deinen Freunden und deinem Ehemann.«

Katie nahm einen kräftigen Schluck Wein. »Oh Gott«, seufzte sie und starrte hilflos auf das Hähnchen, das im Bräter lag, die Beine kläglich gespreizt, als warte es auf einen Abstrich.

»Wo ist denn jetzt schon wieder das Küchengarn, um alles festzubinden? Und ich habe vergessen, das Hähnchen zu wiegen. Wie lange würdest du es im Backofen lassen? Nur so ungefähr?«

»Hier.« Jo reichte ihr die Weinflasche und suchte in dem Chaos nach dem Küchengarn. »Lass mich das mal machen.«

Jo würde das Garn finden, dachte Katie. Sie war einfach so: ein Magnet im Haushalt, eine perfekte Göttin in den eigenen vier Wänden, jedoch ohne viel Wirbel darum zu machen. Das hatte sie gar nicht nötig. Alles rund um ihre Rolle als Mutter schien ihr mit links zu gelingen. Zwar hatte Jo nach Rowans Geburt ihr ursprüngliches Gewicht nicht wiedererlangt, obwohl sie Katie fest versprochen hatte, sie zur Rückbildungsgymnastik im Fitnesscenter zu begleiten. Doch tatsächlich sah sie jetzt besser aus als in schlankeren, früheren Zeiten, als sie noch ihre Makleranzüge getragen hatte. Jetzt trug sie oftmals wallende, fließende Röcke und weich fallende Kittelkleider. Dazu hatte sie Hüften bekommen, auf denen sich Babys instinktiv wohlzufühlen schienen, wenn sie sich behaglich an sie schmiegten. Jo verströmte gesunden Menschenverstand und Güte wie ein schokoladiges Parfum und war sich dabei überhaupt nicht bewusst, wie attraktiv sie dies machte. Sie hatte etwas an sich, was unweigerlich den Wunsch weckte, sie zu berühren.

Zwar hatte Katie einen flacheren Bauch, aber sie war dennoch eifersüchtig auf Jo. Der Drang, Eddie Harding immer zwei Schritte voraus zu sein, hatte ihr zwar geholfen, sich schnell wieder in ihre alten Kostüme zu zwängen, doch die Konsequenz war, dass sie dadurch heute leider fünf Jahre älter aussah.

»Als du wieder angefangen hast zu arbeiten, hattest du dir fest vorgenommen, dich nicht von deinen Projekten in den Wahnsinn treiben zu lassen«, erinnerte sie Jo. »Ah, da haben wir ja das Küchengarn, sehr gut!«

Katie zögerte. »Es liegt nicht an der Arbeit, vielmehr …« Sie hielt inne, da sie nicht wollte, dass ihre schlechte Stimmung den Abend ruinierte. »Ich nehme an, es liegt daran, dass der Herbst allmählich Einzug hält. Ich hab's gemerkt, als ich das Auto draußen geparkt habe. Es war verdammt kalt!«

Während sie sprach, peitschte eine kräftige Windböe um das Haus, ließ die Blätter in dem kleinen Garten rauschen und die ersten Regentropfen gegen das Fenster prasseln. Der lange Altweibersommer war nun endgültig vorbei, und eine schneidende Kälte lag in der Herbstluft.

»Ich *liebe* diese Jahreszeit«, erklärte Jo, schob ihre langen braunen Locken mit einer Klammer zurück und würzte das Huhn mit Salz und Pfeffer. Ein paar Locken, die sich wieder selbstständig gemacht hatten, schob sie sich geistesabwesend hinter das Ohr. »Du kannst dich kuschelig warm anziehen, sodass niemand deine Rettungsringe bemerkt, du hast immer eine gute Entschuldigung für eine heiße Tasse Kakao, und Molly liebt es, *stundenlang* im Herbstlaub zu spielen.«

»Schon, aber mach mal eine Baubesichtigung im strömenden Regen!«, entgegnete Katie. »Entschuldigung! Tut mir leid! Okay, ich höre ja schon auf. Kein Wort mehr über die Arbeit!«

Sie nahm einen weiteren Schluck Wein. Jetzt, da das Huhn

bratfertig und von den Kindern im oberen Geschoss immer noch kein Ton zu hören war, kam sie allmählich zur Ruhe.

»Ich finde deine Küche einfach toll«, stellte Jo plötzlich fest. »Sie ist so gemütlich und warm.«

»Bist du verrückt geworden?« Katie sah Jo mit großen Augen an. Ross hatte eigentlich das Haus auf Hochglanz bringen sollen, bevor die Fieldings zu Besuch kamen, doch wie immer hatte er den Nachmittag damit verbracht, ein noch größeres Chaos zu veranstalten und mit Hannah Verkleiden gespielt. »Siehst du denn nicht, wie *dreckig* es hier ist? Außerdem besteht unsere Küche aus zusammengewürfelten Küchenmöbeln aus dem Baumarkt!«

»Katie, Greg hat die Kartoffeldruckbilder der Kinder vom Kühlschrank abgenommen. Er meinte, sie würden den Lack beschädigen. Den Lack beschädigen! Und das bei einer Putzfrau, die drei Mal die Woche kommt!«

Katie dachte insgeheim, dass dies eigentlich kein Grund zur Beschwerde war, wenn man bedachte, wie oft Ross es nicht schaffte, wie versprochen den Haushalt zu erledigen. Immerhin hatte Greg die komplette Überholung der Küche bezahlt. Doch Katie lächelte trotzdem.

Jo bückte sich, um das Huhn in den Ofen zu schieben. Als sie sich wieder aufrichtete, schaute sie Katie mit ernster Miene an.

»Hör mal. Da wir gerade unter uns sind, wollte ich dich fragen, wie es zwischen dir und Ross läuft? Ich hatte das Gefühl, dass die Stimmung bei unserer Ankunft ein wenig angespannt war.« Jo warf Katie einen besorgten Blick zu und versuchte, aus ihrer zurückhaltenden Miene etwas herauszulesen. »Das Problem ist nicht nur die Zitrone, oder?«

»Ja. Und nein.« Katie rang mit sich. »Die Sache mit der Zitrone ist einfach nur … typisch.«

»Komm schon, sag's mir. Ich bin doch nicht blind! Ich sehe doch, dass irgendetwas zwischen euch nicht stimmt!«

Katie blickte in Jos aufrichtig besorgte Miene und verspürte plötzlich das überwältigende Bedürfnis, sich all die Schuld, den Kummer und die Verbitterung von der Seele zu reden, die sich über Wochen hinweg bei ihr angestaut hatten. Katies Mutter hatte es noch nie besonders gemocht, wenn man ihr das Herz ausschüttete. Katie konnte sie aber ohnehin nicht anrufen, selbst wenn sie es gewollt hätte. Was aber nicht der Fall war. Außerdem würde sie die Probleme sozusagen amtlich machen, wenn sie jemandem davon erzählen würde.

»Du musst nicht perfekt sein«, fügte Jo noch hinzu. »Keiner von uns ist perfekt.«

Jos Tonfall beruhigte sie ein wenig, und sie merkte, wie sich in ihrem Inneren etwas löste.

»Nein«, gab sie schließlich zu. »Es läuft gerade nicht so gut. Wir streiten uns nicht wirklich, und wir würden es auch nie vor den Kindern tun, aber …«

So kam es, dass Katie ihr eine abgespeckte, verkürzte Version dessen erzählte, wie sehr sie Ross' märtyrerhafte, unmännliche Abhängigkeit in den Wahnsinn trieb. Sie wollte eigentlich gar nicht erzählen, dass sie sogar zu einem Paartherapeuten gingen, aber irgendwie war es ihr dann doch herausgerutscht. Als Katie es aussprach, hatte sie das Gefühl, eine unglaubliche Last würde ihr von den Schultern genommen. Gleichzeitig wurde sie von einem neuerlichen Anflug von Trauer übermannt.

»… Und ich bin gemein zu ihm, weil ich müde bin, aber ich bin müde, weil ich den ganzen Tag über in einem Büro arbeite und dann, wenn ich nach Hause komme, noch die Waschmaschine anstellen muss, weil Ross natürlich wieder nur daran gedacht hat, die Kindersachen zu waschen. Danach muss ich dann noch Abendbrot machen, weil er den Kindern nur Müsli vorsetzen würde, wenn es nach ihm ginge. Dann muss ich mich noch darum kümmern, dass das Telefon nicht abgestellt wird, weil die Rechnungen nicht pünktlich gezahlt worden sind. Ross zahlt einfach keine einzige Rechnung – weil er dazu angeblich keine Zeit hat. Es kümmert ihn nicht, ob er *mich* glücklich macht, er interessiert sich nur für die Kinder. Und dabei vermisse ich die Kinder. Schrecklich sogar.« Katie schenkte sich Wein nach. »Ich vermisse Jack. Ich vermisse es, ihn ins Bett zu bringen. Ich bekomme nicht mit, wenn er neue Dinge lernt – ich *höre* immer nur davon. Ross kümmert sich um die Kinder, und ich muss mich um Ross kümmern. Aber so war das nicht geplant gewesen!«

»Ich weiß«, antwortete Jo mitfühlend. »Ihr beide scheint unter großem Druck zu stehen. Aber du und Ross, ihr seid ein *tolles* Paar. Es funktioniert doch bei euch!«

»Das denkt jeder.« Katie starrte abwesend aus dem Fenster auf die Schaukel im Garten. Es musste aber auch nicht jeder mit Ross *zusammenleben* – mit diesem weinerlichen, armen, selbstsüchtigen Ehemann, der er in Wirklichkeit war, obwohl er sich nach außen hin immer als der kumpelhafte Dad-von-Hannah-und-Jack gab. Sie schüttelte sich. »Wie auch immer. Wir haben einen Tanzkurs begonnen – eine Hausaufgabe von unserem Therapeuten. Es kann also niemand behaupten, ich hätte nicht alles probiert.«

»Hat dir der Unterricht Spaß gemacht?«, fragte Jo.

»Soll ich ehrlich sein?«

»Katie, wann bist du einmal nicht brutal ehrlich? Also, hat er dir Spaß gemacht?«

»Nein, nicht so richtig.«

»Warum?«

»Ich hatte mir wahrscheinlich vorgestellt, dass Ross mich mitreißt und alles mit einem Mal wie von Zauberhand besser wird, aber …« Katie lächelte kurz, obwohl sie nicht das Gefühl hatte, dafür einen Grund zu haben. »Wir sind grottenschlecht, Jo. Ross ist mir immer wieder auf die Zehen getrampelt, und ich habe ihn in der Gegend herumgezerrt. Und obendrein hat es die Tanzlehrerin auf mich abgesehen, ich schwör's. Ross findet sie natürlich ganz toll. Er hat ihr diesen ›Meine Frau zerrt mich durch die Gegend‹-Blick zugeworfen, und von da an hat sie nur noch auf mir herumgehackt.«

Jo ignorierte die letzte Bemerkung. »Aber ihr geht zur nächsten Tanzstunde wieder hin?«

»Ja, schließlich haben wir uns für den gesamten Kurs angemeldet.« Katie tat so, als graute ihr davor. »Wenn wir uns vorher nicht gegenseitig umbringen. Gott sei Dank waren wir nicht die Schlechtesten dort, aber Ross ist im Führen eine absolute Niete. Ich glaube nicht, dass es ihm gefallen hat.«

»Doch, er fand es toll!«, beharrte Jo. »Er hat erzählt, es habe ihm richtig Spaß gemacht und dass ihr zwei hinterher ordentlich lachen musstet. Ich glaube, er – was ist?«

Katie starrte sie an, während sich in ihrem Bauch ein seltsames Gefühl ausbreitete. War sie verstimmt, weil Ross nun öfter mit Jo zu sprechen schien als mit ihr? Ärgerte sie sich, dass Ross sie belogen hatte? »Woher weißt du das?«

»Oh, er hat es kurz erwähnt, als wir uns gestern in der Spielgruppe getroffen haben«, erklärte Jo. »Und bevor du jetzt irgendetwas sagst: Ich habe nicht damit angefangen – *er* war es. Und er hätte es wohl nicht gesagt, wenn es ihm nicht wirklich Spaß gemacht hätte, oder?«

»Hat er erzählt, warum wir dort hingegangen sind?«

Jo schüttelte den Kopf, wobei sich eine weitere Locke aus der Klammer löste. »Mit keinem Wort. Er hat nur gesagt, dass es ein sehr lustiger Abend gewesen sei.«

»Jo, kannst du mir einen Gefallen tun?«, bat Katie. »Könnt ihr beide, Greg und du, nächste Woche nicht auch zum Tanzkurs kommen? Als so eine Art moralische Unterstützung?«

»Natürlich können wir euch begleiten!« Sie lächelte, wobei es Katie innerlich gleich viel wärmer ums Herz wurde. Dann runzelte Jo jedoch die Stirn. »*Ich* werde auf jeden Fall mitkommen. Ich werde es auch Greg sagen, aber er arbeitet derzeit sehr viel außerhalb, deswegen weiß ich nie genau, wann er nach Hause kommt. Diese Woche war er zum Beispiel zwei Nächte lang in Birmingham.« Sie riss sich zusammen und lächelte. »Aber ja, wir sind dabei!«

Katie dachte insgeheim, dass Gregs beruflicher Erfolg nichts war, worüber sich Jo grämen musste. Immerhin unterstützte er sie bei allem, ging regelmäßig Tennis spielen und trug ordentliche, saubere Hemden mit Manschettenknöpfen und einer Krawatte, die er am Abend verführerisch lockern konnte. Katie würde ihm dafür gerne ein paar Abende verzeihen, an denen er später nach Hause kam.

»Wenn nur einer von euch beiden arbeitet, wird er niemals freiwillig darauf verzichten können, die Karriereleiter hinaufzuklettern«, erklärte Katie. »Und zwar nicht, weil er keine Zeit mit euch dreien verbringen will, sondern, weil er sicherstellen will, dass ihr im nächsten Frühjahr wieder nach Disneyland fliegen könnt. Ihr macht immer die schönsten Urlaube!«

»Ich weiß, ich weiß«, seufzte Jo. »Ich habe eigentlich keinen Grund, mich zu beklagen. Aber wir waren beim Tanzkurs. Ja, wir kommen nächste Woche mit.«

»Du musst etwas Schickes tragen, um dich in die ›richtige Stimmung zu versetzen‹«, erwiderte Katie. »Und du kannst dich schon mal auf ein paar sehr persönliche Bemerkungen über die Größe deiner Füße gefasst machen.«

»Meinst du wirklich?« Jo verzog argwöhnisch das Gesicht. »Aber ich glaube kaum, dass ich etwas anderes als Umstandsklamotten im Schrank habe. Ich muss unbedingt neue Kleidung kaufen gehen! Willst du mitkommen? Wie wäre es mit morgen?«

»Ich kann nicht«, antwortete Katie und verzog betrübt den Mund. »Ich habe Hannah versprochen, dass ich mit ihr zu diesem Indoor-Spielplatz gehe, der morgen in Stratton eröffnet. Ich habe es ihr fest versprochen.«

Katie gab Hannah eine Menge Versprechen, um damit wieder wettzumachen, dass sie an spontanen Aktionen nicht teilnehmen konnte. Diese Versprechen auch einzuhalten, erforderte sehr viel Zeit und Kraft, doch Katie war fest entschlossen.

»Sonntag denn?«

»Jo, ich glaube, ich habe leider keine Zeit«, seufzte Katie bedauernd. »Wie ich schon sagte: Die Arbeit nimmt mich im Moment ziemlich in Beschlag. Ich muss am Wochenende noch jede Menge Papierkram und den Wocheneinkauf erledigen – dabei habe ich doch ohnehin schon nur so wenig Zeit für die Kinder.«

Jo dachte angestrengt nach. »Hmmm. Wie wäre es denn, wenn wir am Sonntagmorgen alle in das große Einkaufszentrum fahren. Ross könnte dann den Wocheneinkauf übernehmen – und ich *weiß*, dass Hannah Supermärkte über alles liebt –, während wir beide kurz ins Outletcenter flitzen? Anschließend könnten wir Milchshakes trinken gehen, damit Ross mal ein oder zwei Stunden für sich sein kann? Los, komm schon – wir schlagen zwei Fliegen mit einer Klappe: Du kannst Geburtstagsgeschenke für Hannah und Ross sowie etwas zum Anziehen für dich kaufen und dir dann gleichzeitig mit mir eine Überraschung für die beiden ausdenken!« Jo grinste breit. »Das ist echtes ›Multitasking‹!«

Katie setzte ihr Weinglas ab und kniff die Augen zu. Die Geburtstagsüberraschung: Ein Ausflug in die Center Parks während der Herbstferien, damit Hannah schwimmen gehen konnte und Ross … irgendetwas tun konnte, wobei er nicht auf die Kinder aufpassen musste. Radwandern. Vielleicht aber auch nur Faulenzen. Diese Idee war ihr heute im Kopf herumgegangen. »Darüber habe ich mir noch gar keine Gedanken gemacht.«

Hannah und Ross hatten am gleichen Tag Geburtstag – am 24. Oktober –, was ihre »Daddy und sein kleines Mädchen«-Verbindung nur noch stärker machte. Außerdem hatte dies zur Folge, dass sie und Ross an diesem Tag seit Hannahs Geburt nicht mehr miteinander ausgegangen waren und romantisch zu Abend gegessen hatten. Dieses Jahr jedoch plante Katie, die Kinder bei Jo und Greg zu lassen, damit sie und Ross ein wenig Zeit allein miteinander verbringen konnten. Das einzige Problem dabei war, den betreffenden Tage frei zu halten, da Ross die meisten Absprachen und Termine regelte. Bisher hatten jedoch die viele Arbeit und ihr Unmut das Vorhaben ans Ende ihrer To-do-Liste gerückt.

Um ehrlich zu sein, war es Katie im Augenblick viel wichtiger, *Hannah* zu zeigen, dass sie mit Mummy genauso viel Spaß haben konnte wie mit Daddy, als *Daddy* zu beweisen, dass er mit ihr immer noch Spaß haben konnte. Du musst es einfach versuchen, sagte sie sich. Erst wenn du aufgibst, weißt du, dass es vorbei ist.

Als sie aufschaute, erblickte sie Jos mitfühlende Miene, die keinerlei Anzeichen von Missbilligung erkennen ließ. Dennoch fühlte sich Katie schuldig.

»Du hast ganz schön viel zu tun im Moment, nicht wahr?«

»Allerdings«, stöhnte Katie. Der Arbeitsaufwand für das Städtebauförderungsprojekt mit seinen vielen neuen Geschäften und Wohnungsbauprojekten war gewaltig, und wenn sie hervorragende Leistungen zeigte, würde sie garantiert am Ende des Jahres befördert werden. Wenn sie bis dahin überlebte. Katie schaute sich verzweifelt in der unordentlichen, chaotischen Küche um. Die Wäsche, die sie gestern Abend in die Waschmaschine gesteckt hatte, befand sich immer noch im Trockner. Die Schmutzwäsche, die im Laufe des Tages angefallen war, hätte wahrscheinlich immer noch in einem Haufen vor der Waschmaschine gelegen, wenn Katie sie nicht in der Gemüseschublade versteckt hätte. »In dieser Woche ist die Zeit wirklich wie im Fluge vergangen. Ich habe mir ernsthaft Gedanken über Hannahs Geburtstag gemacht, aber bei der Arbeit darf ich keine persönlichen Telefongespräche führen, und dann …«

Ihre Stimme zitterte vor schierer Erschöpfung.

Bevor sie wusste, wie ihr geschah, kam Jo aus der gegenüberliegenden Küchenecke zu ihr herüber und nahm sie tröstend in den Arm. Sie duftete nach Babypuder und Weichspüler, und Katie verspürte den überwältigenden Wunsch, an Jos Schulter in Tränen auszubrechen. Aus Angst traute sie sich nicht, etwas zu sagen.

»Gönn dir mal eine Pause – du hast so viel Stress.« Jo klopfte ihr mitfühlend auf den Rücken. »Ich weiß, wie hart du arbeitest.«

»Das ist aber nicht alles«, murmelte Katie.

Schuld war der Druck, der andauernde Druck, den alle auf sie ausübten; zu Hause, im Büro, die Anwälte, die Bauunternehmer, Ross …

Doch Jo redete einfach über ihren Kopf hinweg, als hätte sie ganz vergessen, dass sie selbst bis vor einiger Zeit ganz selbstverständlich zwölf Stunden am Tag gearbeitet hatte.

»Im Ernst, Katie: Du musst Prioritäten setzen. Ihr beide, du und Ross, ihr müsst das klären. Vergiss die Arbeit – du kannst immer irgendwo einen Job bekommen.«

Wenn ich aber nicht arbeiten gehe, werden wir kein Zuhause mehr haben, in dem wir *leben* können, dachte Katie verstört. Wenn ich nicht arbeiten gehe, werden die Kinder nie wieder das Innere eines Indoor-Spielplatzes sehen, geschweige denn ihre Geburtstagspartys dort feiern können. Wenn ich nicht arbeiten gehe und es Ross überlassen muss, uns zu ernähren, bedeutet das definitiv das Ende unserer Ehe. Ich kann mich ja nicht einmal darauf verlassen, dass er die Zeitungen zum Altpapier bringt!

Die Verantwortung lastete so schwer auf ihrer Brust, dass sie einen Augenblick lang das Gefühl hatte, keine Luft mehr zu bekommen. Wie könnte Jo sie auch verstehen? Sie hatte unbegrenzte Kreditkarten, einen Ehemann, der ihr ein Haus gebaut und zwei Autos in die Auffahrt gestellt hatte, sowie eine Mutter, die jederzeit im Notfall Babysitten konnte.

»Hmmm?«, fragte Jo und trat einen Schritt zurück, um ihr Gesicht zu mustern. »Sag mir Bescheid, wenn ihr ein wenig Zeit für euch braucht. Ich kann die Kinder gerne ein paar Tage lang nehmen – das würde mir wirklich nichts ausmachen!«

Katie wusste, dass es ihr nichts ausmachen würde und dass sich Hannah bestimmt darüber freuen würde, mehr Zeit in Mollys rosafarbenem Spielzimmer zu verbringen.

»Es wird schon wieder«, antwortete Katie und erinnerte sich mit Grauen an ihre eigene Mutter, die sich sämtlicher Klischees bedient hatte, wenn sie ihren Kummer nicht hatte zugeben wollen. Katie wusste, dass sie sich genauso verhielt: Je gestresster und verzweifelter sie wurde, desto mehr fühlte sie sich verpflichtet, das Gegenteil vorzutäuschen. Der einzige Unterschied zu ihrer eigenen Mutter bestand darin, dass sie sich über ihr Verhalten im Klaren war und sie Hannah niemals beibringen würde, wie man Mummy einen Gin Tonic mixt.

Das Huhn schmeckte sehr viel besser als sonst, und Katie hatte den begründeten Verdacht, dass es wohl daran lag, dass Jo das Huhn gewürzt hatte. Im Gegensatz zu ihr kannte sich Jo einfach damit aus. Andererseits hatte sie aber auch genügend Zeit, die Kochrezepte im hinteren Teil der Zeitschriften zu studieren – die Seiten, auf denen stand, wie man ein Fertiggericht würzen musste, damit es wie ein Essen im Restaurant schmeckte. Irgendwie hatte sie es sogar geschafft, dass das Huhn auf dem Servierteller appetitlicher aussah als sonst.

Es könnte aber auch am Kerzenlicht liegen. Katie starrte auf den Esstisch, der für gewöhnlich eher als Zeitungsablage diente denn als Zentrum von geistreicher Konversation beim Abendessen. Es war Ross' Aufgabe gewesen, im Haus herumzulaufen und alles aufzuräumen, während sie das Abendessen zubereitete. Obwohl das Wohnzimmer immer noch einem

Schuttabladeplatz glich, hatte er es immerhin geschafft, ein Tischtuch auf den Tisch zu zaubern und Kerzen darauf anzuzünden. Der Effekt war beeindruckend; die Gläser glänzten elegant, und die Gesichter der Anwesenden wirkten weniger erschöpft.

»Soll ich noch etwas nachschenken, Katie?« Greg balancierte die Flasche über ihrem Glas. Es war ein »guter Tropfen« aus irgendeinem Weinclub, bei dem er Mitglied war. Er hatte ihr alles lang und breit erklärt, während Ross und Jo sich darüber unterhalten hatten, wie man Schokoladenflecken wieder aus Autositzen herausbekam.

»Ähm, nur ein wenig«, antwortete Katie. Nach zwei Gläsern fühlte sie sich entspannt, doch wenn sie mehr trank, wurde sie schnell rührselig. Und wer weiß, welche Auswirkung dies derzeit haben würde.

»Entschuldigung, Jo, aber du fährst heute, oder?«, sagte er, während er Jos halb leeres Glas übersprang.

»Können wir uns nicht ein Taxi bestellen?«, murmelte Jo.

Greg schien ihre Bemerkung nicht gehört zu haben, da er sich wieder Katie widmete.

»Katie, ich wollte dich schon länger etwas fragen«, erklärte er. »Ich habe mich mit unserem Personalchef darüber unterhalten, nächstes Jahr einen Volontär ins Büro zu holen – wir scheinen eine recht hohe Fluktuation bei den Zeitarbeitskräften zu haben. Ihr beschäftigt doch auch Volontäre in eurer Behörde, oder irre ich mich?«

»Ja, doch.« Sie lehnte sich ein wenig in ihrem Stuhl zurück und war dankbar für Gregs Aufmerksamkeit. »Aber du musst das Auswahlverfahren richtig abstimmen – ich hatte in diesem Jahr einige Probleme mit meinen Volontären …«

Greg brummte interessiert, lockerte seine Krawatte und entblößte dabei ein Stück seines braun gebrannten Halses unter dem blauen Hemd, als er sich vom Tisch abstieß und auf seinem Stuhl nach hinten rutschte. »Tatsächlich? Inwiefern?«

Katie riss sich vom Anblick des Halses los. »Oh, es ist schon erstaunlich, wie schnell sie sich in das Bürowesen einfügen können – insbesondere, wenn sie gerissen sind. Mein Volontär hat einen Pakt mit meinem Chef geschlossen, und ich bin ziemlich sicher, dass er ihm eine Kopie unserer gesamten E-Mail-Korrespondenz zukommen lässt, nur um mich beim kleinsten Fehler sofort ans Messer liefern zu können ...«

»So eine miese kleine Ratte!«, schimpfte Greg und blinzelte dann. »Hast du Beweise dafür?«

Sie bemerkte, dass Ross' Aufmerksamkeit nachließ – wie immer, wenn sie und Greg sich über berufliche Dinge unterhielten. Jo machte ein verschwörerisches Gesicht und beugte sich vor, um sich leise mit Ross zu unterhalten. Sofort leuchteten Ross' Augen auf.

Ich wünschte, er würde mich einmal so ansehen, dachte Katie. Ich wünschte, er würde mich als jemanden ansehen, mit dem er plaudern kann. Ist es mein Fehler, dass es nicht so ist?

»Katie?«, hakte Greg nach.

»Oh. Ich behalte Scott im Auge. Er weiß nicht, dass die Überwachungskamera auf einen Punkt in der Nähe seines Schreibtischs gerichtet ist, deswegen weiß ich über seine langen Mittagspausen sehr genau Bescheid ...«

»Hast du schon gehört, dass sich Leigh Sinton bei Mrs. Hodge über die Snacks zwischendurch beschwert hat?«, flüsterte Jo, und Katie hörte, wie Ross darüber lachen musste. Es klang fröhlich und ungewohnt und hatte so gar nichts mit dem nervösen Gekicher gemein, das Ross beim Tanzen ausstieß.

»Tatsächlich?«

»Angeblich soll sie in ihrem Büro richtig wütend geworden sein, da sie für den Knusperkuchen, den sie letzte Woche gebacken haben, zu billige Schokolade benutzt haben. Töchterchen Delphi reagiert angeblich allergisch auf die Billigmarken der Supermärkte.«

Ross musste wieder lachen. »Ganz im Gegensatz zu ihrer Mutter, die mir erzählt hat, dass sie ihren Prosciutto *nur* bei Aldi kauft.«

»Das ist der einzig wahre Discounter«, stimmte Jo mit unbewegter Miene zu.

»Aber nicht an einem Angebotstag«, fügte Ross hinzu, woraufhin Jo in schallendes Gelächter ausbrach – dies war offensichtlich ein Insiderwitz zwischen den beiden.

Du meine Güte, er klingt wie ein Mädchen, dachte Katie verärgert.

Aber immerhin unterhielt er sich. Bis jetzt war er auffallend still gewesen; er hatte während der Unterhaltung darüber, welchem Bauunternehmer in Longhampton man noch vertrauen konnte, beharrlich geschwiegen und nur ein paar für Katies Geschmack zu höhnische Bemerkungen fallen gelassen, als Greg über die Probleme mit seinem neuen Auto berichtet hatte.

Ross und Greg hatten einander noch nie viel zu sagen gehabt, während Ross und Jo immer ein wahres Feuerwerk an Insiderwitzen parat hatten. Katie erinnerte sich traurig daran, dass es einmal eine Zeit gegeben hatte, in der sie und Jo gemeinsam über Beckenbodentraining und plötzliche Milcheinschüsse gewitzelt hatten. Na ja, die Witze hatte hauptsächlich Jo gemacht.

Katie trank ihren Wein und gab sich Mühe, Gregs Personalprobleme mit interessierter Miene zu verfolgen, während Ross mit verstellter Stimme eine Mutter imitierte, die Katie nicht kannte.

Plötzlich hörte Jo auf zu lachen. »Oh, oh, jetzt können wir uns auf etwas gefasst machen!«, raunte Ross, und sein seltsamer Tonfall ließ Katie aufschauen.

Hannah stand in der Tür. Zerzaustes goldbraunes Haar umrahmte das herzförmige Gesicht, und der überlange rosafarbene Angelina-Ballerina-Schlafanzug lag in Falten über ihren Füßen. Sie blinzelte im hellen Licht des Wohnzimmers wie ein überraschter Maulwurf und hielt das einst weiße, mittlerweile aber schmuddeliggrau verfärbte Plüschschaf Baalamb mit den kleinen Händen fest umklammert.

Katies Herz klopfte höher, so stolz war sie darauf, wie hinreißend ihre Tochter aussah. Dann machte es einen weiteren Sprung aus Frustration, weil sie das Gefühl hatte, dass ihr die letzten Fäden eines Abends in Gesellschaft von Erwachsenen aus den Händen glitten. Nur ein oder zwei Stunden, zu Hause, außer Dienst, mit ihren Freunden – war denn das zu viel verlangt?

»Na, das hat uns gerade noch gefehlt«, stellte Greg trocken fest, warf Katie einen mitfühlenden Blick zu und schenkte sich selbst Wein nach. »Molly kommt auch gerade in diese Phase. Ein solches Verhalten muss man direkt unterbinden, denke ich, sonst wird man nie mehr einen Augenblick für sich allein haben.«

»Na ja, das ist wohl leichter gesagt als getan«, seufzte Katie.

»Daddy!«, rief Hannah, als sie alle Aufmerksamkeit auf sich gelenkt hatte. »Ich *kann* einfach nicht *schlafen*«, stöhnte sie und legte melodramatisch die Hand auf die Stirn.

In letzter Zeit war »Ich *kann* einfach nicht« ihr Lieblingssatz geworden. Katie hatte keine Ahnung, wo sie diesen Satz aufgeschnappt haben konnte. Ross schien eine Menge Filme zu schauen, wenn sie bei der Arbeit war.

»*Kannst* du nicht?«, erwiderte Ross mit dem gleichen melodramatischen Tonfall. »*Warum* denn bloß nicht?«

Hannah seufzte. »Ich hatte einen Alptraum. Kann ich nicht hier unten bei euch bleiben?«

»Nein«, entschied Katie, bevor Ross ihrem Wunsch nachgeben konnte. Alle Bücher zum Thema Kindererziehung rieten, Kinder zur Schlafenszeit nicht in Gespräche zu verwickeln. Katie hatte von Beginn an versucht, eine Routine einzuführen, damit die Kinder nicht verwirrt wurden. Es wäre besser, wenn sich Ross nicht immer so inkonsequent verhielte. Hannah hatte keinerlei Probleme mit dem Einschlafen gehabt, bis Jack damit begann, immer wieder wach zu werden. Doch sie war pfiffig genug, um festzustellen, wie viel Aufmerksamkeit ihrem Bruder dadurch zuteilwurde – und hatte sich seitdem zu einem wahren Quälgeist entwickelt. Insbesondere, wenn Publikum anwesend war.

Katie warf Ross einen Blick zu, doch der stolze Papa hatte nur Augen für seine bezaubernde Tochter. Also schob Katie den Stuhl zurück, um ihr zu signalisieren, dass es langsam Zeit wurde, wieder ins Bett zu gehen.

Hannah schob die Unterlippe vor und starrte sie finster an.

Katie sah mit einem Blick, dass ihnen einer von Hannahs berühmten Wutanfällen bevorstand, und machte sich darauf gefasst. »Komm schon, Hannah, ab ins Bett!«

»Daddy, ich *muss* ein Glas Milch trinken«, quengelte sie und ignorierte Katie. »Sonst kann ich nicht schlafen.«

»Na, das kennen wir auch, oder?«, stellte Jo fest und blickte zu Greg hinüber. »Die Zauberschlafmilch.«

Hannah machte große Augen, nahm Baalambs Ohr in den Mund und kaute darauf herum.

Katie warf Ross einen Blick zu. Sie hatten wegen des Herumkauens eine *Absprache* getroffen. Er hatte ihr zugestimmt, dass es nicht gut war. Doch wie sie da auf ihrem Stofftier herumkaute, wirkte Hannah so viel kleiner und jünger als ihr prinzessinenhaftes Wesen vom Tage, sodass es einem schwerfiel, standhaft zu bleiben.

Du *musst* standhaft bleiben, ermahnte sich Katie. Wenn schon Ross es nicht schafft, dann doch wenigstens du!

»Hannah«, warnte sie daher und beugte sich vor, um ihr das Schaf aus dem Mund zu nehmen. Hannah drehte sich weg, lief zu Ross hinüber und lehnte sich an sein Knie. Automatisch legte Ross den Arm um sie und nahm sie in Schutz.

Hannah und Daddy gegen Mummy, dachte Katie und spürte, wie ihr dies einen Stich versetzte.

»Na ja …«, begann Ross und wurde sichtbar schwach.

Katie entging nicht, dass auch Jo dahinschmolz, und ärgerte sich. Sie würde also wieder einmal allein als die Böse dastehen.

Erfreulicherweise blieb Greg völlig unbeeindruckt.

»Komm schon, Hannah«, sagte er entschlossen. »Morgen früh bist du ganz müde und schlecht gelaunt, wenn du jetzt nicht ins Bett gehst. Molly ist ein liebes Mädchen und schläft schon längst.«

»Ganz genau. Um diese Uhrzeit dürfen nur noch Erwachsene auf den Beinen sein«, erklärte Katie und erhob sich. »Molly und Rowan schlafen schon, nicht wahr? Und Jack?«

»Die sind ja auch Babys!«, erwiderte Hannah und schmiegte sich noch enger an ihren Vater. »Ich bin schon ein großes Mädchen!«

»Aber sogar große Mädchen müssen irgendwann ins Bett gehen«, beharrte Katie und breitete die Arme aus. »Komm schon, ich trage dich nach oben. Sag allen Gute Nacht.«

Die Reaktion folgte auf dem Fuß.

»Daddy!«, brüllte Hannah und brach in ein herzerweichendes Schluchzen aus. »Daddy!«

»Daddy bringt dich nach oben«, erklärte Ross, nahm sie auf den Arm und stand vom Tisch auf.

»Hör auf zu weinen, Hannah«, sagte Katie so locker wie möglich. »Du stellst dich ganz schön an!«

Aus den Augenwinkeln sah sie, wie Greg heimlich einen Blick auf die Uhr warf.

»Oje«, rief Jo, was noch schlimmer war.

5

»Oh, Lauren …!« Bridget schlug überwältigt die Hand vor den Mund, als Lauren hinter dem Vorhang der Umkleidekabine hervortrat. Wie von Zauberhand schien sich ihr schlaksiger Körper durch eine luftige Wolke perlenbesetzten Tülls in den einer Puppe verwandelt zu haben. Ihre langen, blassen Arme wirkten mit einem Mal elegant, und die Zartheit ihrer Schultern wurde durch das steife, trägerlose Mieder betont. Sogar Laurens gewohnte Körperhaltung hatte sich verändert, da das Korsett ihre verlegene, krumme Haltung korrigierte und sie die gurrende Verkäuferin nun wie ein Model überragte.

Bridget schnürte es fast die Kehle zu, als sie von ihren Gefühlen überwältigt wurde. Ihr kleines Mädchen, ihr winziges, unerwartetes Baby stand nun dort wie sie selbst an ihrem Hochzeitstag, nur wesentlich größer, schöner und souveräner. Sie sah so perfekt und samtig aus wie eine der weißen Rosen in ihrem Garten, die gerade im Begriff war, sich zu öffnen.

Ich bin die Mutter der Braut, dachte Bridget und spürte, wie ihr diese plötzliche Erkenntnis einen Stich versetzte. Einen Moment lang hatte sie das Bild ihrer eigenen Mutter vor Augen, das in ihrem Fotoalbum klebte. Neben ihr saß Franks Mutter, May, mit eng aneinandergepressten Knien, die Handtasche auf dem Schoß. Wie zwei Eulen starrten die beiden mit ihren C&A-Kostümen und den dicken Brillengläsern argwöhnisch in die Kamera. Das bin ich jetzt, dachte Bridget. Ich bin eine Generation aufgerückt.

Du meine Güte, dachte sie und blinzelte, wie schnell war bloß die Zeit vergangen?

Bridget war fast sechzig Jahre alt, doch was ihr gefühltes Alter betraf, war sie von dieser Zahl noch meilenweit entfernt. Im Laufe der Jahre war der Zeitrahmen ihres Lebens ein wenig durcheinandergeraten. Sie war eine junge Mutter gewesen und hatte sowohl Billy als auch David vor ihrem fünfundzwanzigsten Lebensjahr zur Welt gebracht. Frank und sie hatten das späte Zubettgehen und das frühe Aufstehen locker weggesteckt, da sie beide nur wenig Schlaf brauchten. Im alltäglichen Leben hatte sich eine Routine eingestellt, in die ihr Beruf als Lehrerin wunderbar hineingepasst hatte. Völlig unerwartet, nach Davids erstem Tag in der weiterführenden Schule, hatte sie festgestellt, dass ihr komisches Bauchgefühl nichts mit dem Knoblauchbaguette zu tun hatte, das sie zuvor gegessen hatte. Es war Lauren. Sie hatte dann eine völlig neue Generation von Müttern kennengelernt, die zumeist, wie sie selbst mittlerweile auch, etwa Mitte dreißig waren. Und obwohl sie es keiner Menschenseele verraten hätte – am allerwenigsten Frank –, kam es ihr vor, als hätte sie mit dem winzigen blonden Engel nach den zwei Burschen mit den stets aufgeschürften Knien eine völlig neue Art der Mutterschaft erlebt. Und das zu einer Zeit, als sie schon gedacht hatte, dass die Überraschungen vorbei waren, die das Leben für sie bereitgehalten hatte.

Die Kinder in der Schule hatten natürlich gedacht, sie sei mindestens dreiundachtzig Jahre alt, selbst als sie in Wirklichkeit erst neunundzwanzig war. Jedes Jahr aufs Neue die Erstklässler zu unterrichten, half ihr dabei zu vergessen, wie schnell die Zeit verflog, und obwohl sie vom Alter her Großmutter sein konnte, wohnten Billy und David doch so weit entfernt, dass sie nicht tagein, tagaus an ihr Alter erinnert wurde wie etwa die vielen Omas, die ihre Rosies und Harrys von der Schule abholen kamen. Frank und sie waren immer noch so verrückt aufeinander wie vor fast vierzig Jahren, obwohl sie sich ein wenig zusammenreißen mussten, nachdem Lauren jetzt wieder zu Hause eingezogen war und jedes Mal etwas von »seelischen Qualen« kreischte, wenn sie beide ein wenig miteinander schmusten.

Doch als sie Lauren nun in ihrem eleganten weißen Brautkleid erblickt und in ihr die Frau gesehen hatte, die gerade eine eigene Familie gründen wollte, war ihr mit einem Schlag klar geworden, wie schnell die Zeit vergangen war. Wie schnell sie vergangen *war*. Die erschreckende Erkenntnis schnürte ihr den Hals zu.

Laurens zuversichtliches Lächeln gefror, und die klobigen, nur wenig damenhaften Spitzen ihrer Biker Boots lugten unter dem silbernen Saum des Kleides hervor. »Mum?«, fragte sie besorgt. »Sag doch etwas! Sehe ich gut aus?«

Bridget starrte Lauren an, und der kurze Anflug von Trauer verschwand so schnell, wie er gekommen war, als sich ihr Herz mit Liebe füllte – genau wie in jenem Moment, als sie das außergewöhnliche Bündel im Krankenhaus zum ersten Mal in die Arme gelegt bekam. »Sei nicht albern! Mir fehlen bloß die Worte. Du siehst aus wie …«

»Sie sieht aus wie eine *Prinzessin*«, ergänzte die Verkäuferin und nickte Lauren vielsagend zu. »Wenn ich nur ein Pfund von jeder Mum bekommen würde, die beim Anblick ihrer Tochter im Brautkleid zu Tränen gerührt ist, hätte ich genügend Geld für meinen besonderen Tag zusammen …«

Bridget versuchte, bei der Erwähnung des »besonderen Tages« nicht das Gesicht zu verziehen.

»Na ja, Mum, du hast ja noch genügend Zeit, dich an den Anblick zu gewöhnen«, erwiderte Lauren gut gelaunt. »Dies ist erst Kleid Numero eins. Yvette, macht es dir etwas aus, wenn meine Mutter kurz ein Foto macht?«

Lauren schien mit allen Brautkleidverkäuferinnen des Landes per Du zu sein, dachte Bridget und riss sich zusammen.

»Kein Problem. Soll ich das Korsett noch ein wenig enger schnüren?«, fragte Yvette und griff nach den silbernen Bändern. »Ich habe es im Rücken mit Nadeln zusammengesteckt. Wenn du dein eigenes Kleid bestellst, schneidern sie dir das Korsett in deiner Größe.«

»Ich möchte gern vor der Hochzeit noch ein wenig abnehmen«, erklärte Lauren und blickte kurz zu ihrer Mutter hinüber.

»Ich habe dir doch schon hundert Mal gesagt, dass du das nicht brauchst, Lauren …«

»Ach ja, wenn ich nur ein weiteres Pfund von jeder Braut bekommen hätte, die *das* gesagt hat, könnte ich auf Barbados Flitterwochen machen!« Yvette zerrte kräftig am Korsett. »Man verliert im Vorfeld ohnehin mehrere Kilo.«

»Mum? Könntest du ein Foto schießen?«

Dankbar für die Ablenkung, kramte Bridget in ihrer großen Handtasche zwischen schmuddeligen Taschentücherpäckchen, ihrem Handy, einem Apfel, einem Textmarker, einem Satinmuster, das Lauren als Stoff für das Brautkleid sehr gefallen hatte, und einer Socke herum, bis sie Laurens Digitalkamera sowie ihr Notizbuch fand.

»Lass uns ganz methodisch vorgehen«, meinte sie und schlug eine neue Seite auf. Irene war schließlich nicht die Einzige, die Notizen machen konnte.

Nicht, dass sie sich mit Irene messen wollte, erinnerte sie sich.

»Wie lautet der Name des Kleides?«

»Wie heißt das Kleid, Yvette?«, fragte Lauren und richtete das Kristalldiadem in ihrem hochgesteckten Haar, während sie sich in dem großen Spiegel von allen Seiten betrachtete.

Sie hat wunderbare Schultern, dachte Bridget. Sie weiß gar nicht, wie bezaubernd sie ist. Andererseits: Welches zwanzigjährige Mädchen weiß das schon? Wusste ich es damals?

»Es heißt ›Margarita‹ und ist von Chanelle l'Amour. Das Mieder kostet 1250 Pfund, der Rock 795 Pfund. Das liegt an den handgefertigten Stickereien und den vielen anderen Details.«

»Das ist kein schlechter Preis, Mum«, erklärte Lauren, als Bridgets Hand zu zittern begann. »Schau mal, am Rock befindet sich sogar eine Schlaufe für die Schleppe, damit ich nicht darüberstolpere, wenn wir uns für den Hochzeitstanz auf die Tanzfläche begeben.«

Sie machte einen anmutigen Schritt nach vorn, der jedoch ein jähes Ende fand, als sie dabei auf den Saum des Kleides trat, ins Straucheln geriet und dabei beinahe eine ganze Sammlung von Tischdekorationen heruntergerissen hätte.

»Vorsicht!«, rief Yvette.

»Wie findest du es?«

Bridget fühlte sich geehrt, dass Lauren ihre Meinung hören wollte, und wollte daher mit einer modisch fundierten Bemerkung aufwarten, obwohl sie sich in diesen Dingen nicht sonderlich gut auskannte. »Ich finde, es sieht sehr … märchenhaft aus. Romantisch. Ich kann mir schon genau vorstellen, wie du darin Walzer tanzt. Der Rock würde bei einer Rückwärtsdrehung wunderbar schwingen!«

Laurens Stirn legte sich fragend in Falten. »Rückwärts … was?«

»Ich bin sicher, wir werden im Tanzkurs bald dazu kommen«, fuhr Bridget schnell fort. »In dem Kleid siehst du aus wie Aschenputtel.«

»Ja, nicht wahr? Das Korsett verleiht mir eine tolle Taille. Sieh nur!« Sie legte die Hände demonstrativ um ihre Taille. »Wie schmal sie ist!«

»Mmmm. Hatten wir uns für das Kleid auf ein Preislimit geeinigt?« Bridget senkte diskret die Stimme, obwohl sie die Antwort bereits kannte.

»Unter zweitausend Pfund«, entgegnete Lauren. »Dad meinte, wenn ich etwas ganz Besonderes finden würde …«

Unter tausendzweihundert Pfund, dachte Bridget, obwohl es ihr schwerfiel, die Summe zu nennen, als sich Lauren lächelnd immer wieder um sich selbst drehte wie damals, als sie in diesem rosafarbenen Tutu, den Franks Mutter ihr geschneidert hatte, zum Ballettunterricht gegangen war. Jedenfalls bevor Lauren sich plötzlich wegen ihrer Größe gehemmt gefühlt und sich geweigert hatte, jemals wieder zum Ballett zu gehen.

»Nach der Hochzeit könntest du das Kleid jederzeit färben und kürzen und es dann wieder anziehen«, schlug Yvette vor. »Mit einer Kaschmirstrickjacke – ganz im Grace-Kelly-Look!«

»Oh, wie schön!«, schwärmte Lauren, als wäre es ihr erklärtes Ziel, den Grace-Kelly-Look zu imitieren. Insgeheim war sich Bridget ziemlich sicher, dass Lauren keinen blassen Schimmer hatte, wer Grace Kelly überhaupt war. Wahrscheinlich besaß sie lediglich eine vage Vorstellung davon, dass dieser Modetrend etwas mit weiten Röcken zu tun hatte.

»Schaffst du das mit der Kamera, Mum? Soll ich dir erklären, wie sie funktioniert?«

»Nein, nein, schon gut«, antwortete Bridget und schaute durch den Sucher. Warum sollte sie Laurens Anprobe ruinieren? Sie mussten ja nicht unbedingt dieses Kleid kaufen. Ich werde mich später mit ihr darüber unterhalten und ihr das Budget noch einmal vor Augen halten, beschloss Bridget.

Lauren setzte sofort eine ernste Miene auf. Nachdem Bridget ein Foto geschossen hatte, drehte Lauren sich um neunzig Grad.

»Komm schon, Mum«, forderte sie Bridget auf, als diese zögerte. »Ich brauche alle Blickwinkel. Auch von hinten!«

»Und genau hier kommt der reiche Spitzenbesatz zum Tragen«, lobte Yvette. »Du brauchst ein Wow-Erlebnis für die

Gemeinde, nicht wahr? Beim Traugottesdienst warten doch alle nur darauf!«

Bridget ergänzte innerlich die Liste der nervigsten Hochzeitsplattitüden – auf der sich schon Irenes »besonderer Tag« befand – um das »Wow-Erlebnis«. Da Lauren aber nickte und Yvette begeistert zustimmte, schluckte Bridget die Bemerkung lieber hinunter.

»Oh, spüre ich da gerade ein wenig Wehmut bei Ihnen?«, erkundigte sich Yvette.

Lauren, die sich vor dem Spiegel gedreht und gewendet hatte, hielt plötzlich inne. »Oh! Hat Oma dich eigentlich begleitet, um ein Brautkleid für dich auszusuchen, Mum?«

»Ähm, nein. Ich bin mit Dawn, meiner ersten Brautjungfer, Kleider anprobieren gegangen«, erwiderte Bridget. Damals wurde noch nicht ein solcher Zirkus veranstaltet wie heutzutage: Alles drehte sich um das Ehegelübde, nicht um den Tischschmuck. Doch sie verkniff sich auch diese Bemerkung. »Das Anprobieren hat gerade einmal eine Stunde gedauert, wenn ich mich recht entsinne, dann habe ich ein Kleid von Laura Ashley gekauft. Anschließend sind wir dann noch ins Kino gegangen.«

Lauren und Yvette warfen einander einen Blick zu, bevor Lauren wieder das Wort ergriff. »Du hattest sicher nicht die gleiche Auswahl an Kleidern«, entgegnete sie, als hätte die Kleiderrationierung gerade erst ein Ende gefunden.

Bridget seufzte. »Ja, ja, da hast du sicher recht.«

»Siehst du. Okay, Kleid Nummer zwei!« Lauren verschwand in der Umkleidekabine und riss so sehr am Vorhang, dass zwei der Ringe aus der Halterung sprangen.

Yvette und Bridget starrten auf die beiden Ringe, dann warfen sie sich einen Blick zu.

»Sie ist sehr aufgeregt wegen der Hochzeit«, erklärte Bridget entschuldigend. »Und sie war schon immer ein wenig …«

Krampfhaft suchte sie nach einem geeigneten Ausdruck

– sie konnte wohl kaum wie die Kinder in der Schule sagen, dass Lauren wie ein Elefant im Porzellanladen war. »Sie hat zwei linke Hände«, fuhr sie dann stattdessen fort.

»Das glaube ich Ihnen gern. Möchten Sie eine Tasse Tee trinken, während sich Ihre Tochter umzieht?«

»Danke, gern, das ist eine gute Idee«, murmelte Bridget.

Lauren probierte noch drei weitere Kleider an – ein langes, schmales, röhrenartiges Satinkleid, in dem sie wie Nicole Kidman aussah, sowie ein schulterfreies Kleid, das wie ein riesiges Schaumgebäck aussah und Lauren zufolge das »aller-, aller-, allerschönste Kleid« war, das sie je gesehen hätte, und schließlich ein atemberaubendes, mit Spitzen besetztes Hochzeitskleid im Flamenco-Stil, das im Rücken beunruhigend tief ausgeschnitten war und definitiv zum »Wow-Erlebnis in der Kirche« beigetragen hätte.

Das größte »Wow-Erlebnis« blieb jedoch für Bridget, dass es sich die ganz normalen Mädchen in Longhampton tatsächlich leisten konnten, Tausende von Pfund für ein Kleid auszugeben, das nur an einem einzigen Tag getragen wurde und dazu noch in einer Farbe gehalten war, die einer Frau am allerwenigsten schmeichelte.

»Würde es euch etwas ausmachen, wenn wir jetzt eine kurze Mittagspause einlegen würden?«, fragte Yvette um dreizehn Uhr. Auf dem Arm trug sie einen Haufen Schleier, um die Lauren sie gebeten hatte, um den »Effekt abzurunden«.

»Nein, kein Problem«, erwiderte Bridget. »Ich glaube, wir können jetzt alle ganz gut eine Pause vertragen.« Sie drehte sich zu ihrer Tochter um, die wieder in der Normalität gelandet war und eine rosafarbene Trainingsjacke aus Velours sowie eine eng sitzende Jeans trug. Es war ein fast überraschender, jedoch auch sehr beruhigender Anblick, wieder die alte Lauren vor sich zu haben. »Sollen wir zu dem Café um die Ecke gehen?«

»Solange du darauf achtest, dass ich keinen Nachtisch esse«, warnte Lauren.

Bridget war überzeugt, dass nicht einmal ein bewaffneter Wachposten dies verhindern könnte. Seit Lauren wieder bei ihnen eingezogen war, verschwanden die Schokoladenkekse doppelt so schnell wie zuvor.

Obwohl die Fußgängerzone mit fast jedem Bauwerk die Liebe der Fünfzigerjahre zu Beton aufs Neue zu beweisen schien und sie ihren ganz eigenen sibirischen Windkanaleffekt besaß, hatten die Geschäfte entlang der Hauptstraße im letzten Jahr damit begonnen, sich herauszuputzen. Hier und da waren die ersten Anzeichen zu erkennen, dass Longhampton von neuem Leben erfüllt war, das wie grüne Triebe zwischen den grauen Anwaltskanzleien und den Mobilfunkläden aus dem Boden schoss. Das Café gehörte zu den neuen, frischen, ambitionierten Lokalen, in denen es Retrotassen aus Glas und zischende Kaffeemaschinen gab. Bridget erinnerte das an die guten alten Cafés, die abgerissen worden waren, um der Fußgängerzone Platz zu machen.

»Ich glaube, ich brauche einen Kaffee«, erklärte sie und warf einen Blick auf die Speisekarte.

»Ich bestelle dir einen«, erwiderte Lauren, beugte sich vor und streichelte über Bridgets Hand. »Vielen Dank, dass du heute mitgekommen bist! Du und ich bei der Anprobe meines Brautkleides – genau so hatte ich es mir immer vorgestellt!«

»Tatsächlich?« Bridget musste sich eingestehen, dass sie sehr gern Zeit mit Lauren verbrachte. Zum letzten Mal hatten sie etwas gemeinsam unternommen, als Lauren zwölf Jahre alt gewesen war und Bridget ihr neue Kleidung gekauft hatte.

Lauren nickte, seufzte zufrieden und strich sich das lange blonde Haar hinter das Ohr. »Ich habe mich in den Kleidern wie eine richtige Prinzessin gefühlt. Die Korsetts, der ganze Tüll und diese Dinge waren einfach phantastisch. Und erst der Kopfschmuck, die Diademe und die Schleier …«

»Aber du willst doch nicht, dass das Kleid alles andere in den Hintergrund drängt, oder?«, fragte Bridget taktvoll. »Weniger ist mehr, weißt du?«

»Nicht am Hochzeitstag, Mum!«, erklärte Lauren und warf einen Blick auf die Speisekarte. »Wann soll man denn sonst eine Schleppe tragen? Das Kleid könnte durchaus mein Traumkleid werden.«

Bridget beobachtete, wie der Diamant an Laurens Verlobungsring – er war sehr viel größer als ihr eigener bescheidener Saphir – in der Sonne glänzte, als sie die Kellnerin herbeiwinkte. Seitdem Lauren mit ihrer Braut-Barbie-Hochzeit gespielt hatte, hatten Frank und sie Geld für Laurens Hochzeit beiseitegelegt, doch trotz dieser Ersparnisse war Bridget nicht sicher, ob der Betrag ausreichen würde. Ganz sicher nicht, wenn Lauren weiterhin ihre Ideen aus dem *Hello!*-Magazin bezog.

Hauptsächlich war Irene schuld daran, dachte Bridget, als Lauren die Bestellung abgab. Sie war diejenige, die Lauren diesen dummen Floh von einer Traumhochzeit wie im Fernsehen ins Ohr gesetzt hatte. Lauren war ein vernünftiges Mädchen mit einer anständigen Arbeit. Sie würde ihre Bedenken schon verstehen, wenn sie erst einmal über den ersten Begeisterungssturm hinweg war und realistisch über alles nachdachte.

Was du heute kannst besorgen, das verschiebe nicht auf morgen, ermahnte sich Bridget, als Lauren ihr satiniertes weißes Notizbuch hervorholte.

»Lauren, Schatz«, fing sie zögernd an. »Ich wollte mich schon die ganze Zeit über einmal mit dir unterhalten … über die Hochzeit.«

Lauren schaute von ihrer Liste auf, in der sie Ideen für kleine

Geschenke für die Hochzeitsgäste aufgelistet hatte. »Mum, sag's nicht – du hast deiner Klasse versprochen, dass sie kommen darf. Das ist völlig okay für mich. Vielleicht kannst du sie ja dazu überreden, wie beim Sommerkonzert einen Tanz mit diesen langen, bunten Bändern aufzuführen.«

»Nun, eigentlich wollte ich mit dir etwas anderes besprechen. Es geht um …«

Laurens Handy, das vor ihr auf dem Tisch lag, klingelte plötzlich. Ihr Blick wanderte zum Telefon, und sie hatte es sogleich in der Hand.

»Mum, darf ich kurz rangehen?«, fragte sie, als sie den Anruf bereits angenommen hatte. »Chris wollte mich zurückrufen. Hallo? Oh, hallo, Irene.«

Bridget hielt den Atem an und bemühte sich, keine unfreundlichen Gedanken zu hegen.

»Mmmh«, nickte Lauren. Auf der Suche nach Worten irrten ihre Blicke im Café umher. »Ja, wir sind in der Stadt.«

Bridget wusste, dass Lauren weder flunkern noch lügen konnte, was eine ihrer liebenswertesten Eigenschaften war. Ihr war ebenso klar, welche Frage Irene gleich am anderen Ende der Leitung stellen würde.

»Ähm, mit Mum …«, erklärte Lauren gerade und richtete den Blick auf ihre Mutter. »Ja, wir sind sozusagen auf Brautkleidmission …«

Bridget schüttelte energisch den Kopf und versuchte, Lauren wortlos mitzuteilen, dass dies ein Mutter-Tochter-Tag war. Als Lauren begriff, verzog sie das Gesicht.

»Wir essen gerade zu Mittag …« Ihr Tonfall veränderte sich und entspannte sich merklich, nachdem sie offenbar das heikle Thema Brautkleid hinter sich gelassen hatte. »Ja, im Café gegenüber vom Busbahnhof, warst du schon einmal hier?« Lauren sah ihre Mutter an und verdrehte die Augen. »Du bist wo? Hier …? Oh, ja, ich kann dich sehen«, erklärte Lauren ausdruckslos, als eine große Person in einem Burberry-Regenmantel ihnen von draußen durch das Fenster zuwinkte.

»Ähm, klar können wir noch auf eine Tasse Kaffee bleiben«, antwortete Lauren und beendete das Gespräch. »Tut mir leid«, klagte sie, »aber was hätte ich denn sonst sagen sollen? Sie stand *draußen!*«

»Schon gut«, entgegnete Bridget und setzte eine fröhliche Begrüßungsmiene auf, wie bei jedem Elternabend, den sie abhalten musste.

Lauren erhob sich, als sich Irene einen Weg durch die Stühle bahnte. Bridget verspürte eine engstirnige Enttäuschung, als hätte man es sich bei einer leckeren Tasse Tee und einem schönen Film auf dem Sofa gemütlich gemacht, und dann ruft der Sohn aus Neuseeland an, um einen Plausch zu halten.

»Hallo, Ladys«, rief Irene und sorgte mit ihrem Schirm, dem Mantel und den Einkaufstüten für einigen Wirbel. »Ich war gerade in der Gegend und dachte mir, ich springe mal kurz bei Bridal Path herein und sehe mal, ob sie dort Brautkleider haben, die Lauren stehen könnten. Was für ein Zufall, euch hier zu treffen! Zwei Seelen, ein Gedanke! Ein Pfefferminztee für mich, bitte«, rief sie der Kellnerin über die Schulter hinweg zu. »Bekommt ihr noch etwas?«

»Ich hätte gern noch einen Cappuccino, bitte«, antwortete Bridget. »Aber einen starken, wenn möglich.«

»Und, ähm … einen Pfefferminztee, bitte.« Lauren wich Bridgets Blick aus. »Irene hat vorgeschlagen, ich sollte eine Entgiftungskur machen«, fügte sie schließlich noch hinzu.

»Oh«, wunderte sich Bridget.

»Und? Wie seid ihr vorangekommen?«, fragte Irene, ließ sich auf einem Stuhl nieder und schob die verschiedenen, halb aufgegessenen Gerichte beiseite. »Oh, macht euch keine Gedanken, esst ruhig weiter – ich werde nur meinen Tee trinken.«

»Ich glaube, wir sind so weit fertig, oder? Wir waren den ganzen Morgen über in dem Brautmodenladen«, antwortete Bridget. »Wie viele Kleider hast du anprobiert, Lauren?«

»Vier.«

»Nur vier Stück?«, kam es von Irene.

»Mir kam es glatt wie vierundzwanzig vor!«, scherzte Bridget, doch Irene hatte bereits ihr Notizbuch aufgeschlagen und bat Lauren um die Digitalkamera, damit sie sich selbst ein Bild machen konnte.

Sie schüttelte den Kopf, sobald sie Bridgets Bilder sah. »Oh Lauren, warum hast du nicht ein Foto von dir in dem ersten Kleid mit einem *Schleier* gemacht? So ist das Bild wertlos. Wir müssen unbedingt noch einmal in das Geschäft zurückkehren.«

Bridget schloss die Augen, zählte innerlich bis zehn und erinnerte sich mal wieder daran, dass Irene weder eine Tochter noch einen Ehemann besaß und sie daher sehr viel mehr Verständnis für ihre Einmischung haben sollte.

Nein, korrigierte sie sich. Nicht für ihr *Einmischen*, für ihre *Hilfe*.

Als sie die Augen wieder öffnete, erblickte sie Laurens strohblonden Pony, der ihr in einer perfekten Locke ins Gesicht fiel, als sie sich über die Kamera beugte. Fast fühlte sich Bridget fünfzehn Jahre zurückversetzt und sah Lauren in der gleichen konzentrierten Position vor ihrem inneren Auge: Lauren bei ihren Hausaufgaben, beim Lesen ihres ersten Buches, beim Ausmalen von Bilderbüchern. Es war egoistisch, sich über Irene zu empören. Jedem das gleiche Recht, wie sie ihren Erstklässlern immer beibrachte.

»Ich wollte dich die ganze Zeit schon fragen, Lauren«, begann Irene, als die Kellnerin die bestellten Getränke brachte, »wie deine erste Tanzstunde gelaufen ist?«

Lauren schaute auf und runzelte kurz die Stirn. »Es war okay. Man lernt ja schließlich nicht über Nacht tanzen!«

»Es ist gar nicht so einfach, wie es aussieht, nicht wahr?« Irene schien belustigt zu sein. »Hatte ich nicht recht, dich zu drängen, frühzeitig mit dem Tanzkurs zu beginnen?«

»Ja …«, antwortete Lauren zögerlich. »Ich hatte gedacht, du weißt schon, man könnte einfach lostanzen wie die Leute im Fernsehen.«

»Welchen Tanz habt ihr denn gelernt?«

»Wir sind gemeinsam auf und ab gegangen und haben gelernt, dabei einander nicht auf die Füße zu treten. Danach haben wir dann einen Rock'n'Roll-Grundschritt gelernt. Den man bei einer Hochzeit macht, wenn man nicht tanzen kann.« Lauren verdrehte die Augen. »Nicht einmal diesen Schritt haben wir hinbekommen. Meine Füße taten hinterher so weh! Beim nächsten Mal nehme ich Pflaster mit.«

»Für den Anfang waren die beiden gar nicht mal schlecht«, unterbrach sie Bridget. »Sie waren sogar ziemlich gut, wenn ich so darüber nachdenke.«

Irene schüttelte mitfühlend den Kopf. »Wenn du noch zusätzliche Übung brauchst, Lauren, sollten wir dir Privatstunden organisieren.«

»Nicht *ich* brauche Nachhilfe – sondern Chris!«, entgegnete Lauren.

Irenes Lächeln wurde ein wenig schmallippig.

»Das meine ich ernst«, beharrte Lauren. »Dein Sohn hat zwei linke Füße. Bei dem Versuch, mich zu drehen, hätte er mir beinahe die Schulter ausgekugelt.« Sie nippte an ihrem Tee. »Ich habe nicht gewusst, dass er bewegungstechnisch so unbeholfen ist!«

»Das glaube ich nicht!«, erklärte Irene entrüstet. »Christopher ist ein Athlet und hat die Führerscheinprüfung gleich im ersten Anlauf bestanden!«

»Was aber nicht bedeutet, dass er beim Tanzen führen kann!«, erwiderte Lauren. »Du kannst ja mal versuchen, beim Tanzen seinen Riesenfüßen aus dem Weg zu gehen!«

»Oh, dein Dad war zu Beginn ganz genauso – das wird schon.« Bridgets Blick schoss von Lauren, die plötzlich recht ernüchtert wirkte, zu Irene hinüber, deren ebenmäßiger Hals sich nun dunkelrot gefärbt hatte. »Ich fand, dass du die Schritte sehr schnell gelernt hast, Lauren!«

»Soll ich beim Tanzkurs einmal vorbeischauen und zusehen?«, schlug Irene vor und ignorierte die Bemerkung. »Ich könnte alles auf Video aufnehmen, dann könntest du hinterher sehen, wo du Fehler machst. Das könnte durchaus hilfreich sein.«

»Das Einzige, was helfen würde, wäre, Chris ›rechts‹ und ›links‹ auf die Schuhe zu schreiben«, entgegnete Lauren. »Ich sagte doch bereits, dass es nicht an mir liegt!«

Irene lachte, doch es klang ein wenig bitter. »Oh Lauren, ich bin mir sicher, dass du überreagierst. Chris' Vater war ein exzellenter Tänzer, ich erinnere mich noch sehr gut daran, wie –«

»Hast du schon einmal mit Chris getanzt?«, fragte Lauren.

Irene zögerte. »Na ja, in letzter Zeit nicht, nein.«

»Es ist doch noch nicht zu spät! Ihr habt noch alle Zeit der Welt, um tanzen zu lernen«, ergriff Bridget das Wort und griff nach der Dessertkarte. »Jemand aus der Schule hat mir erzählt, dass es hier ein wahnsinnig leckeres selbstgemachtes Tiramisu gibt. Möchte sich jemand eine Portion mit mir teilen?«

Doch Irene schwelgte verklärt in Erinnerungen. »Ich wünschte nur, *Ron und ich* hätten damals die Gelegenheit gehabt, einen Hochzeitstanz zu tanzen«, fuhr sie wehmütig fort. »Es wäre ein ganz besonderer Moment gewesen, den ich für immer in Erinnerung bewahrt hätte.«

Bridget schaute über die Dessertkarte hinweg zu Lauren hinüber und war ein wenig irritiert darüber, wie sich der Ausdruck in Laurens Augen wie aufs Stichwort milderte und sie Irene mit einem mitleidigen Blick bedachte. Irenes Hochzeit und ihre Vorstellungen, was sie heute alles anders machen würde, schienen ein fester Bestandteil von Laurens Hochzeitsvorbereitungen zu sein, der sich nicht umgehen ließ.

Bridget hoffte nur, dass Irenes Vorstellungen nicht in jedem Punkt ausschlaggebend sein würden.

Zurück im »Bridal Path«, holte Yvette acht weitere Kleider für Lauren hervor. Und da Irene die Kamera fest im Griff hatte, wurde Bridgets Aufgabe darauf reduziert, Notizen zu jedem Kleid zu machen. Diese wollte sie dann wenigstens so ausführlich wie möglich festhalten, obwohl sie leider nicht über das seltsame Brautkleidvokabular von Irene und Lauren verfügte, das ihnen so locker über die Lippen kam.

»Willst du einen kurzen oder einen mittellangen Schleier?«, fragte Irene Lauren und zupfte an Laurens Schleier herum.

»Oder vielleicht doch einen bodenlangen?«, schlug Yvette vor.

Von irgendwoher unter den Tüllmassen ertönte Laurens Stimme. »Was wäre mit allen dreien?«

Bridget notierte: »Weiter Rock, funkelndes Top, könnte schmutzig werden, wenn es nach der Kirche regnet«. Dann fiel ihr jedoch ein, dass die heikle Frage des Trauungsortes immer noch nicht geklärt war, und strich die letzte Bemerkung wieder durch, falls Lauren sie als zu spitz empfinden sollte.

Sie beobachtete, wie Yvette und Irene um Laurens Rock wirbelten und sich Lauren gedankenverloren vor dem Spiegel drehte, bis sie ins Straucheln geriet und gegen einen Stuhl stieß, der beinahe umgekippt wäre. Frank und sie waren eigentlich keine regelmäßigen Kirchgänger, doch eine traditionelle kirchliche Hochzeit hätte mehr Bedeutung gehabt als die vielen Einladungskarten, die Geschenklisten und die Diskussion darüber, wie viele Blumenkinder man haben sollte. Die Hochzeit, wie sie nun geplant war, erinnerte Bridget an die Geburtstagspartys, die Lauren während ihrer Schulzeit gefeiert hatte – an das endlose Hin und Her der Einladungen und Ausladungen, die Debatten über den Geburtstagskuchen …

»Wie viel kostet dieses Kleid, Yvette?«, rief Irene.

»Zweitausendsiebenhundert Pfund. Aber ich finde, man sieht dem Kleid gleich an, dass es handgenäht ist, nicht wahr?«

»Oh ja«, pflichtete Lauren ihr bei und seufzte tief.

Bridget fügte neben die durchgestrichene Bemerkung die Summe £2700 hinzu, und bevor sie sich's versah, hatte sie diese um zwei Ausrufezeichen ergänzt. Schuldbewusst strich sie sofort auch diese wieder durch, doch es sah furchtbar aus. Schrecklich gemein, und dabei war sie doch eigentlich gar nicht gemein. Schließlich gab es nichts, was sie nicht tun würde, um Laurens Hochzeitstag so wundervoll zu gestalten, wie Lauren es sich wünschte.

Die durchgestrichenen Passagen starrten sie vorwurfsvoll an.

Bridget riss die Seite aus dem Notizbuch, stopfte sie in ihre Tasche und begann von Neuem.

6

Katies Woche verstrich in einer endlos erscheinenden Folge von Besprechungen und Ortsbesichtigungen. Obwohl sie und Ross versuchten, Peters Rat zu befolgen und mehr miteinander zu sprechen, Probleme zu erläutern und sich vernünftig zu verhalten, war kein Unterschied zu erkennen.

Der Versuch, nett zueinander zu sein, veränderte rein gar nichts. Es bewirkte allein, dass beide schnell gereizt waren angesichts des Drucks, andauernd nett sein zu müssen. Sie waren einander einfach noch zu nahe und dabei zu müde, einander mehr Raum zu lassen.

Jetzt muss ich mich auch noch zu diesem blöden Tanzkurs schleppen, dachte Katie am Mittwochabend auf dem Heimweg.

»Ich bin zu Hause!«, rief sie, hängte den Autoschlüssel an den Haken neben der Küchentür und warf einen Blick auf die Uhr: zwanzig nach sieben. Der Tanzkurs begann um Viertel vor acht, weshalb ihr nun keine Zeit mehr blieb, sich umzuziehen und noch eine Kleinigkeit zu essen. Doch wenn Ross es geschafft hatte, den Kindern Abendbrot zu machen, würden die Reste den Hunger stillen, bis sie wieder zu Hause waren.

Katie glaubte nicht, dass sie eine Stunde lang Angelicas spitze Bemerkungen auf nüchternen Magen ertragen konnte. Sie hätte außerdem ein Glas Wein vertragen können, besser noch zwei.

Ihr Blick schweifte durch die Küche und blieb an der schmutzigen Stielpfanne auf dem Kochfeld hängen. Die Brotkrümel auf der Arbeitsplatte stachen ihr ins Auge, danach fiel ihr Blick auf das Weinregal, wo eine einsame Flasche schon seit dem letzten Freitagabend ausharrte. Kleine Plüschtiere waren in die übrigen Löcher gestopft worden. Katie streckte die Hand aus, hielt dann jedoch inne. Sie musste einen kühlen Kopf bewahren.

Wo waren bloß alle? Normalerweise kam zwar nicht unbedingt jemand zur Tür gelaufen, wenn sie heimkam, aber irgendein Zeichen, dass man ihre Rückkehr bemerkt hatte, wäre schon nett gewesen.

»Hallo?«, rief sie, doch es folgte wieder keine Antwort. Sie machte sich auf den Weg ins Wohnzimmer, von wo sie den Klang von Musik vernahm.

Ross lag auf dem Sofa, während Jack auf seinem Bauch schlummerte. Hannah hatte sich in seine Armbeuge geschmiegt und starrte fasziniert auf den Film, der über den Bildschirm flimmerte und den auch Ross gebannt verfolgte. Katie bemerkte, dass sie sich eine Tanz-DVD anschauten. Ross' nackter Fuß wippte im Takt der Musik auf und ab, während sonnengebräunte Paare über die Tanzfläche wirbelten. Sie schienen der Inbegriff des Familienglücks zu sein.

Jedenfalls, wenn man einmal von den Stapeln ungebügelter Wäsche absah, die sich gefährlich nahe neben halb geleerten Müslischüsseln und zerknitterten Haufen von liegen gelassenen Kleidungsstücken auftürmten. Der Staubsauger stand noch genau an der Stelle, wo sie ihn heute Morgen stehen gelassen hatte, und auf dem Spiegel befanden sich immer noch die klebrigen Abdrücke von Hannah, die sie dort hinterlassen hatte, als sie sich selbst küssen wollte, während sie ein Marmeladenbrot aß.

Katie spürte, wie ihr Blutdruck stieg.

Wenigstens trug Jack schon seinen Schlafanzug, sodass

ausnahmsweise sie ihn einmal ins Bett bringen konnte. Doch dies konnte ihren Ärger nicht dämpfen.

»Was ist denn hier los?«, fragte sie so neutral wie möglich, da sie in Hannahs Gegenwart nicht schreien wollte.

»Mummy ist zu Hause!«, flüsterte Ross und deutete auf Jack. »Psst!«

»Warum ist Jack noch nicht im Bett und schläft?«, fragte sie, ebenfalls flüsternd.

»Er wollte die Tanz-DVD sehen«, erklärte Hannah. Sie hatte Glitter im Gesicht und trug ihr rosafarbenes Tutu über einem Badeanzug und einer Strumpfhose.

»Ihr beide geht jetzt schön ins Bett, da wir ausgehen wollen und Gemma jede Minute hier sein kann. Du magst doch Gemma, oder?«, fuhr sie fort, als Hannah ein aufmüpfiges Gesicht zog und ihre rosafarbene Unterlippe vorschob. »Sie liest euch doch immer etwas vor, nicht wahr?«

»Ach so«, erklärte Ross. »Es gibt eine kleine Planänderung. Gemma und ihr Freund haben Schluss gemacht, deswegen kann sie heute nicht zum Babysitten kommen.«

»Was? Obwohl wir ihr einen Zehner pro Stunde bezahlen? Kann sie nicht einfach herkommen und sich *hier* unglücklich fühlen?«

Ross warf ihr einen vielsagenden Blick zu. »Ich glaube … sie hat sich schon bei ihrer Freundin Tia Maria Rat geholt. Und wird von Bailey getröstet. Wenn du weißt, was ich meine …«

Katie verdrehte die Augen. »Gib mir bitte das Telefon. Sie hat Pflichten, denen sie nachkommen muss!«

»Jetzt sei nicht albern, Katie. Du willst, dass sie in ihrer Verfassung auf die Kinder aufpasst? Jedenfalls habe ich Jo angerufen. Sie wird sich um alles kümmern. Hey?«, fragte er und nahm Hannah noch fester in den Arm. »Du freust dich, dass statt Gemma nun Jo zum Babysitten kommt, nicht wahr?«

»Ja! Jo!« Hannah strahlte über das ganze Gesicht, und Katie

verspürte einen kurzen Anflug von Verärgerung über ihren plötzlichen Stimmungswandel.

»Das ist nett von ihr«, erklärte sie ein wenig schroff. »Eigentlich wollten sie und Greg diese Woche zum Tanzkurs mitkommen. Ich nehme nicht an, dass sie sich vielleicht außerdem noch um den Wäschekorb kümmern will, oder etwa doch?« Während sie sprach, stopfte sie verknitterte Kissenbezüge und Socken in den Wäschesack. »Hier sieht es jeden Tag ein wenig mehr nach Trödelmarkt aus. *Siehst* du denn nicht, dass hier jede Menge Zeug herumliegt? Ganz ehrlich: Jo wird glauben, bei uns sei eingebrochen worden!«

»Oh, ja, tut mir leid.« Ross blickte sich um, als fiele ihm das Chaos gerade erst auf. »Ich wollte aufräumen, während die beiden hier ihren Mittagsschlaf machten, aber wir ... wurden davon abgehalten.«

»Wir haben die DVD geguckt!«, berichtete Hannah stolz. »Ich habe mit Daddy Fuchstrott getanzt!«

»Ich wollte den beiden zeigen, was wir im Tanzkurs lernen«, erklärte Ross. »Wir haben uns wohl zu lange mit dem Wiegeschritt und den Drehungen aufgehalten.«

Katie hob einen Stapel Socken, von denen keiner sein passendes Gegenstück gefunden hatte, von einem Sessel und fand darunter einen Teller mit Toastkrümeln.

Ich will mich *einfach nur hinsetzen*, dachte sie müde. War mein Dad deswegen immer so mürrisch und leicht reizbar, wenn er von der Arbeit nach Hause kam? Ist ein wenig Ordnung denn zu viel verlangt?

Doch obwohl sie sich dafür hasste, konnte sie sich die folgende Bemerkung nicht verkneifen. »Den ganzen Tag lang?«

Hannah warf ihrer Mutter einen scharfen Blick zu. »Warum hast *du* eigentlich nicht so ein funkelndes Kleid wie die Damen, Mummy?«

»Darum«, erwiderte Katie kurz und stapelte verärgert die

Teller und Tassen mit hastigen, eckigen Bewegungen übereinander.

»Warum? *Ich* hab doch auch ein schönes Kleid, wenn ich *tanze!*«

Oh Gott, erst Angelica und jetzt auch noch Hannah, dachte Katie und wurde das Gefühl nicht los, dass es heute alle auf sie abgesehen hatten. Ross und sie gingen nun einmal nicht gerade aus Spaß zum Tanzkurs – und dies rechtfertigte keinesfalls den Kauf neuer Kleider.

»Mummy?«, fuhr Hannah fort. »Warum trägst du kein funkelndes Kleid? Du hast nie schöne Kleider an! Mummy?«

»Hannah!«, fuhr Katie sie an. »Es *reicht!*«

Hannah stemmte die Hände in die Seiten und wollte gerade den Mund aufmachen, um etwas zu erwidern, doch Katie warf ihr einen bösen Blick zu.

»Ich bringe jetzt Jack ins Bett«, erklärte Ross und stand mit Jack auf, der immer noch in seinen Armen geborgen lag. »Es wird langsam Zeit für ihn. Komm schon, Hannah, du kannst deine Müslischüssel selbst in die Küche bringen, oder?«

Katie spürte tief in ihrem Inneren eine unstillbare Sehnsucht nach Jack, der sich wie ein schläfriger Welpe an Ross' Schulter schmiegte und mit den Augenlidern zuckte, wenn er schlummerte. Während der Arbeit konnte sie den Teil ihres Gehirns abschalten, der sich nach ihm sehnte, doch jetzt, als sie zu Hause war, wurde das Bedürfnis, ihn zu halten und seine flauschigen Haare zu riechen, so stark, dass es fast wehtat. Ohne es zu bemerken, streckte sie die Hände aus, um ihn sanft an ihre Brust zu drücken. Mittlerweile war er zwar fast zu schwer geworden, um ihn umherzutragen, doch sie liebte das Gefühl, ihn auf dem Arm zu haben.

»Komm«, sagte sie, »lass mich das machen, ja? Ich würde ihn gern ins Bett bringen.«

»Aber du musst dich doch beeilen, oder nicht?«, fragte Ross über die Schulter hinweg.

»So eilig habe ich es dann auch wieder nicht«, entgegnete Katie. Jacks dunkles Haar wuchs so schnell. Ihr war gar nicht aufgefallen, wie lang es im Nacken geworden war, wo sich seidige braune Locken gebildet hatten. »Komm schon, Ross. Du weißt doch, wie gerne ich ihn ins Bett bringe. Schließlich habe ich ihn den ganzen Tag über nicht gesehen!«

Demonstrativ deutete Ross mit den Augen nach unten. Katie bemerkte leider zu spät, dass Hannah ihnen zugehört hatte und – dem verletzten Gesichtsausdruck nach zu urteilen – ihren Streit um Jack persönlich nahm.

»Du verdirbst alles!«, rief sie, und an ihrer Stimme war schon zu erkennen, dass der nächste Wutausbruch bevorstand. »Wir hatten so viel Spaß, bis du nach Hause gekommen bist. Ich *hasse* dich!«

Katie fiel die Kinnlade herunter, und plötzlich spürte sie einen dumpfen und gleichzeitig schneidenden Schmerz in ihrer Brust.

»Na! Hannah!« Ross hob warnend den Zeigefinger.

»Ich *hasse* sie!«, schrie Hannah, drehte sich auf dem Absatz herum und rannte aus dem Wohnzimmer.

Katie sah Ross an. Es fiel ihr leichter, auf ihn wütend zu sein, als sich mit dem Stich auseinanderzusetzen, den Hannah ihrem Herzen versetzt hatte. »Ist das alles, was du dazu zu sagen hast? *Hannah?*«

»Was erwartest du denn von mir?«, fragte er und deutete mit dem Kopf auf den schlafenden Jack, den er auf dem Arm hatte.

Er hatte ihn immer noch auf dem Arm. Was sollte sie nun tun? Ihm Jack entreißen?

»Ich erwarte, dass du … dass du …« Ihr fehlten die Worte, und sie konnte den Schmerz, der in ihrer Stimme mitschwang, selbst kaum ertragen. Katie schluckte schwer. Sie wusste, was sie tun sollte – hatte sie nicht während ihrer beiden Schwangerschaften genügend Bücher und Leitfäden über das Verhalten von Kindern gelesen? –, doch nachdem sie Hannahs hasserfüllten Blick gesehen und ihren Ärger darüber gespürt hatte, dass sie nach Hause gekommen war, war sie zu keinem rationalen Gedanken mehr fähig. Zurück blieb nur das bittere Gefühl, dass alles ihre Schuld war.

»Was soll ich denn tun?«, wiederholte Ross. »Wenn sie sauer ist, dass du erst so spät nach Hause kommst – wessen Schuld ist denn das bitte? Was erwartest du denn? Du bist ihre Mutter!«

»Aber …«

»Ich werde sie nicht dafür bestrafen«, fuhr Ross fort. »Sie ist aufgebracht. Vielleicht solltest du morgen früh mit ihr reden.«

»Das ist so typisch für dich!« Katie konnte sich nicht mehr beherrschen. »Jetzt überlässt du es mir, sie dafür zu bestrafen, ebenso, wie du mir alles andere überlässt, damit du den lieben Papa spielen kannst. Danke. Herzlichen Dank auch!«

»Katie, ich gebe mir wirklich Mühe. Was *willst* du von mir?«, fragte Ross, woraufhin sie nur mit den Schultern zuckte.

Während der unerträglichen Stille, die nun folgte, starrten sie einander an.

Zwei Worte, dachte Katie. Ich brauchte sie nur sagen. *Ich verschwinde.* Ich könnte ins Auto steigen und einfach davonfahren.

Jack bewegte sich auf Ross' Schulter und wimmerte ein wenig im Schlaf, was ihr eine Woge aus Schuldgefühlen und Liebe durch ihr Innerstes jagte. Gerade, als sie das Wort ergreifen wollte, klingelte es an der Tür.

»Jo!«, quietschte Hannah auf dem Weg zur Haustür, was Katie erneut einen Stoß versetzte.

»Tut mir leid«, flüsterte Ross, doch es war schon zu spät. Jos und Hannahs Stimmen ertönten im Hausflur, und Katie hörte, wie Hannah fröhlich kicherte, als sie sich – den Geräuschen nach zu urteilen – auf den Zehenspitzen drehte.

Katie zuckte erschrocken zusammen, teils aus Angst um Hannahs Füße, teils aus Angst um die abgewetzte Tapete im Flur, für dessen Renovierung sie nie genug Geld gehabt hatten.

»Pass auf, Süße! Oooh, wie geschickt du bist! Hast du aber einen schönen Ballettanzug an!«, ertönte Jos Stimme. »Bist du eine Ballerina oder eine Turniertänzerin? Oh, die Pailletten sind aber toll!«

Katie starrte Ross weiterhin an, als wollte sie ihn damit zwingen, die entscheidenden Worte zu sagen. Irgendetwas, damit sie sich nicht mehr so sehr fühlte wie ihr eigener Vater, sondern wieder wie Ross' Frau.

Zwing mich bitte nicht dazu, dich mit Druck dazu zu bewegen, etwas zu sagen, bat sie tief in ihrem Inneren. Bitte sag es von selbst, aus eigenem Antrieb.

Doch er sagte nichts. Stattdessen blinzelte er kurz hinter seiner Brille und drehte sich dann um, um Jack ins Bett zu bringen. Im gleichen Augenblick kamen Hannah und Jo ins Wohnzimmer geeilt. Jo trug unter ihrem warmen Anorak ein rotes Kleid, das mit kleinen funkelnden Strasssteinen übersät war.

»Hi, Ross! Ist sie noch nicht zu Hause? Es klingt, als hättest du mit den beiden hier einen tollen Nachmittag gehabt … Oh, hallo!« Jos Blick wanderte zwischen ihnen beiden umher, und sie schien die Spannung zu spüren, die wie der Geruch von verbranntem Toast in der Luft zu hängen schien. Ihre fröhliche Miene wurde plötzlich vorsichtig. »Ist alles in Ordnung mit euch?«

»Nein«, antwortete Katie. »Aber wir kommen zu spät zur *Tanzstunde.*« Sie warf Ross einen bösen Blick zu. »Ich habe Ross gesagt, dass ihr, du und Greg, mitkommen wolltet. Ich bin sicher, er hätte auch andere Leute um Hilfe bitten können.«

»Wen denn zum Beispiel?«, fragte Ross.

»Mach dir keine Sorgen«, antwortete Jo schnell. »Ich habe Greg doch noch überreden können, zum Tanzen mitzukommen. Deswegen wollte ich ohnehin die Kinder zu meiner Mutter bringen. Sie hat versprochen, herzukommen und stattdessen dann eben hier auf die vier aufzupassen, wenn es euch recht ist? Für sie ist es viel näher, ihr braucht keinen Wirbel zu veranstalten, und wir nehmen einfach unsere zwei auf dem Heimweg wieder mit. Greg holt gerade meine Mutter ab.«

»Das ist wirklich sehr lieb von ihr«, erwiderte Katie. Jo hatte ihre göttlichen Hausfrauengene direkt von ihrer Mutter Dorothy geerbt. Sie war jene weißhaarige, Schokolade schenkende Oma, die Hannah nicht hatte. Katie war sich nicht sicher, ob Jo überhaupt wusste, wie glücklich sie sich schätzen konnte.

»Dir macht es nichts aus, dass Mrs. Sanderson zum Babysitten herkommt, oder? Vielleicht zeigst du ihr gleich, wie toll du schon lesen kannst?«, fragte Katie Hannah in der Hoffnung, ihr eine freundliche Reaktion entlocken zu können.

Hannah ignorierte sie jedoch – die neueste Fähigkeit, die sie sich von den Erwachsenen abgeguckt hatte. »Wo gehst du hin, Daddy?« Sie lehnte an Jos Beinen und sah Ross mit ihren klaren blauen Augen liebevoll an.

»Zum Tanzen!«, antwortete Ross fröhlich. »Dann kann ich dir morgen wieder ein paar neue Schritte zeigen.«

»Oh! Das wird bestimmt ganz toll!«, erklärte Jo und beugte sich zu ihr hinunter, um sie zu kitzeln und abzulenken. Doch Hannah sah alles andere als überzeugt aus, und Katie bemerkte zu ihrem großen Kummer, dass sie zum ersten Mal seit Monaten wieder den Daumen in den Mund steckte.

Als sich Jack erneut in Ross' Armen bewegte, ergriff Katie die Chance, nahm ihn Ross ab und brachte ihn hinauf ins Bett.

»Hast du noch Zeit für einen Kaffee?«, hörte sie Ross nach einigen Sekunden fragen, in denen er wahrscheinlich die Augen verdreht hatte. Doch Katie vergrub ihre Nase in Jacks Haar und konzentrierte sich ausnahmsweise einmal auf ihr Baby.

Als sie ankamen, war es in der Halle relativ kühl, als sei die Wärme von den gusseisernen Heizkörpern direkt hoch in die Dachbalken gestiegen. Katie hatte ein wenig Angst vor dem, was ihr bevorstand, freute sich aber gleichzeitig auch darüber, ausnahmsweise einmal woanders sein zu können.

Sie kamen als Letzte, und gemessen an der Art, wie sich alle Köpfe zu ihnen umdrehten, war schnell klar, dass alle beim Anblick von Greg und Jo dachten: Ah, neue Kursteilnehmer.

Angelica stand neben Lauren und ihrem Verlobten. So, wie sie immer wieder auf die Füße deuteten, schienen sie sich über irgendetwas im Zusammenhang mit Schuhen zu unterhalten. Lauren trug hohe weiße Satinschuhe im Stil Ludwigs XV. Offenbar waren dies ihre Brautschuhe.

Jo stupste Katie an. »Ist das die Tanzlehrerin?«

»Ja«, flüsterte Katie. »Ruhm und Erfolg gibt es nicht umsonst, und genau hier zahlst du dafür. Du erntest jede Menge sarkastische Bemerkungen über deine Haltung.«

»So!« Angelica klatschte in die Hände und lenkte damit alle Aufmerksamkeit auf sich. »Du meine Güte, ich war letzte Woche wohl nicht gemein genug – alle sind zur zweiten Unterrichtsstunde wiedergekehrt! Und ich freue mich, dass Sie mir zugehört und sich alle schick gemacht haben! Na ja, jedenfalls fast alle.«

Katie ließ ihren Blick über die Gruppe schweifen und bedauerte es sofort zutiefst, sich nicht umgezogen zu haben. Nachdem sie Jack ins Bett gebracht hatte, war einfach nicht mehr genügend Zeit zum Umziehen gewesen. Es stimmte: Alle hatten sich außerordentlich schick angezogen. Lauren trug ein rosafarbenes Ballkleid, ein Überbleibsel des Sommers, darüber eine dicke Strickjacke. Ihre Mum hatte sich eine mit Federn besetzte Spange in ihr dunkles, kurzes Haar geklemmt und ihren schlichten roten Rock mit einem diamantbesetzten schwarzen Oberteil aufgepeppt. Sogar Chris und Frank trugen Hemden in leuchtenden Farben. Was das andere ältere Pärchen betraf, so hatte Peggy das karamellfarbene Twinset gegen eines ausgetauscht, das über und über mit Pailletten besetzt war. Baxter hatte ein blaues Seidentüchlein in die Brusttasche seines Blazers gesteckt. Trina war in einen weiten, schräg geschnittenen Rock gekleidet, der sie wie einen in Geschenkpapier eingewickelten Kegel aussehen ließ, während Chloe das ganz große Programm aufgefahren hatte: Sie trug sogar schwarze Netzstrümpfe und hatte sich eine Seidenblume in ihre blonden Locken gesteckt.

»Und ein neues Pärchen!«, strahlte Angelica. »Herzlich willkommen!«

Jo und Greg zogen alle Aufmerksamkeit auf sich. Chloe und Trina verschlangen Greg hemmungslos mit ihren Blicken. Jo sah in dem roten Kleid und mit ihren üppigen Rundungen einfach phänomenal aus – die Pailletten bewirkten, dass sie aussah, als nähme sie an einem professionellen Tanzwettbewerb teil. Greg wirkte souverän und ungezwungen; er hatte seine Krawatte ausgezogen und genau die richtige Anzahl an Knöpfen an seinem Hemd geöffnet. Er war einfach immer angemessen gekleidet. Es war schön, die beiden als moralische Unterstützung hier zu wissen, doch im gleichen Atemzug war sich Katie noch bewusster als zuvor, dass sie noch ihr Bürokostüm trug, und schob ihr Kinn wie zur Verteidigung vor. Wenigstens trug sie dieses Mal einen Rock.

Sie merkte, dass Trina sie unverhohlen anstarrte. Vielleicht hatte sie sie aber auch nur ganz normal angesehen. Trina verfügte über recht unglückliche Gesichtszüge, was dies anging.

»Sind Sie bei der Polizei?«, fragte Trina plötzlich geradeheraus.

»Nein!«, protestierte Katie.

Ross hüstelte, um ein Kichern zu überspielen.

»Oh.« Trina kräuselte die Nase, als hätte sie die Antwort nicht vollkommen überzeugt. »Aber Sie sehen wie eine Polizistin aus.«

»Kommen Sie schon, Katie! Wo ist ihr schönes Kleid?«, fragte Angelica. »Wie soll denn Ross das Gefühl bekommen, dass er mit seiner Angebeteten zum Tanzen ausgeht, wenn sie für eine Zehn-Uhr-Konferenz gekleidet ist? Schauen Sie sich einmal um: Alle haben sich viel Mühe gegeben mit ihrer Kleidung.«

»Wir leben nicht mehr in den Fünfzigerjahren!«, giftete Katie zurück. »Frauen müssen kein hübsches Kleidchen mehr anziehen, um schön auszusehen! Außerdem hat sich Ross auch nicht schick gemacht!«

»Habe ich wohl!«

Erst jetzt – nachdem er seine Jacke abgelegt hatte – fiel Katie auf, dass er ein frisches Hemd trug. Sein »Ausgehhemd«, wie sie es scherzhaft immer nannten. Er hatte noch nie einen Anzug besessen, geschweige denn elegantere Hemden. Das Hemd aus weicher Sea-Island-Baumwolle, das er jetzt trug, hatte sie vor längerer Zeit in London gekauft und ihm zum Geburtstag geschenkt. Es hatte eine helle, buttergelbe Farbe und erinnerte sie immer an kleine Küken. Er hatte sogar die passenden silbernen Manschettenknöpfe angelegt, die sie ihm dazu geschenkt hatte.

Er gibt sich wirklich Mühe, dachte sie und fühlte sich ganz schrecklich bei dem Gedanken, dass es für sie fast keinen Unterschied machte.

»Sehen Sie?«, fragte Angelica, und Katie spürte die Neugier der anderen, warum sie sich wohl so kindisch verhielt.

»Sie werden sehen, dass Sie sich in einem weiten, schwingenden Rock viel besser bewegen können«, fuhr Angelica fort, um sie zu überzeugen. »Und ich verspreche Ihnen, dass

Ihnen das Tanzen sehr viel leichter fallen wird, wenn Sie das Wirbeln des Rockes spüren.« Ihre Blicke trafen sich, und Katie bekam den unangenehmen Eindruck, dass Angelica ihre Gedanken lesen konnte.

»Okay«, hörte sich Katie sagen, damit sie endlich in Ruhe gelassen wurde. »Nächste Woche.«

»Wunderbar!« Im nächsten Augenblick war Angelica in den Vorführmodus gewechselt.

»Sie haben letzte Woche die Rock'n'Roll-Grundlagen so prima gemeistert, dass wir heute Abend etwas Neues lernen werden! Anschließend werden wir noch einmal kurz wiederholen, was Sie letzte Woche gelernt haben, damit Sie es nicht wieder vergessen«, fügte sie beruhigend hinzu, als Chris begann, nervös zu werden.

Mit einer Geste forderte sie alle auf, sich hufeisenförmig um sie zu gesellen, damit die Teilnehmer ihre Füße sehen konnten.

»Letzte Woche haben wir einen etwas schnelleren Tanz gelernt. Aber wie wäre es mit einem schmusigeren, romantischeren Tanz gegen Ende der Nacht? Hmmm? Zum Beispiel zu dieser Musik hier. Denken Sie an weiße Krawatten, feine Abendanzüge, Satinkleider, Big Bands und *Romantik*!«

»Oooh!«, ertönte es schwärmerisch aus Trinas und Chloes Richtung.

Jo warf Katie einen amüsierten Blick zu. »Oooh!«, schmachtete auch sie, blieb dabei jedoch bemerkenswert ernst.

Katie musste den Kopf senken, um ihr Gekicher zu unterdrücken. Angelica ging zu ihrem CD-Player und drückte die Starttaste. Harry Connick Juniors Big-Band-Sound erfüllte den Saal, und Katie erkannte die ersten Takte von »It Had To Be You«.

»Wir werden nun einen sehr nützlichen Gesellschaftstanz lernen, der zu den meisten alten Songtiteln passt. Zudem sieht er sehr professionell aus und ist dabei doch leicht zu lernen. Der Tanz nennt sich Social Foxtrott. Wo ist mein Freiwilliger?« Sie stürzte sich mit weit geöffneten Armen auf Frank.

Der Kurs verfolgte staunend, wie Angelica und Frank mit ihren Armen und Beinen in der Mitte der Tanzfläche Haltung einnahmen und dann in weiten Kreisen vom einen Ende des Raumes zum anderen schwebten und dabei nur ein paar Mal zögerten oder aneinanderstießen.

»Der Social Foxtrott ist hervorragend geeignet für kleine Tanzflächen, wie zum Beispiel bei einer Hochzeit«, rief Angelica über ihre Schulter hinweg. »Achten Sie darauf, wie eng der Raum ist, auf dem wir tanzen«, fuhr sie fort, während ihre Schritte gedrängter und geschlossener wurden und kaum mehr als ein Schleifschritt übrig blieb.

»Ich dachte, der Foxtrott sei dieser schnelle Tanz, bei dem die Dame rückwärts durch den Raum gleitet, als hätte sie Räder unter den Füßen«, wunderte sich Lauren. »Zumindest haben sie ihn in der Tanzshow im Fernsehen so vorgeführt. Die Kleider der Damen hatten weite, wallende Fledermausärmel!« Sie breitete die Arme aus und hätte dabei Chris fast ein Auge ausgestoßen.

»Ach so. Nein, das ist ein anderer Tanz – er nennt sich *Slow Fox*«, erklärte Angelica, während Frank sie eine Drehung nach der anderen machen ließ, als der Instrumentalteil des Liedes begann. »Den Tanz findet man öfter in Filmen mit Fred Astaire. Hierbei ist die Synkopierung von außerordentlicher Bedeutung, und man gleitet über den Boden, als würde man ihn kaum berühren. Eine sehr, sehr genaue Fußarbeit ist dabei das A und O. Glauben Sie mir, der Tanz ist *sehr* kompliziert.«

»Wir haben den Longhampton District Five-Dance-Cup neun Mal gewonnen«, prahlte Baxter. »Stimmt's nicht, Peggy? Auch unser Sohn Ray ist zweifacher Exchampion.«

Peggy nickte mit funkelnden Augen.

Katie konnte sich Baxter und Peggy nur schwerlich als eine

Miniaturausgabe von Fred und Ginger vorstellen, doch vielleicht kam ja auch hier diese verändernde Kraft des Tanzes ins Spiel, auf die Angelica immer wieder zu sprechen kam. Katie fand, dass Baxter ein wenig verärgert wirkte, und fragte sich, warum Angelica nicht ihn gewählt hatte, um den Tanz vorzuführen. Frank war zwar gut, aber nicht annähernd so geschickt wie er. Baxter bewegte sich geradezu, als hätte er seine Sohlen eingefettet. Vielleicht wollte Angelica die Schritte aber auch nicht unnötig schwieriger aussehen lassen, als sie in Wirklichkeit waren.

»Tatsächlich! Das ist ja wundervoll!«, rief Angelica.

»Wir standen richtig groß in der Zeitung«, fügte Baxter hinzu. »Zwei Generationen von Champions, wenn Sie so wollen.«

»An die anderen: Wenn Sie also nicht mehr weiterwissen, schauen Sie sich an, was Peggy und Baxter gerade tun«, erklärte Angelica gut gelaunt, als sie Frank mit einem kleinen Knicks wieder bei Bridget ablieferte.

»So sieht der Tanz also aus, wenn man ihn in normalem Tempo tanzt. Jetzt werden wir noch einmal alle Schritte langsam der Reihe nach durchgehen, ja?« Ihr scharfer Blick richtete sich auf Katie, Jo, Greg und Ross.

»Toll«, raunte Katie Jo zu und versuchte dabei krampfhaft, ruhig zu bleiben. »Und jetzt wird sie uns wieder aufs Korn nehmen.«

»Nicht Sie, meine Liebe«, entgegnete Angelica. »Ich muss an meine Füße denken. Ich habe es vielmehr auf Ihren Ehemann abgesehen, wenn es Ihnen nichts ausmacht?«, fügte sie hinzu und nahm Ross' Hand.

Ross lächelte, als Angelica ihn geschickt in die Mitte des Saals manövrierte, und strahlte die Kursteilnehmer an.

»Oh!«, lobte Jo aufmunternd. »Sieht er nicht aus, als wüsste er genau, was er da tut?«

Er ist solch ein mieser Kerl, dachte Katie. Wenn er zu

Hause so viel Enthusiasmus an den Tag gelegt hätte, müssten wir gar nicht erst hier sein.

»Vielleicht sollte ich Ihnen noch sagen, dass ich Ihnen nicht jedes Mal erlauben werde, mit dem Partner zu tanzen, mit dem Sie hergekommen sind«, fuhr Angelica fort. »Wenn Sie auf die echten Tanzflächen losgelassen werden, erwartet man von Ihnen, dass Sie nicht nur mit Ihren Freunden tanzen, sondern auch mit anderen Menschen. Daher sollten Sie sich am besten schon so früh wie möglich an einen Partnertausch gewöhnen.«

»Oooh!«, gurrten die Singles Trina und Chloe begeistert. Sie stießen einander an und sahen zu Greg und dem großen, blonden Chris hinüber.

»Mach dich schon mal auf was gefasst, Lauren«, ulkte Trina und blinzelte Lauren zu, die sofort die Arme vor der Brust verschränkt hatte, als ihr strahlender Verlobter in das Zentrum des weiblichen Interesses gerückt war. »Bei dem Andrang könntest du überrumpelt werden, meine Liebe!«

»Dann würdet ihr von Chris in die Flucht geschlagen werden«, entgegnete Lauren.

Greg blickte zu Katie hinüber, während die Kursteilnehmer einander weiter aufzogen. Er zog die Augenbraue ein wenig hoch, als wollte er damit fragen, ob es jede Woche dieses Theater gab. Katie antwortete mit der gleichen Geste – die von Vertrautheit zeugte und ein geteiltes Vergnügen andeutete –, und ein Schauer lief ihr über den Rücken.

Sie senkte den Blick und sah dann zu Ross hinüber, der sich nun, wo er mit Angelica tanzte, plötzlich daran erinnerte, seine hängenden Schultern zu straffen. Als Katie wieder zu Greg hinübersah, flüsterte dieser gerade Jo etwas zu; der amüsierte Gesichtsausdruck war von seinem Gesicht gewichen.

Angelica erklärte die langsamen und die schnelleren Schritte, die die Teilnehmer dann nachahmten. »Achten Sie auf meine Füße!«, rief sie laut, um die Musik zu übertönen.

»Wir bewegen uns im Zickzack und orientieren uns dabei am Muster des Parketts, sehen Sie das?«

Für das ungeübte Auge machte es den Anschein, als triebe in Wirklichkeit Ross Angelica vorwärts. Selbst er schien davon völlig überrascht zu sein.

»Sie sind äußerst gut!«, lobte Angelica ihn, als sie sich langsam drehten. »Ich glaube, Sie haben es begriffen!« Sie ließ seine Hände los und gab ihm einen kleinen Klaps auf die Schulter. »Jetzt gehen Sie und zeigen es Katie, ich schaue währenddessen nach … Vorsicht, Chris! Wenn Sie so an ihr zerren, dann … Oh! Sehen Sie, was ich meine?«

Ross kehrte zu Katie zurück, während Angelica versuchte, Chris' und Laurens Beine zu entwirren. Ross breitete theatralisch die Arme aus, um Katie zum Tanz aufzufordern.

»Nicht!«, sagte Katie.

»Nicht *was?*«

»Ich will nicht noch verlegener und unsicherer werden, als ich es ohnehin schon bin. Oh Gott, ich hasse es, etwas nicht zu können«, murrte Katie und versuchte, ihre Nörgelei vor Angelica zu verbergen. »Gut, okay. Mit welchem Fuß fangen wir an?« Sie starrte auf die Schuhe, die sie immer zur Arbeit trug. Sie mussten dringend geputzt werden. Neben ihren Fußspitzen standen Ross' Converse All-Stars, die auch schon bessere Zeiten erlebt hatten.

»Hör auf, andauernd auf die Füße zu schauen. Du musst mich ansehen!«, ermahnte Ross.

Widerwillig blickte Katie ihn an. Sie standen dicht zusammen, seine Hand ruhte auf ihrem Schulterblatt, die andere hielt Katies Hand etwa auf Schulterhöhe, kaum einen Atemzug entfernt. Sie hatte völlig vergessen, dass sie etwa gleich groß waren, umso mehr, wenn sie hohe Absätze trug. Jetzt standen sie sogar so nahe zusammen, dass sie den Babypuder auf seiner Haut riechen konnte, genauso wie seinen eigenen Duft, den er am Ende des Tages immer verbreitete. Der Geruch war keinesfalls unangenehm, und die steife Körperhaltung zwang sie dazu, ihm direkt in die Augen zu schauen.

Er muss etwas wegen seiner großen Poren tun, dachte sie. Im gleichen Moment fiel ihr auf, dass die Iris seiner braunen Augen von einem bernsteinfarbenen Ring umgeben war.

»Mach dann einen langsamen Schritt nach hinten«, erklärte Ross hilfsbereit.

»Wann?«

»Wenn ich das Zeichen gebe, dass wir loslegen. Du musst mir dazu schon ins Gesicht sehen und auf das Zeichen warten.«

»Und was ist, wenn ich dich nicht ansehen will?«, antwortete sie und wusste, wie kindisch sie dabei klang.

»Was, wenn ich ein mündliches Zeichen vorziehen würde? Und warum musst du eigentlich entscheiden, wann wir beginnen?«

Ross seufzte. »Fein. Du sagst mir einfach, wann genau du bereit bist, damit wir dann anfangen können. Wenn ich dich dann also nach hinten führe, mache ich einen Schritt nach vorn und …«

Katie ließ die Hände fallen. »Du führst mich? Wie bitte? Entschuldigung?« Sie kniff die Augen zusammen. »Hast du dir das mit Hannah angesehen? Eine DVD zum Tanzenlernen?«

»Warum auch nicht?« Ross machte ein verdutztes Gesicht. »Ich würde es einfach gern können. Schließlich will ich dich nicht enttäuschen.«

»Dann lass es lieber! So war das nämlich nicht abgesprochen!«, stammelte Katie. »Der *Punkt* ist doch, dass wir beide gleich schlecht sind! Du kannst nicht einfach mogeln, indem du heimlich übst!«

Ross schüttelte den Kopf und trat einen Schritt zurück. »Das kann ich jetzt nicht glauben. Mal ehrlich, Katie. Was ist los mit dir?«

»Gibt es Probleme?« Angelica tauchte hinter ihnen auf.

»Na prima!«, murmelte Katie verärgert.

»Das macht aber doch nichts!«, erklärte Angelica und dirigierte sie wieder in die richtige Position. »Eine so kluge Frau wie Sie, Katie, wird diesen Tanz innerhalb kürzester Zeit beherrschen und …« Sie schaute Ross an, der mit einem Nicken einen Schritt nach vorn machte. »Langsam. Lassen Sie sich Zeit bei diesem langen Schritt, Katie. Und langer Schritt. Und Seit-Schluss, die Füße zusammen! Zusammen! Sie sind doch nicht Charlie Chaplin! Jetzt machen *Sie* einen Schritt nach vorn, und …«

»Autsch!« Katie starrte Ross vorwurfsvoll an, als er mit seinen Converse auf ihren Zeh trat.

»Sie müssen ihm schon noch die Führung überlassen, Katie!«, erklärte Angelica verständnisvoll. »Es hat keinen Sinn, dass Sie ihn in eine Richtung drängen – im Gegensatz zu ihm können Sie doch gar nicht sehen, was sich hinter Ihnen abspielt. Ich werde es Ihnen kurz zeigen.«

Sie nahm Katies Hand und hielt sie wie Ross zuvor. Dann bewegte sie sich so geschickt, dass Katie das Gefühl hatte, ganz sanft in die richtige Position dirigiert zu werden. Ihre Füße bewegten sich automatisch an die richtige Stelle, ohne dass sie dies beabsichtigt hatte. Während Angelica die Schritte laut aufzählte wie eine geduldige Grundschullehrerin, fügte sich mit einem Mal alles zusammen.

Angelicas Hände waren schmal und perfekt manikürt. Sie trug keine Ringe, und Katie fühlte das Gewicht ihrer Hände kaum, mit Ausnahme der wenigen Momente, in denen Angelica sie sanft drängte, um sie in die richtige Position zu führen. Angelicas Kopf befand sich in etwa auf der Höhe ihres Ohres, und Katie konnte ihr blumiges Parfum und den Geruch ihres eng anliegenden Kaschmirpullovers riechen. Selbst von Nahem war Angelicas Make-up einfach makellos: Der geschwungene Strich ihres schwarzen Eyeliners war vollkommen gerade gezogen, die gewölbten Augenbrauen perfekt gezupft, und nur ein paar kleine Fältchen um die Augen herum verrieten, dass sie doch einige Jährchen älter war, als Katie vermutet hatte.

Angelica gehörte eigentlich nicht zu der Sorte Frau, mit der Katie für gewöhnlich Umgang hatte: Weder war sie besonders forsch oder sachlich wie eine Geschäftsfrau noch irgendwie mütterlich oder erschöpft wie eine Hausfrau. Angelica strahlte eine so elegante Selbstbeherrschung aus, dass Katie sich plötzlich fragte, ob sie wohl überhaupt Kinder hatte. Ihre gesamte Aufmerksamkeit schien auf sich selbst gerichtet zu sein, auf ihre exakten Bewegungen und ihr makelloses Erscheinungsbild. Sie verkörperte eine Art altmodische Weiblichkeit, angesichts derer sich Katie noch mehr als Versagerin fühlte.

Angelica waren ihre neugierigen Blicke nicht entgangen, und Katie musste zu Boden starren, um nicht in die Verlegenheit zu geraten, ihrem Blick zu begegnen. Ich frage mich, ob sie mich ebenso studiert, grübelte Katie. Ihre Sinne schlugen plötzlich Alarm aus Angst, diese Fremde könnte in ihre Privatsphäre eindringen. Katie wurde das absurde Gefühl nicht los, dass Angelica ihre Gedanken lesen sowie die Eiseskälte und Verzweiflung zwischen ihr und Ross spüren könnte, indem sie einfach nur ihre schmalen Hände auf Katies verspannte Schulter legte.

»Sie sollten sich nicht so verkrampfen«, erklärte Angelica plötzlich. »Sie müssen locker bleiben, Katie.«

»Was?« Katie geriet in Panik. Sie *hatte* ihre Gedanken gelesen!

»Ihre Schultern sind viel zu verspannt.« Zum Beweis drückte sie ihre Schultern und schob sie nach hinten. Katie wich vor der Berührung zurück. Durfte man Menschen unangekündigt anpacken, wenn man Tanzlehrer war? »Machen Sie sich nicht so viele Gedanken darüber, wie Sie aussehen könnten. Lassen Sie es einfach … fließen!«

»Das sagen Sie so leicht«, begann Katie, doch dann bemerkte sie, dass sie mit Angelicas Hilfe gerade eine Drehung geschafft hatte.

»Sehen Sie? Es ist gar nicht so schwer. Und jetzt sind Sie beide wieder an der Reihe«, erklärte Angelica und trat beiseite. »Ich lege kurz eine andere Musik auf.«

Ross blickte Katie erwartungsvoll an und breitete die Arme aus.

Die Blechbläser setzten ein, und die ersten Takte von »You Make Me Feel So Young« hallten durch den Saal. Mit einem Mal schienen alle eine unglaubliche Lebenslust und Energie zu versprühen – mit Ausnahme von Katie. Auf der anderen Seite des Saals reichte Frank gerade Lauren die Hand, um mit ihr zu tanzen, während Bridget tapfer mit Chris kämpfte, um ihn in eine Tanzhaltung zu bringen.

Sogar Jo und Greg schienen hervorragend mit den neuen Schritten zurechtzukommen. Jos Gesicht glänzte vor Feuereifer, und sie lächelte Greg strahlend an, der mit seinem breiten Rücken Katie zugewandt stand.

Er hat wirklich schöne Schultern, dachte Katie gedankenverloren.

»Komm schon«, versuchte Ross, sie zu ermuntern, doch sie konnte sich nur mit Mühe auf die Schritte konzentrieren. Stattdessen musste sie immerzu daran denken, wie schrecklich albern sie wohl aussah.

Wie Baxter es schon ganz richtig formuliert hatte, war dies ein schöner Abend für alle Frank-Sinatra-Fans. Die Kursteilnehmer tanzten zu »New York, New York« und »I've Got You Under My Skin« durch den Saal, während Angelica immer wieder zwischen ihnen auftauchte, um hier und da noch ihre Haltung zu verbessern. Jo und Greg entwickelten sich zur wahren Hauptattraktion. Zwar zogen sie sich gegenseitig lautstark auf wegen der Fehler in ihrer Schrittfolge, doch sie hielten nicht einmal inne, wenn ihnen einmal tatsächlich ein Schritt verunglückte. Katie beschlich das ungute Gefühl, dass sie selbst wahrscheinlich als Tanzpartnerin von Trina oder Chloe enden würde, da sie nun ganz offiziell die Niete des Kurses war. Wenigstens bot ihr Chris mit seinen zwei tödlichen linken Füßen noch einen schönen Anblick, während er ihre Zehen zu den Klängen von Nelson Riddle und seinem Orchester zermalmte.

Doch zu Katies großer Überraschung schienen sich die Schritte nach vier oder fünf Liedern langsam zusammenzufügen. Alle anderen waren mittlerweile zu einfachen Variationen des Grundschritts übergegangen, doch Angelica bestand bei ihnen darauf, dass sie sich weiterhin allein auf die Grundschritte konzentrierten. Während ihrer dritten Runde durch den Saal, bei der ihr Chris zu »Night and Day« ins Ohr zählte, kam mit einem Mal ein Moment, in dem auch sie sich vollkommen im Takt bewegten und die Welt um sie herum von einem nostalgischen Schimmer erfüllt zu sein schien.

Ihre Blicke trafen sich. Chris war offenbar genauso überrascht wie sie, denn ein jungenhaftes Grinsen erstrahlte in seinem hübschen Gesicht.

»Du meine Güte, wir tanzen ja!«, rief er verblüfft.

Noch während er sprach, trat Katie ihm auf den Fuß, und die Blechbläser hoben zum großen Finale an. Als sich die Pärchen mit einem fröhlichen, dankenden Nicken voneinander lösten, applaudierten alle spontan. Dann beendete Angelica den Abend. »Man sollte aufhören, wenn es am schönsten ist!«, rief sie. »Nächste Woche werden wir ein wenig Cha-Cha-Cha einüben, also machen Sie sich schon einmal darauf gefasst!«

Als sich Katie umschaute, bei welcher Tanzpartnerin Ross gelandet war, sah sie ihn neben Jo stehen, wo er sich mit Lauren und ihrer Mutter unterhielt. Er bemerkte Katies Blicke und winkte sie zu sich herüber.

»Du kennst Mrs. Armstrong, oder?«, fragte er sie, als die

ältere Dame sie freundlich anlächelte. »Mrs. Armstrong ist die …«

»Ich weiß, Ross«, unterbrach ihn Katie beschämt. »Hallo! Wir sind uns noch nicht begegnet. Ich habe einfach nie Zeit, um Hannah von der Schule abzuholen, aber Sie kennen ja sicherlich die Dienstzeit …«

»Oh ja, ich weiß«, nickte Mrs. Armstrong, doch Katie hatte das Gefühl, sich weniger vor ihr, sondern eher vor Ross verteidigen zu müssen.

»Ich würde sie ja gerne öfter abholen, aber ich kann leider das Amt so früh nicht verlassen. Hannah liebt die Schule, nicht wahr, Ross? Sie schwärmt immerzu davon, wie sehr sie das Zeichnen und die Ausflüge in den Park liebt. Ich glaube, sie wird einmal eine richtige Leseratte werden, da sie die Gutenachtgeschichten so gern hört, die ich ihr vorlese …«

Mrs. Armstrongs Lächeln wurde nun von einem verständnisvollen Blick begleitet. Sie hat einen warmen, gütigen Lehrerblick, dachte Katie, und sie scheint es gewohnt zu sein, immer eine positive Bemerkung parat zu haben, mit der sie die Schüler aufmuntern kann.

Katie riss sich zusammen, da sie das Gefühl hatte, dass alle Blicke auf ihr ruhten. »Ich liebe es, ihr Gutenachtgeschichten vorzulesen«, erklärte sie schließlich zögerlich.

»Hannah ist ein kleiner Star«, antwortete Mrs. Armstrong, und Katie war dankbar für die beruhigenden Worte. »Sie macht sich sehr gut!«

»Ist alles in Ordnung?«, fragte Angelica und tauchte hinter ihnen auf. »Lauren, Sie haben es begriffen! Ihre Armhaltung war genau richtig, sehr elegant. Sehr gut!«

»Tatsächlich? Oh, vielen Dank!«, erwiderte Lauren ungläubig und errötete. »Haben Sie eigentlich schon einmal Schüler unterrichtet, die noch schlechter waren als wir?«

»Öfter, als Sie sich vorstellen können!«, antwortete Angelica.

»Angelica ist nicht einfach nur eine Tanzlehrerin, Lauren«, erklärte Bridget und warf ihr kurz einen entschuldigenden Blick zu. »Sie war ein international gefeierter Turniertanz-Champion – sie ist die einzige wirkliche Berühmtheit, die unsere Stadt hervorgebracht hat!«

»Ehrlich?«, fragte Lauren – vielleicht eine Spur zu ungläubig. »Wow. Sie sind also berühmt?«

Angelica winkte das Kompliment ab, doch Katie entging nicht, wie ganz kurz ein stolzer Ausdruck über ihr Gesicht huschte, der jedoch mit einer gewissen Bitterkeit gemischt war.

»Allenfalls unter Leuten, die tanzen gehen«, erklärte sie. »Nächste Woche treffen wir uns wieder um die gleiche Zeit?«

Breite Zustimmung schallte ihr entgegen, dann klimperte Greg ungeduldig mit dem Autoschlüssel. Bevor irgendjemand noch eine Frage stellen konnte, waren mit einem Mal alle verschwunden.

7

Da die Septembernacht recht mild war, spazierte Angelica langsam von der Memorial Hall nach Hause, die Tanzschuhe in ihrer großen Tasche (die laut Aussage ihres Osteopathen, der um ihre überbelasteten Gelenke bangte, viel zu groß war). Sie hätte auch mit dem Auto fahren können, doch der Weg bis zur Sydney Street war nicht weit, und zudem hatte sie sich vorgenommen, sich so oft und viel wie möglich zu bewegen. Angelica hatte sich nie für Fitnessstudios und Diäten begeistern können. Sie war sich nicht sicher, ob sie an professionellen Tanzwettbewerben heutzutage überhaupt noch teilnehmen wollte, wenn sie an das ganze Training, die Ernährungsvorschriften und die Physiotherapie dachte, die mittlerweile damit verbunden waren.

Während sie an Neubauten vorbeischlenderte, die dort errichtet worden waren, wo einst der Busbahnhof im Art-déco-Stil mehreren Generationen von gelangweilten Longhamptoner Jugendlichen Schutz geboten hatte, dachte sie, dass zu ihrer Zeit damals der Tatendrang und die eigene Energie dazu beigetragen hatten, dass man schlank blieb. Energie, Zigaretten und die Tatsache, dass für Nahrungsmittel kein Geld mehr übrig gewesen war, nachdem man alles andere bezahlt hatte.

In dieser Hinsicht war Tony Canero für die Frauen eine der besten Diäthilfen weit und breit gewesen. Wenn sie nicht getanzt hatten, als würde am nächsten Tag das letzte Tanzturnier aller Zeiten stattfinden, hatten sie sich ebenso leidenschaftlich in seinem möblierten Zimmer in Vauxhall geliebt. Angelica hatte sich ständig mit der Frage herumgequält, wo er gewesen war und ob sein wankelmütiger, kritischer Blick im Tanzstudio nicht auf eine bessere Tänzerin gefallen war, auf ein erfahreneres, fescheres, klügeres Mädchen, das nicht aus einer provinziellen Umgebung wie dieser stammte. Angelica hatte hart an ihrem Tanz gearbeitet, noch härter jedoch an sich selbst.

Rückblickend vermutete sie, dass dies noch etwas war, was Tony und sie miteinander geteilt hatten – der Zauber auf der Tanzfläche hatte sie an einen Ort versetzt, der meilenweit von dem langweiligen Leben entfernt war, in das sie hineingeboren waren. Doch im Gegensatz zu ihr hatte er es nicht nötig gehabt, anderen etwas beweisen zu müssen. Für Männer war es immer schon einfacher gewesen. Sie *konnten* wirklich jedes Ziel erreichen; im Gegensatz zu den Frauen waren sie nie gezwungen gewesen, sich zwischen ihren verschiedenen Ichs entscheiden zu müssen.

Angelica passierte mit forschem Schritt die High Street und ging hinunter zum schlammigen Fluss. Fünf Minuten später war sie in die Sydney Street mit ihren altmodischen Laternenmasten abgebogen und tanzte, wie immer schon, in ihrer Phantasie wie Gene Kelly mit einer Straßenlaterne.

In Wahrheit hatte sie keine Ahnung, wo Tony war oder ob er vielleicht immer noch tanzte. Sie hatte es sogar geschafft, sich ein paar Jahre lang diese Frage nicht mehr zu stellen. Die Pflege ihrer Mutter während ihrer letzten Tage hatte Angelica mehr erschöpft, als sie für möglich gehalten hätte, und außerdem dachte sie nicht gerne zurück. Man schwelgte in Erinnerungen, wenn es nichts mehr gab, worauf man sich noch freuen konnte.

Seit sie jedoch die Haustür von 34 Sydney Street aufgesperrt hatte, war sie das Gefühl nicht losgeworden, dass sie erst wieder glücklich werden würde, wenn sie hier Klarschiff gemacht hatte. Vielleicht hatte sie dieses Gefühl schon früher beschlichen: Vielleicht war das der Grund gewesen, warum sie zurückgekommen war, warum sie bereit gewesen war, selbst alle Schränke und Sachen durchzusehen und zugleich in ihrem eigenen Leben aufzuräumen. Sie hatte Dinge entdeckt, die sie nie im Leben für möglich gehalten hatte. Wie zum Beispiel, dass ihr Vater ein paar Jahre lang Gruppenleiter bei den Pfadfindern gewesen war. Ihre Mutter hatte ein uraltes Hochzeitskleid auf dem Dachboden aufbewahrt, das jedoch nicht von ihr stammen konnte, da es nicht das Kleid war, das sie auf dem düsteren Hochzeitsfoto trug. Es gab nicht allzu viel, was durchgesehen werden musste – in Wahrheit sogar herzzerreißend wenig –, doch je mehr sie sah, desto stärker wurde der Eindruck, dass sie und ihre Eltern sich über die Jahre hinweg entfremdet hatten. Ihre Eltern hatten ihr Leben nie begreifen können, doch Angelica merkte nun, dass sie ebenso wenig über das Leben ihrer Eltern gewusst hatte. Und nun war niemand mehr da, den sie hätte fragen können.

Sie wusste kaum mehr über ihre Eltern als damals mit sechzehn Jahren. Cyril Clarke war neunundvierzig Jahre alt gewesen und damit zehn Jahre älter als seine Frau Pauline, als Angelica – oder damals noch Angela, wie sie getauft wurde – 1950 zur Welt gekommen war. Pauline war mit neununddreißig Jahren für damalige Verhältnisse schon recht alt gewesen für die Geburt des ersten Kindes.

»Du bist das Baby, das wir uns all die Jahre gewünscht haben – unser kleiner Engel«, hatte ihre Mutter immer wieder erklärt, wobei ihr die Tränen in die Augen getreten waren vor Glück. »*Angel* bedeutet Engel, deswegen haben wir dich Angela genannt!« Dann hatte sie Angela an ihre Brust gedrückt, die genauso weich und ausladend war wie Pauline selbst, und versucht, sie dazu zu überreden, ihren Nachschlag aufzuessen, damit sie »nicht so magere Storchenbeine« bekam.

Cyril verhielt sich immer recht distanziert zu seiner Tochter. Vielleicht, so hatte der Teenager Angela traurig vermutet, als Ausgleich zu Paulines Anbetung. Seine Erziehung beruhte auf Disziplin und strikten Prinzipien, weshalb sie allein ihre strenge, harte Arbeitsmoral ihm zu verdanken hatte, mehr jedoch nicht. Angelica war froh, dass sie weder seinen borstigen Schnauzbart noch die Angewohnheit, immer zu kurze Hosen zu tragen, von ihm geerbt hatte. Wenn er ihr allerdings seine Sparsamkeit vererbt hätte, wäre vermutlich vieles leichter gewesen in der Zeit, als sie in jungen Jahren von der Hand in den Mund gelebt hatte.

Selbst vierzig Jahre später noch betrat Angelica mucksmäuschenstill die mit Prägetapeten ausgekleidete Eingangshalle, als könnte sie Cyril bei seiner obsessiven Passion, dem Bau eines Detektorempfängers, stören.

Früher hatte sie ohne Verbitterung oder Groll erklärt, sie fühle sich keinem Elternteil besonders nahe. Erst während der letzten Lebensjahre ihrer Mutter hatten sie ein gutes Verhältnis zueinander aufgebaut, doch zuvor, als sie sich nach London aufgemacht hatte, war es für sie alle drei so gewesen, als habe sie eine Reise zum Mond angetreten. Oder zumindest war dies der Eindruck gewesen, den sie gehabt hatte, bis sie auf die Alben ihrer Mutter gestoßen war.

Als die Ärzte vor fünf Jahren eingeräumt hatten, dass sie nicht mehr viel für Pauline tun könnten, hatte Angelica darauf bestanden, dass Pauline in ihr vornehmes, gemütliches Haus in Islington zog. Dieser Wunsch war so egoistisch wie selbstaufopferungsvoll gewesen, da damit festgestanden hatte, dass eine Rückkehr in die Sydney Street nicht mehr möglich war. Doch Angelica hatte den Gedanken nicht ertragen können, dass ihre Mutter in einem Pflegeheim lieblos dahinsiechte. Letzten Endes hatten ihr die Ärzte ohnehin nicht mehr viel Zeit gegeben. Pauline hatte drei Taschen mitgebracht; doch als diese schließlich in ihrem Zimmer standen, hatte sie sich nicht einmal die Mühe gemacht, sie auszupacken. Es würde reichen, hatte sie erklärt, dass sie einfach da seien.

Aus Monaten waren Jahre geworden, für die Angelica dankbar gewesen war. Erst sehr viel später hatte sie das Album ganz unten im Kleiderschrank entdeckt, als sie nach der Beerdigung die Sachen ihrer Mutter zusammengepackt hatte. Es stammte aus dem Jahr, in dem Angelica professionelle Tänzerin geworden war. Darin befanden sich seitenweise Fotografien, die sorgfältig aus dem *Dancing Times*-Magazin und aus Zeitungen ausgeschnitten worden waren; Pauline hatte akribisch jeden Bericht über alle Wettbewerbe und Vorführungen gesammelt, an denen sie mit Tony teilgenommen hatte. Den Ehrenplatz schien ein Interview einzunehmen, das sie über den Beginn ihrer professionellen Karriere gegeben hatte, mit dem dazugehörigen Foto auf der gegenüberliegenden Seite. Darauf waren sie und Tony abgebildet, festgehalten in einem Moment der Dramatik, mitten in der Drehung, ihre Finger weit gespreizt vor dem dunklen Hintergrund, das Licht spiegelte sich in ihren verzückten, von der Sonnenbank gebräunten Gesichtern.

Hier und da waren zwischen den Zeitungsausschnitten ein paar Postkarten eingeklebt gewesen, die sie ihren Eltern gelegentlich geschickt hatte, sowie vereinzelte kurze Briefe, die sie auf Hotelbriefpapier gekritzelt hatte. Ihre Mutter hatte sie alle aufbewahrt, sie sorgfältig mit Fotoecken eingeklebt und mit einem weißen Buntstift auf den schwarzen Albumseiten das Datum vermerkt.

Die Vorstellung, wie Pauline jeden Schnipsel auf die dicken Seiten geklebt hatte, hatte ihr fast den Hals zugeschnürt. Ebenso die Vorstellung, dass Pauline von den Journalisten die ganzen Details über Angelicas schillerndes, perlenbesetztes Kleid bis hin zu ihren fließenden Schritten erfahren hatte, die sie von ihrer Tochter selbst nicht bekam. Nachdem Angelica den Dachboden betreten und dort noch Dutzende der gleichen, großen, altmodischen Alben vorgefunden hatte, die mit ihren ersten Auftritten in Mrs. Trellys Tanzaufführungen begannen und mit ihrem endgültigen Ausscheiden endeten, war sie von Liebe und Schuldgefühlen übermannt worden. Sie musste sich hinsetzen, so sehr hatte sie weinen müssen.

Warum hatte ihre Mutter ihr bloß niemals etwas von diesen Alben erzählt? Sie war nur selten als Zuschauerin zu Wettbewerben gekommen, obwohl Angelica ihr immer wieder Tickets und Hotelübernachtungen angeboten hatte. Sie hatte niemals um Programmhefte oder Fotos gebeten. Und dennoch hatte sie Aufzeichnungen von Auftritten, an die sich Angelica selbst kaum noch erinnern konnte. Warum hatte sie ihr Leben wie ein Fan dokumentiert, anstatt einfach zu kommen und da zu sein?

Das war typisch für Mum, dachte Angelica. Sie hat sich niemals vorgedrängt, für den Fall, dass Dad irgendetwas sagen würde. Denn obwohl er und Mum selbst ab und zu tanzen gegangen waren, hatte er kein gutes Haar daran gelassen, als sie eine professionelle Tänzerin wurde – es schien ihn regelrecht zu ärgern, dass sie mit seinem Hobby tatsächlich Geld verdiente. Angelica konnte sich das Gespräch sehr gut vorstellen, obwohl sie genau wusste, dass es eher ein kurzer Monolog ihres Vaters gewesen wäre, unterstrichen von gelegentlichem Kopfnicken.

Angelica nahm an, dass Mum lieber aus dem Hintergrund zugesehen hatte, als das Risiko einzugehen, ihn zu verärgern.

Vor zehn Jahren noch hätte Angelica für die Schwäche ihrer Mutter nur ein verächtliches Schnauben übriggehabt. Doch heute fiel ihr Urteil nicht mehr so hart aus.

Nun lagen alle Alben auf dem Wohnzimmertisch und warteten darauf, dass sie sie der Reihe nach anschaute. Diese Aufgabe hatte sie seit ihrer Rückkehr vor ein paar Monaten vor sich hergeschoben. In den ersten Wochen hatte sie nur wenig getan, außer zu schlafen, nachzudenken, Kartons voller langweiliger Papiere durchzusehen und Tanzmusik zu hören, bis sie einschlief. Es kam ihr vor, als hätte sie sich in eine Art Schneckenhaus zurückgezogen. Nun, da sie ausnahmsweise einmal wirklich *allein* war, schien sie durch das Erwachen der Erinnerungen in eine Lethargie verfallen zu sein, und sie war zu schwach, um irgendetwas anderes zu tun, als sich zu erinnern.

Angelicas Blick wanderte zu den Alben, und sie war immer noch hin- und hergerissen. Ein Teil von ihr war neugierig darauf, was sie im Laufe der Zeit alles vergessen hatte, und wollte ihre schlanke, stolze Figur in den glanzvollen Kleidern bewundern. Ein anderer Teil von ihr wollte unter keinen Umständen an die damalige Zeit erinnert werden. Der Gedanke an die Anspannung und das Düstere des Turniertanzes war beklemmend, und sie war sich bewusst, dass die Erinnerungen an das damalige Herzrasen erwachen würden, sobald sie schlafen ginge. Auf den Bildern war ihr nicht anzusehen, dass sie an einem Wettbewerb teilnahm. Angelica schien auf jedem Foto die Liebe ihres Lebens mit den Augen zu verschlingen.

Ich sollte sie mir alle ansehen, dachte Angelica, während sie ihren Mantel auszog und ihn auf einen gepolsterten Bügel hängte. Das ist das Wenigste, was ich für Mum tun kann.

Angelica mixte sich einen starken Gin Tonic und begann mit dem ersten Album und ihrem ersten Ballettabend.

»Angela Clarke aus Longhampton, überzeugte mit einer bezaubernden Vorführung des Ballettsolos aus Coppélia *…«*

8

Um zehn vor acht saß Katie an ihrem Schreibtisch, trug ihren seriösesten Hosenanzug und hatte ihre Brille gegen Kontaktlinsen getauscht. Vor ihr stand ein *Coffee to go*, während sich gerade die ersten Anzeichen von Kopfschmerzen bemerkbar machten.

Sie hatte diesen Anzug jedoch nicht ausschließlich gewählt, um damit ihre Leistungsfähigkeit zu betonen; er war außerdem der einzige Anzug gewesen, der keine Reinigung benötigt hatte. Zudem bekam Jack gerade Zähne und hatte sie seit vier Uhr dreißig in der Frühe auf Trab gehalten, bevor sich dann Hannah dem Geschrei angeschlossen hatte. Ross hatte sich allein damit begnügt, zeitig das Frühstück zu bereiten. Katie war fast erleichtert gewesen, um sieben Uhr das Irrenhaus verlassen zu können.

Sie aß den nicht mehr ganz so frischen Muffin auf, den sie beim Weggehen mitgenommen hatte. Genauso schlimm, wie die Woche begonnen hatte, ging es nun weiter. Gleich um neun Uhr stand eine Besprechung mit ihrem Ressortleiter Eddie Haring an über den Stand diverser Bauvorhaben.

Im Amt für Städteplanung ging es mehr um Politik als eine Etage höher in den Büros des Stadtrates. Katies derzeitiges Hauptproblem war, zu durchschauen, welche Strategie Eddie verfolgte, um ihr das zentrale, durchaus karrierefördernde Projekt wieder abzunehmen, um es seinem Golfkumpel Nick Felix zuschanzen zu können.

Zwar verfügte Katie über drei Jahre mehr Berufserfahrung als Nick, doch im Gegensatz zu ihr spielte er Golf, und sein Vater war Bauunternehmer. Jedem war klar, dass Eddie ihn darauf vorbereitete, den Hauptteil der interessanten Arbeiten zu übernehmen, die Katie gerne erledigte – wie etwa tote, erneuerungsbedürftige Gebiete aufzustöbern, die in frische, nutzbare Projekte umgewandelt werden konnten, sich um das Wohnungsbauwesen zu kümmern und das ein oder andere Sanierungsprojekt zu betreuen. Katie sollte stattdessen mit langweiligen Angelegenheiten wie zum Beispiel dem Bau und der Sanierung von Parkplätzen betraut werden. Es gab eine Menge Gebiete in Longhampton, die dringend erneuerungs- und förderungsbedürftig waren, aber auch ebenso viele Parkplätze.

Katie war sich bewusst, dass das vielleicht ein wenig streberhaft war, aber sie freute sich unbändig auf die anstehenden Sanierungsprojekte. Die Pläne hatten jahrelang auf Eis gelegen, da erst Mittel dafür aufgebracht und Bauträger gefunden werden mussten, doch endlich schien Bewegung in die Sache zu kommen. Neue Geschäfte und Wohnungen würden gebaut und ganze Stadtviertel mit beträchtlichen Subventionen bedacht werden. Longhampton war so grau und heruntergekommen, dass jedes neue Gebäude das Stadtbild aufheitern würde. Mit Ausnahme der Stadthalle mit ihren roten Backsteinen und ein paar Büros waren kaum noch viktorianische Bauten erhalten geblieben, um dem Ort ein wenig Würde zu verleihen. Das Beste, was ihrer Meinung nach den schrecklichen Sozialwohnungen der Nachkriegszeit und der hässlichen Fußgängerzone passieren konnte, war die Abrissbirne.

Katie trank den schwarzen Kaffee, während sie die erste Akte systematisch durchging. Es machte schon einen großen Unterschied, ob man ein Büro besaß, in dem man in Ruhe nachdenken konnte. Sie überflog das technische Kauderwelsch und übersetzte es, bis sich vor ihrem inneren Auge ein klares Bild entwickelte; Katie konnte sich sehr gut Gebäude und Plätze vorstellen. Es gab genau zwei Grundstücke, die man für das derzeitige Förderungsprojekt ins Auge gefasst hatte. Ihre Aufgabe war es nun, die Realisierbarkeit für das eine Grundstück zu überprüfen, während sich Nick um das zweite kümmerte. Wie sie sich schon gedacht hatte, lag ihr mögliches Baugebiet im schäbigeren Teil der Stadt und umfasste ein paar neuere Wohnsiedlungen, die alte Cidre-Fabrik sowie die Müllhalde. Das Gebiet würde sich prima für ein paar schöne Ortsbesichtigungen eignen, dachte sie grimmig und überflog den Bericht über die Pachtverträge, um den sie Scott, ihren Volontär, gebeten hatte.

Ihre Kopfschmerzen wurden stärker, als sie Scotts krakelige Schrift auf den Post-it-Zetteln erblickte, und sie kramte in der Schreibtischschublade nach den höchst wirksamen Ibuprofentabletten.

Katie hätte ihr Vermögen darauf verwetten wollen, dass Eddie Harding ihr mit voller Absicht den aufsässigsten, rotznäsigsten, stursten Volontär des Jahres zugeteilt hatte – als Teil seiner anhaltenden Kampagne, mit der er beweisen wollte, dass er sich nicht den Verfechtern der Political Correctness unterordnen würde. Eddies eigene Besonderheit war sein Bürochinesisch, das jedoch einen sehr unschönen machohaften Einschlag hatte. Er schlug gern mit der Faust auf den Tisch und brüllte dabei seiner Meinung nach coole Sprüche in der Art von »Da geht euch der haarige Arsch auf Grundeis« oder »Da sind *cojones* gefragt, Katie – wenn Sie denn welche hätten!«. Scott hatte hängende Schultern, war stets schlecht gelaunt und bewies immer wieder gern seine ablehnende Haltung gegenüber weiblichen Vorgesetzten.

Sie blinzelte und dachte an die Therapiesitzung, die am Abend anstand. Schon der Gedanke daran bereitete ihr Bauchschmerzen: Unter Peters behutsamem, mitleidigem

Blick würden sie erzählen müssen, wie sie sich kennengelernt hatten. Katie konnte sich noch *genau* daran erinnern, wie sie sich das erste Mal gesehen hatten, wie aufregend und fast unbegreiflich es gewesen war, dass ein Mann wie Ross genauso viel Interesse an ihr hatte wie sie an ihm. Die Vorstellung, am Abend dort zu sitzen und alles haarklein zu beschreiben, als wäre alles jemand anderem passiert, fühlte sich schon jetzt wie ein Verrat an.

Genau das war das Problem: Sie hasste Ross nicht – er war einfach nur nicht mehr der Mann, den sie einmal geheiratet hatte.

Ich glaube nicht, dass ich die Energie aufbringen kann, um alles wieder in Ordnung zu bringen. Ich kann nicht *gleichzeitig* meine Ehe retten, die Familie unterstützen, bei der Arbeit mithalten *und* alles andere tun und erledigen …

Sie stützte sich mit den Ellbogen auf dem Schreibtisch auf und vergrub das Gesicht in den Händen. Tu es für Jack und Hannah, ermahnte sie sich. Du willst doch nicht, dass sie in dem Glauben aufwachsen, dass Streit, Schweigen und ewige Spannungen normal sind, oder?

In dem Zusammenhang fiel Katie ein, dass sie noch nie Zeuge davon geworden war, dass sich ihre eigenen Eltern wirklich gestritten hätten. Genauso wenig hatte sie aber auch erlebt, dass sie sich jemals umarmt oder miteinander gekuschelt hätten. Oder getanzt hätten. Gelegentlich hatte ihr Vater Mum gesagt, dass sie hübsch aussehe, nachdem sie beim Friseur gewesen war. Doch seitdem Mum ihre Frisörtermine in den Kalender in der Küche schrieb, musste er es gar nicht mehr aus eigenem Antrieb bemerken.

Katie sah aus dem Fenster hinaus auf die Uhr des hässlichen Kirchturms, und fragte sich, ob ihre Eltern eine wirklich glückliche Ehe geführt hatten und ob sie jemals zu einer Ehetherapie gegangen waren. Ganz bestimmt hatten sie die gesellschaftlichen Ansprüche an ihre Rollen erfüllt – Mum war zu Hause geblieben, bis sie, Katie, in die Schule gekommen war, Dad in seinem Anzug hatte den Lebensunterhalt verdient, an Ostern und Weihnachten war man in die Kirche gegangen, in den Ferien war man nach Frankreich gefahren, man hatte keine Geldsorgen gehabt – doch bei ihnen hatte es niemals diese Sonntagmorgen gegeben, an denen Jack und Hannah zu Ross und ihr ins Bett zum Kuscheln kamen. Es gab eine kleine Belohnung, wenn sie in der Schule einen Preis eingeheimst hatte, das ja. Aber gemeinsames Kuscheln? Niemals. Katie war jedoch in letzter Zeit nach einem anstrengenden Arbeitstag so müde und erschöpft, dass sie ihrem Vater durchaus verzeihen konnte, dass er abends nicht mehr zu Gesprächen aufgelegt gewesen war. Nachdem sie das heimische Nest verlassen hatte, waren ihre Eltern mit Sack und Pack nach Spanien gezogen, ohne einen Blick zurückzuwerfen. Vielleicht hatte es daran gelegen, dass ihre Anwesenheit möglicherweise jeder Romantik zwischen ihren Eltern einen Riegel vorgeschoben hatte. Vielleicht erlebten sie jetzt auf Mallorca ihre zweiten Flitterwochen?

Katie dachte an das Geld, das ihre Eltern für Jack und Hannah in einem Treuhandfonds angelegt hatten, und musste einräumen, dass sie es wirklich gut mit den Kindern meinten. Aber sie waren einfach keine normalen Eltern gewesen.

Wenigstens wussten Jack und Hannah, dass Ross und sie ihre Kinder liebten, redete sie sich ein und war auf einmal ganz gerührt.

Katie tat nun etwas, was sie sich während der Arbeitszeit nur selten erlaubte: Sie griff zum Hörer und rief zu Hause an.

Während es klingelte, ließ sie den Blick durch das Büro schweifen, über die Papier- und Aktenstapel, den Computer, über die künstlichen Topfpflanzen und die verstaubten Fensterrollos. Sie stellte sich vor, wie es wohl zu Hause aussah.

Hannah würde durch das Haus laufen und einen großen

Wirbel darum machen, welche Schuhe sie für die Schule anziehen sollte. Jack würde wahrscheinlich umherwanken und lautstark fordern, im Auto in seinen Kindersitz gesetzt zu werden. Er liebte es, im Auto zu sitzen. Katie hätte die beiden am liebsten in die Arme geschlossen.

»Hallo?«, meldete sich Ross. Er klang nervös, und sobald sie seine Stimme hörte, war aller Zauber mit einem Schlag verschwunden.

»Hi, ich bin's«, antwortete sie.

»Stimmt etwas nicht?«

»Nein … nein, ich wollte einfach nur …« Katie schluckte. »Ich wollte nur fragen, ob alles in Ordnung ist.«

»Alles *bestens*«, erwiderte Ross und klang ein wenig verärgert. »Ich bin gerade dabei, die Kinder fertig zu machen, um Hannah in die Schule zu bringen und Jack … Hannah! Hannah, leg das *sofort* wieder hin! Ja, sofort! Was ist denn, Katie? Was habe ich denn jetzt schon wieder vergessen?«

Oh nein, dachte sie, während ihr das Herz ganz schwer wurde. Er denkt, ich will ihn kontrollieren.

»Nichts«, antwortete sie. »Ich wollte einfach nur sagen …«

… wie dankbar ich dir dafür bin, dass du unseren Kindern zeigst, wie sehr wir sie lieben? Wie sehr ich mir wünschte, bei euch zu sein? Wie leid es mir tut, so eine dumme Kuh zu sein?

Aus dem Augenwinkel heraus bemerkte Katie eine Bewegung hinter der Glastür und drehte sich mit ihrem Schreibtischstuhl herum. Jemand ging den Flur entlang und kam auf ihr Büro zu, wobei sich die Schritte verlangsamten, je näher sie kamen.

Eddie Hardings fettes, rundes Gesicht tauchte in der Tür auf, und er zwinkerte ihr mit seinem Glubschauge zu. »Privatgespräch?«, schien sein Gesichtsausdruck ganz deutlich zu fragen.

Sobald sich ihre Blicke trafen, legte sich in Katies Kopf ein Hebel um, und sie wechselte in den Kate-Arbeitsmodus. Sie hatte gelernt, die Gedanken an zu Hause einfach abzuschalten und sich stattdessen auf die vor ihr liegende Aufgabe und deren Erledigung zu konzentrieren.

»*Was* wolltest du sagen?«, fragte Ross abgelenkt. »Hannah, geh sofort von dem Wasserkessel weg! Ich habe dir schon einmal gesagt, dass …«

»Hör mal, es tut mir leid, es ist gerade ganz schlecht, ich rufe dich später noch einmal an«, erklärte Katie und legte auf. »Guten Morgen, Eddie«, fuhr sie fort.

»Ihnen auch einen wunderschönen Morgen, Kate«, erwiderte Eddie. Er versuchte, eine mitfühlende Miene aufzusetzen, doch Kate ließ sich nicht täuschen. »Ist Ihr Baby krank?«

»Nein, ich wollte nur gleich zu Beginn eine Nachricht an die Rechtsabteilung weiterleiten«, erklärte sie und hantierte geschäftig mit ein paar Papieren. »Ich denke, beim Bau des Einkaufszentrums könnte es ein Problem geben mit einem Pachtgrundstück. Und was die Sozialwohnungen angeht …«

»Darüber würde ich mir nicht allzu viele Gedanken machen«, entgegnete Eddie zuversichtlich. »Bezüglich eines Enteignungsbeschlusses habe ich schon ein wenig meine Muskeln spielen lassen. Schließlich geht es ja hier bei der finanziellen Unterstützung nicht nur um ein paar Kröten, nicht wahr?« Er tippte an seine fettig glänzende Nase.

Katie wurde übel – und der Grund war nicht allein der zu starke Kaffee.

Wenn du dieses Projekt gut und gründlich erledigst, versprach sie sich, wirst du schnell befördert und kannst Eddie Hardings schleimigen Fängen entkommen.

Nur eine Straßenecke von Katies Büro entfernt, legte Lauren gerade die Patientenakten für die Termine dieses Morgens bereit und versuchte, sich keine Sorgen darüber zu machen, dass Mrs. Carlyle, die erste Patientin des heutigen Tages, schon wieder wegen ihres Fußes kam, obwohl sie erst letzten Freitag bei Dr. Carthy gewesen war. Sie wollte versuchen, daran zu denken, kurz vor Beginn der Sprechstunde um neun Uhr vor der Eingangstür nachzusehen, falls die Patientin dort schon warten sollte. Mit einem schmerzenden Fuß wollte niemand gern im kalten Wind stehen.

Lauren arbeitete zwar erst seit einem Jahr in der Aufnahme der Longhampton Park Surgery, doch schon in dieser kurzen Zeit hatte sie die Praxis in einen fröhlicheren Ort verwandelt, auch wenn man krank war.

An ihrem ersten Tag hatte sie schon vor der Mittagspause einen Teil von Dr. Carthys Pflichten übernommen. Seine Computerkenntnisse beschränkten sich darauf, den Rechner anzustellen und wieder herunterzufahren, wenn der Computer nicht tat, was er wollte. Die Folge von Laurens Einsatz war, dass praktisch über Nacht die Plage der Phantomtermine nachließ. Außerdem hatte Lauren sehr zum Erstaunen der beiden anderen Sprechstundenhilfen in Teilzeit, Diane und Sue, mit ihrer Weigerung, nachtragend zu sein, die furchterregende Kathleen milde gestimmt. Diese stellte nämlich nicht nur Rezepte aus, sondern verteilte auch recht harsche persönliche Kritik, die für gewöhnlich so laut war, dass der gesamte Rest der Praxis mithören konnte.

Lauren hatte sich zunächst das Wartezimmer vorgeknöpft. Hier hatten den Patienten zuvor nur ein eselsohriger Stapel von Dr. Bashirs Dampflok-Magazinen und ein paar Broschüren zum Thema Familienplanung zur Verfügung gestanden, um sich von ihren Beschwerden abzulenken. Lauren brachte einige ihrer Braut- und Modemagazine mit, ein paar Ausgaben von Franks monatlicher Gartenzeitschrift sowie mehrere von Chris' alten Automagazinen und stellte Blumen aus dem eigenen Garten auf die Empfangstheke. Sie organisierte einen Tisch für einen Büchermarkt zugunsten der Kinderspielgruppe, und wenn Mütter mit ihren Kindern in die Praxis kamen, gab Laura ihnen Buntstifte, um während der Wartezeit Bilder zu malen, die sie dann in einem der Flure an die Wand hängte.

Sie war, wie Dr. Bashir jeden Morgen erneut feststellte, wenn sie ihm seinen Kaffee brachte, »nicht nur ein *kleiner* Sonnenstrahl – sondern ein großer, schlaksiger«.

Lauren liebte ihren Beruf. Sie genoss die unkomplizierte Tätigkeit und lernte für ihr Leben gern neue Leute kennen – ganz besonders diejenigen, die mit peinlichen Verletzungen ankamen und damit bewiesen, dass sie selbst nicht der tollpatschigste und ungeschickteste Mensch in der ganzen Stadt war. Longhampton war so groß, dass es immerhin eine allerdings kaum sehenswerte Abtei sowie fünf Supermärkte gab, doch klein genug, um sowohl mit älteren Leuten als auch nervösen, jungen Müttern ins Gespräch zu kommen, die ihre Babys fest umklammert hielten. Lauren verfügte über ein hervorragendes Namensgedächtnis und hatte stets ein paar nette Worte parat, selbst für ein abgrundtief hässliches Kleinkind.

Nur mit diesen Diskretionsvorschriften hatte sie ihre liebe Not. Dr. Carthy hatte ihr in ihrem Vorstellungsgespräch fünfzehn Minuten lang eingeschärft, wie überaus wichtig es war, die Daten und Krankheiten aller Patienten absolut vertraulich zu behandeln. Sie hatte mit ernster Miene genickt und versichert, wie gut sie Dinge für sich behalten konnte, und erklärt, dass sie niemals jemandem auch nur die Hälfte aller Dinge erzählt habe, die sie hätte erzählen können, da ihre Mutter eine Lehrerin sei und als solche die halbe Stadt kenne. Wie sie Bridget anschließend berichtet hatte, habe diese Neuigkeit Dr. Carthy sehr milde gestimmt, da sein Enkelsohn Jackson im vergangenen Jahr in Mrs. Armstrongs Klasse gewesen sei. Warum sie ihm das denn nicht gleich gesagt habe, hatte er gefragt, und so weiter und so fort. Dann hatte sein Drucker einen Papierstau produziert, den sie durch das richtige Schließen der Papierschublade beheben konnte, und schon hatte sie den Job in der Tasche gehabt.

Jedenfalls war es nicht so, dass Lauren gern Klatsch verbreitete – jedenfalls nicht so, wie Kathleen, die es genoss, ihnen zu erzählen, welcher örtliche Stadtrat wieder Antibiotika benötigte, weil er an einer Pilzerkrankung litt, zwinker, zwinker. Vielmehr war es der seltsame Einblick in das Privatleben der Patienten, mit dem sie ihre Schwierigkeiten hatte. Die kleinen Details aus dem Leben der Patienten glichen in ihrer Gesamtheit einer Seifenoper aus dem Fernsehen – mit dem einzigen Unterschied, dass es hier um wirkliche Personen ging. Lauren konnte nichts dagegen tun, dass ihre Phantasie die kleinen Informationsfetzen sammelte und dann mit ihnen davongaloppierte. Warum zum Beispiel ließ sich Kerry Michaels immer wieder die Pille verschreiben und hatte dennoch mit ihrem Ehemann zwei Termine für eine Fruchtbarkeitsbehandlung? Warum? Und Mrs. Herbert, die unablässig bei dem neuen Vertretungsarzt Dr. McKay vorstellig wurde. Sie kam mittlerweile so oft zu ihm, dass Dr. McKay Lauren bitten musste, vorzugeben, er habe Bereitschaftsdienst. War sie krank? Konnte Dr. McKay den Grund für ihr Unwohlsein einfach nicht herausfinden? Oder hatte sich Mrs. Herbert etwa in ihn verknallt?

Während Lauren die Patientenakten für die anstehenden Termine heraussuchte, ermahnte sie sich, nicht so neugierig zu sein – ihr allmorgendliches Mantra –, doch sie konnte nicht umhin zu registrieren, dass Mr. Wrightson schon zum dritten Mal innerhalb von vierzehn Tagen einen Termin bei Dr. Bashir hatte.

Du liebe Güte, dachte sie und verzog das Gesicht bei dem Gedanken an Dr. Bashirs Unvermögen, einem Patienten schlechte Nachrichten behutsam beizubringen. Ich hoffe, es ist nichts Ernstes. Armer Mr. Wrightson.

Sie überflog die ausgedruckte Liste und verglich sie mit den Akten, die sie in den Korb gelegt hatte, bis ihr Blick an einem bekannten Namen hängen blieb.

Angelica Andrews.

Angelica – vom Tanzkurs! Ihre Akte war die dritte von oben, und sie hatte um zehn Uhr einen Termin bei Dr. Carthy.

Lauren juckte es in den Fingern, die Akte aufzuschlagen, doch in ihrem Kopf ertönte eine strenge Stimme – die verdächtig nach der Stimme ihrer Mutter klang –, die sie an die »vertraulichen Patienteninformationen« erinnerte. Außerdem konnte es auch unschön sein, wenn man zu viel wusste. Dieses Problem hatte sie am eigenen Leib erfahren, als sie entdeckte, dass ihr alter Fahrlehrer unter einem Reizdarm litt.

Ich werde es schon niemandem erzählen, versprach sie sich selbst. Sie ist eine neue Patientin. Ich sehe nur kurz nach, ob wir alle Daten von ihr haben.

Zwar stand außen auf der Akte der Name Angelica Andrews, doch als Lauren sie öffnete, gehörte die Akte offiziell einer Miss Angela Marie Andrews.

Also doch nicht Angelica? Laura war ein wenig enttäuscht.

Adresse: 34 Sydney Street, Longhampton.

Ooh, das ist unten am Fluss. Dort stehen zwar nicht gerade große Häuser, doch sie besitzen alle schöne Gärten, und die Preise für diese Häuser sind in den letzten Jahren ziemlich in die Höhe geschossen …

Geburtsdatum: 31. Mai 1950.

»Wow!«, entfuhr es Lauren, woraufhin Sue irritiert dabei innehielt, die neueste Ladung gebrauchter Krimis auf dem Büchertisch auszulegen.

»Alles in Ordnung, Lauren?«, fragte sie, einen John Grisham in der Hand.

»Oh, ähm, ja.«

Angelica war siebenundfünfzig Jahre alt! Lauren fand nicht, dass Angelica auch nur annähernd so alt aussah. Sie war damit nur drei Jahre jünger als ihre eigene Mutter, und ganz gleich, wie sehr Lauren ihre Mutter liebte, so sah sie bei Weitem nicht so schick und jugendlich aus wie Angelica.

Angela.

Nein, Angelica, beschloss Lauren. Sie sah nicht aus wie eine Angela.

Eigentlich *wollte* sie gar nicht ihre Nase in fremde Angelegenheiten stecken, doch etwas an Angelicas dramatischem Auftreten im Tanzkurs weckte ihre Neugier. Hatte nicht ihre Mutter erwähnt, Angelica sei berühmt gewesen? Laurens Blick wanderte über die Anzahl der Kontrolluntersuchungen und die Antibiotika. Sie hatte dabei genügend Übung, um das Gekrakel des Arztes zu entziffern auf der Suche nach … na ja, sie war sich gar nicht sicher, was sie eigentlich genau suchte.

»Oje«, seufzte Lauren laut, als sie die wiederholte Verschreibung eines sehr starken Schmerzmittels sowie eine Notiz über Probleme mit der Knorpelschicht des Knies bemerkte.

Wie es schien, war Angelica vor ein paar Monaten in die Sydney Street gezogen, und ihre Patientenakte war von einer noblen Privatklinik in Islington übersandt worden. Das passte zu ihr, dachte Lauren und stellte sich vor, wie Angelica eine schmucke Straße in London entlangeilte – mit großer Sonnenbrille auf der Nase und einem *coffee to go* in der Hand.

Davor jedoch waren ein paar Adressen in Longhampton eingetragen, und als Geburtsort war das örtliche Krankenhaus angegeben, das damals noch St. Mary geheißen hatte!

Na gut, dachte Lauren und ließ sich auf den nächsten Stuhl fallen. Mum hat recht gehabt! Sie stammt von hier. Ich frage mich, warum sie wohl zurückgekehrt ist?

Laurens eigene Version der Angelica-Andrews-Story entfaltete sich vor ihrem inneren Auge, während sie aus dem Fenster starrte und dabei zusah, wie gegenüber vor der Bücherei mit dem Flachdach eine Ladung Rentner aus dem Acht-Uhr-fünfzig-Bus stieg. Vielleicht einer früheren Liebe wegen? Ein Junge, für den Angelica während der Schulzeit geschwärmt hatte und zu dem der Kontakt abgebrochen war, als die Tanzkarriere sie in die großen Städte gelockt hatte. Lauren beschloss, dass sie wahrscheinlich eine Entscheidung hatte fällen müssen: für die Karriere oder für die Liebe ihres Lebens. Und nun war sie zurückgekehrt, älter und weiser, und war nicht mehr Angie, sondern Angelica, die Tanzkurse gab in der Hoffnung, dass *er* eines Tages hereinkommen und ihre Liebe von Neuem entflammen würde …

Die Gegensprechanlage brummte, und Schwester Jones' Stimme riss Lauren unsanft aus ihren Phantasien. »Lauren? Wird das heute noch einmal was mit dem Tee?«

Lauren legte die Akten in Dr. Carthys Korb zurück. »Ich bin schon auf dem Weg«, antwortete sie, während Sue die Augen verdrehte und die Eingangstür für die ersten Patienten öffnete, die vor der Arbeit vorbeikamen.

Angelica näherte sich zehn Minuten vor ihrem Zehn-Uhr-Termin der Praxis. Lauren beobachtete durch das große Fenster hindurch, wie sie mit kerzengeradem Rücken die Straße entlangging und dabei sehr genau und anmutig die Füße setzte. Doch sie hielt den Kopf gesenkt und wirkte geistesabwesend. Sie schien sogar so sehr in ihre Gedanken vertieft zu sein, dass sie fast vergessen hätte, Mr. Watters zu danken, der ihr nach seiner Blutdruckmessung galant die Tür aufhielt.

Laurens Neugier verwandelte sich in Sorge, als sie Angelicas müdes Gesicht erblickte.

»Hallo, Angelica«, grüßte sie mit einem strahlenden Lächeln.

Es war seltsam, sie hier in der Praxis zu sehen, außerhalb des gewohnten Umfeldes der Memorial Hall. Es kam Lauren fast so vor, als träfe sie ein bekanntes Gesicht aus einer

Seifenoper im Supermarkt. Neben allen anderen Patienten wirkte Angelica sehr viel farbenfroher. Sie hatte ihr schwarz glänzendes Haar genauso glatt zurückgekämmt wie in der Tanzstunde, und obwohl sie heute nicht ihr Tanzkleid trug, war ihre Kleidung äußerst schick und wirkte fast französisch. Unter ihrem weiten roten Mantel trug sie einen cremefarbenen Kaschmirpullover, den sie mit einem adretten Wollrock kombiniert hatte.

Genau dies würde ich zu einem vornehmen Lunch in London anziehen, dachte Lauren und hätte sich anschließend für diesen Gedanken ohrfeigen können.

Angelica blinzelte und war erstaunt, Lauren hier anzutreffen. Doch sie erholte sich schnell von der Überraschung und erwiderte Laurens Lächeln.

»Hallo!«, grüßte sie. »Wie klappt es mit dem Foxtrott?«

»Oh, gar nicht mal so schlecht!«

»Üben Sie auch fleißig?«

»Ähm …« Lauren war eine schlechte Lügnerin.

Angelica wackelte mit dem Finger. »Diesen Tanz lernt man nur durch Übung. Sie müssen die Schritte kennen, damit Sie darüber nicht mehr nachdenken müssen. Es ist wie Autofahren!«

»Genau das Gleiche hat mein Vater auch gesagt«, erklärte Lauren verdrießlich. »Aber er hatte auch immerhin vierzig Jahre Zeit, um den Tanz zu lernen. Er und Mum können sogar diesen komplizierteren Foxtrott mühelos tanzen. Sie haben ihn mir vor ein paar Tagen gezeigt.«

»Ach, tatsächlich? Dann müssen Sie ihn uns bei der nächsten Probe vorführen!«

Kathleen lief an ihnen vorbei und prustete vor Lachen. »Was? Unsere Lauren? Foxtrott? Das glaube ich nicht. Nicht wahr, Sue? Unser ungelenker, großer Vogel hier soll tanzen können?«

Sue antwortete etwas, das Lauren jedoch nicht verstand,

doch ihre Worte endeten mit »... ach du meine Güte!«, und ließen Kathleen in wildes Gegacker ausbrechen.

»Eigentlich ist Lauren sogar eine der Besten im Kurs«, betonte Angelica, als Lauren zusammenzuckte.

Doch auf dem Weg zum Medikamentenschrank gackerte Kathleen unbeirrt weiter.

»Sie machen große Fortschritte«, erklärte Angelica und blickte Lauren mit ihren blauen Augen fest an, bis Lauren das seltsame Gefühl bekam, dass sie in der Tat vielleicht gar nicht mal so schlecht war. »Sie verfügen über eine wunderbare Haltung. Dies haben Sie Ihrer Größe zu verdanken. Sie werden schon noch sehen, wie atemberaubend Sie bei der Hochzeitsfeier als Aschenputtel tanzen werden! Warten Sie es nur ab!«

»Dornröschen«, verbesserte Lauren, die vollkommen gelähmt war von der Vorstellung, wie sie und Chris von Sternennebel umgeben dahintanzen würden.

»Ganz wie Sie wollen«, strahlte Angelica. Lauren fragte sich, ob das Gefühl wohl dem glich, wenn man in einem dieser missionarischen Gebetstreffen saß, wo einem eingeredet wurde, dass man von nun an auf den Rollstuhl verzichten könne. »Wenn die Musik beginnt, werden Sie sich wie jede Prinzessin bewegen, die Ihnen einfällt.«

Lauren seufzte glücklich, doch dann hatte sie plötzlich ein realistischeres Bild von Chris und seinen beiden linken Füßen vor Augen. Sie seufzte erneut, dieses Mal jedoch war ihre Freude deutlich gedämpft.

Sie schüttelte sich. Angelica war nicht hergekommen, um über ihre Tanzkünste zu sprechen. Warum war sie überhaupt hier? Im Computer waren keine Informationen über den Grund des Termins zu finden.

Lauren, ermahnte sie sich mit der strengen Stimme ihrer Mutter, sei nicht so *neugierig!*

Sie setzte die freundliche, jedoch professionelle Miene auf, mit der sie allen Patienten begegnen sollten, und deutete auf die Stühle. »Möchten Sie Platz nehmen? Dr. Carthy ist mit seinem Terminplan ein wenig in Verzug.«

»Vielen Dank«, antwortete Angelica.

Es war ein sehr hektischer Morgen, an dem zwei Patienten ihre Termine mit der Bemerkung »Oh, wo ich nun schon einmal hier bin …« und einigen Fragen überzogen hatten. Dies hatte zur Folge, dass sich alle Termine nach hinten verschoben. Lauren hatte alle Hände voll zu tun, eine Meuterei im Wartezimmer zu verhindern. Später half sie gerade einer liebenswerten, älteren Stammpatientin dabei, einen neuen Thriller vom Büchertisch auszusuchen, als Angelica, eingehüllt in eine Wolke aus Parfum, aus dem Behandlungszimmer trat. Den Rest des Tages hatte Lauren so viel zu tun, dass sie gar keine Zeit mehr hatte, sich über den Grund von Angelicas Termin Gedanken zu machen.

9

Angelicas marienkäferroter Mantel bildete einen leuchtenden Farbtupfer vor dem tristen, öden Grau der Fußgängerzone, als sie durch die Stadtmitte schlenderte. Sie schlug den Kragen hoch, um sich vor dem eisigen Wind zu schützen, der zwischen den hohen Häuserwänden durch die Straßen fegte und direkt aus dem frostigen Norden zu kommen schien. Ein paar ältere Damen, die Einkaufstrolleys mit Schottenmuster hinter sich herzogen, beäugten sie skeptisch, als Angelica sie überholte – was ihren Eindruck bestätigte, dass farbenfrohe Kleidung in Longhampton immer noch Argwohn erregte.

Angelica stellte zufrieden fest, dass sie sich immer noch nicht um die Meinung anderer scherte.

Schon als Kind hatte sie sich immer gern in leuchtendes Rot gekleidet. Als sie letzte Nacht das erste Fotoalbum durchstöbert hatte, war die Erinnerung an ihre feuerroten Clarks-Sandalen wieder wach geworden – im endlosen Grau der Sechzigerjahre in Longhampton hatte man einen hellen, fröhlichen Farbtupfer dringend gebraucht. Angelica hatte sich schon immer ein wenig farbiger gekleidet. Ein wenig *anders* eben.

Was sie jedoch nicht unbedingt beliebter gemacht hatte bei ihren Klassenkameraden. Wegen ihrer schwarzen Zöpfe, die mit roten Schleifen zusammengebunden waren, hatten sie sie »Olive Oyl« genannt, nach der Figur aus »Popeye«. Wahrscheinlich aber auch wegen ihrer langen Beine und der bleichen Gesichtsfarbe. Angelica kümmerte das damals schon recht wenig. Ihr war von klein auf klar gewesen, dass sie nicht zu Longhampton passte, und hatte keine Lust auf das langweilige Leben, das die Mädchen ihres Alters in dieser Stadt erwartete: Babys, ein Job als Kassiererin, noch mehr Babys und dann Enkelkinder.

Sie bog um die Ecke und stand plötzlich vor einem großen Tesco-Metro-Supermarkt, wo sich früher Dixon's Juwelierladen befunden hatte. Als sie an ihrer ehemaligen Schule vorbeikam, wurden ihre Schritte langsamer. Der Eingang war zugemauert, und ein neues Plastikschild verkündete, dass dies mittlerweile nicht mehr die »All Saints' Grammar School« war, wie noch 1961, sondern die »Longhampton Community School«: ein gewaltiger Klotz von einer Schule, mit hohen, spitz zulaufenden Fenstern, separaten Eingängen für Jungen und Mädchen und, wie es schien, einem dominierenden Bedürfnis, alle Schüler in Reih und Glied zu bringen, bis sie alle gleichförmig waren und als gelehrte Soldaten wieder herausmarschierten.

Oder als Tiller-Girls, dachte sie und musste beim Gedanken an einige ihrer Klassenkameradinnen schmunzeln. Sie dachten, sie seien hart im Nehmen, diese Evelyns und Pennys, doch sie hätten nicht einmal zehn Minuten einer knochenharten Revue durchgestanden, die drei Mal am Abend vorgeführt wurde.

Zu ihrer großen Überraschung stellte Angelica fest, dass sie trotz der Erinnerungen, die nach und nach wiederkamen, tatsächlich Freude darüber empfand, dass die Schule noch nicht abgerissen worden war. Das Gebäude war der Beweis, dass sie einmal hier gelebt hatte, fortgegangen war und schließlich als selbstständiges Individuum zurückgekehrt war.

Sie schaute zu den Fenstern hoch und suchte das Klassenzimmer ihrer Abschlussklasse. Damals hatte sie von ihrem Pult am Fenster aus über die terrassenförmigen Dächer der Stadt geblickt und sich den Tag herbeigewünscht, an dem sie endlich alles hinter sich lassen und die Welt hinter den Dächern Longhamptons entdecken konnte.

Es war beschämend einfach gewesen, ihre Eltern zu verlassen, nachdem sich das Engagement in London ergeben hatte. Die Bezahlung war zwar nicht besonders gut gewesen, doch es bestand die Möglichkeit, dort wirklich guten Tanzunterricht zu bekommen und gleichzeitig erste Berufserfahrungen zu sammeln. Selbst mit Tränen in den Augen hatte ihre Mutter sie natürlich dazu noch ermutigt. »Du musst gehen, Angie«, hatte sie stolz und traurig zugleich gedrängt. »Dort wirst du von den besten Lehrern unterrichtet – diese Chance wird sich dir nicht zweimal bieten.«

Ihre Mutter hatte sie zum Ballettunterricht in die Memorial Hall geschickt und ihr die roten Ballettschuhe gekauft, die sie sich so sehr gewünscht hatte. Pauline hatte selbst zur großen Schar der Longhamptoner Tänzer gehört, obwohl Angelica schon im Alter von zwölf Jahren klar gewesen war, dass es mehr die Begeisterung als ein wirkliches Talent war, das ihre Eltern dazu antrieb, über die Tanzfläche der Memorial Hall zu gleiten. Ihre Oberweite, hatte Pauline erklärt, sei ihr in die Quere gekommen, weshalb Angelica dankbar war für ihre flache Brust. Umso mehr freute sie sich jedoch, die kleinen, schmalen Füße ihrer Mutter geerbt zu haben.

Als ein Freund eines Tänzerfreundes ihr von dem Vortanzen für eine Show im Londoner West End namens *Not Now, Napoleon!* berichtet hatte, war es komischerweise ihr Vater gewesen, der ihr das Geld für die Zugfahrt heimlich zugesteckt hatte. Er war eigentlich nie der Typ Vater gewesen, der seine Tochter verhätschelte, doch wessen Vater hatte dies damals schon getan? Angelica wurde das Gefühl nicht los, dass es ihm ganz recht war, dass sie nach London ging, weil er Pauline wieder ganz für sich in Beschlag nehmen wollte, und nicht so sehr, weil er sich wünschte, dass sie eine Karriere in der Glitzerwelt der Tanzshows begann. »Du hast uns immer unendlich stolz gemacht«, hatte ihre Mutter auf dem Bahnsteig geschluchzt, als sich Angelica zum tränenlosen Abschied aus dem Zugfenster gelehnt hatte.

Ihr Vater hatte immer ein wenig säuerlich dreingeschaut, und Angelica war klar gewesen, dass ihre Tanzstunden der Grund dafür gewesen waren, da ihm dadurch weniger Geld für sein Poolbillard zur Verfügung gestanden hatte.

Dennoch war er fast vor Stolz geplatzt, als sie im Juni 1966 als Angela Clarke die All Saints' Grammar School mit der mittleren Reife abgeschlossen hatte. Sie war zwar wenige Zentimeter zu groß, um eine Ballerina zu werden, doch sie hatte genau die richtige Größe, um in London mit drei ein Meter langen Federn auf dem Kopf und Glitzersteinen an ihren Beinen in Revuen zu tanzen. In ihrer Freizeit hatte sie die Leidenschaft ihrer Mutter für den Turniertanz geteilt. Was in Longhampton so altbacken und irgendwie verblichen angemutet hatte, war in London so vollkommen anders gewesen; als hätte man den grauen Schleier entfernt, der über einem Fotoalbum gelegen hatte. Die Kostüme waren farbenfroher und gewagter gewesen, die Tanzpartner begrapschten einen nicht, und Livebands mit Musikern im Smoking hatten so lange geschmettert, bis Angelica vor Vergnügen die Ohren geklungen hatten. Und wie es sich ihre Mutter im Stillen gewünscht hatte, hatte sie zusätzlichen Tanzunterricht genommen, sooft es ihr zeitlich möglich gewesen war. Sie hatte sich kontinuierlich verbessert und lange an der neuen glamourösen Angelica gefeilt.

Sie hatte Briefe geschrieben, in denen sie ihrer Mutter von dem neuesten Klatsch und Tratsch aus der Tanzwelt berichtete, hatte ihr Schnappschüsse von sich in all den Nachtclubs geschickt und ihr spezielle Tanzschuhe zu Weihnachten geschenkt. Als junger Mensch erlebte man damals in London eine tolle Zeit – eine noch tollere sogar, wenn man jung und rank und schlank war: Ihre Storchenbeine à la Olive Oyl hatten perfekt zu der Biba-Mode gepasst, die unter den jungen Leuten total angesagt gewesen war. Ihr Vater hatte sich nur mäßig begeistert gezeigt über die breiten Krawatten, die damals in Mode gekommen waren und die sie für ihn in der Carnaby Street als Weihnachtsgeschenk gekauft hatte – tatsächlich war er sogar fast beleidigt gewesen. »Ich bin doch nicht einer deiner Tunten-Freunde!«, hatte er zur Krönung des ersten Weihnachtstages 1969 gebrüllt. Von da an hatte sich Angelica nicht mehr um Geschenke für ihn gekümmert.

In der Schule läutete die Glocke und verkündete den Beginn der Mittagspause. Es war derselbe schrille Klang, den Angelica noch aus ihrer Schulzeit vor vierzig Jahren kannte und der sie zusammenzucken ließ. Jugendliche quollen aus den Türen hervor; ihre Uniformen schienen eine schmuddelige Parodie der steifen marineblauen und gelben Uniformen von damals zu sein, an die sie sich noch gut erinnerte. Angelica setzte ihren Weg fort, bevor sie feststellen konnte, wie jung die Schüler wirkten und wie alt sie sich im Gegensatz zu ihnen fühlte.

Während sie die Fußgängerzone durchquerte, verspürte sie immer wieder kleine, wehmütige Stiche. Ihre Erinnerungen glichen einem Autoscooter auf dem Jahrmarkt: Sie konnte völlig unbeeindruckt durch die Fußgängerzone mit den vielen neuen Geschäften eilen, bis sie dann mit einem Mal in ihre Vergangenheit zurückgerissen wurde beim Anblick eines alten, verblichenen Apothekenschildes über einer modernen Markise. Von da aus wurde sie wieder nach vorn in die Gegenwart geschleudert, wo sie dann frischeren, traurigeren Gedanken nachhing. In letzter Zeit hatte sie die Vergangenheit öfter Revue passieren lassen: als sie Papiere ihrer Mutter durchgesehen, die vergilbten Fotos wieder in ihre Klebeecken geschoben, alte Briefe aus ihren Umschlägen geholt und die Kisten sortiert hatte, die auf dem Dachboden abgestellt gewesen waren. Eigentlich handelte es sich um eine Arbeit, die schnell zu erledigen war – wenn man einmal von den vielen Stunden absah, in denen die Erinnerungen wieder zum Leben erweckt wurden. Jede einzelne Kiste schien ihr eine weitere Woche unruhigen Schlafes zu bescheren, in der sich die neuen Dinge, die sie erfuhr, und die alten Erinnerungen, die sie schon längst vergessen geglaubt hatte, in ihre Träume drängten.

Aus diesem Grund hatte sie sich einen Termin bei Dr. Carthy geben lassen, um sich ein paar Tabletten verschreiben zu lassen, die sie in diesen Tagen brauchte, um schlafen zu können. Außerdem brauchte sie ein Medikament gegen die Schmerzen in ihren verschlissenen Knien. Sie konnte sich schon gar nicht mehr erinnern, wann sie das letzte Mal eine Nacht ohne Hilfe durchgeschlafen hatte.

Angelica überquerte die Hauptstraße und ging auf die Abteikirche zu, hinter der die Häuserreihen mit eleganteren viktorianischen Gebäuden begannen. Die weiß gestrichenen, ansehnlichen Häuserfronten ragten hoch hinaus über Vorgärten, in denen Buchsbaum und Geißblatt wuchsen oder sich, wie in den meisten Fällen, eine frischbetonierte Einfahrt befand. In den Häusern selbst waren Arztpraxen, Zahnärzte oder Altenheime untergebracht. Vielleicht hätte Mum es vorgezogen hierzubleiben, dachte Angelica. Sie hatte das ungute Gefühl, dass sich ihre Mutter niemals wirklich in London eingelebt hatte, ganz gleich, was sie behauptet hatte. Richtig kennengelernt hatte sie dort niemanden, und als dann auch noch ihre Hüfte immerzu schmerzte, konnte sie ihre Tochter nicht einmal mehr zu den Tanztees begleiten.

Angelicas forscher Gang verlangsamte sich, als die schmerzlichen Erinnerungen an das letzte Jahr wieder hochkamen. Sie musste innehalten und sich an die Gartenmauer anlehnen, vor der sie gerade stand.

»Du warst ein Engel«, hatte ihre Mutter ihr fast jeden Tag gesagt, als sie in ihrem Sessel am Fenster gesessen hatte und mit jeder Woche, die vorüberging, immer schmaler und matter geworden war. Angelica hatte den CD-Player mit Big-Band-Musik in ihre Reichweite gestellt, sodass sie ihn mit ihren arthritischen Fingern anstellen konnte. Zudem hatte sie den Lehnsessel ihrer Mutter zum Fenster hin gedreht, damit sie auf den Kanal hinausschauen konnte, den man von der Rückseite des Hauses im Blick hatte. Zwar war dieser Kanal kein richtiger Fluss – zumindest nicht wie der Fluss, der durch Longhampton floss –, doch immerhin hatte sie damit etwas, was sie beobachten konnte. Ein paar Enten schwammen dort immer im Wasser. »Du bist ein gutes Mädchen – schön, dass du dich so rührend um deine alte Mum kümmerst.«

»Das bin ich dir schuldig«, hatte Angelica jedes Mal geantwortet, zu Beginn noch recht ungeduldig, dann immer trauriger. »Wenn du mich nicht zum Ballett geschickt hättest, wäre ich keine Tänzerin geworden und wäre nicht nach Amerika gegangen, hätte Jerry nicht geheiratet und würde dann auch nicht dieses Haus besitzen, um dich hier unterzubringen. Du hast dich um mich gekümmert, Mum. Jetzt bin ich an der Reihe, mich um dich zu kümmern.«

Sie sahen einander an, und in diesem Blick lag eine Fülle an unausgesprochenen Gedanken: Angelica hatte niemals auch mit nur einem Wort gesagt, dass sie ihren Vater vermisste, weil dem einfach nicht so war, und Pauline hatte niemals Jerry erwähnt oder die Frau, die er nach seiner Scheidung von Angelica und deren Rückkehr nach England geheiratet hatte. Ebenso wenig hatte sie jemals die langen Monate angesprochen, in denen Angelica den Kontakt zu allen hatte abreißen lassen – Angelica hatte nie über diese Einsamkeit reden wollen. Ihre Mum wusste nur allzu gut, was sie sagen sollte und was besser nicht – eine Fähigkeit, die sie in ihrer mehr als vierzigjährigen Ehe mit Cyril erlernt hatte.

Nur ein einziges Mal, als die Schmerzmittel sie aufgeputscht hatten, waren alle Bedenken vergessen, und so war ihr die Bemerkung herausgerutscht.

»Jetzt kümmerst du dich um mich, wie ich mich damals um deine kleine Rosie gekümmert habe«, hatte sie gescherzt. Schmerzvoll hatte Angelica das Gesicht verzogen, dann jedoch versucht, ihr professionelles, breites Lächeln aufzusetzen, hinter dem sie normalerweise wunde Füße und Rückenschmerzen verbarg. Ihre Mutter hatte jedoch das Zittern ihrer Hände bemerkt und ihren Schmerz gespürt.

»Oh, tut mir leid, Liebes!«, hatte sie sich zerknirscht entschuldigt. »Es tut mir wirklich leid.«

»Mir auch«, hatte Angelica geantwortet, die mit einem Mal wieder Angela war, die schlichte, gewöhnliche Angela, die sich hinter keinem aufgesetzten Lächeln verstecken konnte.

Danach hatten sie noch lange zusammengesessen, sich an den Händen gehalten und geschwiegen, dabei jedoch jeder für sich an Paulines kaltes, leeres Haus gedacht, meilenweit entfernt von den selbstbewussten Straßen in Islington mit den Antikläden und den vielen Straßencafés.

Das war es, was sie am Tanzen so geschätzt hatte, dachte Angelica und riss sich von ihren Gedanken an die Vergangenheit los. Das Tanzen ermöglichte eine Flucht vor dem Alltagsleben, doch dann nahm es so viel Platz ein, dass kaum noch Luft für irgendetwas anderes blieb. Schließlich schwappte die Tanzwelt in das wirkliche Leben hinüber und fraß es auf wie eine gierige Raupe.

Sie schlug den Kragen des marienkäferfarbenen Mantels höher und setzte ihren Weg fort. Die Absätze klapperten rasch über den Bürgersteig, während die Schlaftabletten in der Handtasche raschelten.

10

In Peters spartanisch möbliertem Sprechzimmer im Gemeindezentrum hatte Katie so viel Zeit wie möglich damit überbrückt, ihre Tasche, das Taschentuchpäckchen darin sowie das Notizbuch umzuräumen, das Glas Wasser zu verschieben und mit dem Stuhl hin- und herzurutschen. Auf diese Art und Weise hatte sie den Moment des Schreckens gute sechs Minuten lang herausgezögert, doch Ross hatte die große Wanduhr genau im Blick. Genau wie Peter, der erpicht darauf war, die Sitzung endlich zu beginnen. Er hatte die geduldige Miene eines Mannes, der schon so viele Erwachsene in seiner Sprechstunde gesehen hatte, die sich verzweifelt bemüht hatten, Zeit zu schinden. Aber auch heute gedachte er, diesem Versuch nicht mit Nachsicht zu begegnen.

»So.« Er lächelte geduldig, und die Wärme dieses Lächelns spiegelte sich in seinem Blick – ganz im Gegensatz zu Katies aufgesetztem Lächeln, hinter dem sie ihre Nervosität verbergen wollte. Ihr fiel auf, dass sich Ross keinerlei Mühe gab, irgendetwas vorzuspielen. »Sollen wir anfangen? Ich möchte gern erfahren, wie Sie sich kennengelernt haben. Wer möchte beginnen?«

Ross sah mit seinem Hundeblick zu ihr herüber in der Erwartung, dass sie den Anfang machen würde. *Wie immer*, dachte Katie. *Kann er denn nicht wenigstens einmal von sich aus eine Sache in die Hand nehmen?*

Die Verärgerung stand wohl deutlich in ihr Gesicht geschrieben, denn Peter wandte sich Ross zu. »Warum machen Sie nicht den Anfang? Mir ist nämlich aufgefallen, dass Sie es bei Diskussionen offenbar gern Katie überlassen, die Initiative zu ergreifen. Das ist keine gute Angewohnheit, wenn Sie in Ihrer Partnerschaft eine gesunde Balance aufrechterhalten wollen. Warum drehen wir das Ganze also nicht einfach einmal um? Machen Sie bitte den Anfang.«

Sehr gut, dachte Katie und konnte den Worten des Therapeuten direkt mal vorbehaltlos zustimmen. Jetzt bin also nicht *immer* nur *ich* hier die Böse.

Ross räusperte sich, seine Nervosität war ihm deutlich anzumerken. »Okay. Ich habe Katie zum ersten Mal in einer Kneipe namens ›The Horse‹ in der Nähe meiner Arbeit gesehen. Dort fand gerade ein Quizabend statt, und sie war mit ein paar Freundinnen dort.«

»Es waren Kolleginnen aus dem Büro«, fügte Katie hinzu. »Wir waren zum ersten Mal dort. Normalerweise gehe ich eigentlich nicht in Kneipen.«

»Darf ich ausreden?«, fragte Ross.

»Entschuldige, tut mir leid.«

»Ich hatte mich dort mit ein paar alten Schulfreunden verabredet. Wir gingen jede Woche in diese Kneipe, doch ehrlich gesagt war eher das Bier als das Quiz der Grund unseres Besuchs. Mir fiel auf, dass die Mädchen am Nachbartisch fast jede Frage beantworten konnten. Na ja, jedenfalls das Mädchen, das direkt neben mir saß.« Ross' angespannte Schultern sanken nach unten, als seine Geschichte allmählich ins Rollen kam. Er musste nicht einmal mehr auf die Notizen schauen, um die Peter sie beide gebeten hatte.

»Ihre Freundinnen ermahnten sie immer wieder, dass sie doch flüstern sollte, doch Katie hat eine recht tragende Stimme«, fuhr er fort. »Ihre Stimme hatte irgendetwas … da hat es bei mir Klick gemacht. Sie klang so klug und selbstsicher. Und sie war attraktiv. Da der Pub gut besucht war, standen die Tische sehr nah beieinander, sodass sie direkt neben mir saß. Also lehnte ich mich immer weiter zurück, bis wir uns beinahe berührten, und …« Er zuckte mit der Schulter, und ein schüchternes Lächeln umspielte seine Mundwinkel. »Vor den Jungs habe ich so getan, als sei alles bloß ein Witz, aber eigentlich habe ich nur nach einem Vorwand gesucht, um mit ihr ins Gespräch zu kommen.«

»Und? Hat es geklappt?«, hakte Peter nach.

»Ja. Sie hat mich dabei erwischt, wie ich mithörte, und sie hatte guten Grund, auf mich loszugehen. Das Wenigste, was ich zu meiner Entschuldigung tun konnte, war natürlich, sie zu einem Drink einzuladen. So kamen wir dann ins Gespräch. Katie hat mit uns einen Deal arrangiert: Wir haben ihre Ergebnisse aus dem Bereich Zeitgeschichte gegen unsere Antworten aus dem Bereich Popmusik ausgetauscht. Und dann …« Das Lächeln wurde zu einem breiten Strahlen. »Dann haben wir auch noch die Telefonnummern ausgetauscht. So haben wir uns kennengelernt.«

»Können Sie sich noch daran erinnern, welche Kleidung sie an diesem Tag getragen hat?«

»Natürlich«, kam die Antwort wie aus der Pistole geschossen. »Einen roten Pullover mit V-Ausschnitt und eine schwarze Hose, in der ihre Beine aussahen, als würden sie gar nicht mehr aufhören. Dazu trug sie spitze rote Schuhe.«

Peter sah freundlich zu Katie hinüber. »Wenn seine Erinnerung daran immer noch so frisch ist, ist das schon ein ganz schönes Kompliment, nicht wahr?«

»Er ist von Berufs wegen her ein sehr optischer Typ«, erklärte Katie, als ihr aufging, wohin die Diskussion führen würde. »Er muss solche Dinge bemerken.«

»Kannst du dich denn auch noch erinnern, was ich an diesem Abend trug?«, fragte Ross.

»Jeans«, erklärte sie einigermaßen zuversichtlich. Ross trug immer Jeans.

»Und?«

»Und … ein T-Shirt mit dem Emblem einer Rockband?«, antwortete sie zögerlich. Damals war sie vollkommen fasziniert gewesen, wie viele unbekannte Bands Ross toll fand, von denen sie im Leben noch nichts gehört oder gesehen hatte. Mit seiner modischen, schwarz umrandeten Brille und der Jeans im Japan-Style mit den vielen kleinen Applikationen sah er ziemlich cool aus. Doch im Gegensatz zu den »coolen« Leuten vom College besaß er nicht deren Rotznäsigkeit. Wie könnte er auch, hatte er gemeint und sich den langen Pony aus den Augen gestrichen, bei einem Namen wie »Ross«? Sie hatte seine Art toll gefunden, seine Entdeckungen mit allen zu teilen, anstatt sie für sich zu behalten. Akribisch hatte er tonnenweise CDs für sie zusammengestellt in dem Bestreben, sie von Jamiroquai loszueisen und sie von den kratzigen, kreischenden Bands zu überzeugen, die er in verschwitzten Clubs in Brixton aufgetan hatte.

Während sie sich daran erinnerte, ertappte sich Katie dabei, wie sie innerlich dahinschmolz. Doch es war nur eine Erinnerung, die ihr jeder andere hätte erzählen können. Wann hatte sie aufgehört, Ross so sexy zu finden?

»Welches?«, fragte er.

Sofort tauchte eine Erinnerung vor ihrem inneren Auge auf: Sie saßen am Küchentisch, und es war der Abend vor dem ersten Termin bei der Bank, bei dem es um die Hypothek gehen sollte. Sie war mit Hannah im dritten Monat schwanger. Sie hatten sich zum ersten Mal über die Summe des Haushaltsgeldes gestritten, und sie hatte festgestellt, dass Ross zwar über keinerlei Ersparnisse verfügte, dafür aber mehr als vierhundert CDs besaß, von denen mehr als die Hälfte irrsinnig teure Importe waren.

»Das T-Shirt welcher Band hatte ich an?«, nervte Ross.

»Herrgott noch mal!«, blaffte Katie, während sich ihr Verstand immer noch mit der Tatsache abmühte, dass sie sich schwerlich über eine Eigenschaft von Ross aufregen konnte, die die ganze Zeit über schon da gewesen war. Die plötzliche Erinnerung an die Verärgerung damals war so lebhaft wie der frühere Schwung der Sehnsucht und des Verlangens, doch dieses Mal *war* es persönlich. Sie spürte die Verärgerung immer noch. Sie war nicht nur noch da, sie wuchs sogar noch an, und ihre Wurzeln fußten in einer Wut über sich selbst.

»Welche Rolle spielt das denn schon? Das ist acht Jahre her! Ross, ich habe in letzter Zeit so viel Stress, dass ich mich kaum erinnern kann, welche Kleidung ich *gerade* trage!«

Ross wirkte verletzt.

»Wie erinnern Sie sich denn an den Abend, Katie?«, wandte sich Peter ihr zu.

Sie wurde ganz starr und ging in Abwehrhaltung. »Genauso. Mehr oder weniger.«

»Möchten Sie mir den Abend vielleicht ein wenig beschreiben?«

»Ähm …«

Nein – ganz bestimmt nicht, seitdem ich weiß, dass Peter Noten für den Romantikfaktor verteilt. Und dann wäre da immer noch diese Sache, die Ross nicht erwähnt hat. Die *Sache, die mich wie ein Miststück aussehen lassen wird, obwohl es nicht von Bedeutung ist …*

Beide hatten ihr Augenmerk auf sie gerichtet: Ross sah sie erwartungsvoll an, während Peter ihr einen unverbindlichen, ermunternden Blick zuwarf.

Jetzt konzentrier dich, ermahnte sich Katie. Erzähl eben nur … nur die relevanten Dinge.

»Ich hatte zugestimmt, mit ein paar Mädchen aus meinem alten Büro zum Pub-Quiz zu gehen, hatte aber nicht gedacht, dass sie dabei so ehrgeizig sein würden. Ross saß am Nebentisch, zusammen mit ein paar sehr modisch gekleideten Freunden …«

Obwohl sie in Wirklichkeit von ihnen eingeschüchtert gewesen war, hatte Katie sie zugleich aber auch unbedingt beeindrucken wollen.

»Und, ähm, wie Ross schon sagte …«

»Ich möchte aber gerne hören, was *Sie* sagen«, erinnerte sie Peter mit seiner unerträglichen Ruhe.

»Okay. Ross hat sich immer weiter zu mir herübergelehnt, bis sich irgendjemand schrecklich darüber aufregte, dass er unsere Antworten klauen würde. Ich bekam das Gefühl, etwas sagen zu müssen. Ich habe mich gefragt …« Sie stockte. »Ich habe mich gefragt, ob er sich über mich lustig machen wollte, als er mich zu einem Drink einlud, weil er eigentlich nicht der Typ Mann war, der normalerweise … Ich meine, ich dachte, ich sei nicht so ein Mädchen, das …«

Sie schaute auf, und ihr wurde plötzlich ganz heiß. »Sie wissen schon, was ich meine.«

»Nein«, antwortete Peter.

»Ich meine«, erklärte Katie mit zusammengebissenen Zähnen, »dass Ross ein trendiger Designertyp war und ich … eben keines dieser Modepüppchen. Das bin ich auch immer noch nicht. Haben Sie es jetzt verstanden?«

»Du dachtest, ich würde mich über dich lustig machen?«, fragte Ross ungläubig. »Das hast du mir nie gesagt!«

»Nein – warum auch?« Katie hatte das Gefühl, das Gleichgewicht zu verlieren. Noch nie zuvor hatte sie diesen Gedanken in Worte gefasst. »Jedenfalls kamen wir miteinander ins Gespräch, und er hat mich überredet, ihm und seinen Freunden ein paar Antworten zu verraten. Im Gegenzug würde er dann bei ein paar Musikfragen aushelfen.«

»Das habe ich getan, um ihr ins Ohr flüstern zu können«, fügte Ross hinzu, der offensichtlich durch ihr Geständnis Auftrieb bekommen hatte.

»Also waren Sie beide gleichermaßen erstaunt darüber, dass der jeweils andere an Ihnen interessiert sein könnte. Das ist … interessant«, befand Peter und nahm die Brille ab.

Oh Gott, dachte Katie. Nun folgt also das vernichtende Urteil.

Doch es kam nichts.

»Danach sind Sie dann miteinander ausgegangen?«, fuhr er stattdessen fort.

Ross und Katie blickten einander an und zögerten. Sie sah in seinen Augen eine Verwundbarkeit, die ihren Beschützerinstinkt weckte – ein weiteres Gefühl, das sie von früher kannte. Es fühlte sich seltsam an, dachte Katie, Ross zu sehen, wie er neben ihr saß, und dabei ausnahmsweise einmal nicht zu wissen, was er sagen würde. Es war wie beim Tanzen, als er mit Angelica getanzt und sich Mühe gegeben hatte, ganz gerade zu stehen, damit er wie ein vollkommen anderer Mann aussah. Wie ein neuer Mann.

Was wäre, wenn er sich zusammenreißen würde, sodass du ihn wieder anziehend findest, und dann entschließt er sich dazu, dich doch zu verlassen, weil du so ein Biest gewesen bist?, ertönte eine hinterhältige Stimme in ihrem Kopf. Sie schob den Gedanken beiseite und redete schnell weiter, damit er sich gar nicht erst festsetzen konnte.

»Ja«, antwortete sie, und im selben Moment sagte Ross: »Es war alles recht kompliziert«.

»Katie«, begann Ross, »So ist das nicht ganz …«

»Er trug ein Pixies-T-Shirt«, plapperte Katie weiter. »Und Converse All Stars. Er sah aus, als sei er ein Mitglied in einer Band gewesen oder hätte in einer amerikanischen Sitcom mitgespielt. Er hatte dichtes, volles Haar, das so weich war, dass ich am liebsten meine Finger darin vergraben hätte –«

»Sie hatte einen Verlobten!«, rief Ross, um sie zu übertönen. »Und bis zum vierten Date hat sie mir gegenüber diese Tatsache mit keinem Sterbenswörtchen erwähnt!«

Es wurde so still, dass man eine Nadel hätte fallen hören können.

Katie klopfte das Herz bis zum Hals, während ihr der kalte

Schweiß ausbrach. Verlegenheit wallte siedend heiß durch ihren Körper.

Das war's also. Davon werde ich mich in Peters Augen nicht mehr erholen können. Jetzt bin ich für ihn nicht nur eine kaltherzige Kuh, sondern auch noch ein Miststück. Prima Ross, jetzt kannst du dir tatsächlich ein »Opfer«-Schild ans Revers heften.

Aber so ist es doch gar nicht gewesen, klagte eine leise Stimme in ihrem Kopf. So nicht …

Katie riss sich zusammen, wie sie es immer in Dienstbesprechungen tat, wenn Eddie sie damit aufzuziehen versuchte, dass der Mutterschaftsurlaub für Frauen in Wahrheit einfach nur ein heimlicher Urlaub sei. Denk nach! Es hätte noch schlimmer kommen können, redete sie sich ein. Wenigstens hat Ross nicht gesagt, dass –

»Bis zu unserem vierten Date hast du's *ihm* auch nicht gesagt, oder?«, fuhr Ross plötzlich fort.

Oh Gott. Katie gefror das Blut in den Adern.

»Gut, ich verstehe, dass dies den Beginn Ihrer Beziehung verkompliziert hat«, erklärte Peter mit seinem ausgeglichenen, vollkommen vorwurfsfreien Tonfall. »Erzählen Sie mir davon, Katie.«

Katie warf Ross einen wütenden Blick zu. »Darüber möchte ich nicht reden. Ich wüsste nicht, was das mit unserer Ehe zu tun haben sollte.«

»Ich denke schon, dass es eine Menge mit Ihrer Ehe zu tun hat«, befand Peter.

»Du kannst nicht einfach die Tatsachen ignorieren«, kritisierte Ross sie scheinheilig. »Raus damit, Katie. Gib schon zu, was du getan hast. Was kann schon Schlimmes passieren?«

Peter wandte sich Ross zu. »Natürlich muss es Ihnen sehr geschmeichelt haben, dass eine Frau ihrem Verlobten den Laufpass gibt, um sich mit Ihnen treffen zu können. Nicht wahr? Darüber werden wir später noch sprechen.«

Ross Kinnlade fiel herab, doch Peter hatte sich längst wieder Katie zugewandt.

»Erzählen Sie mir davon«, wiederholte er. »Ich glaube, dass es sehr wichtig ist, was damals geschehen ist.«

Katie begegnete seinem klaren Blick mit ihrer gewohnten Halsstarrigkeit, doch nach etwa zehn Sekunden wurde ihr bewusst, dass ihr Gegenüber mindestens genauso stur war. Peter mochte vielleicht das Paradebeispiel eines bärtigen, Müsli essenden Weltverbesserers sein, doch Katie spürte einen eisernen Willen unter dem Schafwollpullover.

Aber sie war so müde! Zu müde eigentlich. Deswegen schloss sie die Augen und sortierte sorgfältig ihre Gedanken wie die scharfkantigen Scherben eines zerbrochenen Tellers, bevor sie das Wort ergriff. »Steve und ich waren seit unserem ersten Jahr an der Universität miteinander ausgegangen. Verlobt haben wir uns, nachdem wir unseren Abschluss gemacht hatten – ich bekam den Ring seiner Großmutter, das war eine Riesensache. Er hatte eine tolle Stelle in einer Anwaltskanzlei in Manchester bekommen, und auch ich hatte gerade meine erste Stelle angetreten. Wir wollten ein Haus kaufen, doch wir hatten noch keinen Termin für die …« Katie biss sich auf die Lippe.

Jo hatte sie davon nichts erzählt. Katie war sich nicht einmal sicher, ob sie Ross die ganze Geschichte erzählt hatte.

»Um ehrlich zu sein: Als ich Ross kennenlernte, war alles gerade ein wenig schwierig; ich nehme an, ich war mir nicht sicher, ob ich schon bereit war für eine Ehe. Ich war damals noch so jung. Steve war mein erster richtiger Freund und …« Sie schaute auf – und sah Peter an, nicht Ross. »Ross war ganz anders. Als ich ihn kennenlernte, wurde mir klar, dass es … vielleicht noch andere Möglichkeiten für mich gab.«

»In diesem Alter verändern sich Menschen sehr«, stimmte ihr Peter zu. »Es ist kein *Verbrechen*, wenn man eine Verlobung löst.«

Katie presste die Lippen aufeinander. Steve hatte das ganz anders gesehen. Ebenso Steves Mutter. Sogar ihre eigene Mutter war diesbezüglich anderer Meinung gewesen. Doch Katie behielt ihre Gedanken für sich.

»Sie gehen zu hart mit sich selbst ins Gericht, Katie. Sie haben große Angst, etwas falsch zu machen, selbst wenn Sie noch lernen wie jeder andere. Wir alle machen manchmal bei Entscheidungen einen Rückzieher, von deren Richtigkeit wir kurz zuvor noch überzeugt waren …«

»Ich wollte niemanden betrügen«, platzte es aus Katie heraus. »Das sah mir gar nicht ähnlich. Ich wollte nur nicht so einfach alles wegwerfen, was ich mit Steve hatte, nur weil ich mich in jemanden verknallt hatte – schließlich hätte es ja auch ganz schnell wieder vorbei sein können. Deswegen …« Katie hielt inne und suchte nach Worten für das, was sie eigentlich sagen wollte. »Deswegen habe ich Ross nichts von Steve erzählt, bis … bis mir klarwurde, dass ich keinesfalls zu Steve zurückgehen würde.«

Katie spürte, dass Ross sie unverwandt anstarrte, doch sie wollte ihm nicht in die Augen schauen.

»In gewisser Hinsicht haben Sie also ein sehr anderes Leben aufgegeben, um mit Ross zusammen zu sein«, sagte Peter. »Sie haben sich für den Mann entschieden, bei dem Sie das Gefühl hatten, dass er Sie glücklicher machen würde. Dabei sind Sie sehr vorsichtig und fürsorglich vorgegangen, um niemandem unnötig wehzutun.«

Überrascht sah sie ihn an, da er entgegen ihrer Erwartung kein Salz in die Wunde gestreut hatte.

»Ich denke schon.«

»Haben Sie noch Kontakt zu Steve?«

»Nein, aber unsere Mütter. Sie schicken sich ab und an eine Weihnachtskarte. Er ist mittlerweile verheiratet und lebt in London – in Hampstead, glaube ich. Mit drei Kindern. Sie schicken immer diese schrecklichen Karten, auf denen statt

Tiermotiven die Kinder bei irgendeinem teuren Skiurlaub vorn abgebildet sind, und sie schreiben immer nur vom neuen Haus, und …«

Dieses Mal bemerkte Katie aus den Augenwinkeln, wie Ross zusammenzuckte, und sie verstummte mitten im Satz.

Peter nahm die Brille ab. »Glauben Sie nicht, dass es langsam an der Zeit wäre, Steve loszulassen?«

»Ich habe kein schlechtes Gewissen, was …«, wollte Katie gerade anfangen, als Ross sie unterbrach.

»Da hörst du's!«

Katie sah ihn verärgert an. »Was denn? Ich habe schon jahrelang nicht mehr mit ihm geredet!«

»Du musst gar nicht mit Steve reden. Es reicht, wenn ich sehe, wie du über Jos und Gregs Leben denkst. Du siehst die beiden und denkst: ›Wenn ich Steve geheiratet hätte, könnte ich ein ähnliches Haus haben.‹«

»Was? Das ist doch absoluter Unsinn! Wenn du unter solchen Minderwertigkeitskomplexen leidest, dann …«

Peter hüstelte. Beide hielten schuldbewusst inne.

»Ich denke, dass Sie *beide* die Vergangenheit nutzen, um sich gegenseitig ein schlechtes Gewissen zu bereiten. Es ist gar nicht so ungewöhnlich, dass vergangene Beziehungen eine wichtige Rolle in der gegenwärtigen Beziehung spielen«, erklärte er sachlich. »Katie, Sie haben kontinuierlich ein schlechtes Gewissen gehabt, doch in Wahrheit haben Sie an einem für Ihr Leben belanglosen Maßstab festgehalten. Sie haben sich immerzu gefragt, wie sich Ihr Leben entwickelt hätte, wenn Sie bei Steve geblieben wären. Dabei wissen Sie doch gar nicht, wie sich alles hätte entwickeln können – vielleicht hätte er einen anderen Posten angetreten oder keine Kinder gewollt – was auch immer. Sie haben damals entschieden, dass Steve nicht der Richtige für Sie war, als Sie ihn für Ross verlassen haben. Ross, haben Sie Steve jemals kennengelernt?«

Ross schüttelte den Kopf.

»Woher wollen Sie dann wissen, welches Leben er Katie geboten hätte? Davon einmal abgesehen: Welche Rolle spielt das heute? *Sie* haben sich *gemeinsam* ein Leben aufgebaut!«

»Ich wehre mich gegen die Behauptung, ich hätte Ross und Steve miteinander verglichen!«, beharrte Katie. »Es hört sich an, als sei ich absolut kalt und berechnend.«

»Das finde ich nicht.« Peter setzte die Brille wieder auf und kniff die Augen zusammen. »Sie sollten sich nicht so viel darum scheren, was andere Leute denken könnten.«

»Ganz genau«, brummte Ross.

»Wie bitte?« Katie starrte Ross wütend an. Sie war immer noch gekränkt, dass er die Angelegenheit mit Steve zur Sprache gebracht hatte. »Komm schon, Ross. Wenn du schon persönlich werden willst, solltest du wenigstens den Mumm haben, es mir direkt ins Gesicht zu sagen, anstatt irgendetwas in den Bart zu murmeln, wie du es immer machst.«

Ross zuckte mit den Schultern. »Genau das machst du gerade. Du biegst dir die Dinge so hin, wie du sie haben willst, damit du besser dastehst. Ich habe keine Ahnung, warum du dich nicht einfach mal entspannen kannst, anstatt es immer wieder von anderen abhängig zu machen, ob du glücklich bist oder nicht. Das ist doch total verrückt! Und obendrein ist es mir gegenüber eine Beleidigung. Du bist geradezu besessen davon, was andere Leute denken, aber dich interessiert es nicht die Bohne, wie *ich* mich fühle.« Er strich sich mit der Hand das Haar aus der Stirn.

Er hat immer noch so volles Haar wie früher, dachte Katie. Aber könnte er es nicht öfter waschen?

»Können Sie mir ein Beispiel geben, Ross?«, bat Peter.

»Ja. Andauernd ist sie damit einverstanden, Überstunden zu machen, um ihren Chef zu beeindrucken. Aber sie ist nicht einmal bereit, über eine gleitende Arbeitszeit auch nur nachzudenken, um ein bisschen mehr Zeit mit den Kindern verbringen zu können. Und vielleicht mir ein wenig Zeit für mich selbst zu ermöglichen.«

»Das ist so unfair von dir und stimmt auch nicht!«, fauchte Katie. »Mir bleibt keine andere Wahl! Wenn ich das Büro pünktlich verlasse, bekomme ich mehr Probleme, als du dir *vorstellen* kannst, weil ich eine Frau mit Familie bin. Und wenn ich spät nach Hause komme, bekomme ich Ärger mit dir! Für dich ist es schön einfach, ›komm früh nach Hause‹ zu sagen. Schließlich bist du derjenige, der den ganzen Tag zu Hause herumhängt und faulenzt, während ich –«

»Ich faulenze?«, Ross klappte die Kinnlade herunter. »Ich faulenze? Ich kümmere mich um unsere Kinder!«

Katie merkte, dass sie zu weit gegangen war. »Das habe ich so nicht gemeint«, erklärte sie schnell und sah zu Peter hinüber. »Ich wollte nicht sagen, dass es keine Arbeit ist, sich um die Kinder zu kümmern. Ich meinte, dass die Wäsche nie gemacht wird, die Küche immer schmutzig ist …« Sie sammelte ihre Gedanken und bemühte sich, sie so fair wie möglich in Worte zu fassen. »Was ich sagen wollte: *Er* musste sich nie mit der Art Büropolitik befassen wie ich. Wenn ich zu Hause bei den Kindern sein könnte, während er aus dem Haus geht und für das tägliche Brot sorgt, würde ich es machen. Sofort. Aber ich kann nicht.«

»Jawohl, und schon dreht sich alles wieder nur um dich«, murmelte Ross.

»Katie, gerade eben haben Sie mir aber noch erzählt, dass Sie Ross wegen seines Jobs im Designbereich äußerst attraktiv fanden, als Sie sich kennengelernt haben.« Peter lächelte freundlich. »Ihnen gefiel es sogar so gut, dass Sie die Beziehung mit einem anderen Mann beendeten, der einen ähnlichen Job wie Sie hatte. So war es doch, oder?«

»Stimmt«, gab Katie zu. »Aber damals hat Ross noch gearbeitet und war kreativ. Ich fand seine *Kreativität* toll. Aber jetzt –«

Ross unterbrach sie mit einem verbitterten Gesichtsausdruck. »Oh, tut mir leid, dass ich mit der Kindererziehung so sehr beschäftigt bin, dass ich keine Zeit mehr habe, Photoshop aufzurufen. Ich egoistischer Mistkerl.«

»*Ross* ...«, protestierte Katie.

Bevor der Streit eskalieren konnte, ging Peter dazwischen. »Katie, Ross – ich finde wirklich, dass heute eine Menge positiver Dinge zutage getreten sind«, erklärte er. »Sie mögen sie vielleicht im Moment noch nicht sehen, aber ich möchte, dass Sie darüber nachdenken, worüber wir gerade gesprochen haben. Sie sollen dann versuchen, sich offen und ehrlich über einige Dinge zu unterhalten, die wir eben angeschnitten haben. Es ist gut, dass Sie einem Teil Ihrer Gefühle heute Luft gemacht haben.« Er starrte sie über den Brillenrand hinweg an. »Ich habe das Gefühl, dass diese Themen zum ersten Mal überhaupt angesprochen wurden. Liege ich damit richtig?«

Katie nickte.

»Es geht nicht darum, was die Leute denken«, fuhr Peter fort. »Sie allein sind Teil dieser Ehe, niemand sonst. Ach, jetzt hätte ich fast vergessen, Sie danach zu fragen!« Peter schlug sich die Hand vor die Stirn. »Was macht Ihr Hobby? Was machen Sie zusammen?«

»Wir haben einen Tanzkurs begonnen«, antwortete Ross.

»Und?« Peter schaute sie hoffnungsvoll an.

»Es klappt ganz gut«, erwiderte Ross. »Bis jetzt.«

Katie starrte ihn an, doch sie konnte sich nicht dazu aufraffen, ihm vor Peter zu widersprechen.

Dieser nahm die Brille ab und säuberte sie vorsichtig. »Gut«, erklärte er, und Katie hatte das Gefühl, dass er seine Worte sehr sorgsam wählte. »Gut.«

11

In Chestnut Grove auf der anderen Flussseite hatte Lauren beabsichtigt, ein leckeres Gericht zu kochen, um mit dem Essen für eine entspannte Atmosphäre zu sorgen; sie hatte sich nämlich vorgenommen, ihre neuesten Ideen für eine Hochzeit im Aschenputtel-Stil zur Sprache zu bringen. Doch ihr Plan schlug schneller fehl, als sich die Packung mit Schokoladenkeksen leerte, die zwischen ihren Eltern auf dem Couchtisch lag. Ihr Vater tat so, als würde er die Kekse verschmähen, doch war er dabei genauso wenig überzeugend wie bei seiner angeblichen Vorfreude auf ihren Hackfleischauflauf. Lauren war nämlich keine besonders gute Köchin, doch seit sie wieder zu Hause eingezogen war, hatte immer nur ihre Mutter gekocht; da hatte sie was wiedergutzumachen.

Außerdem war der Auflauf Chris' Lieblingsessen. Lauren freute sich schon darauf, ihn zu sehen und ihm von Irenes Idee zu erzählen, eine Art Video-Gästebuch anzulegen. Vielmehr hatte sie sich gefreut, ihn um sechs Uhr zu sehen. Jetzt war es fast zehn nach sieben. Lauren warf einen Blick auf die Uhr. Genau genommen war es sogar schon Viertel nach sieben.

Er hatte eigentlich anrufen sollen, falls er sich verspäten würde. Lauren runzelte die Stirn. Als sie noch zusammengewohnt hatten, hatte er sie jedes Mal angerufen, wenn er später kam. Zwar machte es Lauren nichts aus, wieder bei ihren Eltern zu wohnen, doch allmählich bekam sie das Gefühl, wieder sechzehn Jahre alt zu sein – kurz anrufen, wenn sie das Mittagessen verpassen würde, ihr Zimmer aufräumen –, während Chris offenbar sein Leben als Single wiederentdeckt hatte – ohne sie. Es schien ihr irgendwie nicht besonders fair zu sein.

»Wann wollte Chris denn anrufen?«, fragte Bridget so feinfühlig wie möglich. »Ich glaube nicht, dass der Hackfleischauflauf noch länger im Ofen bleiben kann. Er sieht schon ein wenig … vertrocknet aus.«

»Wie ich«, erklärte Frank und hielt Lauren seine leere Tasse hin. »Liebes, schenkst du mir noch ein wenig Tee ein, um diese krachenden Hüften zu retten?«

»Die krachen doch gar nicht«, antwortete Lauren lachend. »Sie sahen sogar noch ziemlich gelenkig aus, als du kürzlich mit Angelica getanzt hast.«

»Diese Frau könnte selbst noch ein Schaukelpferd umherschwenken«, seufzte Frank, streckte die langen Beine aus und wandte sich wieder dem neuen Camcorder zu, der auf seinem Knie ruhte. »Bei guten Tanzpartnern ist das so: Sie bringen einen dazu, besser zu tanzen, als man es je für möglich gehalten hätte. Obwohl Angelica gegen deine Mutter natürlich keine Chance hat«, fügte er hinzu und warf Bridget einen liebevollen Blick zu.

Bridget ließ sich nicht beeindrucken. »Wenn du denkst, dass dir dieses Lob ein zusätzliches Stück Auflauf einbringt, kann ich nur sagen: Weit gefehlt!«

»Ich weiß aber, womit es klappen könnte!«, erwiderte Frank und machte mit seinen Füßen ein paar Tanzbewegungen, die offensichtlich nur Bridget verstehen konnte, da sie daraufhin in Gekicher ausbrach.

»Stopp! Sofort aufhören! Ich will gar nicht erst wissen, was das zu bedeuten hat!« Lauren hielt sich die Ohren zu.

Sie konnte sich nicht daran erinnern, dass sich ihre Eltern vor ihrem Auszug jemals wie Turteltäubchen verhalten hatten. Hatten sie sich etwa im Zaum gehalten, während sie hier noch gewohnt hatte? Oder hatten Dads Pensionierung und der Tanzkurs dazu geführt, dass die beiden gerade eine Art zweiten Frühling durchmachten? Oder lag es einfach nur daran, dass sie für diese Dinge bei anderen Leuten momentan einfach hypersensibel war, weil sie und Chris ihr gesamtes Liebesleben auf zwei Mal dreißig Minuten pro Woche verkürzen mussten?

Jedenfalls war es schön, dass sie sich nach einer Million Jahre des Zusammenlebens immer noch so gut verstanden, aber dennoch, sie waren ihre Eltern ...

»Ich weiß nicht, wo er bleibt«, antwortete Lauren und versuchte, das Bild zu vergessen, das sie vor Augen hatte. »Ich weiß, dass er nicht mit seiner Mutter zu Abend isst, da sie heute ihren Italienischkurs besucht. Aber er geht auch nicht ans Handy.«

»Na ja, ich bin ziemlich hungrig, Laurie ...«

»Also dann, lasst uns essen.« Lauren erhob sich und vertrieb damit unwissentlich Mittens, den Kater, von seinem Platz auf dem Stuhl, wo er seit zehn Minuten friedlich geschlafen hatte. Bridget beobachtete, wie er zur Heizung hinüberschlich, sich davor niederließ und traurig seine Pfoten leckte.

Lauren blieb an der Tür stehen. »Es ist eine Sache, dass sich Chris um kaum etwas kümmert, was mit der Hochzeit zu tun hat«, fuhr sie melodramatisch fort. »Aber er würde gut daran tun, diese Woche zum Tanzkurs zu kommen – andernfalls ist er tot. Mausetot.« Dann drehte sie sich auf dem Absatz um und stampfte in die Küche.

Bridget warf Frank einen Blick zu, der mit einem Schulterzucken ein »Frag mich nicht« andeutete, um dann den Camcorder auf Mittens zu richten und dessen wedelnden Schwanz heranzuzoomen.

»Wow!«, rief er begeistert und lehnte sich zurück. »Das Gerät ist unglaublich, Liebes! Du kannst Staubkörner sehen, die mit bloßem Auge nicht zu erkennen sind!«

»Bei dem Preis sollte er das auch«, erwiderte Bridget. Als sie nach Hause gekommen war, hatte sie Frank mit der neuen Kamera angetroffen, die er spontan für die Hochzeit gekauft hatte. Sie sei im Angebot gewesen, hatte er erklärt, und wenn er beizeiten mit dem Üben anfinge, könne man sich das Geld für einen teuren Kameramann sparen, den Irene unbedingt engagieren wollte. Außerdem – er schien Wort für Wort zu wiederholen, was ihm im Geschäft erzählt worden war – könnten sie den Camcorder auch mit in Urlaub nehmen. Deshalb sei die Kamera ein absolutes Schnäppchen gewesen; mit dem ausgegebenen Geld habe er in Wirklichkeit sogar noch Geld gespart. Abgesehen davon könnte es ein neues Hobby werden, da er ja nun mehr Zeit zur Verfügung habe.

Bridgets Nerven flatterten kurz, als sich vor ihrem inneren Auge die Ausgaben um weitere tausend Pfund erhöhten. Sie war es einfach nicht gewohnt, so viel Geld auszugeben – und noch weniger, alles über Kreditkarte laufen zu lassen.

Beruhige dich, ermahnte sie sich. Der Betrag wird nicht höher. Es wird alles gedeckt sein, wenn die Dauer der Null-Prozent-Finanzierung abgelaufen ist – und genau dann kannst du die heimlichen Ersparnisse einlösen und alles abbezahlen. Es würde perfekt passen. Alles würde wieder gut werden.

Wenn Bridgets Mutter ihr einen guten Rat gegeben hatte, so war es der Hinweis, dass die Ehemänner niemals einen Zwanziger hier oder da vermissen würden. Und dass eines Tages der Moment kommen würde, in dem sie für diese Zwanziger dankbar wären. Über die Jahre hinweg hatte Bridget sie daher wie ein Eichhörnchen gehortet und auf ein geheimes Notfallkonto eingezahlt. Dank Laurens ausgefallener Ideen war dieser Notfall nun eingetreten.

Bridget rief sich wieder in Erinnerung, dass es ihr im Grunde nichts ausmachte, für Laurens Hochzeit tief in die Tasche zu greifen. Es war Laurens innigster Herzenswunsch, und wenn man bedachte, welche Sorgen andere Kinder ihren

Eltern bereiteten mit Entzugskliniken, ungewollten Schwangerschaften, Studiengebühren …

Frank richtete die Kamera auf sie. »Willst du nicht nach Lauren sehen und fragen, was los ist?«, fragte er. »Übrigens, da wachsen Haare aus deiner –«

»Noch ein Wort, und du solltest besser auf *deine* Haare achtgeben!«, warnte Bridget und verließ das Zimmer, bevor Frank herausgefunden hatte, wie er die Kamera ausstellen konnte.

Lauren saß in der Küche, und ihre Blicke durchbohrten beinahe ihr Handy. Als Bridget die Küche betrat, versuchte sie schnell, wie gewohnt zu lächeln. Doch Bridget kannte dieses Lächeln, war allerdings gerührt, dass Lauren sich die Mühe machte, vor ihrer Mutter ihre Verärgerung zu verbergen.

»Was ist los, Liebes?«, fragte sie besorgt, als Lauren sich eine Diätcola aus dem Kühlschrank holte. »Ist etwas in der Praxis passiert? Hast du dich wieder mit Kathleen gestritten?«

»Nein.«

»Was dann? Du bist doch nicht du selbst heute.« Bridget strich Lauren zärtlich über den Arm. »Deiner Mutter kannst du's doch sagen.«

Lauren biss sich auf die Lippe, und Bridget bekam Herzklopfen, als sie sah, dass sie auf einmal wieder das kleine, enttäuschte Mädchen vor sich hatte. »Es ist einfach nur dieses *Tanzen*. Irene hat mich heute angerufen und wollte mit mir über die Musik für unseren ersten Walzer sprechen und ob wir dafür einen Scheinwerfer brauchen. Aber ich befürchte nur … dass wir dafür niemals gut genug sein werden!«

Ach so, wenn das alles ist, dachte Bridget erleichtert und lächelte.

»Das wird schon«, beschwichtigte sie ihre Tochter. »Es dauert ein wenig, bis man sich daran gewöhnt hat, mit jemandem zu tanzen. Chris wird seine Sache wunderbar machen, wenn er erst einmal den Bogen raushat. Vor allem bei seinen tollen, breiten Schultern!«

Lauren schienen die Worte ihrer Mutter wenig zu überzeugen. Chris hatte am Ende der Tanzstunde, als alle schon schön tanzten, nicht einmal ansatzweise gewusst, was er tun sollte. Zudem war es alles andere als sexy, wenn er sich so tollpatschig bewegte. »Na ja, ich weiß ja nicht einmal, ob er morgen überhaupt zum Tanzkurs mitgeht. Kian will, dass er das Hallenfußballteam unterstützt.« Lauren spielte an der Getränkedose herum. »Ich wette, dass er gerade mit Kian im Pub rumhängt. So war er früher nicht. Seitdem er bei Kian eingezogen ist, hat er sich verändert.« Sie schaute auf. »Findest du, dass ich eine Nervensäge bin? Ich will nicht, dass er mich nervig findet, aber ich ärgere mich schon sehr über einige Dinge. Musstest du bei Dad jemals ein Machtwort sprechen?«

»Nein«, antwortete Bridget. »Na ja, doch. So ähnlich jedenfalls. Der Trick dabei ist, es so zu tun, dass sie es nicht merken.«

Lauren riss die Diätcoladose auf, als würde sie in Gedanken Chris in Stücke reißen.

Kian, dieser Blutsauger.

»Jetzt komm schon«, versuchte Bridget, sie zu beruhigen. »Du weißt doch, dass er sich nach Feierabend oft noch mit Kunden in der Werkstatt trifft. Natürlich ist Chris die Hochzeit nicht egal! Aber Männer begeistern sich nun einmal einfach nicht so sehr dafür wie wir. Warum versuchst du nicht, ihn ein letztes Mal anzurufen, während ich die Erbsen aufwärme?«

Lauren warf einen Blick auf die Uhr und seufzte. »Mum, warte noch ein wenig mit den Erbsen«, bat sie. »Ich muss erst noch nach der Versteigerung sehen.«

»Nach welcher Versteigerung?«

»Jemand verkauft eine Schneewittchen-Tortenfigur«, rief Lauren über ihre Schulter hinweg, während sie aus der Küche stürzte. »In Wyoming …« Ihre Stimme verlor sich und wurde von dem Getrampel ihrer Füße übertönt, als sie die Treppe hinaufstürmte.

Mittens kam in die Küche geschlichen, wedelte mit seinem schwarzen Schwanz und schlängelte sich dann um Bridgets Beine, um auf sich aufmerksam zu machen und sein Abendessen anzumahnen. Laurens geräuschvolle Rückkehr hatte den geregelten Tagesablauf seines Katzenlebens empfindlich gestört. Bridget plagte ihr schlechtes Gewissen, ihm seine Ruhe und seinen Frieden genommen zu haben.

»Tut mir leid«, erklärte sie, tätschelte ihn an der weißen Stelle unter dem Kinn und spürte, wie er sanft zu schnurren begann. »Es ist ja nicht für immer. Sie heiratet ja schon bald.«

Bridget kochte sich eine Tasse Kaffee und brachte auch Lauren einen Kaffee hinauf. Sie fand sie vor ihrem Computer, wo sie immer wieder nervös auf die Seite klickte und sie von Neuem aktualisierte.

»Was ist das?«, fragte Bridget und starrte neugierig auf den Bildschirm.

»Das ist die Website von eBay«, erklärte Lauren. »Komm schon, komm schon … Ja! Ja!« Sie klatschte in die Hände und riss dann jubelnd die Arme hoch. »Guck! Mum! Ich habe sie bekommen!«

»Prima«, lobte Bridget automatisch. »Was hast du denn bekommen?«

»Diese Kuchendekorationen hier.« Lauren scrollte hinunter zu den Fotos von Schneewittchen, das von einem gut aussehenden Prinzen aus Zuckerguss getragen wurde. »So etwas bekommst du hier in England gar nicht. Sind sie nicht zauberhaft?«

»Mmmm. Sehr … ungewöhnlich. Ich dachte, du hättest dich noch für kein Thema entscheiden können?«

»Oh, sie sind so günstig, außerdem habe ich Figuren von Schneewittchen *und* Susi und Strolch *und* Dornröschen bekommen«, erwiderte Lauren fröhlich.

»Susi und Strolch …?«

»Mum, ich kann sie jederzeit weiterverkaufen zu mindestens dem gleichen Preis, den ich dafür bezahlt habe.« Lauren drehte sich um. »Das ist es doch gerade, Mum! Alles ist total einfach! Was nicht passt oder stimmt, wird einfach wieder bei eBay reingestellt, wo es dann irgendjemand anderer kauft. Auf die Art und Weise habe ich eine ganze Menge Krempel verkauft, den wir noch von unserer Wohnung übrig hatten und nicht mehr brauchten … sieh nur!«

Nach einer ganzen Reihe von Klicks, denen Bridget nicht folgen konnte, rief Lauren eine Seite auf den Bildschirm, auf der eine Menge Transaktionen im Gange waren.

»Siehst du? Ich habe die von Hand getrockneten Rosenblütenblätter gekauft …«

Von jemandem aus New Jersey, in neun verschiedenen Farben, wie Bridget feststellte.

»… und die gläsernen Kerzenhalter in Schwanenform für die Tischdekoration, ebenso blaue Strumpfbänder für die Brautjungfern und die Spruchbänder …«

»Das sieht alles ziemlich kompliziert aus«, befand Bridget verunsichert.

»Ist es aber gar nicht. Es dauert einen Augenblick, bis man heraushat, wie alles funktioniert, und dann geht schon alles seinen Weg. Manche Leute verdienen mit dem Schrott, den sie hier verkaufen, ein Vermögen! Du brauchst nur eine Digitalkamera und ein paar knallige, einfallsreiche Beschreibungen.«

Bridget kam plötzlich eine Idee, wie sie ein paar der Ausgaben, die von Woche zu Woche zu steigen schienen, wieder hereinholen könnte.

»Würdest du … würdest du mir zeigen, wie du dort etwas kaufen kannst? Oder auch verkaufen?«

Lauren betrachtete sie mit einem nachsichtigen Lächeln. »Aha! Da kommen deine schottischen Gene zum Vorschein! Bist du etwa auf Schnäppchenjagd, Mum?«

»Ach, weißt du …« Bridget versuchte, ihr Interesse zu verbergen. Sie wollte keinesfalls, dass Lauren den Eindruck bekam, sie könnten sich die Hochzeit nicht leisten. Lauren nahm sich solche Dinge sehr zu Herzen, und es würde ihr die Freude vollkommen verderben. Außerdem war das Haus von oben bis unten mit platzraubendem Krempel vollgestopft. Es könnte wirklich nicht schaden, einmal kräftig auszumisten.

»Sei aber vorsichtig – manche Leute werden davon geradezu abhängig, weißt du? Das liest man doch immer wieder in der Zeitung …« Noch während sie sprach, tippte Lauren schon »Disney Gastgeschenke Hochzeit« in das Suchfeld ein. »Aber ich glaube, bei dir braucht man sich keine Sorgen zu machen, oder? Du gehst so vernünftig mit deinem Geld um – du bist die einzige Frau, die ich kenne, die nur eine Kreditkarte besitzt und immer pünktlich ihre Rechnungen bezahlt.«

»Na, du Besserwisser, du würdest staunen, wenn du wüsstest, wie viel die Grundschullehrer heutzutage über Computer wissen müssen. Für meine geistig-seelische Verfassung ist es wichtig, dass ich den Kindern immer einen Schritt voraus bin«, erklärte Bridget. »Scroll mal bitte hoch und lass mich sehen.« Sie quetschte sich auf das schmale Stück Sitzfläche am Bettende, um einen Blick auf den Bildschirm werfen zu können.

Lauren zögerte kurz, da sie das plötzliche Interesse ihrer Mutter an Einkäufen im für sie sonst so furchteinflößenden Internet etwas stutzig machte. Dann beschloss sie jedoch, dass ihre Mutter wahrscheinlich so eine »Mutter-Tochter«-Sache daraus machen wollte – ohne die Gefahr, dass sich Irene einmischen würde.

Die Hochzeitsmagazine hoben hervor, wie wichtig es für Mutter und Tochter war, Zeit miteinander zu verbringen. Bridget war es wichtig, so viel Zeit wie möglich ohne Irene mit Lauren zu verbringen.

Außerdem sah alles danach aus, als würde Chris heute nicht mehr erscheinen. Lauren hatte ihm vier SMS geschickt, das musste reichen.

Er wusste ganz genau, dass er jetzt eigentlich hätte hier sein sollen. Sie wollte ihm aber nicht das Gefühl geben, ihm hinterherzurennen. Lauren nahm jedoch an, dass Kian ihm gerade recht erfolgreich eine Gehirnwäsche verpasste und ihm die Nachteile vor Augen führte, unter ihrer Fuchtel zu stehen. Sie beschloss, dem Ganzen nicht auch noch mit Keifereien am Telefon Munition zu liefern. Das würde warten müssen.

»Also gut«, nickte sie und ließ ihre Fingergelenke knacken. Sie ließ den Blick über die Kistenstapel wandern, die entlang der Wand aufgetürmt waren. »Wie wäre es … wenn wir diese Satinpumps verkaufen, die ich letzte Woche gekauft habe, die aber leider ein wenig zu klein sind?«

Kurze Zeit später hatten Lauren und Bridget die Schuhe, einen »Reserveschleier« sowie – nur um zu demonstrieren, dass man alles, aber auch wirklich alles verkaufen konnte – eine gehäkelte Klorolle in Brautform, die Laurens Tante Carol ihr geschickt hatte, eingestellt. Es war um vieles einfacher, als Bridget gedacht hätte. Was man nicht alles für eine Hochzeit kaufen konnte! Die Auswahl war gigantisch. Sie klatschten einander gerade begeistert ab, um den erfolgreichen Kauf von »einhundert gläsernen Aschenputtelpantoffeln als Gastgeschenk« von einem privaten Verkäufer aus Toronto zu feiern, als eine aufgeregte Stimme von unten erklang, begleitet von einem beißenden, verbrannten Geruch.

»Bridget, Bridget!«, schrie Frank in Panik. »Was ist denn mit dem Essen? Irgendetwas brennt gerade an!«

»Und das«, seufzte Bridget, »ist der Wow-Faktor des Ehelebens – das wird einem in den Brautläden nämlich nicht erzählt.«

»Kein Problem, Mum«, erwiderte Lauren und klapperte auf der Tastatur herum. »Beschichtete … Pfannen … originalverpackt«, las sie vor und drückte die Entertaste.

Entgegen allen Erwartungen war dieser Abend ganz schön ertragreich gewesen, dachte Lauren.

12

Angelica saß im Wohnzimmer ihrer Eltern auf dem kratzigen braunen Stoffsofa, das zwar alle fünf Jahre wieder neu gepolstert, aber nie durch ein anderes Modell ersetzt worden war. Inmitten von hohen Papierstapeln blätterte sie bedächtig in einem Familienalbum und betrachtete die Fotos. Das Album hatte tief unten in einer Kiste mit der Aufschrift »Angela« gelegen, die wiederum in der hintersten Ecke des Dachbodens unter einer Kiste mit Cyrils Detektorempfängern verborgen gewesen war. Womit schon alles klar war, wie sie dachte.

In dem Album befand sich kein einziges Foto von Pauline und Cyril aus der Zeit vor Angelicas Geburt. Angelica konnte sich nur schwerlich ausmalen, wie sie als junges Paar gewesen sein mochten; sie konnte sich die beiden einfach nicht vorstellen, wie sie im Lake District picknickten oder bei einer Party in lautes Gelächter ausbrachen. Es gab ein paar grässliche Fotos von ihnen in ihren Turniertanzkleidern, doch nur die mit Bleistift auf der Rückseite vermerkten Jahreszahlen gaben Angelica Aufschluss darüber, ob Cyril damals zwanzig oder vierzig Jahre alt gewesen war.

Auf den ersten Fotos war Angelica bereits einige Monate alt und lag ein wenig mürrisch in einer Weidenwiege: *Angela Marie, 4 Monate, zu Hause*, hatte Pauline sorgsam mit einem Wachsmalstift auf der Rückseite vermerkt. Es war das erste von vielen Fotos, die einander alle sehr ähnelten.

Bin das wirklich ich?, fragte sich Angelica, die die Fotos schon viele Jahre nicht mehr gesehen hatte. Sie war ein kleines, blasses Baby mit einer Häkelmütze gewesen, das niemals so süß ausgesehen hatte wie die liebevoll von Hand gefertigten Kleidchen, die man ihr angezogen hatte. Pauline schien alles selbst gestrickt zu haben: Babyjäckchen, Mützchen, Strampler, Schühchen sowie aparte Rüschenkleidchen.

Auf der nächsten Seite folgten Fotos von Pauline, schon im mittleren Alter und in ihren typischen Twinsets, wie sie Angela bei der Taufe auf dem Arm hielt. Dann folgten Bilder von Angela, wie sie auf dem niedrigen Mäuerchen im Garten saß und mit Schaufel und Eimer spielte. Auf den Fotos war für gewöhnlich allein Angela abgebildet, die in sicherer Entfernung von allen Dornen und Wasserpfützen spielte und recht finster unter ihrem dunklen Wuschelkopf hervorstarrte, bis sie etwa zwölf Monate alt war. »Ihr erstes Lächeln für die Kamera!«, hatte Pauline sorgsam auf dem Bild notiert. Von da an suchte der Blick der kleinen Angela die Kamera, wie sich eine Blume der Sonne entgegenreckt. Pauline dagegen lächelte nicht so oft, was aber daran gelegen haben mochte, dass für gewöhnlich Cyril fotografiert und harsche Anweisungen gegeben hatte.

Das Album endete, als Angela etwa fünf Jahre alt war und ihre Mutter sie zu Miss Trellys geschickt hatte, womit dann die Tanzalben begannen. Dies markierte das Ende von Angela, der Tochter, und den Beginn von Angela, die Paulines Träume vom Turniertanz verwirklichte.

Angelica blätterte die Seiten um in der absurden Hoffnung, auf ein paar unbekannte Schnappschüsse zu stoßen, auf denen Cyril vielleicht mit Pauline zu Ehren ihres Hochzeitstages anstieß oder die beiden beim freitäglichen Tanzabend einen süßen Sherry tranken. Aber es gab keine anderen Fotos mit Ausnahme von zwei losen Bildern, die zwischen die Albumseiten und das Transparentpapier geschoben worden waren: Angela in ihrer Schuluniform, die Fußspitzen in Ballettposition anmutig nach außen gedreht, die schwarzen Haare zu langen Zöpfen geflochten sowie ein Bild von Pauline und Angela bei einem seltenen Ausflug nach Birmingham.

Dann folgte seltsamerweise – und sie erschrak fast, als sie plötzlich Bilder von sich als Erwachsene erblickte – ihr Hochzeitsfoto: Jerry und sie hielten einander an den Händen und strahlten unter einer typisch amerikanischen, blütenübersäten Laube um die Wette. Die bunten Farben und die Sonne Floridas bildeten einen starken Kontrast zu ihrer Kindheit im eintönigen Schwarz-Weiß Longhamptons. Ihr Leben war mit einem Mal vorgespult worden zu der fast vierzigjährigen Frau, die sie gewesen war, als sie Jerry auf einer Kreuzfahrt kennengelernt hatte. Der Witwer hatte an Bord ein romantisches Liebesabenteuer gesucht, während sie für die eine Hälfte eines professionellen Tanzpaars eingesprungen war. Ihr Tanzpartner, Nigel Taylor, war ein Freund von früher. Leicht verdientes Geld, hatte sie gedacht, ein wenig lässig-lockeres Tanzen, um die Wunden zu heilen, die die aufreibenden, zermürbenden Tanzwettbewerbe mit Tony hinterlassen hatten. Sie hatte jedoch nicht damit gerechnet, einen Gentleman der alten Schule wie Jerry kennenzulernen. Während die Rosen, die jeden Abend zu ihrer Kabine gebracht wurden, einfach nur bezaubernd waren, hatte er mit seiner entspannten, selbstlosen Führung auf der Tanzfläche ihr Herz erobert. Er hatte beileibe nicht mit seinem Talent protzen, sondern einfach nur ihre Gesellschaft genießen wollen. Als sie in New York angelegt und er ihr einen Heiratsantrag gemacht hatte, hatte sie ja gesagt.

Die Hochzeitsfeier hatte ein halbes Jahr später im Garten seines riesigen Anwesens in Florida stattgefunden, und jeden Juli der folgenden sieben Jahre hatten sie zur Feier ihres Hochzeitstages eine Kreuzfahrt gemacht. Jedes Mal waren sie die

Stars auf dem Parkett gewesen, wenn sie ihren Quickstepp tanzten, und er hatte sie strahlend angelächelt, während sie sich drehten. Auf eine sehr eigene Art und Weise hatte dies Angelica mehr bedeutet als die nervenzerreißende Anspannung bei Wettbewerben mit Tony. Zumindest hatte sie sich dies immer eingeredet.

Angelica versetzte es einen Stich, dass Pauline ihr Hochzeitsfoto einfach so in das Album geschoben hatte. Sie hatte es ihr in einem aufwendigen Etui geschickt, zusammen mit einem Stück der Hochzeitstorte und ein paar der hübschen Seidenblumen, die als Dekoration auf den Tischen gelegen hatten. Gut, sie hatte zu dieser Zeit nicht in Großbritannien gelebt, und es war ihr leider nicht möglich gewesen, kurz in der Sydney Street vorbeizuschauen und das Foto auf dem Kaminsims stehen zu sehen – doch die Hochzeit ihres einzigen Kindes verdiente doch wenigstens einen Bilderrahmen, oder etwa nicht?

Natürlich waren Pauline und Cyril zur Hochzeit eingeladen gewesen und hatten Erste-Klasse-Tickets zugeschickt bekommen, doch sie waren nicht erschienen, was Angelica auch nicht anders vermutet hatte. Weil Jerry und seine Familie so voller Mitleid waren, hatte sie vorgeben müssen, schrecklich enttäuscht zu sein. Doch insgeheim war ihr schon vorher klar gewesen, dass Cyril nicht den weiten Flug nach Florida auf sich nehmen würde; ein angebliches Herzgeräusch wurde als Erklärung und Entschuldigung vorgeschoben.

Angelica strich über das Foto und erinnerte sich daran, wie sich das Kleid auf ihrer Haut angefühlt hatte. Es war ein regelrechter Joan-Collins-Fummel: Ihr Blazer war aus weißem Kräuselkrepp gewesen und hatte enorme Schulterpolster sowie ein Schößchen besessen, das ihre immer noch schmale Taille hervorhob. Eigentlich hätte sie gern ein rotes Kleid gehabt, weil die Eheschließung unter freiem Himmel stattfand und sowohl sie als auch Jerry beide schon das Alter, in dem man noch als jungfräuliche Braut heiratete, weit überschritten hatten. Doch Jerry, der alte Romantiker, hatte auf einer Hochzeit ganz in Weiß bestanden. Männer, die so gut tanzen konnten wie er, waren entweder hoffnungslose Romantiker oder Frauenhelden. Jerry hatte von beidem etwas.

Das Hochzeitsfoto war wunderschön geworden. Jerry sah so vornehm aus in seinem Smoking! Wenn sie in ihrem Achtzigerjahre-Anzug ein wenig wie Joan Collins aussah, so hatte er definitiv eine gewisse Ähnlichkeit mit Blake Carrington mit seinem perfekt geschnittenen grauen Haar und der sonnengebräunten Haut. Cyril hätte stolz auf mich sein können, dachte sie, dass sie es zumindest zu einem gewissen Ansehen gebracht und einen Millionär geheiratet hatte.

Angelica seufzte, als sie an ihr Leben als verheiratete Frau in Florida zurückdachte. Sie konnte sich bestens an die Songs erinnern, zu denen sie den zahlreichen Verlobten das Tanzen beigebracht hatte, und sie wusste noch immer, welche Sorte Mineralwasser Jerry gern am Swimmingpool trank – doch sie konnte es nicht mehr *fühlen*. Das Erlebte hatte längst keinen so starken Eindruck hinterlassen wie etwa das Herzklopfen, wenn sie vor einem Wettbewerb ihr Make-up auflegte. Sie hatte die warmen, unbekümmerten Jahre in Florida durchlebt und hatte dann, als alles zu Ende gewesen war, ihr Hab und Gut samt der Tangokleider eingelagert. Nun kam es ihr fast so vor, als hätte nicht sie, sondern jemand anderer diese Geschichte erlebt.

Vielleicht war es so, dachte sie, weil sie in ihrem Herzen keine Verbitterung verspürte. Als sie von der anderen Frau erfahren hatte – sie war ebenfalls eine Tänzerin, nicht viel jünger, aus ihrem Bridge Club –, hatte sie es so stillschweigend hingenommen, dass sich der Anwalt, den sie sich auf Jerrys Drängen hin genommen hatte, sehr verwundert gezeigt hatte. Eine Partnerschaft war nichts für die Ewigkeit, das wusste sie schon seit ihrer langjährigen Tanzkarriere.

Jerry war ein guter Ehemann gewesen, und sie hatten zusammen eine schöne Zeit gehabt, doch Angelica war zu eigenständig, um nur die Zweitbeste zu sein. Dies hatte sie schon oft genug bei Tony erlebt, sie verspürte keine Lust, das noch einmal durchzumachen.

Da sie keine Lust gehabt hatte, um den Preis ihrer Freiheit zu feilschen, hatte sie seinem großzügigen Scheidungsangebot sofort zugestimmt und war sogar noch mit ihm in Kontakt geblieben, nachdem das Baby zur Welt gekommen war. Angelica hatte nichts gesagt, doch insgeheim nahm sie an, dass Jerry für das letzte Aufbäumen seiner Jugend einen hohen Preis gezahlt hatte: Statt gemütlich Mojitos auf der Veranda zu schlürfen und dazu Dean Martins Stimme zu lauschen, erlebte er nun schlaflose Nächte und beseitigte milchiges Erbrochenes. Aber nun ja, er hatte sich für dieses Leben entschieden.

Pauline war sorgsam darauf bedacht gewesen, niemals das Baby zu erwähnen, um Angelica nicht zu verletzen. Dabei war es gar nicht mal so sehr das Baby gewesen, auf das sie neidisch war. Vielmehr hatte sie ihnen das Zusammengehörigkeitsgefühl geneidet, das die drei miteinander verbinden würde. Auf dem Foto, das Jerry ihr von sich, Melissa und Baby Jerissa geschickt hatte, schmiegten sie sich eng aneinander – drei Teile einer Einheit. Offen gestanden erschien Angelica dieses Familienglück irgendwie unecht, aber sie waren nun mal unbestreitbar eine Familie. Erst als ihre Mutter im Sterben lag, bemerkte Angelica, wie sehr sie sich nach solch einer Familie gesehnt hatte.

Man tut immer genau das als Unsinn ab, was man sich am sehnlichsten wünscht, dachte Angelica traurig, als sie Jerry und sich unter der geschwungenen und mit Gardenien geschmückten Laube betrachtete. Während ihrer Zeit mit Tony war es um ein Vielfaches leichter gewesen, das Familienleben als sentimentalen Unfug abzutun, als das Gespräch zu riskieren, das ihre ohnehin stets heikle Balance zwischen Business und Vergnügen für immer zerstören würde. Sie war sich niemals sicher gewesen, was Tony wichtiger war – Angelica, die Tanzpartnerin, oder Angelica, die Geliebte –, doch der Gedanke, dies herauszufinden, hatte sie so erschreckt, dass sie es lieber vorgezogen hatte zu schweigen.

Sie stellte das Hochzeitsbild auf den Kaminsims und wollte das Fotoalbum schon wieder zuklappen und in die Kiste zurücklegen, als sie spontan noch einmal die verbliebenen Seiten durchblätterte, falls sich dazwischen noch etwas verbergen sollte.

Ganz hinten, zwischen dem Buchrücken und der letzten Seite, steckte ein Umschlag.

Der Brief war an sie gerichtet und trug Paulines Handschrift: *Für Angela – erst nach meinem Tode zu öffnen*, stand darauf, mit Tinte geschrieben, in souveränen, geschwungenen Buchstaben. Der Brief musste also geschrieben worden sein, lange bevor ihre Mutter unter einer schlimmen Arthritis zu leiden hatte, wegen der ihre Handschrift später nur noch wie ein kindlicher Versuch anmutete, die vormals saubere, schöne Schrift zu imitieren. So selbstbewusst wie ihre Handschrift war Pauline selbst nie gewesen; sie hatte es bis zu seinem Todestag stets Cyril überlassen, sich eine Meinung zu bilden und eine Entscheidung zu treffen.

Während sie den Umschlag öffnete, dachte Angelica, dass dies einer der schöneren Aspekte gewesen war, ihre Mutter zu sich nach Islington zu holen. Dort hatte sie sich von Cyrils gebieterischen Ansichten über so ziemlich alles von Immigranten bis hin zu Weißbrot freimachen können. Angespornt durch Angelica, der jede Billigung durch andere vollkommen egal war, hatte Pauline nach und nach eine große Abneigung nicht nur gegen Radfahrer entwickelt, die auf dem Gehweg fuhren, sondern auch gegen Milchpakete und Leute, die im Auto die Musik so aufdrehten, dass sie diese noch bis ins Wohnzimmer hören konnte.

Die gemeinsame Entrüstung über die Rücksichtslosigkeit mancher Menschen war einer der schmalen Pfade gewesen, die sie gegen Ende einander nähergebracht hatten. Es begann immer damit, dass während des Frühstücks eine von den beiden von einem ärgerlichen Erlebnis berichtete; diese Schilderung schraubte sich dann von einer bloßen Verärgerung zu einem erzürnten Wettern hoch, bis eine von ihnen zu kichern begann und schließlich beide in lautes Gelächter ausbrachen.

Wie gut, dass ich Mum nach London geholt habe, dachte Angelica plötzlich. Ich hätte die Vorstellung nicht ertragen können, dass sie zu Hause allein gehockt hätte, nur umgeben von diesen Fotoalben. Sie faltete den Brief auseinander und war überrascht, vier dicht beschriebene Seiten in Händen zu halten. Worüber hätte ihre Mutter schreiben können, was sie ihr nicht einfach hätte sagen können? Ob es sich um juristische Angelegenheiten handelte?

So wichtig wird es wohl kaum sein, dachte Angelica, obwohl ihr klopfendes Herz anderer Meinung zu sein schien. Warum sollte sich etwas Wichtiges im hinteren Teil eines Fotoalbums befinden, das sie unter Umständen niemals gefunden hätte? Wenn Mum mir etwas Wichtiges hätte sagen wollen, hätte sie einen Brief wahrscheinlich in der Bank deponiert oder ihn zu ihrem Schmuck gelegt, oder?

Liebe Angelica, schrieb Pauline. *Ich hoffe, du wirst mir das, was ich dir gleich sagen werde, verzeihen und verstehen, dass es mir sehr viel leichter gefallen ist, dies niederzuschreiben, als es dir von Angesicht zu Angesicht zu erklären. Ich bin immer sehr stolz gewesen auf dich und das, was du getan hast. Du hast deinen Vater und mich unendlich glücklich gemacht, und obwohl es vielleicht nicht immer so ausgesehen haben mag, hast du uns als unsere Tochter große Freude geschenkt.*

Angelica stiegen die Tränen in die Augen, während sie Paulines Stimme im Ohr hatte. Sie hatte *gewusst*, wie stolz ihre Mutter auf sie gewesen war; ihr Vater dagegen hatte niemals auch nur ein Fünkchen Interesse an ihrer Karriere erkennen lassen.

Während Angelica weiterlas, wurde ihr klar, dass die ungewöhnlich sorgsam gewählten Worte ihrer Mutter auf etwas zusteuerten, das sie niemals hätte aussprechen können. Angelica schnappte plötzlich unwillkürlich nach Luft.

Obwohl wir dich nicht mehr hätten lieben können, wenn du unsere eigene Tochter gewesen wärst, so muss ich dir doch sagen, dass wir nicht deine leiblichen Eltern sind.

Die Tinte war an dieser Stelle viel dunkler als zuvor, als ob Pauline den Füller für ein paar Minuten weggelegt hätte, um nach den richtigen Worten zu suchen, mit denen sie fortfahren sollte.

Nach unserer Hochzeit haben wir viele Jahre lang gebetet und gehofft, mit einem eigenen kleinen Baby unsere Familie zu vervollständigen, doch wir wurden enttäuscht. Ich hatte schon lange die Hoffnung auf eigene Kinder aufgegeben, als eine Dame aus unserem Tanzverein von einer jungen Bekannten erzählte, die sich in einer schrecklichen Situation befand. Das arme Mädchen erwartete ein Kind, aber sie war aus bestimmten Gründen nicht in der Lage, es allein großzuziehen. Sie wollte es jedoch auch nicht in ein Waisenhaus bringen, da sie den Gedanken nicht ertragen konnte, dass das Kind von Fremden aufgezogen würde.

Mir war sofort klar, dass wir diesem kleinen Baby ein liebevolles Zuhause bieten könnten. Wir trafen uns mit dem Mädchen, das sich sehr darüber freute, dass wir sein Baby adoptieren wollten. Von dem Augenblick an, in dem du in meine Arme gelegt wurdest, warst du unsere Angela. Ich wünschte, ich könnte dir die tiefe Glückseligkeit beschreiben, die ich empfand, als sich deine kleine Hand um meinen Finger schloss und du mich aus deinem Kinderbettchen heraus angesehen hast. Angela, dies war der schönste Moment in meinem Leben, und ich verspürte ein Glück, auf das zu hoffen ich schon aufgegeben hatte. Durch dich sind wir endlich zu einer richtigen kleinen Familie geworden.

Vielleicht fragst du dich, warum ich dir all das erst jetzt erzähle, nach so vielen Jahren. Dein Vater und ich haben oft darüber gesprochen, und er war der Meinung, dass du es hättest erfahren müssen, bevor du von Zuhause weggegangen bist. Ich weiß, dass dein Dad und du während deiner Jugend ein schwieriges Verhältnis zueinander hattet und dass du immerzu das Gefühl hattest, dass er dir gegenüber nicht so liebevoll war, wie du es dir vielleicht gewünscht hättest. Die Wahrheit ist, dass er sehr genau wusste, wie viel du mir bedeutest. Er hatte große Angst, dass du eines Tages alles herausfinden und uns verlassen könntest, um deine leiblichen Eltern zu suchen. Ich weiß, ich bin eine sehr egoistische Frau, aber dies hätte mir das Herz gebrochen.

Es ist sehr schwer, jemanden so sehr zu lieben, wie ich dich geliebt habe, und zu wissen, dass du mir praktisch jeden Augenblick genommen werden könntest. Mein einziger Trost war, dass deine wirkliche Mutter – es fällt mir schwer, dies zu schreiben, Angela! – nach dir noch zwei Kinder zur Welt gebracht hat und so das gleiche Glück erfahren konnte wie dein Vater und ich.

Tränen liefen über Angelicas Gesicht, und die Zeilen verschwammen vor ihren Augen. Sie ließ den Brief sinken, vergrub das Gesicht in den Händen, um das Bild ihrer Mutter aus dem Kopf zu bekommen. Sie war nicht wütend, sie hatte im Gegenteil tiefes Mitleid mit ihrer Mutter, die all die Jahre diese Last mit sich herumgeschleppt hatte. Wie oft mochte sie diesen Brief begonnen haben, bevor sie das Blatt zerknüllt hatte, weil sie befürchtete, dass die zerbrechlichen Bande zerstört werden könnten, die statt auf Blut auf Liebe gründeten und ihre Tochter an sie banden? Wie oft musste sie ihre Tochter angesehen und sich gefragt haben, ob nun der richtige Moment gekommen sei, um etwas zu sagen? Oder vielleicht jetzt? Oder doch eher später?

Einen geeigneten Moment hätte es wohl niemals gegeben. Schlimmer noch war jedoch die Tatsache, dass es für Angelica *nie mehr* die Möglichkeit geben würde, die Hände ihrer Mutter zu nehmen und ihr zu sagen, dass es für sie absolut keinen Unterschied machte. Pauline war die einzige Mutter, die sie kannte – wie hätte sie sie jemals weniger lieben können?

Die ruhigen Monate, in denen sie sich um ihre Mutter gekümmert hatte, während der Tod langsam nahte, hatten ihnen ein gegenseitiges Verständnis beschert, das sie ansonsten niemals in dieser Form hätten aufbauen können. Die Fürsorge für einen Menschen, der alle Kraft, Fröhlichkeit und Güte brauchte, hatte Angelica eine Geduld gelehrt, die sie nie zuvor benötigt hatte und von der sie gar nicht gewusst hatte, dass sie sie aufbringen konnte. Ironischerweise hatte ihr die Pflege ihrer Mutter gezeigt, was es bedeutete, eine Mutter zu sein, dachte Angelica. Damals hatte sie gedacht, dass sie damit die vielen Jahre wiedergutmachen würde, die sie nicht in Longhampton gewesen war; in Wahrheit aber tat sie genau das, was Pauline für sie als ungewolltes Baby getan hatte. Die vielen Jahre, in denen sie vergeblich versucht hatte, es ihrem unbeugsamen Vater recht zu machen, lösten sich mit dem einfachen Bestreben in Luft auf, es ihrer Mutter so angenehm wie möglich zu machen.

Angelica hatte gespürt, dass sie gebraucht wurde. Das hatte sie am meisten berührt.

»Ich halte dich doch nur auf«, hatte ihre Mutter gemurmelt, als Angelica zu Hause blieb, um ihr Gesellschaft zu leisten und alte MGM-Musicals im Fernsehen anzuschauen, wenn sich draußen im Kanal die Sonne funkelnd spiegelte. »Du solltest lieber draußen sein und andere Dinge tun.«

»Ich bin lieber hier drinnen bei dir«, hatte Angelica geantwortet, und irgendwann hatte sie es auch wirklich so gemeint.

Angelica nahm den Brief wieder zur Hand, doch sie war sich nicht sicher, ob sie ihn überhaupt weiterlesen wollte. Würde es denn einen Unterschied machen, wenn sie – jetzt – wusste, aus welcher Familie sie stammte? Sie hatte wenig

Lust zu ergründen, wer sie wirklich war. Ihr ganzes Leben lang war sie stets unabhängig gewesen. Sie war sich nicht sicher, ob sie zulassen wollte, dass eine fremde Person Ansprüche an sie stellen könnte.

Die Rückkehr nach Longhampton hatte bedeutet, alle Versionen ihres Ichs abzulegen, bis nur noch Angela Clarke übrig geblieben war. Jetzt kam es ihr so vor, als sei sie nicht einmal Angela. Gleichzeitig hatte sie jedoch von sich ein klareres Bild vor Augen als je zuvor.

Ich bin adoptiert, dachte sie mit einem Mal. Ich war also nicht einfach nur egoistisch, als ich mich selbst in Mum und Dad nicht habe wiedererkennen können. Vielleicht haben sie ja in mir jemanden gesehen, den sie kannten, was mir nur nie aufgefallen ist.

Wen haben sie in mir gesehen?

Die Neugier hatte sie gepackt, und so las Angelica den Brief zu Ende, las die Entschuldigungen und Erklärungen und schließlich die nackten Tatsachen darüber, vor welchem Leben Pauline sie gerettet hatte. Als sie die Seite umdrehte und die Geschichte ihrer leiblichen Mutter las, ließen ihre Tränen die zaghafte Schrift ihrer Mutter vor ihren Augen verschwimmen und tropften auf das vergilbte Papier.

13

Als Katie und Ross zum dritten Mal zum Tanzkurs gingen, kam es ihnen schon wie eine Gewohnheit vor. Sie hängten ihre Mäntel wie zuvor an die delfinförmigen Messinghaken, tauschten wie immer das gleiche höfliche Lächeln mit Baxter und Peggy aus, die schon ihre Tanzschuhe angezogen hatten, und lauschten Trinas beißenden Kommentaren über ihre jüngsten Erlebnisse beim Speed-Dating im »Newtons«, Longhamptons angeblich »kosmopolitischen« Weinlokal.

»Oooh, ich bekomme schon eine Gänsehaut, wenn ich nur an diese Bar denke!«, erklärte Chloe und schüttelte den Lockenkopf so heftig, dass die Samtblüte fast herausgefallen wäre, die sie dort hineingesteckt hatte.

»Ich weiß«, stimmte ihr Lauren zu. »Nur die Musik ist noch geschmackloser als die Männer, auf die man dort trifft.«

»Nein, nein, ich meinte eigentlich die *Hygiene*.« Chloe riss die Augen weit auf. »Die Gläser sind richtig dreckig! Man kann sich dort sämtliche Krankheiten einfangen!«

Lauren wusste schon von einer befreundeten Krankenschwester, was sich die Besucher im »Newtons« einfangen konnten, doch in Trinas Anwesenheit hielt sie es für klüger, nichts darüber zu sagen.

Angelica schien irgendwie abgelenkt zu sein, als sie den Saal betrat, doch sie ließ die Gruppe gleich zu Beginn einen flotten Cha-Cha-Cha tanzen, um »das Blut in Wallung zu bringen«, wie sie es nannte. Sie demonstrierte die wirbelnden Schritte mit Ross und ließ sie tanzen, bis alle vom Stolzieren und Herumwirbeln ganz rote Gesichter hatten vor Erschöpfung.

»Wenigstens kennen wir die Musik«, jammerte Trina, als Angelica geistesabwesend zum zweiten Mal »Lady Marmelade« abspielen ließ.

»Was? Oh, tut mir leid ...« Angelica nahm die CD heraus. »Und jetzt ein Slowfox!«, rief sie, legte Frank Sinatra auf und ließ sie die Schritte so lange wiederholen, bis sogar Ross und Katie es schafften, eine fast korrekte Drehung hinzubekommen.

Es war zwar keine große Sache, doch für Katie grenzte es beinahe an ein Wunder. Sie und Ross hatten sich zu Sinatras »Come Fly With Me« fast bewegt, als seien sie zu einer Einheit verschmolzen gewesen. Okay, es handelte sich lediglich um die Grundschritte, nichts Ausgefallenes also, aber langsam fügte sich alles zusammen. Gerade breitete sich ein erstauntes Lächeln auf ihrem Gesicht aus, als das schmetternde Bläsersolo vollkommen unerwartet unterbrochen wurde. Ohne das Schlurfen der Schuhe war es im Saal plötzlich mucksmäuschenstill, und man hörte nur noch, wie Lauren für Chris vorzählte. »Eins, zwei, drei, neeeeein!«

»Stopp! Stopp! Stopp!«, rief Angelica und klatschte in die Hände. Das Geräusch hallte wie ein Pistolenschuss durch den hohen Saal.

Katie stolperte über Ross' Fuß, der plötzlich stehen geblieben war, und fluchte leise, als sie in seine Arme fiel.

»Fast hätten wir es gerade gehabt«, fauchte sie aufgebracht in seine Brust. »Warum bricht diese blöde Kuh denn jetzt alles ab?«

»Schschscht«, beruhigte sie Ross und runzelte warnend die Stirn, als er über sie hinweg zu Angelica hinübersah.

Katie drehte sich um und erhaschte einen Blick auf Angelicas angespannte Miene, in der sich zugleich Wut und Bestürzung spiegelten. Ihre dunklen Augen waren halb zugekniffen, und sie schien schwer zu atmen, während sie ihren Blick unruhig durch den Raum schweifen ließ.

Angelica war schon seit Beginn der Tanzstunde in einer seltsamen Stimmung gewesen, dachte Katie. Sie war irgendwie abgelenkt und sehr bissig. Es sah ihr gar nicht ähnlich, nicht mitzubekommen, wie Chris beinahe Lauren den Fuß verdreht hatte. Dann musste Greg eine Strafpredigt über sich ergehen lassen, weil er sein Handy nicht abgeschaltet hatte – obwohl Katie zugeben musste, dass es schon ein wenig übertrieben wirkte, nach acht Uhr abends noch geschäftliche Gespräche anzunehmen. Außerdem, so fand sie, hätte er sich ruhig bei Jo dafür entschuldigen können, anstatt alles fallen zu lassen und nach draußen zu hetzen.

Sie schaute zu Jo hinüber, die immer noch ziemlich gequält aussah. Katie fragte sich, ob es einen besonderen Grund gab, warum Greg darauf bestanden hatte, den Anruf draußen anzunehmen. Gab es ein Problem in der Firma? Es war zwar schon recht spät, aber Greg arbeitete rund um die Uhr. Sie machte einen missmutigen Eindruck, was jedoch auch daran liegen konnte, dass Jo nun während der Cha-Cha-Cha-Runde zwanzig Minuten lang mit Chloe hatte tanzen müssen.

Ich mag den Cha-Cha-Cha eigentlich ganz gern, dachte Katie plötzlich. Der Tanz kam ihr gar nicht so schwer vor – die schnellen Bewegungen der Schultern und die flatternden »Jazz-Hände« waren einfach genug, um jedem nach den zehenzerquetschenden Erfahrungen des Slowfox das Gefühl zu vermitteln, doch tanzen zu können. Fürs Erste half die Musik – die Partyrhythmen lösten instinktiv in ihr den Drang aus, die Füße zum Takt des Cha-Cha-Chas zu bewegen und die Knie zu beugen, als würde die Musik diktieren, wie sie sich bewegen sollte.

Dieses Mal hatten die jüngeren Kursteilnehmer einen klaren Vorteil gehabt (»Es hängt alles vom Knie ab«, hatte Angelica immer wieder gerufen), und Chloes sonnengebräuntes Dekolleté schien ein gewisses Eigenleben entwickelt zu haben – insbesondere in dem weit ausgeschnittenen, rosafarbenen Wickelkleid, das sie dieses Mal trug, um Angelicas Wunsch bezüglich der Kleiderordnung Folge zu leisten. Jo stand dem in nichts nach. Während Ross Jo durch den Saal gewirbelt und sich alle Pärchen zur Musik gedreht hatten, hatte Katie insgeheim gedacht, dass eigentlich nicht nur Jo und Chloe tanzten, sondern auch ihre Brüste – Freistil.

Als sie dazu übergegangen waren, den Slowfox noch einmal zu wiederholen, war schnell klargeworden, dass leider alle Kursteilnehmer mit Ausnahme von Ross und den älteren Pärchen alles vergessen zu haben schienen, was sie in den vergangenen zwei Wochen gelernt hatten. Dies war der Moment gewesen, in dem Angelica ihre Zerstreutheit überwunden und die Beherrschung verloren hatte.

»Katie!«, zischte Ross und lenkte damit Katies Aufmerksamkeit auf die Person in der anderen Ecke des Saals, die allmählich einen Wutanfall bekam. »Sie schaut zu uns herüber!«

»Oookaaay«, flüsterte Katie und musste schlucken, als sie sah, dass Angelicas stechender, böser Blick auf ihr und Ross ruhte. Wahrscheinlich war dies nicht gerade der geeignetste Moment, um die zehn Sekunden ihres zufälligen Erfolges hervorzuheben.

»Katie«, rief Angelica mit verschränkten Armen und trommelte mit den rot lackierten Fingernägeln auf ihren Armen. »Seien Sie ehrlich. Wäre dies hier ein Weight-Watchers-Treffen, würden Sie sich dann die Mühe machen herzukommen, wenn Sie sich die ganze Woche über mit Kartoffelchips vollgestopft haben?«

»Nein?«, antwortete Katie fragend.

»Warum also – *warum* kommen Sie dann alle her, wenn Sie sich nicht einmal die Mühe gemacht haben, die Woche über auch nur mit den *Füßen* den *Takt* zu schlagen?«, fragte Angelica mit erhobener Stimme. In einer verzweifelten, dramatischen Geste breitete sie die Arme aus. »Wie wollen Sie besser tanzen, wenn Sie nicht üben? Es geht nicht nur einfach darum, die Schritte zu beherrschen, sondern vielmehr auch darum, die Musik zu fühlen! Zu spüren, wie die Musik Sie über die Tanzfläche führt! Sie bewegen sich vollkommen unbeholfen! Wenn Sie nicht verheiratet wären«, fuhr sie fort und deutete mit beiden Armen auf Katie und Ross, »würde ich mich wegen Ihrer Haltung ernsthaft fragen, ob Sie sich innerhalb der letzten Woche überhaupt einmal an der Hand gehalten haben!«

Katie merkte, wie Ross neben ihr zusammenzuckte und sich ihr Gesicht unter der Grundierung leuchtend rot färbte. Hatten sie nicht. Oder eher: Sie taten es nicht.

Wie kam es, dass Angelica dies augenblicklich auffiel, während Peter in den Beratungsstunden nichts bemerkte, fragte sich Katie. Angelicas funkelnde blaue Augen schienen die fröhlich-unbeschwerte Miene problemlos zu durchbrechen, die Katie jedes Mal aufsetzte, wenn Ross und sie das Haus verließen. Wahrscheinlich lag es an ihrer lebenslangen Erfahrung mit Paaren, die in Wettbewerben, bei denen es um Tänze der Leidenschaft und des Liebeswerbens geht, echte Gefühle nur vortäuschen.

Glücklicherweise war Angelica nicht in der Stimmung, sich noch weiter mit Katies Fehlern und Schwächen aufzuhalten. Mittlerweile konzentrierte sie sich auf die arme Lauren, die neben ihnen stand.

»Und Sie zwei! Lauren! Chris!« Verzweifelt fasste sich Angelica an den Kopf. »Was ist denn mit *Ihnen* los? Sie sind doch beide jung und noch nicht verheiratet, also nehme ich an, dass es *irgendwo* zwischen Ihnen noch ein wenig funkt, oder? Stimmt's? Warum klappt es also nicht, wenn Sie beide miteinander tanzen? Es ist, als sähe man jemandem dabei zu, wie er einen Liegestuhl aufbaut! Sie werden niemals lernen, wie zwei *Partner* zu tanzen, wenn Sie es nicht *üben!*«

»Wir versuchen es ja!«, protestierte Lauren und warf Chris einen wütenden Blick zu. »Aber *manche Leute* sind keinen einzigen Abend zu Hause! Manche Leute rufen nicht einmal an, um Bescheid zu sagen, dass sie nicht zum *Tanzkurs* kommen.«

»Manche Leute haben abends … Verpflichtungen«, erwiderte Chris und blickte nervös zu Bridget und Frank hinüber. »Ich bin hier, oder etwa nicht? Also mach mal halblang, ja?«

Ross stupste Katie an. »Was ist denn da los? Hört sich an wie ein Ehestreit, was? Und das auch noch vor den Augen der Schwiegereltern!«

»Psssst!« Katie runzelte die Stirn, doch irgendwie fühlte sie sich geradezu erleichtert, dass nicht nur sie und Ross sich zankten. Ihr fiel auf, wie Bridgets Gesichtszüge zuckten, als könnte sie nur mit Mühe einen neutralen Gesichtsausdruck bewahren. *Was war denn hier passiert?*

»Verpflichtungen? Welche Verpflichtungen sind denn wichtiger, als mit dieser schönen, jungen Frau Tanzen zu lernen?«, fragte Angelica und ging einen Schritt auf Chris zu. Verängstigt wich er einen Schritt zurück. »Denn wenn Sie die Sache hier nicht ernst nehmen, könnte sie den Hochzeitstanz genauso gut mit einer lebensgroßen Pappfigur tanzen! Damit würde sie die Chancen bedeutend verringern, über die Füße ihres Tanzpartners zu fallen!«

»*Vielen Dank!*«, erklärte Lauren, verschränkte die Arme vor der Brust und starrte Chris wütend an, der zunächst ein wenig überrascht war, dann aber mürrisch das Gesicht verzog.

Angelica blickte zu Bridget und Frank hinüber, deutete auf Chris und Lauren und riss aufgebracht die Augenbrauen in die Höhe. »Habe ich nicht recht? Würden Sie zwei so tanzen können, wenn Sie nicht geübt hätten?«

»Ich kann mich nicht einmal mehr an den Tanzunterricht erinnern …«, begann Frank, doch dann unterbrach ihn Bridget mit einer diplomatischen Antwort.

»Na ja, wir hatten damals aber auch nicht viele andere Verpflichtungen, um die wir uns hätten kümmern müssen. Außerdem ist dies ja auch keine Musik, die den jungen Leuten bekannt ist, nicht wahr? Es braucht seine Zeit, bis man den Bogen raushat«, erklärte sie und tätschelte Franks Arm. »Frank war zu Beginn auch nicht gerade ein Gene Kelly, nicht wahr, mein Lieber?«

»Ich wette, dass er dir dennoch nie den Zeh gebrochen hat, oder, Mum?«, fragte Lauren. »Ich wette, er hat –«

»Schon gut, Lauren! Jetzt hat's jeder verstanden!«, blaffte Chris. Katie empfand ein wenig Mitleid mit seinem Unbehagen.

Ein paar Tänze hatte sie mit Chris üben müssen, und obwohl sie nicht viel besser gewesen war als er, so hatte sie dennoch Mitleid mit Laurens geschundenen Füßen. Weder Katie noch Chris besaßen ein Gespür für Rhythmus, sodass sie wie zwei Gefangene aussahen, die per Fußfesseln aneinandergekettet waren, wenn sie miteinander tanzten.

»Kommen Sie schon!«, protestierte Katie lautstark und nahm Chris in Schutz. »Nicht jeder kann sich die Bewegungen und Schritte so schnell aneignen!«

»Und kein Mann wird gern mit seinem Schwiegervater verglichen!«, fügte Ross hinzu und nickte gleichzeitig freundlich zu Frank hinüber, um die Situation zu entschärfen.

Chris lächelte Katie dankbar an, und auch Katie antwortete mit einem Lächeln; Bewegungslegastheniker unter sich.

Angelicas Gesichtszüge schienen sich ein wenig zu entspannen, als hätte Katies Protest sie von dort zurückgeholt, wohin ihre schlechte Laune sie katapultiert hatte.

»Na ja, das stimmt wohl. Dennoch ist das genau der Grund, warum Sie üben müssen. Lauren, Ihre Eltern tanzen sehr gut. Wenn Sie wie die beiden tanzen wollen, müssen Sie sich Zeit zum Üben nehmen«, fuhr sie fort. »Sie alle!« Nun wandte sie sich Chloe und Trina zu. »Begeisterung ist schön und gut, aber wenn Sie glauben, Sie könnten einen Kerl mit wild rudernden Armen und schlampigen Schrittabfolgen beeindrucken, dann …«

»Wenn bloß mal einer auftauchen würde …«, begann Trina streitlustig, doch Chloe deutete ihr mit einem Stoß in die Rippen an, dass es weiser sei zu schweigen.

Katie schaute zur Seite und merkte, dass Gregs Blicke auf ihr ruhten. Er verdrehte theatralisch die Augen, doch sie folgte seinem Beispiel nicht. Zum ersten Mal ließ sie sich von ihm nicht beeindrucken. Vor der Unterbrechung durch sein Handy war er schon zu spät gekommen – »Ich habe auf der Umgehungsstraße im Stau gesteckt« –, und man konnte wirklich nicht sagen, dass er sich hier nun sonderlich ins Zeug legte. Nicht sein Engagement im Beruf – wofür Katie sogar Verständnis hatte –, sondern den demonstrativ leidenden Gesichtsausdruck, den er angesichts der Tanzstunde zur Schau stellte, fand Katie überaus enttäuschend. Sie konnte nicht einmal seinen Anzug mit der gleichen gewohnten Begeisterung bewundern, da er sich darin so hölzern bewegte. Sie hätte gedacht, dass er beim Tanzen genauso souverän wäre wie bei allem anderen, doch sie musste zugeben, dass Ross die Schritte bedeutend schneller beherrschte als Greg.

Tatsächlich hatte Ross den Cha-Cha-Cha so schnell gelernt, dass sie sich allmählich fragte, ob der Tanz auch auf der DVD mit dem Tanzworkshop zu finden war. Er beherrschte sogar schon die typischen affektierten Handbewegungen. Ross hatte mit Jo getanzt, woraufhin Angelica die beiden gebeten hatte, den anderen einen neuen Spinstep zu demonstrieren, bei dem Jos Zipfelsaum hochgeflogen war, um dann im nächsten Moment ihre Waden wie Blütenblätter zu umspielen. Sie hatten sich spielerisch um die eigene Achse bewegt, einander an die Hände gefasst und sich dann wieder losgelassen, waren einander näher gekommen und hatten sich schließlich wieder auseinanderbewegt. Katie hatte sie beobachtet und war ein wenig eifersüchtig gewesen, dass Jos entspannter Swing Ross anscheinend neues Selbstvertrauen schenkte. Er hatte sie geführt, und sie war froh gewesen, geführt zu werden. Ihr übertriebenes Latino-Getue war die Attraktion des Abends gewesen.

Angelicas Stimme riss Katie aus den Gedanken. »Sie werden das Tanzen niemals genießen, wenn Sie nicht absolut sicher sind, wohin Sie Ihre Füße setzen sollen. Ich möchte ein wenig mehr Engagement sehen! Mehr Leidenschaft! Mehr Instinkt!« Sie wies dramatisch in die Runde. »Bitte! Denken Sie an meine Worte! Leihen Sie sich wenigstens eine Glenn-Miller-CD aus der Bibliothek aus, und lauschen Sie den Rhythmen!«

»Aber es ist schwer, allein zu Hause zu üben!«, beschwerte sich Chloe. »Ich habe dafür weder genügend Platz noch einen geeigneten Tanzpartner. Außerdem habe ich keine Ahnung, zu welcher Musik ich üben soll, und die Leute unter mir haben sich schon über das Getrampel in meiner Wohnung beschwert.«

»Na gut!«, beschloss Angelica. »Von dieser Woche an werden Sie eben alle freitagabends zum Tanzabend hier in die Memorial Hall kommen.«

Alle starrten sie ungläubig an.

»Ja!«, rief sie. »Der Tanzabend bietet eine gute Gelegenheit, sich hübsch zu machen und zu schauen, wie diese Schritte aussehen, wenn man sie richtig tanzt! Der Tanzabend beginnt um halb acht und endet gegen elf Uhr. Der Eintritt beträgt vier Pfund pro Person, und es gibt kostenlosen Orangennektar. Sie werden Quickstepp, Walzer, Jive und Foxtrott von einer ganz anderen Seite kennenlernen. Außerdem werden Sie Menschen sehen, die genau wissen, was sie tun, und schon beim Zuschauen eine Menge lernen. Baxter und Peggy gehen ohnehin schon gelegentlich hin, nicht wahr? Ich habe Sie beide dort jedenfalls schon gesehen.«

Natürlich gehen sie hin, dachte Katie, als Peggy gehorsam mit dem Lockenkopf nickte. Wahrscheinlich regierte Baxter die Tanzfläche wie ein Riesenhai in Schuhen mit Absatz.

»Können wir denn dort mit anderen Leuten tanzen?«, fragte Trina hoffnungsvoll.

»Ob Sie den ganzen Abend über mit Chloe tanzen möchten, liegt ganz bei Ihnen«, erwiderte Angelica. »Sie werden jedoch merken, dass zwei so nette junge Damen wie Sie sehr gefragt sein werden. Und der Rest von Ihnen …« Sie hielt inne und zwinkerte ihnen zu. »Wenn Sie Ihren eigenen Partner mit jemand anderem tanzen sehen, werden Sie von ganz allein das Bedürfnis verspüren, sich anzustrengen und noch einen Zahn zuzulegen. Sehen Sie zu, dass Sie den ersten und den letzten Tanz bei ihm reservieren. Nicht wahr, Peggy?«, fügte sie mit einem Augenzwinkern hinzu.

Peggy seufzte. »Baxter ist ein sehr beliebter Tanzpartner, das muss ich zugeben.«

Chloe und Trina starrten sie mit offenem Mund an und gaben sich keine Mühe, ihre Fassungslosigkeit zu verbergen.

Angelicas Stimmung war wieder umgeschlagen, dieses Mal jedoch zum Besseren. Sie kehrte wieder zu ihrer Lehrerinnenrolle zurück. »Kommen wir nun zum Social Foxtrott. Heute werden wir einen neuen Promenadenschritt einüben, also: Konzentration, bitte, Christopher! Ich möchte nicht, dass Sie mich beim Gesellschaftstanz am Freitag bloßstellen! Ross? Macht es Ihnen etwas aus, den Schritt mit mir zu demonstrieren?«

Sie streckte die Arme aus, während Ross in die Mitte des Saals vortrat.

Angelica schüttelte den Kopf und drohte ihm mit dem Finger. »Was habe ich Ihnen als wichtigste Regel beim Tanz genannt? Eleganz! Stecken Sie sich das Hemd in die Hose, Sie Schluderhannes! Glauben Sie, Gene Kelly hätte jemals sein Hemd über der Hose getragen? Oder Bruce Forsyth? Und

Herrgott noch mal! Stellen Sie sich gerade hin! Sie sind noch zu jung, um so gebeugt dazustehen!«

Ross grinste verlegen, als er das Hemd hinten in die Hose stopfte, stellte sich gerade hin und straffte die Schultern – alles unter Angelicas wachsamem Blick.

»Na, das ist doch schon viel besser!«, erklärte sie zustimmend.

Jo stupste Katie an. »Hübscher Hintern!«, flüsterte sie.

Katie wollte gerade widersprechen, doch dann dachte sie überrascht, ja, doch, Ross hat tatsächlich einen hübschen Hintern. Sie hatte ihn noch nie wirklich bemerkt, da seine langen, weiten T-Shirts ihn normalerweise verdeckten. Doch da war er; ganz kess malte er sich am oberen Ende seiner langen Beine unter der Jeans ab.

Ihr Herz schlug plötzlich schneller, während Angelica die neue Schrittkombination demonstrierte und Ross sich ihren Schritten anpasste. Er bewegte sich instinktiv neben ihr, hielt den Rücken gerade und den Kopf entspannt, als müsse er sich nicht einmal konzentrieren. Seine Schritte federten sogar ein wenig.

Ross sah aus, als wüsste er genau, was er da tat, dachte Katie und war vollkommen überrascht von der plötzlichen Welle der Zuneigung, die sie für ihn empfand. Er war souverän. Er jammerte nicht herum. Er übernahm Verantwortung.

Während Angelica sprach, tanzten die beiden die Grundschritte des Foxtrotts, dann drehten sie sich zur Seite weg, sodass ihre Hüften nach außen zeigten.

»Auf diese Weise können Sie sich mit Ihrem Tanzpartner unterhalten und gleichzeitig Ausschau halten, mit wem Sie den nächsten Tanz tanzen möchten«, erklärte Angelica, als ihre Schritte im Einklang waren, sich dann überkreuzten und der Tanz zum ersten Mal so elegant und schwebend aussah wie die Version, die Katie im Fernsehen gesehen hatte. Ross segelte verträumt neben Angelica dahin und war völlig in seine Verwandlung in Fred Astaire vertieft.

»Du meine Güte!«, keuchte Lauren. »Das sieht ja richtig professionell aus!« Sie schaute schnell zu Chris herüber, und Katie entdeckte den kurzen Anfall von Verzweiflung in ihrem Blick.

Sie fragte sich, ob Ross wohl die gleiche Verzweiflung verspüren würde, wenn sie bei den neuen Schritten wieder patzte. Manche Leute schienen einfach besser tanzen zu können als andere. Jo hatte den Cha-Cha-Cha innerhalb eines halben Liedes gelernt.

Nein, dachte sie fest entschlossen. Ich werde es schaffen. Ich werde Ross genauso gut aussehen lassen, wenn er mit mir tanzt.

»Willst du auch mal?«, fragte Ross, drehte sich zu ihr um und hielt ihr die Hand entgegen.

Katie setzte ein fröhliches Lächeln auf, um gegen die bevorstehende Enttäuschung anzukämpfen.

Ross führte sie durch den Promenadenschritt mit der gleichen Geduld, die er auch aufgebracht hatte, als er Hannah gezeigt hatte, wie man die Uhr liest oder die Schuhe bindet. Doch Katie wurde den Gedanken nicht los, dass er wahrscheinlich lieber mit Jo tanzen würde, deren Busen bebte und die das Talent besaß, sich schnell neue Schritte aneignen zu können.

Nach der Tanzstunde ließ sich Lauren im Vorraum des Saals auf einen der Plastikstühle neben Katie fallen, um die Hochzeitsschuhe auszuziehen, in denen sie Tanzen geübt hatte. Sie waren aus steifem, perlenfarbenem Satin gefertigt und sahen eher nach Höllenqualen als nach Bequemlichkeit aus, doch Lauren schien fest entschlossen zu sein, sie einzutanzen.

»Ufff!«, machte sie, zog den rechten Schuh aus und schnitt eine Grimasse. »Was wir nicht alles für die Schönheit tun … Ich spüre meine Zehen nicht mehr!«

»Was dich aber nicht davon abhält, zu tanzen«, erwiderte Katie. »Wenn du es jetzt nicht gesagt hättest, wäre ich niemals auf die Idee gekommen, dass du Schmerzen hast – im Gegenteil, bei dir sieht es so aus, als hättest du jahrelang nichts anderes getan!«

»Tatsächlich?« Lauren schien überrascht zu sein und wurde dann rot vor Freude. »Vielen Dank!«

Katie erwiderte ihr Lächeln. Es war angenehm, sich mit Lauren zu unterhalten. »Wie machst du das nur, dass du die Schritte so schnell beherrschst? Hast du vorher schon einmal getanzt?«

Lauren kicherte und gab dabei den Blick auf ihre gleichmäßigen, weißen Zähne frei. »Oh Gott, nein! Du bist ja verrückt!«

»Dann bist du wohl ein Naturtalent«, schloss Katie. »Du siehst so elegant aus, wenn du tanzt.«

»Oh, vielen Dank!«, erwiderte Lauren. »Das hat mir noch niemand gesagt!«

Wenn Musik erklang, schien sich Lauren irgendwie zu verwandeln; aus dem schlaksigen Trampeltier wurde mit einem Mal ein anmutiger Schwan, der jede neue Anweisung Angelicas geradezu aufsog. Es war einfach unglaublich. Im absoluten Gegensatz dazu stolperte Chris, zu Beginn noch so souverän und selbstsicher, verwirrt durch die Gegend, selbst wenn sich Angelica seiner erbarmte und versuchte, ihn durch die Schrittabfolgen zu führen.

Katie fragte sich, ob Lauren überhaupt bewusst war, wie gut sie ihre Sache machte. Häufig stand ihr der Frust ins Gesicht geschrieben.

»Ach du liebe Zeit!«, rief Lauren, als sie den anderen Schuh ausgezogen hatte und mehrere Pflaster zum Vorschein kamen. »Meine Füße hängen in Fetzen! Aber egal. Was sagst du eigentlich zu Angelicas Schelte? Ich glaube, ich bin schon seit meiner Schulzeit nicht mehr so angeschrien worden!«

»Na ja, für sie ist es ein Leichtes zu sagen, wir sollten üben

– was hat sie denn schon anderes zu tun? Es ist ihr Job!« Katie stopfte die Schuhe in ihre Tasche und zog sich den Mantel an. Einerseits freute sie sich sehr, dass sich Lauren mit ihr unterhalten wollte, andererseits brannte sie darauf, nach Hause zu fahren. Jos Mutter Dorothy saß bei ihnen daheim und passte wieder auf die Kinder auf, doch Katie wollte lieber so schnell wie möglich nach Hause für den Fall, dass Jack wach wurde und sie dann nicht da war, um ihn zu beruhigen.

Sie schaute zu Ross hinüber, um zu sehen, ob er schon fertig war, doch er unterhielt sich mit Jo darüber, die Kinder abwechselnd vom Kindergarten abzuholen, während Greg schon wieder nach draußen verschwunden war, um ein weiteres Telefongespräch zu führen. Katie fragte sich, ob Ross Jo von Hannahs Wutanfall erzählen würde, als sie sich geweigert hatte, ihren Tee zu trinken, bis Ross ihr versprochen hatte, während des Essens ihren Lieblingszeichentrickfilm *Angelina Ballerina* anzustellen. Hannah hatte wirklich einen Narren gefressen am Tanzen. Also gab es jetzt noch etwas, was ihr Vater und sie gemeinsam hatten.

Ob Ross Jo wohl auch davon erzählen würde, dass er gekniffen hatte und sie, Katie, die »stille Treppe« als Strafe hatte anordnen müssen, fragte sie sich bitter, als Jo über irgendetwas lachen musste und Ross den Arm tätschelte. Wahrscheinlich nicht. Molly musste sicher nie auf die »stille Treppe« geschickt werden.

»Was ist deiner Meinung nach der Grund dafür?«, fuhr Lauren fort.

»Der Grund wofür?«

Lauren nickte verschwörerisch. »Für ihre Stimmungsschwankungen. Sie war bester Laune, als wir hereinkamen, dann war sie mit einem Schlag mürrisch und schlecht gelaunt. Vielleicht liegt es daran, dass sie in den Wechseljahren ist? Heute Morgen hatte sie einen weiteren Termin bei Dr. Carthy.« Sie hielt plötzlich inne und verzog schmerzerfüllt das

Gesicht. »Oooh, vergiss am besten ganz schnell, dass ich das gesagt habe.«

»Meinst du?«, fragte Katie und war trotz allem interessiert. Angelica in der Arztpraxis? Es fiel Katie schwer, sie sich außerhalb der Memorial Hall vorzustellen, wie sie zum Beispiel einkaufen ging und ein normales Leben wie jeder andere auch führte.

»Na ja, immerhin ist sie ungefähr in diesem Alter«, grübelte Lauren und schlug dann die Hand vor den Mund. »Oh! Verdammt! Tut mir leid, ich hätte lieber gar nichts sagen sollen. Werdet ihr zwei am Freitag zu diesem Tanzabend gehen?«, fuhr sie fort. Lauren plauderte mit ihr, als würden sie sich schon seit einer halben Ewigkeit kennen und nicht erst seit drei Unterrichtsstunden, die sie gemeinsam besucht hatten. Vermutlich war sie eines dieser Mädchen, die keine Probleme hatten, gleich am ersten Schultag neue Freundschaften zu schließen, dachte Katie.

»Bitte sag, dass ihr kommt!«

»Der Termin ist recht kurzfristig«, erwiderte Katie automatisch. »Wenn du Kinder hast, kannst du unerwartete Veranstaltungen wie diese eigentlich vergessen …«

»Hey, ich glaube schon, dass wir kommen werden!«, ergriff Ross das Wort. »Das würde dich und Jo davor retten, sich wieder einmal für einen ›Heimabend‹ am Freitag abrackern zu müssen, nicht wahr?« Offenbar hatten er und Jo ihr Gespräch beendet. Jo war ganz rot im Gesicht vor Anstrengung und wedelte sich mit der Hand Luft zu, wobei ihre silbernen Armreifen klirrten.

»Wer braucht da noch Aerobickurse?«, fragte sie Lauren scherzhaft. »Ich kann mich nicht erinnern, wann Greg und ich das letzte Mal so ins Schwitzen geraten sind! Na ja, jedenfalls nicht in der Öffentlichkeit!«

»Wie alt ist Rowan gleich noch einmal?«, fragte Ross schelmisch.

Lauren kicherte.

Katie verzog das Gesicht und hoffte, dass Lauren sie dabei nicht beobachtet hatte. »Der Tanzabend ist schon übermorgen, Ross. Wo willst du denn so kurzfristig einen Babysitter auftreiben?«

»Ach, ich werde schon einen finden«, warf Jo fröhlich ein. »Im Kinderhort gibt es ein paar Mädchen, die sich immer über ein zusätzliches Taschengeld freuen.« Sie winkte beruhigend ab. »Bringt eure zwei vorher bei uns vorbei – und sagt Hannah, dass sie im Prinzessinnenbett schlafen kann.«

Katie zögerte. »Bist du sicher …?«

»Natürlich.« Jo lächelte. »Es ist toll, mal auszugehen.« Sie wackelte mit den Schultern und ließ ihr Haar hüpfen. »Ich wette, ich werde die ganze Nacht über in meinem Kopf Cha-Cha-Cha tanzen. Greg und ich müssen uns angewöhnen, wieder mehr Zeit miteinander zu verbringen – ihr wisst ja, wie sehr die Kinder einen in Beschlag nehmen können! Ich liebe sie, aber es ist nicht schlecht, sich ab und zu mal an das Leben zu erinnern, das man vor ihnen hatte.« Sie stupste Katie an. »Erinnerst du dich noch daran?«

»Nein, nicht so richtig.«

»Ich glaube, dass das Geheimnis darin liegt, die Männer dafür zu begeistern«, erklärte Jo. »Und wenn das bedeutet, dass man sich ein paar sexy Kleider kauft – umso besser! Lauren, das ist ein guter Vorwand, um shoppen zu gehen!«

»Ich hoffe wirklich, dass ihr kommen werdet«, erwiderte Lauren und blickte niedergeschlagen in die andere Ecke des Raumes, wo ein lautes Scheppern der antiken Rohrleitungen verkündete, dass Chris gleich die frostigen Toiletten verlassen würde. »Jetzt muss ich nur noch Chris davon überzeugen, dass nicht nur Männer wie Baxter tanzen können.«

»Und was sind Männer wie Baxter?«, erkundigte sich Ross und zog die Augenbraue hoch.

»Ihr wisst schon, kleine Männer in rosafarbenen Pullovern.

Die Männer, die die Frauen mit anderen Talenten überzeugen müssen als mit gutem Aussehen.« Lauren presste die Lippen aufeinander. »Männer, deren Nasen sich beim Tanzen auf der Höhe deines Dekolletés befinden. Also, wenn man ein normal großes Mädchen mit Absätzen ist.«

»Hast du schon einmal mit Baxter getanzt?«, fragte Jo. »Ich habe heute Abend eine Runde mit ihm getanzt, und Ladys: Er ist eine Offenbarung! Er hat meine Füße dazu gebracht, Dinge zu tun, von denen meine Beine nicht einmal eine Ahnung hatten!«

»Tatsächlich?«, staunten Katie und Lauren unisono. Baxter hatte darauf bestanden, Jo zu zeigen, wie sie ihre Cha-Cha-Cha-Grundschritte »verbessern« konnte. Greg hatte währenddessen wohl oder übel mit Peggy und ihrem Twinset tanzen müssen.

Jo blinzelte. »Hast du gesehen, wie ich mit allen Körperteilen gewackelt habe, als seien meine Knie aneinandergewachsen? Es sah aus wie bei dieser Fernsehreihe *You can dance*, oder? Baxter platziert seine Hand so, dass man gar nicht anders kann!« Dann führte sie zur Demonstration ein paar Schritte vor und zuckte mit ihren rundlichen Hüften, als wollte gerade eine Biene darauf landen.

Ross lachte, und auch Katie musste über Jos unbeschwerte, selbstironische Vorführung schmunzeln.

»Na, dann haben wir ja etwas, worauf wir uns freuen können«, erklärte Lauren. »Ihr beide wart aber auch sehr gut.« Sie nickte Jo und Ross zu.

»Vielleicht sollte ich dir ein Geheimnis verraten«, erwiderte Jo und senkte die Stimme. »Wir haben heimlich geübt.«

»Ihr habt geübt?«, fragte Lauren überrascht.

»Der gute Ross hier besitzt eine Tanz-DVD«, erklärte Jo hochdramatisch im Flüsterton. »Und ich war bei ihm zu Hause zum Üben.«

»Während meine Frau bei der Arbeit war«, johlte Ross und verdrehte effekthascherisch die Augen.

»Ach?«, bemerkte Katie, doch Lauren schien offenbar den frostigen Tonfall nicht bemerkt zu haben.

»Oh, am Freitag *müsst* ihr *unbedingt* kommen«, beharrte sie und stupste Katie fröhlich an.

»Ja«, erwiderte Ross, »wir werden uns etwas einfallen lassen, selbst wenn wir nur für ein oder zwei Stunden kommen können. Angelica hat schon recht, wenn sie sagt, dass man's gleich vergessen kann, wenn man nicht übt.«

»In diesem Fall sollten Chris und ich täglich drei Stunden üben«, seufzte Lauren.

Katie sah sie mitleidig an. »Habt ihr zwei ein Datum, bis zu dem ihr den Hochzeitswalzer beherrschen müsst?«

»Ja, bis zum zehnten Juli«, antwortete Lauren. »Mum bucht gerade den Partyservice. Aber wir müssen noch sehr viel üben. Aber um ehrlich zu sein, bin ich gar nicht sicher, ob ich Chris davon überzeugen kann, Freitagabend mitzugehen.« Der fröhliche Ausdruck verschwand aus ihrem Gesicht. »Meistens geht er mit *Kian* aus.«

Die Art und Weise, wie sie den Namen Kian betonte, ließ Katie sofort erahnen, wo das Problem lag. Das konnte man Ross lassen: Wenigstens ging er nicht jeden Abend in den Pub. Denn keiner von ihnen beiden hatte die Zeit, sich mit Freunden zu treffen.

»Dann sag doch einfach Kian, dass er mitkommen soll. Sind denn nicht Trina und Chloe wegen Junggesellen hier?«, schlug sie fragend vor.

»Klar! Ich muss Greg noch fragen, aber ich bin auf jeden Fall dabei …«, sagte Jo und ließ ihren Blick zur Tür wandern. Als dort aber immer noch kein Anzeichen dafür zu sehen war, dass Greg wiederkommen würde, richtete sie den Blick auf Ross. »Es ist auch mal ganz schön, auszugehen und sich mit richtigen, realen Erwachsenen zu unterhalten, nicht wahr, Ross?«

»Oh ja«, pflichtete Ross ihr bei. »Wenn man einen harten

Tag hinter sich hat, an dem man ausschließlich damit beschäftigt gewesen ist, so zu tun, als sei man ein Pferd, erinnert man sich gerne daran, dass man ein menschliches Wesen ist!«

»Erzähl mir nichts! Du bist doch schließlich ein sexy junger Vater!«, rief Lauren. »Und du eine sexy junge Mutter«, fügte sie mit einem Blick auf Katie schnell hinzu.

Katie warf Ross einen bösen Blick zu und wünschte sich, er würde nicht immer so tun, als sei er eine Art Sklave, der als Kindermädchen ausgenutzt wird. War er jemals schon einmal auf die Idee gekommen, dass sie nicht mehr Vollzeit arbeiten müsste, wenn er sich dazu aufraffen würde, einen Teilzeitjob anzunehmen?

Sie biss sich auf die Zunge. Das klang so kleinkariert, schalt sie sich selbst. Aber kleinlich oder nicht, dies war der einzige Gedanke, der ihr durch den Kopf ging. Denken kannst du es, aber sprich es nicht aus. Sprich es bloß nicht aus.

»Natürlich werden wir kommen«, hörte sich Katie plötzlich fröhlich erklären. Laurens erleichterter Gesichtsausdruck versüßte ihr unerwartet die Entscheidung.

Auch Ross machte ein überraschtes Gesicht, doch da Katie ihn nicht ansah, verpasste sie seine Reaktion.

14

Am Freitag hatte sich Katie fest vorgenommen, das Büro um halb sechs zu verlassen, um den Kleidergeschäften an der High Street einen Besuch abzustatten. Doch wie gewohnt kam ihr die Arbeit in die Quere. Katie konnte ihren Plan vergessen, als schon gleich die erste morgendliche Besprechung viel länger dauerte als geplant. Dann kam auch noch Eddie Harding vorbei, um ein »Gespräch unter vier Augen« mit ihr zu führen. Wenn es darum ging, sich bei den verschiedenen Anwälten und Architekten einzuschmeicheln und währenddessen eine beträchtliche Schleimspur im Büro zu hinterlassen, war Eddie wie eine fette Schnecke, nur ohne Haus. Doch es half alles nichts: Er war nun mal ihr Boss, und so musste sie sich mit ihm bis kurz vor sechs unterhalten, obwohl sie jede einzelne Minute verabscheute.

Auf dem Heimweg sprang sie schnell in den Supermarkt, um dort ein paar Buntstifte und andere Bestechungsgeschenke zu kaufen, die Hannah davon abhalten sollten, dem Babysitter Schwierigkeiten zu bereiten. Als sie gerade den Supermarkt verlassen hatte, bekam sie einen Anruf von Ross, der ihr mitteilte, dass sie kein Toilettenpapier mehr hatten, sodass sie wieder zurücklaufen konnte. Als Katie schließlich wieder im Auto saß und auf dem Heimweg war, drehte sie unaufhörlich am Radio herum, um Musik zu finden, die ihre Laune heben würde. Doch es war hoffnungslos. Ihre Nerven waren zum Zerreißen angespannt, und jeder

Gedanke, der ihr durch den Kopf ging, lieferte ihr Futter für neuen Stress.

Drinnen im Haus herrschte das gewohnte Chaos. Ein nicht zu definierendes Gelärme ertönte, der Geruch von verbranntem Toast hing in der Luft, und überall lag Spielzeug herum. Katie verließ der Mut, als die Haustür gegen ein Dreirad der Kinder knallte.

»Ich bin zurück!«, rief sie und versuchte, den Lärm zu übertönen. »Mummy ist zu Hause!«

Niemand kam ihr entgegengelaufen, um sie zu begrüßen. Hoffnungsvoll ließ sie ihnen ein paar Sekunden Zeit und wünschte sich wie stets, dass Hannah und Jack in sauberen Schlafanzügen auf sie zugerannt kämen – gefolgt von Ross in einem Paul-Smith-Anzug und mit einem neuen Haarschnitt. Doch alles, was sie hörte, war die lateinamerikanische Musik, die aus dem Wohnzimmer herübertönte.

Es klang geradezu wie ihre CD von Carlos Santana – die Ross doch so bescheuert fand.

»Hallo, Mummy!«, begrüßte sich Katie selbst. »Hurra! Du bist wieder da! Wir haben dich vermisst!«

Katie ließ ihre Aktentasche in der Diele stehen und stieß die Wohnzimmertür auf. Ross tanzte mit Hannah durch das Zimmer, und der Größenunterschied zwischen *den* beiden ließ Baxter und Lauren als ideales Tanzpaar erscheinen. Beide waren verkleidet und mit Schminke verschmiert, während Jack kichernd in seinem Kinderstuhl saß und Hannahs Zauberfeenstab schwenkte.

»Hallo, Mummy!«, rief Ross und winkte ihr im Takt zum Gitarrensolo zu. »Wir üben unseren Cha-Cha-Cha! Hey! Hannah? Hallo, Mummy!«

Hannah blickte sie verärgert an.

»Kann Mummy mitmachen?«, fragte Katie mit einem breiten Lächeln. Sie tänzelte in die Zimmermitte. »Mummy kann diesen Tanz ziemlich gut. Sollen wir tanzen, Daddy?«

Sie stellte diese Frage nur Hannah zuliebe, um ihr zu zeigen, dass Mummy und Daddy sich noch immer lieb hatten, obwohl sie sich so oft anschrien. Doch Katie war überrascht, wie leicht es ihr und Ross mittlerweile fiel, die Tanzhaltung einzunehmen. Es fühlte sich gut an. Peter hatte recht. Sie hatten etwas gemeinsam gelernt.

Ross blinzelte ihr zu, als hätten sie einen Scherz gemacht, während sie leise mitzählten, um im richtigen Takt loszulegen.

»Blamier mich bitte nicht vor Hannahs Augen. Sie ist sehr anspruchsvoll, weißt du? Und eins, zwei Cha-Cha-Cha, vor-wärts, Cha-Cha-Cha …«, gab Ross vor und führte sie rückwärts. Während sich seine Knie mühelos beugten, waren ihre vor Befangenheit ganz steif, selbst hier in ihrem eigenen Zuhause.

»Oh … ich kann es immer noch nicht«, stöhnte Katie, als sie ins Straucheln geriet, und wäre an Ort und Stelle stehen geblieben, wenn Ross nicht eingeschritten wäre. »Nein, nein, nein, mach weiter, wenigstens bis zum Gitarrensolo …«, forderte er sie auf und scheuchte sie weiter.

»Siehst du, Hannah?«, rief er über seine Schulter hinweg. »Ist Mummy nicht eine tolle Tänzerin?«

»Nein«, antwortete Hannah. »Sie ist nicht so gut wie du.« Dann warf sie Katie einen zornigen Blick zu und lief aus dem Zimmer. Sie hörten, wie ihre Füße die Treppe hinaufstampften.

Plötzlich war Katies Ärger wie weggeblasen. Stattdessen fühlte sich sie einfach nur noch müde und erschöpft. Wie sollte man einer Vierjährigen erklären, dass man keineswegs tagsüber nicht da war, weil man sie nicht liebte, sondern eben weil man sie liebte und wollte, dass sie alles bekam, was sie sich wünschte?

»Es muss an der Uhrzeit liegen«, seufzte Ross und machte sich auf, ihr hinterherzugehen. »Tut mir leid. Das war so nicht geplant gewesen.«

»Nein, lass mich gehen. Ich will nur kurz Jack in den Arm nehmen.« Katie ging zu ihm hinüber, hob ihn aus seinem Kinderstuhl und ließ ihn in ihren Armen hüpfen, um ihn zum Lachen zu bringen. »Hallo, kleiner Mann! Hallo! Hast du mich vermisst? Ich habe dich jedenfalls ganz doll vermisst!« Vorsichtig schnupperte sie an ihm. »Hast du Jack gebadet?«

»Wir setzen die Kinder auf dem Weg bei Jo ab. Katie?«

»Was?« Katie drehte sich zu ihm um.

Ross machte einen erschöpften Eindruck. Er hatte einen breiten blauen Streifen Lidschatten auf der Wange und eine von Katies Modeperlenketten um den Hals, was ziemlich schwul aussah. Doch irgendetwas an seinen schlanken und dennoch muskulösen Armen, die aus seinen T-Shirt-Ärmeln herausragten, weckte eine alte Erinnerung in Katie. Eine angenehme, warme Erinnerung. Zusammen mit der Erinnerung an den »hübschen Hintern« von Mittwochabend spürte sie, wie sich zum ersten Mal seit Jahren bei ihr etwas rührte.

»Ich möchte dich gern für den Cha-Cha-Cha heute Abend buchen«, erklärte Ross und wackelte mit dem Zeigefinger. »Ich bin also jetzt offiziell auf deiner Tanzkarte eingetragen.«

Schon vor der Memorial Hall waren die schmetternden Blechbläser und der swingende Rhythmus zu vernehmen. Eine Big Band spielte die »Moonlight Serenade«.

Jo und Katie zitterten und bibberten, als der Wind durch ihre dünnen Kleider blies. Der Herbst war ganz eindeutig hereingebrochen, und der schneidend kalte Wind blies die Blätter von den Bäumen und peitschte erbarmungslos durch die Windkanäle, die die Betontürme um sie herum bildeten.

»Ich bin froh, dass ich nicht die Einzige bin, die sich in Schale geworfen hat«, erklärte Jo mit klappernden Zähnen. Ein glitzernder, geblümter, rosafarbener Rock ragte unter ihrer Jacke hervor. Dazu trug sie silberne Satinpumps. »Du siehst so … festlich aus!«

»Vielen Dank!«, erwiderte Katie mit einem schiefen Lächeln.

Um Hannah wenigstens ein kleines Lächeln zu entlocken, hatte Katie ihr altes schwarzes Kleid angezogen und ihr die Aufgabe überlassen, Mummys Kleid mit einer Handvoll roter Seidenblumen zu verschönern, die sie bei »Claires Accessories« zwar für eine Hochzeit gekauft, aber nie benutzt hatte. Hannah hatte sie außerdem großzügig mit Glitzerpuder beschmiert, den sie mit Babytüchern entfernt hatte, sobald sie in Gregs BMW saßen. An ihren eiskalten Füßen trug sie das einzige Paar Schuhe, das Hannah für gut befunden hatte – silberne Sandalen, die sie im letzten Jahr für das Personalfest im Büro gekauft und seitdem nie mehr getragen hatte. Doch Katie bereute ihre Wahl bereits. Bisher war sie vielleicht zwanzig Schritte gegangen, und schon bildeten sich Blasen an ihren Zehen.

Wäre Hannah älter als vier Jahre, hätte man fast vermuten können, sie hätte diese Kleidung ausgewählt, um ihr so große Qualen wie möglich zuzufügen.

»Du siehst hübsch aus«, lobte Jo und stupste sie aufmunternd an.

»Vielen Dank«, erwiderte Ross und fuhr sich demonstrativ durch das Haar.

Jo kicherte und schlug ihm mit ihrem Abendtäschchen auf den Arm. »Hau bloß ab. Ich habe mit deiner bezaubernden Frau gesprochen!«

»Wo fährt Greg denn mit dem Auto hin?«, fragte Katie, um den schrecklichen Moment des Hineingehens hinauszuzögern. Sie konnte nicht einmal erklären, warum sie so nervös war. Vielleicht, weil sie das Gefühl hatte, einfach noch nicht gut genug tanzen zu können. Da sie nicht einmal mit Ross in ihrem eigenen Wohnzimmer einen Cha-Cha-Cha schaffte, würden sie sich hier, vor den Augen der Leute, die regelmäßig jede Woche zum Tanzen herkamen, vollkommen lächerlich machen.

»Er parkt nicht gern in dieser Gegend«, erklärte Jo und verdrehte die Augen. »Du kennst ihn doch. Selbst wenn Leute den Wagen nur etwas länger als nötig ansehen, wird er schon ganz nervös vor Angst, der Wagen könnte dabei verkratzt werden.«

»Na ja, das kann ich verstehen«, antwortete Katie. »Darüber würde ich mich auch nicht gerade freuen – immerhin ist das Auto brandneu, oder? Greg hat so etwas erwähnt …«

»Katie, es ist doch nur ein Auto!«, regte sich Ross auf. Sie starrten einander genervt an.

Jo entging die Reaktion nicht und ergriff daher schnell das Wort. »Was meinst du: Kommen noch andere, oder werden wir die Einzigen sein?« Sie nickte mit dem Kopf zur Memorial Hall hinüber. »Die Musik ist zwar ganz schön laut, aber ich habe noch niemanden hineingehen sehen.«

»Angelica wird auf jeden Fall dort sein, vergiss das nicht.« Katie schaute ernst drein. »Vielleicht kommt sie jede Woche zu ihrem eigenen Vergnügen her, und das hier ist nur ein trauriger Versuch, die Teilnehmerzahlen anzukurbeln.«

»Meinst du?«

»Klar«, antwortete Ross. »Es wird alles ganz genau wie beim Tanzkurs sein. Nur die Musik wird lauter sein und das Ganze doppelt so lange dauern. Baxter wird wieder ganz den Gentleman geben, während sich die jüngeren Damen schnurstracks auf Chris stürzen werden. Wohingegen dieser ganz gelassen sitzen bleiben wird.«

»Genau wie du und Greg«, fügte Jo spöttelnd hinzu, als Gregs lange Figur um die Ecke bog.

Ich hoffe, ich kann mit Greg tanzen, dachte Katie insgeheim. Auch er macht nicht gerade den Eindruck, gern hergekommen zu sein. Außerdem sind wir beide heute Morgen in aller Herrgottsfrühe aufgestanden – was eine gute Entschuldigung sein wird, um nicht allzu lange bleiben zu müssen.

Wenn sie jedoch ehrlich war, musste sie zugeben, dass sie lediglich neugierig war, wie es sich wohl anfühlen würde, in Gregs Armen zu liegen, die sehr viel kräftiger und fester waren als Ross' Arme. Sie war neugierig, wie er roch und ob er sich die Mühe gemacht hatte, sich noch einmal zu rasieren, bevor er ausgegangen war. Außerdem würde es sie interessieren, worüber er in den drei Minuten reden würde, in denen sie sich beim Tanzen so nahe waren.

Davor graute ihr am allermeisten: die Unterhaltungen mit vollkommen Fremden, besseren Tänzern, die sie um einen Tanz bitten könnten. Was sollte man da bloß sagen? Würde es sich anfühlen wie bei der Fahrprüfung? Würde jeder gleich bemerken, dass sie Anfänger waren?

»So, das Auto wäre geparkt«, erklärte Greg und klimperte auffällig mit dem Schlüssel. »Ich wollte es nicht hier auf der Straße abstellen. Jetzt steht es im NCP-Parkhaus am Ende der Straße. Das ist zwar ein gutes Stück entfernt, aber so wird das Auto immerhin noch da sein, wenn wir zurückkommen. Ist das in Ordnung?«

Jo schaute auf ihre Füße hinunter und blickte dann zu Katies nackten Zehen hinüber. Dann schweifte ihr Blick zu Katies angespanntem Gesicht. Sie grinste. »Nur wenn du später losgehst und das Auto herholst, Greg.«

»Warum?« Er machte einen verwirrten Eindruck.

»Weil die Füße der Damen später ganz schön angeschlagen sein werden, unsere wahrscheinlich auch«, erklärte Ross. Er öffnete die Tür, und ein wummernder Schwall von Glenn Miller schlug ihnen entgegen, zusammen mit einer Wolke warmer Luft. »Kommt, lasst uns hineingehen.«

Jede angstvolle Vorstellung, sie könnten im Zentrum des Interesses stehen, löste sich in Wohlgefallen auf, bevor Katie überhaupt den Mantel ausgezogen hatte. Hinter der mit Holz vertäfelten Eingangshalle drängten sich die Pärchen auf der

Tanzfläche und genossen eindeutig einen Abend, wie Katie ihn bisher nur in alten Schwarz-Weiß-Ausgaben der Wochenschauen gesehen hatte. Eine swingende Big-Band-Melodie dröhnte aus den Lautsprecherboxen, schrille Trompeten und ein treibendes Schlagzeug ertönten, und in der Luft lag ein Geruch, der sich aus Kölnischwasser, Haarspray und schwitzenden Körpern zusammensetzte. In einer Ecke des Saals schien ein Mann einen blühenden Handel mit Orangensaft zu betreiben.

Die Tanzfläche, die ihr so groß erschienen war, als sich nur zehn Tänzer darauf bewegt hatten, schien im Gedränge der Tanzpaare mit einem Mal kuschelig klein geworden zu sein – es waren gut und gerne sechzig Leute hier, schätzte Katie. Damen verschiedenen Alters wurden professionell von selbstsicheren Herren über das Parkett gewirbelt, die ihrerseits den Takt definitiv nicht laut mitzählen mussten. Die bonbonfarbenen Röcke der Damen leuchteten immer wieder auf, wenn sie umeinander herschwebten wie die Figuren in einem Uhrwerk, die dank eines mysteriösen sechsten Sinnes aber dennoch fast nie ineinanderliefen. Katie war fest davon überzeugt, dass Ross und sie dieses Gespür für den Tanz niemals entwickeln würden.

Es war aber nicht nur der Tanz, der Katie staunen ließ. Der Saal selbst schien vollkommen verändert zu sein. Er sah viel dunkler, glamouröser und romantischer aus. Die Oberlichter waren ausgeschaltet worden, und eine riesengroße Spiegelkugel warf funkelnde Diamanten aus weißem Licht wie Konfetti auf den Boden und die Schultern der Tanzenden. In den Ecken hatte man Stühle und kleine Tische aufgebaut, wo Pärchen und hoffnungsvolle Singles saßen, die die Tänzer beobachteten, ihren Saft tranken und mit wippenden Füßen darauf warteten, selbst die Tanzfläche erobern zu können.

Gerade waren auch Lauren und Chris zur Tür hereingekommen und gaben ihre Mäntel an der Garderobe ab. Lauren war erleichtert, Katie und Ross zu sehen, und begrüßte sie begeistert. Katie fühlte mit einem Mal, wie sich in ihrer Magengrube ein warmes Gefühl ausbreitete – das kameradschaftliche Gefühl, dass sie sich alle gemeinsam zum Narren machen würden. Chris nickte ihnen zu, die Hände tief in den Taschen vergraben.

»Oh mein Gott!«, schrie Lauren vor Freude auf. Sie trug ein eng anliegendes, schwarzes Oberteil und einen geblümten Rock, der eigentlich wadenlang sein sollte, ihr aber gerade mal bis zum Knie reichte. »Haben wir uns gerade auf eine Zeitreise begeben? Ist das der gleiche Ort, an dem wir mittwochs unseren Tanzkurs haben?«

»Werden hier die gleichen Tänze getanzt?« Chris beäugte nervös die Tanzfläche. »Ich habe Lauren schon gesagt, dass das nicht die gleichen Tänze sind, die wir lernen.«

»Ich weiß es nicht.« Katie starrte auf den Wald aus paillettenbesetzten Schuhen, doch die Füße bewegten sich zu schnell, um irgendetwas erkennen zu können.

»Hallo, Ross! Jo!« Laurens Eltern waren hinter ihr aufgetaucht und hatten die Mäntel schon abgelegt. Insbesondere Laurens Vater schien von der Atmosphäre angeregt zu sein, da er im Takt mit dem Kopf nickte und mit dem rechten Fuß wippte.

»Die Musik ist einfach wunderbar, nicht wahr? Da werden Erinnerungen wach!«, erklärte Frank und streckte seiner Frau die Hand entgegen. »Bridget? Darf ich bitten?«

»Aber sicher doch!« Bridget strahlte, reichte Lauren ihre Tasche, die nun zusah, wie ihre Eltern auf die Tanzfläche gingen. Sofort bewegten sie sich mit kleinen Schritten und strahlten einander an, während sie einen Augenblick lang am Rande der Tanzfläche blieben, bevor sie in den wogenden Kreisel aus Sakkos und rosafarbenen Pailletten aufgenommen wurden und darin verschwanden.

»Wow«, rief Lauren begeistert. »Die Kleider sind ja toll!

Das also meinte Angelica mit den schicken Kleidern, um in die richtige Stimmung zu kommen! Ich muss zugeben«, fuhr sie fort und glättete ihren Rock, »man bekommt in der Tat das Gefühl, etwas ganz Besonderes zu sein.«

»Röcke stehen dir ausgesprochen gut«, sagte Katie in dem Bemühen, nett zu sein. »Schau nur, wie schmal deine Taille darin aussieht!«

»Ach, ich erinnere mich an die Zeiten, als ich noch eine Taille hatte«, seufzte Jo dramatisch. »Behalte sie gut in Erinnerung, Lauren. Du wirst sie nicht ewig behalten.«

»Katie?« Ross hielt ihr die Hand entgegen. »Wollen wir?«

Katie spürte, wie sich ihre Nerven anspannten. »Können wir nicht zuerst etwas trinken? Oder uns wenigstens einen Tisch besorgen?«

»Ich werde mal zur Bar gehen«, erklärte Chris. »Lauren, kannst du uns einen Tisch frei halten?«

»Dort drüben ist einer, dort! Katie, gib mir doch deine Tasche!« Mit drei Handtaschen unter dem Arm machte sich Lauren auf den Weg zu dem letzten freien Tisch in der hinteren Reihe.

Katie wandte sich Ross zu. »Können wir nicht noch ein Weilchen abwarten?«

»Komm schon«, ermunterte er sie. »Sei mutig!«

»Aber ich weiß doch nicht einmal, um welchen Tanz es sich handelt! Für dich mag das ja okay sein – immerhin weißt du, was du tust.«

Ross grinste, und Katie ärgerte sich über etwas, worüber sie sich eigentlich freuen sollte: Ross übernahm die Initiative. »Aber das ist doch vollkommen egal!«, beruhigte er sie. »Der Takt hat vier Schläge. Wir könnten zum Beispiel diesen Hochzeitstanz tanzen – für mehr wäre ohnehin kaum Platz vorhanden.«

Nur widerwillig ließ sie sich von ihm auf die Tanzfläche ziehen, wo sie einen Augenblick lang innehielten, um bis vier zu zählen. Ross machte dann einen Schritt nach vorn, und sie begannen mit den Grundschritten des Social Foxtrotts, mit denen sie sich im Zickzack durch den Raum tanzten. Zu Katies großer Überraschung stellte sie fest, dass Ross recht behielt. Einerseits passte der Tanz zum Rhythmus, andererseits gab es auf der Tanzfläche kaum Platz für Helden.

»Uuups! Sorry! Sorry!«, murmelte Ross, als sie mit einem Pärchen zusammenstießen, das eine auffällige Schrittfolge aufs Parkett legte.

»Bewegen wir uns in die richtige Richtung? Was hat denn Angelica noch einmal über die Tanzrichtung gesagt?«, fragte Katie panisch. »Sollten wir uns im Uhrzeigersinn oder gegen den Uhrzeigersinn drehen?«

»Gegen den Uhrzeigersinn. Und verirren Sie sich bitte nicht in die Überholspur im äußeren Bereich«, ermahnte sie Angelica, die mit einem Mal neben ihnen tanzte und sie zusammenschrecken ließ. »Sie könnten dort zu Tode getrampelt werden! Hallo!«

»Hallo!«, stammelte Katie. Wie kam es bloß, dass Angelica immer genau in *den* Momenten plötzlich auftauchte, in denen man sie am wenigsten in der Nähe haben wollte?

»Wie schön, Sie hier zu sehen! Katie, Sie müssen unbedingt mit Victor tanzen«, rief sie und sah lächelnd zu ihrem riesengroßen Tanzpartner hinauf, dessen weißes Hemd sich an den breiten Schultern ein wenig spannte. »Seine Führung ist *wunderbar*!«

»Angelica macht es einem aber auch sehr leicht«, erklärte Victor und ließ ganz beiläufig Angelica rückwärts eine Beugung vollführen, bei der sich ihr langer Hals anmutig und wie in Zeitlupe nach hinten neigte. Er klang osteuropäisch und sah aus wie Rudolph Valentino. Bis dato hatte Katie keine Ahnung gehabt, dass solche Exoten in Longhampton lebten. »Man muss schon Schlange stehen, wenn man mit ihr tanzen möchte!«

In Victors männlichen Armen sah Angelica noch graziler aus. Sie trug einen roten Satinrock, dazu ein schulterfreies, schwarzes Oberteil, und ihr rabenschwarzes Haar glänzte, als sei es gerade frisch poliert worden. »Ganz schlechte Manieren übrigens«, fügte sie hinzu, richtete sich wieder auf und deutete mit einem Kopfnicken auf ein Pärchen, das in sie hineingelaufen war. »Am Tanzabend sollte man sich nicht stur an die im Tanzunterricht gelernten Schritte halten.«

Victor brachte sie wieder in die richtige Schrittfolge und drehte sie, sodass sie Ross und Katie außen überholten.

»Ich werde Ihnen später Victor vorbeischicken«, rief sie, bevor sie in der Menge verschwanden. »Sie machen Ihre Sache wirklich gut! Achten Sie auf die Stellung Ihrer Füße, Katie! Und überlassen Sie Ross das Führen!« Ihre Stimme verlor sich.

»Da hörst du's«, fasste Ross zusammen, als sie sich wieder aufgerafft hatten und weitertanzten. »Wir machen unsere Sache sehr gut. Achtest du auf die Fußstellung? Versuchst du etwa gerade, mich zu einem Rückwärtsschritt mit Seit-Schluss zu drängen?«

»Rückwärtsschritt mit Seit-Schluss?« Katie zog argwöhnisch die Augenbrauen hoch. »Hast du dir schon wieder diese DVDs angeguckt?«

»Sei bloß still, sonst übergebe ich dich Baxter«, erwiderte Ross heiter und schrie kurz auf, als er eine Drehung versuchen wollte, bei der sich jedoch ihre Beine ineinander verknoteten.

»Ich bin aus dem Takt gekommen«, erklärte Katie. »Entschuldige bitte«, fügte sie dann noch hinzu.

Ross grinste. »Macht nichts.«

Nachdem Katie und Ross eine langsame Runde durch den Saal gedreht hatten, dabei nur drei Mal mit anderen Paaren zusammengestoßen waren und Ross sich einen neuen blauen

Fleck am Fuß eingehandelt hatte, bahnten sie sich einen Weg zurück zu ihrem Tisch. Dort trafen sie auf Lauren, die in ein Gespräch mit Trina vertieft war; die Handtaschen und Jacken lagen auf den freien Stühlen neben ihnen. Ihre Blicke schossen wie bei Zuschauern beim Tennis in Wimbledon den Paaren hinterher, die an ihnen vorbeisausten. Trinas lippenstiftroter Mund kommentierte unaufhörlich die Mode des Abends. Er bewegte sich fast noch schneller als ihre Augen und wäre eines Grand-National-Kommentators durchaus würdig gewesen.

»… jemand sollte ihr mal sagen, dass rosafarbener Satin nicht gerade ihr bester Freund ist. Genauer betrachtet, steht eigentlich niemandem rosafarbener Satin, wenn man nicht gerade eine Tambourmajorette oder unter drei Jahre alt ist. Ist der hier schwul? Er da! Dort, in dem hellgrünen Hemd! Er sieht einfach zu gut aus, um … Oh, hi, Ross! Katie!«

Katie ließ sich auf einen freien Stuhl fallen und goss sich ein Glas Orangensaft ein. Bis ihr Blick auf die Kanne gefallen war, hatte sie nicht bemerkt, dass sie kurz davor war zu verdursten. Das machten sicher die Hitze und die ungewohnte Anstrengung des Tanzens. »Hi, Trina. Bist du schon lange hier?«

»Lange genug jedenfalls, um mit Mr. Oktopus dort drüben im gelben Hemd einen Foxtrott getanzt zu haben«, erwiderte sie und nickte finster zur Tanzfläche hinüber. »Nimm dich bloß vor ihm in Acht! Das Einzige, was noch schneller ist als seine rasenden Füße, sind seine Hände. Chloe wird selbst gerade Zeuge davon. Er zeigt ihr, wie sie am besten Ecken meistert.«

»Wenigstens lernt man hier neue Leute kennen, oder etwa nicht?« Lauren versuchte, die Gemüter wieder zu beruhigen. »Katie, hast du Angelica gesehen?«

»Ja, sie hat sich kurz über meine Fußstellung beschwert, dann ist sie in den Armen eines Riesen wieder abgezischt«, erwiderte Katie.

Trina kicherte. »Ooh, du bist ja so witzig, Katie!«

Bin ich das?, fragte sich Katie irritiert, fühlte sich gleichzeitig aber auch ein wenig geschmeichelt.

»Angelica hat mir für diesen Tanz Chris abgenommen.« Lauren goss sich noch ein wenig Saft ein. »Ich hoffe, sie kann seinen Walzer noch verbessern. Er hat mir dabei nämlich schon eine meiner Netzstrumpfhosen ruiniert.« Sie runzelte die Stirn. »Es ist so etwas von unsexy, wenn man nicht einmal bis drei zählen oder seine Füße im Takt bewegen kann.«

»Deine Eltern scheinen sich zu amüsieren«, stellte Katie fest, als sich Bridget und Frank dem Tisch näherten. Bridget war ganz rot vor Anstrengung und fächerte ihrem runden Gesicht Luft zu, während Frank schützend eine Hand auf ihren Rücken gelegt hatte und sie liebevoll zum Tisch hingeleitete.

»Es ist ja so süß, den beiden zuzuschauen«, erklärte Trina. »Ihr wisst schon … Wenn man sie so sieht, scheinen sie immer noch –«

»Stopp!«, rief Lauren und hielt sich mit beiden Händen die Ohren zu. »Was auch immer du sagen willst – behalte es für dich! Ich wohne wieder zu Hause!«

»Wir sagten gerade«, wandte sich Trina an Bridget, »wie toll Sie miteinander tanzen! Rück mal ein Stückchen, Ross – die beiden wollen sich bestimmt gern hinsetzen!«

»Hinsetzen? Ganz sicher nicht! Wir fangen doch gerade erst an!« Bridget streckte Ross ihre Hand entgegen. »Diese Jugendlichen – sie haben einfach kein Durchhaltevermögen! Ross, ich weiß, dass das nicht der korrekten Form entspricht, aber wollen Sie mit mir ein Tänzchen wagen?«

Ross warf Katie einen Blick zu.

»Sagen Sie ja«, ermunterte ihn Frank. »Ich hoffe, mit Katie ein paar Runden über das Tanzparkett drehen zu dürfen, wenn Sie nichts dagegen haben?«

»Überhaupt nicht!« Ross' Gesichtszüge entspannten sich,

und er führte Bridget in die Menge der Tänzer, als der Song zu Ende war und eine langsame Ballade ertönte. Sie wurde von einer Frau gesungen, die Katie nicht kannte; wie die meisten Lieder erzählte auch dieser Song von irgendeiner Liebesaffäre. Glücklich, unglücklich, alles schien gleich zu klingen. Katie beobachtete, wie sich Ross' ernste, konzentrierte Miene in ein freundliches Lächeln verwandelte und Bridgets Kopf während ihres Gespräches immer wieder nickte, bevor die beiden außer Sichtweite gerieten.

»Darf ich bitten?«

Katie merkte plötzlich, dass Frank immer noch vor ihr stand und ihr die Hand entgegenstreckte.

»Ich möchte gleich noch einmal herkommen, um mit Ihnen zu tanzen«, fügte er in Trinas Richtung hinzu. Er besaß einen enormen Charme, den Katie diesem ruhigen Mann mit seinen braunen Pullovern im Tanzunterricht niemals zugetraut hätte. Sobald die Leute einen Fuß auf die Tanzfläche setzten, schienen sie sich irgendwie zu verändern – na ja, zumindest manche Leute, korrigierte sich Katie, manche Leute. Sie jedenfalls nicht.

Ein wenig ungelenk erhob sie sich von ihrem Stuhl und nahm Franks Hand, wobei sie die ungewohnte Berührung umso intensiver spürte. Seine Hand war warm und trocken und von kleinen Schwielen übersät. Sie fragte sich, ob diese wohl von der Gartenarbeit stammten? Oder vom Heimwerken? Katie war sich im Klaren, dass sie alles überanalysierte, um sich abzulenken und ihre Nerven zu beruhigen, die ihr immer noch durchgingen, wenn sie mit einem anderen Partner als Ross tanzte. Das Tanzen war ja äußerst intim und doch auch formell zugleich, sie umarmten einander beinahe, die Oberschenkel berührten sich fast, die Hüften streiften einander und die Hände verschmolzen miteinander, doch trotz alledem bewegten sie sich in geordneten, förmlichen Schritten.

Es fühlte sich ganz anders an als im Tanzkurs. Man konnte

es in etwa mit dem Gefühl vergleichen, als sie sich zum ersten Mal nach der Fahrprüfung ins Auto gesetzt hatte und losgefahren war.

»Bereit?«, fragte Frank mit einem freundlichen Lächeln. »Ich glaube, diese Melodie ist ein Langsamer Walzer, oder?«

»Ich glaube auch«, antwortete sie. Frank wusste natürlich sehr genau, dass es ein Walzer war. Er wollte sicher einfach nur nett sein und ihr nicht das Gefühl geben, eine vollkommene Anfängerin zu sein.

»Na dann«, schloss er, legte seine Hand auf ihr Schulterblatt und ließ sie mit einem leichten Händedruck und einer angedeuteten Kniebeuge wissen, dass sie nun beginnen würden.

Katie quälten große Hemmungen, und sie wusste nicht, wohin sie schauen sollte. In sein Gesicht? Über seine Schulter? Komm schon, ermahnte sie sich. Die Menschen tanzen schon seit Hunderten von Jahren, ohne sich dabei aus der Ruhe bringen zu lassen.

Frank ließ sie eine Drehung vollführen und brachte sie in einen einfachen Walzerschritt, wobei sie den Tisch, an dem sie eben noch gesessen hatte, aus den Augen verlor.

Wenn doch allen anderen das Tanzen so leichtfällt, warum dann mir nicht?, dachte Katie, als sie auf Franks polierte Schuhe trat und auf ihren Stöckelschuhen ins Straucheln geriet. Ich werde niemals tanzen können!

»Warum schauen Sie denn so betrübt?«, fragte Frank, der ihr mit sicherem Geschick immer wieder aus der Bredouille half. »Sie machen Ihre Sache wirklich ausgezeichnet! Entspannen Sie sich einfach!«

»Tut mir leid!« Katie starrte in die Gesichter der Tänzer, die an ihnen vorüberzogen. Sie erzählten, lächelten, flirteten, sangen die Lieder mit und hatten eine Menge Spaß. Doch keiner von ihnen musste sich besonders auf die Grundschritte des Walzers konzentrieren.

Sie waren fast schon am Ende des Saals angelangt. Katie bekam plötzlich eine panische Angst, als sich das Ende der Tanzfläche näherte, die Musik erbarmungslos weiterspielte und sie eine vollkommene Leere in ihrem Kopf verspürte. Was sollte sie in den Ecken des Saals tun? Sie wollte nicht alles verderben.

Sie schaute Frank entschuldigend an. »Wir hatten erst eine Stunde Walzer, und ich bin nicht besonders gut, was Ecken betrifft!«

»Machen Sie sich keine Sorgen, meine Liebe, in meinem Leben habe ich schon den ein oder anderen Walzer getanzt. Wissen Sie«, fuhr er fort und führte sie ein wenig zur Seite, damit ein anderes Pärchen an ihnen vorüberziehen konnte, »es wäre vielleicht leichter, wenn Sie es mir überlassen würden, die Richtung vorzugeben. Da ich ein wenig größer bin als Sie, habe ich den entgegenkommenden Verkehr besser im Blick.«

»Oh Gott, ich führe schon wieder? Tut mir leid!«, stotterte Katie und wurde rot. »Angelica tadelt mich deswegen immer wieder, aber wenn man sich das einmal so angewöhnt hat …«

»Machen Sie sich keine Sorgen.« Mit einem zarten Druck auf ihren Rücken und einem leicht abgewinkelten Fuß dirigierte er sie elegant um die Ecke. Bei der Drehung wirbelte ihr Rock in die Höhe, doch Katie war so konzentriert, dass es ihr gar nicht auffiel. »Sie werden sich schon noch daran gewöhnen. Ich weiß noch, wie lange Bridget gebraucht hat, bis ich sie endlich davon überzeugt hatte, dass ein Mann weiß, was er tut. Und das war immerhin vor über vierzig Jahren!«

»Sind wir gerade etwa um die Ecke getanzt?«

»Jawohl, sind wir.« Frank zuckte mit der Augenbraue und lächelte, wobei die Tränensäcke unter den Augen ein wenig hervortraten. Sein Lächeln war beruhigend und väterlich, und Katie spürte, wie die Anspannung in ihren Armen langsam nachließ. »Sogar sehr gut, wenn Sie mich fragen.«

»Wir haben doch noch gar keine Drehungen beim Langsamen Walzer gelernt«, staunte Katie.

»Na ja, jetzt können Sie's. Und Sie haben es nicht einmal gemerkt, oder?«

Sie runzelte die Stirn und versuchte nachzuvollziehen, wie sie es gemacht hatten, damit sie es üben konnte. »Wie haben wir das angestellt? Wie waren die Schritte?«

»Ich werde sie Ihnen später zeigen«, antwortete Frank, als Katie vergaß, die Position der Füße zu wechseln. »Wir lassen uns jetzt nicht durch Details verwirren, nicht wahr?«

Sie tanzten weiter, und Frank ließ ihr mit einem gelegentlichen, aufmunternden Lächeln die Möglichkeit, sich zu konzentrieren.

Lauren hatte wirklich Glück, dass sie mit Frank üben konnte, dachte Katie. Wenn doch nur Dad mir das Tanzen beigebracht hätte, dann müsste ich jetzt nicht hier sein und Tanzunterricht nehmen.

Sie konnte sich ihren Vater jedoch beileibe nicht als Tänzer vorstellen. Für diese Dinge hätte er einfach keine Zeit gehabt. Er hatte ja kaum Zeit gehabt, am Wochenende Golf spielen zu gehen.

»Tut mir leid! Tut mir leid!«, rief sie, als bei einer Drehung ihr Gehirn plötzlich blockierte und sie wieder ins Straucheln geriet.

»Mein Fehler, ich hätte Sie vorwarnen sollen«, erklärte er gelassen. »Als ich vor über hundert Jahren Langsamen Walzer tanzen gelernt habe«, fuhr Frank gesprächig fort, »hat mir meine Mutter einen Trick ihrer Mutter verraten. Und zwar besteht dieser darin, auf die Musik, zu hören und nicht etwa auf die zählende Stimme im Hinterkopf. Das ist das ganze Geheimnis. Genießen Sie die Musik, und vergessen Sie einfach mal, wohin Sie Ihre Füße eigentlich stellen sollen. Das ist nicht Ihr Problem – der Mann muss sich darum kümmern! Überlassen Sie den komplizierten Kram ruhig uns!«

»Die Dinge haben sich seither ein wenig verändert«, erklärte Katie automatisch.

»Vielleicht im Berufsleben, aber nicht auf der Tanzfläche, meine Liebe!« Frank dirigierte sie vorsichtig in die nächste Ecke des Saals und schlüpfte dabei geschickt zwischen zwei sich drehenden Tanzpaaren hindurch, die mit einem »Tschuldigung, Tschuldigung!«, einem Schwall heißem Atem und einer Wolke Magie Noir an ihnen vorbeiwirbelten.

Katie fiel auf, dass einer der Tänzer Ross war, der Bridgets kleine Hand hoch erhoben hielt, als täte er seit Jahren nichts anderes. Wann hatte er bloß gelernt, sich so zu drehen? Die beiden unterhielten sich lebhaft, und Bridget nickte und lachte, während sich Ross' Augenbrauen unaufhörlich bewegten, da er offensichtlich gerade eine unterhaltsame Geschichte erzählte. Sie sahen aus wie erfahrene Tänzer.

»Ross scheint alles viel schneller gelernt zu haben als ich«, erklärte Katie und hasste sich im gleichen Moment für den gereizten Ton in ihrer Stimme.

Frank schenkte ihr ein seltsames Lächeln. »Na ja, Bridget hat mich jahrelang wie Fred Astaire aussehen lassen. Gute Tanzpartner sind dazu in der Lage.«

Plötzlich ging die Musik mit einem Tusch zu Ende, und überall um sie herum gingen Tanzpaare mit einem anmutigen Knicks oder einer Verbeugung auseinander.

»Vielen Dank, ich habe den Tanz mit Ihnen sehr genossen«, bedankte sich Frank und nickte mit dem Kopf. Ein paar Schweißperlen hatten sich auf seiner kahlen Stirn gebildet, und er war rot vor Anstrengung, doch er schien das Lob durchaus ernst zu meinen.

»Nein, ich habe zu danken«, erwiderte Katie, als sie sich den Weg zu ihrem Tisch bahnten. »Es tut mir sehr leid, dass ich auf Ihren armen Füßen herumgetrampelt bin. Meine Füße wollen mir einfach nicht gehorchen!«

»Ach, das kommt schon noch«, beschwichtigte er sie.

»Wenn einmal der Groschen gefallen ist, werden wir Sie wahrscheinlich von der Tanzfläche gar nicht mehr herunterbekommen!«

Katie lächelte höflich. Es war ziemlich unwahrscheinlich, dass dieser Fall jemals eintreten würde. Gefangene, die im Gefängnis Korbflechten lernten, wurden später keine Meister-Möbelhersteller.

»Lauren? Darf ich um diesen Quickstepp bitten?«, fragte Frank seine Tochter, als die Band zu einer flotten Nummer aus den Vierzigerjahren aufspielte.

»Wir haben den Quickstepp noch nicht gelernt.«

»Mach dir nichts daraus, Liebes. Folge mir einfach.«

Katie beobachtete, wie Frank seiner Tochter die Hand entgegenstreckte, die wiederum so tat, als sei ihr das peinlich, und ihrer Mutter eine Grimasse schnitt. Dann willigte sie jedoch ein und ließ mit einem Lächeln ihre aufrichtige Liebe zu ihm erkennen, die Katie innerlich aufseufzen ließ. Lauren, die ihre Brautschuhe trug, und Frank betraten die Tanzfläche und tanzten los.

Sie haben eine wirklich tolle Beziehung zueinander, dachte Katie. Hoffentlich werden sich Hannah und Ross eines Tages auch einmal so gut verstehen.

Wenn wir es uns nicht bis dahin durch eine Scheidung mit den Kindern verderben.

Wir werden uns nicht trennen, redete sich Katie ein. Wir werden es hinbekommen. Irgendwie jedenfalls.

Sie setzte die nächsten Tänze aus und zog es vor, zu beobachten, wie Angelica zuerst mit Ross, dann mit Greg und später dann mit Baxter tanzte. Bei letzterem Paar leerten sich ganze Teile der Tanzfläche. Alle Tänzer bewunderten die extravaganten Schritte und die fliegenden Arme des Tanzpaars.

»Katie?«

Sie drehte sich um. Ross hatte Bridget an ihren Platz gebracht und stand nun so nah neben Katie, dass sie sein Deodorant und den vertrauten, moschusartigen Duft seiner warmen Haut riechen konnte. »Ich habe verlässliche Informationen, dass es sich bei diesem Tanz um einen Cha-Cha-Cha handelt«, erklärte er ernst. »Und damit ist dies der Tanz, den wir tanzen können, nicht wahr?«

Sein Haar war dunkler geworden und fiel ihm im Eifer des Gefechts immer wieder in die Augen. Er hatte die oberen Knöpfe seines Hemdes geöffnet. Ross war nicht unattraktiv, dachte Katie und bemühte sich verzweifelt um Objektivität. Sie versuchte, das frühere Feuer ihrer Anziehung wieder anzufachen. *Aber warum kann ich es nicht mehr fühlen? Warum reagiere ich nicht mehr auf ihn als Mann, wie ich es früher getan habe? Was stimmt nicht mit mir?*

»Ich wollte die ganze Zeit schon mit dir tanzen, aber es fällt mir so schwer, nein zu sagen, wenn mich eine Dame um einen Tanz bittet und sie mir ein wenig leidtut«, fügte er hinzu. »Komm schon!« Er führte sie zu einem freien Plätzchen auf der Tanzfläche. »Hier ist nicht so viel los. Wir können hier einfach nur stehen und in der Nähe des Tischs bleiben …« Er lächelte ein wenig spöttisch. »Schön sicher.«

Ross nahm ihre Hand und legte seine andere auf ihr Schulterblatt, während sie ihre Hand auf seinen Arm legte.

Komm schon, Katie, ermahnte sie sich. Spür seine Hand auf deinem Rücken! Fühl, wie seine Hüfte die deine streift! Schwärm für ihn! Doch sie spürte einfach nichts. Sie betrachtete sein Hemd und wurde wieder daran erinnert, dass im Gegensatz zu Gregs Kleidung Ross' Hemden und Hosen allein von ihr abhingen, da sie ihm alles kaufte. Und das war alles andere als sexy, da sie sich wie seine Mutter vorkam.

»Katie«, rief Ross warnend. »Lass mich führen!«

Sie wollte gerade protestieren, als Greg und Jo herbeigestürmt kamen. Jos Haar, das zu Beginn noch sorgsam zu einer schicken Hochsteckfrisur aufgetürmt gewesen war, war nun zerzaust und löste sich langsam in einzelne Lockensträhnen auf. Ihr Gesicht glänzte, und sie blickte sorgenvoll drein.

»Es tut mir leid, aber wir müssen gehen«, erklärte Jo atemlos. »Zu Hause gibt es Probleme.«

»Oh Gott, was ist denn los?« Katie hatte schon die schlimmsten Schreckensvisionen vor Augen – all die Bilder, die sie in langen Besprechungen quälten, wenn ihr Handy abgeschaltet war. »Ist etwas mit Hannah? Geht es ihnen gut?«

»Also bitte, Jo, jetzt sei mal nicht so melodramatisch«, schnaubte Greg verächtlich. »Wir müssen jetzt nicht alle nach Hause fahren. Die Babysitterin hat angerufen«, wandte er sich an Katie. »Offenbar haben Hannah und Molly über Bauchschmerzen geklagt. Du weißt doch, wie sie in diesem Alter sind. Beide haben sich weder übergeben, noch ist sonst etwas passiert, aber die Babysitterin macht sich Sorgen und wollte nicht warten, bis wir nach Hause kommen.«

»Ausgerechnet jetzt, wo wir so viel Spaß haben!«, klagte Jo entschuldigend. »Hört zu, Greg hat recht. Wenn ihr noch bleiben wollt, kann ich mich gern um Hannah und Jack kümmern, wenn euch das recht ist. Bleibt ruhig noch ein wenig und nehmt euch später ein Taxi.«

Ross schaute Katie an, ohne seine Hand von ihrer Schulter zu nehmen. Seinem Gesicht war die Frage deutlich anzusehen, doch offenbar hatte er nicht den Mut, sie auch laut zu stellen.

»Natürlich fahren wir mit euch«, beschloss Katie und griff nach ihrer Handtasche.

15

Was das Dessert angeht, hatte ich einen wahren Geistesblitz – wie wäre es mit einer Käsetorte?«, schlug Irene strahlend vor. Sie schob Chris den Teller mit Butterkeksen hinüber. »Nimm, Christopher. Du siehst hungrig aus.«

»Eine Käsesahnetorte?«, wiederholte Bridget argwöhnisch und nahm sich ebenfalls einen Keks. Sie wusste, dass es Duchy Originals waren, da Irene dafür gesorgt hatte, dass sie die Packung gesehen hatte, bevor sie die Kekse auf den Teller gelegt hatte. »Sind die wieder in Mode?«

»Nein«, erklärte Lauren. »Wir meinen eine Torte aus Käse. Du weißt schon, einen ganzen Cheddarkäse mit einem ganzen Blue Stilton, dann einen Roquefort, gefolgt von einem ganzen …« Sie versuchte verzweifelt, noch einen ähnlich großen Käse zu nennen.

»Chevre – Ziegenkäse«, sprang Irene hilfsbereit ein. »Der ist sehr beliebt.«

Chris nahm sich ein paar Kekse. »Na ja, klingt jedenfalls besser als diese Windbeutel, diese Profiteroles.«

Dies war die erste Bemerkung, die er seit einer Stunde gemacht hatte. So lange saßen sie schon an Irenes Esszimmertisch, der mittlerweile mit Zetteln, Zeitschriften und Heftern übersät war, und berieten über den Stand der Dinge. Bridget dachte insgeheim, dass Chris ein ebenso interessiertes Gesicht machte wie Laurens Prinzen-Tortenfigur aus Zucker. Vielleicht sogar noch ein wenig desinteressierter. Vielleicht könnte Lauren noch ein paar Hochzeitsmäuse finden, die hübsch oben auf die Torte aus Käse gesetzt werden könnten. Sicherlich gab es jemanden in Texas, der sich auf die Herstellung dieser Mäuse spezialisiert hatte – für fünfzig Pfund das Stück, ohne Porto und Verpackung.

Schon erstaunlich, wie schnell Geldsummen jede Verhältnismäßigkeit ihres Wertes verloren, wenn der Kuchen vierhundert Pfund kostete.

Sie schüttelte den Kopf. »Deinem Vater würde es sicher gefallen, Lauren«, meinte sie und suchte gleichzeitig nach einer Möglichkeit, um auf nette Weise »Nein« zu sagen. »Du weißt ja, wie er jedes Jahr Weihnachten auf seinen Stilton beharrt. Aber wie wäre es mit einem richtigen Dessert, für all diejenigen, die Käse … nicht so gern mögen?«

»Aber natürlich!«, erklärte Irene. »Wir hatten an eine Auswahl von vier Desserts gedacht, *plus* die Käsetorte. Diese stünde dann auf einem separaten Büfetttisch.«

Unsicher beäugte Lauren die beiden Frauen. Sie war hin- und hergerissen zwischen ihrem Wunsch nach vier Desserts und der schwelenden Anspannung ihrer Mutter, die sie deutlich spürte. »Hmmm, ach ja, Mum, habe ich dir eigentlich die neue Kostenaufstellung für das Essen gegeben? Hier, bitte …« Sie reichte ihr einen Papierstapel, der an einer Ecke zusammengeheftet war.

»Nein, hast du nicht.« Bridget machte sich auf alles gefasst, als sie die letzte Seite der Aufstellung aufschlug. Dennoch zuckte sie zusammen, als sie die Summe erblickte.

Ich muss etwas sagen, dachte sie. Das sprengt ganz klar jeden Rahmen. Schön und gut, dass Irene all diese Dinge vorschlägt, aber immerhin ist *sie nicht* diejenige, die gerade mal so eben fünfzehnhundert Pfund für Spitzengastronome hinblättern muss.

»Ist die Miete für das Tafelgeschirr schon im Preis inbegriffen?«, fragte sie hoffnungsvoll.

Lauren schüttelte den Kopf. »Na ja, nein, weil wir doch diese besonderen goldenen Teller haben wollten, die Irene bei der Hochzeitsmesse gesehen hat, erinnerst du dich? Für das Festmahl-Thema?«

»Das übersteigt ein wenig das Budget, Liebes«, erklärte Bridget vorsichtig. »Was willst du denn lieber haben, die goldenen Teller oder diesen besonderen Punsch-Springbrunnen?«

»Oh Bridget! Wir können doch nicht von Lauren verlangen, dass sie sich *entscheiden* muss!«, rief Irene entsetzt. »Es ist immerhin ihr besonderer Tag! Es hat doch keinen Sinn, am falschen Ende zu sparen! Ich war bei so vielen Hochzeiten zu Gast, die letztlich verdorben waren, weil man versucht hatte, hier und da ein paar Pennys einzusparen. Das wird Christopher nicht passieren.«

»Nein, nein, *natürlich* soll es eine wunderbare Hochzeit werden«, protestierte Bridget, der der Vorwurf, sie würde Laurens Hochzeit aus Geiz verderben, einen Stich versetzte. »Ich denke nur, dass wir ein paar Entscheidungen treffen müssten …«

Sie bemerkte, wie sich Laurens Stirn in Falten legte und sich ihre Miene trübte. Lauren hatte ein so sonniges, fröhliches Gesicht, dass schon die ersten Anzeichen von Verzweiflung leicht zu erkennen waren. Bridget wusste nur allzu gut, dass Lauren jede Art von Auseinandersetzung mehr als alles andere hasste – einmal abgesehen von dem Fall, dass sie ihren Willen nicht bekam. Ihr Vater war genauso.

Auch Irene war Laurens Gemütswandel nicht entgangen, und sie tätschelte ihr sofort beruhigend die Hand: eine kleine Geste, die Bridget auf die Nerven ging.

Es war nicht Laurens Fehler, ermahnte sich Bridget. In ihrem Leben hat sie weder größere Konflikte noch das Wort »Nein« kennengelernt. Daran hatten Frank und Bridget gleichermaßen Schuld. Schuld. Dies war eigentlich nicht das richtige Wort, da ja immerhin nichts *falsch* gewesen war.

Irene blickte zu ihr herüber. »Lass mich bitte aussprechen, Bridget, bevor du ablehnst. Ich habe es zwar schon einmal gesagt, aber wenn es euch lieber ist, dass ich die Hochzeitsfeier bezahle, dann würde ich das mit großem Vergnügen übernehmen«, erklärte sie. »Das hätte Ron auch getan, wenn er noch unter uns wäre, Gott habe ihn selig. Er hätte gewollt, dass Christopher die allerschönste, beste Hochzeit –«

»Nein«, unterbrach sie Bridget. Irenes Verhalten stachelte ihren Eigensinn an – und das in einer Situation, in der sie normalerweise nur allzu gern eingelenkt hätte. »Nein, wir haben uns darauf geeinigt, dass du das Auto und den Blumenschmuck bezahlst und wir den Rest übernehmen. Das ist das, was *Frank* will«, fügte sie hinzu. »Du weißt ja, wie stolze Väter nun einmal sind.«

Lauren blickte lächelnd zu ihrer Mutter hinüber. Bridget spürte, wie eine Mischung aus Stolz und Panik in ihr aufstieg.

»Mum, kann ich eine Waschmaschine anstellen?«, fragte Chris plötzlich.

»Du hast Schmutzwäsche mitgebracht?«, fragte Lauren verwundert. »Zu deiner Mutter?«

»Ja? Warum denn nicht? Kians Waschmaschine ist kaputt. Außerdem hat er kein Bügeleisen.«

»Du wohnst doch schon seit Monaten bei ihm!«, rief Lauren entsetzt. »Und dir ist jetzt erst die kaputte Waschmaschine aufgefallen?«

»Natürlich«, erwiderte Irene und erhob sich vom Tisch. »Wo ist denn deine Schmutzwäsche? Nein, du brauchst nicht aufzustehen, ich werde die Maschine für dich anstellen, damit sie richtig eingestellt ist …«

»Die Sachen liegen im Flur.« Chris lehnte sich zurück, bis Lauren ihm den Ellbogen in die Rippen stieß.

»Du Faulpelz!«, fauchte sie. »Du wusstest doch ganz genau, dass sie die Sachen für dich waschen wird! Das ist ja kaum zu fassen!«

»Ach, komm schon, sie genießt es, sich um mich zu kümmern«, zischte er zurück und versuchte, Bridgets Blick auszuweichen. »Dann hat sie das Gefühl, immer noch meine Mum zu sein.«

»Ich hoffe jedenfalls, dass du nicht von mir erwartest, dass ich die Wäsche allein mache, wenn wir verheiratet sind.« Lauren starrte ihn finster an. »Ich bin nicht dazu erzogen worden, meinem Ehemann hinterherzurennen! Nicht wahr, Mum?«

»So«, rief Irene und kehrte mit einer Sporttasche zurück, in der sich so viel Schmutzwäsche befand, dass sie aus allen Nähten zu platzen drohte. »Ich packe das hier schnell in die Maschine. Möchte in der Zwischenzeit noch jemand Kaffee haben?«

»Ja, bitte«, antwortete Chris. »Und noch Kekse.«

»Na, na, na, Lauren«, rief Irene vergnügt und drohte scherzhaft mit dem Zeigefinger. »Bist du sicher, dass er bei dir genug zu essen bekommt?«

»Er kümmert sich derzeit selbst um sein Essen«, erwiderte Lauren schroff. »Wenn er und Kian nichts anderes essen als Pizza, dann ist das sein Problem.«

»Männern kann man *niemals* genug zu essen machen«, erklärte Bridget und versuchte so, die Wogen zu glätten, als Irenes Absätze sich klappernd entfernten. »Ich sollte es am besten wissen. Deine Brüder hatten den Kühlschrank bereits leer geräumt, bevor ich überhaupt alle Einkaufstüten ausgepackt hatte.« Sie zerbrach sich den Kopf, womit sie die angespannte Situation beruhigen konnte. »Übrigens fand ich, dass du neulich eine wirklich gute Figur auf der Tanzfläche gemacht hast, Chris! Glaubst du, du hast den Bogen so langsam heraus?«

Die Gewitterwolken hatten sich aus Laurens Gesicht verzogen. Man konnte sie immer noch schnell wieder aufheitern, dachte Bridget erleichtert.

»Irgendwie«, grunzte Chris.

»Du brauchst einfach nur ein wenig mehr Übung«, versuchte Bridget ihn aufzumuntern. »Bald wird sich alles zusammenfügen, du wirst schon sehen. Lauren, dein Dad meinte, du hättest dich bei den Drehungen wirklich gut gemacht.«

»Tatsächlich?« Lauren war erfreut. »Als ich mit Dad getanzt habe, kam es mir viel einfacher vor. Obwohl er mir die ganze Zeit über ins Ohr gesungen hat. Hast du ihm denn nie gesagt, dass er das lassen soll, Mum?«

»Immer wieder«, seufzte Bridget. »Mit der Zeit lernst du, einfach abzuschalten.«

Lauren starrte Chris einen Augenblick lang von der Seite an. »Ist Kian heute Abend zu Hause?«, fragte sie dann mit einer betont gleichgültigen Miene, die Bridget jedoch keine Sekunde lang täuschen konnte.

Chris war durch Irenes Rückkehr und den frischgefüllten Keksteller derart abgelenkt, dass er nicht mitbekam, worauf Lauren hinauswollte. »Nein, er geht mit irgendeiner Schnalle aus, die er letztes Wochenende kennengelernt hat.«

»Prima. Dann vergiss den Pub. Wir werden heute Abend üben.« Lauren nahm sich einen Butterkeks. »Bevor wir das Gelernte wieder vergessen haben.«

»Ach, Lauren!«

»Was wollt ihr üben?« Irenes scharfer Blick richtete sich auf Bridget. »Den Hochzeitswalzer?«

»Genau«, antwortete Bridget. »Wie es scheint, entwickelt sich Lauren beinahe zu einer neuen Ginger Rogers. Schon ihre Großmutter war eine begeisterte Tänzerin. Frank und ich haben uns auch beim Tanzen kennengelernt – das Talent liegt anscheinend in der Familie!«

Lauren lächelte verlegen.

»Ach, tatsächlich?« Irene brauchte ihre Gedanken gar nicht in Worte zu fassen – ihre zweifelnde Miene sprach Bände.

»Wirklich!«, antwortete Lauren. »Es ist, als ob … Wenn ich

weiß, was ich tun muss, gehorchen mir meine Füße einfach. Ich brauche mir gar keine Sorgen zu machen, dabei irgendetwas umzuwerfen oder auf etwas zu treten.« Ihr Lächeln wurde breiter. »Dad hat gesagt, ich sei am Freitagabend nicht *ein einziges Mal* auf seine Füße getreten!«

»Ich habe Christopher ein paar DVDs gegeben«, wandte sich Irene an Bridget. »Lern-DVDs – sehr nützlich!«

»Ich weiß«, antwortete Lauren. »Wir haben sie uns angesehen.«

Chris schnaubte.

»Na ja, vielmehr habe *ich* sie mir angesehen«, fügte sie hinzu, da sie im Beisein von Bridget nicht lügen konnte. »Chris war zu … beschäftigt. Aber wir haben uns meine *Dirty Dancing*-DVD noch einmal angesehen, nicht wahr, Chris? Und Aufzeichnungen von *Let's Dance*. So weit sind wir zwar noch nicht, aber …«

»Vielleicht sollte ich auch mit zum Tanzkurs gehen«, überlegte Irene. »Ich weiß nicht, wie viel Erfahrung eure Tanzlehrerin hat. Ich könnte ihr sicherlich einige Tipps geben.«

»Nein!«, riefen Bridget und Lauren gleichzeitig.

Bridgets und Laurens Blicke trafen sich, und Lauren musste ein Kichern unterdrücken. Die Vorstellung, dass Angelica Tipps von Irene annehmen würde, war vollkommen absurd.

Chris schaute zu Lauren hinüber und verdrehte die Augen. »Ich glaube nicht, dass Angelica Hilfe nötig hat, Mum«, erklärte er steif.

Irene schürzte die Lippen. »Das werden wir ja sehen.«

»Wir werden niemals besser, wenn wir nicht üben«, beschwerte sich Lauren, als Chris und sie im Auto saßen. Im Kofferraum lag eine M&S-Tüte mit Fertiggerichten, während sich die Schmutzwäsche aus der Sporttasche immer noch im Trockner befand. Lauren wusste, dass Irene sie auch noch bügeln würde. Sogar seine Jersey-Boxershorts.

Chris drehte sich zu ihr und ließ seine Hand über ihren Oberschenkel wandern. »Mir fielen da noch ein paar andere Dinge ein, die wir im Moment auch gar nicht mehr üben …«

»Ich meinte das Tanzen.« Lauren versuchte, Chris' Finger zu ignorieren, die sich ihr Bein hinaufschlängelten. Er fuhr immer zu schnell, wahrscheinlich sogar noch schneller, wenn seine Kumpel im Auto saßen. Lauren nahm seine Hand und legte sie wieder auf das Lenkrad. »Deine Mutter hat recht – man kann das Tanzen nicht über Nacht erlernen, und ich möchte einfach nicht, dass alle dabei zusehen, wie wir uns gegenseitig über die Füße fallen.«

»Wer sagt denn, dass wir über unsere Füße fallen werden? Außerdem ist es ja noch lange hin …«

Lauren schluckte die freche Antwort hinunter, dass er jede Minute bis zur Hochzeit dringend zum Üben benötigen würde. Normalerweise ärgerte sie sich nicht so sehr über Chris, doch jetzt regte sie sich schrecklich darüber auf, dass er nicht einmal die Grundschritte begriff. Für gewöhnlich war nämlich sie diejenige, die Probleme damit hatte, solche Dinge auf die Reihe zu bekommen. Doch Chris schien es überhaupt nicht zu stören, dass sie als Paar weit hinter allen anderen zurücklagen. Sogar diese begriffsstutzige, kichernde Kuh aus dem Finanzamt versemmelte den Walzer schon lange nicht mehr.

»Ganz ehrlich, Chris – es wird wirklich ganz, ganz – nimm die Finger von mir, ja?« Sie starrte finster auf die Hand, die sich wieder auf ihren Oberschenkel gelegt hatte. »Könntest du dich bitte auf die Straße konzentrieren?«

»Boah!« Er hob die Hände. »Was ist eigentlich mit dir los?«

»Leg beide Hände ans Lenkrad!«, schrie sie.

Bevor sie in die Straße abbogen, in der Kian wohnte, mussten sie an einer Ampel anhalten.

Lauren riss sich zusammen. Aus einem ihr unerfindlichen Grund ging ihr Chris' linkisches Getrampel und Geschiebe immer stärker auf die Nerven. Warum bloß?

»Tut mir leid, ich habe einfach nur eine sehr stressige Woche in der Praxis hinter mir, weißt du? Ich musste den neuen Computer installieren und anschließen, und es gibt noch so viele Dinge, die für die Hochzeit noch geplant und entschieden werden müssen. Ich hätte meiner Mutter erst von den Pferden erzählen sollen, nachdem sie über den Caterer –«

»Pferde?«

Zu spät erinnerte sich Lauren, dass sie auch Chris noch nichts von den Pferden erzählt hatte.

»Was meinst du: Wäre es möglich, dass du einen Abend lang mal nicht an die Hochzeit, sondern stattdessen an mich denken könntest?«, grollte er. »Während Kian aus ist?«

Sie legte den Kopf zur Seite und schaute ihn an. »Bist du sicher, dass Kian heute Abend nicht da ist?«

Seit sich Chris bei Kian einquartiert hatte, war dieser exakt zwei Mal ohne Chris ausgegangen.

»Ganz sicher. Er hat mir gesagt, dass er eigentlich sogar plant, heute Nacht gar nicht nach Hause zu kommen«, fügte er hinzu. »Und wenn wir das Sofa ein wenig zur Seite schieben, haben wir sogar genug Platz, um diesen einen Schritt zu üben, was meinst du?«

Lauren legte die Hand auf sein Knie und strich über seine langen, muskulösen Oberschenkel. Chris trug immer noch den Anzug, da er direkt nach der Arbeit zu Irene gefahren war. »Danke, Chris!«

»Und wenn wir damit fertig sind, gehen wir zu einem etwas horizontaleren Tanz über, ja?«, bat er mit einem frechen Lächeln. »Abgemacht?«

Chris sah absolut verführerisch aus in seinem Anzug, dachte Lauren. Vielleicht sollte ich öfter in meiner Mittagspause beim Autohändler vorbeischauen und wie früher die romantischen Möglichkeiten einer Testfahrt ausprobieren.

»Na gut!«

Kians Wohnung war das genaue Gegenteil dessen, was Lauren sich als ihr erstes Zuhause vorstellte. Es herrschte das totale Chaos in der nur spärlich möblierten Wohnung. Außerdem stank es nach Curry und modrigem Waschpulver, das in der Waschmaschine festgetrocknet war. Chris und Lauren hatten sechs Monate lang relativ erwachsen und selbstständig zusammengelebt. Lauren klammerte sich nun an die Hoffnung, dass Chris die Zustände in einer solchen Junggesellenbude noch einmal deutlich vor Augen führten, wie schön es doch war, in ein frischgemachtes Bett zu fallen und zu wissen, dass das Badezimmer nicht mehr Bakterien beherbergte als der Kühlschrank in Laurens Arztpraxis.

Leider schien sich Chris in dieser Umgebung ein wenig *zu* wohlzufühlen.

»Geh ruhig durch«, erklärte Chris und wies ihr den Weg ins Wohnzimmer. »Ähm, warte mal, lass mich das kurz …«, fügte er dann plötzlich hinzu und schlängelte sich an ihr vorbei, um auf die Schnelle noch ein paar Dinge aufzuräumen.

Lauren folgte ihm langsam, um ihm die Chance zu geben, wenigstens ein wenig von dem Grauen zu beseitigen, dem sie sich gleich gegenübersehen würde.

Die einzigen Möbel im Wohnzimmer, wenn man einmal von einem alten Tisch und einem Parkverbotsschild absah, waren zwei große fleckige Sofas – jeweils eins für Chris und Kian. Von den Sofas aus konnte man auf einem riesengroßen Plasmabildschirm perfekt Fußball gucken. Kian verdiente recht ordentlich, seitdem er leitender Angestellter im Elektrizitätswerk am anderen Ende der Straße geworden war, und er zeigte sich fest entschlossen, sein Geld sofort »wieder in die lokale Wirtschaft« zu investieren, wie zum Beispiel in das gewaltige Fernsehgerät, in das Soundsystem von Bose sowie in verschiedene schwarze Boxen, mit denen Lauren nichts anzufangen wusste. Sie war nicht gerade begeistert von Kians Finanzplanung. Er versuchte ständig, Chris dazu zu überreden, sich ein Auto der Oberklasse zuzulegen, »um auch den lokalen Autohändler zu unterstützen«. Sie beschlich das ungute Gefühl, dass Chris' Junggesellenabschied unter Umständen mehr als die gesamte Hochzeit kosten könnte.

Chris bemerkte Laurens argwöhnischen Blick auf die Sofas und warf ein Kissen auf den größten Fleck, bevor er sie an die Wand schob, um Platz für ein paar Tanzschritte zu schaffen.

»Ich hatte kurz darüber nachgedacht, Kian zu überreden, uns eine Putzfrau anzuschaffen. Aber dann dachte ich, dass es wohl besser wäre, das Geld für unser Bankguthaben zu sparen«, erklärte er. »Wenn du möchtest, kann ich später kurz eine Runde staubsaugen.«

Lauren schmolz dahin, als sie Chris' ernsten Blick sah, der ihr Gesicht nach Anzeichen der Zustimmung absuchte. Wenn er so lächelte wie jetzt, erinnerte er sie immer an den jungen David Beckham. Und sie war in diesem Punkt nicht die Einzige: Jede Frau in Longhampton unter fünfzig dachte das Gleiche. Er testet einmal das Lotterleben, redete sich Lauren ein, als er sie an die Hand nahm und sie zu der frei geräumten Fläche geleitete. In seiner Jugend waren in Irenes Haus wahrscheinlich nicht viele Flecken erlaubt gewesen. Da war es doch besser, wenn er sich jetzt austobte und nicht später in den eigenen vier Wänden.

Lauren dachte daran, wie Chris seine Schmutzwäsche zu seiner Mutter gebracht hatte. Sie hätte sich dafür ohrfeigen können, dass sie auch nur eine Minute lang geglaubt hatte, er würde wenigstens einen Teil der anfallenden Hausarbeiten erledigen.

Vielleicht sollte ich Irene einmal darauf hinweisen, wie die Wohnung hier aussieht, dachte Lauren boshaft, als Chris einen Arm um sie legte und die Walzerhaltung einnahm. Das könnte sie vielleicht davon abhalten, zum Tanzkurs zu kommen.

Lauren schaute zufrieden zu Chris hoch und legte ihre Hand

auf seine Schulter. Sie konnte die Rundungen der Muskeln unter seinem Baumwollhemd fühlen. Er nahm ihre Hand und hob sie so hoch, wie Angelica es vorgeschrieben hatte.

»Du willst also diese Figur üben, die deine Mutter beim Tanzabend getanzt hat?« Chris fasste ihre Hand fester und presste die Fingerspitzen der anderen Hand gegen ihr Schulterblatt. »Du beugst dich nach hinten?«

»Nein, das ist doch langweilig! Wie wäre es mit dieser raffinierten Hebefigur aus *Dirty Dancing*?«, fragte sie. »Du musst mich hochheben und drehst dich dann langsam.« Sie schaute sich um. Glücklicherweise befanden sich nicht viele Dinge in diesem Zimmer, die man dabei umstoßen könnte.

Chris wackelte mit den Augenbrauen. »Okay! Dann werde ich den anderen in der nächsten Tanzstunde mal etwas bieten, worüber sie sich das Maul zerreißen können!«

»Aber lass mich ja nicht fallen!«, warnte Lauren und hatte schon einen atemberaubenden Showtanz vor Augen, mit dem sie die altmodische Hochzeitstradition brechen würden. Wo stand denn geschrieben, dass man als ersten Hochzeitstanz einen Walzer tanzen *musste*? Wozu war sie denn mit einem Amateur-Rugbyspieler zusammen, wenn sie nicht sein Krafttraining ausnutzen konnte? »Du bist der Einzige im Kurs, der diese Figur schaffen kann, ohne sich dabei das Kreuz zu brechen!«

Bevor sie sich jedoch für die Figur bereit gemacht hatte, packte Chris Lauren schon an der Hüfte und hob sie mit einer Geschicklichkeit in die Höhe, die eher für eine Rugby-Gasse angemessen gewesen wäre als für eine Tanzfigur.

Lauren quiekte und schrie und versuchte, ihre Arme auszubreiten, während Chris versuchte, sich stürmisch zu drehen. Bei Patrick Swayze hatte alles so einfach ausgesehen! Als Lauren jedoch ihre Beine in eine angenehmere Position anhob, verlor Chris das Gleichgewicht, stolperte und prallte rückwärts gegen das Sofa. Zappelnd fiel zuerst Lauren in die

Kissen, bevor dann auch noch Chris auf sie fiel. Vielleicht waren sie ein wenig überstürzt an die Figur herangegangen, dachte Lauren.

Dennoch beschwerte sie sich nicht, denn Kian war ja ausnahmsweise einmal nicht zu Hause. Sie gab sich Mühe, nicht an die Flecken auf dem Sofa zu denken, als Chris' Gewicht angenehm warm auf ihren Körper drückte und Wogen freudiger Erregung durch ihren Körper schossen.

»Mmm«, schnurrte Chris, schob seine Hand unter ihr T-Shirt und vergrub die Lippen in ihrer Halsbeuge. Er fand genau den Punkt, der Laurens Haut von Kopf bis Fuß mit einem herrlichen Prickeln erschauern ließ.

»Es ist schon eine halbe Ewigkeit her, seitdem wir zwei ein wenig Zeit allein miteinander verbracht haben.«

»Mmm«, stimmte Lauren zu, vergrub die Finger in seinem dichten Haar und massierte die Kopfhaut, bis Chris aufstöhnte. Seine andere Hand streichelte ihr Bein, das auf der Sofalehne lag, und strich den Oberschenkel hinauf. »Eine halbe Ewigkeit …«

Er küsste ihren Hals, wanderte mit dem Mund den Ausschnitt hinunter, während sich seine Finger an ihrem BH zu schaffen machten. »Mmm, Lauren …«

Die plötzliche Eindringlichkeit in seiner Stimme ließ sie erzittern, und sie tastete sich an seiner Jeans entlang, bis sie die Gürtelschnalle fand und dann den Reißverschluss öffnete.

»Mmm, Lauren«, stöhnte Chris immer noch, und sie war gerade ein wenig zur Seite gerückt, damit Chris besser an ihre eigenen Rockknöpfe herankam, als plötzlich die Wohnungstür zuschlug.

»Eiei-eieiei!«

Lauren und Chris sprangen auseinander, und sie beeilte sich, ihren Rock wieder herunterzuziehen, sodass es einigermaßen schicklich war, während Chris zur Begrüßung eine ganze Salve von Flüchen vom Stapel ließ.

Kian Matthews stand im Zimmer, und seine stämmige Figur zeichnete sich dunkel vor dem hell erleuchteten Türrahmen ab. Dem stechenden Geruch seines Aftershaves sowie dem Gestank von kaltem Rauch und Bier nach zu urteilen, war er direkt von der Kneipe aus hergekommen. Doch im Gegensatz zu sonst schien er allein zurückgekehrt zu sein, wenn man einmal von der Bierdose absah, die er in der Hand hielt.

»Hallo? Polizei?« Er tat, als spräche er in ein imaginäres Handy. »Ein rattiges Teenagerpärchen ist in meine Wohnung eingebrochen … ach nein! Das sind ja mein Mitbewohner und seine Freundin!«

»Verlobte«, korrigierte ihn Lauren wütend. »Ich dachte, du wolltest heute ausgehen?«

Kian und Chris waren seit der Schulzeit miteinander befreundet. Bevor Chris und sie von der sechsten Klasse an miteinander ausgegangen waren, hatte Lauren nie viel Notiz von Kian genommen. Von diesem Zeitpunkt an hatte sie dann aber Kian besser kennengelernt, als ihr lieb war. Seiner eigenen Beschreibung nach war er im Gegensatz zum blonden Wunderknaben Chris »der Komische« von ihnen beiden.

»Kian, du Idiot«, beschwerte sich Chris. »Ich dachte, du wolltest *wegbleiben?*« Er stopfte sich das Hemd wieder in die Jeans. »›Hundert Pro‹, hast du mir versichert!«

»Na ja, ich musste noch einmal die Wiederholung in Zeitlupe zurate ziehen, was diese Becky betraf«, erklärte Kian expertenhaft und öffnete die Bierdose. »Aber wie sich herausstellte, muss das Bier meine Sicht getrübt haben, als ich sie neulich nach ihrer Nummer gefragt habe. In der Wiederholung war deutlich zu erkennen, dass es sich bei ihr um Mrs. Elchkuh aus Elch-Country handelt.« Er nahm einen ordentlichen Schluck Bier und schnappte dann nach Luft. »Aaaaah! Ich musste sie leider im »Rose and Crown« zurücklassen, als ich mich aus dem Staub gemacht habe. In dem Schuppen gab's nämlich noch mehr Frauen ihrer Sorte.«

»Und da hattest du keine Lust mehr, noch weiter auszugehen, um der restlichen Damenwelt eine Chance zu geben, sich von dir beglücken zu lassen?«, fragte Lauren sarkastisch. »Es ist doch erst halb neun! Die Nacht ist noch jung!«

»Nein, nein«, winkte Kian ab. »Ohne meinen Frauenschwarm hier macht das alles keinen Spaß.« Er gab Chris einen kumpelhaften Klaps auf die Schulter. »Denn zuerst ködert er die Frauen für mich mit seinem guten Aussehen, bevor sie dann auf meinen Charme abfahren. Aber macht ruhig weiter. Tut einfach so, als sei ich gar nicht da.« Dann hockte er sich auf den Boden, schaltete die neue Playstation ein und baute das Lenkrad sowie die Fußpedale auf.

Lauren warf Chris einen Blick zu. Ihre zugekniffenen Augen sprachen Bände. Frauenschwarm? Hallo?

»Er will dich nur ärgern. Achte am besten gar nicht auf ihn.« Chris richtete ungelenk seine Kleidung. »Kian, hast du schon etwas gegessen?«

»Nein«, erwiderte er. »Und du? Hast du schon was vernascht? He? He?«, fügte er hinzu und sah lüstern zu Lauren hinüber. »He?«, wiederholte er für den Fall, dass sie noch nicht begriffen haben sollte, was er meinte.

»Oh mein Gott«, seufzte Lauren entnervt. Jede auch noch so kleinste erotische Stimmung war im Keim erstickt. Kian schien alle Romantik aus der Luft zu saugen wie ein Staubsauger, der auf höchster Stufe lief. Wie er mit solchen Sprüchen der untersten Schublade Frauen aufgabeln konnte, blieb ihr ein Rätsel – dennoch schaffte er es Chris zufolge immer wieder.

»Sollen wir uns vielleicht etwas zu essen bestellen?«, wandte sich Chris an Lauren in dem Bestreben, sie damit zu besänftigen.

»Ich habe eigentlich keinen Hunger«, entgegnete Lauren.

Der tosende Lärm eines Formel-1-Rennens ertönte aus den Lautsprechern, die überall im Raum verteilt waren, als sich

Kian auf dem Sitzsack niederließ, der gleichzeitig als Rennauto diente. Lauren hatte diese Videospielgeräusche schon so oft gehört, dass sie bei ihr einen pawlowschen Reflex auslösten: Sie wurde mächtig wütend. Am Anfang hatte sie noch versucht, Interesse für dieses Hobby zu zeigen, und es sogar selbst einmal ausprobiert, doch ihrer Ansicht nach handelte es sich hierbei um eine Sache, für die sich ausschließlich Kerle begeistern konnten. Selbst jetzt konnte sie merken, dass Chris geradezu darauf brannte, das andere Lenkrad zu übernehmen. Und Kian wusste das *ganz* genau.

Genau *das* passierte jedes Mal, wenn sie Chris hier besuchte. Er und Kian lachten sich über Leute tot, die sie nicht kannte, zischten ein Bier nach dem anderen, unterhielten sich über die Formel 1, bis sich Lauren fragte, ob sie unsichtbar geworden war. Es fühlte sich an, als müsste sie ihren Freund mit einer anderen Frau teilen. Was die ganze Angelegenheit noch verschlimmerte, war die Tatsache, dass sie selbst, Lauren, alles ausgelöst hatte. Sie hatte nämlich darauf bestanden, die gemeinsame Wohnung bis zur Hochzeit aufzulösen und so die Miete für später zu sparen.

Lauren starrte Chris finster an, der näher an den Fernseher gerückt war. Schließlich konnte er sich nicht mehr zurückhalten.

»Mensch, Kian, du brauchst Slicks für diese Rennstrecke!«, platzte es aus ihm heraus. Er schaute schuldbewusst zu Lauren hinüber.

Eigentlich wollte sie es nicht sagen, da sie sich nach ihrer Jugend geschworen hatte, diese Worte nie mehr in den Mund zu nehmen. Doch Kian ließ ihr keine Wahl – und er wusste das nur allzu gut, dieser kleine, manipulative Saukerl!

»Komm schon, Chris«, sagte Lauren und gab sich Mühe, nicht wie eine Nervensäge zu klingen. »Lass uns auf dein Zimmer gehen.« Sie erhob sich vom Sofa, schnappte sich ihre Handtasche und zog Chris hinter sich her.

Chris warf einen letzten sehnsüchtigen Blick auf Kians neue Pedale, bevor er ihr folgte.

Lauren vermisste es, nicht jederzeit Chris' herrlichen Sixpack berühren zu können. Das Sprichwort, dass die Liebe mit der Entfernung wachse, schien definitiv zu stimmen. Doch jeder noch so kleine Anflug von Romantik löste sich in Wohlgefallen auf, da die quietschenden Reifen von Kians Angriff in Le Mans die verführerische Musik übertönten, die Chris hastig in seinem Zimmer angestellt hatte.

»Mir reicht's, ich gehe«, erklärte Lauren, schob Chris von sich und richtete sich auf seinem Einzelbett mühsam in eine Sitzposition auf.

Chris ließ den Kopf auf das Bett fallen und stöhnte frustriert auf. »Warum denn?«

»Weil ...« Im Wohnzimmer baute Kian gerade einen Unfall, fluchte und rülpste. »Weil mir die Wände in dieser Wohnung einfach zu dünn sind. Und Kian ist zu sehr ... *hier*.«

Chris hob den Kopf. »Was soll er auch sonst tun? Es ist schließlich seine Wohnung!«

»Dann sollten wir uns vielleicht doch noch mal ein paar Gedanken über unsere aktuelle Wohnsituation machen.« Lauren hielt inne. »Vielleicht kann ich ja meine Eltern überreden, eine Woche lang in Urlaub zu fahren.«

»Vielleicht könnten *wir* ja auch in Urlaub fahren?«

»Wir wollten das Geld für die Wohnung sparen, wenn du dich erinnerst.«

»Ach ja«, erwiderte Chris lustlos. »Na schön.«

Sie lagen schweigend ein paar Minuten nebeneinander, während Kian nebenan Vollgas gab.

»Weißt du, was ich richtig vermisse?«, seufzte Lauren.

»Wir zwei unter der Dusche?«, fragte Chris hoffnungsvoll.

»Nein. Einfach nur ... zusammen zu sein. Ohne zu reden. Ohne irgendetwas zu tun.«

»Mmmh.«

»Chris? Das hört sich ja nicht gerade begeistert an!«

»Doch, doch. Aber ich glaube, dass das eher so eine typische Frauensache ist, dieses ganze ›Zusammensein‹. Es ist doch prima, wie es gerade läuft, oder?«

»Nein, ist es nicht! Es ist …« Lauren hielt inne. »Ich gehe jetzt nach Hause.«

Chris machte keine großen Anstalten, sie davon abzuhalten. Als sie die Tür zum Treppenhaus öffnete, hörte sie noch Kians Stimme aus dem Wohnzimmer. »Lass dich nicht unterbuttern, Kumpel!«, rief er und warf Chris den Controller der Spielkonsole herüber.

Als Lauren das Haus betrat, brannte im Wohnzimmer kein Licht. Sie nahm an, dass ihre Eltern früh zu Bett gegangen waren, da beide immer, sogar an Wochenenden, recht früh aufstanden.

Leise schloss sie die Haustür. Sofort kam die Katze angelaufen und schlängelte sich um ihre Beine. Als Lauren sich bückte, um sie zu streicheln, hätte sie die Katze beinahe mit ihrer Handtasche erschlagen, als ihr diese von der Schulter fiel. Mittens kannte Lauren jedoch gut genug, sprang behände beiseite wie ein Fußballer, der einem Foul ausweicht, und schmiegte sich an Laurens andere Wade.

In der Küche kochte sich Lauren einen heißen Kakao. Nachdem sie den Blick flüchtig über den Inhalt des Kühlschranks hatte schweifen lassen, nahm sie sich noch eine Schinken-Quiche und steckte eine Scheibe Toast in den Toaster. Im Gegensatz zu Kians Bakterienschleuder befand sich im Kühlschrank ihrer Eltern immer sehr viel mehr als nur ein paar Flaschen Bier – ganz besonders dann, wenn Laurens Mutter gerade einkaufen gewesen war. Mousse au Chocolat, Crème fraîche, fettreduzierte Dips … eben alles, was Lauren gern aß.

Bald *muss* ich wirklich einmal den Einkauf für Mum erledigen, ermahnte sie sich schuldbewusst.

Die Toastscheibe sprang heraus, und Lauren öffnete den Küchenschrank, um die Marmelade herauszuholen. Doch dort standen keine Marmeladengläser. Tastend durchsuchte sie den hinteren Teil des Schranks, falls jemand die Marmelade nach hinten geschoben haben sollte. Doch statt der Gläser fand sie etwas anderes: jede Menge Briefe.

Bridget und Frank hatten nahezu ihr gesamtes Eheleben in diesem Haus gewohnt, und während dieser Zeit hatten sich in allen Ecken alte Glückwunschkarten, Postkarten und mit Eselsohren versehene Bilder aus Spielgruppen von vor über dreißig Jahren angesammelt. Dabei handelte es sich keinesfalls um Unordnung, wie Bridget immer wieder betonte. Sie hatte eine sehr genaue Vorstellung davon, wo sich alles befand. Durch Aufräumen würde nur alles durcheinandergebracht. Im Falle eines Notfalls gab es die »offizielle Kiste«, in der sich alle wichtigen Dokumente befanden. Außerdem gab es noch eine weitere Kiste, in der alle Kontoauszüge und Rechnungen aufbewahrt wurden – denn was die Haushaltsplanung anging, war Bridget außerordentlich gut organisiert. Aber abgesehen davon konnte man nie genau wissen, welches Zeugnis oder welcher Zeitungsausschnitt einem in die Hände fiel oder was man noch so alles im Küchenschrank finden würde, was dort eigentlich nicht hingehörte.

Ohne ihrer Mutter ein Wort davon zu sagen – sie hätte ihr zweifelsohne geraten, besser auf ihre Sachen aufzupassen –, war Lauren seit ihrem Wiedereinzug daheim auf der Suche nach ihrer Wertpapierurkunde, die sie zu ihrem achtzehnten Geburtstag bekommen hatte. Im Glauben, endlich ins Schwarze getroffen zu haben, zog sie begierig den Packen Umschläge hervor. Unter den Briefen schienen sich einige vielversprechende Unterlagen zu befinden. Doch außer einem Schreiben, das an die Zahlung der Rundfunkgebühren erinnerte, fand Lauren nur einige Kreditkartenabrechnungen.

Du liebe Güte, dachte Lauren bestürzt, die müssen mir gehören! Die sollte ich wohl besser ordentlich abheften, bevor mir Mum wieder einen Vortrag hält. Doch als Lauren die Schreiben genauer unter die Lupe nahm, bemerkte sie, dass die Rechnungen von »First direct« und »Barclays« stammten. Sie besaß keine Kreditkarten dieser Banken. Lauren zog eine Rechnung aus einem Umschlag und las den Namen ihrer Mutter im Adressfeld: Mrs. Bridget Armstrong. Der Rechnungsbetrag war im letzten Monat fällig gewesen. Schnell stopfte Lauren die Rechnungen wieder in den Schrank zurück und fühlte sich schuldig.

Einen Moment lang stand sie reglos in der mucksmäuschenstillen Küche und fragte sich, warum in aller Welt ihre Mutter Kreditkartenabrechnungen im Marmeladen- und Kaffeeschrank aufbewahrte? Normalerweise taten dies ältere Leute, wenn bei ihnen allmählich der Verstand nachließ. Wie alt war ihre Mutter? Sechzig? Lauren kannte viele ältere Leute, die wegen ihrer altersbedingten Demenz bei ihnen in der Praxis in Behandlung waren. Sie hatten irgendwie leblose Gesichter und starrten hilflos die Menschen an, die sie eigentlich lieben sollten. Diese Möglichkeit hatte sie für ihre fröhliche, tolle Mutter noch nie in Betracht gezogen. Ihr wurde schlecht bei der Vorstellung.

Sie schüttelte sich. Mum ist doch nicht senil, dachte sie. Wahrscheinlich war Dad auf der Suche nach Kaffee gewesen. Dabei hatte er die Briefe einfach dort im Schrank liegen gelassen und dann vergessen.

Sie stopfte die Briefe in ihre Tasche und machte sich auf den Weg zur Treppe. Dort zog sie sich die Schuhe aus, um ihre Eltern nicht zu wecken. Doch als sie sich in Augenhöhe des ersten Stockwerks befand, fiel ihr Blick auf einen dünnen Lichtstrahl unter der Tür ihres eigenen Schlafzimmers.

Neugierig tappte sie die restlichen Stufen hinauf und stieß vorsichtig die Tür mit dem Ellbogen auf, um nicht die heiße Schokolade zu verschütten.

Zu ihrer großen Überraschung hockte Bridget vor dem Computer, hantierte ein wenig hilflos mit der Digitalkamera und versuchte anscheinend herauszufinden, in welchen Anschluss sie das Kamerakabel stöpseln sollte. Eine ganze Sammlung von Schnickschnack war auf dem Bett ausgebreitet – Teetassen, Gürtel, Butterdosen, Miniaturhäuschen von Liliput Lane …

Jetzt einmal ganz ernsthaft, dachte Lauren. Ich habe ihr das schon tausendmal gezeigt. Vielleicht hat sie ja tatsächlich nicht mehr alle Tassen im Schrank?

»Hier«, erklärte sie und beugte sich vor, um das Kabel zu fassen zu bekommen. »Lass mich das machen.«

Bridget fuhr auf und stieß mit den Knien gegen den Schreibtisch. »Oooh!«, rief sie und schlug sich vor Schreck die Hand vor die Brust. »Du hast mich vielleicht erschreckt! Ich dachte, du wolltest heute bei Chris übernachten?«

»Tja, hatte ich eigentlich auch gedacht. Guck mal, hier muss das Kabel rein.«

»Ach, kümmere dich gar nicht darum. Möchtest du noch etwas zu Abend essen?« Bridget drehte sich um und stellte sich vor den Bildschirm.

»Nein, danke, ich habe mir schon einen Toast gemacht. Mum, willst du das Zeug hier bei eBay verkaufen?« Lauren schien beeindruckt zu sein.

»Na ja, ich dachte, dass ich mich auf diese Art besser von dem alten Krempel trennen würde als auf dem Flohmarkt, wo dann alle möglichen Leute die Sachen durchstöbern.« Bridget räumte den ganzen Krimskrams in einen Wäschekorb.

»Wie lautet dein Verkäufername?«, fragte Lauren neugierig.

»MrsArmstrong47«, erwiderte Bridget. Sie schien nervös zu sein. »Hör mal, wir wecken noch deinen Dad auf. Ich gehe jetzt lieber. Du willst doch sicherlich gleich ins Bett gehen …«

»Ist schon okay, Mum«, erklärte Lauren. »Ich helfe dir gerne.« Sie setzte die Kakaotasse auf dem Nachttisch ab und lud die Fotos bei eBay hoch, die Bridget zuvor erfolglos hatte hinzufügen wollen.

»Wow!«, rief Lauren erstaunt. »All diese Dinge willst du verschachern?«

»Ähm, ja.«

»Bei der ganzen Menge wirst du eine hübsche Stange Geld verdienen! Hast du das alles heute Abend eingestellt? Weiß Dad davon? Wird er sich nicht wundern, wo seine alte Handbohrmaschine abgeblieben ist?«

»Er hat sich doch eine neue gekauft! Ohne mir ein Wort davon zu sagen! Außerdem müssen wir dringend einmal ausmisten und entrümpeln.« Bridget warf Lauren einen warnenden Blick zu. »Bitte erzähl ihm aber trotzdem nichts davon. Du weißt ja, wie er ist – beim letzten Wohltätigkeitsbasar der Feuerwehr hat er glatt versucht, seine alten Hosen wieder zurückzukaufen.«

»Na gut. Aber Mum, bei diesem … Fischmesserset hast du kein Mindestgebot angegeben. Bist du sicher?«, hakte Lauren nach und klickte auf das Bild der aparten Geschenkschachtel. »Das sieht verdammt alt aus. War das etwa ein Hochzeitsgeschenk?«

»Ja, von meiner Tante Doris.« Bridget seufzte und strich über den Lederkoffer auf dem Bett. »Die sind unbenutzt, und das werden sie bei uns wohl auch bleiben. Aber sie sind aus Silber, also sind sie schon einiges wert. Die Griffe sind aus Perlmutt.«

Lauren warf ihrer Mutter einen skeptischen Blick zu. »Aber du *liebst* doch so was!« Dann fiel ihr Blick auf eine andere Schachtel, die sie kannte. »Verscherbelst du etwa deine silbernen Kaffeelöffel? Nein! Doch nicht die mit den kleinen silbernen Kaffeebohnen am Ende?«

Bridget fummelte an ihrer Armbanduhr herum. »Das ist doch alles nur unnötiges Zeug«, erklärte sie, doch sie klang für Laurens Geschmack nur wenig überzeugend. »Du kennst doch unser Haus – es ist voll von diesem Zeug!«

»Hmmm«, nickte Lauren. Doch insgeheim vermutete sie, dass ihre Mum wahrscheinlich eine dieser Trödel- und Antiquitätensendungen im Fernsehen gesehen hatte. Außerdem waren ihre Eltern kurz davor, in den Ruhestand zu gehen. Warum sollte man an alten Fischmessern festhalten, wenn man das Geld genauso gut dazu nutzen konnte, um die Enkelkinder in Neuseeland zu besuchen?

»Bitte verrate deinem Dad nichts davon, ja?«, beharrte Bridget mit geröteten Wangen. »Er traut dem Internet immer noch nicht so ganz über den Weg.«

»Okay. Aber du solltest besser ein Mindestgebot eingeben. Darum sind moderne Hochzeitsgeschenklisten eine *viel* bessere Idee«, erklärte Lauren, während sie tippte. »Du bekommst ausschließlich das, was du willst, und du kannst immer noch Sachen austauschen, die du vielleicht nicht mehr willst. Du kannst jetzt sogar Listen im Internet erstellen, dann braucht man nicht mehr durch die Geschäfte zu ziehen. Willst du mal einen Blick darauf werfen? Ich habe mich schon für ein paar Listen registriert.«

»Ja, klar«, erwiderte Bridget – als hätte sie die freie Wahl gehabt. »Zeig mal.«

»Oh«, erinnerte sich Lauren plötzlich an die Kreditkartenabrechnungen. »Diese hier gehören übrigens dir.«

Sie war zu beschäftigt damit, sich bei M&S einzuloggen, um Bridgets panischen Gesichtsausdruck beim Anblick der Rechnungen zu bemerken oder mitzubekommen, wie sie die Rechnungen schuldbewusst in ihrer Tasche verschwinden ließ.

Lauren war ebenfalls zu beschäftigt damit, ihrer Mutter die sorgsam ausgewählten Badezimmeraccessoires zu zeigen, um zu bemerken, wie nervös Bridget an ihrem Ewigkeitsring an der linken Hand herumspielte und ihn immer wieder drehte.

Bridget dachte insgeheim, dass der Ring eine süße Idee von Frank gewesen war. »Um dir für das Leben zu danken, das wir geführt haben und das wir noch führen werden, wenn wir beide erst einmal im Ruhestand sind«, hatte er mit einem breiten Lächeln erklärt, als sie die kleine Schatulle geöffnet hatte und beim Anblick der funkelnden Diamanten darin nach Luft schnappen musste.

Sie hatte ihn daran erinnern wollen, dass sie sich diesen Ring gar nicht leisten konnten, doch Frank, der alte Romantiker, hatte darauf bestanden. »Wir beide haben unser Leben lang hart gearbeitet, und du verdienst es, etwas so Schönes zu besitzen. Ich habe es von dem Geld gekauft, das meine Firma mir als Abfindung gezahlt hat, Liebes. Ich fand es so schöner, als einfach nur Rechnungen damit zu begleichen.«

Noch während er sprach, hatte er ihr den Ring über den Finger geschoben. Danach hatte Bridget ihn nicht mehr ablegen wollen. Nie mehr wieder. Sie wusste, dass der Ring eine liebevolle Geste war und dies für sie beide wahrscheinlich die letzte Gelegenheit darstellte, über eine derartige Summe zu verfügen. Doch Bridget hätte sich gewünscht, dass Frank besser einmal daran gedacht hätte, dass ihnen von diesem Zeitpunkt an nur noch ein volles Einkommen zur Verfügung stand. Doch Frank ging immer noch bei M&S in die teure Lebensmittelabteilung und griff für seine neuen Hobbys – wie zum Beispiel für seinen Camcorder – gern tief in die Tasche. Irgendwie hatten sie ihr Konto mit mehr als fünftausend Pfund überzogen, und die Bank hatte den Kreditrahmen in diesem Jahr schon zweimal aufgestockt.

Dann dachte Bridget an die Rechnungen in ihrer Tasche.

Zum ersten Mal in ihrem Leben war sie sich nicht sicher, ob sie den Mut besaß, die Briefe zu öffnen.

Sie schaute auf ihren Finger hinunter.

Wie sehr brauchte sie diesen Ring wirklich?

Wie verletzt wäre Frank, wenn sie ihn verkaufen würde?

Es ist nur Geld, ermahnte sich Bridget und versuchte, die Zweifel und Einwände zu vergessen, wie sie es zuvor schon mit den Kreditkartenabrechnungen getan hatte. Aber genau *das* war das Problem.

16

Katie saß starr vor Kummer im Dunkeln und dachte darüber nach, dass der schlimme Streit, der ihre Ehe zum Entgleisen gebracht hatte, letztlich auf Eddie Harding zurückzuführen war. Nicht direkt natürlich – schließlich hatte er nicht zwischen ihr und Ross gesessen und sie angetrieben. Doch Katie hatte die hässliche Kette der Ereignisse nicht mehr aufhalten können, die am Montagmorgen begonnen hatte, als Eddie angeklopft und ohne abzuwarten ihr Büro betreten hatte.

»Kate, können wir uns mal kurz unterhalten?«

Katie biss die Zähne zusammen und schloss die Website der Kleidermarke Monsoon. Jo lag ihr immer noch damit in den Ohren, sich für den Tanzkurs in Schale zu werfen, und hatte ihr nun Links zu Internetshops mit Rüschenkleidern geschickt, da Katie einfach keine Zeit hatte, einen normalen Einkaufsbummel zu machen. Katie musste sich eingestehen, dass sie Jos Drängen allmählich nachgab. Nach der letzten Tanzstunde hatte Lauren geschwärmt, wie viel einfacher es war, sich elegant zu bewegen, wenn man ein schönes Kleid trug – und Katie wollte gern glauben, dass nur die Perlenstickereien und Rüschen die schlaksige Lauren in Ginger Rogers verwandelt hatten.

Mit einem Klick verschwanden die hübschen Kleider vom Bildschirm, und Katie blickte zu Eddie hinauf. Er hatte wieder diese »Sie werden mir einen Gefallen tun«-Miene aufgesetzt. Es war ein Ding der Unmöglichkeit, sich in Angelicas Phantasiewelt zu begeben und sich die eleganten, anmutigen Frauen vorzustellen, während man die gleiche Luft atmete wie Eddie Harding.

»Es geht um das Städteprojekt«, erklärte er, ohne eine Antwort abzuwarten. »Sie haben einen großartigen Job geleistet und ein tolles Rechercheteam auf die Beine gestellt. Daher habe ich mich dazu entschlossen, dass es nur gerecht wäre, wenn Sie auch die Lorbeeren für das ganze Projekt ernten würden. Deswegen möchte ich Sie in dieser Phase zur Teamleiterin ernennen. Sie wissen ja, was das bedeutet ...« Er pochte sich mit dem Zeigefinger an die Nasenspitze, zwinkerte mit dem Auge und rieb sich die Hände.

»Toll!«, lächelte Katie und interpretierte seine Pantomime als Gehaltssteigerung. Doch dann bemerkte sie den Haken an der Sache. »Aber was ist mit ...«

»Mit Nick? Ich werde ihn darauf ansetzen, den Kontakt zu den verschiedenen Bauunternehmern aufzunehmen – und dabei seine Stärken optimal ausnutzen. Das bedeutet, dass Sie die Bauplatz- und Grundstücksanalyse von ihm übernehmen werden. Das sollte Ihnen aber nicht sonderlich schwerfallen, wo Sie doch jetzt alles vorbereitet haben, nicht wahr?«

Katie öffnete den Mund und schloss ihn dann wieder. Nick musste sich also nun mit einem ach so zermürbenden und ermüdenden Zeitplan herumschlagen, der aus Mittagessen und ein paar Runden Golf mit Bauunternehmern bestand, während sich ihr Alptraum, der ganze Papierkram, locker verdoppelt hatte. Nein, verdreifacht.

Eddie schien ihre Panik zu spüren. »Wenn Sie aber meinen, für mehr Verantwortung noch nicht bereit zu sein, dann ...«

Sie machte ein entschlossenes Gesicht, dachte an das zusätzliche Geld, die zusätzlichen Urlaubstage und die Chance, endlich gleitende Arbeitszeiten haben zu können.

»Nein«, erklärte sie. »Es macht mir nichts aus. Aber ich

bräuchte sämtliche Unterlagen, an denen Nick bisher gearbeitet hat. Und ich werde einige Überstunden machen müssen.«

»Gutes Mädchen, Kate. Ganz, wie Sie wollen!«, erwiderte Eddie und verließ ein wenig zu schnell ihr Büro. Schon bei seinem schleimigen Lob gleich zu Beginn hätten bei Katie eigentlich alle Alarmglocken schrillen müssen.

Als Katie nach dem Mittagessen von Nicks Volontär die Akten gebracht bekam, wurde ihr schnell klar, warum Eddie so versessen darauf gewesen war, die Verantwortung auf sie abzuschieben. Der andere Bauplatz befand sich in der Mitte des Stadtzentrums, inmitten der Fußgängerzone und der angrenzenden Hochhäuser. Mit Grauen dachte sie an die Erbpachtgrundstücke, die Eigentumsrechte, die vielen Enteignungsanträge, die Zuweisung von Wohn- und Gewerbeflächen …

Die Deadline war exakt die gleiche wie bei ihrem derzeitigen Projekt. Ein erster Begutachtungstermin war für Ende der Woche anberaumt worden.

Katie zwang sich dazu, tief einzuatmen und die Nerven nicht zu verlieren, als ihr nach und nach das gesamte Ausmaß der Aufgabe bewusst wurde. Dennoch stieg Panik in ihr auf, und ihr Herz begann zu rasen. Doch schon merkte Katie, wie ihr Stolz und beruflicher Ehrgeiz geweckt wurden.

Ich *kann* das, sagte sie sich immer wieder. Er wird mir so viele Gefallen schuldig sein, dass das die ganze Sache wieder wettmachen wird. Außerdem werde ich uns nächstes Jahr definitiv einen dreiwöchigen Sommerurlaub buchen können.

Sie hatte gerade damit begonnen, sich Notizen zu den Kontaktpersonen zu machen, die sie ansprechen musste, als das Telefon klingelte. Katie griff automatisch zum Hörer in der Annahme, bei dem Anrufer könnte es sich um Nick Felix handeln, der sich entschuldigen wollte.

»Katie, hier ist Jo. Es tut mir leid, dass ich dich im Büro anrufen muss, aber ich stehe gerade im Supermarkt und wollte fragen, ob ihr für unsere Magical Mystery Tour noch etwas braucht?«

Katie starrte aus dem Fenster. Draußen hatte gerade ein beständiger Nieselregen eingesetzt. Da sich ihr Gehirn im Hyper-Arbeitsmodus befand, brauchte sie einen Augenblick, um wieder umzuschalten und sich mit privaten Angelegenheiten auseinandersetzen zu können. »Ähm, wir brauchen noch ein paar Kleinigkeiten, aber die gehe ich am Wochenende einkaufen.«

Am anderen Ende der Leitung begann Jo zu lachen. »Das ist wohl ein wenig zu spät!«

»Zu spät?«

»Na ja, am Wochenende sind wir schon *da*! Wir fahren doch schon am Donnerstag, du Schlafmütze! Drei Tage lang!«

Katie warf einen Blick auf den Kalender auf ihrem Schreibtisch, in dem sämtliche Tage dieser Woche schon mit Besprechungen am Morgen und Ortsbegehungen mit dem Mieterbund und ortsansässigen Geschäftsleuten am Nachmittag blockiert waren. Rundherum waren mit Bleistift die neuen Termine für das zweite Bauprojekt notiert. War sie denn blind? Sie blätterte durch den Kalender. Nichts.

Katie drehte sich der Magen um, als sie ihren Kalender panisch durchforstete.

Ihr brach der kalte Schweiß aus.

Wie hatte ihr das bloß passieren können? Sie wusste genau, dass sie sich den Kurzurlaub irgendwo aufgeschrieben hatte.

Sie kramte in der Handtasche nach ihrem eigenen Kalender, in dem die Tanzschule und die Eheberatungstermine festgehalten waren. Und dort stand deutlich markiert: Hannah/Ross Geburtstag.

Du hast den Geburtstag deiner eigenen Tochter vergessen, stichelte die Stimme in ihrem Kopf hinterhältig. *Du bist eine gleichgültige, egoistische Mutter!*

Ich habe die Geburtstage nicht vergessen, protestierte

Katie und versuchte, die Stimme zum Verstummen zu bringen. Ich habe sie *nicht* vergessen! Ich habe nur …

Sie hatte Scott gebeten, sich um ihren Urlaubsantrag zu kümmern. Der Volontär hatte viel Aufhebens darum gemacht, sich nicht um ihre persönlichen Angelegenheiten kümmern zu wollen. Sie hatte ihn dennoch mit dieser Aufgabe betraut, und nun – sie durchsuchte verzweifelt ihren E-Mail-Eingang – gab es keine Bestätigung der Personalabteilung für ihre freien Tage.

»Oh Gott«, stöhnte sie. »Du wirst nicht glauben, was mir passiert ist …«

»Erzähl mir etwas Neues. Heute Morgen habe ich den Wasserkocher im Kühlschrank gefunden.«

Katie vergrub das Gesicht in den Händen. Eine bleischwere Last senkte sich auf ihre Schultern. »Gib mir zehn Minuten, dann rufe ich dich zurück.«

Scott war nirgendwo aufzutreiben – zu seinem eigenen Glück hatte er einen Kollegen zu einer Ortsbegehung begleitet. Katie war klar, dass sie Eddie um einen großen Gefallen bitten musste, um nicht an der Sitzung am Freitag teilnehmen zu müssen. Doch allein schon der Gedanke daran, ihm etwas schuldig zu sein, bereitete ihr Kopfschmerzen.

Als sie an seine Bürotür klopfte und eintrat, war er nicht allein, sondern saß mit zwei Männern in Anzügen zusammen.

»Ah, Kate«, rief er. »Ich habe gerade über Sie gesprochen. Kennen Sie Stadtrat York? Und das hier ist Clive Jenkins von der Landesentwicklungsgesellschaft.«

Katies Magen zog sich zusammen. Dies war vielleicht nicht gerade der passendste Moment, aber sie hatte keine Wahl. »Hallo!« Sie zwang sich zu einem Lächeln. »Eddie, es geht um die Sitzung am Freitag …«

Eddie strahlte die beiden Männer an. »Kate wird uns am Freitag Gebiete für die geplanten Projekte zur Städtebauförderung vorstellen.«

»Ah, wunderbar!«, lobte Stadtrat York.

»Ja, ähm, Eddie, ich habe mir die Unterlagen angesehen, die mir Nick übergeben hat.« Katie biss sich auf die Lippe. Es hatte keinen Sinn, so zu tun, als hätte sie vorrangigere Verpflichtungen, da sie den Termin schon gekannt hatte, als sie bei der Sitzung nur ein Projekt präsentieren sollte. Wenn sie den Termin verlegen könnte und sich von Donnerstag an mit einer nie gehörten Krankheit abmelden würde, könnte sie es vielleicht schaffen. »Ich habe mich gefragt, ob es vielleicht möglich wäre, die Sitzung auf nächste Woche zu verlegen? Ich möchte Nicks Unterlagen nicht einfach nur überfliegen, ohne dabei seine harte Arbeit zu würdigen.«

Während sie noch sprach, schüttelte Eddie schon den Kopf. »Ich verstehe, was Sie meinen, aber das wird leider nicht möglich sein.«

»Auch wir haben eine Deadline bezüglich der Anträge für das Investitionskapital«, fügte Clive Jenkins hinzu.

»Es ist eine große Aufgabe, aber wenn einer den Anforderungen gerecht werden kann, dann ist es Kate.« Eddie schlug mit der Hand auf den Schreibtisch; seine Augen blitzten warnend auf. »Sie werden damit einen Volltreffer landen, nicht wahr, Kate?«

»Habe ich denn eine Wahl, Eddie?«, fragte sie mit einem blechernen Lachen.

Eddies Gesicht wurde schlagartig ernst. »Nein.«

Sie schüttelte den Kopf und ging.

Das hast du dir selbst eingebrockt, schalt sich Katie, als sie sich wieder auf ihrem Schreibtischstuhl niederließ und Jo anrief.

»Ich weiß, was du mir sagen willst«, erklärte Jo, als sie den Hörer abnahm.

»Was denn?«

»Du kannst nicht mitfahren, weil du arbeiten musst.«

Katie wand sich. »Ich hatte die Tour nur in meinem eigenen Kalender notiert, nicht aber in meinem Bürokalender. Außerdem hat mich mein Chef vor ungefähr einer Stunde auf dieses große Bauprojekt angesetzt – ich könnte mir jetzt ohnehin unmöglich zwei Tage freinehmen.«

»Dann such jemanden, der die Arbeit für dich übernimmt!«

»Ich kann nicht!«

»Du kannst nicht?« Katie hatte den Eindruck, dass Jos Stimme plötzlich frostig klang. »Das ist eine Aussage, die ich eher Greg zutrauen würde. Ich dagegen würde eher fragen, welchen Sinn es hat, dass du ein Team leitest, wenn du keine Aufgaben delegieren kannst? Komm schon, Katie, du kannst eine Pause ebenso gut brauchen wie Hannah und Ross! Sag das denen mal!«

»Ich würde ja gerne mitfahren!«, protestierte sie. Und zwar nicht so sehr wegen der Pause, sondern hauptsächlich wegen der Chance, Zeit mit den Kindern verbringen zu können – ohne klingelnde Telefone und Zeitdruck im Nacken. »Ich will ja mitfahren, aber dieses große Projekt zur Städtebauförderung, das uns zugeteilt wurde, ist wirklich wichtig, und ich habe gerade erst die Unterlagen für eine Sitzung am Freitagmorgen bekommen …«

Am anderen Ende der Leitung herrschte ein eisiges Schweigen.

»Na ja, ich nehme einmal an, dass du Hannah ohnehin noch nicht versprochen hast mitzukommen«, erklärte Jo schließlich, »also wird die Enttäuschung wahrscheinlich nicht allzu groß sein.« Wenn dies ein Versuch sein sollte, Katie ein wenig aufzumuntern, so war dieser fehlgeschlagen.

»Fährt Greg denn mit?«, fragte Katie.

Jo zögerte einen Augenblick. »Vielleicht.«

Nach dieser Antwort fühlte sich Katie zwar nicht viel, aber dennoch ein wenig besser, da Greg der unengagierteste Vater seit Darth Vader war.

»Ich könnte versuchen, Freitagabend nachzukommen«, schlug Katie vor und warf einen prüfenden Blick auf den Kalender, um zu sehen, welche anderen Besprechungen sie dafür verschieben könnte und müsste. »Der Verkehr wird mich zwar allerhand Nerven kosten und …«

»Soll ich es Ross erzählen?«, wurde sie von Jo unterbrochen. »Ich weiß, dann ist die Fahrt keine Überraschung mehr, aber ich finde, dass er es schon wissen sollte, wenn er sich allein um die Kinder kümmern muss.«

Katie massierte sich die Schläfen, als sie in ihrem Kalender den vierten Eheberatungstermin für den nächsten Abend entdeckte. Das Thema sollte »Die familiären Erfahrungen des Ehelebens« sein. Zweifellos würde das kommende Wochenende für Ross so enttäuschend werden, dass er danach genügend Stoff für die Therapiesitzung parat haben würde.

Katie zermarterte sich das Hirn, wie sie das Unterfangen retten konnte. Vielleicht gab es doch noch eine Möglichkeit, Ross und Hannah eine Freude zu bereiten: Sie könnte heimlich ihre Taschen packen und kleine Geschenke darin verstecken …

»Nein«, antwortete sie Jo entschlossen. »Ich werde es ihnen selbst sagen.«

Hannah steckte die Neuigkeiten besser weg als Ross. Wie eine Reiseleiterin beschrieb Katie mit glänzenden Augen das Ponyreiten und den Indoor-Pool mit seinen langen Wasserrutschen, sodass bei Hannah die Enttäuschung über Mummys Abwesenheit schnell verflogen war. Sogar so schnell, dass Katie bezweifelte, ob Hannah überhaupt alles verstanden hatte. Bei Ross sah die Sache jedoch ein wenig anders aus. Man musste ihm aber zugutehalten, dass er Katie mit einer leicht aufgesetzt wirkenden Begeisterung unterstützte, bis Hannah nach oben gerauscht war, um ihren Badeanzug anzuprobieren.

Sobald sie das Zimmer verlassen hatte, wurde sein Blick eiskalt und müde, und er fuhr fort, die Legosteine einzusammeln, die auf dem Teppich verteilt lagen, als wäre nichts passiert.

»Vielen Dank«, sagte er schließlich. »Sehr rücksichtsvoll von dir.«

»Bitte?«

»Jetzt muss ich mich wieder vier Tage lang allein um die Kinder kümmern, nur gibt es dieses Mal Wasserrutschen. Bist du sicher, dass es im Amt etwas zu tun gibt? Vier Tage allein zu Hause – das klingt in meinen Ohren fast wie ein Urlaub.«

»Ross, jetzt fang bitte nicht damit an!«, erwiderte sie und ließ sich müde auf einen Stuhl fallen. »Natürlich muss ich arbeiten. Du brauchst dich nicht über mich zu ärgern, das tue ich schon genug.«

»Ich ärgere mich nicht über dich«, antwortete Ross. »Eigentlich habe ich sogar fast damit gerechnet, dass du nicht da bist. Im nächsten Jahr wünsche ich mir zum Geburtstag einen freien Nachmittag. Das ist billiger, und du musst sogar noch nicht einmal dabei sein.«

»Nicht!« Katie sah bittend zu ihm auf. »Wir unternehmen am Wochenende etwas gemeinsam, das verspreche ich dir. Ich wollte nicht, dass es so kommt, aber es ist das größte Projekt, das ich je geleitet habe, und es war unmöglich, es abzulehnen. Ich wollte wirklich, dass wir alle gemeinsam wegfahren und zusammen Spaß haben. Frag Jo – ich habe den Ausflug seit einer halben Ewigkeit geplant.«

»Jo fährt mit?«

»Ja«, antwortete sie und schöpfte ein wenig Hoffnung. »Du wirst also ein wenig Zeit für dich allein haben können – Jo freut sich nämlich schon darauf, auf die Kinder aufzupassen. Außerdem gibt es dort auch Kinderhorte, sodass ihr ruhig deinen Geburtstag ein wenig feiern könnt.«

Die Anspannung in Ross' Gesicht schien nachzulassen, sodass sich Katie ein wenig erleichtert fühlte. Dann wurde jedoch ihre Eifersucht geweckt.

»Na ja, wenn Jo mitfährt …«

»Was ist dann?«, fragte Katie misstrauisch.

Ross starrte sie an. In seinem Gesicht war etwas, was sie nicht deuten konnte. »Wenn Jo mitkommt, habe ich wenigstens etwas zu lachen. Wir alle.«

Seine Antwort versetzte Katie einen Stich. »Und wenn ich mitfahren würde, hättet ihr keinen Spaß?«

Ross zuckte theatralisch mit den Schultern. »Woher soll ich das wissen? Du bist doch nie da!«

»Sag nichts, was du hinterher bereuen könntest«, blaffte Katie, da sie wusste, dass er seine Antwort vollkommen ernst gemeint hatte. In diesem Moment hasste sie sich mehr als je zuvor in ihrem Leben.

Er erwiderte nichts, sondern beförderte die Legosteine in die dafür vorgesehene Tonne und machte sich dann mit verbissener Miene daran, die halb fertigen Puzzles wegzuräumen.

Katie beobachtete ihn dabei und war nicht in der Lage, die passenden Worte zu finden, um seine spürbar schlechte Laune zu durchbrechen. Ross' Taktik, sich vollkommen zurückzuziehen, tat ihr am meisten weh. Er zog eine regelrechte Mauer des Schweigens zwischen ihnen hoch.

Er denkt tatsächlich so über meine Arbeit, vermutete Katie traurig. Die Arbeit steht zwischen uns, und er kann sie weder verstehen noch daran teilhaben. Sein Schweigen ist alles, was er hat – und er weiß genau, wie weh es mir tut, wenn ich mich ausgeschlossen fühle. Wir werden uns gegenseitig die Luft zum Atmen rauben. Es ist, als würden wir ein Kissen auf unsere Ehe pressen und sie damit ersticken.

Jack saß in seinem Kinderstühlchen und ließ den Blick seiner braunen Kulleraugen von Katie zu Ross und dann wieder zurück zu Katie wandern.

»Ich könnte mir nächsten Monat ein paar Tage freinehmen«, bot sie an. »Vielleicht könnten wir dann gemeinsam etwas unternehmen.«

»Oh, toll«, erwiderte Ross. »Wir verschieben einfach Hannahs Geburtstag. Und meinen gleich dazu. Macht ohnehin kaum einen Unterschied. Ich werde dann immer noch ein erwachsener Mann sein, der den ganzen Tag lang Knetgummi vom Sofa kratzt.«

Hannah kam die Treppe heruntergesaust. Katie riss sich mit letzter Kraft zusammen, als Hannah in ihrem rüschenbesetzten roten Badeanzug zur Tür hereingestürmt kam und mit ihren rundlichen Armen und Beinen ruderte, während das seidige Haar ihre Schultern sanft umspielte.

»Mumm-ii-ii!«, rief sie begeistert. »Schau mal! Ich bin eine Meerjungfrau!«

Sie sah in der Tat aus wie eine Meerjungfrau, dachte Katie, und dieser Gedanke versetzte ihr einen weiteren Stich. Hannah sah so zart und perfekt aus, und ihr Haar schimmerte so golden, wie ihres als Kind nie geglänzt hatte. Und nun würde sie nicht miterleben können, wie Hannah mit Freudengeschrei in den Pool sprang – wie konnte Ross bloß annehmen, dass die Arbeit für sie das *Wichtigste* sei?

Hannah hat schon vergessen, dass ich nicht mitfahre, dachte sie qualvoll. Ich werde sie noch einmal daran erinnern müssen.

»Du siehst toll aus!«, lobte sie ihre Tochter. »Willst du Mummy dabei helfen, Jack ins Bett zu bringen, damit Daddy die Füße hochlegen kann? Ich brauche ein großes, starkes Mädchen, um Jack baden zu können …«

Katie hob Jack aus dem Kinderstuhl heraus. Als er sich schläfrig an sie schmiegte, hätte sie sich am liebsten mit ihm und Hannah ins Bett gekuschelt, um die beiden einfach nur neben sich zu spüren. Sie war sich nicht sicher, ob sie dann jemals wieder aufstehen würde.

»Jaaaaaaaa!«, rief Hannah begeistert. »Erzähl mir von dem Pool, Mummy!«

»Kommt Greg denn mit?«, erkundigte sich Ross, als sie fast schon an der Wohnzimmertür angelangt war. Sie trug Jack auf dem Arm, und Hannah hatte sich fest an ihr Bein geklammert.

Mühsam drehte sie sich um. »Jo weiß es noch nicht. Greg hat viel zu tun, aber er versucht mitzukommen. Das ist gar nicht so einfach, Ross. Es ist nicht immer möglich, das zu tun, was man gern täte.«

Ross wandte sich ab, sodass sie sein Gesicht nicht sehen konnte. »Ja, ja«, erwiderte er genervt.

Ross war den ganzen Abend über schlecht gelaunt, während sie schweigend Fernsehen schauten. Sogar anschließend im Bett hatte er ihr den Rücken zugewandt, als sie sich schlafen legte.

Beim Frühstück am nächsten Morgen hatte sich seine Laune immer noch nicht gebessert, als Katie Hannahs viele neue Fragen zum Ponyreiten beantworten musste (die Namen der Ponys, die Farbe ihres Fells, die Zauberkräfte der Tiere). Im Büro musste sich Katie den ganzen Tag lang mit Anwaltsschreiben über Fragen zum Grundbesitz in der schäbigen, unbeliebten Fußgängerzone auseinandersetzen. Als sie abends erschöpft nach Hause kam, war Ross in eine sture, feindselige Haltung verfallen. Sie versuchte, sich mit ihm über die neuen Geschäfte zu unterhalten, die sich dort ansiedeln sollten, oder über den Anruf von Lauren, die sich erkundigen wollte, ob die Stadt Busse verlieh, um Hochzeitsgäste zu transportieren. Doch Ross war offensichtlich fest entschlossen, sie mit Desinteresse und eiskalten Blicken zu bestrafen.

Der Gedanke an die Eheberatung als Krönung des Tages kam Katie wie ein Marathon vor, an dessen Ende man bemerkt, dass die Strecke noch mit einem Hindernisparcours zusätzlich verlängert worden war.

Peter schien außerordentlich gut gelaunt zu sein, als sie den Beratungsraum betraten – was aber wahrscheinlich nicht daran lag, dass er sich über ihr Kommen freute, wie Katie annahm. Das Funkeln in seinen Augen schien von einem schönen Tag zu zeugen; zudem war sein Bart frisch gestutzt, und er trug einen neuen, offenbar handgestrickten Schafwollpullover.

»Ein neuer Pullover?«, fragte Ross und setzte sich.

»Ja! Den habe ich von meiner Frau zum Hochzeitstag bekommen!«, strahlte Peter und strich den Pullover über der Brust glatt. »Sie hat ihn für mich gestrickt.«

Der Größe des Pullovers nach zu urteilen hatte sie dafür wahrscheinlich seit ihrer Hochzeit gestrickt.

»Herzlichen Glückwunsch! Wie lange sind Sie schon verheiratet?«, erkundigte sich Katie höflich. Wenn Eheberater sich schon ein Urteil über die ins Stocken geratenen Ehen anderer Leute erlaubten, dann sollten sie wenigstens wie Taxifahrer oder Kosmetikerinnen den Beweis ihrer Beratungsberechtigung – ihre eigene Hochzeitsurkunde – an die Eingangstür heften.

»Zehn Jahre«, erklärte Peter stolz. »Es ist für uns beide die zweite Ehe«, fügte er dann hinzu, nachdem er Katies Gesichtsausdruck gesehen hatte. »Was eindeutig beweist, dass es sehr wohl möglich ist, mehr als nur ein Mal im Leben sein Glück zu finden. Aber jetzt kümmern wir uns lieber um Sie beide.«

Katie war unschlüssig, ob sie nun beruhigt sein sollte, dass Peter für den Fall, dass es mit Ross nicht klappen sollte, für ein neues Glück bürgen wollte. Oder sollte sie sich lieber ein wenig betrogen fühlen, weil er ganz eindeutig seinen eigenen Ratschlägen nicht gefolgt war und »an den guten Aspekten« seiner ersten Ehe gearbeitet hatte.

»Ross, warum erzählen Sie uns nicht etwas über die Beziehung Ihrer Eltern?«, begann Peter. Katie hörte nur mit einem Ohr hin, als Ross seinen Vater Julian beschrieb, der Journalist bei der örtlichen Tageszeitung gewesen war. Danach erzählte er von seiner Mutter Lynn, die »allerhand Jobs gehabt hatte – sie hat in einer Schule ausgeholfen, ein Café betrieben und eigentlich alles getan, was neben der Familie möglich war.«

»Haben Ihre Eltern sich gestritten?«, fragte Peter.

»Nicht mehr als normal«, erwiderte Ross. »Die ein oder andere Zankerei zwischendurch gab es sicherlich.«

»Worüber haben die beiden sich gestritten?«

»Spielt denn das eine Rolle?«, erkundigte sich Katie.

»Natürlich«, antwortete Peter. »Manchmal kann man daran erkennen, welchen Streitstil Sie von ihnen gelernt haben oder welche Themen oder Probleme Konflikte auslösen … Ross?«

»Für gewöhnlich haben sie sich über Geld gestritten. Mein Dad war sehr viel freiberuflich tätig, sodass Mum halbtags arbeiten gehen musste, um Verdienstausfälle wieder auszugleichen. Aber wir sind stets über die Runden gekommen. Wahrscheinlich habe ich deswegen immer gewusst, dass man es schaffen kann und in Bezug auf Geld ein gleichmäßiges Kommen und Gehen herrscht.«

Katie wurde bewusst, dass Ross ihr dies noch nie erzählt hatte. Sie hatte immer angenommen, sein Vater sei bei der Zeitung fest angestellt gewesen. Während Ross von einigen Erlebnissen seiner Vergangenheit erzählte, die Katie noch nicht kannte, flackerte in ihr ein wenig des alten Interesses für ihn auf. Sie erinnerte sich plötzlich an frühere Zeiten, als alles noch neu war und sie die spannendsten Anekdoten des jeweils anderen noch nicht drei Millionen Mal gehört hatten.

»Aber Sie würden Ihre Kindheit als glücklich bezeichnen?«

»Oh, ja! Ich fand es immer toll, dass Dad so viel zu Hause war. Wir sind oft spazieren gegangen und haben jede Menge Abenteuer zusammen erlebt. Ich habe seine Anwesenheit zu

Hause nie mit Geldproblemen assoziiert … Ich weiß es nicht. Vielleicht hat es mir deswegen auch nichts ausgemacht, dass Katie wieder arbeiten gegangen ist und ich bei den Kindern geblieben bin.« Er hielt inne, und seine Miene verfinsterte sich. »Was ich an unserem Arrangement nicht mag, ist die Tatsache, dass ich Katie um Geld bitten muss. Ich komme mir dann vor … wie ein Bettler.«

»Wie bitte?«, hakte Katie ein. »Seitdem ich arbeiten gehe, hast du mir das nicht *ein einziges Mal* gesagt!« Sie sah zu Peter hinüber. »Das hat er mir noch nie gesagt!«, wiederholte sie.

Peter zuckte zurückhaltend mit den Schultern. »Das ist der Grund, warum es Eheberatungen gibt«, erklärte er. »Viele sind erst hier in der Lage, Dinge zu sagen, die sie zu Hause niemals hätten sagen können. Würden Sie diese Empfindung bitte Katie erklären, Ross?«

Ross bekam rote Ohren vor Anstrengung. »Ich habe das Gefühl, dass ich für jeden Cent, den ich ausgebe, Rechenschaft ablegen muss. Und dann machst du mir das Leben schwer wegen eines Fünfers, den ich für ein Geburtstagsgeschenk ausgegeben habe, oder du kritisierst, warum ich plötzlich mehr Geld fürs Schwimmen brauche … Ich hasse es, dich um Geld zu bitten, Katie«, schloss er und wandte sich ihr zu. In seinen Augen war der verletzte Stolz deutlich zu erkennen. »Es ist, als hätte ich es nicht verdient.«

»Es ist *unser* Geld«, entgegnete Katie. »Auf unserem gemeinsamen Konto! Für uns!«

»Ist das so? Du nimmst die Kontoauszüge jeden Monat genau unter die Lupe und hinterfragst jedes Mal, wenn ich Geld abgehoben habe.«

»Ich mache mir einfach nur Sorgen, wo das Geld abgeblieben ist!«, erklärte Katie.

»Wir kommen ein wenig vom Thema ab«, befand Peter, »aber wir können gerne später noch einmal auf diesen Aspekt zu sprechen kommen, da er mir sehr wichtig zu sein scheint.

Katie, wie sieht es mit Ihren Eltern aus? Haben sie sich gestritten?«

»Niemals.« Die Antwort kam wie aus der Pistole geschossen.

Peters buschige Augenbrauen flogen ungläubig in die Höhe. »Niemals?«

»Nicht ein einziges Mal.« Katie war sehr stolz auf diesen Umstand. Auch ihre Mutter war sehr stolz darauf gewesen: »Nicht ein böses Wort ist in über vierzig Jahren zwischen uns gefallen«, hatte sie immer allen erzählt.

»Und wie haben Sie sich dabei gefühlt?«

Katie runzelte die Stirn. »Was meinen Sie damit, wie ich mich dabei gefühlt habe? Sehr sicher natürlich, da ich das Gefühl hatte, dass sich meine Eltern liebten. Sie hatten eine tolle Ehe.«

»Schön. Haben sie Ihnen auch auf andere Art und Weise gezeigt, dass sie einander geliebt haben? Waren sie zärtlich zueinander? Haben sie viel miteinander gekuschelt?«

Ihre zuversichtliche Haltung geriet ins Wanken. »Na ja, nein. Meine Eltern sind nicht übermäßig … gefühlsbetont. Nicht jeder ist so. Schließlich ist dies nicht die einzige Art, jemandem zu zeigen, dass man ihn liebt.«

»Haben Sie noch engen Kontakt zu ihnen?«

Ross konnte einfach nicht widerstehen. »Kaum dass Katie ihre Prüfungen bestanden hatte, sind sie ab nach Spanien«, erklärte er. »Darum ist der Kontakt eigentlich nicht mehr so gut.«

Katie starrte ihn finster an. »Jetzt versuch nicht, so viel Theater darum zu machen. Sie haben ein Recht auf ihr eigenes Leben. Aber«, erklärte sie und wandte sich Peter zu, »sie haben nie vor meinen Augen gestritten und haben sich gegenseitig immer bedingungslos unterstützt. Ich lege sehr viel Wert darauf, niemals mit Ross zu streiten, wenn Hannah dabei ist – wenn wir Probleme haben, dann sollte sie sich darüber keine Sorgen machen.«

Ross warf ihr einen seltsamen Blick zu. Irgendwie schwang Trauer darin mit.

»Wie Ross schon gesagt hat, bekommen wir natürlich nie die ganze Wahrheit zu sehen und zu hören, was die Beziehung unserer Eltern betrifft.« Peter nahm seine Brille ab und suchte gedankenverloren nach einem Taschentuch. »Sicherlich ist es wunderbar, wenn es absolut keinen Grund *gibt*, worüber Sie sich streiten könnten, aber genauso sehr ist es vollkommen normal für erwachsene Menschen, einmal nicht der gleichen Meinung zu sein. Für Kinder ist es sogar recht förderlich, wenn sie erleben, dass sich auch ihre Eltern einmal streiten, den Konflikt lösen und sich dann immer noch lieben können.« Er sah zu Katie hinüber. »Kinder sind in der Lage, viel mehr Spannungen wahrzunehmen, als wir glauben. Sie haben eine Antenne dafür, fast wie kleine Radiogeräte. Vielleicht verstehen sie nicht jedes Wort, aber sie beherrschen sehr gut die Körpersprache.«

Jetzt hör schon auf, wie ein Zeitschriftenartikel zu klingen, dachte Katie, sagte aber nichts dazu. Was sollte das alles?

»Mmmm«, nickte Ross. »Das stimmt. Jack kann noch kaum sprechen, aber er bekommt sehr genau mit, wenn Hannah böse ist oder ich müde bin.«

Wie Flammen, die sich von ein paar trockenen, brennenden Zweigen zu einem großen Feuer entwickeln, stieg Ärger in Katie auf. Ross war nun also zum großen Kinderpsychologen geworden. Sie ließ Peter ihre Verärgerung spüren. »Sie wollen also sagen, dass wir uns vor den Kindern anschreien *sollen*?«

»Nein, mitnichten«, erklärte er beharrlich. »Ich habe nur den Eindruck, Katie, dass Sie sogar nur widerwillig *zugeben* wollen, dass Sie überhaupt Probleme haben. Es ist absolut nichts dagegen einzuwenden, ab und an gewisse Dinge neu zu verhandeln. Ross will damit lediglich sagen, dass ihm als Hauptbetreuer, der mehr Zeit mit Ihren Kindern verbringt, einige Dinge aufgefallen sind, die Sie vielleicht nicht –«

»Okay, okay«, blaffte Katie eingeschnappt, als sich in Ross' Miene eine neue Mischung aus Selbstgefälligkeit und Märtyrertum breitmachte.

Wohin soll das alles bloß führen, fragte sie sich. Bisher wurde mir ein schlechtes Gewissen aufgedrängt, weil ich die Farbe des T-Shirts vergessen habe, das Ross bei unserem Kennenlernen getragen hat, weil ich hart arbeite, um meine Familie zu ernähren. Jetzt kritisiert er mich sogar noch, weil sich meine Eltern nicht gestritten haben! Tränen der Wut und Erschöpfung stiegen Katie in die Augen, als sie darüber nachdachte, wie sie während des Überraschungsurlaubs vielleicht alles hätte geradebiegen können, sie letztlich nun aber doch nur wieder die Böse war.

»Katie?«, fragte Peter besorgt und griff nach der Box mit den Papiertaschentüchern. »Alles in Ordnung mit Ihnen? Es gibt wirklich keinen Grund, warum Sie Ihre Gefühle vor mir verbergen müssten. Es ist immer besser, alles gleich herauszulassen, das sage ich auch immer meinen Kindern!«

Auf keinen Fall, dachte Katie entschlossen. Ich werde auf keinen Fall hier vor deinen Augen zusammenbrechen. Sie weinte nie in der Öffentlichkeit. Niemals.

»Tut mir leid«, entschuldigte sie sich und versuchte, tief einzuatmen, um damit die Tränen zu unterdrücken. »Ich habe nur viel Arbeit und einen harten Tag hinter mir, ich bin sehr müde, und –«

»Katie hat ein schlechtes Gewissen, weil sie als Überraschung zu meinem und Hannahs Geburtstag einen Kurzurlaub organisiert hat«, erklärte Ross, woraufhin sie sich fassungslos zu ihm umdrehte. »Aber nun hat sie keine Zeit, um mitzukommen – was übrigens keine Überraschung, sondern absolut vorhersehbar war. Ich persönlich bin es leid, dass sie glaubt, sie könne sich aus dem Leben ihrer Kinder freikaufen, obwohl es deren einziger Wunsch ist, mehr Zeit mit ihrer Mutter zu verbringen.«

»Halt die Kinder da raus!«, protestierte Katie und zuckte innerlich zusammen, als Ross mit seiner Bemerkung ihren wundesten Punkt getroffen hatte. »Das ist total gemein! Ich *liebe* unsere Kinder! Nur *ihretwegen* bin ich noch mit dir verheiratet!«

Eine grausame Stille folgte.

Es dauerte einen Augenblick, bis Katie begriff, was sie gesagt hatte.

»Aha«, sagte Ross schließlich. »So ist das also.«

»Haben Sie das ernst gemeint, Katie?«, fragte Peter ruhig. »Das ist eine sehr gravierende Aussage.«

Die Stille dehnte sich wie ein Swimmingpool vor ihr aus, flach, blau und bewegungslos.

Es ist ganz einfach, ich muss nur die Worte sagen, dachte Katie, während ihr das Blut in den Ohren rauschte. All die Worte, die ich in den letzten Jahren hinuntergeschluckt habe, um alles zusammenzuhalten. So kann ich die nächsten vierzig Jahre lang nicht weitermachen. Das kann ich auch Ross nicht antun.

»Ja«, kam es ihr über die Lippen, bevor ihr wirklich bewusst wurde, was sie da sagte. Diese beunruhigende Erlaubnis, offen ihre Meinung sagen zu sollen, fühlte sich an, als sei sie betrunken. »Allein der Gedanke, wie sehr ich die Kinder damit verletzen würde, hält mich noch davon ab, zu gehen.«

»Und was ist mit mir?«, fragte Ross. »Empfindest du denn …« Ihm versagte die Stimme. »Empfindest du denn gar nichts mehr für mich?«

Katie schüttelte den Kopf – ganz langsam, von einer Seite auf die andere, und die Worte kamen wie von selbst. »Ich liebe dich … wie einen Bruder vielleicht? Oder wie einen Sohn. Mich interessiert, was mit dir ist. Ich will nicht, dass du unglücklich bist. Aber ich liebe dich nicht mehr … wie ich dich früher geliebt habe. Diese Liebe ist mit dem vielen Streit und Stress erloschen. Wir sind keine Liebenden mehr, sondern einfach nur noch Eltern, und du willst nicht einmal mehr zulassen, dass ich ein richtiges Elternteil bin. Du willst diese Aufgabe allein für dich. Früher habe ich dich geliebt, und nun kann ich es nicht mehr aushalten, dass es nicht mehr so ist. Ich glaube nämlich, dass es nicht genug ist, dass es nicht reicht.« Sie konnte es nicht ertragen, ihm in die Augen zu sehen.

»Und das war's?«, fragte Ross bitter. »Das soll es also gewesen sein?«

»Katie, für dieses Stadium der Therapie ist eine große Empfindsamkeit und Emotionalität nicht ungewöhnlich«, erklärte Peter. »Sie müssen derzeit einigen Tatsachen ins Auge sehen, die Sie beide bisher ignoriert haben – was aber nicht gleich bedeutet, dass Ihre Ehe am Ende ist. Haben Sie denn nicht das Gefühl, dass Sie etwas übereinander gelernt haben, als Sie eben ehrlich zueinander waren? Katie, schauen Sie Ross einmal an.«

Sie brachte es nicht über das Herz.

»Schauen Sie Ross an«, bat Peter mit Nachdruck. »Sie haben gerade etwas gesagt, was sehr hart für ihn war. Sie können seine Reaktion nicht einfach ignorieren.«

»Das ist übrigens etwas, was mir am Tanzen so gefallen hat«, sagte Ross leise. »Du musst mir in die Augen sehen, wenn ich dich halte.« Seine Stimme zitterte. »Doch selbst dann noch schaust du einfach über meine Schulter hinweg. Als würdest du lieber mit jemand anderem tanzen.«

Katie wurde mit einem Schlag bewusst, dass sie keine Kraft mehr hatte. Sie und Ross – tanzen gehen? Wie hatten sie ernsthaft glauben können, dass ein Tanzkurs ihre Ehe retten könnte? Es war peinlich, dass sie sich überhaupt dieser Hoffnung hingegeben hatte. Diese lächerlichen Kleider – was sollte der ganze Unsinn? Dieses Herumstolzieren mit fremden Leuten? Diese künstliche Romantik?

Sie zwang sich dazu, Ross anzusehen, und sofort fiel ihr

auf, wie verzweifelt er war. Tränen standen ihm in den Augen und verklebten seine Wimpern, als er versuchte, die Tränen mit aller Macht zurückzuhalten. Er hob den Arm und versuchte, die Tränen wie ein Teenager mit dem Ärmel wegzuwischen.

»Ross?«, fragte Peter sanft.

Jetzt fühl doch etwas!, schrie es in Katie. Empfinde etwas für diesen armen, wohlmeinenden Mann, der hier neben dir sitzt und weint, weil du ihn zutiefst verletzt hast! Doch sie empfand nichts außer Mitleid. Sie würde wahrscheinlich nicht einmal etwas fühlen, wenn Ross ihr den Arm mit einer Axt abhacken würde.

Fühlt man sich so, wenn man langsam durchdreht?, fragte sie sich. Oder wenn man unter Depressionen leidet? Ist es nicht ein sicheres Anzeichen für eine Depression, wenn man weder Freude noch Trauer oder sonst irgendetwas empfindet?

»Wenn sie das wirklich so meint, welchen Sinn hat es denn dann noch, irgendetwas zu sagen oder zu tun?«, stieß Ross mit letzter Kraft hervor. »Ich will sie nicht dazu zwingen, zu bleiben, wenn sie mich nicht mehr liebt.«

Und da haben wir es wieder, dachte Katie. Er lässt lieber jemand anderen eine Entscheidung für ihn fällen … Ich brauche aber jemanden, der stark genug ist, mir dabei zu helfen, diese Familie zu tragen.

»Ross, hör doch bitte ein Mal in deinem Leben auf, *nett* zu sein«, rief Katie, erhob sich und verließ das Zimmer.

17

Katie hatte keine Ahnung, wohin sie lief, doch plötzlich fand sie sich in der Fußgängerzone wieder. Als sie das warme Licht erblickte, das sich so einladend von dem bedrückenden, tristen Beton rundherum abhob, und Katie bemerkte, dass das Café immer noch geöffnet hatte, trat sie ein. Die karierten Tischdecken ließen vermuten, dass die Besitzer das Café abends in eine Pizzeria verwandelten. Abgesehen von ein paar Teenagern, die sich so lange wie möglich an einem Milchshake festhielten, war Katie die einzige Kundin.

Katie ließ sich an einem Tisch nieder und versuchte, einen klaren Kopf zu bekommen, doch es wollte ihr einfach nicht glücken. Ihr einziger Gedanke war, dass sie am liebsten die Augen schließen und an einem anderen Ort wieder aufwachen wollte.

Was machst du denn jetzt, nachdem du Ross erklärt hast, dass eure Ehe am Ende ist, und du wie in einer Seifenoper davongerauscht bist?

In Seifenopern war immer alles in bester Ordnung. Man blendete einfach zu einer anderen Szene hinüber, in der andere Menschen mitspielten. Doch im echten Leben war Katie klar, dass sie sich mit Ross über die Folgen und das weitere Vorgehen auseinandersetzen musste.

Doch was *würde* nun geschehen? Ein Teil von ihr war recht gespannt angesichts der Vorstellung, dass sie endlich die ausgefahrenen Gleise verlassen hatten. Vielleicht würde Ross nun endlich einmal brüllen und eine eigene Meinung entwickeln, für die sie ihm wieder Respekt entgegenbringen könnte. Möglicherweise hatte er aber auch dieses Mal wieder keine eigene Meinung, sodass sie ihm diese nicht nur wieder aus der Nase ziehen, sondern dafür auch wieder Verantwortung übernehmen müsste.

Sie starrte hinaus auf die Hauptstraße und den trüben Nieselregen, doch ihr Kopf blieb leer wie das verlassene Elektrogeschäft gegenüber, dessen Schaufenster mit weißer Farbe zugeschmiert waren. Der Stadtrat wird all das hier abreißen, dachte Katie, als ihre Gedanken wieder zu den Recherche-, Kontroll- und Bestätigungsunterlagen in ihrem Posteingang zurückwanderten. Die Architekten, die diese schrecklich sterile Fußgängerzone geplant hatten, waren sich sicher gewesen, dass ihre modernen Bauten so lange Bestand haben würden wie die alte Abteikirche. Nun war man schlauer, würde die Bauten abreißen und sie durch ein exklusives Warenhaus, kleine Straßencafés und umweltfreundliche Straßenlaternen ersetzen.

Als Ross nach über einer Stunde das Café betrat, war sie mit ihren Grübeleien immer noch nicht weitergekommen.

»Hier bist du«, begrüßte er sie. »Du weißt, dass sie gerade um dich herum den Boden wischen und gern schließen würden?«

»Ja«, antwortete Katie knapp. Sie hatte sich nicht einmal die Mühe gemacht, den Mantel auszuziehen.

»Ich dachte, ich könnte genauso gut auch noch bis zum Ende der Sitzung bleiben«, fuhr er fort. »Nach allem, was du gesagt hast, hatte ich die Beratung dringend nötig.«

»Was hat Peter gesagt? Wahrscheinlich hat er mich als egoistisches Miststück beschimpft.«

»Nein, eigentlich haben wir nur über mich gesprochen«, erklärte Ross ruhig. Er rieb sich das Kinn. »Er hat mir arge Vorwürfe gemacht, dass ich alle Entscheidungen dir aufbürde und meinen Frust an dir ablasse, anstatt mich damit auseinanderzusetzen.«

Katie starrte Ross überrascht an, weil er so ruhig blieb. Stand er vielleicht unter Schock? Warum tat er so, als sei nichts passiert? Als hätte sie eben nicht erklärt, dass ihre Ehe am Ende sei?

Ross runzelte die Stirn. »Sollen wir nach Hause gehen?«

»Nach Hause?«, fragte Kate überrascht. »Du willst nach Hause gehen?«

»Wohin sollen wir denn sonst gehen? Schließlich wartet Gemma schon auf uns – sie muss noch Hausaufgaben machen, und ich muss noch waschen, damit die Kinder saubere Kleidung haben, wenn wir wegfahren.«

Er muss unter Schock stehen, dachte Katie. Verzögerte Reaktion.

Schweigend fuhr Ross nach Hause, und vor lauter Schuldgefühlen gab Katie Gemma noch einen Zehner mehr für die zusätzliche halbe Stunde. Sie war begeistert.

»Vielen Dank, Mrs. Parkinson«, rief sie. »Das ist wirklich sehr nett von Ihnen!«

Normalerweise hätte sich Katie über eine solche Reaktion von Gemma gefreut, die ihr gegenüber für gewöhnlich ein wenig zurückhaltend war, da Katie nicht wie andere Mütter die Zeit hatte, über die neuesten Skandale im Kreise der Babysitter zu plaudern. Heute jedoch musste sie sich zu einem Lächeln zwingen und trieb Gemma ein wenig zur Eile an, damit Ross und sie sich unterhalten konnten. Sein stures Schweigen ging ihr allmählich auf die Nerven.

Nachdem sie Gemma verabschiedet hatte, war Ross aber weder im Wohnzimmer noch in der Küche anzutreffen. Mit flatternden Nerven und einem unguten Gefühl im Bauch machte sie sich auf Zehenspitzen auf den Weg durch das Haus.

Schließlich fand sie ihn im Gästezimmer, wo er gerade Hannahs rosafarbenen Koffer vom Schrank holte.

»Ross?«

Er sah sie ausdruckslos an und griff nach seiner Reisetasche, der abgenutzten Squash-Sporttasche, die er schon besessen hatte, als sie damals zusammengezogen waren.

»Ross, wir müssen uns unterhalten«, erklärte sie nachdrücklich im Flüsterton. Hannahs Zimmer war direkt nebenan, und es brauchte nicht viel, um sie aufzuwecken, wenn sie der Meinung war, dass gerade etwas Interessantes geschah.

»Noch nicht«, erwiderte er. Seine Stimme klang fremd und war kaum wiederzuerkennen. »Ich muss noch weiter nachdenken.«

Katie verspürte ein seltsames Prickeln in ihrem Hals und dachte, dass sie sich das Ganze anders vorgestellt hatte.

Sie merkte, dass sie in all ihren Phantasien darüber, sich gegenseitig Vorwürfe an den Kopf zu werfen, nicht einen einzigen Gedanken daran verschwendet hatte, wie es ihrer Meinung nach danach weitergehen sollte. Nachdem sie nun die Angelegenheit ins Rollen gebracht hatte, ohne zu wissen, wohin die Diskussion führen oder wie sie wieder beendet werden sollte, war sich Katie plötzlich überhaupt nicht mehr sicher, was sie tatsächlich fühlte. Eine eisige Kälte breitete sich in ihren Adern aus.

»Hast du ihm denn überhaupt nicht zugehört? Wir müssen darüber reden, was …« Katie hielt inne und schluckte schwer. So vorwurfsvoll hatte sie es gar nicht sagen wollen. »Du kannst nicht einfach so tun, als sei nichts geschehen! Wir müssen darüber reden. Es ist nicht so einfach, wie …«

Ross drehte sich um, und ihre Worte verloren sich. Seine Miene zeigte, dass er sich zusammenriss, doch in den Augen konnte sie seinen grenzenlosen Schmerz erkennen.

Ross sprach nur leise, doch mit einer Deutlichkeit, die das Maß seiner ungeheuren Selbstbeherrschung erkennen ließ.

»Du hast mir gerade eben noch erklärt, dass du mich nicht mehr liebst. Dass du nur noch wegen der Kinder hier bist, auf die ich für dich aufpasse. Das muss ich erst einmal verdauen.« Er öffnete den Reißverschluss der Tasche, nahm den oberen Teil des Stapels mit der ungebügelten Wäsche und stopfte sie in die Tasche. »Offensichtlich hast du intensiv darüber nachgedacht. Ich wusste zwar, dass es nicht besonders toll läuft zwischen uns, aber ich dachte eigentlich, es würde sich gerade bessern. Mit dem Tanzkurs ... mir kam es vor, als hätten wir wieder Spaß zusammen. Da habe ich wohl etwas falsch verstanden.«

»Ziehst du aus?«, fragte sie panisch. Das würde alles so wirklich, so real machen. Sie müsste seinen Auszug dann irgendwie Hannah und Jack erklären. Womit er dann mal wieder, wie immer, Mummy die gemeine Aufgabe überlassen würde.

»Nein, ich ziehe nicht aus«, erklärte er, hielt inne und biss sich auf die Lippe.

Zum ersten Mal seit vielen Jahren hatte Katie in der Tat absolut keine Ahnung, was Ross nun sagen würde.

Er war nicht in Tränen ausgebrochen, wie sie es vermutet hatte, hatte herumgewütet oder sich verzogen, um seine Wunden zu lecken. Er war immer noch hier – und mit einem Mal wirkte er sehr viel männlicher. Er war wütend, aber auf eine sehr erwachsene, kontrollierte Art und Weise. Sie dagegen war nun diejenige mit den flatternden Nerven und dem dringenden Bedürfnis, sich die Augen aus dem Kopf zu heulen.

»Wie du siehst, werde ich heute Nacht hier im Gästezimmer schlafen«, fügte Ross hinzu.

»Nein, nein, du kannst in deinem eigenen Bett schlafen«, erwiderte Katie. Sie hatte das Bedürfnis, ihm wenigstens irgendetwas zu geben. »Das wäre nur fair, da es mein ...« Ihr versagte die Stimme.

»Da es dein Fehler ist?« Ärger blitzte in seinen dunklen Augen auf. »Dein Fehler, dass du es auf die Spitze getrieben hast? Oder dein Fehler, dass diese Ehe nun unerträglich geworden ist? Ich *will* in unserem Ehebett nicht mehr schlafen, da es nicht mehr *unser* Bett ist. Und jetzt lass mich bitte allein!«

»Aber wir können doch so jetzt nicht schlafen gehen«, protestierte Katie. »Es ist doch alles noch so vollkommen ungeklärt! Peter hat doch ganz bestimmt gesagt, dass wir darüber reden sollen …«

»Oh, na klar – vielleicht solltest du dich mal besser vorher um die Regeln kümmern, bevor du das Leben eines Menschen zerstörst«, erklärte Ross sarkastisch. »Meinst du nicht, es könnte mittlerweile vielleicht ein wenig zu spät sein, um Peters Rat zu befolgen?« Er rollte Hannahs heiß geliebte Rüschensöckchen zusammen und presste die Lippen zu einer schmalen Linie zusammen.

Ein Auto kam angefahren und bog in ihre Straße ab, doch Ross schwieg beharrlich.

Katie wollte das Gästezimmer nicht verlassen. Irgendwie würde es alles noch schlimmer machen.

»Was ist denn jetzt?«, fragte sie, weil sie die Situation nicht mehr ertragen konnte. »Hat Peter denn nicht irgendetwas gesagt, was wir jetzt tun sollen?«

»Wenn du es unbedingt wissen willst: Er hat gesagt, dass ich herausfinden soll, was *ich* will, bevor ich mich wie gewohnt deinen Wünschen beuge.«

»Und was willst du?« Katie hielt den Atem an, während Ross auf Hannahs Söckchen starrte, die wie kleine Mäusebabys in seinen Händen lagen.

Eisiges Schweigen breitete sich zwischen ihnen aus.

»Ich weiß es nicht«, erklärte Ross schließlich. »Es hätte aber auch keinen Sinn, die Kinder zu beunruhigen, bevor ich selbst nicht Klarheit habe. Deswegen werde ich mit Hannah und Jack den Ausflug machen, den du so sorgsam vorbereitet hast.« Seine Stimme krächzte, als er sich wieder daran machte, die Tasche zu packen. »Dann kannst du dich vollkommen ungestört auf deine *Arbeit* konzentrieren. Wenn ich wieder zurück bin, können wir darüber reden, wie es weitergehen soll. Kannst du jetzt bitte endlich verschwinden und mich in Ruhe lassen?«

Er schaute auf, sodass Katie die Tränen in seinen Augen sehen konnte, obwohl er sich größte Mühe gab, die Fassung nicht zu verlieren. Er biss so fest die Zähne zusammen, dass die Kieferknochen hervortraten. Er hatte eine Art Mauer um sich herumgezogen, als hätte er ihr etwas entzogen, was sie erst entdeckte, nachdem es verschwunden war.

Sie trat einen Schritt vor, um ihn zu umarmen, doch er wich zurück. »Fass mich nicht an!«, zischte er kaum hörbar.

Den Anblick, wie er dort mit Hannahs Söckchen in den Händen stand, konnte Katie nicht mehr ertragen. Sie drehte sich um, schloss die Tür hinter sich und ging nach unten, um sich ein Glas Wein einzuschenken.

Eigentlich sollte ich erleichtert sein, dachte sie, als sie auf der Samtcouch saß und geistesabwesend über den weichen Flor strich. Die alte Gefühllosigkeit war einer neuen, schwereren Last in ihrem Herzen gewichen. Ich habe den ersten Schritt gemacht – und der war der schwerste. Ich habe die Dinge ins Rollen gebracht.

Doch als sie später zu Bett ging, konnte sie nicht einschlafen, obwohl sie nach dem ersten Glas Wein noch zwei weitere getrunken hatte. Während sie in der Dunkelheit dalag und horchte, ob Jack quäkte, lauschte sie insgeheim angestrengt, ob sie Ross weinen hörte.

18

Angelica durchstöberte gerade ihre Musiksammlung auf der Suche nach Songs, mit denen Chris und Lauren das Walzertanzen leichter fallen würde. Aus eigener Erfahrung wusste sie, dass es solche durchaus gab. Wenn der Rhythmus stimmte, der Text mit der eigenen Gemütslage übereinstimmte und genau das in Worte fasste, was man selbst ausdrücken wollte, dann erledigten die Füße die schwierige Aufgabe des Tanzens ganz von selbst, während die Gedanken vom Song fortgetragen wurden.

Angelica unterrichtete nicht besonders gern verlobte Paare, nicht einmal dann, wenn sie reiche Amerikaner waren, deren Eltern mit Geldscheinen wedelten und sie auf Knien um Privatunterricht anflehten. In diesen Tanz wurde einfach zu viel hineingedeutet. Jeder noch so kleinste Zweifel wurde in der Tanzstunde spürbar, jede noch so kleinste Spannung; jedes Stolpern wurde gleich als »ein Omen« bezeichnet. Mehrere Pärchen waren drei Unterrichtsstunden lang zu ihr gekommen, um danach dann seltsamerweise nie wieder aufzutauchen, um die letzten Tanzstunden zu nehmen. Tränen, Vorwürfe, wenig schmeichelhafte Vergleiche mit Müttern und Vätern – Angelica hatte all das schon gesehen und gehört.

Ihre eigene romantische Vergangenheit war so eng mit ihren Tanzpartnern verbunden, dass es unmöglich war, sie zu entwirren – was ein Fehler gewesen war, wie sie rückblickend feststellte.

Sie betrachtete die CD in ihrer Hand: Victor Silvester. Dies weckte alte Erinnerungen – Erinnerungen an den starren, verkniffenen Bernard und seinen Frack. Sie fragte sich, wie es ihr wohl ergangen wäre, wenn sie bei ihm geblieben wäre. Wahrscheinlich würde sie nun in einer Doppelhaushälfte in Bromley leben und hätte Enkel sowie furchtbar schmerzende Füße.

Angelica stand auf und schlug das zweite Fotoalbum ihrer Mutter auf, das nun im Bücherregal im Wohnzimmer seinen Platz gefunden hatte. Es umfasste die Amateurjahre in London, in denen sich Bernard und sie Stück für Stück über zahllose Wettbewerbe die Karriereleiter hinaufgearbeitet hatten.

Bernard war ein lieber Kerl, dachte sie, als sie sich den steifen schwarzen Albumseiten zuwandte. Er hatte Segelohren, dafür aber eine wundervolle Körperhaltung gehabt. Ihr erster Tanzlehrer in London, Jarvis Carmichael, hatte sie als Tanzpartner zusammengebracht, obwohl Bernard »vom Land kam«. Jarvis war arrogant gewesen, doch sie hatten hart gearbeitet, um ihm zu beweisen, dass die Art der Herkunft rein gar nichts zu bedeuten hatte.

Angelica betrachtete die Bilder mit einem traurigen Lächeln. Bernard war ein Tänzer der alten Schule. Der Walzer war immer ihr bester Tanz gewesen, dicht gefolgt vom Quickstepp und dem Foxtrott – den Tänzen, bei denen sich Bernard vorgestellt hatte, er sei Vernon Castle. Er war ein wenig fanatisch, was diesen erfolgreichen Turniertänzer des frühen zwanzigsten Jahrhunderts anbetraf. Zwar konnte man auf den Schwarz-Weiß-Fotos nicht erkennen, dass ihm der Hemdkragen einen Hautausschlag beschert hatte, dafür glänzte aber die Pomade in seinem Haar umso mehr. Was das betraf, stand Angelica ihm in nichts nach.

Damals war auch Angelica nicht nur recht altmodisch gewesen, sondern hatte dazu auch noch ein wahres Milchgesicht gehabt. Ihre Kleider bestanden aus einem steifen, starren Petticoat, waren mit Flitter besetzt, und die Taille war winzig. Beim Anblick ihres Make-ups wäre selbst Diana Ross vor Neid erblasst: Der dicke, geschwungene Eyeliner und der zarte, perlmuttfarbene Lippenstift ließen Angelica in ihrem pinkfarbenen Abendkleid aus einem Traum von Tüll wie Kleopatra aussehen. Das Make-up musste natürlich so aufgetragen werden, dass es bei einem Wettbewerb auch von den hinteren Sitzreihen aus gesehen werden konnte. Doch damals trug Angelica genau die gleiche Menge Eyeliner selbst dann auf, wenn sie einfach nur einkaufen ging.

Bernard und sie waren ein sehr elegantes Paar gewesen, das eine ganze Reihe von Wettbewerben gewonnen hatte – doch irgendetwas fehlte. Als sie nun die Fotos studierte, die sie seit über dreißig Jahren nicht mehr gesehen hatte, konnte Angelica eines ganz deutlich erkennen. Bernard war sehr zurückhaltend und still und verfügte über die würdevolle Haltung eines hervorragenden Turniertänzers. Doch im Gegensatz zu ihm strahlte sie eine immense Rastlosigkeit und unbändige Bewegungsfreude aus, selbst wenn sie still stand und sie beide die Füße für Porträtfotos anmutig in Pose gebracht hatten. Sie musste sich einfach bewegen – sich *allein* bewegen, ohne dabei geführt zu werden.

Es war keine besonders große Überraschung, dass sie sich, kaum dass sie sich kennengelernt hatten, Hals über Kopf in Tony Canero verliebte. Es geschah bei ihrem ersten Cha-Cha-Cha-Training in einem Studio in Soho, das ihr einer ihrer neuen Londoner Freunde empfohlen hatte. Genauer gesagt geschah es bei einer Hebefigur, die, wie sie später herausfand, bei Wettbewerben nicht erlaubt war, ihr aber das Blut durch den Körper schießen ließ, wie sie es niemals für möglich gehalten hätte. In den Kreisen, in denen sie sich bewegte, redete man schon über Tony und sein erstaunliches Rhythmusgefühl – und das nicht nur auf der Tanzfläche. Wenn Angelicas und seine Hände sich berührten, gaben die Tanzschritte nicht mehr nur vor, als würden sie beide miteinander flirten. Jede Berührung, jeder Blick, jeder Hüftschwung war eine stille Unterhaltung.

Von diesem Moment an war Angelica süchtig nach lateinamerikanischen Tänzen – und nach Tony.

Bernard »interessierte sich nicht für die Lateinamerikanischen«. Sie waren ihm zu wild und ungestüm und erforderten zudem zu viel »Hüftschwung«. Das Äußerste, wozu er sich bereit erklärt hatte, war der Tango gewesen: Eine steife, staksige Angelegenheit, bei der er Angelica von der einen zur anderen Seite schwang, während sie mit leidenschaftlichem Blick über seine Schulter starrte.

Die Trennung wurde schließlich besiegelt, als Angelica ankündigte, dass sie an den Turnieren über zehn Tänze teilnehmen wollte, bei denen alle zehn Tänze aus den Standardtänzen sowie den lateinamerikanischen Tänzen gefordert wurden: nicht nur Walzer, Foxtrott, Quickstepp, Tango und der wirbelnde, schwindelerregende Wiener Walzer, sondern auch der heiße Cha-Cha-Cha, eine erotische Rumba und Samba sowie der Paso doble und ein schwungvoller Jive. Dies bedeutete nicht nur, dass sie neue Schritte lernen musste, sondern auch, dass sie neue Kostüme und eine neue Haltung brauchte – und ganz unterschiedliche Personen auf der Tanzfläche darstellen musste. Schnell merkte sie, dass dies ihr großes Talent war: Wie ein Chamäleon konnte sie sich der Musik anpassen. Sie genoss es, sich immer wieder auf die Suche zu begeben nach einer neuen, noch exotischeren Haut, in die sie hineinschlüpfen konnte.

»Warum?«, hatte Bernard erschrocken gefragt. »Warum willst du zehn Tänze nicht besonders gut absolvieren, wenn du fünf sehr gut tanzen könntest?«

»Weil ich Neues lernen will«, hatte Angelicas Antwort gelautet, was eigentlich hieß: »Weil ich Neues mit Tony lernen will.«

Die Trennung von Bernard hatte viele Leute erschüttert und verärgert, nicht zuletzt ihren Tanzlehrer, von dem sie annahm, dass er viel Geld auf ihren Gewinn der Europäischen Amateurmeisterschaft gesetzt hatte.

Ihre Eltern regten sich über ihre Entscheidung auf, da sie der Meinung waren, dass lateinamerikanische Tänze nichts für anständige Mädchen waren. Anständige Mädchen wohnten auch nicht mitten in London über einem Schwulen-Nachtclub, doch davon wussten sie glücklicherweise nichts.

»Die Kleider, Angie!«, hatte ihre Mutter gefleht und entsetzt die Augen aufgerissen. »Das sind ja gar keine Kleider! Nur Fransen!«

Noch schlimmer wog allerdings die Tatsache, dass Toni ein professioneller Tänzer war. Wenn Angelica mit ihm tanzen wollte, so würde sie ebenfalls in die Sparte der professionellen Tänzer wechseln müssen. »Und wir wissen ja alle, was das bedeuten würde«, erklärte ihr Vater, obwohl sich Angelica recht sicher war, dass er keinen blassen Schimmer hatte, was dies wirklich bedeutete.

Auch Bernard brachte ihre Entscheidung aus der Fassung, sodass er während ihres letzten Walzertrainings alles auf eine Karte setzte.

»Ich werde dich heiraten!«, rief er, als ob er dadurch mit einem Schlag alle Probleme gelöst hätte. »Wie wäre das?«

Angelica lächelte nur, da sie seine Gefühle nicht verletzen wollte. Als sie ging, steckte sie dem Tanzlehrer die Namen zweier Mädchen zu, die auf der Suche nach einem netten, festen Tanzpartner waren – keinen Spitzbuben oder windigen Typen, die es auf andere Dinge abgesehen hatten.

Wenige Stunden, nachdem sie Bernard und seine steife, starre Tanzwelt verlassen hatte, nahmen Angelica und Tony ihre erste Trainingsstunde im Paso doble. Angelica konnte so viele große, dramatische Haltungen und Positionen einnehmen, wie sie wollte, ohne sich dabei Sorgen um Bernards heiklen Hals machen zu müssen. Anstatt an der starren Miene von früher festzuhalten, trieb Tony sie an, ihre Mimik als Teil des Tanzes zu nutzen.

»Du bist der Bulle!«, rief er immer wieder. Sein spanischer Akzent wurde noch deutlicher, wenn er versuchte, die leidenschaftliche Akkordeonmusik mit seiner Stimme zu übertönen. »Jag mir Angst ein! Sei stürmisch! Zeig, dass du mich willst!«

Angelica wollte ihn, und das mit einer Leidenschaft, die ihr fast schon wehtat, obwohl sie den starken Verdacht hegte, dass Tony dies nicht nur jeder Frau sagte, die er auf der Tanzfläche in den Armen hielt, sondern auch jedem Mädchen, das dem Tapas-Restaurant seines Vaters in Clapham einen Besuch abstattete. Doch mit einem Mal wusste Angelica sehr genau, wie sie bekommen würde, was sie wollte: Sie stolzierte geradezu über die Tanzfläche und setzte ihren Rock wie beim Flamenco ein. Wenn sie die Figur des Chassé Capa tanzten und Tony sie wie das rote Tuch des Matadors schwenkte, streckte sie ihren langen Hals nach hinten. Wenn sie dann seinen starken Arm spürte, der sie hielt, fühlte sie sich so lebendig wie nie zuvor. Für sie war vollkommen klar, dass sie niemals wieder Standardtänze tanzen würde.

Tapas hin oder her, Tony gab jedenfalls sehr überzeugend den stolzen Matador, während sie sich als hervorragende Schülerin entpuppte. Sie beugte ihren geschmeidigen Rücken nach hinten, warf die langen, schlanken Beine in die Höhe, als sei sie nicht in Longhampton, sondern in Buenos Aires geboren. Sie tanzten geheimnisvoll und dramatisch, und wenn Tony Angelica berührte, spürte sie, wie sich jedes Haar auf ihrer Haut aufrichtete. Mal lächelte er verführerisch, mal presste er die Lippen fest aufeinander, als sei er verärgert. Kurz gesagt: Er war die Londoner Version all der spanischen Mistkerle, die Angelicas Freundinnen an der Costa del Sol reihenweise die Herzen gebrochen hatten – mit dem einzigen

Unterschied, dass Tony ein brillanter Tänzer war. Dafür war Angelica bereit, ihm alles zu verzeihen.

Ihr origineller, phantasievoller Stil führte dazu, dass sogar bei einer überfüllten Tanzfläche jeder Blick auf ihnen ruhte. Doch trotz aller Extravaganz war ihre Technik fehlerlos. Und ohne Frage konnten sie die Finger nicht voneinander lassen.

Angelica ließ sich ihre langen, schwarzen Haare zu einer schicken Kurzhaarfrisur schneiden (was ihrem Tanz und den Wangenknochen sehr zugutekam), nahm zehn Pfund ab (die Kleider ließen einen wahrhaftig paranoid werden) und entwickelte durch die vielen Hebefiguren und Positionen Beinmuskeln an Stellen, von deren Existenz sie bisher nichts gewusst hatte. Zudem änderte sie auf Tonys Drängen hin ihren Namen in Angelica; den Namen Angela Clarke legte sie für immer ab. Stolz und unabhängig, wie sie war, wählte sie Andrews als neuen Nachnamen, da sie den Verdacht hegte, dass es dauern würde, bis sie sich Angelica Canero nennen durfte.

Angelica wusste instinktiv, dass die spannendste Zeit ihres Lebens begonnen hatte. Es war ihr nicht möglich, das Tanzen und Tony getrennt voneinander zu betrachten. Sie übten bis spät in die Nacht hinein, bis sie blutige Füße bekamen und ihnen die Arme schmerzten, um dann sein möbliertes Zimmer aufzusuchen. Dort rissen sie sich gegenseitig die Kleider vom Leib und liebten sich, bis sie erschöpft einschliefen. Am Wochenende reisten sie durch das ganze Land, um ihre Position im professionellen Klassement zu verbessern. Der verbeulte Mini wurde gegen einen eleganteren Rover ausgetauscht, als Geld von Tanzvorführungen und Unterrichtsstunden in ihre Kassen floss, bis Tony und Angelica schließlich sogar an ausländischen Tanzwettbewerben teilnahmen. Aus Motels wurden Hotels, die Proberäume wurden größer, Streit und Versöhnungen nahmen zu, während die Kostüme immer knapper wurden. Manchmal musste Angelica blaue Flecken mit Make-up überdecken, doch im Nachhinein konnte sie nicht mehr sagen, ob sie sich diese bei den Proben, beim Streiten oder beim Versöhnen zugezogen hatte. Es spielte aber auch keine Rolle; es war einerlei.

Die CD fiel ihr aus den Händen, und Angelica fuhr mit einem Ruck auf; fast wäre sie eingeschlafen.

Victor Silvester, dachte sie verträumt und betrachtete das Albumcover. Bernard würde ihn sicher für Chris und Lauren empfehlen. Eine Dame konnte zu Silvesters Musik mit einem ausladenden Rock tanzen und war gleichzeitig gegen bedauerliche Behinderungen durch ihren Partner gefeit.

Angelica hatte Lauren ein wenig angeschwindelt mit ihrer Aussage, sie sähe in Chris einen Tangotänzer. Sie hatte damit eigentlich nur sagen wollen, dass für einen Mann mit einem derart steifen Rücken ein Tango der wohl geeignetste Tanz sei. Lauren dagegen war wie geschaffen für den Walzer. Die meisten Mädchen liebten den Walzer abgöttisch; wenn die Musik anschwoll und zu romantischen Phantasien verleitete, konnten sie sich nur allzu gut vorstellen, sich bei einem Märchenball zu befinden. Die meisten von ihnen schienen jedoch die anstrengende Arbeit der Waden zu unterschätzen, die unter dem Deckmantel des anmutigen, schwanengleichen Auftretens vonnöten war. Lauren besaß jedoch kräftige Beine und hatte zudem ihrer Größe eine elegante Haltung zu verdanken. Angelica war sofort aufgefallen, wie sehr Lauren die Romantik des Tanzes, das Kleid und der Auftritt an sich gefallen hatten.

Sie fragte sich insgeheim, ob dies wohl der Grund war, warum Lauren heiratete. Wegen des Kleides und des Auftritts? Von allen Teilnehmern des Tanzkurses war sie die Einzige, die in jedem Tanz eine Chance zur Flucht zu sehen schien, eine Chance, jemand anderer zu sein. Auch das war Angelica nicht entgangen, da sie früher genauso gewesen war.

Sie trommelte mit den Fingern auf der CD-Hülle herum

und lächelte. Da war es eindeutig einfacher, Walzerunterricht zu nehmen, da man jede Woche ein tolles Kleid tragen und den Partner wechseln konnte, wenn man ihm entwachsen war.

Oder er einem entwachsen war.

Langsam erlosch Angelicas Lächeln.

19

Am Mittwochmorgen stand Katie eine halbe Stunde früher auf als gewohnt, um zu verhindern, dass eines der Kinder zu ihnen ins Bett krabbeln wollte und dann nur sie dort vorfinden würde. Das frühe Aufstehen fiel ihr nicht besonders schwer – sie hatte ohnehin kaum geschlafen und in ihrem Kopf alles rastlos gedreht und gewendet.

Ross hatte offensichtlich die gleiche Idee gehabt, da er ebenfalls schon auf den Beinen war. Er sortierte Wäsche und bereitete das Frühstück für die Kinder vor, als Katie in die Küche kam. Er ignorierte jedoch sämtliche Versuche ihrerseits, ein Gespräch zu beginnen über tolle Geburtstagsüberraschungen nach ihrer Rückkehr von dem Kurztrip. Daher nahm sie schweren Herzens und voller Selbsthass ihre Tasche und fuhr zur Arbeit.

Da es regnete, dauerte die Ortsbegehung viel länger als ursprünglich beabsichtigt. Als sie schließlich ins Büro zurückkehrte, war sie nicht nur nass bis auf die Haut, sondern auch gereizt.

»Da sind Nachrichten für Sie«, erklärte Scott, sobald sie ihren Fuß ins Büro gesetzt hatte. Er winkte mit einem Stapel Post-it-Blättchen. Sie hatte ihn wegen ihres verpatzten Urlaubsantrags ordentlich zurechtgewiesen. Seitdem hatte Scott eine noch aufsässigere Arbeitshaltung angenommen und strikt Dienst nach Vorschrift absolviert; er trieb sie damit zur Weißglut.

»Könntest du sie bitte vorlesen?« Katie stellte ihre Tasche auf dem Schreibtisch ab und wühlte in den Schubladen nach ihren extrastarken Schmerztabletten. Sie hatte wahnsinnige Kopfschmerzen, und außerdem musste sie dringend auf die Toilette.

»Rufen Sie Jan in der Personalabteilung zurück wegen Ihres *neuen* Urlaubsantrags. Rufen Sie Paul Bailey zurück wegen des Wartungsvertrags für das Sportzentrum, dann wurde Ihr Auto auf dem Parkplatz mit einer Autokralle versehen, weil Ihre Parkerlaubnis gestern abgelaufen ist …«

Katie nahm einen Schluck kalten Kaffee, spülte damit zwei Tabletten hinunter und brachte es unter übermenschlicher Anstrengung zustande, Scott einen bösen Blick zuzuwerfen. »Scott, als mein Assistent sollst du dich um solche Dinge wie etwa meine Parkerlaubnis kümmern!«

»Ich bin hier als Volontär und komme frisch von der Uni«, erklärte Scott beleidigt. »Wie wir besprochen haben, kümmere ich mich nicht um persönliche Angelegenheiten.«

»*Wie wir besprochen haben*, handelt es sich hierbei nicht um persönliche Angelegenheiten, sondern um einen *Dienstwagen*.« Katie holte tief Luft und bedachte Scott mit ihrem angsteinflößenden, stechenden Blick, der in der Regel Bauarbeiter, die ihr hinterhergepfiffen hatten, dazu brachte, auf Knien angerutscht zu kommen und kleinlaut um Verzeihung zu bitten. »Irgendjemand muss hier angerufen haben und mitgeteilt haben, dass mein Wagen eine Vorwarnung bekommen hat. *Bevor* er mit einer Autokralle versehen wurde.«

Er wedelte mit weiteren Notizzetteln. »Wenn Sie mich ausreden lassen würden … ›Rufen Sie den Sicherheitsdienst wegen Ihres Autos zurück‹, ›Rufen Sie dringend den Sicherheitsdienst wegen Ihres Autos zurück‹, ›Rufen Sie zu Hause an‹.«

Er betonte »zu Hause« genau, wie Eddie Harding es immer tat.

Katie zählte innerlich bis zehn und tat so, als hätte sie gerade etwas sehr Wichtiges in ihrem Maileingang entdeckt. »Danke, Scott. Gib mir bitte die Nachrichten, ich werde mich darum kümmern«, erklärte sie dann, als sie sich sicher war, sich ihm zuwenden zu können, ohne ihm die Augen auszukratzen.

Mittlerweile war es zehn nach fünf. Gott allein wusste, wie sie bis dahin durchgehalten hatte. Jeder andere hätte sich wahrscheinlich einen Tag Urlaub genommen, um seine Ehe zu retten, redete sie sich ein. Katie dagegen war fast ein wenig beschämt darüber, wie erleichtert sie gewesen war, dem gewohnten Arbeitsrhythmus nachgehen zu können. Es war sinnlos, sagte sie sich immer wieder. Es war absolut sinnlos, solange Ross nicht zurückgekehrt war und sie miteinander reden konnten.

Scott lungerte vor ihrer Bürotür herum und hoffte allem Anschein nach darauf, sich in einem unbemerkten Moment fortstehlen und früh Feierabend machen zu können. Das kann er getrost vergessen, dachte Katie spitz.

»Was gibt's?«, blaffte sie ihn an.

»Sie hatten einen privaten Anruf.«

Ihr klopfte das Herz bis zum Hals. Das war Ross gewesen. Ganz bestimmt.

»Sie möchten bitte Ihre Freundin Jo zurückrufen«, fügte er hinzu, während er durch die Bürotür verschwand.

Nachdem er außer Sichtweite war, streifte sich Katie die Schuhe von den Füßen und rieb sich die Augen. Jo. Sie würde ihr wohl oder übel erzählen müssen, was passiert war, falls Ross plante, das Wochenende mit »Nachdenken« zu verbringen, während Jo auf Hannah, Jack, Rowan und Molly aufpasste und er ihr gegenüber so tun würde, als sei nichts geschehen. Vielleicht sollte sie den Trip absagen und die Kinder zu Hause behalten. Es war typisch für Ross zu glauben, dass es *ihrer* Freundin nichts ausmachen würde, unter diesen Umständen allein mit ihm wegzufahren. Arme Jo.

Bei Jo sprang jedoch nur der Anrufbeantworter an. Katie runzelte die Stirn und wählte dann die Nummer ihres Handys. Die Mobilbox antwortete.

Wahrscheinlich wollte Jo nur wissen, was sie Hannah schenken sollte und ob sich Ross etwas Besonderes zum Geburtstag wünschte. Vor Schmerz kniff Katie die Augen zusammen. Oder es drehte sich um den Tanzkurs. Katie war sich mit einem Schlag aller terminlichen Verpflichtungen bewusst. Bestimmt ging es um ein verdammtes Ballkleid. Na ja, dafür war's ja nun zu spät.

Sie drückte auf die Wahlwiederholung, erreichte aber am anderen Ende wieder nur die Mobilbox.

Dann schien es ja nicht allzu dringend zu sein, vermutete Katie und wandte sich wieder den dreiundvierzig E-Mails zu, die in ihrer Abwesenheit eingegangen waren.

Da sich Katie nicht besonders darauf freute, mit Jo zu reden, befand sie, dass das Gespräch noch gut und gerne ein wenig warten konnte.

Katie gab sich allergrößte Mühe, dass Büro so früh wie möglich zu verlassen, damit Ross und sie wenigstens noch kurz miteinander reden konnten, bevor er abreiste. Doch sie brauchte allein noch eine gute halbe Stunde dafür, Scotts Briefe zu korrigieren. Diese waren mit Grammatikfehlern übersät und beinhalteten besorgniserregend lockere Zusagen für künftige Leistungen.

Erst als die Putzkolonne kam, zwang sich Katie, den Heimweg anzutreten. Jo ging immer noch nicht ans Telefon, sodass Katie ihr eine kurze Nachricht auf den AB sprach und ihr mitteilte, dass sie und Ross heute Abend nicht zum Tanzkurs kommen würden und Jo sie bitte bei Angelica entschuldigen möge.

Im Erdgeschoss brannte Licht, als sie die Tür aufschloss. Die lärmende Musik der Girliband »Girls Aloud« sowie lautes

Kindergeschrei schlugen ihr entgegen und strapazierten ihre angespannten Nerven.

Herrgott noch mal, wie sollen wir denn bei diesem Tohuwabohu über unsere Zukunft reden?

Doch im gleichen Augenblick zügelte sie ihre Gedanken. Nun sei nicht so gemein, Katie, schalt sie sich. Sieh es doch einmal von der positiven Seite: Die Kinder sind noch auf, sodass du noch ein wenig Zeit mit ihnen verbringen kannst, bevor sie abreisen!

Jetzt war es sogar wichtiger denn je, sich um die Kinder zu kümmern. Sie konnten nichts dafür, wie sich die Dinge zwischen ihr und Ross entwickelt hatten, und sie durften auf keinen Fall den Eindruck gewinnen, schuld daran zu sein. Doch Katies gute Absichten waren schnell verflogen, als sie die Küche betrat und sich ihren Augen die reinste Haferkeksbäckerei bot. Überall waren sirupverklebte Löffel, Haferflocken, Schokolade und Margarine verteilt. Einiges davon klebte sogar in Hannahs Haar. »Um Gottes willen, Ross! Was ist denn hier los? Die Kinder sollen vor dem Zubettgehen ruhiger werden, stattdessen füllst du sie hier mit *Zuckerzeug* ab?«, entfuhr es ihr.

Im gleichen Moment hasste sie sich für ihren Vorwurf.

Ross schenkte ihr ein breites, offensichtlich aufgesetztes Lächeln, doch seine dunklen Augen starrten sie warnend an. Er drehte den CD-Player ein wenig leiser. »Oh, wir haben nur ein wenig Spaß zusammen! Mit Molly und Rowan!«

Jetzt erst fiel Katie auf, dass Molly zusammen mit Hannah in einer Schüssel herumrührte, während sich Rowan, die wie Jack in einem Kinderstuhl saß, die Finger ableckte. Alle Kinder hatten schokoladenverschmierte Münder und sahen alles andere als schläfrig aus. Hannah war ganz in ihrem Element: Sie stand in ihrem Ballett-Tutu auf einem Stuhl und kommandierte herum. Katie war sofort klar, was im Gange war. Hannah liebte es abgöttisch, Kuchen zu backen, und

Ross musste ihr dabei lediglich die Mengenangaben sagen – das reichte schon, um sie zu beschäftigen.

»Wir backen Kekse!«, erklärte Hannah stolz.

»Das sehe ich! Die sehen aber lecker aus!«, antwortete Katie wie aus der Pistole geschossen. »Aber gleich ist Zeit, baden zu gehen, oder?«

»Daddy! Hilf mir mit der Dose!«

»Lass mich kurz mit Mummy reden, dann helfe ich dir sofort, ja, Liebes?«, erwiderte Ross und zog Katie aus der Küche. »Wo *warst* du?«, fragte er vorwurfsvoll.

»Ich hatte einige Baubesichtigungstermine«, antwortete Katie. »Ist irgendetwas mit Jo? Ich habe eine Nachricht von ihr bekommen, aber sie ist nicht ans Telefon gegangen, deswegen –«

»Greg hat sie verlassen.« Ross blickte zu Molly hinüber, die einen ebenso guten Riecher für Probleme hatte wie Hannah. Doch sie vergrub fröhlich ihre Finger in der Sirupdose. »Heute Nachmittag ist er plötzlich bei ihr aufgetaucht und meinte, ›sie müssten reden‹. Sie war total fertig, deswegen habe ich die Kinder mitgenommen. Seitdem unterhalten sich Jo und Greg.«

Katie fiel entsetzt die Kinnlade herunter. Als sie an Mollys und Hannahs Adleraugen dachte, denen nichts entging, schloss sie den Mund schnell wieder. Als sie an die Nachrichten dachte, auf die sie nicht reagiert hatte, bekam sie schlimme Gewissensbisse. »Oh mein Gott! Im Ernst? Greg? Er hat sie *verlassen*? Ich fasse es nicht! Hat er eine andere?«

»Ich weiß es nicht. Jo ist nicht ins Detail gegangen. Ich glaube, sie wollte lieber mit dir darüber reden. Aber ich fand, das Beste wäre, Molly und Rowan zu beschäftigen, damit Greg und Jo tun können, was … Ich weiß nicht. Was auch immer sie gerade tun.«

Katie versuchte, die Neuigkeit zu verarbeiten, doch sie schaffte es nicht. Es ergab alles keinen Sinn. Greg – der verantwortungsvolle, hart arbeitende Familienvater Greg – hatte Jo verlassen? Sie sitzen gelassen? Die schöne Mutter seiner Kinder? Das konnte nicht sein: Sie führten doch eine phantastische Ehe! Da musste es doch einen Grund geben! Vielleicht hatte Ross etwas missverstanden. Vielleicht musste Greg aus beruflichen Gründen wegziehen, und Jo hatte sich geweigert. Oder vielleicht gab es berufliche Probleme? Irgendetwas in der Art musste geschehen sein.

Verdammt, dachte Katie hilflos. Warum habe ich sie nicht noch einmal angerufen? Warum hatte ich mein Handy bloß ausgeschaltet?

Weil du bei der Arbeit warst, erinnerte sie sich, doch sie fühlte sich damit kaum besser.

»Ich hatte die Mädchen fast den ganzen Nachmittag lang hier bei mir«, fuhr Ross fort. »Ich wusste nicht mehr, was ich noch mit ihnen machen sollte, deswegen waren die Haferkekse meine letzte Rettung …«

»Vergiss bitte, was ich gesagt habe. Ich wusste ja nicht, was passiert war. Es tut mir leid.« Katie schloss für einen Moment die Augen, dann öffnete sie sie wieder, während ihr tausend Gedanken durch den Kopf gingen, die sie zu sortieren versuchte. Wenn Greg und Jo sich heute Nachmittag unterhalten hatten, könnte er jetzt womöglich schon fort sein. Jo könnte jemanden brauchen, der für sie da ist. Wahrscheinlich war sie ziemlich fertig. »Ist er noch bei ihr? Hat sie gesagt, was passiert ist? Ich nehme mal an, dass er seine Koffer packt – schließlich ist er derjenige, der ausziehen sollte, und nicht sie mit den Kindern!« Katie schob sich die Haare hinter die Ohren und versuchte, sich daran zu erinnern, wie man im Falle einer solchen Ehekrise reagieren sollte. »Wenn er beschlossen hat, dass alles vorbei ist, muss sie so schnell wie möglich die Türschlösser austauschen.«

»Ich kenne mich mit den Feinheiten nicht so aus«, erklärte Ross spitz. »Aber ich kann mir kaum vorstellen, dass sie im

Moment auch nur einen Gedanken daran verschwendet, die Schlösser zu wechseln!« Er warf einen besorgten Blick in die Küche und runzelte die Stirn. »Hannah? Nicht! Stell das wieder hin! Warte damit schön auf Daddy, ja?«

Katie kramte in ihrer Handtasche und holte das Handy hervor, das sie während ihrer Heimfahrt lautlos gestellt hatte. Sie hatte zwölf entgangene Anrufe, und es klingelte schon wieder.

Jo. Zu Hause.

»Ist es Jo?«, fragte Ross.

»Ja. Hallo?«, rief sie.

Ross deutete mit einer Hand in Richtung des Wohnzimmers und konzentrierte sich dann wieder auf das Chaos in der Küche. »Wow, Molly! Das sind die *besten* Haferkekse, die ich *je* gesehen habe!«, hörte Katie ihn staunen. In seiner Stimme war kein Anzeichen der Sorge mehr zu erkennen, die er noch eine Sekunde zuvor gezeigt hatte. Er wollte die Kinder nicht beunruhigen. Das war einfühlsam und liebenswürdig. Eben typisch Ross, wie sie plötzlich feststellte.

Während er das aufgeregte Geschnatter der Mädchen übertönte, wogte eine Welle der Zuneigung über Katies schweres Herz hinweg. Ross war ein guter Vater. »Lässt du mich einen Keks probieren? Nein? Oh, bitte!« Die Mädchen kreischten vor Vergnügen.

Er ist liebenswert, dachte sie und ließ den Blick über seinen langen Rücken gleiten, als er sich vorbeugte, um Hannah zu umarmen, sodass sein T-Shirt hinten aus der Hose rutschte. Er ist behutsam.

»Katie?«, fragte Jo. Sie klang weit entfernt.

»Jo, ich bin gerade erst nach Hause gekommen. Was ist passiert?«, platzte es aus Katie heraus. »Soll ich zu dir kommen?«

»Ähm, ja, bitte.« Jos Stimme klang ein wenig zu hoch und heiser, als würde sie versuchen, nach längerem Reden und

Schreien wieder normal zu klingen. »Wie geht es den Mädchen?«

»Gut, es geht ihnen gut. Sie backen Kekse mit Ross.«

»Oh Katie, er war heute Nachmittag so lieb! Ich weiß gar nicht, was ich ohne ihn getan hätte …« Jos Stimme zitterte. »Greg ist so ein gedankenloser Mistkerl! Er hat uns ausgerechnet vor der Spielgruppe abgefangen, und Rowan dachte natürlich, er käme uns abholen, und war dementsprechend aufgeregt. Doch deswegen war er nicht da, und Ross …« Sie schluckte. »Ross hat sich die Kinder gepackt. Da wusste ich, dass es ihnen bei ihm wenigstens gut geht.«

Katie hörte, wie Jo tief einatmete, und dann, abseits des Hörers, vernahm sie kehlige, erstickte Laute, die zu rau klangen, um sie als Schluchzer zu bezeichnen.

»Ist er noch da?«, fragte sie so ruhig wie möglich, obwohl sie wegen Gregs Grausamkeit innerlich vor Wut kochte. »Oder bist du allein?«

»Ja. Er ist weg.«

»Jo, Molly und Rowan können gern heute Nacht hier schlafen, wenn dir das recht ist«, erklärte Katie entschlossen. »Was du im Übrigen auch tun kannst. Aber ich komme erst einmal zu dir, okay? Brauchst du irgendetwas?«

»Oh Gott, wie soll ich das bloß *Molly* beibringen?«

Katie brach es fast das Herz, Jo am anderen Ende der Leitung schniefen zu hören. Ich bin ja wirklich eine schöne Freundin! Und eine schlechte Mutter dazu, dachte Katie schuldbewusst.

»Ich bin in fünf Minuten bei dir«, antwortete Katie schnell und legte auf.

Hannah hätte sie beinahe umgeworfen, als sie mit einer klebrigen Masse in den Händen aus der Küche gerannt kam.

»Mummy, Mummy, probier mal die Haferkekse!«

Aus Gewohnheit wollte Katie schon Hannahs sirupverschmierten Händen ausweichen, um ihren besten Anzug zu schonen, doch dann hielt sie inne und ging in die Hocke. Sie nahm ihre Tochter in den Arm und atmete den Duft ihres kleinen Mädchens ein, das nach Haferflocken roch, die in seinen Haaren klebten. Katie schlang ihre Arme um Hannah und musste aufpassen, sie nicht zu fest an ihre Brust zu drücken.

»Ich habe dich lieb, Hannah«, erklärte sie. »Sehr sogar!«

»Ich hab dich auch lieb, Mummy!«, erwiderte Hannah ein wenig gedämpft. »Sogar noch lieber als Haferkekse!«

Katie fuhr die zwei Meilen zu dem neuen Haus, in dem die Fieldings lebten, und überlegte sich praktische, positive Dinge, die sie tun könnte, damit sich Jo keine Gedanken darum machen musste. Dies war ihre Art, mit aufregenden Dingen in ihrem Leben fertig zu werden: Sie konzentrierte alle Energie darauf, notwendige Dinge zu erledigen. Wenn es einem so richtig schlecht ging, brauchte man sich dann wenigstens nicht mehr damit herumzuärgern, zum Beispiel die Schlösser austauschen oder die Post umleiten …

Katie fuhr die Einfahrt hinauf, die für drei Autos angelegt war und auf der tiefe Furchen im Kies davon zeugten, dass Gregs BMW überstürzt abgefahren war. Das Haus war sehr groß und verfügte über Fenster im georgianischen Stil sowie einen schönen Wintergarten. Doch nur unten im Kinderzimmer brannte ein kleines, trübes Licht und leuchtete rosafarben durch die Prinzessinnenvorhänge hindurch.

Katie stieg aus dem Auto, ging knirschend durch den Kies zur Haustür hinüber, klingelte und rief dann durch den Briefkastenschlitz. »Jo? Jo, ich bin's!«

Sie trommelte mit den Fingern gegen die Tür, bis diese aufschwang und Jo mit zerzaustem, medusenhaft abstehendem Haar, roten Augen und tränenverquollenem Gesicht vor ihr stand.

Schnell stellte sich Katie vor sie, damit kein neugieriger Nachbar sie so sehen konnte, und geleitete sie nach drinnen.

Die Eingangshalle sah aus wie immer – ordentlich und großzügig. Doch das goldgerahmte Familienfoto, das für gewöhnlich auf dem Telefontischchen stand, war verschwunden, und wo zuvor glänzende Hochzeitsfotos Besucher empfangen hatten, klafften nun leere, helle Stellen an den Wänden. Katies prüfender Blick fiel auf eine Kehrschaufel und eine Bürste in der Küche, wo zerbrochenes Glas auf dem Boden lag.

»Oh Jo, es tut mir so leid!« Katie schloss ihre Freundin in die Arme. Sie merkte, wie Jo zu zittern begann, als ihr die Tränen wieder über das Gesicht liefen. Katie hielt sie noch fester, und Jos Kopf ruhte auf ihrer Schulter, bis die Tränen versiegt waren.

Solange sie sich um Jo kümmerte, brauchte sie sich nicht mit ihren eigenen Sorgen auseinanderzusetzen. Während Jo abwechselnd weinte und dann wieder ruhiger wurde, schmiedete Katie einen Krisenplan, wie es weitergehen sollte.

»Kann ich dir einen Tee kochen?«, fragte sie so munter wie möglich, um Jo abzulenken. »Einen süßen, heißen Tee, den brauchst du jetzt. Ich könnte jedenfalls einen vertragen. Los, komm, wir gehen in die Küche. Hast du schon etwas gegessen?«

»Ich möchte nichts.« Jo ließ sich benommen auf einen Barhocker fallen.

»Auch keinen Keks?« Katie öffnete den Einbauschrank und stieß auf Teebeutel und Tassen. Sie nahm die Tasse mit der »Ich liebe dich, Daddy«-Aufschrift und dem Abdruck einer Babyhand und schob sie ganz nach hinten.

»Er verlässt uns«, erklärte Jo, bevor Katie überhaupt darüber nachdenken konnte, wie sie das Thema anschneiden sollte. »Offenbar ist unsere Ehe schon seit Jahren am Ende, aber ich hatte wohl zu viel Familienkram um die Ohren, um es zu bemerken. Er sagt, er hätte immer wieder Andeutungen gemacht, aber du weißt schon, ich Dummchen war natürlich zu sehr damit beschäftigt, die Kinder zu erziehen!« Sie warf Katie einen wässrigen, zornigen Blick zu und zählte mit ihren Fingern mit. Ihre Hände zitterten so stark, dass sie jeden Finger fest packen musste. »Ich bin nicht mehr die Frau, die er einmal geheiratet hat, er hat unser langweiliges Leben satt, ich habe mich gehen lassen, ich rede nicht mit ihm, für mich haben die Kinder immer Vorrang vor ihm, so funktioniert das alles nicht, und er will jetzt gehen, damit er neu anfangen kann. Entschuldigung: damit *wir beide* neu anfangen können« fuhr sie bitter fort. »Er denkt ja schließlich auch an mich.«

»Jo, es tut mir so leid!« Katie goss kochend heißes Wasser über die Teebeutel. Das klang alles ziemlich endgültig. Warum war ihr nichts aufgefallen? Welche Anzeichen hatte sie übersehen, dass es so schlecht um diese Ehe bestellt gewesen war?

Gut, Jo hatte auch keine Ahnung, dass Ross und ich zur Eheberatung gehen, bis ich es ihr gesagt habe, erinnerte sich Katie. Es ist schon erstaunlich, wie viel man verbergen kann, wenn man nicht möchte, dass andere Leute Bescheid wissen.

»Ich wusste nicht, dass du so unglücklich bist. Ich wünschte, ich hätte es gewusst.« Katie biss sich auf die Lippe.

»Ich wusste es ja selbst nicht«, erklärte Jo bitter. »Ich bin immer noch … geschockt! Greg war immer besessen von seiner Arbeit. Wie kann er bloß die Kaltblütigkeit besitzen und mir jetzt erzählen, dass ich die Kinder ihm vorziehen würde, wo er doch derjenige war, bei dem die Arbeit immer an erster Stelle stand …«

Damit berührte sie bei Katie einen wunden Punkt. »Ich bin sicher, dass er es nur für dich und die Kinder getan hat, Jo«, erwiderte sie.

»Trotzdem hätte er mir nicht sagen müssen, dass ich mich in eine schwabbelige, langweilige Hausfrau verwandelt habe!«, stieß Jo hervor. Katie stellte den Wasserkessel auf dem Herd ab und nahm ihre Freundin fest in den Arm.

»Das hast du nicht! Ganz sicher nicht! Was hast du getan, seitdem er fort ist?«

»Nichts.«

»Nichts? Ein paar Dinge *müssen* aber erledigt werden. Lass uns zuerst einmal die Schlösser austauschen. Danach können wir dann deinen Anwalt anrufen und uns erkundigen, wie du finanziell gestellt bist. Er hat doch keine Bankkonten gesperrt, oder?«

Sie schüttelte den Kopf. »Er weiß, dass ich Geld für die Mädchen brauche. Das würde er nicht tun.«

»Tatsächlich?« Katie schnappte sich Jos Notizblock für die Wocheneinkäufe und begann, eine Liste aufzusetzen. »Gut. Also – Rechtsanwalt. Schlüsseldienst. Während du schön deinen Tee trinkst, werde ich seine Sachen zusammenpacken. In Mülltüten.« Sie versuchte, ein Lächeln zustande zu bringen. »Und dabei werde ich mir keinerlei Mühe geben, seine Sachen ordentlich zusammenzulegen.«

»Katie, ich bin dir und Ross unendlich dankbar!« Jo erhob sich, geriet dabei ein wenig ins Taumeln und ließ sich niedergeschlagen wieder auf ihren Hocker fallen. »Du weißt gar nicht, wie viel Glück du hast! Ross ist der süßeste Mann, den ich kenne. Pass gut auf ihn auf!«

Jo bemerkte, wie Katie zusammenzuckte, und hakte nach. »Was ist denn? Ist was passiert?«

Katie dachte kurz daran, ihr die Ereignisse zu verschweigen – immerhin war dies der Moment, in dem *Jo* ihre Hilfe brauchte, und nicht umgekehrt. Doch Jo würde zusammen mit Ross und den Kindern wegfahren; bei dieser Gelegenheit würde Ross es ihr ohnehin erzählen.

»Wir …« Die Worte blieben ihr im Hals stecken, doch sie zwang sich, sie dennoch auszusprechen. »Um unsere Ehe ist es auch nicht so sonderlich gut bestellt. Ich denke, wir sind kurz davor, einen Schlussstrich zu ziehen.« Katie rutschte das Herz in die Hose, als sie hörte, wie ihr die Worte über die Lippen kamen. »Gestern Abend bei der Eheberatung habe ich …« Sie stockte. »Ich habe ihm gesagt, dass wir nur noch wegen Jack und Hannah zusammen sind.«

Erschrocken und überrascht schlug Jo die Hand vor den Mund und riss die braunen Augen weit auf. »Katie!« Ihr Haar wippte, als sie ungläubig den Kopf schüttelte. »Ich wusste zwar, dass ihr eine Paartherapie macht, aber ich dachte, dass es bei euch mittlerweile wieder besser läuft! Beim Tanzkurs kam mir Ross so viel *glücklicher* vor! Außerdem hat er mir erzählt, dass …«

Sie hielt inne, als sei ihr plötzlich bewusst geworden, dass sie zu viel gesagt hatte. Katie warf ihr einen skeptischen Blick zu und war plötzlich verärgert, dass Ross ihre Eheprobleme mit Jo besprochen hatte.

»Was hat er dir erzählt?«

Jo presste die Lippen fest aufeinander. »Katie, ich habe nicht vor, für einen von euch beiden Partei zu ergreifen. Das weißt du.«

»Darum bitte ich dich ja auch gar nicht! Was hat er gesagt?« Mit Müh und Not widerstand Katie der Versuchung, noch die Bemerkung »Ich dachte, du wärst meine Freundin!« hinzuzufügen.

Jo schien noch mit sich zu kämpfen, doch plötzlich brach es aus ihr mit einer Leidenschaft hervor, die Katie überraschte. »Er hat *gar nichts* gesagt, weil er nämlich dir gegenüber unglaublich loyal ist. Aber begreifst du denn nicht, wie schwer manchmal alles für ihn ist? Sich um Kinder zu kümmern ist *anstrengend* und *schwierig*, und man hat nie das Gefühl, etwas wirklich richtig zu machen. Und dann kommst du von der Arbeit nach Hause und machst ihm Vorwürfe wegen Sachen, die eigentlich völlig unwichtig sind, obwohl er eigentlich eine verdammte Medaille verliehen bekommen sollte. In der

Spielgruppe ist er der einzige Vater, und er macht seine Sache wirklich großartig, aber er ist allein! Er hat das Gefühl, dass du dich nur noch für deine Karriere, das Haus und die Kinder interessierst – und eben nicht mehr für ihn. Du gibst ihm das Gefühl, als hättest du ihn im Stich gelassen.«

Ich *gebe ihm das Gefühl* – er muss ihr all das gesagt haben, dachte Katie und konnte sich Ross' jämmerlichen Gesichtsausdruck genau vorstellen, als er Jo über sein bemitleidenswertes Leben als Hausmann geklagt hatte. Woher sollte Jo das sonst wissen? Der Verrat fühlte sich an, als hätte ihr jemand einen Schlag versetzt.

Jo fühlt mit ihm, weil sie sich von Greg ähnlich behandelt fühlt, also nimm es nicht persönlich!, redete sich Katie ein. Doch sie konnte sich eine bissige Bemerkung nicht verkneifen.

»Und darüber hat er sich bei dir ausgeheult, nicht wahr? Meinst du nicht, dass man alles von zweierlei Seiten betrachten kann?«

»Um Himmels willen, jetzt versetz dich doch mal in seine Lage!«, schoss Jo zurück. »Greg hat unsere ganze Familie zerstört, indem er sich wie ein selbstsüchtiger Mistkerl verhalten hat, anstatt zuerst einmal mit mir zu reden. Ich will dich doch nur davor bewahren, den gleichen verdammten Fehler zu begehen!«

Katie fiel die Kinnlade herunter. »Hör auf!«, fauchte sie. »Du hast ja keine Ahnung, wie Ross zu Hause ist!«

»Ich weiß, dass er ein guter Ehemann ist!«

»Und du meinst, ich wüsste das nicht?«

»Offensichtlich nicht.«

In der Küche herrschte mit einem Mal eine seltsame Stimmung, als wäre die Atmosphäre plötzlich vergiftet.

Jo schwieg und schüttelte den Kopf. Die zornigen Worte, die vor wenigen Augenblicken aus ihr hervorgebrochen waren, standen unheilvoll zwischen ihnen.

Es ist deine Schuld. Du hast ihn fortgestoßen. Du hast ihn als selbstverständlich betrachtet.

Jemand anderer würde ihn mehr zu schätzen wissen und sich um ihn kümmern.

Jemand wie … Jo?

Nein, dachte Katie. *Nein.*

»Wenn ich ehrlich bin, Katie«, fuhr Jo fort, »habe ich diesen langweiligen, selbstsüchtigen Ross, der sich deiner Meinung nach als ›Opfer‹ gibt, nicht *ein einziges Mal* gesehen. Im Gegenteil: Er ist geschickt und kann anpacken, er ist in allem sehr entschlossen und zudem einer der besten Väter, die ich kenne. Alle Mütter lieben ihn. Und es ist beileibe nicht *leicht*, derjenige zu sein, der zu Hause bei den Kindern bleibt. Du verlierst deine Persönlichkeit, weil du andauernd nur Essen aufwärmst und vollgeschissene Windeln wechselst! Mir kommt es fast vor, als wärst du geradezu darauf fixiert, nur die negativen Seiten an ihm zu sehen!«

»Lass uns jetzt nicht über Ross und mich reden, in Ordnung?«, fragte Katie. Nur mit Müh und Not schaffte sie es, Jo für ihren Vorwurf nicht anzuschreien, mit dem sie eindeutig zu weit gegangen war. »Wir sollten uns jetzt auf *dich* konzentrieren.«

»Oh Gott …« Kraftlos ließ sich Jo wieder auf ihren Hocker fallen. »Ich habe kein Recht, mich einzumischen. Doch ihr beide seid mir so wichtig! Und ich habe eure Kinder wirklich lieb. Vielleicht könntest du nur einen Schritt zurückgehen? Wenn du ihn nicht mehr liebst – schön und gut. Aber versuch nicht, es so darzustellen, als sei es allein sein Fehler. Das ist nicht fair!«

Jo versteht es einfach nicht, dachte Katie und fühlte sich plötzlich sehr, sehr einsam. Dann kam sie sich mit einem Mal sehr gemein vor, da Jo die gleichen Vorwürfe wahrscheinlich Greg hätte machen wollen, wenn sie nicht so geschockt gewesen wäre.

Um den Gedanken an ihren Streit zu verdrängen, schaltete ihr Gehirn auf den praktischen Bewältigungsmodus um. »Willst du immer noch in die Center Parcs fahren?«, fragte sie. »Ich würde es verstehen, wenn dir nicht danach wäre.«

»Nein, es wird den Kindern bestimmt guttun«, erwiderte Jo. »Und mir auch. Wenn Ross mitfährt, habe ich vielleicht sogar ein wenig Zeit für mich, um nachzudenken.« Sie blickte zu Katie auf, und Katie konnte erkennen, wie viel Anstrengung es sie kostete, sich zusammenzureißen. »Das sollte auch dir die Möglichkeit geben, nachzudenken.«

»Wenn du möchtest, könnte ich Gregs Sachen zusammenpacken und wegschaffen, während du fort bist.« Katie wollte helfen. Sie war zu erschöpft, um Jo böse zu sein, selbst wenn sie das Wesentliche nicht begriffen zu haben schien. Was würde es schon bringen, alle Argumente wie Druck und Stress bei der Arbeit und dergleichen zu wiederholen? Wahrscheinlich würde sie in Jos Ohren nur wie Greg klingen. »Er ist derjenige, der auszieht, nicht wahr?«

»Ja«, erwiderte Jo. »Er hat mir nicht gesagt, wo er hingeht, aber er wird wohl in irgendeinem Hotel wohnen.« Sie hielt inne. »Was ist mit Ross? Will *er* ausziehen?«

Irgendetwas an der Art, wie Jo gefragt hatte, machte die Situation für Katie mit einem Mal viel realer und bedrohlicher als je zuvor. Vor ihrem inneren Auge sah Katie, wie Ross seine Jeans und T-Shirts einpackte, wie er seine CDs mitnahm, die Design-Bücher aus dem Regal holte, wie er den Kindern zu erklären versuchte, warum Daddy fortging, und warum …

»Ich weiß es nicht«, antwortete Katie schnell. »So weit sind wir noch nicht.«

In der Eingangshalle klingelte das Telefon und ließ sie beide erstarren.

»Ich möchte jetzt nicht mit Greg sprechen«, erklärte Jo leise.

»Okay.«

»Katie, du hast wirklich eine tolle Ehe«, fuhr Jo zögerlich fort. »Mach keinen Fehler und sieh ein kleines Tief nicht gleich als Ende an. Ich führe mich nicht umsonst hier als Miststück auf. Denn«, sie zog schelmisch die Mundwinkel hoch, »wenn ich ein echtes Miststück wäre, würde ich dich darin bestärken, Ross zu verlassen, damit wir dann hier zusammen Trübsal blasen könnten.«

Sie schlang die Arme um sich, als würde sie nie wieder umarmt und getröstet werden.

»Ich weiß«, erwiderte Katie und erhob sich von ihrem Stuhl. »Komm schon her!«

Sie vergrub ihr Gesicht in Jos Schulter und so blieben sie in Jos makelloser Küche stehen, bis ihnen die Realität der Ereignisse langsam klarwurde. In jedem Fall war es einfacher, den anderen zu trösten, als sich mit den nächsten Schritten in eine ungewisse Zukunft auseinanderzusetzen.

20

In der Zwischenzeit stand der Rest des Tanzkurses in der Memorial Hall beisammen und beobachtete Lauren dabei, wie diese zuerst Katie und dann Jo anrief. Der Kurs wirkte ohne die Fieldings und die Parkinsons ein wenig verloren.

»Bei Jo geht niemand ans Telefon«, berichtete Lauren, beendete den Anruf und sah zu Angelica hinüber, um auf neue Anweisungen zu warten. »Soll ich noch einmal Katies Handy anwählen?«

»Können wir nicht einfach loslegen?«, nörgelte Chloe und rieb sich fröstelnd über ihre drallen Oberarme, bis ihr ganzer Körper in dem seidenen Sommerkleid wie eine Götterspeise wackelte. »Ich friere mich hier zu Tode. Wenn ich mich nicht gleich bewege, bekomme ich noch Frostbeulen!«

»Ich habe noch eine Strickjacke, die ich gerade nicht brauche und die ich Ihnen gern leihen könnte, wenn Sie mögen«, bot Peggy schüchtern an. »Hier im Saal ist es noch nie besonders warm gewesen. Insbesondere, seitdem die Stadt letztes Jahr den Heizkessel aus Sicherheitsgründen entfernt und nicht wieder ersetzt hat.«

»Ich, ähm .... Ist schon okay, bis wir loslegen«, lehnte Chloe schnell ab. »Aber dennoch vielen Dank!«

Trina zwinkerte zu ihr herüber. »Baxter, Sie müssen ein paar Runden mit ihr auf dem Parkett drehen«, erklärte sie lachend. »Das wird Chloe wieder ein wenig Farbe ins Gesicht bringen!«

Chloe keuchte, doch Baxter zwinkerte ihnen gutgelaunt zu und wackelte mit seinen dunklen, buschigen Augenbrauen.

»Na ja, dann werden wir wohl ohne sie weitermachen müssen«, beschloss Angelica. »Wenigstens haben wir eine gerade Anzahl an Teilnehmern.« Sie lächelte. »Und mit vier Teilnehmern weniger werden Sie alle in den Genuss meiner gesteigerten individuellen Aufmerksamkeit kommen!«

Chris, der neben Lauren stand, stöhnte auf, und Lauren stieß ihn heftig mit der Hüfte an. Sie war gerade gar nicht gut auf ihn zu sprechen. Er hatte sie mit einer Reihe unsinniger Entschuldigungen abgespeist, warum er heute Abend nicht kommen könnte. Zuerst hatte Kian jemanden gebraucht, der zu Hause blieb und auf eine Lieferung warten konnte, dann hatte Chris angeblich länger arbeiten müssen – bis Lauren schließlich zur ultimativen Waffe gegriffen und Irene angerufen hatte, um »sicherzustellen, dass Chris nicht seinen Tanzkurs verpasste«.

Sie warf Chris einen bösen Blick zu, den er finster erwiderte. Nur mit vereinten Kräften hatten sie es geschafft, Irene davon abzuhalten, Chris zum Tanzkurs zu begleiten.

Er war zwar gekommen, doch Lauren war ziemlich sicher, dass sie im Anschluss an den Kurs noch eine Menge Ärger erwarten würde.

»Ich wollte eigentlich auf Jo und Greg sowie Katie und Ross warten, weil ich ein paar Ankündigungen zu machen habe«, erklärte Angelica und faltete die Hände. »Aber gut, fangen wir an. Zunächst einmal habe ich beschlossen, dass Sie alle an Weihnachten beim Gesellschaftsabend eine kleine Vorführung Ihres Könnens geben werden! Es sei denn«, fügte sie hinzu, »dass Sie alle wirklich, wirklich *überhaupt gar nicht* wollen. Oder wenn ich zum Schutze meines guten Rufes beschließe, dass Sie besser nicht auftreten sollten.« Sie warf den Kursteilnehmern einen kurzen, finsteren Blick zu, bevor sie sie wieder anstrahlte. »Dafür, dass Sie erst vier Wochen dabei sind, tanzen Sie jedoch alle wirklich hervorragend. Sie haben nun mit vier Tänzen die Basics abgedeckt, was ich als einen sehr guten Start betrachte. Bisher gibt es keinen unter Ihnen, bei dem ich *aktiv* eine Teilnahme verhindern würde.«

»Auch nicht bei Lauren und mir?«, fragte Chris verdrießlich.

»Ganz besonders bei Ihnen beiden nicht!«, rief Angelica. »Guter Gott, natürlich nicht! Ist Ihnen denn noch nicht aufgefallen, dass Lauren eine der Besten im ganzen Kurs ist?«

Bridget strahlte vor mütterlichem Stolz, und Frank nickte anerkennend zu ihr hinüber.

»Gemeinsam mit ihren Eltern natürlich«, fügte Angelica großzügig hinzu.

»Versteh das bitte nicht falsch, Chloe«, mischte sich Trina ein und wandte sich an Angelica, »aber – das soll kein Vorwurf sein! – muss ich mit ihr tanzen?« Sie nickte mit dem Kopf in Richtung ihrer Freundin, bevor sich ihre Miene hoffnungsvoll erhellte. »Könnten Sie nicht irgendeinen Kerl auftreiben, mit dem ich stattdessen tanzen kann? Sie müssen doch jede Menge Tänzer kennen, oder?«

Chloe presste die ohnehin schon verschränkten Arme noch enger an ihren Körper und schob sich damit den Busen fast unter das Kinn. »Schönen Dank auch, Trina. Super.«

»Jetzt sei doch mal ehrlich, das Gleiche denkst du doch auch!«, protestierte Trina. »Wer nicht fragt, bleibt dumm, sage ich immer!«

»Sehr richtig«, stimmte Angelica ihr zu. »Aber leider bin ich keine Partnervermittlung. Wenn Sie mit einem Mann tanzen möchten, sollten Sie Ihr Werben freitags beim Gesellschaftsabend beginnen. Dort können Sie Ihr eigenes Casting abhalten!«

»Wie bei *DanceStar* im Fernsehen!«, grübelte Trina. »Langsam verstehe ich, was Sie meinen!«

»Was müssen wir denn dafür genau tun?«, erkundigte sich

Lauren. »Ich bin nicht besonders gut darin, etwas … vorzuführen.« Womit sie sehr höflich auszudrücken versuchte, dass sie so ziemlich jede Prüfung in ihrem Leben versiebt hatte, weil sie sich mit dem Wunsch, alles richtig zu machen, einfach zu sehr unter Druck gesetzt hatte. So hatte schließlich einfach gar nichts mehr geklappt. Sie warf Chris einen prüfenden Blick zu, der um die Nasenspitze herum ein wenig blass geworden war. Chris war natürlich einer dieser Glückspilze gewesen, die niemals etwas wiederholen mussten und es dennoch immer wieder schafften, gute Noten abzusahnen. Obwohl sich Lauren dieses Mal nicht so sicher war, ob er ohne Üben einen 1-A-Foxtrott aufs Parkett legen könnte. Es sei denn, Angelica würde ihm per Hypnose ein Rhythmusgefühl eintrichtern. Aber vielleicht könnte man sich ja ein paar Videos besorgen à la »Denk dich schlank«?

Irene würde bestimmt ein paar kennen.

»Es soll kein Test sein! Es ist einzig und allein eine gute Gelegenheit, um allen zu zeigen, was Sie alles gelernt haben. Stellen Sie es sich als Generalprobe für Ihren großen Tag vor!«, schlug Angelica ihr vor. »Das wird schon klappen und Ihnen wahnsinnig viel Spaß machen!«

»Ich wüsste nicht, was daran …«, begann Chris, doch er hielt inne, als Angelica mit dem Finger auf ihn zeigte.

»Christopher, Sie haben mit Lauren die beste Partnerin an Ihrer Seite, die Sie sich vorstellen können. Sie hat es verdient, eine Gelegenheit zu bekommen, um mit ihrem Können zu glänzen. Und am 14. Dezember werden Sie Laurens Fred Astaire sein – und wenn ich Ihre Schuhspitzen mit Sekundenkleber aneinanderkleben und Lauren Sie durch den Raum schleifen muss wie eine Marionette.«

»So bald schon?« Lauren schnappte nach Luft. »Wir haben aber doch jetzt schon fast Ende Oktober! Da bleiben ja nur noch … sechs weitere Abende!«

»Zeit genug«, beschwichtigte sie Angelica. »Da ich weiß,

wie wenig Zeit noch bleibt, und ebenso weiß, dass einige von Ihnen nicht so gern zu Hause üben, habe ich ein kleines Geschenk zur Wiederholung für Sie vorbereitet.« Sie beugte sich vor und öffnete ihre große Ledertasche.

»Lauren, könnten wir uns vielleicht einmal kurz unterhalten –«, setzte Chris an, doch Lauren deutete ihm mit dem Zeigefinger an, leise zu sein.

»Ich habe CDs für Sie, die Sie sich anhören sollten. Für jeden gibt es eine spezielle Aufnahme.« Angelica gab allen Anwesenden eine CD, die mit ihrer fließenden, gestochenen Handschrift beschriftet war. »Darauf sind alle Musikrichtungen vertreten für die Tänze, die Sie gelernt haben, sowie für ein paar Tänze, die Sie im nächsten Monat kennenlernen werden. Sie können selbst entscheiden, welchen Tanz Sie sich für die Vorführung aussuchen möchten. Ich habe zu jedem Song den jeweiligen Tanz notiert, und ich möchte, dass Sie die CD in Ihrem Auto abspielen oder in Ihrem Discman oder was auch immer Sie haben. Stellen Sie sich beim Hören bitte vor, wie Sie dazu tanzen.«

Sie hielt kurz inne, als sie bei Baxter und Peggy ankam. »Ich habe auch eine CD für Sie beide angefertigt, obwohl ich annehme, dass Sie selbst wahrscheinlich genügend Musik als Inspiration zu Hause haben.«

Peggy wurde nervös und lächelte gekünstelt, wie sie es immer tat, wenn Angelica sich direkt an sie wandte.

»Wir verfügen durchaus über eine kleine Auswahl unserer eigenen, bevorzugten Wettbewerbslieder«, erklärte Baxter und glättete sich auffällig bescheiden das Haar. »Obwohl wir nicht gern viel Aufhebens darum machen.«

»Natürlich nicht«, erwiderte Angelica.

»Aber wir würden uns freuen, den anderen ein wenig Nachhilfe beim Tanzen zukommen zu lassen«, fügte er hinzu. Anmutig neigte er sein schwarz glänzendes Haupt. »Nicht, dass wir Ihnen Ihre Aufgabe streitig machen wollen, aber, Sie wissen schon, wenn jemand noch ein wenig Unterstützung braucht …?«

»Christopher, hier haben Sie Ihren persönlichen Tanzlehrer!«, verkündete Angelica lächelnd. »Das ist ein wirklich sehr großzügiges Angebot von Ihnen, Baxter. Und sehr mutig noch dazu.«

»Soll ich eine CD für Ross und Katie mitnehmen?«, fragte Bridget, als ihr Angelica eine CD reichte.

»Sie wissen, wo die beiden wohnen?«

»Na ja, ungefähr jedenfalls«, entgegnete Bridget. »Ihr Haus liegt auf unserem Heimweg, in der Willoughby Road. Die Hausnummer kann ich in der Schule nachsehen – ich bin sicher, dass die beiden gern üben wollen. Wenn Sie mir zwei CDs geben, kann Ross eine an Jo weiterleiten. Ihre zwei Ältesten sind in der gleichen Klasse.«

»Was glaubt ihr, wo sie heute Abend sind?«, fragte Lauren neugierig. »Es ist schon komisch, dass ausgerechnet alle vier nicht hier sind!«

»Vielleicht haben sie ihre Frauen getauscht und sind dann in Urlaub gefahren«, vermutete Trina. »Schließlich sind sie beide der gleiche Typ.«

»Trina!«, rügte Chloe. »Das ist … unanständig!«

»Womöglich hat es etwas mit den Kindern zu tun«, erklärte Bridget. »Schließlich haben wir gerade Herbstferien. Vielleicht sind sie zusammen weggefahren.«

»Dann hätten sie uns doch letzte Woche etwas gesagt«, schnaubte Trina. »Es macht schon einen großen Unterschied, wenn plötzlich zwei Männer im Kurs fehlen.«

Lauren war über sich selbst überrascht, als sie merkte, dass sie Trina insgeheim zustimmte. Es war erstaunlich, wie schnell sie sich von einer unbeholfenen, linkischen Truppe, die es anfangs gar nicht so gern mochte, sich beim Tanzen körperlich so nahe zu kommen, zu einer Gruppe entwickelt hatten, in der es auffiel, wenn jemand fehlte. Was aber auch nicht verwunderlich war, musste sich Lauren eingestehen, wenn man bedachte, wie nah man aufeinanderhockte und wie oft man sich gegenseitig auf die Fußspitzen trat. Sie selbst tanzte sehr gern mit Ross, mit Greg dagegen eher weniger. Greg unterhielt sich nicht gern und neigte dazu, ihre Hände ein wenig zu fest zu drücken, während Ross ihr immer das Gefühl gab, etwas Besseres zu sein, als sie tatsächlich war.

»Das ist wirklich lieb von Ihnen, Bridget«, erwiderte Angelica. Sie schwenkte die letzte, übrig gebliebene CD wie ein Tamburin durch die Luft, als sie zum CD-Player ging. »Jetzt werden wir aber mal loslegen, nicht wahr? Das erste Lied auf der CD ist ›Are You Lonesome Tonight‹, ein wunderbarer Langsamer Walzer – extra für Sie, Lauren! Ich will sehen, wie Sie alle auf Ihren Fußballen federleicht dahingleiten! Stellen Sie sich bitte vor, es sei der letzte Tanz, bevor Sie in den Krieg gehen. Jeder sucht sich einen anderen Partner. Und lassen Sie bitte genügend Abstand zu den anderen, wir haben Platz genug – es gibt also keine Entschuldigung, wenn Sie heute Abend mit einem anderen Paar zusammenstoßen …!«

»Hey, Lauren, dreh ein paar Runden mit deinem alten Dad«, rief Frank und streckte Lauren seine Hand entgegen. »Es wird eine Wohltat für meinen Rücken sein, mit einem schönen großen Mädchen zu tanzen, anstatt mich immer nach unten beugen zu müssen, um mit deiner Mutter reden zu können.«

»Das habe ich gehört, Frank«, erwiderte Bridget und lächelte, als Baxter sie um diesen Tanz bat.

Die ersten »Ooohs« von Elvis' Chor hallten vom Dachgebälk wider.

»Fertig? Und eins, zwei, drei, und …« Frank und Lauren legten schwungvoll los wie ein Boot, das vom Ufer abgestoßen wurde, und glitten elegant über das Parkett. Ihre Füße hatten keine Probleme, die richtige Position zu finden.

»Sie müssen die Knie beugen, Lauren!«, rief Angelica. »Stellen Sie sich vor, wie sich der weite Rock Ihres Hochzeitskleides mit Ihren Schritten wiegt! Genau, das ist es! Sehr schön!«

Frank strahlte vor Stolz, als sich Laurens Wangen vor Freude und Anstrengung rot färbten. »Es ist schön, dich so lächeln zu sehen, Liebes«, erklärte er. »Du warst heute Abend so still. Ist irgendetwas?«

»Eigentlich nicht.« Lauren biss sich auf die Lippe und senkte den Blick.

»Eigentlich …?« Er legte den Kopf zur Seite und versuchte, ihr in die Augen zu schauen, sodass sie ihn ansehen musste. Das hatte er schon gemacht, als sie noch klein gewesen war; er wusste genau, dass er sie damit zum Lachen bringen konnte. In ihren Brautschuhen war sie nur wenige Zentimeter kleiner als Frank und konnte seinem Blick nicht ausweichen.

»Ist das ein ›eigentlich nicht – ich brauche nur ein bisschen Geld für ein neues Kleid‹ oder ein ›eigentlich nicht – Chris und ich wandern nach Kanada aus, und ich weiß nicht, wie ich Irene beibringen soll, dass wir keine Hochzeitstorte brauchen‹?«

Laurens Mundwinkel verzogen sich zu einem Lächeln, obwohl ihr eigentlich gar nicht danach war.

»Jetzt sag schon, was los ist«, drängte Frank, führte sie gekonnt in eine Umdrehung und wich dabei geschickt Chris und Angelica aus, die in einem schrecklichen Durcheinander aus Ellbogen und Füßen vorbeistolperten. Vielmehr Chris; Angelica versuchte eisern, ihn zu bändigen. Frank bemerkte, wie Laurens Blick Chris folgte, als er an ihnen vorbeiwankte, und wusste sofort, dass ihre seltsame Laune mit ihm zu tun hatte.

Dies bestärkte Frank nur noch mehr, wieder ein Lächeln in Laurens Gesicht zaubern zu wollen.

Lauren entging der entschlossene Gesichtsausdruck ihres Vaters nicht, und ihr wurde klar, dass sie mit der Wahrheit herausrücken musste.

»Du weißt ja, dass Chris und ich für ein Haus sparen wollen«, fing sie zögerlich an. »Und dass das der Grund ist, warum wir nicht zusammenleben können, während wir Geld sparen.«

»Oh! Und ich dachte schon, du wärst nach Hause gekommen, um mehr Zeit mit uns verbringen zu können!«, frotzelte Frank.

»Nein, jetzt sei nicht so albern. Es ist wirklich total schön, bei euch zu Hause zu wohnen, aber …« Sie zögerte. Dad brauchte von Chris' Junggesellengebaren nichts zu erfahren; er würde nur wütend werden, Chris eine Standpauke halten und ihm ein paar hinter die Löffel geben. »Ich vermisse Chris. Genauso, wie du Mum vermissen würdest, wenn ihr getrennt voneinander leben müsstet. Du weißt schon, wir sind beide … erwachsen und …«

»Ich weiß, was du meinst, Liebes«, erwiderte Frank. »Deine Eltern sind noch nicht so alt, dass sie ihre Zeit zu zweit nicht mehr genießen würden.«

Lauren wand sich. Das Gespräch nahm eine Richtung, die sie definitiv nicht beabsichtigt hatte. Sie versuchte, das Thema so schnell wie möglich zu wechseln. »Wie auch immer. Kennst du die neuen Häuser, die gerade gebaut werden, wo sich früher der alte Viehmarkt befunden hat?«

»Und jetzt bitte alle eine Rückwärtsdrehung!«, rief Angelica in dem Versuch, den Chor zu übertönen. »Die Männer den Kopf zur Ecke des Saales, dann eine *große* Drehung, um die andere Saalecke zu betrachten. Füße zusammen, ein Zwischenschritt. Dann die Damen genau anders herum!«

Atemlos drehten sich Frank und Lauren, wobei sich ihre Füße gekonnt aus dem Wege gingen und Laurens Rock bei der schnellen Drehung hochwirbelte.

Die Rückwärtsdrehung mit ihrem weiten, raschen Schwung verlieh Lauren immer das Gefühl, »richtig« zu tanzen. Einen ganz kurzen Moment lang stellte sie sich vor, ihr ausladendes

Brautkleid mit dem steifen Petticoat im Disney-Stil darunter zu tragen. Vor ihrem inneren Auge sah sie von oben auf sich hinab, auf einen Traum aus weißer und kristallener Eleganz. Die blonden Locken hatte sie hochgesteckt, und sie wiegte sich bei ihren Rückwärtsdrehungen wie eine Pusteblume im Wind. Sie war stolz auf alles, was sie gelernt hatte.

Ich liebe es, zu tanzen, dachte sie. Ihr Herz schlug schneller, während sich ihr Körper drehte, sich die Füße zur Musik bewegten und alles wie am Schnürchen lief. Nur beim Tanzen kann ich mich wie eine Prinzessin fühlen, selbst wenn ich mit meinem Vater tanze.

Dann rief sie sich vor Augen, wie sie mit Chris tanzen würde, und ihr Mut sank ein wenig. Um sich wieder aufzumuntern, stellte sie sich vor, wie bezaubernd ihm die silberne Brokatkrawatte stehen würde.

»Ich weiß, welche Häuser du meinst«, antwortete Frank und brachte sie mit ein paar Grundschritten wieder auf eine gerade Bahn. »Du meinst diese winzigen Häuschen, fast wie Puppenhäuser, nicht wahr?«

Laurens Augenmerk richtete sich wieder auf die finanzielle Situation.

»Na ja, wir werden uns nichts Größeres leisten können, und wenn wir es jetzt anzahlen würden, wären die Häuser zwanzig Prozent günstiger als später, wenn nach Bauende die Immobilienmakler erst einmal ihre Hände im Spiel haben, sagt Dr. Carthy. Jedenfalls wollte seine Tochter Charlotte eines der Häuser kaufen, doch dann musste sie wieder absagen, weil sie eine neue Stelle in Glasgow angenommen hat. Dr. Carthy hat mich gefragt, ob Chris und ich nicht das Haus kaufen wollen. Seine Tochter hat ein paar Tage Zeit, um über das Haus nachzudenken, danach geht es an die nächste Person auf der Liste. Es gibt sogar schon eine Warteliste, um überhaupt auf diese Liste zu kommen!«

»Aber die Häuser sind doch noch nicht einmal gebaut! Ich

bin dort vor einigen Tagen mit dem Auto vorbeigefahren, und es stehen erst zwei Häuser!«

»Ich weiß. Ihr Haus ist das überübernächste, das gebaut wird – es soll im Frühjahr bezugsfertig sein. Genau rechtzeitig zur Hochzeit.«

Aber wenn ich Chris nicht aus Kians Klauen bekomme, wird es womöglich gar keine Hochzeit geben, dachte sie bedrückt und senkte wieder den Blick für den Fall, dass der Röntgenblick ihres Vaters feststellen sollte, dass irgendetwas nicht in Ordnung war.

Jetzt, da Chris und sie nicht mehr zusammenwohnten, musste in jeder Unterhaltung »etwas« diskutiert werden; sich einfach nur entspannen oder miteinander quatschen gab es nicht mehr. Noch besorgniserregender war die Tatsache, dass er mit seinen Gedanken oftmals meilenweit entfernt war, wenn sie auf die Hochzeit zu sprechen kam, und er dann erklärte, wieder aufs College gehen und dort einige BWL-Kurse belegen zu wollen – und zwar nicht unbedingt in Longhampton. Es war nicht so, dass sie nicht *wollte*, dass er Pläne schmiedete; es kam nur so wenig »wir« darin vor.

Wenn sie zusammenziehen würden, so hoffte sie, würde dies vielleicht einen Neubeginn für ihr gemeinsames Leben bedeuten. Dann könnten sie *gemeinsam* Pläne für die Zukunft schmieden.

Da Lauren den Blick gesenkt hielt, versuchte Frank erneut, ihr von unten in die Augen zu schauen. »Und das heißt …?«

»Wir müssten die Anzahlung noch diese Woche leisten«, platzte es aus Lauren heraus. »Danach müsste dann schon die Hypothek laufen. Aber wir haben erst eintausendachthundert Pfund angespart! Chris glaubt, dass Irene uns die Anzahlung leihen wird, aber ich möchte einfach nicht, dass sie die Gesamtsumme übernimmt. Sie beabsichtigt, selbst eine Hypothek aufzunehmen und das Haus dann an uns zu vermieten, aber das will ich nicht.«

»Auf keinen Fall«, stimmte Frank ihr entsetzt zu. Er konnte sich gut vorstellen, wie sie sich mit ihrer penetranten Stimme darüber beschwerte, dass Lauren das Haus nicht sauber genug hielt, und wie sie versuchen würde, sich sogar noch bei der Auswahl der Möbel einzumischen … »Nein, deine Schwiegermutter sollte besser nicht deine Vermieterin sein. Welch schreckliche Vorstellung!«

»Ich möchte, dass Chris und ich zu gleichen Teilen eine eigene Hypothek aufnehmen.« Sie presste die Lippen aufeinander. »Gleich von Beginn an.«

»Wie hoch ist denn die Anzahlung?«, erkundigte sich Frank, doch insgeheim wusste er schon, dass er Lauren das Geld geben würde, ganz gleich, wie hoch die Summe war.

Sie schaute zu ihm auf. Sofort wurde sein väterlicher Beschützerinstinkt geweckt, als er ihre gerunzelte Stirn erblickte. »Etwa fünfzehntausend Pfund. Ich habe den ganzen Tag im Internet verbracht und ausgerechnet, was wir jeden Monat zahlen könnten. Ich denke, wir könnten es so gerade schaffen, wenn ich Überstunden mache, Chris genügend Autos verkauft, sodass er seine Prämien erhält, und wir uns finanziell ein wenig einschränken.«

Frank pfiff durch die Zähne. »Du weiß, wie viel unser Haus kostet?«

»Ein paar Piepen werden es schon sein«, grinste Lauren.

»So ähnlich.«

Frank versuchte, eine ernste Miene aufzusetzen. Doch innerlich staunte er, wie perfekt doch alles zusammenpasste. Heute Morgen noch war er bei der Bank gewesen und hatte das viele Kleingeld einzahlen wollen, dass sie immer in einem Glas neben der Eingangstür sammelten. Der Kassierer hatte ihn gefragt, ob sie schon wüssten, was sie mit der Geldanlage anfangen würden, die in dieser Woche zur Auszahlung fällig wurde. Ob er sich vielleicht mit einem Kollegen darüber unterhalten wolle?

Nun, da Frank im Ruhestand war, bekam er jeden Morgen eine lange Liste von Besorgungen, die er erledigen sollte, doch keine davon war besonders dringlich. Obwohl eigentlich Bridget diejenige war, die bei ihnen für die Finanzen zuständig war, hatte er sich in der Bank vierzig Minuten lang mit dem neuen, noch recht jungen Kundenberater unter anderem über Freibeträge und Steuervergünstigungen unterhalten und schließlich die Bank mit einem Kontoauszug ihrer Guthaben wieder verlassen.

Bridget hatte das betreffende Sparkonto bisher mit keinem Wort erwähnt. Frank nahm jedoch an, dass das Geld von einer Lebensversicherung stammte, die sie irgendwann einmal abgeschlossen hatten, und die nun nach seiner Pensionierung ausgezahlt wurde. Er wusste, dass Bridget ein separates Sparkonto für Laurens Hochzeit angelegt hatte; auf diesem befanden sich einige Tausend Pfund. Wenn Bridget von dem anderen Geld gewusst hätte, hätte sie es ganz bestimmt zum Hochzeitsbudget beigesteuert. Doch sicherlich war es wichtiger, Lauren dabei zu unterstützen, ihr eigenes kleines Häuschen zu kaufen.

Bridget und er würden ihre Gesellschaft vermissen, dachte er wehmütig, als er Lauren an Trina und Chloe vorbeidirigierte, die sich wie gewohnt darüber stritten, wer den Tanzpart des Mannes übernehmen sollte. Lauren schaffte es immer wieder, Bridget zum Lachen zu bringen, und der Anblick, wie sie sich mit ihren hageren, ellenlangen Beinen, die in dicken Wollsocken endeten, im Sessel vor dem Fernseher lümmelte, verlieh ihnen das Gefühl, wieder jung zu sein – als hätte jemand die Uhr zu dem Zeitpunkt zurückgedreht, als Lauren noch ein Teenager war. Tief in seinem Inneren hatte sich Frank jedoch nach Laurens Auszug schon daran gewöhnt, seine Bridget wieder ganz für sich allein zu haben, die abendliche Stille zu genießen, stets einen gut gefüllten Kühlschrank vorzufinden und Telefonrechnungen zu erhalten, die unter fünfzig Pfund im Monat lagen. Aber so rasant, wie die Grundstückspreise in Longhampton anstiegen, stand es wohl zu befürchten, dass nach der Hochzeit auch noch Chris in Laurens altes Zimmer einziehen würde. In der Sonntagszeitung konnte man genügend Horrorgeschichten lesen, die von Kindern handelten, die wieder bei ihren Eltern einzogen und dort blieben, bis sie dreißig wurden …

Mit sechzig Jahren fange das Leben erst so richtig an, behaupteten das nicht heutzutage immer alle Zeitschriften? Bridget würde im nächsten Jahr ebenfalls in den Ruhestand gehen, und es wäre toll, wenn sie eine schöne Zeit miteinander – zu zweit – verbringen könnten, bevor Lauren sie als Babysitter brauchen würde.

Die Sache war also schnell entschieden.

»Wir werden dir das Geld leihen, Liebes«, erklärte er. »Du kannst uns das Geld zurückgeben, wenn das Haus eine halbe Million Pfund wert ist.«

Laurens Gesicht strahlte vor Freude und Erleichterung. »Dad? Tatsächlich? Oh, das ist so lieb von euch! Vielen Dank! Du bist der beste Vater der ganzen Welt!«

Wie jedes Mal, wenn Lauren ihn so ansah, ging Frank das Herz vor Liebe über. Er war erleichtert, dass er seinem kleinen Mädchen immer noch etwas Gutes tun konnte. Vielleicht war dies das letzte Mal, dass er ihr helfen konnte, bevor sie erwachsen und mit Chris verheiratet war. Und wenn er ganz ehrlich war, so war es ein ziemlich schönes Gefühl, zu wissen, dass er auch als Rentner immer noch gebraucht wurde. Als »betagter Bürger der Stadt«, wie das immer so schön hieß.

Um den Entschluss zu feiern, beendeten sie den Tanz mit einer ganzen Reihe von Rückwärtsdrehungen, die sie so elegant und gekonnt ausführten, dass Angelica ihnen nach Ende des Liedes applaudierte.

Am anderen Ende Longhamptons legte Katie gerade in Jos Eingangshalle den Hörer auf und den Kugelschreiber beiseite.

»Der Schlüsseldienst sollte in ungefähr einer Stunde hier sein und die Schlösser austauschen. Die haben heutzutage alle rund um die Uhr geöffnet – da fragt man sich ja schon, in welcher Stadt man hier lebt, nicht wahr?«

Jo rang sich ein Lächeln ab.

»Soll ich dir noch eine Tasse Tee kochen?« Katie lief geschäftig in die Küche und durchstöberte die Küchenschränke.

»Ähm, ja, bitte. Hör mal, Katie, solltest du nicht allmählich wieder zu Ross zurück?«

Mit den Teebeuteln in der Hand hielt Katie inne. »Ich glaube, dass ich dir hier eine größere Hilfe bin. Was ist, wenn Greg zurückkehrt?«

»Du musst mit Ross reden!«, erklärte Jo entschlossen.

»Jo, ich habe dir bereits gesagt, dass Ross das nicht *möchte!*«

Als das Telefon plötzlich klingelte, blickten sie sich entsetzt an.

Jo löste sich als Erste aus der Starre und nahm den Hörer ab. »Hallo?«

»Wenn das Greg ist, dann gib mir den Hörer – ich werde ihm mal gehörig den Marsch blasen!«, flüsterte Katie.

Doch der Erleichterung nach zu urteilen, die sich in Jos angespannter Miene abzeichnete, handelte es sich bei dem Anrufer definitiv nicht um Greg. »Oh, hallo!«, rief sie fröhlich, bevor ihr Blick zu Katie wanderte und aufmerksamer wurde. »Wie geht es dir?«, fragte sie ein wenig hilflos und fuhr fort, bevor die Person am anderen Ende der Leitung antworten konnte. »Ja, sie ist hier. Willst du sie sprechen?«

Katie trat einen Schritt vor, um den Anruf zu übernehmen. Doch Jo deutete ihr mit der Hand an, stehen zu bleiben, und schüttelte den Kopf. »Oh, okay. Nein, das ist eine gute Idee – sehr vernünftig. Ich werde es ihr ausrichten.« Tränen glänzten in ihren Augen. »Das ist lieb von dir. Vielen Dank. Ja. Prima. In einer Viertelstunde. Dann bis gleich!« Sie legte auf und versuchte mit einem Blinzeln, die Tränen zurückzuhalten.

»War das Ross?«

»Ja. Er bringt Molly und Rowan zurück – die Kinder sind Gott sei Dank endlich müde. Da wir morgen sehr früh mit dem Minivan losfahren müssen, um die schlimmsten Verkehrsstaus zu vermeiden, hat Ross gefragt, ob Hannah und Jack auch hier schlafen können.« Jo zögerte, als sei sie unsicher, ob sie noch mehr sagen sollte. »Außerdem ist er der Meinung, dass es besser sei, wenn jemand hier schliefe, falls Greg noch einmal zurückkommen sollte.«

»Aber *ich* kann doch hierbleiben!«, protestierte Katie. »Das weißt du doch!« Sie war gekränkt, dass Jo Ross' Gesellschaft zu bevorzugen schien, bis ihr ein neuer, schrecklicher Gedanke kam. »Jo – Ross wollte damit doch nicht andeuten, dass Greg versuchen könnte … dir wehzutun, oder?«

War das etwa ein Geheimnis, in das nur Ross eingeweiht war? Wenn Greg zuvor schon gewalttätig geworden war, warum hatte Jo ihr das nicht erzählt? Es war eine Sache, dass sich Ross am Schultor beim Hinbringen und Abholen der Kinder mit Jo angefreundet hatte, aber dies hier war etwas, was sie ihr definitiv hätte erzählen müssen!

Jo schüttelte den Kopf, sodass ihre Locken wild umherflogen. »Nein! Nein, ich glaube nicht. Ganz ehrlich nicht! Es ist nur …«

»Nur … *was?*«

Ihre Lippen hoben sich halb zu einem Lächeln, halb zu einer Grimasse, und sie rieb sich erschöpft mit dem Handrücken über die Stirn. »Ich weiß, dass du Greg magst. Ross dagegen kann ihn *überhaupt nicht* leiden. Falls Greg also heute Nacht, aus welchen Gründen auch immer, wiederkommen sollte, will ich … Ich will einfach nur, dass er *geht*. Ich will nicht, dass er so lange auf mich einredet, bis ich schließlich klein beigebe. Ich weiß, wie er ist. Wenn du hier wärst, würde er alle Hebel in Bewegung setzen, dich davon zu überzeugen, bei mir für ihn lieb Kind zu machen. Und dann …«

Katie presste die Lippen fest aufeinander. »Jo, ich bin auf deiner Seite. Ich bin …«

»Greg hat sich ganz offensichtlich schon seit Wochen mit dem Gedanken getragen, mich zu verlassen«, unterbrach Jo sie. »Es kam ihm alles ein wenig zu leicht von den Lippen. Als wäre es irgendeine x-beliebige geschäftliche Entscheidung … Ich nehme an, er hat tatsächlich geglaubt, dass ich die Sache schlucke und die Trennung einfach so hinnehme.«

Sie stützte die Ellbogen auf den Tisch und schnaubte. »Er hat gesagt, die Babys hätten mein Hirn verweichlicht. Als sei die Kindererziehung ein Kinderspiel. Dabei bin ich überzeugt davon, dass er es nicht einmal einen halben Tag lang durchhalten würde. Hätte ich den Wunsch gehegt, Greg zu verlassen, hätte ich nicht einmal eine volle Minute Zeit gehabt, um überhaupt über dieses Thema nachzudenken, geschweige denn, mir Gedanken über eine derartige Ankündigung zu machen.«

Dies wird alles von Grund auf verändern, dachte Katie und wurde von Trauer überwältigt. Ich werde Jo als meine beste Freundin verlieren, da sie für Ross Partei ergreifen wird. Und obwohl ich Greg dafür hasse, dass er ihr wehgetan hat, kann ich dennoch sehr gut nachvollziehen, wie es so weit kommen konnte: Schuld waren seine Enttäuschung, ihr Geglucke in Bezug auf die Kinder sowie die fehlenden Gespräche über andere Themen als Geld oder die Kindererziehung.

»Es tut mir so leid!«, platzte es aus Katie heraus. Sie musste nicht einmal sagen, was genau, da ihr einfach alles leidtat.

Jo holte tief Luft, und Katie fragte sich, ob sie wohl wieder eine von Jos Paartherapie-Standpauken über sich würde ergehen lassen müssen.

Doch die Angst war unbegründet. »Lassen wir es gut sein«, erklärte Jo. »Ich will nicht in Tränen aufgelöst sein, wenn die Kinder gleich kommen. Können wir uns über irgendetwas Normales unterhalten?«

»Und worüber?«, fragte Katie betrübt. Derzeit schien nichts mehr normal zu sein.

Jo zerbrach sich den Kopf. »Zum Beispiel ... Weißt du eigentlich, dass wir heute Abend Tanzkurs gehabt hätten?«

Sofort wurde Katie klar, dass Jo das falsche Thema angeschnitten hatte. Der künstliche Glanz über allem, die Harmonie der Schritte bei den Paaren, die sie selbst nie erreicht hatten, der Verdacht, dass die anderen ihre Abwesenheit garantiert heiß diskutieren würden ...

Katie fühlte sich, als hätte ihr jemand einen Schlag ins Gesicht versetzt, und Jos verzweifelter Miene nach zu urteilen, ging es ihr nicht besser.

»Ich werde einen Tee kochen«, entschied Katie kurzerhand.

Kurz darauf kam Ross und brachte die Kinder vorbei.

»Sie sind total erledigt«, erklärte er und trug eine quengelige, schon halb schlafende Hannah auf der Schulter, während Rowan noch in ihrem Kindersitz saß und selig schlief.

Katie war dankbar, endlich etwas tun zu können, und lief nach draußen zum Auto, um Jack aus seinem Kindersitz zu befreien, während Jo eine murrende Molly ins Haus brachte. Jack schnarchte leise und hing schwer in Katies Armen. Dennoch trug sie ihn, als sei er das Kostbarste der Welt. Was er in ihren Augen auch war.

In der Eingangshalle lehnte sie sich an die Wand, während sich Jo und Ross in der Küche unterhielten, und vergrub die Nase in Jacks seidigem Haar. Beim Gedanken daran, das Zuhause ihres Babys durcheinanderzubringen, Jack am Wochenende teilen zu müssen und Hannah alles zu erklären, was geschehen war, wurde sie von einer Woge aus Liebe und Trauer überrollt, die sie erstarren ließ.

Es schmerzte so sehr, dass ihr plötzlich alles vor Augen verschwamm und heiße Tränen auf Jacks Haar tropften. Er schnaubte ein wenig im Schlaf, da er in seinen Träumen die Nässe zu spüren schien, und schmiegte sich noch näher an ihren Hals. Er war so schwer, dass ihre Arme schmerzten, doch Katie nahm diesen Schmerz gern in Kauf.

Was tust du? Was zum Teufel tust du bloß?

Einen Augenblick lang wollte sie in die Küche gehen und Ross sagen, dass sie einen schrecklichen Fehler gemacht hatte, dass sie das Gesagte nicht so gemeint hatte, doch tief in ihrem Inneren wusste sie, dass es dafür zu spät war. Er würde niemals vergessen können, was sie ihm an den Kopf geworfen hatte. In seinen Augen hatte sie deutlich gesehen, wie sehr ihn ihre Worte verletzt hatten. Sie hatte es getan. Sie hatte den Stein ins Rollen gebracht, die Verantwortung lag ganz allein bei ihr.

Katie versuchte sich zusammenzureißen. Einer von uns musste schließlich den ersten Schritt tun, ermahnte sie sich. So, wie es war, hätten wir nicht mehr weitermachen können. Es wird auch wieder vorbeigehen. Andauernd trennen sich Paare, und dies ist die schlimmste Phase. Wenn sie vorüber ist, wirst du schon sehen, dass es die richtige Entscheidung war. Du kannst nicht zulassen, dass du nur aus Angst vor diesem Schmerz mit einem Mann verheiratet bleibst, den du nicht mehr liebst. Das wäre verrückt. Und obendrein eine Verschwendung eurer beider Leben.

Aus der Küche ertönte Ross' leise, mitfühlende Stimme, während Jos hellere Stimme ihn ohne Unterbrechung über die Ereignisse informierte. Er war gut darin, Trost zu spenden und Anteilnahme zu empfinden.

Ich doch auch!, dachte Katie wütend. Ich bekomme aber gar nicht mehr die Gelegenheit, da Ross diese Aufgabe übernommen zu haben scheint!

Von sich selbst war sie am allermeisten enttäuscht, konnte jedoch nicht genau sagen, warum eigentlich.

Jack zappelte in ihren Armen und ballte eine kleine Faust gegen einen Alptraum, der seine Phantasie beschäftigte. Katie streichelte mit einer Hand über sein heißes Köpfchen und murmelte beruhigend auf ihn ein.

Da du jetzt Kinder hast, dreht sich nicht mehr alles nur noch um dich, ermahnte sie eine kalte, klare Stimme in ihrem Hinterkopf. Katie schloss die Augen.

Jemand hüstelte.

Ross stand plötzlich vor ihr. »Wir kommen Samstagabend wieder«, erklärte er. »Ich habe unsere Telefonnummer an den Kühlschrank geheftet.«

Die Aufforderung an sie, nun zu gehen, war nicht zu überhören gewesen, doch Katie wollte sich noch nicht von Hannah verabschieden. »Soll ich versuchen, am Freitagabend nachzukommen? Ich könnte –«

»Nein. Es ist besser, wenn du das nicht tust.« Er räusperte sich leise, um Jack nicht aufzuwecken. »Wir können Sonntag miteinander reden. Jo meinte, Dorothy könnte ein paar Stunden babysitten, damit wir in Ruhe ein paar Dinge klären können.«

»Jo meinte das?« Katie runzelte die Stirn. Ihre Stimme klang mit einem Mal völlig fremd. »Du hast ja nicht lange gebraucht, um unsere privaten Probleme mit Jo zu diskutieren!«

»Jetzt mach dich nicht lächerlich! Du willst mir doch nicht erzählen, dass du nichts davon erwähnt hast, seit du hier bist?«, fragte Ross knapp angebunden. Er klang müde. »Sie gibt sich Mühe, für keinen von uns Partei zu ergreifen – dafür solltest du ihr wirklich dankbar sein. Ich bringe Jack ins Bett. Du gehst jetzt besser nach Hause«, erklärte er und streckte die Arme aus.

Katie wollte Jack jedoch nicht loslassen. »Ich möchte ihn

gern zu Bett bringen«, bat sie, »da ich ihn einige Tage nicht mehr sehen werde.«

Ross machte kurzzeitig den Eindruck, als wolle er sich um diese Aufgabe streiten, doch dann gab er nach. »Wie du willst«, brummte er, drehte sich um und ging.

Katie brachte Jack ins Kinderzimmer, das wie ein Prinzessinnenschloss geschmückt und dekoriert war, um Molly von Rowans Geburt abzulenken. Jo hatte das Reisebett in der Ecke aufgebaut. Unter den rosafarbenen, rüschenverzierten Übergardinen hingen blickdichte schwarze Vorhänge, wie es Jos Babybücher geraten hatten, sodass es einen Moment dauerte, bis sich Katie an die pechschwarze Dunkelheit gewöhnt hatte. Einen kurzen Augenblick lang hatte sie Angst, dass Jack Panik bekommen könnte, wenn er in einem fremden Zimmer aufwachen würde, doch dann fiel ihr ein, dass auch Hannah hier schlafen würde. Sie würde ihn beruhigen, und außerdem schlief Ross im Nebenzimmer. Katie verharrte eine Weile in der Dunkelheit. Jack roch nach Babypuder, und sie brachte es nicht über das Herz, ihn schon in sein Bettchen zu legen. Hannah schlief bereits tief und fest neben Molly im Prinzessinnenbett. Den Daumen hatte sie in den Mund gesteckt, die Finger der anderen Hand hielten das Ohr fest umschlossen.

Bei diesem Anblick wurde Katie das Herz schwer. Sie hatte Hannah das Daumennuckeln fast abgewöhnt. Sie tat es nur noch, wenn sie etwas quälte. Die Kinder merken es sofort, wenn etwas nicht stimmt, hatte Peter gesagt. Hatte Hannah womöglich schon etwas bemerkt?

Sie wiegte Jack in ihren müden Armen. Er war ein ganz schön schweres Paket geworden. Dabei war es noch gar nicht so lange her, dass er ein kleines Baby gewesen war. Ross war außer sich vor Freude gewesen, so stolz, so verblüfft über seine Familie, dass er hoch und heilig versprochen hatte, alles in seiner Macht Stehende zu tun, um sie glücklich zu machen und ihr Sicherheit zu geben. Er hatte sie alle im Krankenhaus im Arm gehalten, Katie und Hannah, Jack in der Mitte zwischen ihnen, und Katie hatte sich zum ersten Mal seit vielen Jahren frei von allem Druck gefühlt, als sie Ross' Arme um sich gespürt hatte.

Wann bin ich erwachsen geworden, dachte Katie, als ihr die Tränen über das Gesicht liefen. Wie ist aus dem jungen Mädchen, das mit einem attraktiven Designer ausging, so plötzlich eine erschöpfte, meistens abwesende Mutter geworden? Und wann bekomme ich das Buch der Mütter, in dem all die Antworten stehen, die ich brauchen werde, wenn Hannah am Samstag zurückkehrt und mich fragt, was mit Daddy los ist? Und wo Mollys Daddy geblieben ist?

Ein solches Buch gibt es nicht, dachte sie traurig. Auch Mum hat nie ein solches Buch zur Hand gehabt. Sie hat sich einfach darauf verlassen, dass ich diese Fragen niemals stellen würde. Aber auf diese Art und Weise wurde Hannah nicht erzogen. Im Gegensatz zu mir früher nimmt Hannah kein Blatt vor den Mund und stellt Fragen, bei denen sich die Erwachsenen durchaus schon mal nervöse Blicke zuwerfen können.

Der Raum kam Katie plötzlich dunkler vor als je zuvor.

21

Frank Armstrong gehörte zu der Sorte Ehemänner, die trotz eines kalten, dunklen Oktobermorgens früh aufstehen, um ihrer Frau eine Tasse Tee ans Bett zu bringen. Er behielt diese Angewohnheit sogar bei, nachdem er nicht mehr um halb sieben im Bad sein musste, um eine Stunde später im Postamt an seinem Schreibtisch zu sitzen.

Die Angewohnheiten, die man die meiste Zeit seines Lebens gepflegt hatte, ließen sich nicht einfach so über Nacht ändern. Außerdem fiel es einem viel leichter, sich die Treppe hinunterzuschleppen, wenn man wusste, dass man anschließend wieder ins Bett zurückkehren konnte, um so lange weiterzuschlafen, wie es einem beliebte, während es draußen in Strömen regnete und die Ehefrau zur Arbeit ging.

»Vielen Dank, Frank«, antwortete Bridget verschlafen und streckte eine Hand unter der behaglichen Decke hervor, um die Teetasse anzunehmen.

»Leider war nicht mehr genügend Milch da«, warnte er. »Madame hat gestern Abend mit ihrem Müsli die Milch fast aufgebraucht.«

»Oje …« Bridget nippte am Tee und zwang ihr Gehirn, in Schwung zu kommen. Heute früh musste sie zu einer Besprechung in die Schule, bei der es um das Krippenspiel ging. Dank der vielen Änderungen, die die neuen Lehramtskandidaten immer gern einbrachten, wurde das Krippenspiel von Jahr zu Jahr komplizierter, sodass man sich schon während der Herbstferien mit dem Thema beschäftigen musste. Schneller als gedacht würde Weihnachten wieder vor der Tür stehen; hatten erst einmal die Proben für die Aufführung begonnen, würde der November wie im Fluge vergehen.

Dies wird mein letztes Krippenspiel, dachte Bridget plötzlich und war unschlüssig, welches Gefühl überwog: die Trauer oder die freudige Erregung angesichts der Freiheit, die folgen würde. Nach Laurens Hochzeit im Juni würde sie in Rente gehen.

Die Hochzeit brachte sie auf andere, weniger angenehme Gedanken. Die Kreditkartenabrechnungen. Gestern waren weitere Rechnungen angekommen, und wenn sie die Briefe nicht in letzter Minute vor Frank versteckt hätte, hätte er sie wahrscheinlich geöffnet – und vermutlich einen Herzinfarkt erlitten. Erst kürzlich hatte Frank »geschätzt«, dass eine Hochzeitstorte, eine wirklich schöne, vielleicht – wie viel? – um die fünfzig Pfund kosten würde? Er hatte keine Ahnung. Absolut keine Ahnung.

Du hörst dich schon an wie Lauren und Irene, dachte Bridget und konzentrierte sich wieder auf ihre überzogenen Konten. Eigentlich wollte sie das gar nicht, aber sie konnte nicht anders. Es war wie mit einem Loch im Zahn, an dem man immer wieder herumtasten musste. Dank des Camcorders hatten sie auch hier ihr Limit überzogen.

Selbst unter der Bettdecke fröstelte es Bridget, als sie sich dafür schalt, das Kleingedruckte nicht gründlich genug gelesen zu haben. Ausgerechnet sie! Offensichtlich forderten die Kreditinstitute genau aus diesem Grund zuerst null Prozent Zinsen; das entgangene Geld wurde später doppelt und dreifach wieder eingenommen, sobald einem die vollen Kosten in Rechnung gestellt wurden. Dennoch stimmte ihr Timing haargenau. Ihre Ausgaben – Bridget versuchte lieber nicht, sich vorzustellen, wie hoch die Summe genau war – würden auf einen Schlag beglichen werden. Auf dem geheimen

Sparkonto befanden sich mindestens achttausend Pfund, sodass sie den größten Teil der Kreditkartenrechnungen bezahlen und sogar noch die Kontoüberziehung ein wenig lindern könnte. Außerdem hatte sie ja ihren Ewigkeitsring, den sie, wenn nötig, immer noch verkaufen könnte …

»Oooh!«, beschwerte sie sich, als Frank wieder unter ihre Decke schlüpfte. »Du hast eiskalte Füße!«

»Aber warme Hände. Lass uns ein wenig kuscheln!«

Frank ist ein guter Ehemann, dachte Bridget, als sich die vertrauten Arme wie jeden Morgen, seitdem sie zweiundzwanzig Jahre alt war, um ihre Taille schlangen. Eine solche Liebe war einfach unbezahlbar.

Sie setzte die Teetasse auf dem Nachttisch ab, schmiegte sich an Frank und atmete den morgendlichen Duft seiner Haut und des Baumwollpyjamas ein. Er hatte sich sogar die Mühe gemacht, sich auf dem Weg zurück ins Bett die Zähne zu putzen.

Als er sie jedoch langsam an seine haarige Brust zog, die wie ein Grizzlybär ergraut war, musste sie an die Schulden denken, die sie in ihrer beider Namen gemacht hatte, und schämte sich. Noch nie hatten sie Geheimnisse voreinander gehabt. Weder Frank noch sie.

Ich werde das diese Woche in Ordnung bringen und das Problem aus der Welt schaffen, dachte Bridget. Dann werde ich Lauren auch sagen, dass sie sich zwischen Dingen *entscheiden* muss, anstatt einfach zwei Dinge zu nehmen plus noch ein Exemplar in Reserve.

Tief in ihrem Inneren wusste sie, dass dies leichter gesagt als getan war, und die Starre ihres Körpers verriet sie.

»Bridget?«, fragte Frank enttäuscht. »Hast du keine Zeit zum Schmusen?«

»Ich muss aufstehen«, erklärte Bridget und schlug die Bettdecke zurück. »Ich habe gleich ein Treffen für das Krippenspiel.«

Nebenan lag Lauren in ihrem alten Jugendbett, starrte glücklich an die Decke und stellte sich vor, wie sie ihr Haus dekorieren würde. Das Haus wäre von oben bis unten neu, nirgendwo gäbe es Klebestreifenreste der Vorbesitzer an der Wand oder Haare im Duschabfluss. In der Broschüre, die Dr. Carthy ihr gegeben hatte, stand sogar, dass man die Teppichböden und die Farben der Wände aussuchen konnte, bevor man einzog.

Weiß, mit türkisfarbenen und silbernen Akzenten, entschied Lauren und stellte sich vor, wie sie in einer rot karierten Schürze durch das Haus sauste und Chris im Wohnzimmer Teller mit kleinen Törtchen servierte.

Dort lag er lang ausgestreckt mit Kian auf dem Boden und spielte irgendein grässliches Ballerspiel. Die romantischen Gedanken kamen zu einem jähen Ende.

Das würde nicht passieren, erinnerte sie sich. Denn das war ja der eigentliche Grund und Motor des Ganzen.

Lieb, wie er war, war ihr Dad mal wieder als letzte Rettung eingesprungen. Wie immer.

Lauren beschloss, als Dankeschön für seinen Einsatz mit ihm bei der Hochzeitsfeier einen ganz besonderen Tanz vorzuführen.

Der Wecker klingelte, und sie sprang aus dem Bett, um ihrer Mutter im Badezimmer zuvorzukommen, doch zu ihrer großen Überraschung war die Tür bereits verschlossen. Lauren hörte, wie drinnen die Dusche lief.

Katie lag im Bett und lauschte dem Regen, der gegen das Fenster peitschte. Sie hatte die ganze Nacht nicht geschlafen, mit Ausnahme einer kurzen halben Stunde, in der ihr die Augen vor Müdigkeit und Erschöpfung zugefallen waren. Dann war sie plötzlich aus dem Schlaf hochgefahren, als hätte sie jemand wachgerüttelt. Einen kurzen, herrlichen Moment hatte sie nicht mehr gewusst, was passiert war. Doch dann war mit einem Schlag alles wiedergekehrt, und sie hatte sich nichts sehnlicher gewünscht, als wieder einzuschlafen.

Obwohl der Wecker erst um sieben Uhr klingeln würde, stand sie auf, weil sie zu unruhig war, um weiter liegen zu können. Zu dem Zeitpunkt, als Lauren an die Badezimmertür klopfte und Bridget ermahnte, nicht das ganze heiße Wasser zu verbrauchen, war Katie schon auf dem Weg zu dem Ort, von dem sie mit Sicherheit wusste, dass er sie davon abhalten würde, ihre Gedanken immer nur um das eine Thema kreisen zu lassen.

Vor Angelicas Schlafzimmerfenster schwammen ein paar Enten lautlos im Fluss, während sie selbst selig weiterschlummerte und wegen ihrer seidenen Schlafmaske nichts von allem mitbekam. Früher wurde sie nie vor zehn Uhr wach; schuld daran waren die langen Jahre, in denen sie bis in die Morgenstunden durchgetanzt und ihr Gehirn trainiert hatte, nach elf Uhr abends am wachsten zu sein. Nun halfen ihr die Schlaftabletten, doch während sie ihrem schmerzenden Körper ein wenig Ruhe und Erholung verschafften, hielten sie sie nicht davon ab zu träumen.

Angelica träumte vom Tower Ballroom, dem Herz des britischen Turniertanzes. In diesem berühmten Ballsaal befand sich oben eine ganze Reihe von gewölbten, goldenen Logen im Rokokostil, die eine wunderbare Aussicht auf den gefederten Boden der Tanzfläche boten, der mit seinem glänzenden Tafelparkett ein wahres Meisterwerk war. Davon träumte sie mindestens ein Mal im Monat; seitdem sie die Fotoalben ihrer Mutter angeschaut hatte, sogar noch öfter. Der Ballsaal war beeindruckend und gebieterisch und bot unter seinen kristallenen Kronleuchtern Platz für mehrere Hundert Tanzpaare. In Angelicas Traum tauchten jedoch nur fünf Paare auf: ihre Wettbewerbskonkurrenten, die schon wie erstarrt in Position standen. Es war die Schlussrunde. Alle warteten auf sie und Tony.

Angelica stand neben der Tanzfläche und strich nervös über die Pailletten ihres Foxtrottkleides. In diesem Kleid hatte sie noch keinen einzigen Wettbewerb verloren. Die glitzernde Kreation bestand aus Tausenden von Hand angenähten Pailletten und roten Federn, die wie Puderquasten ihre Waden umschmeichelten, wenn sie inmitten eines Schrittes für den Bruchteil einer Sekunde innehielt, als hätte sie alle Zeit der Welt zur Verfügung. Dies war ihr Markenzeichen auf der Tanzfläche gewesen. Sie und Tony konnten innehalten, und es war, als würde der gesamte Saal den Atem anhalten, bis sie wieder weitertanzten.

Angelicas rabenschwarzes Haar war glatt nach hinten gekämmt und dort zu einem erotischen Dutt geknotet, der von Nahem betrachtet allerdings mit wenig erotischen Haarklammern befestigt war. Ihre Füße in den goldenen Tanzschuhen bewegten sich ungeduldig und konnten es kaum erwarten, endlich lostanzen zu können. Ihre Nerven waren zum Zerreißen gespannt, die Konzentration und die Angst auf dem Höhepunkt angekommen. Sie war kurz davor, die Fassung zu verlieren. Wenn Angelica tanzte, war alles wunderbar. Doch in den Momenten zuvor drohten die Nerven mit ihr durchzugehen.

Wo war Tony bloß? Gerade noch war er direkt neben ihr gewesen. Sie drehte sich um und ließ den Blick über die Menschenmenge schweifen auf der Suche nach dem vertrauten Gesicht mit den neckischen, glänzenden Augen und den Augenbrauen, die wortlos jeden ihrer Schritte prüften. Doch sie erblickte nur ausdruckslose Gesichter, erwartungsvolle Mienen und feindselige Blicke.

»Und die Teilnehmer der Endrunde in der Kategorie Foxtrott, Angelica Andrews und Tony Canero!«, rief der Sprecher.

Doch Tony war nicht da.

Heisere Trommelschläge ertönten, zu denen sie eigentlich

ins Scheinwerferlicht hätten laufen sollen, bevor dann »Night and Day« beginnen würde. Die Sängerin stand am Mikrofon und wartete auf sie. Ihr mitfühlender Blick gesellte sich zu den Blicken der anderen und bohrte sich in Angelicas Gedanken, bis sie sich löchrig wie ein Nadelkissen fühlte.

Wo steckte Tony bloß?

»Angelica Andrews und Tony Canero!« Dieses Mal schwang Ungeduld in der Stimme des Moderators.

Im Traum schnürte ihr die Angst beinahe die Kehle zu. Sie blieb wie angewurzelt stehen, als die Band anhob, die ersten Takte von »Night and Day« zu spielen, und sich der Scheinwerfer über das Parkett bewegte, ohne dass Tony und sie sich im Lichtkegel befanden.

Dies war der Foxtrott! Ihr Lieblingslied! Der Liedtext, der vor Leidenschaft und Hingabe nur so strotzte, handelte von ihnen und ihrem Leben – Tag und Nacht.

Wo blieb Tony nur?

Ihre Blicke jagten durch die Menschenmenge, über furchterregende, leere Mienen, über reiche goldene Verzierungen der Logen und rote Samtschals, über fremde Gesichter und das Scheinwerferlicht, das sich ohne sie bewegte. Und dann sah sie ihren Vater, der bei den langweiligen, steifen Wertungsrichtern am Tisch saß.

»Er kommt nicht«, erklärte er, wie jedes Mal in dem Traum. »Du bist nicht gut genug für ihn.«

In Schweiß gebadet, schrak Angelica hoch. Während der Regen gegen die Scheiben trommelte, zählte sie ihre Atemzüge, bis sie sich wieder beruhigt hatte.

22

Der Herbstregen peitschte weiter gegen die Windschutzscheibe, als Katie zur Arbeit fuhr und an nichts anderes denken konnte als an die Szene in Jos Zafira.

Ross hatte ihre Geburtstagsgeschenke nicht mitgenommen. Sie lagen immer noch gut versteckt im Kleiderschrank. Hannah würde bestimmt aufgebracht sein, dachte Katie. Sie würde bestimmt denken, dass Mummy ihren Geburtstag vergessen habe, obwohl sie sehr wohl daran gedacht hatte. Mummy hatte ihr sogar ein sehr schönes Geschenk besorgt, etwas, was sie sich sehr gewünscht hatte, doch Daddy …

Stopp, ermahnte sich Katie. Jetzt kannst du nichts mehr daran ändern. Kümmere dich jetzt lieber um deine Arbeit – schließlich hast du im Moment mehr als genug zu tun.

Als Katie in völlig durchnässten Pumps ihr Büro betrat, lagen stapelweise dicke Aktenordner auf ihrem Schreibtisch. Zum ersten Mal freute sie sich fast über die Unmenge an Arbeit, die sie erwartete. Es bestand absolut keine Möglichkeit, vor dem Mittagessen über irgendetwas anderes nachzudenken als über Baugenehmigungen und Enteignungsanträge.

Sie hängte ihren nassen Mantel an die Garderobe, stellte die Kaffeekanne ab und legte das Handy, das sie lautlos gestellt hatte, in den Posteingangskorb, wo sie es im Auge hatte. Falls Ross wegen eines Notfalls anrufen sollte. Dann schlug sie die erste Akte auf.

Drei Stunden später wusste Katie, dass das meiste Land in der Stadtmitte einst der ortsansässigen, reichen Familie Cartwright gehört hatte, die auch für den Bau der Memorial Hall verantwortlich gewesen war. Deren Familiengeschichte endete mit den drei Töchtern von Lady Eliza. Die kleine Ada starb an einer Grippe, Clementine und Felicity hatten nie geheiratet. Die elegante Familienvilla wurde Teil des Krankenhauses, während der größte Teil des Landbesitzes sowohl an die Gemeinde für den Siedlungsbau als auch an ein Konsortium für den Bau von Geschäften verkauft wurde, um die Kosten der Erbschaftsteuer zu begleichen. Katie wusste, dass die Mietshäuser, die man 1954 auf dem ehemaligen Familienbesitz hochgezogen hatte, die ersten Sozialwohnungen in der Stadt waren, die über Einbauküchen verfügten. Hinter vorgehaltener Hand wurde jedoch über den Zustand des Fundaments getuschelt. Als Katie schließlich die zehnte Akte öffnete, rutschte ihr das Herz in die Hose.

Die Memorial Hall befand sich genau am Rande des geplanten Bauprojekts; ein Post-it-Zettelchen mit Nick Felix' Handschrift darauf war nachlässig auf den Aktendeckel geklebt worden. Er hatte geschrieben: »Gebäude in schlechtem Zustand – Dach einsturzgefährdet, gefährliches Heizungssystem«. Dies kam einem Abrissurteil so nahe, dass er auch gleich mit der Planierraupe durch die Eingangshalle mit den verstaubten Schusterpalmen hätte fahren können.

Konnten sie das denn so einfach machen? Das Gebäude stand doch ganz gewiss unter Denkmalschutz. Diese Buntglasfenster waren so selten in Longhampton anzutreffen, dass sie allein schon Grund genug waren, um einen Bautenschutz zu garantieren. Und da die Memorial Hall im Gedenken an die im Krieg gefallenen Bewohner Longhamptons erbaut worden war, besaß das Gebäude doch eine besondere historische Bedeutung, nicht wahr? Zudem war die Bauweise wunderschön!

Katie überflog die Akte. Es gab jede Menge Dokumente

über Formalitäten – die notariellen Urkunden, Notizen über Eigentumsrechte, Notizen darüber, wofür das Gelände im Zuge der Stadterneuerung genutzt werden sollte –, aber nirgends eine Mitteilung über einen etwaigen Denkmalschutz. Das Grundstück war ein persönliches Geschenk von Lady Cartwright an das Memorial Building Committee gewesen, das war alles.

Katie lehnte sich zurück, nahm ihre Tasse zur Hand und merkte nicht einmal, dass der Kaffee darin mittlerweile kalt geworden war. Katie war wirklich die Letzte, die beim Anblick älterer Gebäude sentimental wurde, doch irgendetwas an der lässigen, beiläufigen Art und Weise, wie Nick die Halle mit seiner Notiz einfach abgeurteilt hatte, empörte sie zutiefst. Ganz offensichtlich war er nicht einmal vor Ort gewesen. Er konnte die handgemalten Friese nicht gesehen haben, ganz zu schweigen von dieser wunderbaren alten Spiegelkugel. Er hatte ganz bestimmt nicht erlebt, wie sich die Memorial Hall jeden Freitag während der Gesellschaftsabende von einer einfachen Stadthalle in eine Zeitmaschine verwandelte, wenn die begeisterten Jive- und Quickstepptänzer in ihrem Sonntagsstaat den Saal in seiner vollen alten Pracht von 1955 wieder lebendig werden ließen. Die Menschen *liebten* die Memorial Hall. Schließlich handelte es sich hier nicht um irgendeine dreckige, kleine Pfadfinderbaracke. Selbst die scheppernden, eiskalten Toiletten mit dem steinharten Toilettenpapier schickten einen auf eine Reise in eine andere Zeit.

Katie wurde das Herz schwer, als sie mit einem Mal den Tanzkurs vor Augen hatte: Sie sah, wie Ross problemlos und geschmeidig die neuen Schritte übernahm, während sie vor sich hin stolperte und Angelica ihr immer wieder das Gefühl gab, ein hoffnungsloser Fall zu sein; wie Jo überglücklich Cha-Cha-Cha tanzte und ihre Locken dabei auf und ab hüpften, bevor Greg alles zerstörte. Katie schob die Erinnerungen beiseite und konzentrierte sich auf die Fakten.

Die Bauträger beabsichtigten, auf dem veranschlagten Gebiet Wohnblocks hochzuziehen. Neue Wohnungen, hübsche Zweizimmerappartements, nur dieses Mal mit einem soliden Fundament. Geschäfte wären eine Sache, aber Wohnblocks? Wie konnte sie, der Fairness halber, die Memorial Hall, die vielleicht von zweihundert Menschen benutzt wurde, für wichtiger erachten als Sozialwohnungen? Das war nicht gerechtfertigt.

Wenn man aber die Halle erhalten und die Wohnhäuser um sie *herumbauen* würde? Katie massierte sich die Schläfen und versuchte, so professionell wie möglich nachzudenken. Wenn man dies tun würde, befände sich die Halle wieder im Zentrum einer Gemeinschaft. Nach einer Modernisierung könnte sie als Kulturzentrum oder Veranstaltungshalle fungieren – beschwerte sich der Kulturausschuss nicht immer darüber, wie wenig Veranstaltungsorte die Stadt zur Verfügung stellte?

Als das Telefon klingelte, fuhr sie erschrocken auf, schnappte sich den Hörer und hoffte zum allerersten Mal, dass es sich um einen privaten Anruf handelte.

Aber der Anrufer war Eddie. »Ich will nur kurz nachfragen, ob Sie die Unterlagen von Nick bekommen haben.«

»Ja, habe ich.«

»Geht für morgen alles klar? Denn«, Eddie hob zu seinem nervigen, verschleimten Husten an, »ich dachte, ich hake besser einmal nach, bevor die Besprechung nachher noch … Mit dem Projekt Stadtmitte wird es doch keine Probleme geben, oder?«

»Eddie, das kann ich Ihnen noch nicht sagen.« Katie spürte wieder die tonnenschwere Last auf ihren Schultern. »Es gibt noch ein paar offene Fragen, aber es dreht sich bei der Besprechung doch nur um vorläufige Ergebnisse, oder?«

»Technisch gesehen natürlich ja, da die entscheidende Besprechung am nächsten Freitag stattfindet, bei dem alle Geldgeber anwesend sein werden. Bei dem jetzigen Treffen kommt nur der innere Zirkel zusammen. Ich will damit sagen …« Katie kannte diesen Tonfall nur allzu gut. Eddie wollte ihr damit deutlich zu verstehen geben, nur ja keine Probleme zu machen. »Wir wollen doch so früh wie möglich grünes Licht bekommen, damit der Deal noch in diesem Quartal über die Bühne gehen kann, nicht wahr?«

Wir?, dachte Katie. Wer genau ist denn hier »wir«?

Unter Eddies Golferfreunden befanden sich einige bekannte Leute. Es würde Katie nicht wundern, wenn sich herausstellen sollte, dass er mit den Bauunternehmern, die der Stadt das Land abkaufen würden, befreundet war. Natürlich insgeheim, verstand sich.

»Falls ich auf irgendetwas stoßen sollte, werde ich es sofort melden«, erwiderte Katie.

Nach nun schon so vielen Jahren war sie recht geschickt darin, sich den Rücken frei zu halten und dabei absolut unverbindlich zu bleiben. Das Problem dabei war allerdings, dass alle anderen diese Technik ebenso beherrschten.

»Das ist ganz mein Mädchen«, antwortete Eddie schleimig. »Ich habe das Gefühl, dass Sie das sehr gut hinbekommen werden.« Dann legte er auf.

Katie fixierte das Telefon, kniff die Augen zusammen und wählte noch einmal Ross' Handynummer, um den Kindern hallo zu sagen.

Er hatte jedoch sein Handy abgestellt. Und Jo schien ihres nicht klingeln zu hören.

Nachdem sie der Bausparkasse die Anzahlung überwiesen und das Darlehen aufgenommen hatten, standen sie nun vor der Abbey Building Society. Lauren schlang die Arme um ihren Vater und hätte ihn dabei vor lauter Dankbarkeit beinahe umgestoßen.

»Vielen Dank, Dad!«, rief sie. Ihre blauen Augen leuchteten wie an Weihnachten, als sie als kleines Kind Geschenke bekommen hatte, die größer als sie selbst gewesen waren. »Du bist der beste Dad aller Zeiten!«

»Vergiss deine Mutter nicht!«, erinnerte Frank sie scherzhaft und nahm ihr den Regenschirm ab, damit sie damit in ihrem Überschwang niemandem ein Auge ausstechen konnte. »Schließlich gehört das Geld auch ihr.«

»Ich weiß! Natürlich bin ich auch Mum dankbar. Ich bin euch beiden wirklich dankbar – ich habe die besten Eltern, die man sich vorstellen kann!«

Insgeheim war Frank klar, dass Lauren bereits über Vorhänge und Teppiche nachdachte – und konnte ihr nicht einmal einen Vorwurf machen. Es war schon ganz schön aufregend, die ersten Weichen für die Zukunft zu stellen. Er konnte sich noch gut daran erinnern, wie er und Bridget sich gefühlt hatten, als sie in ihre erste kleine Wohnung gezogen waren. Damals waren sie nicht viel älter als Lauren gewesen.

Zweiundzwanzig Jahre. Damals war ihm das sehr alt vorgekommen. Dagegen kam es ihm nun so vor, als hätte man in diesem Alter gerade mal die Windeln hinter sich.

Sie machten sich auf den Weg zur Praxis, damit Lauren ihre Mittagspause nicht überzog. Plötzlich hielt sie jedoch inne und schaute ihn an. »Mum weiß doch Bescheid, nicht wahr? Du hast doch mit ihr darüber gesprochen, oder?«

»Mehr oder weniger«, antwortete Frank ausweichend. »Ich habe ihr heute Morgen erzählt, dass ihr zwei die Chance habt, eines der Häuser zu kaufen, und sie fand die Idee großartig. Sie meinte, es sei eine gute Investition. Außerdem weiß ich, dass sie es nicht gut gefunden hätte, wenn Irene ganz allein das Geld für die Anzahlung bereitgestellt hätte.«

Wenn Frank ehrlich war, musste er zugeben, dass Bridget wegen ihres Krippenspiels furchtbar in Eile gewesen war; er war sich nicht einmal sicher, ob sie ihm überhaupt richtig zugehört hatte. Aber schließlich konnte auch er finanzielle Entscheidungen treffen. So, wie es aussah, hatte Bridget schon genug um die Ohren.

»Deine Mutter und ich brauchen nicht die Genehmigung des jeweils anderen, um irgendetwas zu tun!«, erklärte Frank und stellte erschrocken fest, dass die Bemerkung nur zum Teil als Scherz gemeint gewesen war. Seine Pensionierung hatte ihn in die vollkommen ungewohnte Lage versetzt, dass sein Tag nun ohne bestimmte Aufgabe oder Ziel verlief – was ihm nicht gerade leichtfiel.

»Oh, *das* meinte ich gar nicht. Sie soll nur nicht denken, ich würde so schnell wie möglich ausziehen wollen, weil ich nicht gern zu Hause wohne«, fuhr Lauren fort und riss die Augen weit auf. »Ich will nicht, dass sie sich ärgert und es womöglich noch persönlich nimmt. Soll ich ihr Schokolade oder etwas Ähnliches besorgen?«

»Das wird sie nicht denken, keine Sorge. Es ist schön, dass du wieder zu Hause bist, aber deine Mutter und ich genießen es ebenso sehr, unter uns zu sein, weißt du? Außerdem«, erklärte er und drückte Laurens Arm, »ist es nur fair, wenn du deinen alten Dad die langweiligen Dinge erledigen lässt, da deine Mutter schon alle Hände voll zu tun hat mit den Kleidern der Brautjungfern und allem anderen. Oder?«

Lauren hielt inne und umarmte ihn. »Oooh! Du darfst dich nicht ausgeschlossen fühlen! Du bist doch mein Tanzlehrer!« Sie dachte kurz nach. »Jetzt, da ich so darüber nachdenke, könnte Chris eigentlich dringend ein wenig Nachhilfe beim Tanzen gebrauchen. Vielleicht könnte Mum das ja übernehmen? Ich glaube nicht, dass er Baxter wegen Nachhilfe fragen möchte – nicht, nachdem er diese Bemerkung über Männer mit Ohrringen gemacht hat. Meinst du, sie würde das tun?«

»Ich werde sie fragen«, erwiderte Frank.

Vielleicht war es eine reine Verzögerungstaktik, um nicht direkt wieder zur Arbeit zurückgehen zu müssen, doch auf dem Rückweg vom Imbiss, wo Katie die Mittagspause verbracht hatte, machte sie einen Abstecher in die Bibliothek.

Die Abteilung über die Stadtgeschichte war nicht gerade groß, doch Katie rief alle Dokumente auf, die sie über die Memorial Hall finden konnte. Wie sich schließlich herausstellte, gab es sogar eine ganze Archivkiste über das Gebäude. Unter dem grellgelben Licht der Neonröhren erzählten die vergilbten Dokumente und verknitterten Fotos Katie eine farbenfrohe Geschichte, die nach und nach mit jedem Schreiben die Memorial Hall vor ihrem inneren Auge zum Leben erweckte.

Mehr noch als das Gebäude an sich waren es die Menschen, die einen Bauantrag gestellt, es entworfen und schließlich gebaut hatten, die in Katies Vorstellung Gestalt annahmen. Zuallererst war da Lady Cartwright, die trotz ihrer noch jugendlichen Züge schon weißes Haar hatte und in ihren Witwenkleidern überaus ehrwürdig und elegant aussah, als sie den Vorsitz führte bei den leicht verkniffen wirkenden, vollbusigen Ladys aus Longhampton. Katie las die Diskussionsprotokolle darüber, wie eine Balance gefunden werden könnte zwischen dem ehrenden Gedenken und der Feier des Lebens. Außerdem wurde gefordert, so viel und oft wie möglich örtliche Baustoffe und Handwerker einzusetzen. Sie stellte sich vor, wie viel Mühe und Anstrengungen dieses Bauvorhaben die kriegsgeschädigte Stadt gekostet haben musste sowie die Begeisterung, die wohl am Einweihungstag geherrscht hatte, als die Halle noch nach neuem Holz, frischer Farbe und Politur gerochen hatte. Frische Blumen, so las Katie in einer Notiz, waren eigens aus Mrs. Clarence Bonningtons Gewächshaus geliefert worden, und unter jedem Buntglasfenster war eine Kupfertafel zum Gedenken an die Gefallenen angebracht worden.

Es gab verschiedene Fotos: Ein Bild aus den 1930ern von kleinen Mädchen in Matrosenanzügen, die in einer Reihe aufgestellt worden waren; eine Ballettklasse mit dürren Jugendlichen nach dem Krieg; ein Schwarz-Weiß-Schnappschuss der Formationsturniertanzgruppe von 1960, bei dem die Herren schwarze Krawatten und die Damen ballonförmige, fruchtcremefarbene Kleider trugen, die von einem begeisterten Zeitgenossen von Hand nachkoloriert worden waren. Des Weiteren gab es Aufnahmen von Big Bands, die zu Besuch kamen, von einer Gilbert-&-Sullivan-Operette von 1948, ein paar Teddy-Boys von 1960 sowie ein Foto einer dunkelhaarigen, lächelnden Primaballerina, *en pointe*, deren schlanke Beine mühevoll angespannt waren, ohne Datum.

Katie lehnte sich mit Tränen in den Augen zurück und wurde richtig sentimental. Bei der Memorial Hall handelte es sich nicht nur um ein einfaches Gebäude – es war das schon ein wenig verstaubte, gesellschaftliche Herz Longhamptons! Die Erinnerungen der Vergangenheit waren immer noch in dem Gebäude präsent – man sollte es renovieren, anstatt es abzureißen!

Sie lieh sich so viele Unterlagen aus wie möglich und kopierte den Rest. Dann stopfte sie alles in ihre Umhängetasche und machte sich wieder auf den Weg ins Büro. Während sie den Rest des Tages damit beschäftigt war, Berichte zu schreiben und Pachtverträge zu überprüfen, war sie mit einem Teil ihrer Gedanken bei der Memorial Hall und der Frage, was sie wohl tun könnte oder vielmehr *sollte*, um sie zu retten.

Katie konnte sich normalerweise sehr gut auf die Arbeit konzentrieren. Doch trotz ihrer heimlichen Aktivitäten rund um die Memorial Hall konnte sie schließlich an nichts anderes mehr denken als an ihre Kinder, als die Uhrzeit langsam auf den Feierabend zusteuerte. Mit Ausnahme der Abrissbirne, die in die Buntglasfenster einschlug – was dann allein ihre Schuld wäre –, konnte sie nur noch an Jacks weiches Gesicht und Hannahs fast schon mädchenhafte Angewohnheiten denken. Punkt halb sechs verließ sie ihr Büro, um zu Hause neben dem Telefon zu warten.

Als sie nach Hause kam und Jacks gelbes Schnuffeltuch im Wäschetrockner liegen sah, fiel es ihr schwer, sich nicht sofort ins Auto zu setzen und ihnen hinterherzufahren.

Mit der Decke in der Hand stand sie neben dem Telefon.

Was sie wohl gerade taten? Warum hatten sie sich noch nicht gemeldet? Hatte Ross auch daran gedacht, Hannahs Kuscheltier einzupacken?

Jetzt hör schon auf, ermahnte sie sich und fuhr sich durch das Haar. Beruhige dich! So aufgebracht, wie du bist, hat es keinen Sinn, ihn anzurufen; das gibt nur wieder Streit.

Katie zog den Mantel aus, goss sich ein Glas Wein ein und warf ihre Tasche auf den Tisch – heute konnte sie so viel trinken, wie sie wollte.

Zehn vor sechs. Für Jack war es fast schon Zeit, ins Bett zu gehen. Sie konnte nicht mehr dagegen ankämpfen und wählte Ross' Handynummer.

Als er nicht abnahm, sprach Katie so gut gelaunt und fröhlich wie möglich auf die Mailbox. »Hi, ich bin's. Ist bei euch alles in Ordnung? Du hast Jacks Schnuffeltuch im Trockner vergessen, und ich weiß, dass er ohne nicht einschlafen kann. Ruf mich an, wenn ich euch die Decke bringen soll.«

Das ist doch total albern, dachte Katie. Wie könnte sie jetzt noch mit der Decke losfahren?

Und es klang ein wenig herrisch.

»Ähm, ich hoffe, ihr alle genießt die Zeit …«

Wie könnten sie, wenn sich bei Jo und Ross alles nur um das eine Thema drehte? Die Kinder würden das ganz schnell mitbekommen. Hannah besaß das Talent, Katies Periode schon Tage zuvor zu bemerken – sie schien eine Antenne für so etwas zu haben. Für gewöhnlich war sie dann ausgesprochen albern und ausgelassen, um bei den lautstarken Auseinandersetzungen mitmischen zu können.

»… und dass die Zimmer so schön sind wie im Prospekt …«

Na toll, Katie, jetzt erinnere ihn schön daran, wer es bezahlt hat – super gemacht.

»Und, ähm …« Sie war jetzt den Tränen nahe. »Wenn die Kinder noch nicht im Bett sind, könnten sie mich vielleicht anrufen, damit ich weiß, dass bei ihnen alles okay ist?«

Als sie auflegte, klingelte es an der Tür.

Eine leise Hoffnung regte sich in Katies Brust. Vielleicht sind sie ja nach Hause gekommen, dachte sie und hasste sich für ihre selbstsüchtigen Gedanken. Vielleicht haben mich die Kinder so sehr vermisst, dass sie nach Hause fahren wollten! Und vielleicht steht auch Ross vor der Tür und ist mit sich im Reinen. Vielleicht ist ihm über Nacht ein Rückgrat gewachsen, sodass wir uns nicht mehr trennen müssen …

Vor der Tür stand Mrs. Armstrong, Hannahs Lehrerin.

Bridget, verbesserte sich Katie selbst, als sie sich ihr gegenüber zu einem Lächeln zwang.

»Hallo!«, begrüßte Katie sie und brach plötzlich erneut in Panik aus: War irgendetwas in der Schule passiert?

»Hallo!«, erwiderte Bridget. Der scharfe Blick ihrer braunen Augen wurde milder, als sie Katies verschmierten Eyeliner entdeckte. »Oje, komme ich ungelegen?«

»Nein, nein!« Die Antwort klang ein wenig zu nachdrücklich, dachte Katie erschrocken. Sie versuchte, Bridget anzulächeln, doch es kam ihr selbst zu gekünstelt vor. Bridgets besorgter Miene nach zu urteilen, machte es alles nur noch schlimmer.

»Sind Sie sicher? Oh, es geht übrigens nicht um Hannah!« Beruhigend legte sie die Hand auf Katies Arm. »Machen Sie sich keine Sorgen! Das ist die negative Seite meines Berufs – man kommt sich vor, als sei man ein Polizist. Die Leute erwarten immer gleich das Schlimmste, wenn man bei ihnen zu Hause auftaucht.«

»Okay, gut«, murmelte Katie erleichtert und strich sich mit der Hand durch das Haar. »Tut mir leid, der Tag heute war sehr anstrengend. Die Kinder sind mit Ross zu einem Kurzurlaub weggefahren, und ich … ich arbeite noch.«

»Oh, dann will ich Sie nicht lange aufhalten. Ich bin nur hier, um Ihnen dies hier zu geben, da Sie beim letzten Mal nicht zum Tanzkurs gekommen sind«, erklärte Bridget, griff in ihre abgenutzte Umhängetasche und kramte eine CD hervor. »Angelica hat diese CDs verteilt – sie sind für die Tanzvorführung. Eine ist für Sie beide, die andere für Jo und Greg.«

»Für die Tanzvorführung?« Diese Veranstaltung hätte Katie im Augenblick nicht gleichgültiger sein können, und doch fing sie sich innerlich wieder.

Bridget lächelte sie mitfühlend an. »Ich weiß. Als hätten wir nicht alle im Moment mehr als genug zu tun! Wir sollen Weihnachten unsere Tanzkünste beim Tanzabend vorführen – wir bekommen einen großen Auftritt im Rampenlicht! Sicherlich wird Angelica Ihnen beim nächsten Treffen noch einmal alles genau erklären. Aber sie hat uns als Hausaufgabe aufgegeben, die CDs im Auto abzuspielen und uns auf dem Weg zum Supermarkt vorzustellen, wie wir zu der Musik tanzen.« Bridget ahmte dabei ziemlich gut Angelicas Londoner Dialekt nach, sodass Katie grinsen musste.

»Ich würde Sie und Frank gern solo tanzen sehen«, erklärte sie und war froh, etwas Nettes sagen zu können und dies auch wirklich ernst zu meinen. »Sie sind viel besser als der Rest von uns.«

»Na ja, kein Wunder, nach so vielen Jahren …«, seufzte Bridget. »Natürlich hat auch meine Mutter – Franks Mutter übrigens auch – die meisten Wochenenden in der Memorial Hall verbracht. Das ist auch der Grund, warum Frank so gut tanzen kann«, fügte sie mit einem vertrauensvollen Augenzwinkern hinzu. »Seine Mutter hat ihm den Tipp gegeben, dass es einfacher sei, Mädchen kennenzulernen, wenn er tanzen könne. Kurz darauf hat er sich zum Tanzkurs angemeldet. Ich glaube, er wollte Chris in einem Gespräch unter

Männern etwas Ähnliches raten, aber ich denke, dass es heutzutage einfach nicht mehr das Gleiche ist.«

»Sie sind früher auch schon in die Memorial Hall gegangen?« Plötzlich war Katies Interesse geweckt.

»Oh ja. Na ja, ab und zu jedenfalls. Jeder ging dorthin, bis etwa … oh, bis in die späten Siebziger, nehme ich einmal an. Hier in der Gegend gab es kaum andere Möglichkeiten. Jeder ist tanzen gegangen.«

»Bridget, haben Sie Zeit und Lust, einen Tee mit mir zu trinken?« Katie stieß die Tür weit auf. »Es gibt da etwas, wozu ich gerne Ihre Meinung hören würde.«

»Ach ja, ich erinnere mich!« Beim Anblick der Fotos machte Bridget große Augen. »Schauen Sie mal, das ist Hean, die Freundin meiner Mutter. Dort, die Frau mit den hoch aufgesteckten Haaren. Sie war eine der Besten beim Formationstanz. Oh … schauen Sie sich bloß einmal diese Kleider an! Die waren wirklich toll, wissen Sie. Die Gruppe tanzte einen phantastischen Wiener Walzer, bei dem sich die Tänzerinnen wieder und wieder drehten, sodass ihre Petticoats in die Höhe flogen. Dann hielten sie plötzlich alle inne und legten in die entgegengesetzte Richtung los. Wie ein Kreisel. Sie sind sogar nach Blackpool gefahren und haben dort sämtliche Preise abgeräumt.« Sie seufzte. »Man sollte nicht glauben, dass sich damals in London gerade der Punkrock immer größerer Beliebtheit erfreute. Hier bei uns vergeht die Zeit doch sehr viel langsamer.«

Als Katie ihr ein weiteres Foto reichte, schaute Bridget auf die Uhr und warf Katie einen reumütigen Blick zu. »Apropos Zeit – ich sollte besser wieder nach Hause gehen. Ich sehe es nur ungern, wenn Frank sich sein Abendbrot allein zubereitet. Der Mann würde allein von Schinken und Pommes leben, wenn er könnte. Ihr Mann ist da ganz anders – die Männer von heute sind so viel unabhängiger, nicht wahr?«

Katie zuckte zusammen und wusste sofort, dass dies Bridgets Adleraugen nicht verborgen geblieben war.

»Kann Lauren nicht das Abendessen zubereiten?«, fragte sie, bevor Bridget eine Bemerkung machen konnte. Katie reichte ihr ein weiteres Foto, auf dem einige Ballerinen zu sehen waren. Angesichts der vielen nostalgischen Erinnerungen seufzte Bridget tief.

»Sehen Sie? Die Heizkörper sind immer noch dieselben! Nein, sie ist heute Abend mit Chris unterwegs – sie meinte, sie müsse etwas Wichtiges mit ihm besprechen.« Bridget verzog das Gesicht. »Wahrscheinlich hat es wieder irgendetwas mit den Brautjungfern zu tun. Nur im Schlaf denkt sie gerade einmal nicht an die Hochzeit. Außerdem ist sie in der Küche nicht viel geschickter als Frank – wenn das Essen nicht aus einem eingeschweißten Päckchen kommt, ist Lauren nicht interessiert. Na ja, dann muss Frank eben heute Abend sehen, wie er zurechtkommt. Außerdem«, erklärte sie und tätschelte Katies Arm, »sind dies zwar sehr unerwartete, aber dafür sehr schöne Erinnerungen an alte Zeiten!«

Lauren hatte es gut, Bridget als Mutter zu haben, dachte Katie und verspürte einen kurzen Augenblick lang Wehmut. Sie beide saßen gerade erst eine halbe Stunde lang am Küchentisch, doch schon hatte Bridget ihr erzählt, wie sie und Frank sich bei einem Tanzabend kennengelernt hatten, zu dem sie mit Martin, ihrem besten Freund, hingegangen war. Bridget hatte außerdem Hannahs Zeichnungen an der Kühlschranktür entdeckt und ihr erzählt, dass Hannah in ihrer Klasse sehr viele Freunde gefunden hatte.

»Arbeiten Sie gerade an einem Forschungsprojekt?«, fragte Bridget.

»Eigentlich nicht. Wahrscheinlich sollte ich Ihnen das besser nicht erzählen, aber es besteht leider die Gefahr, dass die Memorial Hall abgerissen wird«, platzte Katie mit der Wahrheit heraus.

»Wie bitte? Das kann doch nicht sein!« Bridget fielen die Fotos aus der Hand.

»Leider doch. Ich analysiere gerade ein paar Gelände für ein neues Städtebauförderungsprojekt. Die Halle befindet sich genau auf der Begrenzungslinie des geplanten städtischen Neubaugebiets. Um ehrlich zu sein, sind viele sehr …« Katie suchte nach Worten, die nicht ehrenrührig klangen. Doch je mehr sie darüber nachdachte, desto fragwürdiger schienen Eddies Interessen zu sein. „… *begeistert*, was das Bauprojekt angeht. Ich sehe schon die Vorteile, die ein solches Projekt hätte, aber ich verstehe einfach nicht, was ein solches Städtebauförderungsprojekt bezwecken soll, wenn alles, was die Stadt unverwechselbar macht, einfach plattgemacht wird.« Sie zuckte mit den Schultern, als sie Bridgets entsetzte Miene bemerkte. »So läuft es, das muss man leider so sagen. Stadtentwickler und Bauträger sind sehr einfach gestrickt, wenn Geld ins Spiel kommt.«

»Aber das Gebäude steht doch sicher unter Denkmalschutz!« Bridget kramte ein Bild von der Außenseite der Halle aus dem Fotostapel hervor. »Schauen Sie sich doch bloß einmal das Mauerwerk an!«

Katie schüttelte den Kopf. »Ja, das hatte ich auch vermutet, aber so ist es leider nicht. Wenn jedoch zum Beispiel gerade ein *Prüfverfahren* liefe, ob das Gebäude aufgrund öffentlichen Interesses unter Denkmalschutz gestellt werden sollte«, fügte sie langsam hinzu, »würde dies für die Machbarkeitsstudie einen großen Unterschied bedeuten. Ich dachte, vielleicht könnten Sie …«

»Ah!« Bei Bridget fiel der Groschen. »Wenn es zum Beispiel ein paar Briefe oder Anfragen gäbe? Von interessierten Befürwortern und aufgeweckten Nutzern der Memorial Hall?«

Katie nickte. Wenn die Einwände von unabhängiger Seite kämen, könnte Eddie sie wohl kaum übergehen – wohingegen er wohl kaum Hemmungen hätte, wenn sie selbst etwas unternehmen würde. Er hatte stets für alles und jeden eine Antwort parat; dazu hatte er eine Art an sich, die keinerlei Widerspruch duldete. Aber würde es die Stadtverwaltung tatsächlich riskieren wollen, als Philister dargestellt zu werden, wo doch im nächsten Frühjahr die Kommunalwahlen anstanden? Die Sache war definitiv einen Versuch wert.

»Die Angelegenheit ist ein wenig vertrackt, da ich in meinem Bericht nicht so viel darüber erwähnen kann, insbesondere, da man das Gebäude verwahrlosen ließ. Doch wenn es genügend Unterstützung für eine Restaurierung gibt oder der Memorial Hall gar der Status eines kulturellen Erbes zugewiesen wird …«

Bridgets braune Augen funkelten. »Ich werde mich gleich an die Arbeit machen. Einer meiner ehemaligen Schüler ist heute der stellvertretende Chefredakteur der *Longhampton News* – ich wette, er wird sich brennend dafür interessieren, eine Werbekampagne zum Erhalt der Memorial Hall auf die Beine zu stellen. Außerdem könnten wir dazu in der Schule eine Art Projekt ins Leben rufen. Und –«

»Bridget, wir müssen das Ganze sehr diskret behandeln«, warnte Katie. »Es handelt sich hierbei um eine politische Angelegenheit – wenn mein Boss herausfindet, dass ich versucht habe, seine Pläne zu durchkreuzen, könnte er mir, na ja, sagen wir mal – große Schwierigkeiten bereiten.« Sie biss sich auf die Lippe, als sie merkte, dass sie ein wenig zu viel gesagt hatte.

Sie schob es auf Bridget und die beruhigende, wohltuende Atmosphäre, die sie um sich herum zu schaffen verstand. Katie hatte sich plötzlich vollkommen sicher gefühlt – einfach nur durch Bridgets Anblick, wie sie dasaß, warmherzig, freundlich und nett. Sie strahlte Zuversicht aus, dass für jedes Problem eine Lösung zu finden war.

»Überlassen Sie das ruhig mir«, erwiderte Bridget und ordnete die Fotos in einen Stapel. »Dann komme ich wenigstens einmal auf andere Gedanken und kann mich auch um etwas anderes kümmern als um Laurens Hochzeit. Ganz ehrlich: So richtig verlassen die Kinder das Haus nie! Sie müssen Ihre zwei Kleinen sehr vermissen. Obwohl es andererseits auch einmal ganz schön ist, ein paar Nächte lang Ruhe zu haben, nicht wahr?« Sie lehnte sich verschwörerisch über den Tisch. »Unter uns gesagt, kenne ich keine einzige Mutter, die so etwas nicht genießen würde!«

Nachdem sie nun die Memorial Hall hinter sich gelassen hatten, wurde Katie wieder von der Trauer überrollt, die sie seit Bridgets Ankunft unter Kontrolle gehalten hatte und die nun wieder alles andere in den Hintergrund drängte. Beim Gedanken daran, dass Jack nun ohne seine Schnuffeldecke auskommen musste, wurde ihr das Herz schwer.

Ross hat immer noch nicht zurückgerufen, dachte sie.

»Ist irgendetwas?«, fragte Bridget unschuldig.

Tu's nicht, ermahnte sich Katie streng. Hannahs Klassenlehrerin ist *nicht* die Person, der du dein Herz ausschütten solltest.

Aber wem sonst? Ross war immer ihr bester Freund gewesen. Er war derjenige, zu dem sie immer gegangen war, wenn sie sich verletzt und verloren gefühlt hatte. Doch dies war nun nicht mehr möglich. Beim Gedanken daran wurde ihr ganz schlecht.

»Geht es Ihnen nicht gut, Liebes?«, fragte Bridget. »Bin ich in ein Fettnäpfchen getreten?«

Katie riss sich zusammen.

»Mir geht es tatsächlich nicht besonders gut«, gab sie zu. »Morgen haben Ross und Hannah Geburtstag, und eigentlich sollte ich jetzt bei ihnen sein, doch ich muss arbeiten und morgen zu einer wichtigen Sitzung. Am Samstag kommen sie schon wieder zurück, aber ... ich habe das Gefühl, sie schrecklich hängen gelassen zu haben.« Katie biss sich auf die Lippe.

»Warum fahren Sie nicht morgen Abend nach der Arbeit hin und feiern gemeinsam mit ihnen?«, schlug Bridget vor. »Ich bin sicher, dass es nicht schaden wird, wenn die Kinder mal später als gewohnt ins Bett kommen!«

»Nein«, erwiderte Katie und senkte den Blick. »Es ist … ich kann einfach nicht.«

Bridget schwieg, falls Katie noch etwas hinzufügen wollte.

Tu's nicht! Schluck's runter!

»Ich kann nicht.«

»Dann bin ich mir sicher, dass Hannah nichts dagegen haben wird, wenn sie am Samstag das Vergnügen haben wird, ein zweites Mal Geburtstag zu feiern«, erklärte Bridget, als sie merkte, dass Katie gern das Thema wechseln wollte. »Der kleine Glückspilz! Kommen Sie denn morgen zum Tanzabend? Wir könnten die ein oder andere Bemerkung über die Briefe fallen lassen!«

Katie lächelte sie dankbar an. »Ja. Ja, sicher!«

»Soll ich Sie abholen?«

»Nein, danke«, erwiderte Katie und erhob sich vom Tisch. Ihr blieb nicht mehr viel Zeit, bis sie wieder ihre Fassung verlieren würde. Und so nett Bridget auch war, so besaß Katie doch ihren Stolz. Irgendwie verlieh ihr der Entschluss, auf keinen Fall vor Bridgets Augen zusammenzubrechen, genügend Kraft, um sich wieder zu fangen. »Ich glaube, ich fahre lieber selbst.«

An der Tür drehte sich Bridget noch einmal um, als wollte sie Katie eine letzte Chance geben, doch noch zu erzählen, was sie auf dem Herzen hatte. Ihrem Blick war die Sorge deutlich anzusehen, doch Katie bewahrte die Fassung.

Katie lächelte steif, und Bridget brach es fast das Herz, als sie die Anstrengung in Katies erschöpftem Blick bemerkte.

Irgendetwas stimmte hier nicht, doch Bridget unterstand sich, danach zu fragen. Über die Jahre hinweg hatte sie schon so viele erschöpfte, angespannte Mütter erlebt. Sie hätte Katie gern beruhigt, dass es wieder vorbeigehen würde, doch sie hatte das Gefühl, dass es nicht das war, was Katie hören wollte. Sie machte ohnehin den Eindruck, als ob sie sich schlecht fühlen würde – ganz gleich, was Bridget auch tun oder sagen würde.

»Vielen Dank, dass Sie die CD vorbeigebracht haben«, sagte Katie. »Ich werde sie mir im Auto anhören.«

»Ich danke Ihnen für den Tee«, erwiderte Bridget. »Und für die vielen schönen Erinnerungen! Bis morgen dann!«

Katie schloss die Tür und war wieder allein. Erst nachdem Bridgets Auto abgefahren war, fiel ihr auf, dass sie zu taktvoll gewesen war, um zu fragen, wo sie vier gestern Abend während des Tanzkurses gewesen waren.

Es war, als hätte sie Pause. Sie konnte weder über irgendetwas nachdenken noch etwas tun, bis Ross nicht zurück war. Selbst *jetzt* war er noch passiv-aggressiv.

Ein Piepen zeigte den Eingang einer SMS an. Katie hastete zum Handy, um die Textnachricht zu lesen.

Sie stammte von Ross. »Die Kinder schlafen – sind total erschöpft. Sie rufen dich morgen früh an. Schnuffeldecke im Trockner ist alt.«

Es war der letzte Teil der Nachricht, der ihr einen schweren Stich versetzte.

23

Ich gehe davon aus, dass alles gut gegangen ist – zumindest unter diesen Umständen«, erklärte Eddie und zerrte an seiner Krawatte, als er aus dem Besprechungsraum gewatschelt kam.

»Unter *welchen* Umständen?«, hakte Katie nach.

Ihr war immer noch ganz schwindelig von der Präsentation. Nicht von der Präsentation selbst – sie hatte über die Jahre hinweg genügend Vorträge gehalten –, sondern vielmehr von der beunruhigenden Art und Weise, wie Eddie sie immer wieder an wichtigen Punkten unterbrochen, sie zu kleinen Details befragt und sie dann wegen anderer Aspekte in Verlegenheit gebracht hatte, von denen er genau *wusste*, dass sie keine Zeit gehabt hatte, sich um deren Recherche zu kümmern.

Wie zum Beispiel um die Umweltstudie zu einem eventuellen Baugelände vor den Toren der Stadt – was in der vergangenen Woche noch total in Ordnung für ihn gewesen war.

Seltsamerweise konnte sie sich darüber jedoch längst nicht so sehr aufregen, wie sie es für gewöhnlich getan hätte. Nicht, wenn sich die Hälfte ihrer Gedanken unablässig um Ross' und Hannahs Geburtstag drehte sowie um die Fragen, ob es ihnen gut ging und ob sie Katie vermissten.

»Wir brauchen noch Zeit, um Ergebnisse abzuwarten«, hatte sie Eddie geantwortet. »Aber ich befürchte, dass es eher hinsichtlich denkmalgeschützter Bauten innerhalb des innerstädtischen Baulandes Probleme geben könnte«, hatte sie erklärt, bevor Eddie sie wieder unterbrechen konnte.

Eddie hatte sie mit seinen Glubschaugen entsetzt angestarrt. »Nick hat davon nie etwas erwähnt!«

»Na ja, wie Sie schon sagten, Eddie: Es wachsen immer neue Sprösslinge im bunten Garten der Informationen«, hatte Katie geantwortet, das Thema gewechselt und dann das Problem der Mieter und Pächter mit extrem langen Pachtzeiten angesprochen.

Eddie blieb vor dem Süßigkeitenautomaten stehen und warf eine Handvoll Kleingeld ein, das er aus seiner Hosentasche gefischt hatte.

»Wenn man einmal von dem Unsinn über die denkmalgeschützten Bauten absieht, ist alles gut gegangen. Ich habe jedoch nicht den Eindruck, dass Sie wirklich verstanden haben, wie viel hier auf dem Spiel steht, Kate. Wir reden hier von Millionen!«

»Ich habe lediglich gesagt«, erklärte Katie gelassen, »dass ich noch keine Zeit hatte, die umfangreichen Dokumente und Gutachten zusammenzufassen und aufeinander abzustimmen. Es war eben nur einen Zwischenbericht über die wichtigsten Aspekte.«

Eddie beugte sich vor und senkte die Stimme zu einem unangenehm vertraulichen Krächzen. »Ich dachte, Sie seien ein pfiffiges Mädchen, Kate.«

»Das bin ich auch«, erwiderte Katie und wich einen Schritt zurück. Sie konnte anhand Eddies Mundgeruch genau bestimmen, dass er heute Morgen Frühstücksspeck gegessen hatte.

»Dann schauen Sie sich noch einmal die Pacht- und Mietverträge an. Denken Sie dabei immer an die schönen, neuen Bauprojekte und wie viel hübscher das Stadtzentrum mit einem neuen Einkaufscenter aussehen würde. Manchmal –« seine Mundwinkel fielen herab, um tiefe Trauer zu verdeutlichen – »muss man eben Eier zerschlagen, um schöne Gewerbe- und

Wohnflächenomeletts zu bekommen.« Er wandte sich wieder dem Automaten zu und entschied sich für zwei extragroße Mars- und Twixriegel. Während der Automat rumpelte und brummte, fuhr er fort. »Meine Liebe, es ist nicht unsere Aufgabe, die Eier zu zerschlagen, sondern nur, sie auszusuchen. Die Bauträger, die Architekten, die Nasen von der Städtebauförderung, die die Mittel aufbringen sollen, und ich – wir würden es bevorzugen, mit diesem Projekt voranzukommen, solange es in der Pfanne noch brutzelt, wenn Sie wissen, was ich meine.«

Voller Vorfreude bückte er sich, um die Schokoriegel aus dem Automaten zu fischen, während er Katie einen vielsagenden Blick zuwarf.

Du meine Güte, dachte Katie genervt, er glaubt tatsächlich, sich hier in seinem privaten, schäbigen Polizeikrimi zu bewegen!

Eddies Hand griff ins Nichts, der Ausgabeschlitz blieb leer.

Verärgert schlug er kräftig gegen den Automaten, woraufhin dieser zwei Marsriegel, eine Packung Revels Schokolinsen sowie einen Sesam-Getreideriegel ausspuckte.

Die Sesam-Getreideriegel befanden sich nur wegen eines städtischen Projekts im Automaten, das sich eine gesündere Ernährung zum Ziel gesetzt hatte. Noch nie hatte sich irgendjemand einen dieser Riegel gezogen.

Eddie lächelte breit. »Da haben wir's doch«, lobte er und drückte Katie den Riegel in die Hand. »Jeder ist ein Gewinner!«

Und falls Katie es nicht verstanden haben sollte, blinzelte er ihr auffällig zu und watschelte zum Parkplatz für die leitenden Beamten hinunter. »Wenn nach zwei Uhr jemand mit mir sprechen will, sagen Sie, dass ich in einer Sitzung bin. Am vierzehnten Loch!«, rief er über die Schulter hinweg und grinste.

Katie wollte ihm nicht die Genugtuung verschaffen, ihm zu zeigen, wie sehr sie sein Verhalten ärgerte. Darum stürmte sie in ihr Büro zurück, um zu überlegen, was sie als Nächstes tun könnte.

Um die gleiche Zeit hatte Bridget eine sehr beunruhigende Begegnung mit dem Kassierer in der Bank. Allerdings ging es dieses Mal ausnahmsweise einmal nicht darum, ob er in einer ihrer Klassen gewesen war oder nicht.

»Nein, das kann nicht stimmen«, erklärte sie und lächelte »Sean« (Sean Barnes? Sean Thornton?) freundlich an. »Hier muss ganz sicher ein Fehler vorliegen. Ich weiß, dass sich auf diesem Konto mindestens achttausend Pfund befinden müssen. Könnten Sie das vielleicht noch einmal überprüfen, bitte?«

Sie lächelte den Mann hinter sich entschuldigend an. Allmählich bildete sich eine lange Schlange am Kassenschalter. Vielleicht war die Mittagszeit nicht gerade geeignet, um wichtige Bankangelegenheiten zu klären. Doch sie hatte schon die letzte Nacht kaum schlafen können, da sie die ganze Zeit an die Summe hatte denken müssen, die sie mit ihrer Kreditkarte überzogen hatte. Dann war auch noch ein Anruf von Yvette vom Brautmodenladen gekommen. Sie hatte geschwärmt, wie atemberaubend Laurens Kleid werden würde, und dann erklärt, dass sie »so langsam die Daten der Kreditkarte brauche, damit sich der Schneider an die Arbeit machen könne« – als ob der königliche Schneider Gewehr bei Fuß stünde und nur noch darauf warten würde, dass Lauren den Startschuss gab. Bridget musste zugeben, dass durch die Umschmeichelung und die vielen Komplimente der Verkäuferinnen auch sie einen kleinen Funken des berauschenden Hochzeitsfiebers verspürt hatte. Man hatte eigentlich gar nicht das Gefühl, tatsächlich Geld auszugeben. Als Bridget genauer darüber nachdachte, fiel ihr auf, dass Yvette aber auch kaum ein Wort über den Preis des Kleides verloren hatte. Sie war so elegant darüber hinweggegangen, dass die Kosten gar nicht mehr in der Erinnerung hängen geblieben wären, wenn Bridget nicht die Anzahlung von 850 Pfund in ihr Hochzeitsbuch eingetragen hätte. Das war der Haken bei Hochzeiten. Letztlich verwandelten sich die tatsächlichen Kosten einfach nur in eine Reihe von bedeutungslosen Zahlen.

Nachdem Bridget jedoch ein wenig hin- und hergerechnet hatte, war ihr klar geworden, dass sie die 850 Pfund bedrohlich nahe an das Kreditkartenlimit heranbrachten. Da die andere, geheime Kreditkarte ebenfalls schon so gut wie ausgereizt war, nachdem sie die Anzahlungen für das Catering und die Band geleistet hatte, waren ihr die Nerven durchgegangen. Die Summe aller Kosten türmte sich vor ihrem inneren Auge auf wie ein Berg aus losen Steinen, die alle nur darauf warteten, sie zu erschlagen.

Daher hatte sie beschlossen, alle Schulden zu begleichen; die zwei Wochen, die sie noch Zeit gehabt hätte und für die sie noch Zinsen hätte bekommen können, spielten nun auch keine große Rolle mehr. Sie würde wahrscheinlich ein oder zwei Pfund Zinsen verlieren, indem sie das Geld abhob und die Posten zahlte, bevor sie tatsächlich fällig wurden. Ihr Seelenfrieden war die Sache aber definitiv wert.

Du wärst ein grauenvoller Spieler, dachte Bridget, ganz gleich, wie sehr Frank davon überzeugt ist, dass du gut mit Geld umgehen kannst.

Der Kassierer starrte auf den Bildschirm vor sich und runzelte die Stirn. »Es dauert noch einen Augenblick, Mrs. Armstrong.«

»Gibt es etwa ein Problem?«, erkundigte sie sich nervös.

Der Kassierer druckte einen Beleg aus. »Nein, ich denke nicht. Das Geld ist gestern von Ihrem Ehemann auf Ihr Girokonto überwiesen worden. Hier sind die Details.«

»Oh, danke.« Erleichtert atmete Bridget auf. »Gott sei Dank. Wenn das so ist, dann –«

»Er hat das Geld aber sofort wieder abbuchen lassen.« Dem Kassierer schien das Ganze sehr unangenehm zu sein. »Vielleicht plant er ja eine Überraschung für Sie, Mrs. Armstrong?«

Bridget starrte ihn entsetzt an. »Ja, vielleicht«, stammelte sie dann und schaffte es, ihren Mund zu einem Lächeln zu verziehen.

»Möchten Sie vielleicht mit einem unserer Kundenberater sprechen, um Ihren Kreditrahmen aufzustocken?«, fragte der Kassierer, doch Bridget nahm schon ihre Handtasche von der Theke. Ihr blieb gerade mal so viel Zeit, um noch kurz nach Hause zu fahren, bevor sie zur nächsten Konferenz in der Schule sein musste.

»Ich habe Lauren das Geld gegeben, damit sie und Chris ein Darlehen für ein Haus aufnehmen können«, erklärte Frank und lächelte mit väterlichem Stolz. Normalerweise fand Bridget dieses Lächeln hinreißend, doch jetzt hätte sie einfach nur schreien können.

»Aber warum hast du mir nichts davon gesagt?«, fragte sie und gab sich alle Mühe, ihre Panik zu verbergen. Sie lockerte den Griff, mit dem sie die Tischecke gepackt hatte, doch ihre Finger brannten darauf, sich um irgendetwas zu krallen. Am liebsten um Franks Hals.

»Ich habe es ja versucht, Liebes, aber du warst in Eile«, antwortete er gelassen, als hätte sie sich nach dem nächsten Termin der Müllabfuhr erkundigt. »Lauren und ich hatten gestern wegen des Darlehens einen Termin bei der Bausparkasse. Wir mussten schnell handeln, sonst hätten sie und Chris den Anspruch auf das Haus verloren – frag ruhig Lauren. Sie redet von nichts anderem mehr!« Er legte Messer und Gabel auf den Teller. Bridget hatte ihn beim Mittagessen unterbrochen, das aus gekochtem Schinken und Pommes frites bestand. Doch Bridget war so in Gedanken, dass sie sich nicht einmal Sorgen um seine Cholesterinwerte machen konnte.

»Sie hat mir gar nichts erzählt!«, beschwerte sie sich.

»Ich glaube, sie hat selbst erst vor ein oder zwei Tagen davon erfahren. Aber heutzutage läuft es nun einmal so mit den Häusern, nicht wahr?«, stellte er kennerhaft fest. »Warum eigentlich? Gibt es ein Problem?« Er runzelte die Stirn. »Ich bin sicher: Hätten wir von dem Geld nichts gewusst, würden wir es auch nicht vermissen. Ich finde es besser, dass Lauren es nun hat und wir sie damit unterstützen können. Denn sogar ich weiß, dass der Besitz von Immobilien eine kluge Investition ist.«

Eine kluge Investition. Das kann ja wohl nicht wahr sein, dachte Bridget und atmete tief durch die Nase ein. Frank hatte so viel Zeit zur Verfügung, dass er sogar schon den Finanzteil der Zeitung studierte.

Bleib ruhig, ermahnte sich Bridget, als die lange Liste der Geldsummen, die sie zahlen musste, vor ihrem inneren Auge vorbeizog. Sammle zuerst einmal alle Informationen!

»Es ist in der Tat eine gute Investition«, erklärte Bridget angespannt. »Was den effektiven Barwert angeht …« Nein, das war der falsche Weg, um die Sache anzugehen. Da würden sofort alle Alarmglocken bei ihm schrillen. Sie wollte eigentlich nur wissen, ob Frank Lauren das Geld als Anzahlung versprochen hatte (in diesem Fall könnte sie es vielleicht zurückbekommen) oder ob die Anzahlung bereits geleistet worden war. Aber selbst wenn die Sache noch nicht unter Dach und Fach war, wusste Bridget sehr genau, dass es ihr unmöglich sein würde, Lauren das Geld für die Anzahlung wieder wegzunehmen.

»Zieht sie … zieht sie so schnell schon aus?«, fragte sie stattdessen.

Franks Miene hellte sich auf. »Lauren hatte schon vermutet, dass du dir deswegen Sorgen machen würdest! Nein, sie muss nur ihren und Chris' Anteil im Voraus zahlen und das Darlehen beantragen; das Haus selbst wird erst im Frühjahr bezugsfertig sein. Keine Sorge – du wirst dein Mädchen bis dahin also noch bei dir haben!«

»Gut«, erwiderte Bridget matt.

»Hast du noch Zeit für ein paar Fritten?« Frank schob seinen Stuhl zurück. »Ich könnte die Friteuse noch einmal anschmeißen.« Er warf dem Gerät einen liebevollen Blick zu. Die Friteuse war sein neues Lieblingsspielzeug – das er, wieder einmal, in seinem neuen Lieblingselektrogeschäft gekauft hatte. »Wir hätten uns schon vor Jahren eine solche Schönheit zulegen sollen …«

Bridget warf einen Blick auf die Küchenuhr. Dreizehn Uhr achtundvierzig. Dies war kein guter Zeitpunkt, um die Beherrschung zu verlieren. Das musste wohl oder übel noch bis später warten.

Sie schob die Angst beiseite, die ihr die Kehle zuschnüren wollte, aber es war, als würde sie gegen Windmühlen kämpfen.

»Ich muss zur Schule zurück«, erklärte Bridget matt.

Eigentlich hatte Katie Hannah sofort anrufen und ihr zum Geburtstag gratulieren wollen, nachdem sie aufgestanden war, doch sie zwang sich, damit noch zu warten, bis alle aufgestanden waren und gefrühstückt hatten – es gab Pfannkuchen, wie sie wusste. Sie und Ross und jetzt auch Hannah und Jack bekamen am Geburtstag stets Pfannkuchen zum Frühstück.

Ross ging nach dem fünften Klingeln ans Handy und reichte es nach einem kurzen Dank für ihre Glückwünsche an Hannah weiter – er behauptete zwar, Jack eine frische Windel verpassen zu müssen, aber Katie merkte, dass er einfach nicht mit ihr reden wollte.

Ihr wurde klar, dass sie die entspannte Art und Weise, mit der sie sich immer hatten unterhalten können, für immer zerstört hatte.

Sie hörte, wie er »Es ist Mummy!« mit einer vorgetäuschten Begeisterung rief, denn Ross war zu anständig, um Hannahs Loyalität zu manipulieren. Plötzlich war sie am anderen Ende der Leitung, und Katie vernahm das vertraute Atmen, das wegen einer leichten Erkältung ein wenig verschnupft klang.

»Herzlichen Glückwunsch zum Geburtstag, Hannah!«, rief Katie und versuchte, sich ihre Trauer nicht anmerken zu lassen.

Sie stand in der Küche und hörte Hannahs atemlosem Gekicher zu, als sie erzählte, wie man ihr und Molly die Haare zu kleinen Zöpfchen geflochten hatte, dass es dort tropische Pools gab und dass sich Jacks Schwimmwindel gelöst hatte und er schließlich *nackt* herumgelaufen sei. Katie sehnte sich danach, bei ihnen zu sein. Ihr Herz setzte kurz aus, als sie die Aufregung in Hannahs Stimme wahrnahm. Katies Abwesenheit schien ihrem Spaß keinen Abbruch zu tun.

»... und dann hat Jo mein Gesicht bunt anmalen lassen. Ich war eine Zauberfee!«, schloss Hannah. »Jo hat mir eine Kostümkiste geschenkt, darin waren Haarreifen, Flügel und Zauberstäbe!«

»Ich habe auch ein schönes Geschenk für dich, wenn du morgen nach Hause kommst!«, antwortete Katie. »Ich kann es kaum abwarten, dich wiederzusehen, meine Süße! Es dauert nicht mehr lange.«

Am anderen Ende der Leitung wurde es verdächtig still.

Dumm, schalt Katie sich selbst, als sie vor ihrem inneren Auge sah, wie Hannah das Gesicht verzog. Das hättest du besser nicht gesagt!

Sie wusste ganz genau, dass die Bemerkung egoistisch gewesen war, aber sie hatte einfach nicht anders gekonnt. Die Worte waren ihr über die Lippen gerutscht, um sich selbst besser zu fühlen.

»Hannah? Hannah?«

Ross war wieder am Telefon. Katie hörte, wie Hannah im Hintergrund plötzlich weinte.

»Vielen Dank dafür!«, erklärte Ross voller Ironie.

»Na ja, es klingt, als hättet ihr dort sehr viel Spaß«, erwiderte Katie abwehrend.

»Den hatten wir, zumindest bis eben. Ich sorge dafür, dass sie dich später noch einmal anruft, okay?«

Dann legte er auf, bevor sie sich danach erkundigen konnte, wie es Jo ging, wie er sich fühlte, oder ob Jack in einem fremden Bett hatte schlafen können.

Nach der Arbeit eilte Katie nach Hause, um nachzusehen, ob sich Nachrichten von Hannah oder Jack auf dem Anrufbeantworter befanden. Den ganzen Tag lang hatte sie immer wieder versucht, Ross' Handy anzurufen, doch er hatte die Anrufe nicht angenommen.

Mittlerweile war es sechs Uhr. Wahrscheinlich aßen die Kinder gerade zu Abend oder wurden bettfertig gemacht. Darum wählte sie Ross' Nummer, noch bevor sie den Mantel ausgezogen hatte.

Er meldete sich nach dem zweiten Klingeln.

»Hallo, Ross!« Katie zwang sich, fröhlich zu klingen. »Kann ich mit Hannah reden? Ist sie in der Badewanne?«

»Katie, ich glaube, das ist im Moment keine so gute Idee«, erwiderte er. »Sie macht sich gerade mit Molly für das Abendessen schick, und Jo und ich wollen versuchen, sie um sieben Uhr ins Bett zu verfrachten, damit wir ein wenig Zeit für uns haben. Wir fahren morgen vor dem Mittagessen los – warum rufst du nicht dann an?«

»Aber …«

»Katie, ich denke dabei an Hannah, nicht an dich.« Ross klang nicht so schwach und jämmerlich wie sonst. »Nach deinem Anruf heute Morgen war sie sehr aufgebracht. Jo hat ewig gebraucht, um sie irgendwie abzulenken.«

Jo. Natürlich. Super-Jo, die Super-Mama.

Jetzt sei nicht so zickig, ermahnte sich Katie und rieb sich die müden Augen.

»Wenn sie –«

»Wenn sie nach dir fragt, rufe ich dich an. Aber ich glaube nicht, dass das passieren wird.« Seine Stimme wurde sanfter. »Es ist nicht, weil sie dich nicht liebhat, sondern weil sie die Zeit hier so genießt. Freu dich darüber.«

Dann legte er auf.

Katie lehnte sich zurück und musterte das stille, aufgeräumte Wohnzimmer. Ihr Blick schweifte zu den Geschenken hinüber, die sie aufwendig eingepackt hatte (ein rosafarbenes Rad für Hannah, ein neues Hemd und ein Aftershave für Ross) und die sie nun fast anklagend anstarrten. Das Haus fühlte sich so leer an! Es roch sogar falsch. Je länger sie so still dasaß und über die Dinge nachdachte, die sie in Gang gesetzt hatte, desto mehr Zweifel und Schuldgefühle stiegen in ihr auf. Sogar jedes liegen gebliebene Spielzeug schien sie anzuklagen. Dann fiel ihr Blick auf die CD mit der Tanzmusik, die Bridget ihr vorbeigebracht hatte.

Ich könnte zum Tanzabend gehen, dachte sie. Bridget hat mich ja gefragt, ob ich komme.

Bridgets kleine, aufmerksame Geste berührte Katies geschundenes Herz so sehr, dass sie schließlich die Treppe hinaufging, um die Bürokleidung abzulegen und sich umzuziehen.

Mit einem Ohr immer beim Telefon, duschte Katie kurz und zog dann das erstbeste Kleid an, das ihr in die Hände fiel – ein schlichtes schwarzes Kleid, das kaum gebügelt werden musste. Beim Tanzen brauchte sie wenigstens an nichts Weiteres zu denken als an ihre Füße. Außerdem würde sie damit schon einmal drei der sechsundzwanzig Stunden bis zur Rückkehr der Kinder füllen können.

Als sie sich eine Strumpfhose anzog, vermied sie es, das

große Messingbett anzusehen. Ross hatte es ausgesucht, und sie hatte es mit ihrem ersten Weihnachtsgeld bezahlt. Es würde einmal ihr Erbstück werden, hatte Ross damals gesagt. Ein Bett, in dem man sonntags lange ausschlafen konnte und sich die Kinder zwischen sie beide kuscheln konnten. Jedes Jahr hatte er das Bettgestell in der Weihnachtszeit mit Lametta geschmückt, an ihrem Geburtstag hatte er dort Papierblüten aufgehängt. Na ja, jedenfalls vor der Geburt der Kinder, als sie beide noch nicht zu müde gewesen waren, um sich darum zu kümmern.

Jetzt konnte sie es kaum ertragen, den vorwurfsvollen Kissenstapel anzusehen – harte Kissen für sie, weiche für Ross.

Katie zwang sich, sich auf die Memorial Hall zu konzentrieren, als sie ihren Kleiderschrank durchstöberte. Welche Schuhe sollte sie anziehen? Welche Jacke passte am besten zu diesem Kleid? Sie hörte Angelicas energische Stimme in ihrem Kopf, die sie dazu drängte, sich schick zu machen. Sie sollte sich glamourös fühlen, um in die richtige Stimmung zu kommen. Ohrringe – wie wäre es denn damit? Sich in Schale zu schmeißen, war schon einmal die halbe Miete. Sie weigerte sich, darüber nachzudenken, dass sie allein hingehen würde; stattdessen zwang sie sich dazu, nach einem schönen Haarschmuck zu suchen.

Es fühlte sich an, als schnalle sie sich eine Rüstung um, dachte Katie, als sie sich den Pony mit einer diamantbesetzten Spange zurücksteckte. Sie verbirgt, wie mies du dich in Wirklichkeit fühlst. Katie warf einen Blick in den Spiegel und konzentrierte sich auf ihr Spiegelbild. Die Frau, die ihr entgegenblickte, schien älter zu sein, als Katie sie je in Erinnerung hatte, doch sie hielt sich aufrecht, und die Kleidung sah aus, als wolle sie schick ausgehen, selbst wenn der Gesichtsausdruck etwas anderes zu sagen schien.

Völlig unerwartet kam ihr die Tanzgruppe mit den hochgesteckten Haaren und den schwarz umrandeten Augenlidern in den Sinn. Wie stark und glamourös die Mädchen ausgesehen hatten, selbst mit ihren pickeligen, unbeholfenen Partnern im Hintergrund!

»Komm schon, Katie!«, ermahnte sie sich selbst. »Du bist schließlich nicht die erste Frau, die zur Memorial Hall gegangen ist, um wenigstens einen Abend lang allen Kummer vergessen zu können. Außerdem wirst du auch nicht die einzige Frau sein, die dort ohne Tanzpartner aufkreuzt!«

Sie war unschlüssig, ob dies ihre Laune zu heben vermochte, doch als um acht Uhr das Telefon immer noch nicht geklingelt hatte, stopfte sie ihr Handy in ein Abendtäschchen und machte sich auf den Weg.

24

Im Auto legte Katie Angelicas CD ein. Die Songs, die Angelica ausgesucht hatte, waren so unerbittlich fröhlich, dass sie, als sie den Wagen vor der Memorial Hall parkte, fast schon in der gleichen fröhlichen Stimmung war – auch wenn ein Teil davon nur gespielt war.

Licht strahlte durch die Buntglasfenster, und schon von draußen waren die Big-Band-Klänge zu vernehmen. Katie blieb einen Moment lang vor der Halle stehen, schmiegte sich in ihren Mantel und betrachtete zum ersten Mal wirklich eingehend das schlichte, aber solide rote Mauerwerk. Und es war, als könne Katie mit einem Mal nicht nur das Gebäude selbst, sondern auch die Menschen sehen, die die Memorial Hall gebaut hatten.

Das Licht der Straßenlaterne fiel auf die Gedenktafel. Angesichts der Dinge, die sie mittlerweile darüber erfahren hatte, stellte sich Katie vor, wie Lady Mayoress in ihrem Pelzmantel und Hut mit Schleier vor einer großen Menschenmenge, in der es kaum Männer gab, das dicke Band durchschnitt. Die Menschen tauchten plötzlich vor ihrem inneren Auge auf: Ein Architekt von Dayton Graham Hollister, deren Büros sich immer noch am anderen Ende der Hauptstraße befanden, hatte die anmutigen, ausladenden Fensterbogen entworfen; ortsansässige Handwerker hatten die Fenster verglast, jede Holzdiele des Bodens verlegt und die Efeuranken gemeißelt, die sich um die Eingangstür wanden. In den Dreißiger-, Vierziger- und Fünfzigerjahren waren seitdem jeden Freitagabend tanzbegeisterte Menschen hergekommen, und die pulsierende, mitreißende Musik ließ sie ihren Arbeitsalltag für ein paar Stunden vergessen.

Katie spürte, wie ihr Beschützerinstinkt geweckt wurde. Bisher hatte dies noch kein Gebäude geschafft. Tief in ihrem Inneren wusste sie, dass es nicht unbedingt an der Memorial Hall selbst lag. Doch sie wollte unbedingt, dass wenigstens *etwas* so blieb, wie es war, und dass sie in der Lage war, etwas zu beschützen, anstatt immer nur zu zerstören.

Und ich schaffe das, dachte sie. Das ist das wenigste, was ich tun kann.

Als sie die rote Eingangstür aufstieß, wurde sie von einem Schwall warmer Luft und lauter Musik empfangen, von Gesprächsfetzen, dem Geruch erhitzter Körper und dem Duft von Kölnischwasser. Sie war jedes Mal aufs Neue erstaunt, wie groß und lebendig das Gebäude an Abenden wie diesem plötzlich wirkte.

Durch die Glastür des Vorraums konnte Katie erkennen, wie elegante Abendkleider über die Tanzfläche wirbelten. Eine Sekunde lang hatte sie das Gefühl, als öffne ihr die grün gekachelte Eingangshalle einen Weg in die Vergangenheit, in der es immerzu Foxtrotts und Quickstepps gab, in der immerzu Herrenwahl herrschte und es immer Freitagabend bleiben und sich die Spiegelkugel immer um Punkt einundzwanzig Uhr dreißig in Bewegung setzen würde, ganz gleich, ob die Halle voller Tänzer war oder nicht.

Dann fiel Katies Blick auf eine sehr modisch gekleidete ältere Dame, die fröhlich und mit glänzendem Gesicht aus der Damentoilette kam. Sie wedelte sich so energisch mit ihren Händen Luft zu, dass die Hautlappen an ihren Armen in Schwingung gerieten. Der geheimnisvolle Moment war mit einem Schlag verflogen.

»Es ist so heiß, dass ich kurz dachte, ich sei wieder in den

Wechseljahren!«, japste die Dame mit einem verschwörerischen Augenzwinkern. Katie lächelte und kramte ihr Portemonnaie hervor, um die obligatorischen vier Pfund Eintritt (inklusive Saftgetränk) zu bezahlen.

Auf der Tanzfläche tummelten sich die Paare zu den letzten Takten von »In the Mood«, und die Damen hoben zu ihrer letzten Drehung an. Nachdem die Tänzer einander gedankt hatten, setzte die Band zu Glenn Millers »Pennsylvania 6–5000« an, und die Tänzer gingen wieder in Position. Fast alle Tische waren verlassen außer ein paar sehnsüchtig auf die Tanzfläche blickenden weiblichen Singles sowie ein paar Männer, die mit gelockertem Schlips über die letzten Fußballergebnisse diskutierten.

Katie bahnte sich einen Weg um die Tanzfläche herum, bis sie ein paar bekannte Gesichter erblickte: Die Mitglieder des Tanzkurses hatten zwei kleine runde Tische aneinandergeschoben, auf denen sich bereits leere Plastikbecher stapelten.

Lauren, die ein rosafarbenes Kleid trug, in dem ihre langen Arme gut zur Geltung kamen, war zwischen Trina und Chloe eingezwängt, die gerade alle Ballkleider auf einer Skala von eins bis zehn bewerteten. Trina zeigte sogar mit dem Finger auf einzelne Tänzer und redete dabei wie ein Wasserfall, was Katie nicht besonders taktvoll fand. Chloes Gesichtsausdruck nach zu urteilen, war ihr dies einerseits ziemlich peinlich, andererseits schien sie Trinas Meinung aber insgeheim durchaus zu teilen.

Katie fiel auf, dass Chloe, die stets nach mehr Hygiene verlangte, sogar ihren eigenen Plastikbecher mitgebracht hatte.

Als Lauren Katie erblickte, stieß sie die beiden anderen an. Alle drei lächelten breit und schienen sich aufrichtig zu freuen, sie zu sehen. Es war zwar nur eine kleine Geste, doch Katie fühlte sich schon gleich viel besser. Die Freude wurde jedoch ein wenig getrübt, als die drei ihre Hälse reckten, um zu sehen, wo Ross, Jo und Greg blieben. Doch Katie ging unbeirrt weiter und setzte sich auf den freien Platz neben Trina.

»Hi, Katie!«, begrüßte Lauren sie freundlich. »Schön, dich zu sehen!«

»Bist du allein gekommen?«, fragte Trina ohne Umschweife.

»Ähm, ja.« Auf der Suche nach Bridget ließ Katie den Blick über die Tanzfläche schweifen. Bridget gehörte zu der Sorte Mutter, die wusste, wann man gewisse Themen besser übersprang. Doch Katie konnte sie nirgends entdecken.

»Warum?« Trina ließ nicht locker. »Ich habe deinen Ross immer für einen begeisterten Tänzer gehalten. Ich hätte nicht gedacht, dass du so gerne tanzt!«

Chloe starrte Trina finster an, dann lächelte sie Katie entschuldigend an. »Genießt du einen Abend ganz für dich? Das ist doch toll!« Sie stupste Katie mit dem Ellbogen an. »Hey! Wir Frauen unter uns! Super!«

»Yeah«, erklärte Trina trocken. »Dann mal her mit dem Orangensaft für die Ladys!«

»Ross und Jo sind mit den Kindern ein paar Tage in die Center Parcs gefahren.« Katie erwiderte Trinas neugierigen Blick. »Die Kinder haben Herbstferien. Da ich keinen Urlaub nehmen konnte, sind sie allein gefahren. Und ich bin hier, weil mir zu Hause ohne die Kinder die Decke auf den Kopf fällt.«

»Ach, du Arme!«, erklärte Lauren mitfühlend. »Das glaube ich gern. Aber wir werden dich schon auf andere Gedanken bringen, nicht wahr? Ich hoffe, du hast einen schönen Abend!«

»Ross und Jo also? Die beiden sind zusammen weggefahren?«, fragte Trina ungläubig und hob eine Augenbraue. »Ist Jos gut aussehender Ehemann ebenfalls mitgefahren? Oder ist er auch wie du zu Hause geblieben?«

»Nein«, protestierte Katie. »Greg ist nicht …« Dann befand

sie, dass sie kein Recht hatte, von Jos Problemen zu erzählen. Als sie den Mund wieder schloss, merkte sie aber, dass Trina dies als vielsagende Bemerkung aufgefasst hatte, und wünschte sich, sie hätte den Mund gehalten.

»Hörst du jetzt wohl mal damit auf, Trina?«, ermahnte Chloe sie beschämt. »Ich muss mich für sie entschuldigen – sie ist einfach nur sauer, dass wir immer noch keinen männlichen Tanzpartner gefunden haben. Außerdem ist sie beleidigt – Baxter hat ihr nämlich eben gesagt, sie habe schwere Arme, als er mit ihr Foxtrott getanzt hat.«

Trina war sofort abgelenkt. »Was weiß der denn schon, dieser kleine schleimige Schmierlappen? Ich habe keine Ahnung, wie Peggy es mit ihm aushalten kann. Ich weiß, er tanzt gut, aber er verhält sich wie ein verdammter Fahrlehrer! Der hält nie die Klappe! Und was dieses Polyesterhemd betrifft, das er heute Abend trägt …«

Chloe ignorierte sie einfach. »Jedenfalls hast du dir einen tollen Abend ausgesucht. Dies war das erste Mal, dass wir uns hinsetzen konnten, seitdem wir hier sind! Sogar Chris wurde zum Tanzen aufgefordert!«

»Von seiner Mutter«, erklärte Lauren mit vielsagendem Blick und beugte sich vor. »Meine zukünftige Schwiegermutter, Irene, hat uns mit ihrer Anwesenheit beehrt. Aber seid bitte nett zu ihr, sie schenkt uns nämlich ihre alte Sofagarnitur für unser Haus!« Sie hob die Daumen und grinste breit. »Chris und ich sind bald Hausbesitzer!«

»Ihr kauft ein Haus? Herzlichen Glückwunsch!«, gratulierte Katie, die für den Themenwechsel dankbar war. »Wann zieht ihr denn um?«

Laurens strahlendes Lächeln verblasste ein wenig. In ihrer Begeisterung über die Anzahlung und Chris' Bemühungen, seinen Anteil Irene abzuschwatzen, hatte sie schon wieder ganz vergessen, dass es noch eine Weile dauern würde. »Na ja, das Haus ist noch nicht fertig, aber im Frühjahr wird es hoffentlich so weit sein. Auf jeden Fall aber noch vor der Hochzeit!«

»Ist es einer der Neubauten auf dem Gelände des ehemaligen Viehmarkts?« Katie hatte den Bebauungsplan für das Gebiet gesehen; der Bauträger war derselbe, den Eddie für das Projekt zur Städtebauförderung durchsetzen wollte. Er schien so ziemlich jeden Auftrag abzustauben, der verteilt wurde, und erledigte die Arbeiten mit einem Tempo, das selbst die Kreationisten, die an die Schöpfung der Welt in sechs Tagen glaubten, verwundern würde.

Lauren nickte. »Kennst du die Häuser?« Erschrocken schlug sie die Hand vor den Mund. »Oh Gott, jetzt erzähl mir bitte nicht, dass sie auf einem alten Friedhof oder Ähnlichem gebaut werden sollen?«

»Nein, nein, alles ist in bester Ordnung. Es ist sogar eine neue Buslinie in Planung. Aber man sollte in jedem Fall Neubauten auf versteckte Mängel hin untersuchen lassen, die einem die Bauträger gerne hinterlassen oder verschweigen. Hier.« Katie kramte in ihrer Tasche und fischte eine Visitenkarte heraus. Nachdem sie ihre Handynummer auf die Rückseite gekritzelt hatte, reichte sie sie Lauren. »Ruf mich an, dann werde ich mich darum kümmern, dass sich jemand das Haus ansieht. Ich kenne da einen Spezialisten für so etwas. Wenn du ihm meinen Namen nennst, macht er dir bestimmt ein gutes Angebot.«

Laurens ungezwungenes, offenes Lächeln brachte ihr Gesicht zum Erstrahlen. Katie merkte, wie ihre Anspannung allmählich nachließ. »Oh, vielen Dank, Katie! Das ist wirklich lieb von dir!«

»Deine Eltern freuen sich doch bestimmt, dass ihr ein Haus gefunden habt«, erkundigte sich Katie und entdeckte Frank, der Bridget durch die Menschenmenge dirigierte.

»Ja«, nickte Lauren ein wenig unsicher. »Ich hatte angenommen, dass sich meine Mutter ein wenig mehr für uns freuen würde, aber heute scheint sie irgendwie … ein bisschen neben der Spur zu sein. Ich denke, sie ist einfach nur traurig, dass ich bald ausziehe.«

»Hallo, Katie!«, strahlte Frank, als sie sich den zwei Tischen näherten. »Reservieren Sie mir einen Foxtrott, sobald ich wieder zu Atem gekommen bin?«

»Aber natürlich!« Katie lächelte Bridget an, die ein wenig gedankenverloren und längst nicht so fröhlich wie sonst zu sein schien. »Hallo!«

»Hallo«, brummte Bridget, doch bevor Katie noch etwas Nettes über Laurens Haus sagen konnte, kam eine große, dünne Frau in einem champagnerfarbenen, schräggeschnittenen Kleid angerauscht, die einen verlegenen Chris im Schlepptau hatte. Ihr silberblondes Haar wippte im Einklang mit dem Nachdruck, mit dem sie sprach.

»Denke bitte immer daran, dass alle Blicke auf dir ruhen werden«, erinnerte sie ihn, während die Musik verklang. »Dein Vater würde sich im Grabe herumdrehen, wenn er wüsste, wie –«

»Katie!«, rief Chris und nahm sie an die Hand. »Möchtest du tanzen? Super! Komm schon!«

Katie konnte Chris nicht davon abhalten, sie auf die Tanzfläche zu zerren. Als die ersten Takte von »Fly Me to the Moon« erklangen, wurden sie von der großen Menge der Tänzer verschluckt und von den Tischen fortgerissen.

Chris runzelte konzentriert die Stirn, als sie versuchten, auf dem engen Raum, der ihnen blieb, die Grundschritte des Foxtrotts zu tanzen. Es war gar nicht so einfach, wenn die Hauptsorge darin bestand, den anderen Leuten nicht auf die Füße zu treten, ganz zu schweigen von dem eigenen Tanzpartner. Katie hörte, wie Chris heimlich versuchte, den Takt mitzuzählen, während er sie führte und seine große Hand auf ihrem Rücken ruhte.

Den Takt mitzuzählen, war laut Angelica ein absolutes Unding. Mitzuzählen, anstatt den Partner anzulächeln, war in etwa genauso schlimm, wie dem Partner zu sagen, er habe zwei linke Füße und obendrein Tomaten auf den Ohren. Doch Katie fühlte sich nicht beleidigt. Sie hatte zuvor schon einmal mit Chris getanzt, und es war sogar eher beruhigend, zu wissen, dass sich der Partner allein auf die Grundschritte konzentrieren würde, anstatt einen in irgendeine schicke Drehung zu bugsieren, einfach nur, um zu beweisen, dass man es konnte, wie Baxter es gern zu tun pflegte.

Nachdem sie die Tanzfläche halb umrundet und andauernd die Tänzer in ihrem Umfeld entschuldigend angelächelt hatten, wurde das Gedränge zu dicht, und sie waren gezwungen, ein paar Schritte auf der Stelle zu tanzen, bis sich das Gedränge aufgelöst hatte. Plötzlich bekam Chris Panik. »Liegt es an mir, oder tanzen wir einen anderen Tanz als alle anderen?«

»Spielt das denn eine Rolle? Solange wir uns in annähernd der gleichen Geschwindigkeit bewegen wie sie, ist es doch egal, oder?«

Die Antwort schien Chris kaum zu überzeugen. »Dann versuch mal, das meiner Mutter zu erklären!«

»Du tanzt aber gerade nicht mit deiner Mutter, sondern mit jemandem, der einen Foxtrott nicht von einem Merengue unterscheiden kann!«, erwiderte Katie. »Ich finde, dass wir uns ganz gut schlagen. Herzlichen Glückwunsch übrigens zum neuen Haus!«

Seine Miene verkrampfte sich noch mehr. Katie empfand richtig Mitleid mit ihm.

»Es ist eine gute Sache«, fügte sie ermutigend hinzu. »Eine vernünftige Entscheidung.«

»Kann ich dich etwas Persönliches fragen?«

Katie hob die Augenbrauen. »Kommt darauf an, wie persönlich die Frage ist. Nein, schieß einfach los.«

»Hast du …«, fing er an und hielt dann inne.

»Habe ich … was?«, hakte Katie nach. »Frag schon, Chris. Ich habe eben nur einen Witz gemacht.«

Chris schien mit sich zu kämpfen, bevor es aus ihm herausplatzte. »Hattest du auch so eine Panik, als du den Darlehensvertrag unterschrieben hast?«

»Angesichts der hohen Summe? Ja, klar!«, versicherte sie ihm. »Ich bekomme immer noch Angst, wenn ich daran denke! Was passiert, wenn ich meinen Job verliere? Was passiert, wenn die monatlichen Raten wieder ansteigen? Aber man muss irgendwie damit klarkommen. Sichere dich ab!«

»Ja, aber … Nein. Ich meine, dass …« Er blickte sie an, und Katie merkte, dass er wirklich Angst hatte. In seinen Augen lag ein Ausdruck, den sie bei ihm noch nie gesehen hatte. Sie hatte Chris eher als einen typischen, vollkommen sorgenfreien Mädchenschwarm eingeschätzt, doch jetzt stellte sie fest, dass er etwas wirklich Wichtiges auf dem Herzen hatte.

»Erzähl es mir ruhig«, forderte sie ihn sanft auf. »Ich werde weder Lauren noch Bridget etwas davon sagen, wenn es das ist, was dir Sorgen bereitet.«

»Oh Gott, nein, nur das nicht.« Er verzog entsetzt das Gesicht, und da wusste Katie, dass es etwas mit der Hochzeit zu tun haben musste.

Als wäre ausgerechnet *sie* in der Lage, diesbezüglich Tipps zu geben!

»Versprochen!«, erklärte sie und hoffte, dabei wie eine große Schwester zu klingen.

»Hast du auch auf diesen Darlehensvertrag gesehen, der fünfundzwanzig Jahre läuft, und gedacht, dass wir schon achtundvierzig Jahre alt sein werden, wenn der endlich abbezahlt ist? Und dass wir dann länger zusammen sein werden, als ich jetzt alt bin?« Während die Worte nur so aus ihm hervorsprudelten, bildeten sich kleine Schweißperlen auf seiner Stirn. »Und dass wir dann wahrscheinlich Kinder haben werden? Fünfundzwanzig Jahre! Das ist eine verdammt lange

Zeit! Dann haben wir 2032! Dabei habe ich nicht einmal die leiseste Ahnung, was ich in *fünf* Jahren machen werde!«

»Ähm, na ja – ich war ein kleines bisschen älter als du«, erwiderte Katie, die ein wenig überrascht war, wie groß Chris' Panik tatsächlich war. »Sicherlich bist du noch recht jung, um ein Darlehen aufzunehmen, aber …« Sie sah ihm fest in die Augen. »Chris, seid ihr beide bei einer vorehelichen Beratung gewesen? Um die Ehegelübde und alles andere zu besprechen?«

Er nickte heftig. »Ja, aber um ehrlich zu sein, war das nur der übliche Quatsch, wie einander zuhören, Kompromisse schließen und dergleichen. Aber erst beim Darlehensvertrag ist mir alles so richtig klar geworden …« Sein Blick irrte nervös zu den Tischen des Tanzkurses, wo Lauren lebhaft mit Bridget schnatterte, die wiederum in den Raum hineinstarrte. »Ich musste mir eine ellenlange Predigt meiner Mutter darüber anhören, was mein Vater gewollt hätte. Laurens Dad musste sich dann um den Rest der Anzahlung kümmern, weil er meiner Meinung nach davon überzeugt ist, dass ich mich nicht genügend um seine kleine Prinzessin kümmern kann, und Kian glaubt …« Chris zauberte von irgendwoher ein Lächeln auf seine Lippen, doch seine Augen erreichte es nicht. »Ich habe jedenfalls das Gefühl, dass alles aus dem Ruder läuft. Und das Einzige, was mir alle über die Hochzeit sagen, ist, dass ich mit meinen bescheidenen Tanzkünsten die ganze Hochzeitsfeier verderben werde!«

»Eine Ehe besteht nicht nur aus der Hochzeit«, erklärte Katie müde. »Es ist vielmehr die Zeit danach, für die du Hilfe und gute Ratschläge brauchst. Aber das erzählt einem vorher keiner.«

Sie bewegten sich auf der Stelle, während sich die geübteren Tänzer drehten und an ihnen vorbeiwirbelten. Katie bemerkte begeistert, dass sie auf der Stelle tanzen und sich dabei sogar unterhalten konnte. Sie war angenehm überrascht. Obwohl sie sich beim Tanzen recht nahe kamen, was an jedem anderen Ort mit Ausnahme der Tanzfläche zu einem Kuss geführt hätte, waren die Tanzschritte absolut sachlich. Sie waren beide beim Tanzkurs so oft von Angelica wegen des Rhythmus und der Beugung der Knie angebrüllt worden, dass ihnen ein ehrliches, offenes Gespräch nun sehr leichtfiel.

Ich komme mir vor wie in einem Beichtstuhl, dachte Katie. Man hat das Gefühl, während der Ungestörtheit und Vertrautheit eines Liedes alles sagen zu können, was einem auf dem Herzen liegt, weil es nur einen selbst und den Tanzpartner gibt, mit dem man dieses ganz bestimmte Lied und den gemeinsamen Tanz zusammen erlebt.

»Ich … Ich musste einmal eine Verlobung lösen«, erzählte Katie schließlich. »Es war das Schwerste, was ich je getan habe, da es eine Entscheidung aus dem Bauch heraus war und weniger ein rationaler Entschluss. Das sah mir so gar nicht ähnlich. Aber heute weiß ich, dass es das Richtige war, da ich sonst mit Sicherheit den falschen Mann geheiratet hätte.«

Als sie aufschaute, trafen sich ihre Blicke. Sie fühlte sich längst nicht so beschämt, wie sie gedacht hatte. Chris schien überrascht, aber neugierig zu sein.

»Das muss … ganz schön kompliziert gewesen sein.« Er verzog das Gesicht.

»Damit will ich nicht sagen, dass du das Gleiche tun sollst. Aber du darfst deine Gefühle nicht ignorieren. Mit der Ehe willigst du ein, das Leben mit jemand anderem zu teilen«, fuhr Katie fort. »In guten wie in schlechten Zeiten. Das ist ein sehr großes Versprechen.«

»Aber Lauren …«, stammelte er und ließ die Schultern hängen.

»Lauren liebt dich, und sie will das geklärt haben. *Jetzt.* Chris, dies ist die glücklichste Zeit deines Lebens«, fügte sie hinzu und lächelte, damit ihre Worte nicht so bedrückend klangen. »Wenn dann Kinder, Geldsorgen und alles andere hinzukommen, wird es schwieriger.«

»Ich weiß«, antwortete Chris und kaute auf der Lippe herum.

Katie wollte ihn nicht bedrängen, wenn er nicht von selbst weiterreden wollte. Doch der arme Kerl machte einen so angeschlagenen Eindruck, wie ihn ein blonder Rugbyspieler nur machen konnte.

»Ich bin wirklich kein Experte in solchen Dingen, aber du solltest besser mit Lauren sprechen«, erklärte Katie sanft. »Vergiss sämtliche Ratschläge von Schwiegereltern, Kumpeln und allen anderen Leuten. Lauren ist nämlich diejenige, neben der du aufwachen wirst die nächsten …« Sie wollte gerade sagen, »die nächsten fünfzig Jahre«, doch sie hatte den Eindruck, dass er in dem Fall wahrscheinlich die Beine in die Hand genommen und unverzüglich das Weite gesucht hätte. »Aber sprich *jetzt* mir ihr, damit ihr noch genügend Zeit habt, um alles zu klären. Je länger du dieses Gespräch hinauszögerst, desto schwieriger wird es.«

»Ich habe keine *Zweifel*«, widersprach Chris ein wenig zu nachdrücklich, »ich habe nur einfach das Gefühl, dass … dass alles ein wenig zu schnell geht. Es geht nicht um Lauren oder um mich, sondern darum, dass sie ein Kleid aus dem Aschenputtel-Film tragen will und meine Mutter so viel Aufhebens um diese blöde Hochzeitstorte macht.« Er runzelte die Stirn. »Wenn du auch nur ein Sterbenswörtchen von allem verrätst, werde ich wie ein absoluter Mistkerl dastehen. Als ob ich gar nicht heiraten wollte!«

»Willst du denn heiraten?«, fragte Katie mit einer Direktheit, die sie selbst in Erstaunen versetzte.

Komm schon, dachte sie, mit wem soll er denn sonst reden? Und erst durch Peters ziemlich direkte Fragen waren ihre wahren Gefühle ans Licht gekommen.

Chris machte einen verzweifelten Eindruck; ganz offensichtlich hatte ihr Angriff aus dem Hinterhalt bei ihm einen ähnlichen Effekt ausgelöst. »Ich glaube schon … Und dann wiederum … nicht. Aber nein, ich will. Ich will.«

»Wenn ich Lauren dieselbe Frage stellen würde und sie mir die gleiche Antwort gäbe, wärst du dann glücklich damit?«, fragte Katie.

»Nnnnnein?« Chris geriet ins Straucheln, und sie mussten innehalten. Dies ließ die Spannung verrauchen, die sich zwischen ihnen angestaut hatte. Sie mussten einander anschauen, damit Chris den ersten Tanzschritt machen konnte. »Und zwei, drei, vier und …«, zählte Katie und ging einen Schritt zurück.

»Du hast die Führung übernommen«, stellte Chris nüchtern fest.

»Das ist genau das, was die Ehe mit dir macht«, erwiderte Katie, ohne nachzudenken. »Tut mir leid«, fügte sie dann entschuldigend hinzu und lächelte ein wenig ironisch.

Chris warf ihr einen Blick zu, der schon wieder ein wenig zuversichtlicher wirkte. Katie betrachtete seine langen, dunklen Wimpern und fühlte sich plötzlich sehr alt: Sie begriff mit einem Mal, warum er ein solcher Herzensbrecher war.

»Du bist noch sehr jung, um dich irgendwo mit einem Darlehensvertrag niederzulassen, Chris«, erklärte sie und gab sich Mühe, dabei nicht herablassend zu klingen. »Willst du denn gar nicht reisen? Oder im Ausland arbeiten?«

»Das ist genau das, was Kian auch sagt.« Seine verdrießliche Miene nahm wieder einen panischen Ausdruck an, als ein langsameres Lied einsetzte, das Katie nicht kannte. Katie sah, dass Franks Silhouette hinter ihnen auftauchte, als die Sängerin (Ella Fitzgerald? Julie London?) begann, über ihr gebrochenes Herz zu singen.

»Darf ich bitten?«, rief Frank fröhlich. »Ich denke, dass Katie mittlerweile genug von dieser Ecke des Raumes gesehen hat, Christopher! Katie, darf ich bitten?«

Chris machte ein niedergeschlagenes Gesicht, als Frank mit Katie in den Hauptstrom der Tänzer wirbelte. Katie beobachtete, wie sich seine Mutter auf ihn stürzte wie eine Möwe auf eine Sprotte. Ihre Fingernägel mit der French Manicure schrammten um Haaresbreite an seinen Augen vorbei, als sie sich ihn packte, laut zu zählen begann und dabei jedes Wort übermäßig betonte.

»Er ist ein netter Kerl«, befand Katie, da sie plötzlich das Gefühl hatte, Chris in Schutz nehmen zu müssen.

»Sehr nett«, nickte Frank und dirigierte sie mit dem Knie in eine Drehung. Frank hielt sie sicherer als Chris. Er würde auch einen guten Santa Claus abgeben. »Unter uns gesagt, muss er vielleicht noch ein wenig erwachsener werden, denke ich.«

»Er ist erst dreiundzwanzig.«

»Als ich dreiundzwanzig Jahre alt war, hatte ich bereits eine Ehefrau und ein Baby. Aber damals war alles noch ein wenig anders.« Frank ließ Katie ein paar Rückwärtsdrehungen vollführen und drehte sie dabei, als sei sie leicht wie eine Feder. Vor ihren Augen glitzerte das Licht, und ihr fielen ein paar ältere Damen ins Auge, die in wunderbaren mintfarbenen Kleidern den Tanz aussaßen. Wann hatten sie die Kleider zum ersten Mal getragen? In den Sechzigerjahren? Oder noch früher? Hatten sie einst zum Longhampton Formationstanzteam gehört und schon damals diese Kleider getragen?

Frank lächelte sie an. »Das ist das Problem, wenn man ein Vater ist. Ich weiß, wie diese dreiundzwanzigjährigen Kerle so sind, weil ich selbst mal einer war! Warten Sie's nur ab! Ross wird genauso über Ihr kleines Mädchen denken, wenn es so weit ist. Wo ist er heute Abend überhaupt? Wir haben Sie am Mittwoch alle vermisst!« Er zwinkerte Katie zu. »Es ist viel schwieriger, wenn Sie und Jo nicht da sind! Erzählen Sie's bloß nicht Trina, aber es ist einfach nicht dasselbe ohne Sie!«

Wäre er nicht so freundlich gewesen, hätten seine Worte Katie nicht so sehr getroffen. Um weiteren Erklärungsnöten aus dem Wege zu gehen, pochte sie darauf, sich dringend auf ihre Schritte konzentrieren zu müssen.

Die Zeiger der großen Uhr in der Memorial Hall wirbelten mit Cole Porter und Frank Sinatra unaufhaltsam vorwärts. In der Halle selbst wurde es immer heißer, und die Gespräche übertönten allmählich die Musik der langsamen Tänze, bis ein Quickstepp sie mit einem Schlag verstummen ließ. Die Tänzer stürmten wieder auf die Tanzfläche und tanzten, was das Zeug hielt.

Sogar Trina war den Abend über beschäftigt, doch jedes Mal, wenn sie sich wieder auf ihren Stuhl fallen ließ, hatte sie etwas Neues zu kritisieren an der Körperhygiene irgendeines armen Kerls, oder sie machte eine niederschmetternde Bemerkung darüber, dass einige Anwesende dringend Stützstrümpfe brauchen könnten.

»Ich sollte es ihr besser sagen – als modebewusste Frau«, erklärte sie immer wieder, woraufhin Chloe panisch aufschrie und es mit einem Klaps schaffte, sie zum Schweigen zu bringen. Kurze Zeit später hatten sich Katie und Lauren zu den zwei Ringrichtern gesellt, verliehen gemeinsam Titel wie »Mr. und Mrs. Jive Bunny« oder »Mr. Action Man mit dem Handgriff aus Stahl«, und tauschten Informationen aus über Tänzer, die die charmante, altmodische Höflichkeit besaßen, um den nächsten Tanz zu bitten.

»Oooh, seid auf der Hut vor Mr. Sonnenbank, Ladys«, warnte Lauren, als sie sich elegant zwischen Katie und Chloe niederließ und tat, als hätte sie furchtbare Ohrenschmerzen. »Er singt alle Lieder mit. Mrs. Sonnenbank muss taub sein – und wenn sie's nicht ist, wette ich, dass sie es sich wünschen würde.«

In den kurzen Augenblicken, in denen sie nicht von Tanzpartnern umlagert wurde, stattete Angelica dem Tisch einen Besuch ab. In ihrem lippenstiftroten Kleid und mit dem rabenschwarzen, glänzenden Haar, das sie zum Dutt frisiert hatte, sah sie fabelhaft aus. Je lauter und eingängiger die Lieder waren, desto mehr schien sie aufzuleben und nicht mehr stillhalten zu können. Sie bewegte sich über die Tanzfläche wie eine Flamme, die jeden zum Erstrahlen brachte. Wer mit ihr tanzte, schien nach kurzer Zeit in seinem eigenen Rampenlicht zu tanzen. Sogar Chris.

»Ich weiß nie so genau, ob ich mich von Angelica inspirieren lassen oder besser auf der Stelle aufgeben soll«, seufzte Chloe neidisch, als Angelica und Baxter in einer komplizierten, aber perfekten Abfolge von Drehungen und Schritten an ihnen vorbeizogen. Ihre Füße bewegten sich mit rasanter Präzision, die nur von kurzen Augenblicken unterbrochen wurde, in denen sie wie in der Luft zu hängen schienen. Dass Angelicas blasse Stirn Baxters pomadiges Haar um einige Zentimeter überragte, tat der Tatsache keinen Abbruch. Beide wirkten wie die einzigen richtigen Tänzer im Saal. Baxter führte, und Angelica folgte ihm mit einer Geschicklichkeit, die ihren Tanz wie das Natürlichste der Welt aussehen ließ.

»Mum hat erzählt, dass sie jahrelang eine professionelle Turniertänzerin gewesen ist«, berichtete Lauren.

»Sie war sogar Weltmeisterin in ihrer Disziplin«, erklärte Peggy und starrte sie an. »Sie ist die beste Tänzerin, die ich je gesehen habe.« Die anderen wandten sich zu ihr um und waren überrascht, dass sie ohne Baxter sprach. Katie hatte ganz vergessen, dass Peggy auch in ihrer Runde saß.

»Ihre Eltern gehörten beide der Formationstanzgruppe an, nicht wahr?«, fragte Katie, als sie sich an die Archivbilder erinnerte. Das würde erklären, von wem sie das Talent geerbt hatte.

Lauren stupste Katie mit dem Ellbogen an und deutete auf Peggy, die den Blick fest auf Baxter gerichtet hatte und beobachtete, wie er sich scheinbar mühelos über das Parkett bewegte. »Süß, oder? Nach all der langen Zeit hat sie nur Augen für ihn.«

»Peggy?«, hakte Katie nach. »Waren Angelicas Eltern in der Formationstanzgruppe?«

Peggy wurde aus ihren Gedanken gerissen und wandte sich Katie zu. »Ja«, nickte sie. »Das waren sie. Sehr gut.«

Gegen zweiundzwanzig Uhr – um die Zeit saß sie normalerweise vor dem Fernseher – spürte Katie, wie ihre Energie langsam nachließ. Für einige Tänze lehnte sie mehrere Anfragen ab und entschuldigte sich damit, wehe Füße zu haben und einfach erschöpft zu sein.

Verstohlen warf sie einen Blick auf ihr Handy, ob Ross sie angerufen hatte. Einerseits wollte sie gar nicht, dass er anrief, aber andererseits … irgendwie schon.

»Darf ich bitten?«

Katie schaute auf und merkte, dass der Mann schon die ganze Zeit vor ihr gestanden und abgewartet hatte, bis sie ihr Handy wieder weggepackt hatte. Die ersten verführerischen Takte von »Fever« waren fast verklungen, und Lauren und Trina tummelten sich schon mit ihren Partnern auf der Tanzfläche. Chloe und sie waren zurückgeblieben, um auf die Handtaschen aufzupassen.

Katie versuchte, ihn mit einem freundlichen Lächeln zu vertrösten, damit er sich nicht beleidigt fühlte. Er sah gar nicht mal schlecht aus – dunkles Haar, glatt rasiert, in den Dreißigern. In irgendeinem Teil ihres Verstandes wunderte sie sich, dass junge Kerle wie er einen solchen Tanzabend besuchten.

Vielleicht ist er hier, um Frauen kennenzulernen, vermutete sie. Womöglich ist er geschieden. Und wenn du dich von Ross scheiden lässt, musst auch du irgendwo wieder Männer kennenlernen. Dann bist du wieder auf dem Singlemarkt unterwegs, genau wie Chloe und Trina.

Und wie Ross. Auch er will eine neue Frau kennenlernen. Eine, die ihn mehr liebt als du.

Plötzlich stieg Panik in ihr auf und schnürte ihr fast den Hals zu.

»Tut mir leid, ich … setze gerade aus«, stammelte sie. »Blasen!«, ergänzte sie noch und deutete auf ihre Füße.

Er neigte den Kopf bedauernd zur Seite. »Vielleicht später?«

»Ähm, ja, ja«, stotterte Katie. »Vielleicht später.«

»Wie wäre es denn mit mir?«, drängte sich Chloe mit einer Verwegenheit vor, die Katie überraschte. Sie war aufgesprungen, bevor der Mann antworten konnte. »Ich suche noch einen Partner für eine Tanzvorführung.«

Der Mann lächelte ein wenig nervös und nickte.

»Sag Trina bitte nichts«, flüsterte sie Katie zu, als sie dem Mann auf die Tanzfläche folgte.

»Nun, Miss Wählerisch, ich hoffe, Sie haben einen guten Grund, warum Sie Rod Coward haben abblitzen lassen – er führt exzellent!«, erklärte Angelica, die plötzlich aus dem Nichts heraus neben Katie aufgetaucht war. »Sie können nicht einfach Männer abweisen, nur weil Ihnen ihr Aussehen nicht gefällt – das gilt als schlimmer Fauxpas unter Tänzern! So etwas spricht sich schnell herum, wissen Sie?«

Mit zitternden Händen stopfte Katie ihr Handy wieder in die Handtasche zurück. Kannte Angelica *jeden* hier? Und entging ihr eigentlich *gar nichts*?

»Erlauben Sie?«, fuhr sie fort, griff in ihre eigene Handtasche und holte eine große rote Seidenblume heraus. »Ich wollte eigentlich schon den ganzen Abend lang Ihr schwarzes Kleid noch ein wenig aufpeppen. Ich weiß, dass Sie nicht besonders mädchenhaft sind«, fuhr sie fort und befestigte die Rose geschickt an Katies Träger, »aber Sie müssen sich die Tanzfläche als eine Art *Bühne* vorstellen, auf der Sie den Abend lang eine *Rolle* spielen. Stellen Sie sich vor, Sie wären

Scarlett O'Hara oder Liz Taylor. Lassen Sie sich einfach gehen – seien Sie jemand anderer!«

»Aber ich weiß nicht, ob …«, murmelte Katie.

Angelica fuhr fort, ohne Katies verzweifelten Blick zu bemerken. »Und ich hoffe, dass Sie Ross' Beinarbeit nach heute Abend ein wenig mehr zu schätzen wissen! Hmmm? Es ist jammerschade, dass er nicht hier ist. Ich hoffe, Sie vier haben nicht schon aufgegeben?«

»Nein«, antwortete Katie und musste blinzeln.

»Weil Sie und Ross ein gutes Tanzpaar werden könnten«, erwiderte Angelica. »Wenn Sie damit aufhören würden, sich so viele Sorgen zu machen, und ihm einfach die Führung überlassen würden. Aber das wird schon von ganz allein kommen, wenn Sie endlich aufhören, beim Tanzen nachzudenken. Und Ihre Freundin Jo ist ein Naturtalent, was lateinamerikanische Tänze angeht … Katie? Ist alles in Ordnung mit Ihnen?«

»Ja. Mir geht's gut. Sehr gut.« In Wahrheit fühlte sich Katie alles andere als gut: Sie wollte nicht an Ross denken. Und an Jo schon gar nicht.

Insbesondere nicht nach Trinas Anspielungen darüber, dass sie zusammen mit den Kindern weggefahren waren. Über die angedeutete Möglichkeit hatte Katie bisher nicht nachgedacht, weil sie gar nicht auf den Gedanken gekommen war. Doch wenn es für alle anderen so offensichtlich war, war sie vielleicht einfach zu naiv?

Nun mach dich nicht lächerlich, schalt Katie sich selbst. Doch das unangenehme Gefühl, das sie beschlich, ließ sich nicht so einfach vertreiben. Hannah verehrte Jo. Wie viel Zeit verbrachte Jo eigentlich mit den Kindern?

»Katie?«, fragte Angelica erneut. Dieses Mal blickte Katie ihr in die Augen.

»Mir geht es gut«, wiederholte sie und setzte eine undurchdringliche Miene auf. Diese hatte sie sich antrainiert, um dahinter ihre wahren Gefühle in Sitzungen und Besprechungen mit herablassenden Stadtvermessern und Buchhaltern zu verstecken. Diese Miene war sehr streng.

Ein wissender Ausdruck huschte über Angelicas Gesicht: Sie schien die Maske als solche zu erkennen und wechselte das Thema.

»Bridget hat mir erzählt, dass sie eine Kampagne starten will, um die Memorial Hall unter Denkmalschutz stellen zu lassen.« Angelicas Fuß wippte zu den Anfangstönen von »Moon River«.

»Das stimmt«, erwiderte Katie. »Wollen Sie sich daran beteiligen?«

»Das würde ich sehr gern«, antwortete Angelica mit einem leisen Lächeln. »Ich habe hier in dieser Halle so viele schöne Stunden erlebt …«

Sie wollte weiterreden, doch dann wurden sie unterbrochen. »Darf ich um diesen Walzer bitten?«

Katie schaute auf, und ihr Blick fiel auf Baxter, der vor ihr stand und ihr seine Hände einladend entgegenstreckte.

»Los, gehen Sie schon, wir können später noch weiterreden«, erklärte Angelica. »Sie sollen schließlich tanzen und nicht herumsitzen.«

»Vielen Dank«, antwortete Katie. Mit Baxter zu tanzen erforderte volle Konzentration, und sie freute sich über die Gelegenheit, den Kopf wieder frei zu bekommen.

Katie tanzte fünf weitere Tänze, und zwischen Frank, Baxter, Mr. Sonnenbank (der nicht nur alle Lieder aus voller Kehle falsch mitsang, sondern auch noch feuchte, schwitzige Hände hatte), einem hageren Polen, der sich so nah an Katie herandrückte, dass sie sich vornahm, die anderen vor ihm zu warnen, und einem kleinlauten Chris blieb ihr nicht viel Zeit, um sich über andere Dinge Gedanken zu machen als darum, sich von den Saalecken fernzuhalten.

Um zehn vor elf ging das Licht an. Es vertrieb das Mondlicht und die altmodische, romantische Stimmung von der sternenübersäten Tanzfläche und verwandelte den Saal wieder in eine Stadthalle mit schlichten Plastikstühlen. Die eleganten Tänzer, die im schmeichelhaften Dämmerlicht den letzten Langsamen Walzer tanzten, wurden mit einem Schlag zurückverwandelt in Großmütter und Postboten, Friseure und Buchhalter, deren Gesichter glänzten und die sich Luft zufächelten, als sie sich küssten, voneinander verabschiedeten und die unbequemen Schuhe in der Garderobe im Vorraum auszogen.

Trina tauschte eifrig ihre Telefonnummer mit einem Kerl aus, mit dem sie laut Chloe »sechs Tänze« getanzt hatte. Chloe selbst säuberte ihren Plastikbecher und beäugte besorgt ihren Mantel, den sie nur widerwillig in der Garderobe abgegeben hatte.

»Oooh, dann bis nächsten Mittwoch!«, rief Lauren, schlang sich den Schal fest um den Hals und hätte dabei fast einen übrig gebliebenen Becher voll Orangensaft umgestoßen.

Lauren war nur selbstsicher, solange die Musik spielte, dachte Katie mit einem schiefen Lächeln, als Lauren ihre Arme um Chris' Hüfte legte. »Komm schon, Fred Astaire, es wird Zeit, ins Bett zu gehen.«

Chris' und Katies Blicke trafen sich. Chris wandte sich verlegen ab.

»Jetzt nicht, Lauren«, murmelte er.

»Das wirst du nicht mehr sagen können, wenn ich erst einmal deine Frau bin«, antwortete sie und schien immer noch unter dem Bann der Musik zu stehen. »Grrrr! Fährst du mich wenigstens nach Hause?«

Katie biss sich auf die Zunge. Lauren war so glücklich, dass sie die dunkle Wolke, die sich über Chris zusammenbraute, nicht einmal bemerkte. Vielleicht war es nicht einmal eine Wolke, dachte Katie; vielleicht war es auch nur ein Anzeichen dafür, dass er sich Gedanken darüber machte, was eine Ehe tatsächlich zu bedeuten hatte. Aber auch er hatte sie zu einer wichtigen Erkenntnis gebracht. Als sie ihm erzählt hatte, dass sie die Verlobung mit Steve gelöst hatte, um den Richtigen zu heiraten, hatte sie aus tiefstem Herzen gesprochen. Sie waren beide absolut ehrlich zueinander gewesen.

»Sollen wir Sie nach Hause fahren?«, erkundigte sich Frank bei Katie. »Wir fahren ohnehin in Ihre Richtung, nicht wahr, Bridget?«

»Natürlich«, antwortete diese. »Dann könnten wir uns ein wenig unterhalten über ... Sie wissen schon ...« Sie hielt inne und ließ den Blick vielsagend über die gestrichenen Wände schweifen.

»Das ist lieb von Ihnen, aber nicht nötig, da ich selbst mit dem Auto hier bin«, antwortete Katie. Doch mit einem Mal brachten die Anstrengungen des Tanzabends und die Anspannung, mit der sie ihre Gefühle die ganze Zeit im Zaum gehalten hatte, ihren letzten Schutzwall zum Einsturz. Lauren krähte irgendetwas darüber, wie romantisch die Lieder gewesen seien und ob vielleicht alle Paare bei ihrer Hochzeit einen Tanz vorführen könnten.

Ich will nach Hause, dachte Katie plötzlich. Auch wenn dort alles still und verlassen ist.

»Wir gehen jetzt, sonst bekommen wir kein Taxi mehr. Tschüss, Katie!«, rief Chloe. »Bis nächste Woche!«

»Sehen wir uns Mittwoch?«, fragte Bridget. Ihrem wachsamen Blick entgeht nichts, dachte Katie. »Dann wieder mit allen vieren?«

»Wir werden sehen«, antwortete Katie. »Tschüss, Frank, vielen Dank für die wunderbaren Tänze!«

»Kommen Sie gut nach Hause«, wünschte Frank freundlich.

Katie schaffte es, sich zusammenzureißen, bis sie im Auto saß. Dort stellte sie das Radio an, um auf andere Gedanken zu kommen, doch den gesamten Heimweg über liefen ihr Tränen über die Wangen.

Als sie jedoch das Haus betrat, das sie mit trister Stille empfing, konnte sie nicht mehr weinen. Alles, was sie tun konnte, war, abzuwarten. Und das erfüllte sie mit einer ernüchternden Furcht.

Ross, Hannah und Jack würden in zwölf Stunden wieder heimkehren.

25

Katie schluckte zwei Schlaftabletten, doch sie konnte trotzdem nicht schlafen. Sie hatte die schwungvollen Quickstepp-Rhythmen immer noch im Ohr, und einige Bruchstücke der hoffnungsvollen, romantischen Liedtexte wiederholten sich in einer spöttischen Endlosschleife in ihrem Kopf: »*You do something to me … You made me love you … You'd be so nice to come home to …*«

Wie kam es, dass die Liebe früher so viel einfacher gewesen war, fragte sich Katie und starrte betrübt an die Decke. Selbst Liebeskummer war damals einfacher gewesen. Lag es vielleicht daran, dass man damals erwartete, die perfekte Harmonie und Romanze nur in vierminütigen Ausbrüchen auf der Tanzfläche zu erleben? Der Rest des Ehelebens musste dem magischen Liebeswerben dort nicht mehr gerecht werden, wenn man seinen Anteil in der Küche erledigte und den Ehemann pflichtbewusst umsorgte. Es gab viele Regeln, die man befolgen musste, aber wenn man ihnen strikt gehorchte, war man sicher. Heutzutage war das nicht mehr der Fall.

Kein Wunder, dass die blöden Tanzstunden für Ross und sie zum Scheitern verurteilt waren. Sie machten es genau falsch herum: Sie versuchten, ihre Ehe wiederzubeleben, indem sie dieses Liebeswerben imitierten, obwohl sie beide nur allzu gut wussten, dass das »Glücklich bis ans Ende ihrer Tage« gar nicht so glücklich war.

Katie schlug die Bettdecke zurück und stand auf, obwohl

es nicht einmal halb sechs in der Frühe und draußen noch dunkel war. An den Stellen, wo ihr jemand am Vorabend auf die Füße getreten war, schmerzten die Zehen. Ihr Kleid hing wie eine abgelegte Haut auf dem Stuhl neben der Tür. Angelicas rote Blüte war immer noch am Träger befestigt.

Ich schaffe es nicht einmal, den Anforderungen gerecht zu werden, wenn es nur darum geht, sich wie ein Tänzer zu *kleiden*, ganz zu schweigen davon, ein perfekter Tanzpartner zu sein, dachte Katie traurig, als sie unter der Dusche stand.

Um halb neun trocknete sie sich die Hände an einem Geschirrhandtuch ab und holte tief Luft. Das Haus sah eigentlich ganz okay aus, wenn nicht überall Toastkrümel und Legosteine herumlagen. Ross machte nie sauber. Er schien den Dreck einfach nicht zu sehen, was Katie immer wieder verärgerte, da sie ihn sehr wohl sah. Doch im Gegensatz zu ihm hatte sie kaum Zeit, sich darum zu kümmern. Während sie staubsaugte, den Boden wischte und Zeitschriften aufeinanderstapelte, konzentrierte sie sich auf die Frage, wie sie Bridget dabei unterstützen konnte, eine Briefkampagne zur Rettung der Memorial Hall ins Leben zu rufen. Zudem freute sie sich darüber, wie nach und nach wieder Ordnung in alle Zimmer einkehrte.

Auf der Suche nach Dingen, die sie noch erledigen konnte, um sich abzulenken, zupfte Katie einige Ringelblumen ab.

Jo. Du könntest ihr ein paar Blumen hinstellen. Vielleicht ein wenig aufräumen und auch ihr damit eine schöne Heimkehr bereiten.

Was ist, wenn die Kinder dich gar nicht vermisst haben? Was, wenn Hannah sich gar nicht gewünscht hat, dass du noch kommen würdest?

Und was ist, wenn Trina mit Ross und Jo tatsächlich recht hat?

Nein. In einer Sache bin ich mir hundertprozentig sicher: Ross geht nicht fremd. Das würde er nie tun. Greg, das wetteifernde, ehrgeizige Alpha-Männchen, vielleicht; aber Ross nicht.

Sie holte tief Luft und ging dann hinauf, um noch einmal zu duschen. Das Aufräumen und Saubermachen hatte sie ordentlich ins Schwitzen gebracht.

Katie schloss die Haustür der Fieldings mit ihrem neuen Ersatzschlüssel auf und ließ wie gewohnt den Blick neidvoll über Jos perfektes Haus schweifen. Heute jedoch blieb der Neid nur für den Bruchteil einer Sekunde, bevor ihr Mitgefühl für Jo wieder überhandnahm. Katie machte sich auf den Weg in die Küche, um dort eine Vase für die Rosen zu suchen, die sie unterwegs im Supermarkt zusammen mit ein paar Paketen Milch und frischem Brot gekauft hatte. Jos riesiger amerikanischer Kühlschrank platzte zwar aus allen Nähten, aber Katie brauchte das Gefühl, etwas Nützliches zu tun.

»Also, eine Vase«, erklärte sie und legte die Rosen, die immer noch in Cellophanpapier eingewickelt waren, auf den Küchentisch. Die himbeerroten Blumen kamen aus dem Ausland und dufteten kaum, doch irgendetwas an ihnen erinnerte Katie an die Tänzer des gestrigen Abends: Mit ihren gekräuselten Blütenblättern sahen die Rosen wie Ansteckblumen aus.

Sie öffnete und schloss eine Tür nach der anderen, bis sie den Schrank fand, in dem Jo ihre Vasen aufbewahrte.

»Schöne Blumen«, stellte eine männliche Stimme hinter ihr nüchtern fest. »Wirklich aufmerksam.«

Katie fuhr zusammen und wirbelte herum. Das Herz schlug ihr bis zum Hals, und alles, was man ihr jemals über Selbstverteidigung beigebracht hatte, war in ihrem Gehirn mit einem Mal wie ausgelöscht.

Doch der Mann war kein Einbrecher. Greg stand vor ihr.

Erleichtert schlug sich Katie die Hand auf die Brust, während das Blut langsam wieder durch ihre Adern zirkulierte. »Du meine Güte, du hast mich vielleicht erschreckt!«

»Du mich aber auch«, erwiderte Greg. »Die Tür stand offen. Ich hatte nicht erwartet, jemanden von euch hier anzutreffen – am allerwenigsten dich! Solltest du nicht eigentlich in den Center Parcs sein?«

Katie fiel auf, dass er eine leere Reisetasche, zwei volle Tragetaschen von Hamleys, dem Spielwarenladen, sowie eine riesige flauschige Stoffpuppe in den Händen hielt.

Bestechungsgeschenke, dachte Katie böse und hasste sich selbst dafür, so Partei zu ergreifen.

»Ich musste arbeiten und konnte deswegen nicht mitfahren. Sie kommen aber nicht vor Mittag zurück«, erklärte sie schnell. »Ich hatte eigentlich nur vor, kurz vorbeizuschauen und …« Katies Stimme verlor sich. Zwischen ihnen beiden entstand eine unangenehme Atmosphäre. Er wusste, dass sie Bescheid wusste. Er wusste nur nicht, wie viel sie wusste.

Greg hob die Augenbrauen. Für einen Mann, der gerade seine Frau und die Kinder verlassen hatte, machte er nicht gerade einen besonders verstörten Eindruck, befand Katie. Sein kantiges Kinn war glatt rasiert, das braune Haar war ein wenig zerzaust, und er trug schicke, teure Freizeitbekleidung aus dem Versandhauskatalog, die Ross jedes Mal verächtlich ablehnte, wenn sie nur mit dem Katalog winkte: ein kunstvoll verwaschenes Poloshirt, dunkle Jeans, Wildlederturnschuhe, selbstgefällige Miene.

Eigentlich, fiel Katie auf, und ihre Gedanken eilten voraus, sah er aus wie jemand, der sich sehr viel Mühe gegeben hat mit seinem Aussehen. Genauer gesagt wie jemand, dessen Kleidung nun von einer anderen Person ausgesucht wurde …

»Ich wollte diese hierlassen«, erklärte er und hob die Tüten hoch, »und noch ein paar Klamotten von mir mitnehmen.« Die einstudierte Lässigkeit war mit einem Mal verschwunden, und seine Miene verfinsterte sich. »Ich nehme an, Jo hat dir davon erzählt, wie ich unsere Familie zerstört habe?«

»Sie hat mir gesagt, dass du der Meinung bist, die Ehe sei am Ende«, antwortete Katie gelassen.

Wie kann ich so wütend und empört über ihn sein, wo ich doch gerade Ross genau das Gleiche antue, dachte sie. Aber wenigstens bin ich deswegen völlig *aufgelöst*. Wenigstens bereitet mir dieser Zustand schlaflose Nächte.

»Hmmm.« Greg verzog zynisch das Gesicht. »Und das ist alles?«

»Ja, das ist alles. Sie ist sehr loyal. Sie ist nicht ins Detail gegangen, sondern hat einfach nur erklärt, dass du gehen wolltest.«

»Okay«, erwiderte Greg, schob die Unterlippe vor und nickte.

»Greg, es tut mir leid, aber ich verstehe einfach nicht, wie du so ruhig dastehen kannst!«, platzte Katie heraus.

»Na ja, wenn's vorbei ist, ist es eben vorbei. Warum sollte man dann noch alles unnötig in die Länge ziehen?«

Katie starrte ihn ungläubig an. Nicht zu fassen, wie gefühllos er sich verhielt! Das war nicht mehr der Greg, für den sie früher insgeheim immer ein wenig geschwärmt hatte. Falls er dennoch der Alte war, so versteckte er es ziemlich gut.

»Jo ist *am Boden zerstört!*« Sie wollte ihn nicht angreifen, aber immerhin standen sie nur wenige Meter von der Stelle entfernt, an der Jo vor wenigen Tagen zusammengebrochen war, als Trauer und Elend ihre natürliche Fröhlichkeit überwältigt hatten. Mit einem Mal konnte Katie ihre Wut nicht mehr zurückhalten. »Du weißt doch ganz genau, wie wichtig ihr die Familie ist. Sie ist eine *tolle* Mutter! Und eine tolle Ehefrau, Greg! Ich hoffe, du weißt, was du verlierst, da du dich verdammt glücklich schätzen solltest, jemanden wie sie an deiner Seite zu haben!«

Greg stellte die Tüten ab und fuhr sich mit der Hand durch das Haar. Er wirkte hart und verbittert, und es stand ihm gar nicht. »Ja. Du hast sicher recht. Aber vielleicht ist genau *das* das Problem.«

»Wie meinst du das?«

»Sie tut nichts anderes mehr – sie ist nur noch Mutter. Sie kennt kein anderes Gesprächsthema mehr. Sie redet nur noch darüber, was die Kinder in der Schule gemacht haben, was sie gegessen haben, wo wir sie besser zur Schule schicken sollten und ob wir uns eine andere Schule leisten können.«

»*Ja und?*« Katie starrte ihn finster an. »Solche Dinge sind wichtig. Sie versucht, dich *einzubinden*. Durch deine Arbeit verpasst du viel, und Jo will einfach nur, dass du den Kontakt zu den Kindern nicht verlierst!«

»Oh, und ich soll ihr jetzt dafür dankbar sein?« Greg hob sarkastisch die Arme. »Was ist denn aus unserer Ehe geworden? Was ist mit *uns*? Gut, dann bin ich eben egoistisch, aber es fühlt sich an, als gäbe es mich in dieser Familie gar nicht mehr! Ich bin nur noch der Bankautomat! Jo ist nicht mehr meine *Ehefrau*, sie ist nur noch Mollys und Rowans *Mutter!* Vor der Geburt der Kinder hatten wir fünf phantastische Jahre …« Er biss sich auf die Lippe, als wollte er sich damit davon abhalten, zu viel zu sagen. Dann schüttelte er den Kopf. »Ich liebe die Mädchen. Für sie würde ich alles tun. Aber das, was Jo und mich einmal miteinander verbunden hat, ist während dieses Familienlebens auf der Strecke geblieben. Ich hätte wirklich gedacht, dass gerade du mich verstehen würdest.«

Katie wollte ihm nicht beipflichten – insbesondere nicht, da in ihrem Kopf eine kleine, streitlustige Stimme ertönte, die sie daran erinnerte, dass sie sehr wohl verstand, was es bedeutete, immer nur an zweiter Stelle zu stehen. Sie kannte das Gefühl, wenn sich die Kinder zuerst an Ross wendeten und anschließend erst an sie. Wenn sie glaubte, wegen der Arbeit ihre Kinder im Stich zu lassen – was ihre Entscheidung gewesen war, als sie jemanden geheiratet hatte, der niemals in der Lage sein würde, eine Familie zu ernähren … Es fühlte sich an wie ein Knoten, der sich immer weiter zuzog.

»Warum?«, fragte sie, um die Stimme in ihrem Hinterkopf zum Schweigen zu bringen. Sie wollte Greg nicht zustimmen – nicht, wenn er sich so selbstgerecht verhielt. »Warum sollte ich das verstehen?«

Greg schien ihre Frage sehr zu überraschen. Und plötzlich kam in ihm wieder ein wenig von dem alten, charmanten Greg zum Vorschein. »Weil du ebenso hart arbeitest wie ich und dazu noch zu Hause so viele Arbeiten übernehmen musst, die Ross eigentlich erledigen sollte.«

Katies Entschlossenheit schmolz dahin. Nie zuvor hatte ihr jemand dies gesagt. In ihrem Herzen wuchs das Gefühl, dass Greg vielleicht doch das Richtige tat. Sie hatte nicht um Mitgefühl *gebeten* – was aber nicht zu bedeuten hatte, dass sie keines brauchte. »Na ja, stimmt schon, denke ich …«

»So viel steht fest«, fuhr Greg fort. »Für dich muss es sogar noch schwerer sein. Du musst mit dem ganzen Druck klarkommen, genügend Geld zu verdienen, und hast obendrein noch den Haushalt zu erledigen, weil – und versteh mich jetzt bitte nicht falsch – ich sehr genau weiß, dass Ross kein guter Hausmann ist. Aber welcher Mann ist das schon? Es ist immerhin kein natürlicher Instinkt. Ich habe keine Ahnung, wie du das alles schaffst.«

»Ja«, stimmte Katie ihm zu, »manchmal ist es ziemlich hart.«

Sie warfen einander einen leidenden Blick zu.

Dann erinnerte sich Katie wieder daran, dass sie Greg eigentlich nicht zustimmen wollte.

»Bist du sicher, dass das nicht nur eine Phase ist?«, fragte sie. »Etwas, was wieder behoben werden kann?«

Greg schüttelte den Kopf. »Nein. Es ist schon seit einer ganzen Weile vorbei. Es ist kein Feuer, keine Leidenschaft mehr da. Du weißt doch, wie das ist«, fügte er wehmütig hinzu. »Es fällt schwer, sich von Partnern in Stimmung bringen zu lassen, wenn diese sich über die Jahre hinweg in schwabbelige

Langweiler verwandelt haben, die über nichts anderes mehr reden können als darüber, was im Kindergarten passiert ist. In der Zwischenzeit arbeitet man rund um die Uhr, rackert wie besessen, hat immerzu ein schlechtes Gewissen, dass man nicht genügend Zeit mit den Kindern verbringt – was einem meiner Meinung nach in erster Linie von den Partnern eingetrichtert wird, die sich tief in ihrem Inneren selbst schuldig fühlen, weil sie sich so haben gehen lassen.«

Sie. Er meint Jo und Ross.

Katie verspürte das Bedürfnis, die beiden zu verteidigen. Greg hatte kein Recht, sich so herablassend und geringschätzig zu äußern – weder über Jo noch über Ross.

»Immerhin hast du ebenfalls zwei Kinder bekommen und trägst immer noch die gleiche Kleidergröße wie vor den Geburten.« Gregs schmeichelndes Lächeln erschien Katie ein wenig übertrieben. »Innerhalb von ein paar Wochen hattest du wieder dein Ursprungsgewicht erreicht, nicht wahr? Größe 36, stimmt's?«

Katie wehrte sich. »Das lag am Stress, nicht an irgendeiner Diät. Jeder ist anders, Greg. Jo sieht jetzt besser aus als je zuvor! Ich kann nicht glauben, dass du das anders siehst!«

»Vielleicht sollte sie wieder arbeiten gehen«, schlug Greg vor.

»Kindererziehung ist ein Fulltime-Job«, fuhr sie ihn an.

Greg verdrehte die Augen und hantierte verärgert mit dem Poststapel auf dem Küchentisch. »Erzähl mir doch keinen Mist! Das habe ich schon so oft gehört, dass es mir beinahe zu den Ohren herauskommt. Wir beide wissen doch, dass man es nicht mit einem Arbeitstag im Büro vergleichen kann!«

»Und ob! Und das ist der Deal, Greg. Jo hat ihre Karriere an den Nagel gehängt, um sich um die Kinder zu kümmern. Kannst du dir vorstellen, wie schwer das heutzutage für eine Frau ist? Sie hat sowohl ihre Unabhängigkeit als auch ihr Einkommen aufgegeben – und sie meistert ihre Aufgabe wirklich hervorragend!« Katie starrte Greg böse an. »Das kannst du nicht abstreiten, da ihr zwei bezaubernde Töchter habt. Wenn es ein Problem mit eurer *Ehe* gibt, dann …«

»Es gibt keine Ehe mehr. Zumindest nicht mehr die, in die ich einmal eingewilligt habe.« Er wedelte nachdrücklich mit ein paar Rechnungen. »Und erzähl mir nicht, dass es damals dein Traum gewesen ist, einen jammernden Hausmann mit langem Haar und einem Teletubby-Sprachdiplom zu heiraten?«

Katies Wangenmuskeln mahlten angespannt, und sie öffnete den Mund, um Ross zu verteidigen – und indirekt auch sich selbst –, doch Greg war noch nicht fertig. Groll und Ärger kochten in ihm hoch, und er präsentierte sich von einer Seite, die Katie an ihm nicht kannte und auch nicht für möglich gehalten hätte.

Er kniff die Augen angewidert zusammen, als er sprach. Außerdem bemerkte Katie, wie eine Ader an seiner Schläfe pochte.

»Um ehrlich zu sein: Es war mir peinlich, Jo beim Tanzkurs zuzusehen, wie sie überall aus diesem roten Kleid hervorquoll«, fuhr er fort. »Ich weiß, dass sie es anhatte, um mich an einen Urlaub zu erinnern, den wir vor der Geburt der Kinder zusammen verbracht haben. Damals hat sie phantastisch darin ausgesehen. Aber heute?« Er zuckte mit den Schultern. »Sie interessiert sich einfach nicht mehr dafür. Sie sieht sich nicht mehr als Frau, sondern nur noch als Mutter. Aber ich habe keine beleibte Hausfrau geheiratet, sondern eine wunderschöne, gepflegte, modische Frau mit einer tollen Figur. Aber ach ja, ich darf ja nichts sagen, weil das dann sexistisch ist und rücksichtslos klingt.«

Katies Herz schmerzte aus Mitgefühl für Jo: Sie konnte sich sehr gut vorstellen, wie Jo das Kleid angezogen und versucht hatte, die Leidenschaft zwischen ihnen wieder zu entfachen, da sie dachte, mit dem Kleid vielleicht die Erinnerung an eine heiße Nacht wieder zum Leben erwecken zu können. Obwohl das Kleid nicht mehr so ganz passte, hatte sie gehofft, dass Greg es nicht bemerken würde. Nachdem ihr seine Abscheu nicht verborgen geblieben war, hatte sie sich wegen ihres Körpers sicher noch schlechter gefühlt, als sie es ohnehin schon tat.

Dabei war Jo wunderhübsch: Sie war weich, üppig, samtig und kuschelig. Sie muss wegen ihres Gewichts schon einmal gehänselt worden sein, dachte Katie, da sie immer nur ein halbes Stück Kuchen aß und sich das Dressing von den Salatblättern kratzte. Wenn Greg tatsächlich ein solcher Körperfanatiker war, konnte sich Katie jetzt auch vorstellen, weshalb sie das tat. Arme Jo, dachte sie. Ross hatte nie viel Aufhebens um ihr Gewicht gemacht; er hatte ihr sogar vorgeschwärmt, wie schön er sie fand, als sie zehn Tage über Jacks ausgezählten Geburtstermin hinaus war und ihre eigenen Füße nicht mehr sehen konnte.

»Jo ist wunderschön«, beharrte Katie. Doch Greg hörte gar nicht mehr zu, so sehr war er in Fahrt.

»Sie ist eine Milchkuh. Und das Schlimmste daran ist, dass es sie nicht einmal mehr zu stören scheint. Ich habe ja versucht, sie dazu zu bewegen, ins Fitnessstudio zu gehen, aber sie hat jedes Mal armselige Entschuldigungen vorgeschoben. Und eins sage ich dir: Das turnt nicht besonders an. Das und dieses ewige Babybabybaby-Gerede. Der Himmel weiß, was sie glaubt, wie sie an ein drittes Baby kommen will.«

»Greg«, warnte Katie. Nun hatten sie den Bereich betreten, über den Katie nichts wissen wollte.

»So sieht's nämlich aus. Kein Mann will seine Mutter vögeln. Und erzähl mir nicht, dass es zwischen dir und Ross im Schlafzimmer immer noch knistert!« Er verdrehte die Augen. »Ich habe gesehen, wie ihr zwei miteinander tanzt – genau wie Jo und ich. Null körperliche Anziehungskraft. Dabei war er doch mal ein so gut aussehender Kerl! Woher kommen denn die schlaffen, riesengroßen Poloshirts und die Plauze? Es scheint, als würden sie sich um nichts anderes mehr kümmern als um die Kinder!«

»Es reicht!«, schrie Katie.

Greg hob die Augenbraue. »Aha. Du weißt also, was ich meine. Mir kommt es schon eine ganze Weile lang so vor, als sähest du nicht mehr besonders … sagen wir mal, zufrieden aus, stimmt das?«

Es hat keinen Sinn, es zu leugnen, redete sich Katie ein. Sei kein Heuchler. Sie kämpfte innerlich mit sich, während Greg ihr Zögern als stille Zustimmung wertete.

»Ich wusste, du würdest es verstehen«, frohlockte er. »Es ist nicht schön, schon mal gar nicht politisch korrekt, aber es ist schon verdammt schwer, wenn du mit dem ganzen Stress klarkommen musst und sie sich dann auch noch moralisch überlegen fühlen!«

Ross würde das nie tun, dachte Katie entsetzt. Er würde niemals unsere Beziehung vor Jo niedermachen. In vielerlei Hinsicht war er ein so viel besserer Ehemann als Greg!

In Katie reifte eine unschöne Wahrheit heran. Ich habe einen Fehler gemacht! Ich musste nur einmal all die Dinge aussprechen, damit Ross begreift, wie ernst es mir damit ist, diese Probleme zu beheben. Aber ich will nicht, dass er mich verlässt! Ich will, dass *wir* die Probleme aus der Welt schaffen!

Sie hatte jedoch noch eine Erkenntnis gewonnen: Greg war beileibe nicht der Mann, für den sie ihn gehalten und den sie immer ein wenig angehimmelt hatte. Wie viel dieser Schwärmerei war einfach nur eine Projektion gewesen – bei der sie sich den gut gekleideten, gut verdienenden Ehemann vorgestellt hatte, mit dem sie verheiratet sein sollte? Wie viel davon hatte sie seinen Anzügen zugeschrieben, wie viel ihm angedichtet? Katie musste sich angesichts ihrer eigenen Oberflächlichkeit schütteln.

Jo verdiente etwas Besseres als diesen egozentrischen Tyrannen.

»Ich dachte zuerst, du würdest einen großen Fehler machen, aber jetzt bin ich mir nicht mehr so sicher«, erklärte sie langsam.

»Ich weiß.« Greg lächelte selbstgefällig. »Manchmal muss man eben einfach die Dinge realistisch sehen. Ich denke, dass sie es einfach nicht begriffen haben.«

Sie, dachte Katie. *Sie?*

»Meinst du? Ich glaube nicht, dass du realistisch bist. Du scheinst absolut keine Ahnung zu haben, wie viel Glück du hast, Jo zur Ehefrau zu haben. Vielleicht ist es daher besser, dass du dich von ihr trennst. So kann sie wenigstens jemanden finden, der sie zu schätzen weiß. Du meine Güte, wie *gut*, dass sie die Türschlösser hat auswechseln lassen!«

Greg starrte sie sprachlos an.

»Denn wenn man es einmal genauer betrachtet«, fuhr Katie fort und bekam rote Wangen, als sie halb gegen sich selbst, halb gegen Greg wütete, »wirst du Unterhalt zahlen müssen und die Kinder am Wochenende sehen. Es wird sich also nicht viel für dich ändern. So musst du aber wenigstens nicht die unglaubliche Demütigung ertragen, eine Frau zu haben, die sich amüsiert und wohlfühlt. Stattdessen kannst du dir eine spindeldürre Zwanzigjährige suchen. Natürlich nur, wenn du das nicht schon längst getan hast.«

Greg schnaubte. »Katie, das ist doch …«

»Was?«, fragte sie.

Doch seine Miene verriet ihn. Er senkte schuldbewusst den Blick. Als er jedoch von den Rosen auf dem Küchentisch aufsah, machte er plötzlich ein erschrockenes Gesicht.

»Was ist?«

Greg schwieg und starrte über ihre Schulter hinweg.

Katie drehte sich um und stand vor Jo, die ihren Hausschlüssel fest umklammert hielt.

»Jo! Ich dachte, du kämest erst heute Nachmittag zurück!«, rief Katie überrascht. »Geht es den Kindern gut?«

Jo nickte stumm. Sie trug ein grünes Wickelkleid, das sich ein wenig um ihre Kurven spannte. Nach Gregs Wutausbruch konnte Katie nicht anders, als sie anzustarren. Wie gewohnt war sie neidisch auf Jos schönes Dekolleté.

Greg ist solch ein Idiot!

Jo hatte immer noch keinen Ton gesagt, und Katie fragte sich allmählich, wen sie so intensiv anstarrte: sie selbst oder Greg.

Verdammt, dachte Katie. Das ist das erste Mal, dass sie einander begegnen, nachdem Greg Jo verlassen hat. Kein Wunder, dass sie nun aussah, als ob sie gleich vor Wut platzen würde.

»Ist Ross im Auto?«, erkundigte sich Katie, weil sie das Gefühl hatte zu stören. »Wenn ihr mögt, dann … ähm, passe ich ein paar Stunden auf Molly und Rowan auf, sodass ihr euch ungestört unterhalten könntet.« Sie versuchte es mit einem Lächeln, doch Jos Miene blieb versteinert.

In der Küche war es so still, dass man eine Nadel hätte fallen hören können. Die Spannung war schier mit Händen zu greifen. Katie hörte draußen Vögel zwitschern.

Sie brannte darauf, nach den Kindern zu sehen und sie in den Arm zu nehmen. Sie wollte jedoch erst gehen, wenn sie ganz sicher war, dass Jo sie nicht mehr brauchte.

Endlich sagte Jo etwas. »Wie lange geht das schon so?«, fragte sie kühl, und Katie konnte nicht mit Sicherheit sagen, wen von ihnen beiden sie ansprach.

Katie runzelte die Stirn. »Wie lange geht *was* schon?«

Jos furchterregender Blick wanderte zu Greg hinüber. »Greg? Wie lange schon? Wann wolltest du es mir sagen?«

»Ich habe keine Ahnung, wovon du sprichst!«

»Ach, tu doch nicht so! Du weißt doch ganz genau, was ich meine. War es ein billiger Nervenkitzel für dich, es in unserem Bett zu treiben, weil du genau wusstest, dass ich später zurückkomme? Du bist so geschmacklos! Ihr beide seid geschmacklos!«

Katie ließ ihren Blick zwischen Greg und Jo hin- und herwandern und merkte, dass Jo zu einem absurden Schluss gekommen war. Einen Augenblick lang war sie froh, dass sich der Küchentisch zwischen ihnen befand, da Jo aussah, als könnten ihre Blicke töten.

»Oh Gott, nein, Jo! So ist es nicht!«, protestierte sie und war entsetzt, wie Jo so etwas nur denken konnte.

»Du hast absichtlich dafür gesorgt, dass Ross und ich fort waren, um freie Bahn zu haben, nicht wahr? Jetzt begreife ich allmählich! Greg, du musstest angeblich geschäftlich nach Manchester, und du …« Sie starrte Katie an. Schmerz und Wut vereinigten sich in ihrer Miene. »Und du hast Ross weisgemacht, du müsstest arbeiten. Das war ziemlich einfach für euch, nicht wahr? Und obendrein haben wir euch auch noch die Kinder abgenommen. Das ist *unfassbar*! Und trotzdem so typisch für euch beide!«

Ihre Stimme klang hoch und belegt, als hätte sie sich kaum noch unter Kontrolle.

»Jo, nein …« Katies Blick schweifte zu Gregs Tasche und den Blumen hinüber, die auf dem Tisch lagen. Dann musste sie an ihre eigene unordentliche Kleidung denken und stellte fest, dass man tatsächlich leicht einen falschen Eindruck bekommen konnte – insbesondere, nachdem Jo drei Tage lang fort gewesen war und herauszufinden versucht hatte, warum ihre Welt so zusammenbrechen konnte.

Jo lachte gekünstelt. »Ross hat sich gefragt, ob es vielleicht einen anderen gibt, aber ich habe ihm geantwortet: ›Nein, nein, Katie ist nicht so eine. Greg schon eher‹ – ich nehme an, Greg, du hast eine Frau kennengelernt, aber *du* …« Ihr Blick durchbohrte Katie. »Ich dachte, du wärst meine Freundin! Ich habe Ross gut zugeredet und ihm gesagt, dass du nicht eine dieser Frauen bist und dich niemals nach einem anderen Mann umsehen würdest – aber großer Gott, du musstest dich nicht einmal *umsehen!*«

Katie gefror das Blut in den Adern. Ross. Was, wenn er gleich hereinkommen und alles hören würde? Und die Kinder?

»Jo, ganz ehrlich: Ich schwöre dir, dass nichts zwischen uns läuft!«, protestierte sie und versuchte, ruhig zu bleiben. »Ich war hier, um im Haus nach dem Rechten zu sehen, als Greg plötzlich hinter mir stand. Ich hatte keine Ahnung, dass er herkommen wollte – ich wäre sicherlich nicht gekommen, wenn ich es gewusst hätte. Ich bin erst seit zehn Minuten hier – höchstens!«

»Du hast gar nichts davon gesagt, dass ihr euch trennen wollt, Katie!«, hielt Greg erstaunt fest.

Katie drehte sich wütend zu ihm um. »Nein, weil es dich nämlich nichts angeht! Außerdem hast du nur von dir geredet, und das nonstop! Jetzt sag's ihr schon! Sag Jo, dass zwischen uns nichts, aber auch gar nichts läuft!«

Katie sah, wie einen schrecklichen Augenblick lang ein gemeiner Ausdruck über sein Gesicht huschte, als würde er mit dem Gedanken spielen, sie im Stich zu lassen – einfach nur, weil er es *konnte*.

»Jetzt sag es ihr!«, schrie Katie.

Ich will nicht, dass Ross denkt, ich hätte ihn betrogen! Katie konnte an nichts anderes mehr denken. Es überraschte sie, wie groß diese Angst war, und sie verzweifelte fast darüber, wie schnell und verkehrt sich die Dinge entwickelten, ohne dass sie den Verlauf der Ereignisse irgendwie beeinflussen konnte.

»Zwischen uns läuft nichts«, erklärte Greg endlich und fuhr sich mit der Hand durch das Haar. »Es stimmt, was sie sagt. Katie war schon vor mir hier. Ich bin nur hergekommen, um ein paar Sachen für die Kinder hierzulassen und mir noch mehr Kleidung mitzunehmen. Tatsächlich war es sogar sehr gut, dass sie hier war! Wenn sie nicht die Tür offen gelassen hätte, wäre ich nicht hereingekommen.«

»Stimmt«, erwiderte Jo. »Weil wir nämlich die Schlösser ausgewechselt haben.«

»Ich glaube nicht, dass du das Recht dazu hast«, begann Greg erbost. »Und falls ich herausfinden sollte, dass du mit meinen Sachen irgendetwas Dummes angestellt hast, dann glaube ja nicht, ich –«

»Pack einfach nur deine Sachen und geh!« Jo schüttelte den Kopf, wandte sich ab und hielt sich an der dicken Griffleiste der Backofenklappe fest.

»Die Sachen befinden sich im Gästezimmer«, ergänzte Katie. »Ich habe alles in Mülltüten gepackt.«

Greg hob seine Tasche auf: eine große, teure Reisetasche, an der noch die Flughafenanhänger einer kürzlichen Reise baumelten.

Für Katie hatte das nichts Aufregendes oder Weltenbummlerisches mehr an sich; sie empfand es nur noch als großtuerisch. Wahrscheinlich stammte das Etikett lediglich von einem Flug nach Glasgow.

Sie blickte zu Jo hinüber, ob mit ihr alles in Ordnung war, und stellte erleichtert fest, dass ihr heftiger Ausbruch genauso schnell wieder vorüber war, wie er gekommen war. Sie ließ wieder die Schultern kraftlos hängen, und das Haar fiel ihr wirr ins Gesicht. Sie mussten früh losgefahren sein, da sie jetzt schon hier waren. Wahrscheinlich hatte Jo am Morgen keine Zeit gehabt, ihre Locken zu bändigen, sondern stattdessen alle vier Kinder fertig gemacht. Instinktiv umrundete Katie den Tisch und stellte sich neben sie.

Auch Greg musterte Jo, jedoch keineswegs so mitfühlend wie Katie. Dann sah er zu Katie hinüber und hob ironisch eine Augenbraue. Ihr war klar, dass er sie auf diese Art und Weise dazu auffordern wollte, über das nachzudenken, was er gesagt hatte.

»Sag Bescheid, wenn ich vergessen haben sollte, irgendetwas in die Müllsäcke zu packen«, raunzte sie ihn an.

Greg wollte antworten, doch Katies grimmiger Blick ließ ihn verstummen, sodass er schließlich ohne ein weiteres Wort die Küche verließ.

»Es tut mir leid«, flüsterte Jo, ohne aufzuschauen. »Ich … Es tut mir wirklich leid!«

»Vergiss es einfach«, erwiderte Katie und nahm sie in den Arm.

»Ich weiß, dass er eine Freundin hat – ich habe es schon seit Langem vermutet.« Jo biss sich auf die Lippe. »Du bist genau sein Typ, weißt du – erfolgreich, ehrgeizig.« Es folgte ein schmerzlicher Moment der Stille. »Dünn.«

Katie zuckte zusammen. Noch nie zuvor hatte Jo auch nur angedeutet, dass sie tatsächlich ein Problem mit ihrer Figur hatte. Katie packte sie am Arm und musterte sie von oben bis unten. »Mach dich nicht lächerlich! Du siehst hinreißend aus, und das weißt du auch. Bitte sag, dass du nicht ernsthaft geglaubt hast, dass ich jemals etwas mit Greg anfangen würde!«

Jo seufzte. »Nein. Eigentlich nicht. Es tut mir leid. Ich glaube, ich wollte einfach nur eine Erklärung haben … irgendetwas Konkretes, worüber ich mich aufregen kann, anstatt dieses …« Sie machte eine verzweifelte Geste. »Dieses … *Chaos*.«

»Ich weiß, was du meinst«, antwortete Katie leise und nahm Jo wieder in den Arm.

Sie hörten, wie Greg ein Stockwerk höher umherstampfte, Schränke öffnete und mit den Türen knallte.

»Wir sind früher losgefahren, weil Hannah und Jack dich so vermisst haben«, erklärte Jo. »Wir alle haben dich vermisst.«

Katie wusste nicht, was sie sagen sollte. Deswegen sagte sie gar nichts, sondern drückte sie nur noch fester an sich.

»Wir sollten wohl besser zu Ross rausgehen und ihm kurz

erzählen, was passiert ist«, überlegte Jo plötzlich und löste sich aus Katies Umarmung. »Er fragt sich bestimmt schon, was los ist.«

Ross saß im Auto und sang zusammen mit Hannah und Molly die Titelmelodie der Kinderserie *Big Cook Little Cook*, während Jack und Rowan das ein oder andere Wort brabbelten. Katie erkannte sofort, dass die CD des BBC-Kinderkanals CBeebies lief, die ihr innerhalb kürzester Zeit dermaßen auf die Nerven gegangen war, dass sie schließlich vor den Kindern so getan hatte, als würde sie in ihrem Auto nicht funktionieren. Die Lieder klangen immer noch gruselig, aber dennoch fand Katie, dass sie noch nie etwas Süßeres gesehen hatte: Ross hatte ebenso wie Hannah und Molly das Haar zu zwei kleinen Zöpfchen gebunden, und auf der Rücksitzbank türmten sich Gebilde, die die Kinder aus Strohhalmen und Kiefernzapfen gebastelt hatten.

»Mummy! Mummy!« Sobald Hannah und Jack sie erblickten, strahlten ihre Gesichter vor Freude. Katie befürchtete, ihr Herz würde zerspringen, so leidenschaftlich und groß war das Bedürfnis, die beiden in ihre Arme zu schließen.

»Hallo! Hallo!«, weinte sie und beugte sich hinunter ins Auto, um sie zu umarmen. »Hallo, Molly! Hallo, Rowan!«

Molly war ein wenig überrascht, von Hannahs Mummy umarmt zu werden, die sich für gewöhnlich nicht zu solchen dramatischen Gefühlsausbrüchen hinreißen ließ.

»Mummy, du weinst ja!«, stellte Hannah verwundert fest.

»Das sind Freudentränen!« Katie fuhr sich mit der Hand über das Gesicht. »Freudentränen, weil ich meine süßen Kinder wiedersehe!«

»Ist alles in Ordnung?«, fragte Ross leise.

»Ja!« Jo bemühte sich vor den Kindern um eine heitere Miene. »Ja. Ich denke, Greg und ich werden uns ein wenig unterhalten, und dann …«

Katie sah erst zu Ross, dann zu Jo hinüber. »Wenn du noch bleiben möchtest, Ross, dann kann ich auch gerne die Kinder zu uns nach Hause fahren.«

»Nein«, erklärte Jo. »Das ist doch nicht nötig. Warum geht ihr nicht kurz irgendwo etwas zu Mittag essen und lasst das Auto hier stehen? Kommt dann einfach vorbei, wenn ihr fertig seid.«

»Bist du sicher …?«

»Ganz sicher.«

Katie drehte sich wieder zum Auto um. Molly wurde gerade ein wenig weinerlich, und Hannah zappelte in ihrem Kindersitz herum. »Na gut! Wer fährt mit mir zum Drive-in, um nachträglich einen Geburtstagsdoughnut zu essen?«

»Hey!«, rief Ross, drehte sich nach hinten zu den Kindern um und hob beide Daumen in die Höhe.

»Hey!«, wiederholten Molly und Hannah wie ein Echo.

Katie konnte jedoch nicht feststellen, ob ihre Begeisterung eine Reaktion auf die Doughnuts oder auf Ross war. Wahrscheinlich lag es an beidem.

»Doughnuts?«, fragte Ross, als er rückwärts aus der Einfahrt hinausfuhr.

Seine Stimme klang völlig ruhig, doch Katie wusste, was er wirklich meinte: Du erlaubst doch sonst nie Doughnuts, du willst dich bloß bei ihnen einschmeicheln – ich weiß genau, was du vorhast.

Katie musste an Gregs vollkommen unangemessene Bestechungsgeschenke denken und dachte grimmig, dass sie im Gegensatz zu ihm wenigstens wusste, womit sie ihren Kindern eine Freude bereiten konnte.

»Ich brauche unbedingt etwas Süßes«, erklärte sie und drehte die Titelmelodie der Teletubbies lauter.

26

Für Laurens und Chris' Freunde – sowie für jeden anderen unter vierzig (und ein paar, die so taten, als gehörten sie immer noch zu dieser Altersgruppe) – begann der Samstagabend traditionell am anderen Ende der High Street, im »Jolly Fox Inn«, dem heruntergekommenen Pub gleich gegenüber der Stadthalle. Im Gegensatz zu der wogenden Menge der leger gekleideten minderjährigen Biertrinker um sie herum stand Lauren der Sinn so gar nicht nach Feiern.

»Lauren, noch einen Orange and Soda für dich?«, fragte Kian, ohne sie anzuschauen. Stattdessen beobachtete er die gut gebaute Rothaarige, die an der Bar bediente und sich alle Mühe gab, nicht zu ihm hinüberzusehen.

Kian *beobachtet* sie nicht, dachte Lauren mürrisch. Er zieht sie mit seinen Blicken geradezu aus.

Seit einer Stunde saßen sie eingezwängt in ihrer Sitznische und hatten bisher nichts anderes getan, als sich zu betrinken und Kian zuzuhören, wie er die anwesenden Mädchen beurteilte. Eines der Mädchen kannte Lauren aus der Praxis, da es sich kürzlich beim Netball eine Verstauchung zugezogen hatte. Lauren trank lieber nichts, da Irene sie mittlerweile täglich anrief, um sie dazu zu »ermutigen«, sich an den Entgiftungsplan zu halten. Wenn Lauren nur einen Barcadi Breezer *ansah*, konnte sie schon Irenes enttäuschten Seufzer hören.

So, wie sich die Dinge entwickelten, fragte sie sich allmählich, warum sie überhaupt mit in den Pub gegangen war.

Um Chris zu sehen, rief sie sich wieder in Erinnerung und betrachtete ihn von der Seite. Doch Chris verhielt sich auffallend seltsam. Er versuchte verzweifelt, sowohl einen Abend mit seinen Kumpeln als auch einen romantischen Abend mit seiner Verlobten unter einen Hut zu bekommen. Also trank er, feuerte Kian an und fragte gelegentlich bei Lauren nach, ob sie nicht vielleicht doch lieber »etwas Richtiges« trinken wollte.

»Sie ist eine glatte acht Komma drei, und sie *fühlt* mich schon«, erklärte Kian und warf der Rothaarigen hinter der Bar immer noch lüsterne Blicke zu. »Los, komm schon, schau hoch, schau hoch, du willst mich doch ... Jaaa!«

Wie aufs Stichwort sah sie Kian mit ihren langen Wimpern an und belohnte ihn mit einem kessen Lächeln und einem Augenzwinkern, das aber auch auf ihren unglücklichen Silberblick zurückgeführt werden konnte. Was jedoch aufgrund der dick aufgetragenen Wimperntusche nur schwer zu entscheiden war. Selbst aus einer Entfernung von gut fünfzehn Metern konnte Lauren sehen, dass die alte Masche anscheinend immer noch funktionierte.

Sie drehte sich zu Chris um und verdrehte die Augen, doch dieser zuckte nur nachsichtig mit den Schultern. »Was ist?«, flüsterte er dann, als er ihren finsteren Blick bemerkte.

»Was glaubt er denn, wer er ist? Ein Model?«, zischte Lauren, doch Kian bekam ohnehin gar nichts mit, da er immer wieder der Rothaarigen zuzwinkerte und seine Uhr aufleuchten ließ.

»So, mein Lieber, jetzt sieh zu und lerne daraus!«, brüstete sich Kian vor Chris. »Sieh zu und lerne – oh, sorry, Chris. Ich vergesse immer wieder, dass du das alles jetzt gar nicht mehr brauchst.«

Lauren starrte Chris wütend an, doch dieser war zu sehr damit beschäftigt, Kian anerkennend auf die Schulter zu klopfen, als dass ihm Laurens Reaktion aufgefallen wäre.

»Will jemand noch etwas zu trinken?«, fragte Kian und fuhr sich mit der Hand durch das Haar. »Ich gehe nämlich zur Bar. Allerdings könnte es ein wenig dauern, bis ich wiederkomme.«

»Ein Bier für mich, Kumpel«, erwiderte Chris gut gelaunt. Er knallte sein leeres Bierglas auf den Tisch zwischen einige Chipstüten, wo es sich zu vier anderen leeren Gläsern gesellte. Dann lehnte er sich zufrieden zurück und legte den Arm um Lauren.

»Ich nehme einen Smirnoff Ice«, erklärte Lauren und warf alle guten Vorsätze über Bord, keinen Alkohol trinken zu wollen. Schließlich hielt sich auch Chris nicht an die Abmachung. »Und besorg uns jemanden, der den Tisch mal abwischt«, rief sie, als Kian auf die umlagerte Theke zustolzierte.

Sobald Kian gegangen war, nutzte Chris bierselig die Gelegenheit und zog Lauren zu sich heran, um ihr einen Kuss zu geben. Doch sie befreite sich verärgert aus seiner Umarmung.

»Nicht! Doch nicht hier vor dem ganzen Pub!«, blaffte sie ihn an.

»Was ist denn heute mit dir los?«, fragte Chris verwundert. »Seit wir hier sind, machst du schon so ein Theater!«

»Ich mache Theater? Na ja, vielleicht liegt es ja daran, dass ich eigentlich erwartet hatte, diesen Abend ohne Kian zu verbringen! Ich war davon ausgegangen, dass nur du und ich etwas zusammen unternehmen würden. Um den Hauskauf zu feiern! Einen Drink – *einen* nur –, danach wären wir irgendwo etwas essen gegangen und hätten es uns dann zu zweit gemütlich gemacht. In deiner Wohnung. Ohne Kian.« Als Lauren merkte, wie mürrisch sie klang, versuchte sie, verführerisch zu lächeln. »Da er hier aber nun die Kellnerinnen anbaggert, könnten wir eigentlich die Gelegenheit beim Schopfe packen und die leere Wohnung nutzen!«

Chris spielte an einem Bierdeckel herum. »Na ja, Kian hat

mir gesteckt, dass er selbst Pläne für heute Nacht hat … für zu Hause. Das wäre also keine so gute Idee.«

»Was?«, rief Lauren. »Du machst Witze, oder?«

»Lauren, es ist seine Wohnung! Ich kann ja wohl kaum eine Socke an den Türgriff hängen!«

Lauren hatte Mühe, ihren Frust unter Kontrolle zu halten. »Wenn du das schon die ganze Zeit gewusst hast, warum sind wir dann nicht zu Hause geblieben? Vielleicht klappt es ja noch, wenn wir uns jetzt beeilen!«

Ich fasse es nicht, dass ich ihm diesen Vorschlag mache, dachte Lauren. Ich plane Sex wie ein Teenager, dabei bin ich zweiundzwanzig Jahre alt und verlobt!

Unter dem Tisch streichelte sie Chris über den Oberschenkel. Chris hatte tolle Oberschenkel: Sie waren lang, schlank und dank des langjährigen Rugbytrainings sehr muskulös. »Das Einzige, was mich die vergangene Stunde hat überstehen lassen, war der Gedanke daran, dir – allein zu Hause – diese sexy Jeans auszuziehen«, murmelte sie. »Komm schon, Chris, lass uns gehen. Kian geht es hier gut, und ich bin schon …« Lauren wackelte vielsagend mit den Augenbrauen, »… seit Tagen nicht mehr mit dir *allein* gewesen …«

Heißer, leidenschaftlicher Sex würde die Einwände zum Schweigen bringen, die sie insgeheim quälten. Vielleicht war genau das ihr Problem: nicht genügend Zärtlichkeit und Vertrautheit sowie die fehlende Anerkennung für Chris' wunderbare Oberschenkel.

Aber er bewegte sich keinen Zentimeter. Stattdessen schob er sein kantiges Kinn noch weiter vor.

»Und was ist, wenn ich gleich noch mit meinem Kumpel und meinem Mädchen in der Stadt ausgehen will? Und meine anderen Kumpel treffen möchte?«

»Andere Kumpel?«

»Na ja, Kian hat Mark und Rich angerufen. Sie sind auf dem Weg hierher …«

»Chris!«, protestierte Lauren entsetzt. »Wir wollten samstagabends miteinander ausgehen!« Wie klar und deutlich sollte sie es denn noch ausdrücken, damit er es verstand?

Chris schien nun richtig genervt zu sein. »Verdammt, Lauren, ich habe schon meine Mittwochabende aufgegeben, um mich mit dir beim Tanzkurs zum Affen zu machen. Gestern Abend war ich mit dir, deinen Eltern und *meiner Mutter* bei diesem Tanzabend. Ich hatte sie heute deswegen schon am Telefon – sie hat mir die ganze Zeit wegen meines beschissenen Walzers in den Ohren gelegen! Kann ich nicht *einen* Abend mit meinen Kumpeln verbringen?«

Lauren drehte sich um, damit sie ihm in die Augen sehen konnte. »Es geht gar nicht um diesen einen Abend, nicht wahr? Als wir noch zusammengewohnt haben, bist du nie so oft ausgegangen und hast dich so häufig betrunken wie jetzt. Die halbe Zeit weiß ich nicht einmal, wo du überhaupt steckst! Ich hoffe, dass sich das ändert, wenn wir unser eigenes Haus haben!«

»Was willst du denn damit sagen?«

Sie wussten beide nur allzu gut, was sie damit meinte, doch keiner von ihnen wollte es in Worte fassen – in Worte, die zu einem riesigen Krach führen würden. Stattdessen starrten sie einander vorwurfsvoll an.

Chris brach als Erster das Schweigen. »Ich würde schon gern … mit dir nach Hause gehen, aber … ich will auch Zeit mit meinen Freunden verbringen. Die machen jetzt schon Witze darüber, dass du mich nun an der Kandare hast, weil wir verlobt sind. Wie sähe es denn aus, wenn du mich jetzt nach Hause mitschleppen würdest?«

»Ist es, weil du der Einzige bist, der eine Freundin hat?«

»Das ist es nicht. Das hat etwas mit Männerfreundschaft zu tun.«

Für Lauren war das Maß nun voll, da Chris und seine Kumpel bis zur Auflösung von Chris' und Laurens Wohnung vielleicht drei Mal im Monat miteinander losgezogen waren – und das war genau so viel Männerfreundschaft, wie die Kerle hatten ertragen können. Damals hätte Chris jede Verabredung für Stunden der Zweisamkeit mit Lauren abgesagt. Damals hatte er die Zeit mit seinen Kumpeln nicht so dringend nötig.

»Wenn das *so* ist!«, erklärte sie und packte ihre Handtasche. »Wenn du meinst, ich nähme dich an die Kandare, wenn wir zusammen sind, dann mach nur. Du weißt, wo du dir deine Kandare hinstecken kannst.«

»Lauren!«

Sie stand auf, wobei sie an den Tisch stieß, sodass das Bier in Kians Glas überschwappte und sich über die Tischplatte ergoss. »Bemühe dich nicht.«

»Wenn du mich dazu zwingen willst, mich zwischen meinen Kumpeln und dir zu entscheiden …«, fing Chris an, doch Lauren wollte davon nichts hören.

Sie deutete mit dem Finger auf ihn. »Das hast *du* gesagt! Außerdem war es abgemacht gewesen, dass du den Abend heute mit *mir* verbringen solltest!«

Bevor er protestieren konnte, drehte sich Lauren um und marschierte aus dem Pub hinaus. Ihre Absätze knallten auf den Holzdielen, und ihre blonde Haarmähne wippte über den Köpfen der anderen Pubbesucher. Auf dem Weg nach draußen hätte sie beinahe Kian zu Fall gebracht, als dieser mit zwei Pint Bier und einer Flasche Smirnoff Ice von der Theke zurückkehrte.

»Eieiei«, lautete Kians Kommentar. Chris schaute Lauren hilflos hinterher.

Verdammt, dachte Chris. Verdammt! Lauren wurde nicht oft wütend, weil sie es hasste, Menschen damit zu erschrecken. Wenn sie aber einmal die Beherrschung verlor, dann richtig. Außerdem wusste Chris tief in seinem Inneren, dass sie dieses Mal durchaus recht hatte.

Aber manchmal musste man seinem Ärger einfach mal Luft machen, nicht wahr?

»Sie kommt schon wieder, Kumpel!«, erklärte Kian und stellte die Biergläser auf dem Tisch ab. »Vielleicht hat sie ganz einfach gerade ihre Tage.«

Chris nahm nachdenklich einen großen Schluck, während Kian mit der Zunge schnalzte, um damit anzudeuten, dass er eine neue Telefonnummer in sein Handy eingegeben hatte.

Das Problem war, dachte Chris, dass er es nicht mehr so leicht hatte wie Kian. In seinem Leben ging es eben nicht mehr nur noch um ihn; Lauren spielte jetzt darin eine ebenso große Rolle. Fünfundzwanzig Jahre lang, wie es im Darlehensvertrag geschrieben stand. Fünfundzwanzig Jahre lang und mehr.

Bridget schlüpfte ins Gästezimmer und schloss vorsichtig die Tür, während Frank selig unten in seinem Sessel schlummerte. Lauren war mit Chris ausgegangen und beabsichtigte, anschließend bei ihm zu übernachten. Daher konnte sich Bridget mindestens eine Stunde lang ungestört um ihre Angelegenheiten kümmern, vielleicht sogar noch länger, wenn sich Frank dazu entschloss, sich nach dem Aufwachen selbst eine Tasse Tee zu kochen.

Sie musste blinzeln. Als ob sie alle Probleme innerhalb von einer Stunde lösen könnte!

Nein, dachte sie entschlossen und ermahnte sich, wie sie die Kinder in der Schule immer ermahnte, wenn etwas schiefgelaufen war: Man muss sich den Problemen stellen! Es nützt nichts, diese zu ignorieren, da sie sich kaum von selbst lösen werden. Und bevor sie es sich noch einmal anders überlegte, öffnete sie rasch den Schnellhefter, in dem sich die vielen Rechnungen und die Kontoauszüge mit den roten Zahlen befanden. Sie breitete alles auf Laurens Bett aus.

Bridget schluckte schwer, als sie sich der prekären Lage bewusst wurde.

Vier Kreditkarten, mehrere Tausend Pfund im Minus und eine Hochzeit, die zur Hälfte noch bezahlt werden musste – und nirgendwo ein geheimes Geldversteck. Bridget und Frank hatten während ihrer langen Ehe nur selten eine Kreditkarte benutzt. »Wenn wir etwas nicht gleich bar bezahlen können, dann können wir es uns auch nicht leisten«, war Franks Credo gewesen. Das hatte er von seinem Vater geerbt, der erst damit aufgehört hatte, Geld unter seiner Matratze zu sammeln, als er ins Krankenhaus musste und sich die Schwestern weigerten, dafür Verantwortung zu übernehmen. Frank hätte niemals Verständnis dafür gehabt, die Kreditkarten gegeneinander auszuspielen. Andererseits jedoch gefiel ihm das ungewohnte Gefühl, sich sofort Dinge zu leisten, anstatt erst noch darauf zu sparen.

Daher hatte sie ihm auch nicht erzählt, dass der neue Rasenmäher, mit dem sie ihm eine unerwartete Freude gemacht hatte, mit ihrer Capital-One-Kreditkarte gezahlt worden war – genauso wie der Osterurlaub. Auf diese Art und Weise hatte sie mit ihrem Bargeld die Hochzeitskarten bezahlt, die Lauren bestellt hatte, ohne ihr davon ein Wort zu sagen, sowie eine Anzahlung für die Musikband geleistet.

Bridget biss sich auf die Lippe, als sie die Abrechnungen und Kontoauszüge durchsah und ihr die eigentlich harmlosen Einkäufe ins Auge sprangen. Keiner der aufgelisteten Posten schien sonderlich teuer zu sein, doch zusammen …

Zu Beginn hatte alles noch wunderbar in ihr Budget gepasst. Doch dann hatte sich herausgestellt, dass Franks Rente pro Monat fast ein Drittel geringer ausfiel, als er angenommen hatte. Als beim Auto die Kupplung kaputtgegangen war und sie eintausendfünfhundert Pfund hatten zahlen müssen, war das Konto ins Minus gerutscht. Dann gab es noch die Rechnungen für die Haushaltskosten wie Telefon, Internet und Strom, die ziemlich in die Höhe gegangen waren, seitdem Lauren wieder bei ihnen eingezogen war. Außerdem standen noch die Rechnungen von Frank aus, der seinen Ruhestand mit Luxusfertiggerichten von M&S »genoss« und ihr den Ewigkeitsring geschenkt hatte. Bridget wollte Frank nicht auf die Beträge aufmerksam machen, die sie mit Kreditkarten bezahlt hatte, indem sie monatlich große Schecks ausstellte, um die Summen zu tilgen. Stattdessen hatte sie immer nur das Minimum zurückgezahlt, doch die Beträge, die sie für Lauren bei Bridal Path und bei Wedding Belles ausgegeben hatte, kamen ihr plötzlich doppelt so hoch vor.

Jetzt saß sie da und hatte keine Ahnung, woher sie fünfzehntausendneunhundertdreiundachtzig Pfund und siebzehn Pence hernehmen sollte – geschweige denn die restliche Geldsumme, die die Hochzeit noch kosten würde.

Bridget lehnte sich zurück und starrte auf die Rechnungen. Ihr wurde ganz schlecht bei dem Gedanken an die Gesamtsumme.

Ihr war klar, dass sie Frank reinen Wein einschenken musste. Sie hätte schon viel früher etwas sagen sollen, bevor er Lauren das Geld für die Hausanzahlung gab. Doch wie könnte sie jetzt noch etwas sagen, nachdem sie das freudige Funkeln in Laurens Augen gesehen hatte, als sie aufgeregt ihren Vater umarmt und ihm gesagt hatte, dass er ihr Leben gerettet und sie die besten Eltern der Welt habe? Wie hätte Bridget es Frank erklären sollen, der ganz verzückt darüber war, seiner Tochter helfen zu können? Da hätte Bridget schon ein Herz aus Stein haben müssen.

Sie stützte die Ellbogen auf den Tisch auf und dachte nach. Sie könnten vielleicht eine zweite Hypothek auf das Haus aufnehmen – doch woher sollten sie zusätzlich zu allen anderen Ausgaben drei- oder vierhundert Pfund im Monat nehmen, um diese Hypothek wieder abzubezahlen? Sie könnten sich einschränken (aber womit?). Sie würde es auf jeden Fall Frank beichten müssen.

Allein schon bei dem Gedanken daran sträubte sich in ihrem Inneren alles vor Scham. Ihr gesamtes Eheleben lang hatte Frank vor Freunden immer damit angegeben, dass Bridget ein so gutes Händchen für die Finanzen habe, dass sie bisher nicht ein einziges Mal Geldsorgen gehabt hatten. Er war so stolz auf sie und ihre Vernunft, dass er ihr in finanziellen Angelegenheiten blind vertraute. Und nun hatte sie ihn wegen etwas so Dummem derartig enttäuscht.

Sie hatten sich schon seit Jahren auf den Ruhestand gefreut. Und obwohl sie kein Vermögen besaßen, hatten sie genug, »um gut über die Runden zu kommen«, wie Frank zu sagen pflegte. Der Ruhestand sollte die Zeit in ihrem Leben sein, in der sie sich entspannen und es sich gut gehen lassen wollten. Spaß haben wollten. Es sollte keine Zeit werden, in der sie knausern mussten und sich die Haare raufen würden, wie sie die nächste Rate zahlen sollten. Früher hatten sie nach langen Arbeitstagen gemütlich vor dem Fernseher gesessen und Witze darüber gemacht, dass sich die harte Arbeit nach ihrer Pensionierung einmal auszahlen würde. Der Gedanke daran versetzte Bridget einen Stich. »Ich kann es kaum abwarten, gemeinsam mit dir einfach nichts zu tun, Mrs. Armstrong«, hatte Frank damals liebevoll gesagt. »Wir werden genügend Geld für Vollkornkekse mit Schokoladenüberzug haben, stimmt's?«

Nach den langen Jahren der Strapazen und der Belastung hatte sich Franks Bluthochdruck gerade erst wieder normalisiert. Wenn er jetzt jedoch erfuhr, dass sie länger arbeiten müsste, um die Kreditschulden abzuzahlen …

Plötzlich hatte sie das Bild vor Augen, wie Frank und sie beim letzten Tanzabend auf der überfüllten Tanzfläche miteinander geschmust hatten. Sie hatten sich trotz des Größenunterschiedes eng umschlungen gehalten und sich mit der

Erfahrung von Tausenden von Songs und Hunderten von Nächten bewegt, die sie schon durchgetanzt hatten. Frank hatte sich zu ihr heruntergebeugt und ihr etwas ins Ohr geflüstert. »Ich glaube nicht, dass ich seit unserer ersten Begegnung jemals noch einmal so glücklich gewesen bin!«, hatte er ihr mit diesem zärtlichen Lächeln gestanden, dass er nur ihr allein schenkte, seitdem sie siebzehn Jahre alt war.

Nein, dachte Bridget und gab sich Mühe, die Ruhe zu bewahren. Ich muss einen Weg finden, wie ich das Problem lösen kann. Frank muss davon nichts erfahren. Auch Lauren durfte nichts davon wissen; wenn ihr besonderer Tag so viel kosten sollte, war sie die Letzte, die ihr diese Freude durch Geldsorgen verderben würde.

Ihr »besonderer Tag«, dachte Bridget. Jetzt haben sie dich endlich.

Sie nahm ein Blatt Papier zur Hand, auf dessen rechter Seite fein säuberlich Zahlen untereinander notiert waren. Bisher hatte sie fast vierhundert Pfund zusammenbekommen, indem sie überflüssige Gegenstände bei eBay verkauft hatte. Zwei oder drei Teile, die das meiste Geld einbringen würden, hatte sie dabei noch gar nicht angeboten, da diese den größten ideellen Wert hatten – ein Bettelarmband sowie ein Gemälde, das ihre Mutter ihr geschenkt hatte. Frank war zwar nicht aufgefallen, dass ein paar Porzellanfiguren von der Anrichte verschwunden waren, aber er würde sehr wohl merken, wenn sie plötzlich ihren Ewigkeitsring nicht mehr trüge.

Der Brief des neuesten Kreditkartenanbieters lag verschlossen in dem Hefter. Bridget zwang sich, ihn zu öffnen – und musste nach Luft schnappen. In dem Umschlag befand sich ein Bescheid über die Höhe der Zinsen, wenn die Dauer der Null-Prozent-Finanzierung abgelaufen sein würde und sie den Betrag bis dahin nicht beglichen hätte. Als Bridget noch überzeugt gewesen war, das Geld rechtzeitig überweisen zu können, war ihr die Summe schon unverschämt hoch vorgekommen – nun jedoch wirkte die Summe einfach nur noch furchteinflößend.

Aus Angst zerknüllte sie den Brief, bevor sie ihn mit zitternden Händen wieder glättete.

Bridget saß auf dem Bett inmitten von Laurens Sachen. Eine Schachtel mit Brautschuhen, Einladungskarten sowie stapelweise Brautmagazine voller kostspieliger Ideen für weiße Dinge waren um sie herum aufgetürmt. Und zum ersten Mal in ihrem Leben hatte Bridget tatsächlich Angst.

Als Lauren vor dem Haus ihrer Eltern parkte, brannte drinnen noch Licht, doch sie blieb noch einige Minuten im Auto sitzen, um sich wieder zu beruhigen. Sie atmete zwei oder drei Mal tief durch die Nase ein und überlegte sich, was und wie viel sie ihrer Mutter sagen sollte, um ihrem Ärger Luft zu machen, aber ohne ihr einen Schrecken einzujagen, dass die Hochzeit womöglich nicht stattfinden würde.

Aber verdammt noch mal, wenn dieses »Zwing mich nicht, mich zwischen meinen Kumpeln und dir entscheiden zu müssen!«-Gerede weiterging, würde die Hochzeit tatsächlich nicht stattfinden. Wer hatte denn gesagt, dass man sich entscheiden müsste? In Laurens Ohren klang diese Aussage, als hätte sie *jemand anderer* Chris eingeredet. Ein gewisser Jemand, der ein großes Interesse daran hatte, dass Chris für weitere Streifzüge durch Pubs zu haben war.

Lauren fuhr sich mit der Hand durchs Haar und glättete ihren Pony, wie sie es schon von klein auf getan hatte. Am liebsten wäre sie auf der Stelle zu diesem Neubaugebiet gebraust und hätte den Arbeitern befohlen, mit ihrem Haus voranzukommen. Denn je schneller Chris von Kian Matthews ferngehalten wurde, desto besser.

Sie versuchte, die Stimme in ihrem Hinterkopf zu ignorieren, die sie beharrlich daran erinnerte, dass Kian Chris nicht gerade an die Barhocker hatte fesseln müssen, und dass Chris alt genug war, um abzulehnen, wenn er es wirklich gewollt hätte.

Es hatte wieder angefangen zu nieseln, und Lauren hüpfte ungeduldig von einem Bein aufs andere, als sie die Haustür aufschloss. Drinnen stieß sie auf ihren Daddy, der im Sessel vor dem Fernseher eingeschlafen war. Ein Buch über Turniertanz lag aufgeschlagen auf seiner Brust und bewegte sich mit jedem Atemzug. Wie alt er aussah, dachte Lauren überrascht. Die Tränensäcke unter seinen Augen schienen noch dicker geworden zu sein, die Haut schlaffer. Wenn er jedoch wach war und wie gewohnt seine Scherze machte, sah er immer noch aus wie früher, als sie noch klein war.

Andererseits *waren* ihre Eltern alt – immerhin waren sie über sechzig. Ihre Mutter verstaute Kreditkartenabrechnungen hinter dem Kaffeepulver, und ihr Dad wünschte sich tatsächlich Pantoffeln zu Weihnachten. Würde Chris in vierzig Jahren genauso aussehen und mit ihr vor dem Kamin schnarchen?

Lauren konnte es sich kaum vorstellen.

Sie kochte Tee für sich und ihre Mutter und stieg dann die Treppe hinauf, weil sie annahm, dass Bridget an ihrem Computer saß und noch mehr Krimskrams bei eBay zu verkaufen versuchte. Schön für Mum, dachte Lauren und passte auf, nicht auf Mittens zu treten, der es sich unter dem Heizkörper am Treppenabsatz gemütlich gemacht hatte. Ihre Fortschritte waren zwar nicht riesig, aber immerhin machte sie sich mit dem Internet vertraut.

In ihrem Zimmer war alles dunkel, doch ein dünner Lichtstreifen leuchtete unter der Tür des Gästezimmers hervor, das ihre Mutter als Arbeitszimmer nutzte.

»Mum?«

Als Lauren eintrat, wurde sie von einem Chaos empfangen, das viel größer war als das Durcheinander, das entstand, wenn ihre Mutter einmal im Monat alle Quittungen und Bons abrechnete.

»Was machst du?« Im Nu hatte Lauren das Zimmer durchquert und stellte die zwei Teetassen zwischen den Papierstapeln auf dem Schreibtisch ab. Hastig räumte Bridget die Unterlagen fort, doch Lauren hatte längst schon gesehen, dass es bei den Rechnungen um rote Zahlen ging. *Sehr* rote Zahlen. Als Lauren ihre Mutter eingehender betrachtete, fiel ihr auf, dass auch ihre Augen rot waren, als hätte sie geweint.

»Mum?«, fragte sie und merkte, wie ihr plötzlich das Herz bis zum Hals klopfte.

Bridget wischte sich mit dem Handrücken über die Augen und versuchte, ganz normal dreinzuschauen. Ihr Mund verzog sich zu einem schiefen Lächeln, das aber Lauren nicht überzeugen konnte.

»Mir geht's gut, Liebes! Ich dachte, du wolltest heute bei Chris übernachten?«

»Ich bin früher nach Hause gefahren … Du meine Güte, Mum, ist alles in Ordnung mit dir?«, rief Lauren, ließ sich auf die Knie fallen und schlang die Arme um ihre Mutter. »Hast du etwa geweint?«

Zu ihrem großen Entsetzen bemerkte sie, wie die Schultern ihrer Mutter zu beben begannen. Lauren bekam es mit der Angst zu tun. Alles an diesem Abend lief falsch: Ihre Mutter sollte *sie* trösten nach dem verpatzten Abend mit Chris, und nicht anders herum. Und wenn ihre tüchtige, fähige, vernünftige Mum weinte, dann musste etwas wirklich Schlimmes passiert sein.

Tausend Dinge gingen ihr durch den Kopf. Warum hatte sie bloß geweint? War Dad krank? Obwohl er unten eigentlich recht gesund ausgesehen hatte. War etwa Billy schwer erkrankt? Oder ging es ihrer Oma im Altenheim schlecht?

Lauren fragte sich, ob es vielleicht etwas mit diesen Rechnungen zu tun haben konnte. Aber ihre Mum hatte doch die Finanzen eigentlich immer gut im Griff. Vielleicht gehörten die Rechnungen ihrer Großmutter. *Das* musste es sein, dachte sie, als sie sich wie gewohnt alles mit ihrer regen Phantasie in den buntesten Farben ausmalte. Womöglich hatte jemand ihre Kreditkarte geklaut und war mit dieser dann einkaufen gegangen – und nun musste sich Mum um das Problem kümmern.

Lauren redete beruhigend auf sie ein und streichelte ihrer Mutter über das dichte Haar. Sie fühlte sich so schmal und zerbrechlich an in ihren Armen! »Weine doch nicht, Mum«, wiederholte sie immer wieder. »Es gibt kein Problem, das wir nicht lösen können. Nicht weinen!«

Sie spürte, wie es Bridget mit einem enormen Kraftakt schaffte, sich zusammenzureißen und nicht mehr zu schluchzen. Lauren war erleichtert, als sich ihre Mutter gerade aufrichtete und sich die Tränen aus den Augen wischte.

»Alles wird gut«, fuhr Lauren fort. »Nicht wahr? Was ist denn passiert?«

Bridget atmete ein paar Mal tief ein. Doch während sie sich noch beruhigte, fiel Laurens Blick auf eine Rechnung, die zu Boden gefallen war, als Bridget alle Papiere hatte verstecken wollen. Der Name im Adressfeld lautete eindeutig »Bridget Armstrong«, und die zu zahlende Summe betrug einige tausend Pfund. Darunter befand sich ein Hinweis, dass das Geld sehr schnell zurückgezahlt werden sollte.

Lauren sah erschrocken zu ihrer Mutter auf. »Mum? Sind das deine Kreditkartenabrechnungen?«

Bridget nickte resigniert.

Lauren fiel die Kinnlade herunter, als sich vor ihrem inneren Auge alle Fernseh-Talkshows abspielten, in denen ziemlich dumme Leute auftraten, die Tausende von Schulden gemacht hatten. Leute, die ihre Häuser verloren hatten und deren Ehen daran zugrunde gegangen waren. Proletenhafte, habgierige Leute – ganz anders als ihre Eltern! Das musste ein Missverständnis sein!

»Tatsächlich?« Lauren fiel es schwer, das zu glauben. »Vielleicht handelt es sich ja um einen Computerfehler? Das sollten wir überprüfen lassen, so etwas passiert öfter. Gerade vor ein paar Tagen habe ich in der *Cosmo* einen Artikel über ein Mädchen gelesen, das –«

Bridget packte sie am Handgelenk. »Schschscht!«, zischte sie. »Ich will nicht, dass dein Dad uns hört!«

Ihre Reaktion verschlimmerte alles nur noch. »Dad weiß gar nichts davon?«

»Natürlich nicht!«

Lauren starrte ihre Mutter fassungslos an. So panisch und aufgelöst hatte sie ihre Mutter noch nie erlebt, und es war auch noch nie vorgekommen, dass ihre Eltern Geheimnisse voreinander gehabt hatten. Lauren hatte den Eindruck, als würde ihr der Boden unter den Füßen weggezogen. Als wäre sie gerade in ihr altes Zuhause zurückgekehrt, dort jedoch von einer fremden, neuen Mum empfangen worden.

Bridget holte tief Luft und spielte die Tatsachen herunter. »Es ist nichts, worüber du dir Sorgen machen musst, aber … Ich bin ein wenig leichtsinnig mit meinen Kreditkarten umgegangen.«

»Wegen meiner Hochzeit, nicht wahr?«, fragte Lauren, der plötzlich alles klar wurde. »Du hast wegen meiner Hochzeit Schulden gemacht.«

»Na ja, nicht so ganz, Liebes.« Als Bridget Laurens besorgten Gesichtsausdruck gesehen hatte, war bei ihr sofort der mütterliche Beschützerinstinkt geweckt worden. Dieser war sogar noch stärker als ihre Panik. »Mach dir keine Sorgen über –«

»Wie viel?«, wollte Lauren wissen.

Bridget senkte den Blick.

Laurens Hände begannen zu zittern. Eigentlich wollte sie lieber nichts davon hören, doch sie musste es einfach wissen. Das Kind in ihr wäre am liebsten aus dem Zimmer gerannt, raus aus dem Haus ins Auto, um noch einmal von Neuem das Haus zu betreten – nur dieses Mal ohne Schulden, ohne panische Mutter und ohne das ungute Gefühl, dass alles ihre Schuld war.

Aber Lauren nahm all ihren Mut zusammen. Schließlich war sie kein kleines Mädchen mehr. Sie würde bald einen Darlehensvertrag über Tausende und Abertausende Pfund unterschreiben, der über fünfundzwanzig Jahre lief.

»Wie viel?«, wiederholte sie entschlossen.

»Ziemlich viel«, gab Bridget zu. »Aber du solltest dir deswegen keine Sorgen machen.«

Lauren starrte ihre Mutter vorwurfsvoll an. »Mum! Jetzt sag schon!«

»Prima! Du willst es wirklich wissen? Zusammen mit unserem überzogenen Konto haben wir sechzehntausend Pfund Schulden!«, blaffte Bridget.

Lauren verschlug es die Sprache, sodass ihre Lippen lautlos die Worte »sechzehntausend Pfund« formten. Fassungslos ließ sie sich auf das Bett sinken.

»Ohne die ganzen Hochzeitssachen, die wir noch nicht bezahlt haben«, fügte Bridget kleinlaut hinzu. Dann fühlte sie sich plötzlich schuldig, weil sie damit Lauren ein schlechtes Gewissen eingeredet hatte.

Schweigend saßen sie beisammen und versuchten beide, sich wenigstens ein paar hilfreiche Worte einfallen zu lassen.

Ihnen fiel jedoch nichts ein.

»Den Brautmagazinen zufolge muss man für eine durchschnittliche Hochzeit eben so viel einkalkulieren …«, begann Lauren, bevor sie reumütig innehielt. »Ich klinge schon wie Irene, nicht wahr?«

»Ein wenig.«

Lauren sah zu ihrer Mutter hinüber und wusste, dass Bridget sich Irene gegenüber so diplomatisch wie möglich verhielt. Normalerweise hätte allein Irenes Name gereicht, damit Bridget in Gelächter ausbrach. Doch in dieser Situation stand keinem von beiden der Sinn nach Lachen.

Lauren seufzte. »Ich kann nicht glauben, dass die Kosten so hoch sind! Ich habe doch das Budget sorgfältig geplant! Ich habe alles ordentlich zusammengerechnet!«

»Das schon, Lauren, aber dein Budget ist ständig angewachsen!« Bridget gab sich Mühe, nicht allzu frustriert zu klingen. »Dein Budget war ja schön und gut, aber dann sind so viele Dinge hinzugekommen! Und Irenes Vorschläge waren auch nicht sonderlich hilfreich, was das betrifft …« Sie fuhr sich mit der Hand durch das Haar. »Es liegt nicht nur an der Hochzeit. Der ein oder andere Spontankauf mag auch schuld daran gewesen sein.«

Lauren drehte sich um. Ihre blauen Augen musterten Bridget irritiert. »Aber Mum, ich dachte, du hättest Geld für meine Hochzeit beiseitegelegt! Dad hat mir doch erzählt, du hättest extra ein Sparkonto dafür angelegt! Ich wusste nicht, dass du alles auf *Kredit* gekauft hast!«

»Haben wir auch nicht! Es *gab* ein Hochzeitskonto, aber dein Vater …« Bridget verstummte im letzten Augenblick.

Warum sollte sich Lauren noch schlimmer fühlen? Was das Geld für die Anzahlung des Hauses anging, konnten sie nichts mehr tun, ohne Lauren und Chris die Möglichkeit für ein eigenes Heim zu nehmen. Bridgets Eheleben hatte einen sehr viel besseren Anfang genommen als das ihrer Schwester, da sie und Frank ihr eigenes Wohnzimmer hatten, in dem sie streiten konnten, anstatt zusammen in einer Wohnung mit den Schwiegereltern eingepfercht zu sein.

»Wir schaffen das schon irgendwie«, erklärte sie, obwohl sie ihren Worten selbst kaum Glauben schenken konnte. Sie tätschelte Laurens Hand. »Es wird sich alles irgendwie finden.«

Lauren starrte ihre Mutter an. Wollte ihre Mutter sie auf den Arm nehmen? Man konnte nichts »irgendwie« schon schaffen, wenn man sechzehntausend Pfund Schulden hatte!

»Nein, das wird es nicht«, erklärte sie daher entschlossen.

Ihre Unterlippe schob sich vor. »Mum, ich habe im Fernsehen gesehen, was mit Leuten passiert, die Schulden gemacht haben! Das kann dein Leben ruinieren!«

»Ich werde sicherlich nicht zu diesen Kredithaien gehen! Da brauchst du keine Angst zu haben!«

»Was machen wir denn jetzt?«

»Na ja …« Es folgte eine lange Pause, die nicht gerade zu Laurens Beruhigung beitrug. »Wir könnten noch eine Hypothek auf das Haus aufnehmen.«

Obwohl dies hieße, dass ich Frank alles beichten müsste, dachte Bridget. Und es bliebe die Frage, ob sie sich eine höhere Kreditabzahlung mit ihren Pensionen überhaupt leisten könnten.

»Mum?«, fragte Lauren langsam und zögerte dann.

»Was denn, Liebes?« Bridget bemühte sich, sie fröhlich anzuschauen.

»Mum, du weißt doch bestimmt, dass Dad Chris und mir Geld für das Haus geliehen hat? Vielleicht kann ich die Bank dazu bewegen, es mir zurückzugeben …« Sie hielt inne und versuchte, sich die Enttäuschung nicht anmerken zu lassen, die sie empfand. »Vielleicht kann uns ja Irene das Geld für die Anzahlung leihen – wir könnten es ihr dann nach und nach zurückzahlen.«

»Nein«, erklärte Bridget entschieden. »Das wirst du nicht tun.«

»Das wäre mir aber lieber, als nachher dich und Dad obdachlos zu sehen!«, jammerte Lauren. »Wie könnte ich jemals in diesem Haus glücklich werden, wenn ich wüsste, dass ihr deswegen pleitegegangen seid?«

»Lauren, du übertreibst!«, erklärte Bridget entschlossen. »Wir müssen uns zukünftig eben ein wenig einschränken, und ich werde mich nächste Woche einmal mit der Bank unterhalten. Ich bin mir sicher, dass sie eine Lösung für uns finden werden.« Sie drückte zuversichtlich Laurens Hand. »Ich werde dir nicht deine Hochzeit verderben, das verspreche ich dir!«

Lauren schwieg, da sie viel zu sehr damit beschäftigt war, sich für ihre Gedanken zu hassen – ja, natürlich wird es meine Hochzeit ruinieren. Total. Was denn auch sonst? Die silbernen Rosen für jeden Teller und die magischen Lichter für die Buchsbäume drinnen und draußen schrumpften vor ihrem inneren Auge zusammen. Zwischen der Entscheidung, sich in all den bezaubernden Plänen und Vorhaben einzuschränken, und dem schlechten Gewissen, für all die Sorgen ihrer Eltern verantwortlich zu sein – wie zum Teufel sollte sie da glücklich werden?

Und zu all dem kam noch hinzu, dass Chris im Moment eher den Partylöwen gab, als sich wie ein Verlobter zu verhalten.

Nervös wickelte sich Lauren eine Haarsträhne um den Finger, was sie schon seit einer Ewigkeit nicht mehr gemacht hatte.

Bridget blieb Laurens Kummer nicht verborgen und wünschte sich sehnlichst, die Uhr zurückdrehen zu können zu dem unglückseligen Zeitpunkt, als sie den ersten Kreditkartenantrag in den Händen gehalten hatte. Nein, besser noch einige Jahre zurück, als sie für Lauren noch alle Probleme nur mit einem Lächeln und einem Erdbeereis hatte lösen können.

Unwissentlich hatte Lauren gerade genau den gleichen Gedanken.

»Komm schon«, versuchte Bridget, Lauren zu ermuntern, und nahm sie in den Arm. »Es wird sich schon alles finden.«

Lauren beugte sich vor und erwiderte die Umarmung. Nur allzu gern hätte sie Bridget Glauben geschenkt.

27

Das Gespräch mit Ross, vor dem es Katie so grauste, hing den ganzen Tag lang bedrohlich wie ein Gewitter zwischen ihnen, während sie das gewohnte Samstagsprogramm mit den Kindern hinter sich brachten. Mit dem einzigen Unterschied, dass Katie nun spürte, wie jede auch noch so kleinste Sache plötzlich ganz enorm an Bedeutung gewonnen hatte: Wer die Doughnuts bezahlte, wer Jack eine frische Windel verpasste oder wer Hannah erklärte, im Haus nicht so herumzuschreien. Es fühlte sich an, als würden sie nur so tun, Mum und Dad zu sein, anstatt es tatsächlich zu *sein*. Katie versuchte, sich mit der Sorge um Jo und Greg abzulenken, doch selbst dies führte sie unweigerlich wieder zu sich selbst und Ross zurück.

Dem sehr zuckerreichen halbstündigen Besuch im Doughnutshop folgten zwei erneut zuckerreiche Stunden, in denen Hannah und Molly in den Prinzessinnenkostümen herumrannten, die Jo Hannah zum Geburtstag geschenkt hatte. Katie war sehr wohl bewusst, dass sie Hannah ein reichlich prinzessinnenhaftes Verhalten durchgehen ließ – wie zum Beispiel, als Hannah Molly lautstark befahl, sofort von ihrem neuen Fahrrad abzusteigen –, doch sie konnte sich nicht dazu überwinden, es ihr zu verbieten. Was kein gutes Zeichen war.

Um halb drei murmelte Ross schließlich: »Meinst du, das war lange genug? Also für Greg und Jo?«

»Ich weiß nicht.« Katie behielt Molly und Hannah im Blick, die gerade eine Krönungsfeier inszenierten. »Wie lange ist denn lange genug?«

»Ich fahre jetzt die Mädchen nach Hause«, beschloss er und stand vom Boden auf, wo er mit Rowan ein Babypuzzle gelegt hatte. »Es ist Zeit für ihre Zwischenmahlzeit. Es wird ihnen guttun, wieder in ihren normalen Rhythmus hineinzukommen.«

Zwar plapperte Katie fröhlich weiter, während sie für Hannah und Jack Tee kochte, doch innerlich sorgte sie sich um Jo. Sehr sogar. Denn eine Ecke von Jos gewohnter übersprudelnder Zuversicht war abgeblättert, und sie war geschockt, wie verletzbar die Frau war, die sich dahinter verbarg. Wie war es um Jo bestellt, wenn sie tatsächlich geglaubt hatte, sie und Greg hätten eine Affäre? Hatte Greg ihr Selbstbewusstsein wirklich *derart* stark zerrüttet? Und, schalt sie sich, welch eine egozentrische, selbstverliebte Freundin war sie Jo gewesen, dass sie das alles nicht bemerkt hatte?

Es sei denn, flüsterte ihr eine leise Stimme im Hinterkopf ein, Jo hat selbst ein schlechtes Gewissen. Sie könnte dich verdächtigen, weil sie selbst etwas mit Ross …

Nein. Katie schüttelte entschlossen den Kopf. Nein. Nicht Ross. Nicht Jo.

Sie badete gerade Jack, als Ross nach Hause kam und sie hörte, wie Hannah unten überrascht »Daddy!« rief.

Jack bespritzte sie mit Wasser und kicherte vergnügt, doch Katie hielt ihn kurz still. Irgendwie klang Hannahs Stimme seltsam.

»Mir geht's gut, Süße!«, hörte sie Ross rufen, als dieser die Treppe hinaufgelaufen kam. »Daddy hat sich nur dumm angestellt und sich den Kopf gestoßen!«

Katie hielt mit dem Babyschwamm in der Hand inne und lauschte. Plötzlich stand Ross hinter ihr im Badezimmer und schloss die Tür.

»Sag jetzt nichts!«, warnte er und ließ Wasser ins Waschbecken laufen.

Katie drehte sich um und hielt erschrocken die Luft an.

Ross' Wangenknochen war rot und dick angeschwollen, seine Lippe geplatzt. Er stand vor dem Spiegel und machte eine leidende Miene, als er zögerlich die Schwellung abtastete; dennoch war in seinen Augen ein letztes wütendes Flackern zu erkennen.

»Du meine Güte!« Ohne zu überlegen, sprang Katie auf und legte ihre Hände um sein Gesicht. Seine Haut war noch kalt von der kühlen Luft draußen, fühlte sich aber dennoch ganz weich an. »Ross! Was ist passiert?«

Schmerzvoll verzog er das Gesicht. »Nichts.«

Katies Beschützerinstinkt wurde geweckt. »Mach dich nicht lächerlich! Was ist passiert? Hattest du einen Unfall?«

»So ähnlich. Ich habe Greg geschlagen. Aber da er ins Fitnessstudio geht und Tae Bo macht, hatte er eindeutig den besseren Schlag.«

Katie starrte ihn ungläubig an. Ross hatte jemanden geschlagen? Das war so untypisch für ihn, dass es ihr fast schon surreal vorkam. Ross würde nicht einmal Muscheln kochen, weil er es grausam fand, sie lebend ins kochende Wasser zu werfen.

»Warum?«, entfuhr es ihr.

Ross schnitt eine Grimasse und befreite sich aus ihren Händen, damit er einen Waschlappen mit kaltem Wasser tränken konnte. »Er … hat einige Dinge gesagt, woraufhin ich die Beherrschung verloren habe.«

»Was hat er gesagt?« Katie wandte sich wieder Jack zu, da sie Angst hatte, er könnte ausrutschen, wenn sie gerade nicht hinsah. Doch er spielte vergnügt mit seinen Plastikfischen. Damit nichts passierte, hob sie ihn aus der Badewanne und wickelte ihn in ein Handtuch ein, wobei er zu weinen anfing. »Was hat er denn gesagt, dass du ihn schlagen musstest?«, fragte sie, während sie Jack abtrocknete und versuchte, ihn so gut wie möglich abzulenken.

»Er hat sich … ziemlich abfällig über Jo geäußert. Und er hat über dich und mich einige unschöne Andeutungen gemacht. Ich weiß nicht … Ich konnte einfach nicht zusehen, wie er so selbstgefällig und blasiert dastand und Jo und uns beleidigte. Autsch!« Ross tastete seine Lippe ab. »Als Held tauge ich wohl nichts, aber wenigstens habe ich mich anschließend besser gefühlt.«

Katie hielt inne. »Die Kinder haben dich dabei aber nicht gesehen, oder?«

»Nein.« Er schüttelte den Kopf. »Jo war mit ihnen in der Küche. Nicht einmal sie hat irgendetwas mitbekommen. Es war eine Sache nur zwischen ihm und mir.« Er schnaubte. »Hört sich an wie ein richtiger Western, nicht wahr?«

»Du hast ihn … aus *Gründen der Ehre* geschlagen?«

Ross drehte sich zu ihr um. Obwohl er einen Waschlappen auf den Wangenknochen presste, sah er irgendwie verändert aus. Weniger weich, dafür umso konzentrierter. In seinen Augen war immer noch die Wut zu erkennen, die ihn härter und nicht so belustigt und zart wie sonst erscheinen ließ. »Zum Teil. Teilweise aber auch, weil ich auf irgendetwas einschlagen wollte, wenn ich ehrlich bin. Greg hat sich wie ein richtiger Mistkerl verhalten und kam mir einfach in die Quere. Ich komme mir deswegen jetzt auch ein wenig albern vor, okay? Ich mag es gar nicht, Leute zu schlagen. Das werde ich sicher auch nicht wieder tun. Aber Greg …« Er fuhr sich mit der Zunge über die Lippe und zuckte zusammen. »Ich weiß, du magst diesen Typen, aber wenn du dabei gewesen wärest und gehört hättest, was er über Jo und uns gesagt hat, dann …«

»Ich mag den Typen gar nicht«, unterbrach ihn Katie. »Ich habe heute Morgen mit ihm gesprochen. Er ist ein totaler Vollidiot.«

Ross hob erstaunt die Augenbraue, schwieg jedoch.

»Ich habe mich ziemlich in ihm geirrt«, fuhr Katie fort. »Ich dachte, er sei anders, aber ich gehe jede Wette ein, dass er eine neue Frau an seiner Seite hat und sich jetzt so vorkommt, als sei er der Größte. Jo ist ohne ihn eindeutig besser dran, wenn er nicht merkt, wie viel Glück er mit ihr hatte.«

Während sie sprach, schnürte es ihr beinahe den Hals zu. Wenn sie Ross nicht zu schätzen wusste, hatte dies dann ebenso zu bedeuten, dass er es besser hätte ohne *sie*?

Ich bin nicht so schlecht wie Greg, dachte sie wild entschlossen. Ich kann es immer noch schaffen, dass diese Ehe hält.

»Genau das habe ich auch Jo gesagt«, erklärte Ross und unterbrach ihre Grübelei. »Sie hat jemanden verdient, der zu schätzen weiß, was er an ihr hat.«

»Ja«, antwortete Katie, »das stimmt.«

»Puder!«, rief Jack. »Daddy, Puder!«

Aus welchen Gründen auch immer liebte Jack Babypuder. Wenn man ihn ließe, würde er das Badezimmer am liebsten in eine Schneelandschaft verwandeln.

Katie griff nach dem Babypuder, doch schon fing Jack an zu weinen. »Nein. *Daddy*, Puder!«

Normalerweise hätte Katie widersprochen, doch heute Abend hatte sie keine Kraft mehr. Sie reichte daher die Dose an Ross weiter, der zu Jacks großem Vergnügen überall im Badezimmer Puder verteilte.

»Mummy mitmachen!«, befahl Jack. Katie schob den Gedanken an das Staubsaugen beiseite und klatschte in die Hände, während Ross mit Jack kicherte und Grimassen schnitt. Einen Augenblick lang lachten alle drei zusammen, sodass Katie einen Funken Hoffnung verspürte, dass sie es vielleicht doch schaffen konnten, weil sie beide ihre Kinder liebten und diese ein Teil ihrer Ehe waren.

»Wir müssen reden«, erklärte Ross, nachdem er Jack ordentlich gepudert hatte. Der plötzliche Ernst in seiner Stimme brachte den zarten Hoffnungsschimmer zum Erlöschen.

»Ich weiß. Aber lass uns zuerst die Kinder ins Bett bringen, ja?«, fragte Katie und zog den Pyjama über Jacks flaumiges Köpfchen. »Später.«

Sie wusste, dass sie das Gespräch damit nur aufschob. Doch irgendetwas an Ross war neu und verlieh ihr das Gefühl, dass die Probleme nicht so leicht gelöst werden konnten, wie sie gehofft hatte. Vielmehr hatte sie mit einem Mal das Gefühl, einen Ross vor sich zu haben, den sie so nicht kannte.

Den restlichen Samstagabend lang erzählte Ross eine urkomische Geschichte darüber, wie er einmal in einen bösen, ungezogenen Baum hineingelaufen war, der mit seinen Zweigen um sich schlug. Er trug die Geschichte so witzig vor, das Hannah sie ihm abkaufte und sogar noch eine Wiederholung forderte. Nachdem sie zu Abend gegessen hatten, ging Hannah sofort ins Bett und bat nur noch um die gewohnte Gutenachtgeschichte von Mummy, die sich sehr über diese Bitte freute. Da die letzten Tage recht anstrengend gewesen waren, schlief Hannah auch sofort ein.

Danach saß Katie noch zehn Minuten lang vor ihrer Zimmertür, da sie sich vor dem Gespräch mit Ross fürchtete. Doch sie wusste, dass sie früher oder später hinuntergehen musste.

Bei der Vorstellung, Ross könnte ausziehen, wurde ihr ganz schlecht. Gleichzeitig empfand sie jedoch für ihn keine anderen, leidenschaftlicheren Gefühle als Sorge und Zuneigung, ganz gleich, wie tief sie in sich hineinhorchte.

Und es stand fest, dass sich nichts ändern würde: Sie würde weiter arbeiten gehen, er würde weitermachen wie bisher und wäre zwar den Kindern ein großartiger Vater, ihr gegenüber jedoch nur wie ein Bruder.

War das genug?

Ross räumte in der Küche die Spülmaschine ein, und zwar mit dem märtyrerhaften Gebaren eines Mannes, der es normalerweise schlichtweg vergaß, diese Aufgabe zu erledigen.

»So. Können wir jetzt reden?«, fragte Katie.

Ross verstaute den letzten Teller in der Spülmaschine, richtete sich langsam auf und drehte sich zu ihr um. Seine Miene war ruhig, doch Katie spürte eine Distanz zwischen ihnen, eine geistig-seelische Entfernung, die sie so noch nie verspürt hatte. Sie hatte keine Ahnung, was er sagen würde, und ihr wurde eiskalt.

»Nein, nicht wir, sondern ich«, erklärte Ross. »Ich möchte, dass du mir einfach nur zuhörst und mich nicht unterbrichst, wie du es sonst immer tust, bis ich fertig bin. Anderenfalls endet alles wieder in einem Streit, und darauf habe ich nach allem, was heute passiert ist, keine Lust.«

Katie wollte etwas erwidern, besann sich dann jedoch eines Besseren und schloss den Mund wieder. Dann nickte sie.

»Gut.« Ross deutete auf den Tisch. »Sollen wir uns setzen?«

Es war schon fast lächerlich, das Gespräch noch formeller wirken zu lassen, doch Katie setzte sich widerspruchslos hin.

»Ich habe in den letzten Tagen sehr viel darüber nachgedacht, was du gesagt hast«, erklärte Ross. »Dass du mich nicht mehr liebst. Ich glaube, ich habe mich in meinem Leben noch nie so gedemütigt oder verletzt gefühlt. Ich habe einiges für dich aufgegeben, weil ich dachte, es würde dich glücklich machen. Und jetzt kommst du und erzählst mir, ich sei in deinen Augen im Grunde kein Mann mehr. Wie kann das *mein* Fehler sein?«

Katie zuckte zusammen.

»Ich will dir nichts vormachen, aber ich war … am Boden zerstört. Am liebsten hätte ich meine Sachen gepackt und wäre gegangen. Aber das konnte ich nicht, da wir in erster Linie an die Kinder denken müssen. Wir müssen überlegen, was für sie am besten ist. Deswegen bitte ich dich, mir ein paar Fragen mit einem klaren Ja oder Nein zu beantworten. Keine anderen Antworten, nur ein schlichtes Ja oder Nein.«

»Okay«, erwiderte Katie vorsichtig. »Wenn ich das kann.«

»Wirst du ausziehen?«

»Nein!«, rief sie erschrocken.

Ross äffte ihren Gesichtsausdruck nach. »Gut. Willst du, dass ich ausziehe?«

Katie kämpfte mit den Tränen. »Nein! Es sei denn, *du* willst ausziehen. Ich weiß es nicht.«

»Du weißt es nicht«, wiederholte er sarkastisch. »Ich dachte, du hättest die ganze Situation ein wenig besser geplant und vielleicht ein Arbeitsblatt oder Ähnliches vorbereitet.«

»Ross, ich habe gar nichts geplant. Das habe ich dir doch schon gesagt!« Das ist der geeignete Moment, dachte Katie. *Nimm es zurück. Sag ihm, dass du dir nicht sicher bist.* »Es ist doch nicht endgültig, ich meine, ich sage doch nicht, dass ...«

»So funktioniert das aber nicht!«, unterbrach sie Ross. Seine Stimme klang plötzlich so hart. »Du kannst nicht einfach sagen, ›Oh, ich wollte mir das nur von der Seele reden! Ich hab's gar nicht so gemeint!‹ und dann erwarten, dass ich alles einfach so *vergesse*. Was du gesagt hast, hast du gesagt.«

»Nein!«, entgegnete Katie und war erschrocken über seine Verbitterung. Er hatte vollkommen recht. Sie musste Verantwortung für die Dinge übernehmen, die sie in Gang gesetzt hatte.

»Da ich mich um die Kinder kümmere«, fuhr Ross fort, »kann ich nicht ausziehen. Außerdem kann ich es mir nicht leisten, irgendwo Miete zu bezahlen. Und du kannst es dir nicht leisten, zu kündigen oder eine Nanny einzustellen. Also können wir es auch dabei belassen, wie es ist. Aber ...« Ross sprach sehr forsch, als bemühte er sich, nicht zu fühlen, was er aussprach. »Wenn du mich wie ein Au-pair behandelst, dann brauche ich zwei freie Tage pro Woche, an denen du dich um die Kinder kümmerst. Außerdem will ich während der Woche einen freien Abend haben. Da ich nicht mehr mit dir in einem Bett schlafen möchte, werde ich ins Gästezimmer ziehen. Das wird nun mein Zimmer. Ich werde meinen Computer dort hinbringen, damit die Kinder nicht unnötig beunruhigt werden und hoffentlich nichts bemerken. Es ist sowieso an der Zeit, dass wir es ihnen abgewöhnen, nachts in unser Bett zu kommen.« Er hielt inne und korrigierte sich schmerzlich. »In dein Bett.«

»In Ordnung«, erwiderte Katie, obwohl ihr langsam übel wurde. »Wenn du das tun willst, dann ist es okay.«

»Jetzt schieb nicht mir die Schuld in die Schuhe«, entgegnete Ross. »Das ist doch auf deinem Mist gewachsen. Du liebst mich nicht mehr und erträgst es nicht mehr, mich anzufassen.«

»Das habe ich nicht gesagt«, fing Katie an, doch Ross starrte sie nur an. Sein verletzter Stolz war ihm deutlich anzumerken, und sein Anblick versetzte ihr einen Stich.

»Das musst du gar nicht sagen. Wann haben wir denn das letzte Mal miteinander geschlafen?«

Sie starrte auf den Küchentisch, wo die Kiefernzapfen lagen, die Hannah ihr mitgebracht hatte, sowie Jacks Schnuller, den er mittlerweile gar nicht mehr benutzen sollte.

»Jetzt schieb nicht allein mir die Schuld für alles in die Schuhe! Wann hast du mich denn zum letzten Mal angefasst? Ich hatte nicht den Eindruck, dass du das in letzter Zeit wirklich wolltest!«

Ross stöhnte frustriert auf. »Ich bin doch kein *Tier*, Katie! Ich zwinge mich dir doch nicht auf, wenn du dich ins Bett legst und mir den Rücken zuwendest! Direkt nach Jacks Geburt hätte ich es ja noch verstanden … Aber ich dachte wirklich, dass du irgendwann wieder von mir angefasst werden willst, anstatt immer nur beim Einschlafen im Arm gehalten zu werden. Aber du wolltest ja nicht. Du hast mir vielmehr das Gefühl gegeben, so etwas wie ein Sittenstrolch zu sein und dich zu belästigen, wann immer ich auch den kleinsten Versuch gemacht habe, mit dir zu schlafen.«

Katie starrte ihn an und versuchte, in diesem kalten, verdrossen wirkenden Mann den attraktiven Designer wiederzufinden, den sie damals im Pub so anziehend gefunden hatte. Es gelang ihr nicht.

Sie war einfach müde, immerzu müde, doch das war nicht der einzige Grund, warum ihre Leidenschaft für ihn erloschen war. Allzu gern hätte sie ihm gestanden, dass Jack hauptsächlich wegen einer kurzen Phase gezeugt worden war, in der Ross eine freiberufliche Tätigkeit für die Lokalzeitung übernommen hatte. Der Kick, in ihm wieder einen kreativen Funken zu sehen, das Gefühl, ein wenig Last von ihren Schultern abgenommen zu bekommen, und die Tatsache, dass er sich jeden Morgen ordentlich anzog, hatten zu einem Kurzurlaub für sie drei geführt – und dann zu Jack.

Doch das wäre zu grausam und außerdem zu materialistisch, dachte Katie und schwieg lieber.

»Ich vermisse es«, gestand Ross leise. »Ich vermisse es, mit dir zu schlafen.«

Katie schluckte schwer und konnte das gedemütigte Verlangen in seiner Stimme kaum ertragen. »Ich auch.«

Sie sehnte sich schmerzlich nach einer Zeit zurück, die sich mittlerweile wie die Erinnerung einer anderen Person anfühlte. Einen Augenblick lang hatte sie den Eindruck, als würde Ross auf dem Küchentisch ihre Hände ergreifen und seine Finger in die ihren haken, wie sie es früher gemacht hatten, als sie noch in Restaurants essen gegangen waren. Diese kleine Geste war sein Zeichen dafür gewesen, dass er es nicht abwarten konnte, mit ihr nach Hause zu kommen und ins Bett zu gehen. Manchmal hatten sie es nicht einmal bis ins Bett geschafft, sondern waren schon auf der Treppe oder auf dem Sofa übereinander hergefallen.

Doch er tat nichts dergleichen. Er faltete die Hände und wartete darauf, dass sie das Wort ergriff, doch Katie wusste nicht, was sie sagen sollte. Es fühlte sich an, als sei jemand schlimm krank; es gab so vieles, was sie gern gesagt hätte, doch die Angst, die falschen Worte zu wählen, schnürte ihr die Kehle zu.

Damit lag sie vielleicht gar nicht mal so falsch, erinnerte sie sich. Deine Ehe krankt ebenso wie die Träume vom gemeinsamen Händchenhalten, wenn man siebzig ist. Das wird niemals passieren. Stattdessen musst du Jahre über Jahre in diesem Gehäuse leben, von dem du gedacht hattest, dass es funktionieren würde.

Katie musterte Ross über den Küchentisch hinweg und ließ den Blick über die rosafarbene Strähne schweifen, die Hannah in sein Haar geflochten hatte, sowie über die geschwollene Wange, wo ihn Gregs Schlag getroffen hatte. Er war zwar der gleiche alte Ross, aber er hatte sich verändert. Er war ein Mann geworden, der sie nicht einmal mehr genug liebte, um mit ihr zu streiten.

»Ich will nicht, dass du ausziehst«, platzte es aus ihr heraus.

»Das habe ich auch nicht vor«, erwiderte er und schob seinen Stuhl zurück. »Ich werde meine Sachen ins Gästezimmer räumen.«

Katie kamen die Tränen, und sie hatte das Gefühl, daran zu ersticken. Sie wollte so sehr das Richtige sagen, um alles zu beenden, doch ihr Kopf war vollkommen leer.

»Ross!«, rief sie, als er die Tür erreicht hatte. »Ross?«

Er drehte sich zu ihr um.

Katie musste sich dazu zwingen, die Frage zu stellen. »Liebst du mich noch?«

Ross hielt einige quälende Sekunden inne. »Zwing mich nicht, diese Frage zu beantworten«, erklärte er dann und verließ die Küche.

28

Angelica stand in dem kleinen Garten ihrer Mutter, atmete die kalte Novemberluft ein und versuchte herauszufinden, was sich verändert hatte. Es lag nicht nur am Wetter, das deutlich frischer geworden war. Auch in ihrem Inneren wandelte sich allmählich etwas, während ihre alten Leben, die verschiedenen Angelicas, versuchten, einander zu verdrängen. Sie forderten die jetzige Angelica dazu heraus, sich zu entscheiden, was real und was nur eine Geschichte war, von der sie schon vergessen hatte, dass sie sie nur erfunden hatte.

Sie hatte es noch nie gemocht, unter die Oberfläche zu schauen, aber jetzt … Jetzt war sie fast neugierig, zu erfahren, was sich darunter verbarg. *Darunter.*

Die Dunkelheit war schon hereingebrochen, doch Angelica konnte immer noch den hellen, weißen Stein erkennen, der die Stelle unter einem Rosenbusch an der hinteren Grundstücksmauer markierte, an der Rosie begraben lag. Da sie in Florida am Pool gelegen hatte, als Rosie gestorben war (»Es tut mir so leid, Angie, aber sie hat einfach nicht mehr gefressen …«), hatte sie voller Gewissensbisse zehn Rosensträucher geschickt, die ihre Mutter im Gedenken an Rosie dort pflanzen sollte. Doch nur drei der Sträucher hatten überlebt und warteten nun knorrig, krumm und blattlos auf den nahenden Frost.

Rosie war bis zu ihrem Umzug zu Jerry nach Florida ihre ständige Begleiterin gewesen. Dabei hatte Angelica immer steif und fest behauptet, keine Tiere zu mögen. Doch als Tony und sie sich zum ersten Mal verkracht hatten, hatte sie den kleinen Yorkshireterrier spontan aus dem Tierheim geholt. Und anders als die Männer in Angelicas Leben hatte Rosie sie nie mit einem anderen Ausdruck in ihren wässrigen braunen Augen angesehen als mit treuer Hingabe.

Angelica hatte Rosie mit ihrer bedingungslosen Liebe geradezu überschüttet. Es schien ihr lohnender zu sein, als ihre Liebe an einen Mann zu verschwenden, denn Rosie erwiderte ihre Liebe ebenso bedingungslos.

Ich war selbstsüchtig, dachte Angelica nun. Ich war eine richtig selbstsüchtige Kuh. Ich hätte Rosie niemals zurücklassen dürfen, selbst wenn sie mich immerzu an Tony erinnert hätte. Vielleicht war es gut so, dass Tony und sie keine Kinder bekommen hatten.

Vielleicht.

Sie seufzte tief, ging ins Haus zurück und brachte all ihren Mut auf, um die Kiste zu öffnen.

Sie war am Morgen geliefert worden, doch Angelica hatte sich nicht dazu überwinden können, sie unmittelbar zu öffnen. Jetzt wusste sie jedoch, dass sie sich der Aufgabe stellen musste. Sie mixte sich einen Gin Tonic, um Mut zu fassen, das braune Klebeband zu entfernen und die vielen Lagen der Luftpolsterfolie beiseitezuziehen. Zwei Männer hatten die große, schwere Kiste ins Wohnzimmer geschleppt. Auf ihr befanden sich immer noch die Aufkleber des Lagerzentrums, wo die Kiste seit mehr als zehn Jahren aufbewahrt worden war.

»Was ist denn da drin, Lady? Eine Leiche?«, hatte einer der jungen Männer gescherzt und so getan, als habe er sich den Rücken verrenkt.

Angelica hatte lachen müssen, da sich auf gewisse Art und Weise tatsächlich eine Leiche in der Kiste befand: die alte Angelica nämlich – in Form der bunten, mit funkelnden Glitzersteinen besetzten Kleider, die wie eine zweite Haut für sie gewesen waren und in denen sie getanzt hatte. Sie hatte beiden Transporteuren jeweils einen Zwanziger in die Hand gedrückt, bevor sie es sich wieder anders überlegen konnte und darauf bestanden hätte, dass sie die Kiste wieder mitnähmen.

Fast ihr gesamtes Leben war eingelagert, und Angelica hatte es kaum vermisst. Regale voller Erinnerungen waren einfach nicht ihr Stil. Bis zu dem Zeitpunkt, als sie in Jerrys ausladende Villa gezogen war, hatte sie in diversen winzig kleinen Studios oder Einzimmerwohnungen in Soho gelebt, in denen kaum Platz genug gewesen war für einen Schrank, geschweige denn für einen Dachspeicher. Jedes Mal, nachdem ein Lebensabschnitt beendet gewesen war, hatte sie alles eingepackt, was sie als Erinnerungsstück nicht mehr herumliegen haben wollte, und hatte es eingelagert. Ihre ersten Jahre als Tänzerin in London, ihr Leben mit Tony, die Tanzwettbewerbe, ihre Ehe – alles befand sich in Kisten. Sie wollte zwar nicht an die Vergangenheit erinnert werden, brachte es aber auch nicht übers Herz, alles wegzuschmeißen. Auf diese Weise gehörte die Vergangenheit ihr, was etwas völlig anderes war, als selbst der Vergangenheit anzugehören, wie Angelica fand.

Nun fühlte sie sich zum ersten Mal bereit, sich für einen guten Zweck zu häuten und die Haut zu akzeptieren, die sie die ganze Zeit über besessen hatte. Außerdem befand sich in dieser Kiste etwas, was sie unbedingt haben wollte.

Angelica schenkte sich den letzten Schluck Gin Tonic ein, stellte das schwere Glas auf den Tisch und schob die letzte Schicht Luftpolsterfolie beiseite.

Der vertraute stechende Geruch von Kleidern aus der chemischen Reinigung, gemischt mit dem Duft ihres Parfums, stieg ihr in die Nase, als sie das erste Kleid aus der Kiste zog. Es war ihr rotes Tanzkleid, das sie im ersten Jahr ihrer professionellen Laufbahn getragen hatte. Das Kleid war äußerst filigran, aber dennoch sehr schwer, da es mit Hunderten von rubinroten Steinen besetzt war, die wie leckende Flammen das Mieder verzierten. Die langen flatternden Chiffonärmel hatten wie Engelsflügel ausgesehen, als Tony mit ihr zu den weichen, eleganten Figuren des Walzers und des Foxtrotts über die Tanzfläche geschwebt war. Angelica hob das Kleid in die Höhe, um es in seiner vollen Länge betrachten zu können. Der Rock war glockenförmig und so geschnitten, dass er sich in einer Art Wolke hob, wenn sie sich drehte. So gab der Rock den Blick frei auf ihre schmalen Knöchel und die Füße, die in den passenden Tanzschuhen aus purpurrotem Satin steckten.

Angelica erinnerte sich wieder, dass auch diese Schuhe mit Glitzersteinen besetzt waren: Kleine Rosen aus funkelnden Steinen schmückten die Schuhspitzen.

Allein nur dieses Kleid in Händen zu halten bewirkte, dass ihre Füße am liebsten sofort losgetanzt hätten wie damals, als sie noch fünfundzwanzig und vollkommen unerfahren gewesen war.

Danach hast du nicht gesucht, ermahnte sich Angelica streng und legte das Kleid vorsichtig über das schmale Sofa.

Das nächste Kleid stammte zwar aus der gleichen Zeit, war jedoch für die lateinamerikanischen Tänze geschneidert worden. Das Oberteil war weit ausgeschnitten und der Rock deutlich kürzer, um die schnellen, koketten Beinbewegungen zu zeigen. Angelica seufzte bewundernd, als sie über den glänzenden scharlachroten Satin und den angeschrägten Rocksaum strich, dessen lange Fransen mit schwarzen Perlen verziert waren. Die schräge Seite reichte fast bis zu ihrer Hüfte hoch, und statt Ärmel betonten scharlachrote Spangen ihre schlanken Arme, wenn sie diese um Tonys Hals schlang oder sie sich in den auffallenden Latinbewegungen bog.

Jedermann war der Meinung, dass Tony und sie für die lateinamerikanischen Tänze geboren waren; sie beide hatten schwarze Haare und waren gleichermaßen stürmisch, mit langen Gliedmaßen und schwingenden Hüften. Zwar waren sie gute Standardtänzer – Angelica besaß die nötige Anmut, um die ein wenig förmlich wirkenden europäischen Tänze mühelos wirken zu lassen –, doch die leidenschaftlichen lateinamerikanischen Rhythmen verliehen ihren Schritten ein geradezu magisches Feuer, als ob ihre Füße den Boden mit jeder Berührung versengten.

Andererseits drehte es sich bei den lateinamerikanischen Tänzen um nichts anderes als um Sex, dachte Angelica. Und das war bei ihr und Tony nicht anders gewesen. Weder die verruchten Blicke noch die verführerischen Berührungen waren vorgetäuscht gewesen wie bei vielen ihrer Konkurrenten. Anfangs hatte Angelica die Mädchen bemitleidet, die die große Leidenschaft auf dem Tanzparkett vortäuschen mussten, da ihre Partner abseits der Tanzfläche schnell allen Glanz verloren. Doch letztlich hatte sie zugeben müssen, dass, wie bei der tiefen Sonnenbräune, die alle zur Schau stellten, alles nur künstlich zu halten der bei Weitem sicherste und ungefährlichste Weg war.

Angelica zog ein kurzes, sehr schmal geschnittenes Kleid aus der Kiste, in dem sie immer Samba getanzt hatte. Dieses Kleid war goldfarben und das Mieder mit silbernen Blumen verziert. Statt eines richtigen Rückenteils gab es nur Silberketten. Eitel, wie Tony war, hatte er dazu ein passendes silbernes Hemd getragen. In diesem Kostüm war es ihnen gelungen, einen nationalen Titel zu gewinnen. Ihr Vater hatte das Kleid als ein »Hauch von nichts« bezeichnet, nachdem sie ihren Eltern die Fotos geschickt hatte, doch davon hatte Angelica erst im letzten Jahr erfahren, als ihre Mutter in Erinnerungen geschwelgt und Angelica an ihrer Seite diese Jahre noch einmal durchlebt hatte.

Angelica blieb das Herz beinahe stehen, als sie das Kleid

in ihren zitternden Händen hielt. Der Umstand, dass sie nun tatsächlich einen Stoff anfasste, machte alles viel lebendiger, als eindimensionale Fotos anzuschauen. Es war, als sei der Kleiderstoff eben nicht nur mit altem Schweiß, Rauch, Bodylotion und dem Geruch des Empress Ballrooms in Blackpool getränkt, sondern ebenso sehr mit Erinnerungen durchsetzt. Angelica spürte wieder die Schmerzen in ihren Waden und Zehen sowie den Glücksrausch und den Triumph der letzten Pose, die besagte: »Wir haben gewonnen!«.

Wenn sie damals gewusst hätte, dass dies ihr letzter Tanz mit Tony sein würde, hätte sie das Kleid niemals in die Reinigung gegeben. Sie hätte es stattdessen behalten, wie es war – mit seinen Fingerabdrücken, dem heißen Atem und seinem Aftershave, das dem Kleid damals anhaftete.

Angelica durchstöberte den restlichen Inhalt der Kiste und legte ein Kleid nach dem anderen auf das Sofa, bis dieses über und über mit Netzstoff, Pailletten und flatterndem Chiffon bedeckt war – meist in leuchtenden Rotschattierungen: Tomate, Scharlachrot und Karminrot. Die Kiste war riesengroß, dennoch enthielt sie nur sieben ihrer prächtigen, aufwendigen Kleider. Angelica wusste, dass sie noch mindestens zehn weitere eingelagert hatte, die einige Tausend Pfund wert waren. Sie hatte immer schon mehr Kleider als jede andere Tänzerin besessen, und diese Kleider waren stets mit weitaus mehr Glitzersteinen und Perlen verziert und insgesamt außergewöhnlicher gewesen als die Kleider anderer Tänzerinnen. Andererseits hatte Angelica aber auch immer weniger gegessen als die anderen, war weniger ausgegangen und hatte beinahe jeden Penny, den sie verdient hatte, für Kleider und Schuhe ausgegeben.

Sie war sich sicher gewesen, dass irgendjemand für alles andere sorgen würde. Doch Angelica hatte es sich zur eisernen Regel gemacht, dass sie – und nur sie – die traumhaften Kleider bezahlte, in denen sie auftrat.

Das letzte Kleid in der Kiste war das, wonach sie gesucht hatte: ihr Lieblings-Tangokleid.

Na ja, korrigierte sie sich, als sie über die perlenverzierten schmalen Schulterträger strich. Es war ihr Lieblingskleid zumindest für Tangowettbewerbe.

Ihr tatsächliches Lieblingskleid hatte sie beim Tango Argentino mit Tony getragen. Das war ihr eigener Tanz gewesen, ihr ganz privater Tanz, der nicht zur Bewertung stand und den sie in heißen Tango-Salons tanzten. Der Tango Argentino glich eher einer Mischung aus Vorspiel und Kampf als einem Tanz. Dieses Kleid hatte Tony geliebt: Es war schlicht, hauteng und sexy. Es kam vollkommen ohne die grellen, auffälligen Verzierungen aus, die unter dem Schein der schonungslosen Scheinwerfer und den kritischen Blicken der Wettkampfrichter unverzichtbar waren.

Dieses Kleid hier war das offizielle Kleid, das sie bei Tangovorführungen im ganzen Land sowie bei ein oder zwei kleineren Tanzwettbewerben getragen hatte. Allerdings verzieh es nichts, und selbst damals schon hatte sich jede ihrer Rippen unter dem Kleid abgezeichnet. Bei jedem noch so kleinsten Anzeichen von PMS-bedingtem Anschwellen brauchte sich Angelica erst gar nicht mehr die Mühe zu machen, sich in das enge, am Rücken geschnürte Kleid zu quetschen. Es war schräggeschnitten, bestand aus rabenschwarzem Satin und verfügte über einen engen Rock, der am Oberschenkel hochgeschlitzt war, um die geschmeidigen Schritte des Tangos zu ermöglichen. Angelica hatte damals darauf bestanden, dass ihre Schneiderin – eine geduldige Frau, die in Tooting wohnte und die fieberhaften Ansprüche halb verhungerter Tänzerinnen schon zur Genüge kannte – das Kleid mit einem blutroten Satinstoff fütterte, damit die rote Farbe bei dramatischen Drehungen immer wieder aufblitzte.

Das rote Futter war ihre Art, ein wenig die Stimmung des heißen, leidenschaftlichen Tango Argentino in die starre, steife Zeremonie des Wettbewerbs-Tangos einzubringen. Die Europäer mit ihren Smokings und den vornehmen Tanztees mochten vielleicht die Ecken und Kanten abgerundet und die Schritte formalisiert haben, bis der Tanz nur noch eine glatte, gezähmte Nachahmung der lateinamerikanischen Version war. Doch die heimlichen karminroten Farbtupfer waren ihr Zeichen für Tony, dass sie sehr wohl wusste, was eigentlich hinter den zackigen Kopfdrehungen und der geraden Armhaltung steckte.

Angelica seufzte, als sie den Stoff in Händen hielt. Einerseits hätte sie die Kleider gern anprobiert, da sie fast immer noch die gleiche Figur hatte wie zu ihren besten Wettbewerbszeiten. Andererseits hatte sie aber Angst davor, zu sehen, wie viel sich in ihrem Gesicht verändert hatte.

Das richtige Kleid konnte so unendlich viel bewegen. Es veränderte nicht nur den Tanz selbst, sondern schlichtweg *alles*. Die Magie der Pailletten, Glitzersteine und der raffiniert geschnittenen Röcke verliehen einem den nötigen Hauch von Glanz und Glamour, sozusagen den VIP-Pass für die bunte Farbfilmwelt, in der alle Blicke auf einem ruhten. Man war einfach nicht mehr die Person, die man im Alltagsleben war, wenn man einen winzigen Satinfetzen trug, der nur von einem Stück hautfarbenem Stoff gehalten wurde, sodass es für die Zuschauer so aussah, als würde das Kleid allein von der Luft und dem rasanten Tempo der Schritte gehalten. Man bewegte sich nicht mehr schwerfällig oder machte einen krummen Rücken, wenn bei jeder einzelnen Bewegung Hunderte von Pailletten aufleuchteten und einem langer Chiffon um die Beine wehte. Man war nicht nur in seiner eigenen Vorstellung Cyd Charisse oder Ginger Rodgers, sondern sah tatsächlich aus wie sie. Sogar die Musik war dieselbe, die auch schon für diese berühmten Tänzerinnen gespielt worden war. Das Kleid, der Tanz und die Musik – alles gemeinsam bedeutete, dass in den drei Minuten auf der Tanzfläche ein Tagtraum wahr wurde, wenn man in den Armen des Tanzpartners lag und mit den Knien seine Oberschenkel streifte. Man verwandelte sich in eine wahre Traumfrau, und der eigene Tanzpartner wurde in dieser Zeit zu dem Mann, den man nur aus den romantischsten Träumen kannte.

Angelica wollte Katie eines ihrer Wettbewerbskleider leihen. Sie wusste, dass es die Art, wie Katie sich selbst sah, von Grund auf verändern würde. Außerdem hoffte sie, dass Katie begreifen würde, dass das Ende des Feminismus noch nicht nahe war, nur weil sie die Frauenschritte tanzte.

Katie tat Angelica ganz einfach leid. Sie war die einzige Frau, die sie je unterrichtet hatte, die zur zweiten Stunde nicht in ihrem schönsten Kleid erschienen war. Im Gegensatz zu allen anderen trug sie jede Woche das gleiche schlichte Kostüm und zeigte die gleiche ungelenke, hölzerne Körperhaltung.

Katie könnte eine sehr viel bessere Tänzerin sein, als sie es selbst je für möglich hielt, da war sich Angelica ganz sicher, auch wenn Katie selbst es noch nicht wusste. Sie war sportlich, und obwohl sie vielleicht nicht die Schnellste war, was das Erlernen der Schritte anging, so vergaß sie sie nicht und ließ sich nicht verunsichern, wenn die Musik wechselte. Was Angelas Meinung nach Katie wirklich davon abhielt, ganz selbstbewusst Cha-Cha-Cha zu tanzen, war ihre Unfähigkeit, sich einfach gehen zu lassen und ihrem Tanzpartner die Führung anzuvertrauen. Sie entspannte sich nicht einmal bei erfahrenen Tänzern wie Frank oder Baxter. Angelica hatte mehrere Male beobachtet, wie Katie sich ihnen widersetzte, bis sie schließlich aufgaben. Sie war so sehr darauf fixiert, Katie zu sein, dass sie sich nicht genügend entspannen konnte, um die Walzer tanzende Prinzessin oder eine ausgelassene, hemmungslose Latina zu spielen.

Lauren dagegen … Angelica musste lächeln. Sie war ein absolutes Naturtalent, da sie es sichtlich genoss, sich zu verkleiden und in eine Rolle zu schlüpfen. Sie war dann mit ihren Gedanken meilenweit entfernt, in ihrer ganz eigenen Liebesszene, während sie mit ihren wunderschönen langen Armen und Beinen instinktiv richtig über das Parkett wirbelte.

Auch Jo war sehr gut, da sie wusste, wie sie sich zu bewegen hatte. Angelica hatte während der Zeit gelernt, dass das Klischee, dass sich größere oder kräftigere Frauen anmutiger auf der Tanzfläche bewegten als dünne Bohnenstangen, tatsächlich stimmte. Da sie sich stets ihres Körpers bewusst waren, bewegten sie sich vorsichtiger und leichtfüßiger. Jo bewegte ihre Hüften und tanzte wie jemand, der seine Hemmungen durch das Herumtollen mit Kindern abgelegt hatte. Außerdem hatte sie keine Angst, etwas falsch zu machen oder komisch auszusehen. Angelica sah es Frank und Ross an der Nasenspitze an, dass es ein großes Vergnügen war, mit ihr zu tanzen.

Angelica betrachtete das Tangokleid in ihren Händen. Im weichen Schein der Tischleuchte funkelten seine Pailletten bei jeder Bewegung wie die Schuppen einer Schlange – als sehnten sie sich danach, bei einem Ball eine Tänzerin zu schmücken.

Einen kurzen Moment lang bekam Angelica jedoch Bedenken. Mischte sie sich wohl zu sehr in Katies Angelegenheiten ein, wenn sie ihr das Kleid gab? Zwischen Katie und Ross schien irgendetwas nicht zu stimmen, obwohl Katie offenbar dachte, dass es niemandem auffallen würde. Ihr gelang es weitaus besser, ihre Traurigkeit zu verbergen, als Ross. Doch die jahrelange Erfahrung, Paare zu beobachten, die hinter dem starren Lächeln ihrer Showmiene wütende Streitereien zu versteckten suchten, hatten Angelica eine Art Röntgenblick beschert, mit dem sie jede auch noch so kleinste Spannung entdeckte. Tony hatte immer gescherzt, dass sie eine Trennung vorhersagen konnte, bevor das betreffende Paar es selbst wusste.

»Als Tänzer muss man das auch können, nicht wahr?«, hatte Angelica immer geantwortet. Es handelte sich schließlich nicht um pure Sensationslust, sondern um einen aufgeweckten Geschäftssinn. Gute Tanzpartner gab es nicht allzu oft auf dem Markt – und falls doch, dann bedeutete ein solcher Partner eine tiefgreifende Veränderung.

Nein; bei Ross und Katie war irgendetwas nicht in Ordnung, und es stimmte Angelica traurig, da sie eigentlich ein schönes Paar waren. So bescheiden und anständig – ganz anders als Jos Ehemann Greg, dem sie nicht über den Weg traute. Er sah zwar gut aus, aber seine Führung war recht aggressiv und viel zu energisch. Außerdem weigerte er sich, für Peggy das Tempo ein wenig zu drosseln, und er schüttelte auffällig den Kopf, wenn Trina mit ihren Schritten durcheinanderkam, damit Angelica auch *ja* bemerkte, dass Trina die Schuldige war und nicht etwa er.

Kümmere dich um ein Pärchen nach dem anderen, ermahnte sich Angelica. Und wenn du meinst, du weißt, wie sie ihre Ehe wieder in Ordnung bringen können – sollte es dann wirklich dieses Kleid sein?

Sie vergrub das Gesicht in dem Kleid und atmete den Duft von Tanzsälen, Stärke und Haarspray ein, der neue Erinnerungen wachrief. Angelica schloss die Augen, um sich vollkommen auf den Geruch zu konzentrieren. Als sie sie wieder öffnete, fiel ihr Blick auf ein weiteres Kleid, das sich noch in der Kiste befand und in einem so schmalen Kleidersack hing, dass sie es beim Auspacken glatt übersehen hatte.

Angelica zog es hervor. Es war Tonys Lieblingskleid – das verführerische schwarze Jerseykleid, das zwar recht schlicht geschnitten, im Rücken jedoch v-förmig ausgeschnitten war, sodass ihre hageren Schulterblätter zur Geltung kamen. Das Kleid war in die Kiste geworfen worden, als sie Tony zum letzten Mal gesehen hatte, und dort war es dann geblieben, bis es zusammen mit ihren anderen Kleidern eingelagert worden war, als sie mit Jerry nach Florida gezogen war. Neuer Partner, neue Kleider – das war die eiserne Regel.

Angelica hielt das Kleid in den Händen und spürte, wie schwer es war. Dabei stellte sie sich vor, wie es an Katie aussehen würde, und wie es in akkuraten Falten über ihre schmalen Hüften und die schmale Taille fallen würde. Katie hatte schöne Beine – wenn man dann noch den langweiligen blonden Bob zurückgelte oder mit einer glitzernden Kopfbedeckung versah …

Vielleicht.

Angelica lächelte und seufzte dann.

Wieder ein Kreis, der sich schloss. Und genau das war der Grund, warum sie nach Longhampton zurückgekehrt war.

29

Lauren wachte am frühen Sonntagmorgen auf, und fast noch bevor sie die Augen überhaupt geöffnet hatte, war ihr erster Gedanke die Sorge um Bridget. Sie hatte am vorherigen Abend ein so sorgenvolles Gesicht gemacht und so alt und ängstlich ausgesehen! Gar nicht wie ihre zuverlässige, zuversichtliche, alterslose Mutter, sondern wie eine Frau im mittleren Alter, die ein riesengroßes Problem quälte.

Der nächste Gedanke drehte sich um ihre Hochzeit und die Erkenntnis, dass weiße Pferde nun ein für alle Mal gestrichen waren.

Reglos lag Lauren in ihrem warmen Bett und mühte sich ab, herauszufinden, wie sie sich fühlte und was sie nun tun sollte.

Aus dem Schlafzimmer ihrer Eltern nebenan war kein Laut zu hören. Lauren fragte sich, ob ihre Mum auch so daliegen würde und wegen der quälenden Geldsorgen nicht mehr schlafen konnte.

Waren ihre Eltern zu alt, um noch eine Hypothek auf das Haus aufnehmen zu können? Was, wenn sie das Haus verkaufen müssten, um all die Rechnungen zu bezahlen? Müssten sie in ein kleineres Haus umziehen?

Sie schloss die Augen, als ihr Herz zu rasen begann und Panik in ihr aufstieg.

Tief einatmen, ermahnte sie sich. Dr. Bashir hatte ihnen beigebracht, dies zu sagen, wenn ein Patient in der Praxis zu emotional wurde. Tief einatmen. Konzentriere dich auf die Luft, die du einatmest … und ausatmest. Einatmest … und ausatmest.

Es tat gut, auszuatmen, doch sobald sie einatmete, hatte sie nicht nur den angespannten, besorgten Blick ihrer Mutter vor Augen, sondern auch den Ordner mit den Rechnungen und das Elend, das in ihrer glücklichen Ehe Einzug halten würde, wenn herauskommen sollte, dass Mum dies alles vor Dad geheim gehalten hatte.

Dann hatte sie beim Ausatmen auf einmal die Croquembouche-Torte und das wunderschöne, märchenhafte Kleid vor Augen, die goldenen Buffetplatten, die fortgetragen und ersetzt wurden mit – ja, womit eigentlich? Ihre Traumhochzeit, die sie seit ihrem vierzehnten Lebensjahr geplant hatte, war geplatzt – einfach so. Sie würde diese Traumhochzeit nie bekommen.

Allein der Gedanke daran schnürte ihr die Kehle zu, und sie riss die Augen auf.

Ihr Blick fiel auf den Prospekt eines Schlosses in der näheren Umgebung, das man als Veranstaltungsort mieten konnte. Es verfügte sogar über einen Irrgarten, in dem man die Hochzeitsfotos machen konnte.

»Komm schon, Lauren«, ermahnte sie sich laut. »Es wird schön werden. Ich werde Chris alles erzählen, und er weiß dann schon, was wir tun sollen.«

Nach dieser Auseinandersetzung im Pub in der vergangenen Nacht war sie immer noch ein wenig sauer auf ihn. Aber alles in allem stimmte Lauren die Aussicht milder, in seine warmen Arme zu fallen und seine Hände über ihr Haar streicheln zu spüren. Außerdem rechnete sie fest damit, dass er ihr heute verzweifelt würde zeigen wollen, dass sie auf ihn zählen konnte. Chris und sie stritten sich nie. Jedenfalls nicht lange.

Im Auto auf dem Weg zu Kians Wohnung sah alles schon gar nicht mehr so schlimm aus. Chris machte seinen Job beim Autohändler sehr gut; vielleicht könnte er einen Vorschuss auf seine Verkaufsprämien bekommen, sodass sie für die Hochzeit mehr aus der eigenen Tasche bezahlen könnten? Noch besser wäre es natürlich, wenn Chris Irene um Geld für die Hochzeit bitten würde. Immerhin bot sie immer wieder an, etwas zu den Feierlichkeiten beizusteuern.

Außerdem gab es immer noch ihre Brüder. Ich könnte Billy anrufen, dachte Lauren; schließlich hat er gerade sein Haus verkauft und könnte daher Mum Geld leihen – dann müssten wir bei der Hochzeit nicht allzu viele Punkte streichen.

Ein paar der goldenen Servierplatten tauchten vor ihrem inneren Auge auf, und ihr Hochzeitskleid steigerte sich von einem bescheidenen, schlichten Kleid von der Stange aus dem Kaufhaus zu einem exklusiveren Kleid aus dem Brautmodenladen mit einem Rock mit extra vielen Rüschen.

Einen Moment lang erinnerte sich Lauren an den Gesichtsausdruck ihrer Mutter, als sie ihr vorgeschlagen hatte, mit Irene zu reden, und fühlte sich ein wenig unbehaglich. Außerdem bestand immer noch die – wenn auch unwahrscheinliche – Gefahr, dass Billy Dad von der Sache erzählen könnte. Aber welchen Sinn hatte es denn, so stolz zu sein? Mum hatte Probleme, und Irene würde nur allzu gern für alles aufkommen. Wofür sonst sollte Irene denn ihr ganzes Geld ausgeben?

Ich könnte auch mein Auto verkaufen, überlegte Lauren großzügig, als sie vor Kians Wohnung parkte und ihren kleinen Renault Clio abschloss. Er ist zwar nicht viel wert, aber es wäre immerhin ein Anfang.

Eine Warnglocke in ihrem Hinterkopf schrillte los und erinnerte sie daran, dass das Brautkleid, das gerade für sie von Hand geschneidert wurde, genau dreieinhalb Mal mehr kostete, als Chris für ihr Auto bezahlt hatte. Doch Lauren schenkte dem Einwand kaum Aufmerksamkeit.

»Chris!«, rief sie, als sie die Tür aufschloss. »Chris?«

In der Wohnung waren die Vorhänge überall noch zugezogen, doch Lauren hörte, dass im Bad die Dusche lief.

Es muss gestern Abend ganz schön spät geworden sein, nachdem ich gegangen bin, dachte Lauren und bahnte sich einen Weg durch die Pizzakartons, die im Wohnzimmer herumlagen. Die Wohnung stank nach Bier und kaltem Rauch. Lauren hatte ein schlechtes Gewissen, dass sie einfach so aus dem Pub gestürmt war, doch Chris musste einfach wissen, dass sie diesen unsinnigen Wettstreit zwischen ihr und Kian nicht mitmachen würde.

Schließlich war Chris nun erwachsen und mit ihr verlobt. Hinzu kam noch, dass sie nun auch Probleme wie andere Erwachsene hatten, mit denen sie fertig werden mussten.

Lauren war auf dem Weg zu Chris' Zimmer und durchquerte gerade das Wohnzimmer, als sie fast in eine kleine junge Frau hineingerannt wäre, die aus dem Badezimmer kam und ein winziges Handtuch um ihren Körper gewickelt hatte. Ihre umfassende Bräune stammte ganz eindeutig aus der Tube.

Erschrocken starrten sie einander an. Das Mädchen klammerte sich an sein Handtuch.

Kian musste sie letzte Nacht abgeschleppt haben.

Das arme Ding, dachte Lauren. Kein Wunder, dass sie sich duschen musste.

»Hi«, grüßte Lauren mit einem freundlichen Lächeln und stellte ihre Handtasche auf das Sofa, auf dem immer noch diverse Kleidungsstücke lagen, wo sie am Vorabend hingefallen waren. Ebenso wie das Mädchen versuchte Lauren, jeden direkten Blickkontakt zu vermeiden. »Lass dich nicht stören, ich bleibe nicht lange. Kian ist also schon wach? Oder schläft er noch?«

»Kian?« Das Mädchen schaute Lauren verständnislos an.

»Oh mein Gott! Ihr habt nicht einmal eure Namen ausgetauscht?«, rief Lauren. Das war übel, selbst für Kians Verhältnisse. Dennoch war das Mädchen ziemlich süß: Sie hatte dunkle Haare und braune Augen und verfügte über keine Tattoos, soweit es zu beurteilen war. Sie sah so gar nicht nach Longhampton aus. Was auch immer die Frauen an Kian fanden – er wusste jedenfalls, wie er es einsetzen musste, um zum Ziel zu gelangen. »Für die Zukunft: Sein Name ist Kian Matthews. Manchmal redet er von sich sogar in der dritten Person. Um ehrlich zu sein, bin ich ziemlich überrascht, dass der Name deswegen nicht schon gefallen ist. Er muss dich ja gestern ganz schön mit Schnaps abgefüllt haben!«

»So betrunken war ich gar nicht«, protestierte die junge Frau verärgert. »Ich bin auch nicht mit einem Kian hergekommen! Ich bin mit *Chris* hier! Entschuldige bitte, aber ich habe nicht die geringste Ahnung, wer dieser Kian sein soll!«

»Wie bitte?« Laurens Knie gaben nach, und sie fühlte sich plötzlich vollkommen leer, war kaum in der Lage, Worte zu finden. »Chris? Bist du sicher?«

»Ja, Chris. Chris Markham, arbeitet beim Jaguarhändler. Ich bin doch kein *Flittchen!*« Das Mädchen schmollte, und obwohl Laurens Schmerz und Ärger größer wurden, kam sie nicht umhin zu bemerken, dass das Mädchen zu jener kleinen, sexy, frechen Sorte Frau gehörte, die Lauren immer das Gefühl gaben, ein schlaksiger Trampel zu sein. Die Sorte Frau, die immer mit den coolen Typen wie Chris zusammenkam.

Plötzlich fühlte sich Lauren wieder wie vierzehn: hochgeschossen, rotbäckig und – was das Schlimmste war – scheinbar die Letzte, die irgendetwas erfuhr.

»Und wer bist du bitte schön?«, fragte das Mädchen. »Wohnst du hier?«

»Ich bin seine Verlobte!«, schrie Lauren und richtete sich zu ihrer vollen Größe von einem Meter achtzig auf. Sie überragte das Mädchen um einiges. »Ich bin Chris' *Verlobte!*«

Die Wut in Laurens Worten nahm dem Mädchen allen Wind aus den Segeln.

»Oh, verdammt!«, erwiderte das Mädchen leise. »Verdammt!«

Lauren mochte grimmig aussehen, doch in ihrem Inneren fiel alles wie ein Kartenhaus zusammen. Ich muss noch schlafen, dachte sie verzweifelt. Bin ich gerade mitten in einem schrecklichen Alptraum ? Zuerst hat sich Mum so vollkommen untypisch verhalten, und jetzt auch noch Chris. Das konnte doch nicht wahr sein!

Darum also war Chris gestern nicht ans Handy gegangen, nachdem sie den Pub verlassen hatte! Vor ihrem inneren Auge sah sie quälende Bilder von Chris, wie er dieses Mädchen mit diesem Funkeln in seinen Augen anmachte, wie er ihr Drinks ausgab, über ihre Witze lachte und sie dann im Taxi mit zu sich nach Hause nahm. Sie konnte sich genau vorstellen, wie Kian ihn anfeuerte und ihm einredete, er sei zu jung, um sich schon niederzulassen und eine Familie zu gründen – sie hatte seine Worte quasi im Ohr.

Vor ihrem inneren Auge sah sie, wie Chris das Mädchen auszog, sie küsste und all die vertrauten Dinge mit der jungen Frau tat, die er sonst mit ihr tat! In *ihrem* Bett! Laurens Haut kribbelte so sehr, dass sie kaum noch denken konnte.

Just in diesem Augenblick öffnete sich die Tür, und ein verschlafener Chris trat heraus. Er hielt sich die Hand schützend vor die Augen, um nicht von dem hellen Tageslicht geblendet zu werden.

Unter dem Morgenmantel, den er hastig übergeworfen hatte, war seine nackte Brust zu sehen. Beim Anblick des goldenen Brusthaars wurde Lauren richtig schlecht. Vor wenigen Minuten noch hat das Mädchen diese Haare geküsst und ihn berührt …

»Was zum Teufel ist hier los?«, fragte er und rieb sich die Augen. »Einigen von uns geht es nicht so gut …«

Lauren marschierte zu ihm hinüber, und bevor er sich's versah, gab sie ihm einen wütenden Stoß.

Chris schrie erschrocken auf und taumelte durch die Wucht nach hinten gegen das Sofa.

»Du Mistkerl!«, schluchzte Lauren und schlug mit den Fäusten auf seine Brust ein. Der Schock und die Demütigung schürten das Feuer ihrer Wut. »Du fremdgehender, verlogener Mistkerl! Wollest du mich deshalb nicht dabeihaben? Ist das der Grund, warum du so versessen darauf warst, bei Kian einzuziehen? Damit du dich nebenher noch mit anderen Mädchen treffen kannst und ich nichts davon erfahre? Ja?«

Chris wirkte benommen und versuchte, ihre schlagenden Fäuste zu fassen zu bekommen. »Beruhige dich, Lauren! Wovon redest du?«

»Jetzt versuch nicht, dich aus der Sache herauszureden! Sie hat mir alles erzählt! Sie hat gesagt, du hättest sie mit nach Hause genommen! Sie …«

Lauren hielt inne und sah sich um, doch das Mädchen hatte sich davongestohlen. Auch ihre Kleider lagen nicht mehr auf dem Sofa.

»Lauren«, bat Chris, »ich kann dir alles erklären. Es ist nicht, wonach es aussieht, ehrlich, es ist –«

»Gib dir keine Mühe«, fauchte Lauren. »Sag Kian, dass er erreicht hat, was er wollte. Ihr könnt jetzt so oft ausgehen, wie er will! Weil du nämlich mit *mir* nicht mehr ausgehen wirst!«

Sie hätte noch mehr gesagt, wenn ihr nicht dicke Tränen den Hals zugeschnürt hätten. Ihr Herz klopfte so wild in der Brust, dass sie überrascht war, dass es Chris nicht auffiel.

Chris brüllte immer noch »Lauren, Lauren!«, als sie schon die Treppen hinunterstürzte. Die Füße rutschten auf dem ekligen Teppichbelag aus, und sie musste sich ans Geländer klammern, um nicht hinzufallen, als ihr wegen der Tränen alles vor den Augen verschwamm.

Lauren war klar, dass sie in dieser Verfassung besser nicht Auto fahren sollte. Dennoch riss sie die Fahrertür auf und wollte losfahren, bevor ihr Chris noch hinterherlief und ihr irgendeine zusammengeschusterte »Erklärung« lieferte, die direkt aus Kian Matthews' Bibel des schleimigen männlichen Verhaltens stammte. Als Lauren den Zündschlüssel im Schloss drehte, sprang der CD-Player an und spielte die CD ab, die Angelica ihnen zum Üben aufgenommen hatte.

»Once Upon A Time« aus *Dornröschen* – erst gestern hatte sie dieses Lied noch mitgesungen und gedacht, wie fabelhaft es war, dass Chris so gut aussah und dabei nicht so ein Mistkerl war wie die Freunde ihrer Freundinnen, die sie immer wieder betrogen.

Mit einem Stöhnen, das direkt aus ihrem tiefsten Inneren kam, riss Lauren die CD heraus und warf sie auf den Rücksitz, bevor sie die Handbremse löste und losfuhr.

Sie hatte keine Ahnung, wie lange sie weinend und wie betäubt durch Longhampton fuhr, ohne Notiz von den zahllosen Einbahnstraßen und Ampeln zu nehmen. Irgendwann fuhr sie auf der breiten alten Straße, die am Park entlangführte, wo jeder siebzehnjährige Teenager hinfuhr, um das Wenden in drei Zügen zu üben.

Lauren entdeckte eine große Parklücke, fuhr hinein und stellte den Motor ab. Dieser verstummte allmählich, während sie durch die Windschutzscheibe die kahlen Bäume und den lackierten gusseisernen Zaun betrachtete, der den Park umgab. Als sie noch zur Schule gingen, waren Chris und sie oft hier gewesen, um ein wenig »allein« zu sein. Sie hatten sogar »ihre Bank« gehabt. Ein paar Tapfere waren unterwegs, um ihre Hunde auszuführen und von ihnen um den Ententeich gezerrt zu werden. Ein Pärchen kämpfte mit einem Spaniel, einem Kleinkind und einem Zweierkinderwagen, doch sie schienen viel Spaß zu haben.

Das werden wir wohl nun gemeinsam nicht mehr erleben, dachte Lauren, als sich ihr Herz schmerzvoll zusammenzog. Chris und ich, wir werden niemals ein Kind oder einen Spaniel bekommen. Er hat alles zerstört.

Sie griff sich ihren Mantel und stieg aus. Lauren musste schnell gehen, um sich warm zu halten. Longhamptons Park war überraschend groß; er war von einem viktorianischen Fabrikbesitzer gebaut worden, der gemeint hatte, dass seine Angestellten einen Ort haben sollten, an dem sie ihre tägliche Ration Sonnenlicht bekamen. Lauren war beinahe eine Meile des gewundenen Weges gelaufen, bis sie nicht mehr konnte und sich auf die Parkbank fallen ließ, auf der Chris und sie früher so lange geknutscht hatten, bis ihre Lippen ganz wund geworden waren. Lauren starrte unglücklich vor sich hin.

Unbarmherzig erforschte sie ihr gebrochenes Herz, stellte sich vor, wie Chris mit diesem Mädchen zusammen war, dessen Namen sie nicht einmal kannte, und zerfloss in Selbstmitleid. Wie konnte er ihr das antun? Und das so kurz vor der Hochzeit! Er wusste doch, dass die Anzahlungen schon alle geleistet waren!

Nun gut, jetzt war alles vorbei. Und er konnte von Glück sagen, wenn ihr Dad ihm keinen Besuch abstattete, um ihn zu verprügeln.

Plötzlich musste Lauren wieder an ihre Mutter denken. Sie hatte sich für nichts und wieder nichts in Schulden gestürzt, wurde Lauren mit einem Mal erschreckend klar. Obwohl sie es eigentlich nicht für möglich gehalten hatte, fühlte sie sich nun noch schlechter.

Die Uhr des Rathauses schlug die halbe Stunde, dann die volle Stunde, doch Lauren brachte einfach nicht die Kraft auf, sich zu bewegen. Schritte kamen und gingen, wurden bisweilen langsamer, wenn besorgte Fußgänger ihr einen prüfenden Blick zuwarfen, um zu sehen, ob alles in Ordnung war. »Schon gut, danke. Wirklich, danke«, schaffte es Lauren zu murmeln, obwohl sie das Gefühl hatte, dass ihr Inneres mit zerbrochenem Glas gefüllt war.

Nach einer ganzen Weile hörte sie eine Stimme, die sie kannte. Genauer gesagt eine Männerstimme.

»Lauren?«, fragte die Stimme zaghaft.

Lauren vernahm Schritte, die langsamer wurden und schließlich vor ihr verstummten.

Vorsichtig lugte Lauren durch die Hände, die sie vors Gesicht geschlagen hatte, und erblickte zwei Paar Turnschuhe, die vor ihr auf dem Weg standen. Zwei Schuhpaare.

Sie hob den Kopf. Vor ihr stand Chris, Kian direkt dahinter. Beide sahen aus, als hätten sie sich bis gerade eben noch angeschrien; Chris wirkte wütend, während Kian einfach nur hinterhältig aussah.

»Kian möchte dir etwas sagen«, erklärte Chris und gab Kian einen Schubs.

»Chris hat dieses Mädchen nicht abgeschleppt«, gab Kian zu. »Ich war es.«

»Das sagst du doch nur, um ihn zu decken!«, erwiderte Lauren. »Für wie dämlich haltet ihr mich eigentlich!?«

»Nein, es stimmt wirklich«, entgegnete Kian. »Ich war es. Ich habe ihr gesagt, ich heiße Chris, weil … Na ja, ich muss mich ein Weilchen bedeckt halten, um es einmal so auszudrücken.«

Ein winziger Hoffnungsschimmer flackerte in Laurens Herzen auf.

»Tut mir leid, Kumpel«, fuhr Kian fort. »Ich hätte nicht gedacht, dass es solche Probleme auslösen würde. Ach, komm schon! Woher hätte ich denn wissen sollen, dass Lauren zu Besuch kommt?« Er warf Chris einen kurzen Blick zu. »Ich wusste ja nicht einmal, dass du ihr einen Schlüssel gegeben hattest!«

»Halt die Klappe, Kian!«, knurrte Chris. »Ich bin nicht die Person, bei der du dich entschuldigen solltest!«

»Ja. Tut mir leid, Lauren.« Kian versuchte es mit einem gewinnenden Lächeln, doch weder Lauren noch Chris reagierten darauf. »Offensichtlich habt ihr noch eine Menge zu besprechen, deswegen werde ich, ähm … äh …«

»Leine ziehen«, half Lauren weiter.

»Äh, ja. Leine ziehen. Bis später, Kumpel.« Damit drehte er sich auf dem Absatz um und schlurfte davon. Nach ein paar Schritten blieb er jedoch wieder stehen und drehte sich um. »Bin ich noch dein Trauzeuge, Kumpel?«

Chris schaute Lauren an, und sie entdeckte einen seltsamen Ausdruck in seinen Augen. Beschämung, wie sie feststellte. Außerdem war er wahrscheinlich mit Recht sauer auf sie, weil sie ihm eine solche Szene gemacht hatte.

»Mach die Biege, Kian!«, schrie Lauren. Er hob die Hand, formte das Peace-Zeichen und trollte sich.

Chris blieb stocksteif stehen. Einen Moment lang wusste Lauren nicht, was sie sagen sollte; bei so großen Gefühlen konnte man schließlich nicht einfach den Rückwärtsgang einlegen und so tun, als sei nichts gewesen.

»Und? Gibt es die Hochzeit noch?«, fragte er.

»Ich weiß es nicht«, antwortete Lauren. »Gibt es sie noch?«

Lauren wusste insgeheim, dass sie erleichtert sein sollte, doch sie war es nicht. Irgendetwas hatte sich aus einem dunklen Teil ihres Bewusstseins gelöst – lag es vielleicht an dem genervten Gesichtsausdruck von Chris letzte Nacht, als sie ihn gebeten hatte, mit ihr nach Hause zu kommen, und er ihr anschließend böse Blicke zugeworfen hatte, weil er seinen Abend im Pub abbrechen sollte? Lag es womöglich daran, dass sie die Hochzeit nicht mehr genießen konnte, da sie nun wusste, in welchen Schwierigkeiten ihre Mum steckte? Oder lag es etwa an etwas vollkommen anderem? An Zweifeln zum Beispiel?

Lauren starrte auf ihre Füße und war ganz erschrocken über sich selbst.

Chris setzte sich neben sie und spielte an den Ärmeln seines Kapuzenpullovers herum. Lauren liebte dieses Sweatshirt von GAP. Er sah darin aus wie dieser junge Typ aus der Serie *O. C., California* oder wie so ein properer Held aus einer amerikanischen Teeniekomödie.

»Lauren, wir müssen reden«, erklärte er, ohne sie dabei anzuschauen, und Lauren war klar, dass das nichts Gutes zu bedeuten hatte.

»Ich weiß«, antwortete sie und nahm seine Hand. Okay, Mum hatte ihr zwar aufgetragen, niemandem etwas von den Kreditkartenabrechnungen zu sagen, aber sie musste Chris einfach davon erzählen. Sie mussten sich in ihren Plänen einschränken, und Chris sollte wissen, warum. Das war nur fair. »Hör zu, lass mich zuerst reden. Es geht um die Hochzeit.«

Zu ihrer großen Überraschung machte sich Erleichterung in Chris' Gesicht breit. »Ich bin so froh, dass du das sagst und nicht nur ich es so empfinde.«

»Was meinst du?«, entgegnete sie überrascht und runzelte die Stirn, doch Chris fuhr unbeirrt fort.

»Ich denke, wir haben alles ein wenig überstürzt, weißt du? Ich liebe dich, wirklich, aber manchmal, und ganz besonders in letzter Zeit, hatte ich das Gefühl, dass es dir vielmehr um die Hochzeit selbst geht als darum, *mich* zu heiraten.« Er drehte sich zu ihr und schaute ihr in die Augen. Zu Laurens großem Entsetzen sah sie die Anspannung in seinem Gesicht und merkte, wie ernst es Chris damit war. Er meinte seine Worte wirklich ernst.

»Aber du weißt, dass das nicht stimmt …«

»Ist das so? Du redest immer nur davon, dass du schon als kleines Mädchen von dieser Hochzeit geträumt hast – na ja, und du kennst mich erst, seit du siebzehn bist. Für uns beide ist dies die erste richtige Beziehung. Und deine Traumhochzeit hat sich nicht verändert, seitdem wir miteinander ausgehen, nicht wahr? Du hast immer noch die gleichen Pläne wie als kleines Mädchen – um ehrlich zu sein, habe ich manchmal das Gefühl, dass du mich einfach hineingesteckt hast in deine Pläne, und dass jeder andere auch gepasst hätte.«

»Chris, sag so etwas nicht!«

»Warum nicht? Es stimmt, nicht wahr? Ich sage ja gar nicht, dass es dein Fehler ist. Ich weiß, dass meine Mum genauso tickt – sie wollte schon immer eine große Hochzeit planen, um für ihre eigene entschädigt zu werden, aber weißt du …« Er zuckte mit den Schultern. »Ich frage mich, ob das funktionieren wird. Ich will gar keine große Hochzeit, aber niemand ist bisher auf die Idee gekommen, mich zu fragen, was *ich* will. Wenn du eine große Märchenparty haben willst, dann organisiere eine! Aber lass uns bitte nicht so tun, als sei eine Hochzeit das Gleiche!«

»Was?« Lauren hatte das Gefühl, aus allen Wolken zu fallen. »Willst du mir damit sagen, dass du nicht heiraten willst?«, fragte sie matt. »Aber du hast mich doch gefragt, ob ich dich heiraten will!«

»Ich weiß«, erwiderte Chris kläglich. »Ich wollte dich ja auch heiraten, als ich dich gefragt habe. Aber weißt du, es war Weihnachten, und wir hatten beide etwas getrunken. Ich … habe mich ein wenig zu dem Antrag hinreißen lassen. Außerdem hatte ich auch nicht gedacht, dass alles so schnell gehen würde.«

Lauren schloss die Augen und ließ seine Worte erst einmal sacken. Eben noch hätte sie es nicht für möglich gehalten, dass dieser Tag noch schlimmer werden könnte, doch anscheinend hatte sie falsch gedacht. »Oh mein Gott«, flüsterte sie. »Oh mein Gott!«

Als Chris ihren Schock bemerkte, ruderte er zurück. »Ich liebe dich, Lauren, wirklich …!« Er nahm ihre Hand, doch Lauren zog sie weg. »Ich bin erst dreiundzwanzig! Und du sogar zweiundzwanzig! Wir sind erst *ein Mal* allein zusammen in Urlaub gefahren, und das waren vier Tage auf Ibiza!

Oh verdammt, du weinst doch nicht etwa?« Er beugte sich vor und versuchte, unter die Hände zu schauen, die Lauren vor das Gesicht geschlagen hatte. »Du weinst. Oh Lauren, bitte nicht! Ich hasse es, dich weinen zu sehen!«

Lauren schob ihn beiseite.

»Bitte nicht! Ich versuche doch nur, ehrlich zu sein«, verteidigte sich Chris. »Ich will dich nicht enttäuschen.«

»Wie könntest du mich mehr enttäuschen als gerade eben?«, schluchzte sie. Chris legte seinen Arm um Lauren. Sie fühlte sich nicht stark genug, um ihn wieder fortzuschieben.

»Heute Morgen«, erklärte Chris und streichelte ihr zart über das Haar. »Du hast wirklich gedacht, ich hätte mit diesem Mädchen geschlafen, nicht wahr?«

Lauren wehrte sich gegen den Vorwurf, der in seinen Worten steckte. Sie wusste genau, was er sagen wollte. »Und? Was sonst hätte ich denn denken sollen? *Sie* hat es mir doch erzählt, und außerdem war dein Handy abgeschaltet, als ich dich letzte Nacht anrufen wollte.«

»Ich habe aber nicht mit ihr geschlafen.«

»Ja, das weiß ich jetzt auch«, räumte sie widerstrebend ein.

»Aber das ist genau das, was ich meine. Du scheinst ja nicht besonders viel Vertrauen zu mir zu haben«, fuhr Chris verletzt fort, »wenn du dir so etwas vorstellen konntest.«

Jetzt war das Maß voll, dachte Lauren. Sie richtete sich auf und starrte ihn grimmig an. »Und du denkst also, dass du dir dieses Vertrauen verdient hast, seitdem du bei Kian eingezogen bist?« Sie zählte an ihren Fingern ab. »Du bist fast jeden Abend ausgegangen, hast dich wie ein Single verhalten und hast das Geld, das wir eigentlich sparen wollten, für Bier und Fast Food ausgegeben. Während ich zu Hause bei meinen Eltern hocke!«

»Ach Gott, jetzt geht das Gemeckere schon los, bevor wir überhaupt verheiratet sind!« Chris verdrehte die Augen. »Ja, bei Kian habe ich gemerkt, dass ich mich einfach noch nicht häuslich niederlassen will. Das heißt nicht, dass ich dich nicht heiraten will! Aber im Moment weiß ich einfach nicht, was ich will. Was ich aber weiß, ist, dass ich dich nicht verletzen will. Ich denke, wir sollten einen Schritt zurückgehen und alles noch einmal überdenken, ja?«

Lauren schwieg und wandte sich von ihm ab. Sie starrte in den Park, während sie seine Worte zu verarbeiten versuchte. Ihr Gehirn schaltete in den Automatikmodus, während sie zwei Joggern hinterherblickte, die jenseits des Zauns vorbeiliefen.

Sie merkte, wie Chris ihre Hand nahm und seine Finger um die ihren schloss, doch sie konnte sich nicht dazu überwinden, den Kopf zu bewegen und hinunterzusehen, falls ihr Blick auf den Verlobungsring fallen sollte, der Chris offenbar längst nicht so viel bedeutete, wie sie angenommen hatte.

»Das soll nicht heißen, dass ich dich nicht liebe«, erklärte er sanft.

Lauren war so gelähmt vor Trauer, dass sie nicht sprechen konnte.

Schweigend saßen sie da, lauschten dem Wind, der im Park durch das unverwüstliche Gebüsch blies.

»Was willst du also nun tun?«, fragte Lauren schließlich. Sie wunderte sich, wie fest ihre Stimme klang, wo sie doch innerlich vollkommen aufgewühlt war.

»Können wir eine Woche lang Pause machen?«, fragte Chris. »Einfach nur, um nachdenken zu können?«

»Du willst, dass ich darüber *nachdenke*, wie sehr ich dich heiraten will, damit du dann in einer Woche wiederkommst und mit mir Schluss machst?«, erwiderte sie sarkastisch. »Nein, Chris.«

»Nein!«, protestierte er. »Ich will einfach nur einen Augenblick lang die Pausetaste drücken, um sicher zu sein, dass ich genau weiß, was gerade passiert! Merkst du das denn nicht?

Begreifst du nicht, dass das mit dem Haus und den ganzen großen Plänen alles viel zu schnell geht und uns über den Kopf wächst?«

Lauren nickte kaum merklich und warf einen Blick zur Seite. Es tat ihr unglaublich weh zu sehen, wie erleichtert Chris aussah.

Erleichtert worüber, fragte sie sich. Dass sie nicht Schluss gemacht hatte? Oder dass er sich auf einem guten Weg befand, ihre Beziehung zu beenden?

Lauren bekam Kopfschmerzen. Chris wollte ihre Hand nicht loslassen und machte keinerlei Anstalten zu gehen.

In ihrem Kopf herrschte ein völliges Durcheinander, und alle Gedanken waren so sehr ineinander verwoben, dass sie nicht wusste, wie sie sie wieder entwirren sollte: ihre zerplatzten Hochzeitsträume, Chris' Zurückweisung (was *wollte* er eigentlich?), die entsetzlich hohen Schulden ihrer Mutter – wie sollte sie irgendjemandem auch nur einen Teil davon erklären können?

Lauren kniff die Augen fest zusammen, doch als sie sie wieder öffnete, peitschte der Wind immer noch durch den Park, der öder und trostloser als je zuvor vor ihr lag. Sie wollte einfach nur allein sein, ihr Gefühlschaos lichten und herausfinden, was genau sie empfand. Dabei kann mir selbst meine Mutter nicht helfen, dachte Lauren, und sie wurde plötzlich von dem Gefühl überwältigt, dass sie nun endgültig ihre Jugendzeit hinter sich gelassen hatte.

Erwachsen zu sein bedeutete mehr, als einen Darlehensvertrag zu unterschreiben und ein Hochzeitskleid auszusuchen. Erwachsen zu sein bedeutete, ein Problem zu haben, das man nur allein lösen konnte.

»Könntest du bitte gehen?«, fragte sie Chris.

»Bitte?«

»Ich habe gefragt, ob du gehen könntest. Ich muss ein wenig allein sein.«

Chris war überrascht. »Aber …«

»Ich kann nicht nachdenken, wenn du neben mir sitzt. Ruf mich am Mittwoch an, okay?«

»Bist du sicher, dass du nicht …«, stotterte Chris.

»Ich bin mir sicher. Ruf mich an. Oder schick mir eine SMS, dass du mich anrufst, was auch immer.«

»Okay.« Chris stand auf und ging ein paar Schritte, die Hände tief in den Hosentaschen vergraben. Nach vier oder fünf Schritten blieb er stehen, drehte sich zu Lauren um und kam zur Bank zurück.

»Du bedeutest mir wirklich viel«, erklärte er eindringlich, nahm ihre Hand und ging vor Lauren in die Hocke, sodass sie auf Augenhöhe waren. In der Eile, sie zu finden, hatte er sich nicht rasiert, und seine Haut roch noch nach Schlaf und Bettwärme. Was für hübsche Augen er hat, dachte Lauren. Graublau und ehrlich.

Er schaute ihr in die Augen, als hoffte er, dass Lauren dort mehr lesen könne, als er zu sagen vermochte. »Ich will es einfach nicht verderben, sodass wir uns in zwei Jahren womöglich hassen.«

»Das will ich auch nicht«, antwortete Lauren leise.

Chris beugte sich vorsichtig nach vorn, schloss die Augen und küsste sie auf den Mund. Seine Lippen waren warm und zart, und als er sie mit quälender Sanftheit küsste, wurde Laurens Herz von einer Woge des Schmerzes überschwemmt. Wie konnte er nur so lieb und gleichzeitig doch so grausam sein?

Da Chris ihren Kuss als positives Zeichen wertete, legte er seine Hand um ihren Hinterkopf, doch Lauren schob ihn fort.

»Geh jetzt bitte«, forderte sie ihn auf und biss sich auf die Lippe. Und dieses Mal gehorchte er.

Eine ganze Weile lang saß sie reglos auf der Bank und versuchte verzweifelt, sich auf ein Problem nach dem anderen zu konzentrieren.

Sie konnte die Hochzeit definitiv absagen.

Allein der Gedanke daran ließ ihr den Atem stocken, doch sie zwang sich dazu, den Problemen ins Auge zu sehen.

Wenn Chris sich nicht sicher war, ob er sie heiraten wollte, stand für Lauren eindeutig fest, dass sie ihn nicht den Mittelgang hinunterzerren wollte – insbesondere nicht, wenn die Hochzeit ihre Eltern in den Ruin treiben würde. Immerhin hatte Chris nichts von einer Trennung gesagt, sondern nur, dass er sich mit der Hochzeit nicht mehr sicher war.

Aber wie sollte sie mit jemandem zusammen sein, der zwar behauptete, sie zu lieben, sie aber dennoch nicht genug liebte, um sie zu heiraten? Wie sollte sie die Scham ertragen, dass bald jeder wissen würde, dass er die Hochzeit abgesagt hatte? Allein die Vorstellung, diesen schönen, zauberhaften Tag zu verlieren, den sie so sorgfältig geplant hatte, brach ihr das Herz. Bei dem Gedanken an die Brautschuhe aus Satin, die nun perfekt eingelaufen waren, kamen ihr die Tränen – alles vergebens.

Aber wenn die Hochzeit nicht stattfand, würde ihre Mutter einiges von dem Geld zurückbekommen und müsste keine weitere Unsumme ausgeben. Sie könnten einige der schönen Tafelaufsätze und die seidenen Blumendekorationen bei eBay verkaufen (obwohl ihr schon jetzt bei der Vorstellung ganz schlecht wurde, sich von all den schönen Accessoires zu trennen, die sie erstanden hatte). Vielleicht konnte sie sogar das Brautkleid zurückgeben oder abbestellen, obwohl die meisten Anzahlungen nicht zurückzahlbar waren.

Lauren zögerte einen Augenblick, als sie sich das Problem noch einmal durch den Kopf gehen ließ. Was, wenn ihre Mutter dachte, sie hätte die Hochzeit wegen des Geldes abgesagt? Sie würde sich sicherlich selbst die Schuld dafür geben. Sie würde annehmen, Lauren hätte es getan, damit sie ihr Gesicht wahren konnte.

Lauren vergrub das Gesicht in den Händen. Was wäre

denn, wenn sich Chris bis Mittwoch wieder beruhigt hätte? Was war, wenn es sich bloß um eine Panikattacke handelte, in die Kian ihn hineingeredet hatte? Vielleicht hatte er so kurz vor der Hochzeit die berühmten kalten Füße bekommen, von denen man manchmal in Zeitschriften lesen konnte. Das konnte durchaus passieren. Wenigstens zeigte dies, dass er sich Gedanken darüber machte, was eine Hochzeit wirklich zu bedeuten hatte. Welchen Sinn hatte es aber, die Hoffnungen ihrer Mutter zu zerstören, um ihr dann kurz darauf vielleicht mitzuteilen, dass die Hochzeit doch stattfinden würde?

Und dann gab es da immer noch das Haus. Die Anzahlung würden sie auf keinen Fall erstattet bekommen. Chris hatte kein Wort darüber verloren, was er damit machen wollte.

Aber was denkst *du* denn darüber?, fragte sich Lauren. Was willst *du*?

Lauren ließ den Blick durch den Park schweifen in der stillen Hoffnung, dass ihr die Antwort dabei zufliegen würde.

Tat sie aber nicht. Es fühlte sich an, als sei sie in einem Raum gefangen, in dem eine riesige Menschenmenge gleichzeitig losschrie, und die einzige Stimme, die sie nicht hören konnte, war ihre eigene.

30

Katie hätte es niemals für möglich gehalten, dass sie sich darauf freuen würde, an einem Montagmorgen zur Arbeit gehen zu können. Doch an jenem Sonntagnachmittag gab es Momente, in denen sie sich fragte, ob die Uhr stehen geblieben war, da sich die Stunden unglaublich quälend in die Länge zogen.

Es hatte sich etwas merklich verändert, seitdem Ross heimlich seine Sachen ins Gästezimmer geräumt hatte. Nicht einmal Katie hätte bemerkt, dass er dorthin umgezogen war, wenn sie nicht einen Korb mit Bügelwäsche zum Wegräumen ins Schlafzimmer hinaufgetragen hätte. Als sie seine Schublade mit der Unterwäsche aufzog, war sie leer, mit Ausnahme eines einsamen Seifenstücks. Die Seife hatte so lange dringelegen, dass der Body Shop mittlerweile die Verpackung geändert hatte.

Katie hielt den Atem an, öffnete die Tür des Kleiderschranks und sah, dass auch seine T-Shirts verschwunden waren. Ebenso die Bücher vom Nachttisch, sein i-Pod und die Gitarre, auf der er seit Jahren nicht mehr gespielt hatte. Alles Dinge, die sie zuvor gar nicht mehr wahrgenommen hatte.

Ihr Magen verkrampfte sich. Sie hatte es selbst so gewollt. Dies war die für die Kinder schmerzloseste Variante, und dennoch war das Gefühl der Zurückweisung noch größer, als wenn er einfach seine Sachen gepackt hätte und gegangen wäre. Er schottete sich von ihr ab, wie sie sich von ihm abgeschottet hatte. Bis zu diesem Augenblick hatte sie keine Ahnung gehabt, wie sehr dies alles Ross verletzt haben musste. Er weigerte sich immer noch, mit ihr zu reden. Jedes Mal, wenn sie ihn fragen wollte, wie es ihm ging, drehte er sich einfach weg.

Katie stellte den Wäschekorb ab und ließ sich auf das Bett fallen. Sie kämpfte mit den Tränen und wischte sich dann mit einem von Jacks weichen T-Shirts über die Augen. Das ist der schlimmste Teil, dachte sie. Gewöhn dich daran, es wird auch wieder vorbeigehen.

Vielleicht lag es nur an ihrer eigenen Paranoia, aber sie war sicher, dass die Kinder etwas merkten. Vielleicht verhielten sich Ross und sie jetzt einfach *zu* normal und waren sich *zu* einig in allen Dingen. Jack war quengelig und wollte sich einfach nicht für seinen gewohnten Sonntagnachmittagsschlaf hinlegen lassen. Außerdem kam es ihr so vor, als würde Hannah jeden ihrer Schritte beobachten. Ein- oder zweimal war Katie in die Küche gegangen, um Kaffee zu kochen. Jedes Mal, wenn sie sich umgedreht hatte, hatte Hannah in der Tür gestanden, halb drinnen, halb draußen.

»Geht es dir gut, Hannah? Möchtest du etwas trinken?«, fragte Katie sie, nachdem sich das Gleiche wieder abgespielt hatte.

Hannah kam zu ihr herübergetrippelt und drückte ganz fest ihre Hand.

»Mummy? Warum hat Daddy letzte Nacht in einem anderen Bett geschlafen?«

Woher wusste sie das bloß?, fragte sich Katie und geriet in Panik.

»Ähm, weil er schnarcht und Mummy deswegen nicht schlafen kann!«, erklärte sie fröhlich und nahm sich vor, Ross davon zu erzählen, damit sie den Kindern wenigstens die gleiche Notlüge auftischen konnten. »Deswegen habe ich ihn gebeten, im Gästezimmer weiterzuschnarchen.«

»Bist du denn nicht einsam ohne Daddy?«, fragte Hannah.

»Nein, Süße.« Katie strich Hannah die Haare aus der Stirn. »Du schläfst doch auch allein, oder?«

Hannah schien Zweifel zu haben. »Hast du uns denn nicht mehr lieb? Du wolltest doch auch nicht mit uns in die Center Parcs fahren.«

Katie versuchte zu ignorieren, dass Hannah sich selbst, Jack und Ross in einen Topf warf. Sie nahm Hannah auf den Arm und drückte sie ganz fest an sich, sodass sie das Gefühl hatte, dass ihr das Herz vor Liebe überging, als sich Hannah mit ihren Armen und Beinen wie Efeu an sie klammerte. »Ich liebe dich mehr als alles andere auf der Welt«, erklärte sie Hannah leidenschaftlich. »Manchmal müssen Mummys arbeiten gehen, aber das bedeutet nicht, dass ich nicht andauernd an dich und Jack denke!«

»Ich wünschte, du müsstest nicht arbeiten gehen, Mummy!«, erwiderte Hannah und klang dabei viel jünger, als sie es in letzter Zeit von ihr gewohnt waren.

»Ich weiß, Süße!«, antwortete Katie. »Das wünschte ich mir auch, aber Erwachsene müssen nun einmal arbeiten gehen.« Sie versuchte, sich einzureden, dass ihre Tochter wenigstens eine starke Frau als Vorbild zur Mutter hatte, doch die Antwort konnte Hannahs enttäuschtes Schweigen nicht mildern.

»Ich werde heute Abend nicht hier sein – nur, damit du's weißt«, erklärte Ross, als Katie am Montagmorgen zur Arbeit fahren wollte.

»Bitte?« Katie, die gerade Dokumente in die Tasche ihres Laptops stopfte, hielt inne.

»Von jetzt an nehme ich mir die Montagabende frei.« Ross überredete Jack, noch einen Löffel Haferbrei zu essen. Seine Wange war so weit wieder abgeschwollen, und nur die Wunde an der Lippe war immer noch zu sehen. Sie verlieh ihm ein leicht verwegenes Aussehen à la Jack Sparrow, den Katie allerdings seltsam attraktiv fand.

Obwohl sie es natürlich immer noch nicht guthieß, dass er und Greg sich geschlagen hatten.

»Außerdem möchte ich gern donnerstags freimachen. Den ganzen Tag lang. Jo hat gesagt, sie könnte Jack und Rowan donnerstags in der Kindertagesstätte bei ihr in der Nähe unterbringen, da sie selbst eine Fortbildung machen möchte. Sie überlegt, ob sie wieder in Teilzeit arbeiten gehen soll.«

»Tatsächlich?«, fragte Katie erstaunt. »Mir gegenüber hat sie gar nichts davon erwähnt.«

»Na ja, sie hat schon darüber nachgedacht, bevor Greg sie sitzen gelassen hat, und jetzt will sie ihre Idee auf jeden Fall verwirklichen. Wir haben darüber gesprochen, als wir in den Center Parcs waren. Um ehrlich zu sein, denke ich ebenfalls über eine Fortbildung nach, um mich wieder auf den Stand der Dinge bringen zu lassen, was zum Beispiel die neue Photoshop-Software angeht.«

»Ah ja? Das ist ja toll!« Katies Herz begann zu klopfen. War Jack wirklich schon so weit, dass man ihn in einer Kinderkrippe lassen konnte? Und wie viel würde das kosten?

Ross möchte wieder arbeiten gehen, erinnerte sie sich. Das ist doch genau das, was du wolltest. Konzentriere dich darauf.

Ross warf ihr einen skeptischen Blick zu. »Jetzt, da Jack alt genug ist, um in eine Kindertagesstätte zu gehen, ist es *die* Gelegenheit für mich, mein eigenes Leben wiederzubekommen.«

Katie konnte sich nicht zurückhalten. »Bist du sicher, dass Jack schon so weit ist?«

Ross starrte sie an. »Um dort einen Tag pro Woche hinzugehen? Ich denke schon, Katie. Es wird ihm ganz guttun, mit anderen Kleinkindern zusammen zu sein. Uns beiden ebenfalls, davon mal ganz abgesehen.« Seine Stimme wurde weicher, als Jack nach dem Breilöffel griff. »Es ist eine sehr schöne Tagesstätte. Jo hat sich alles vor Ort angesehen und ihre Verbindungen spielen lassen, um die beiden dort unterzubringen. Komm schon, Jack und Rowan sind Freunde. Sie kennen einander doch schon.«

»Natürlich, du hast ja recht.«

In ihrem Inneren regte sich etwas, als Katie sich vorstellte, wie Ross und Jo über ihre Pläne gesprochen hatten, aus der Tyrannei der Kindererziehung auszubrechen. Hatte ihr Jo nichts davon erzählt, weil sie befürchtete, sie würde es nicht verstehen?

»Das ist eine tolle Idee!«, lobte sie und bemühte sich, nicht zu gönnerhaft zu klingen. »Super!«

Auf dem Weg zur Arbeit hatte sie jedoch Mühe, die Bilder von Jo und Ross zu vergessen – die Bilder der beiden Überlebenden mit den gebrochenen Herzen, der Kindererzieher, die ein gemeinsames Schicksal ertrugen und deren Freundschaft scheinbar mit jedem Tag mehr Bedeutung gewann.

Du kannst es nicht ändern, ermahnte sich Katie. Wenn du ihn schon nicht von ganzem Herzen lieben kannst, dann solltest du ihn gehen lassen.

Aber auch das kann ich nicht, dachte sie unglücklich.

In ihrem Posteingang stapelte sich der gewohnte Papierkram, als sie im Büro den Mantel und die Tasche ablegte. Zudem befand sich auf dem Anrufbeantworter eine wütende Nachricht von Eddie, der wissen wollte, wo der Nachweis für das »Problem« mit der Memorial Hall blieb.

»Ich war gerade beim Amt für Denkmalschutz, aber dort gibt es keine Unterlagen über Anfragen bezüglich einer Aufnahme der Memorial Hall in die Denkmalliste.« Seine Stimme veränderte sich und klang nun nach falscher Besorgnis. »Sind Sie sicher, dass Sie sich um das richtige Gebäude gekümmert haben, Kate? Oder haben Sie mal wieder Ihre Tage? Klären

Sie die Angelegenheit, meine Liebe – ich will nicht, dass nachher noch irgendjemand denkt, mein Team könne eine Stadthalle nicht von einer Kathedrale unterscheiden.«

Wütend löschte Katie die Nachricht.

Warum verfolgte er dieses Thema mit einem derartigen persönlichen Interesse? Sogleich hatte sie die Antwort gefunden: Irgendwelche krummen Touren liefen da zwischen ihm und dem Bauträger.

Na ja, dieses Spiel können auch zwei spielen, dachte sie und suchte die Nummer ihrer Kontaktperson bei der English Heritage heraus, der nationalen Denkmalschutzbehörde.

Katie machte pünktlich Feierabend und fuhr auf dem Heimweg bei dem großen Spielzeugladen vorbei, wo sie ihr schlechtes Gewissen beruhigte, indem sie Spielzeug für die Kinder kaufte. Während des Einkaufs versuchte sie, jeden Gedanken an Greg zu verbannen.

Ross hatte sich schon umgezogen und ausgehfertig gemacht, als sie nach Hause kam. Weniger der gewohnte Anblick der Verwüstung im Haus als sein Aussehen ließen sie innehalten.

Er war beim Friseur gewesen, trug eine schicke Jeans sowie ein langärmeliges T-Shirt. Ganz offensichtlich hatte er sich für sein Aussehen ziemlich angestrengt. Für sie hatte er schon lange nicht mehr einen derartigen Aufwand betrieben, und diese Erkenntnis versetzte ihr einen richtigen Stich.

»Na, unternimmst du etwas Nettes?«, fragte sie sarkastisch, als Hannah lautstark ihre Geschenke einforderte. Katie fiel sofort auf, dass auch sie und Jack die Haare geschnitten bekommen hatten.

Eigentlich wollte ich mit Hannah das nächste Mal zum Friseur gehen, dachte sie enttäuscht. Sie verdrängte diesen Gedanken jedoch sofort wieder: Ab sofort wollte sie sich wirklich Mühe geben, nicht mehr zu meckern.

»Ich treffe mich nur mit ein paar Leuten«, erklärte Ross lässig. »Einige Eltern von Hannahs alter Spielgruppe treffen sich heute Abend«, fügte er dann hinzu, da er es nicht gewohnt war, ihr nichts zu erzählen.

»Die Spielgruppe aus der Memorial Hall?«, erkundigte sich Katie, wobei sie mit dem Kopf noch bei der Arbeit war.

»Ja.« Ross musterte sie. »Warum?«

»Vielleicht könntest du ihnen vorschlagen, ein paar Briefe an die nationale Denkmalschutzbehörde zu schicken, damit die Memorial Hall auf die Denkmalschutzliste gesetzt wird? Ich habe hier die Adresse. Es gibt nämlich Pläne, stattdessen dort einen großen Wohnblock hochzuziehen – aber wenn die Memorial Hall bis dahin auf die Denkmalschutzliste gesetzt worden ist …«

»Hörst du eigentlich auch einmal auf, über die Arbeit nachzudenken?«, fragte Ross. »Ich meine das wirklich ernst!«

»Dabei geht es doch gar nicht nur um die Arbeit!« Katie zog den Mantel aus. Wie sollte sie ihm denn sagen: »Wenn ich die Halle retten kann, kann ich vielleicht auch einen Weg finden, unsere Ehe zu retten?« Außerdem wollte sie lieber nicht fragen, warum er heute Abend vor all den jungen Müttern nicht über den Job *seiner Frau* reden wollte?

»Ich selbst kann nicht viel tun«, drängte sie weiter. »Da sind sehr viel Politik und Geld im Spiel. Wenn aber genügend Leute aus der Stadt, die die Memorial Hall nutzen, für Wirbel sorgen –«

»Ich werde es ansprechen«, erwiderte Ross knapp. »Ich habe kein Abendessen gemacht. Was ist denn, Hannah?«

Hannah klammerte sich an sein Bein und blickte ihn mit ihrem treuen Hundeblick an. »Wann kommst du denn zurück?«

»Später.«

»Wann später?«

»Nachdem du schon lange im Bett liegst, Madam!«

Ross warf Katie einen Blick zu, die daraufhin in die Hände klatschte. »Okay, Hannah – wer will … ein Eis haben?«

Hannah ließ den Blick zwischen ihnen beiden hin- und herwandern, langsam und bedächtig. Dann schob sie ihre Unterlippe vor. »Ich nicht!«, rief sie und lief weg.

Katie versuchte alles, um Hannah mit Hilfe der Muffin-Dose aufzuheitern, doch sie blieb den gesamten Montagabend lang schlecht gelaunt und versuchte, die Schlafenszeit mit jedem nur möglichen Trick so weit wie möglich hinauszuzögern. Hannah kam ganz eindeutig nach ihrer Mutter, dachte Katie grimmig.

Ross kehrte gegen halb elf nach Hause zurück, und wie aufs Stichwort kam Hannah die Treppe herunter und bestand darauf, von ihm wieder nach oben gebracht zu werden.

Katie wollte ihren Ohren kaum trauen. »Ja, Mummy hat dich lieb. Und ich habe Mummy lieb. Und Mummy hat mich lieb«, erklärte Ross, als er Hannah ins Bett verfrachtete. Immerhin klang er überzeugender als vielmehr sie selbst, das musste Katie ihm lassen.

Als Hannah am folgenden Morgen nicht um halb sieben aus dem Bett sprang, wie sie es für gewöhnlich immer tat, machte sich Katie auf den Weg zu ihr, um sie aufzuwecken. Katie hatte ein schlechtes Gewissen, da sie neben ihrer Sorge gleichzeitig auch einen Anflug von Erleichterung verspürte, als Hannah über Hals- und Bauchschmerzen jammerte.

»Es geht ihr nicht gut«, rief sie Ross zu, der in der Küche stand. »Das könnte auch der Grund sein, warum sie in den letzten Tagen so anhänglich war.«

»Vielleicht«, erwiderte Ross zurückhaltend.

Viel mehr sagte er nicht. Er hatte aufgehört, über Dinge zu reden, die nicht direkt die Kinder oder das Haus betrafen.

»Vielleicht hat sie sich etwas eingefangen, als ihr in den Center Parcs wart?«

»Es ist nur eine Erkältung«, erwiderte Ross. »Jo hat gestern Abend erzählt, dass Molly Schnupfen hat. Ich warte mal ab, wie es ihr nach dem Frühstück geht, und wenn es ihr dann immer noch schlecht geht, dann werde ich sie zu Hause behalten.« Während er die Wäsche sortierte, schaute er kurz zu ihr auf. Laut der neuen Hausarbeitsliste war er dafür zuständig, die Wäsche zu machen, während Katie sie bügeln musste.

Katie blieb an der Tür stehen. »Jo war gestern Abend auch dort? Wie geht es ihr?«

»Gut«, antwortete Ross. »Sie versucht, irgendwie damit klarzukommen. Sie steht immer noch unter Schock. Du kommst zu spät zur Arbeit.«

Ich sollte Jo besser anrufen, dachte Katie. Aber was könnte ich ihr schon sagen? Offenbar hatten Ross und sie nun ihren eigenen kleinen Club gegründet – und es erschien Katie unmöglich, mit Jo zu reden, ohne zu wissen, was Ross ihr erzählt hatte.

»Ich rufe sie später mal an«, erklärte sie, bevor sie erneut innehielt.

Doch Ross war an keinem weiteren Gespräch interessiert, sondern belud die Waschmaschine.

Schweigend drehte sich Katie um und verließ die Küche.

»Wo ist denn Ross diese Woche?«, erkundigte sich Bridget freundlich, als Katie und sie im Vorraum die Straßenschuhe gegen die Tanzschuhe tauschten.

»Oh, er passt auf die Kinder auf – Hannah hat sich eine Grippe eingefangen, die wohl gerade im Umlauf ist«, erwiderte Katie. Diese Ausrede hatte sie im Auto auf dem Weg hierher einstudiert. Tanzen war eigentlich das Letzte, wonach ihr heute Abend der Sinn stand. Andererseits war jedoch die Vorstellung geradezu unerträglich, den Abend zu Hause zu verbringen, wo die gegenseitigen Beschuldigungen noch wie Echos durch das Haus hallten.

Gleich nach ihrer Ankunft war sie von Bridget, Frank, Baxter und Chloe begrüßt worden, die ihr Haar von Trinas Nichte bei der Hair Academy hatte schneiden und färben lassen und nun von allen hören wollte, dass Schnitt und Farbe sie nicht wie einen Cockerspaniel aussehen ließen.

Bridget und Katie hatten beide gleichermaßen Mühe, nichts Falsches zu sagen. »Es sieht hübsch aus, so … so … temperamentvoll«, war das Beste, was Bridget einfiel.

»Sie hat sich Mühe gegeben«, erklärte Trina streitlustig. »Immerhin ist dein Haar auch nicht gerade das Einfachste, nicht wahr?«

»Was meinst du damit, Trina?«, fragte Chloe. »Willst du etwa sagen, mein Haar hätte sich *zur Wehr gesetzt?*«

Trotz ihrer getrübten Laune merkte Katie, wie sich ein wenig Wärme in ihrem starren, betäubten Inneren ausdehnte. Die Vertrautheit und das Lächeln der anderen zur Begrüßung taten gut und beruhigten. Katie hatte keine Ahnung, wie lange sie noch Lässigkeit vorgaukeln konnte. Doch die Vorstellung, von netten Leuten umgeben zu sein, ohne dabei selbst allzu viel reden oder nachdenken zu müssen, verlieh ihr das Gefühl, nicht ganz so einsam zu sein.

»Hannah ist krank?«, fragte Bridget plötzlich. »In der Schule geht gerade ein Virus um … Wenn eines der Kinder krank wird, stecken sich immer gleich alle anderen an.«

»Tatsächlich? Ich glaube, es ist nichts Ernstes, aber wir wollten sie nur ungern bei einem Babysitter lassen. Ross hat angeboten, bei ihr zu bleiben, deswegen …«

Katies Stimme verlor sich. Sie fragte sich, ob Bridget vielleicht mehr wusste als sie selbst.

Bridget tätschelte ihr beruhigend den Arm. »Machen Sie sich keine Sorgen. Es ist erstaunlich, wie schnell die Kleinen wieder gesund werden, wenn jemand sie in den Arm nimmt, ihnen vor dem Schlafengehen einen heißen Tee kocht und beim Einschlafen noch eine Geschichte vorliest. In ein, zwei

Tagen ist sie wieder auf dem Damm. Wie nett von Ross, dass er Ihnen ermöglich hat herzukommen.«

»Kommt Chris heute Abend nicht?«, fragte Katie schnell, um das Thema zu wechseln, während sie den Saal betraten. Lauren stampfte an ihnen vorbei und steuerte auf die uralten Toiletten zu, die sich am anderen Ende des Saals befanden. Katie fiel sofort auf, dass sie gar nicht ihre Brautschuhe aus weißem Satin trug.

Bridget wartete, bis die Toilettentür ins Schloss fiel und Lauren außer Hörweite war. Anschließend ließ sie prüfend den Blick durch den Saal schweifen, um zu sehen, wo sich Frank befand, doch dieser war mit Baxter in ein Gespräch über Rasenmäher vertieft. Bridget senkte die Stimme. »Sie haben sich wegen irgendeiner Sache gestritten, aber sie will mir nicht verraten, worüber. Sie behauptet, es sei nichts Ernstes, aber Sie wissen schon … Mütter haben eine Antenne für so etwas, nicht wahr?«

»Oh nein!« Katie tat es ehrlich leid. »Es liegt doch hoffentlich wohl nur am Hochzeitsstress, dass den beiden die Nerven durchgehen?«

Bridgets Blicke wanderten immer wieder zur Tür, da sie anscheinend Angst hatte, beim Flüstern erwischt zu werden – da sich das Gespräch nur um ein Thema drehen konnte. Die Sorge stand ihr deutlich ins Gesicht geschrieben. An ihrem traurigen Blick und den immerzu zuckenden Mundwinkeln konnte Katie erkennen, dass Bridget mit jeder Faser ihres Körpers an Lauren dachte und sie ihr am liebsten jeden Schmerz abgenommen hätte.

Sie ist wie eine Löwenmutter mit einem ausgewachsenen Jungen, dachte Katie: Sie will Lauren immer noch beschützen, obwohl diese sie mittlerweile bei Weitem überragt. Sie haben eine gesunde Mutter-Tochter-Beziehung. Dann musste Katie an Hannahs wilden, kämpferischen Blick denken und fühlte sich nutzlos.

»Ich denke, dass das alles ein wenig viel für sie ist: das Haus, die Hochzeitsvorbereitungen und alles andere«, versuchte Bridget zu erklären. »Das wird es sein. Sie ist erst zweiundzwanzig, das darf man nicht vergessen. Eigentlich ist sie immer noch ein Baby.« Sie seufzte. »Oje.«

»Ist alles in Ordnung?«, erkundigte sich Frank, der sich zu Bridget gesellte und einen Arm um seine Frau legte.

Bridget fand ihr Lächeln wieder. »Ja, natürlich! Alles in bester Ordnung!«

»Prima!«, erwiderte Frank und zwinkerte Katie zu. »Chris und Ross kommen also nicht? Das heißt ja, dass ich heute Abend zwei fesche junge Damen ganz für mich allein habe!«

»Das stimmt wohl«, erklärte Katie und lächelte Bridget schief an. »So kann man es auch sehen.«

Eigentlich hatte Lauren heute Abend gar nicht zum Tanzkurs gehen wollen, doch ihr Dad hatte sie gefragt, ob sie mitfahren würde, und sie hatte es einfach nicht übers Herz gebracht, nein zu sagen.

Sie hatte gerade drei Tage in der Praxis hinter sich, in denen Sue sie mit Fragen gelöchert hatte, ob es sich für die Tochter ihrer Cousine lohnen würde, eine professionelle Hochzeitstorte zu kaufen. Obendrein hatte die nervige Kathleen andauernd Bemerkungen darüber gemacht, ob der Vikar wohl eine Trittleiter brauchen würde, wenn er Chris und Lauren traute. Als sei sie nun die Hochzeitsexpertin schlechthin!

Chris hatte nicht angerufen. Sie hatte sich aber auch nicht bei ihm gemeldet. Oder ihm eine SMS geschickt. Lauren konnte den Gedanken daran kaum ertragen, was Kian Chris wohl geraten haben mochte oder was sie gemeinsam unternahmen. Lauren wusste nicht einmal, ob Chris Irene irgendetwas erzählt hatte. Wahrscheinlich nicht, da Irene sie bisher zweimal angerufen hatte, um zu fragen, ob sie sich vorstellen könne, die junge Tochter des Friseurs als Blumenkind zu engagieren. Lauren wusste nicht einmal, ob dies im Austausch gegen einmal Haarewaschen und die Hochzeitshochsteckfrisur geschehen sollte – dieser Gedanke wäre ihr nie im Leben durch den Kopf gegangen, wenn sie nicht von den Kreditkartenabrechnungen ihrer Mutter gewusst hätte.

Als ob die Frage, ob die Hochzeit nun überhaupt stattfand, nicht allein schon genügte, hatte auch die Mittagspause, die sie im Internet verbracht hatte, nicht gerade zu ihrer Beruhigung beitragen können. Ganz im Gegenteil – die Horrorgeschichten, die sie dort über ältere Leute gelesen hatte, die ihre Häuser verloren und nie wieder eine Kreditkarte bekamen, hatten sogar alles noch viel schlimmer gemacht.

Am schlimmsten war jedoch, dass sie nicht wie gewohnt zu ihrer Mutter gehen und ihr das Herz ausschütten konnte. Lauren fiel keine Gelegenheit ein, bei der sie nicht mit ihren Problemen hatte nach Hause gehen können, um dort Bridget alles unter Tränen zu erzählen. Stattdessen kämpfte sie mit sich, um mit ihren Problemen nicht noch mehr zu Bridgets Sorgen beizutragen – die ohnehin auf ihr Konto gingen.

Insgesamt war alles so schlimm, dass sie sich kaum auf ihre Schritte konzentrieren konnte und schon während der ersten Takte des Social Foxtrotts ihrem Vater gleich zweimal auf die Füße trat.

»Für deine Hochzeit würde ich dir das nicht empfehlen, Lauren«, scherzte Frank, während sie versuchten, zu einem sehr alten Song zu tanzen, den Lauren nicht kannte. »Andernfalls werde ich genauso heulen wie deine Mum!«

»Tut mir leid«, murmelte Lauren. Na toll, jetzt konnte sie nicht einmal mehr tanzen. Und sie würde weder ihr umwerfendes Kleid noch den ersten Tanz bekommen, sondern wieder nur Lauren sein, der schlaksige Tollpatsch, der überall dagegenrannte.

Eine einzelne Träne lief ihr über die Wange.

»Halt die Füße beisammen, Lauren!«, rief Angelica aus der anderen Ecke des Saals. »Sonst fällt Frank noch über sie!«

»Was ist denn los, Liebes?«, fragte ihr Vater so gütig und tröstend, dass Lauren das Gefühl hatte, wieder sieben Jahre alt zu sein.

»Nichts«, murmelte sie.

»Das glaube ich nicht«, erwiderte Frank sanft und zog sie näher an sich heran, sodass Laurens Kopf an seiner Schulter ruhte. »Dein alter Dad weiß doch sofort, wenn etwas nicht stimmt.«

Lauren kämpfte mit den Tränen, doch Frank schien es darauf abgesehen zu haben, sie zum Weinen zu bringen.

»Mir ist nicht entgangen, dass du die letzten Tage mit einer Trauermiene herumgelaufen bist«, fuhr er mit dem gleichen wohlwollenden Tonfall fort. »Wenn du zweifelst, ob du Christopher heiraten sollst, dann musst du es bloß sagen. Du brauchst keine Angst zu haben, dass Mum und ich sauer sein könnten – wir wollen doch nur, dass du glücklich bist, Liebes! Du wirst eine sehr lange Zeit verheiratet sein, und wenn du nicht hundertprozentig sicher bist, dass … Na ja, das wäre Chris gegenüber nicht besonders fair, oder?«

Lauren konnte nichts sagen. Es war so typisch für ihren Dad, dass er annahm, dass *sie* und nicht Chris diejenige war, die Zweifel hatte. In seinen Augen konnte Chris sich überglücklich schätzen, Lauren zu heiraten.

»Und wenn, dann wäre es besser, jetzt etwas zu sagen, als dann, wenn schon alle Einladungen verschickt sind, nicht wahr? Gib ihm die Chance, das Gesicht zu wahren. Du musst ehrlich sein …« Er umrundete mit ihr die Saalecke mit derart kleinen Schritten, dass Baxter und eine überrascht aussehende Katie an ihnen vorbeiflogen. »Deine Mutter und ich sind immer ehrlich zueinander gewesen, gleich vom ersten Tag an. Wir hatten nie Geheimnisse voreinander.«

Wenn Dad wüsste, dachte Lauren verzweifelt, dass Mum

zum ersten Mal in ihrem Leben ein *großes* Geheimnis vor ihm hat. Und alles nur meinetwegen!

»Ich bin ein alter Romantiker«, gestand Frank und ließ sich von der gefühlvollen Musik mitreißen. »Wenn du heiraten willst, dann sollte es mit dem Gedanken geschehen: ›Das werde ich nur einmal im Leben tun.‹ Du musst absolut sicher sein, dass Chris der Mann ist, den du für den Rest deines Lebens an deiner Seite haben willst. Ihr geht gemeinsam euren Weg, selbst wenn dieser Weg einmal steinig werden sollte und du es leid bist. Wenn einer von euch krank werden sollte oder ihr Kinder bekommt und das Geld knapp wird. Ich weiß, dass du daran vielleicht nicht denkst, wenn du dir dein Kleid und den Blumenschmuck aussuchst, aber dies alles bedeutet, sich an einen anderen Menschen zu binden.«

Das klingt ziemlich gut, dachte Frank insgeheim und nahm sich vor, dies zu seiner Rede als Vater der Braut hinzuzufügen.

»Die Hochzeit ist nur ein Tag, aber man muss auch daran denken, was danach kommt. Nämlich der Rest eures Lebens. Darum war ich immer überzeugt, der glücklichste Mann der Welt zu sein, weil ich mit deiner Mutter verheiratet bin. Wenn ihr zwei in vierzig Jahren noch genauso glücklich seid wie wir …«

Lauren schluckte schwer. In vierzig Jahren? Plötzlich begriff sie, was Chris gemeint hatte. Den Rest ihres Lebens nämlich. Und dass sie sich jetzt schon Gedanken darum machen musste.

Sie stieß einen lauten, herzergreifenden Schluchzer aus. Erschrocken hielt Frank inne.

»Lauren?«, fragte er erstaunt und musterte sie von oben bis unten. »Lauren, Liebes, was habe ich denn Schlimmes gesagt?«

»Es liegt nicht daran, was du gesagt hast!«, schluchzte sie, als Frank sie fest in die Arme nahm.

Ich will noch nicht verheiratet sein! Lauren konnte an nichts anderes denken. Ich bin noch nicht bereit dazu, für den Rest meines Lebens verheiratet zu sein.

»Lauren?« Bridget kam herübergeeilt und starrte Lauren besorgt an. Sie strich ihr die Haare aus dem Gesicht, damit sie ihrer Tochter in die Augen sehen konnte. »Was ist denn los, Süße?«

»Es tut mir so leid, Mum!«, weinte Lauren. »Es tut mir so leid!«

»Was tut dir leid?«, fragte Frank verwirrt. »Ich habe keine Ahnung, was ich gesagt habe! Vor ein paar Minuten war alles noch okay, nicht wahr?« Er verzog besorgt das Gesicht. »Nicht wahr, Lauren?«

»Ist alles in Ordnung?«

Angelica hielt die CD an, sodass Laurens Schluchzer durch die geschnitzten Eichenbalken des Saaldaches hallten. Chloe und Katie kamen ebenfalls herüber, strichen Lauren über den Rücken und boten ihr Taschentücher an. Peggy, Baxter und Trina blieben unruhig in der Nähe stehen und wussten nicht recht, was sie tun sollten. Doch sie schauten gleichermaßen mitfühlend zu Lauren hinüber.

»Mir geht's gut!«, hickste Lauren wenig überzeugend.

Bridget und Frank warfen einander besorgte Blicke zu, doch es war Angelica, die die Sache zügig in die Hand nahm.

»Bridget, warum bringst du nicht Lauren in den Vorraum und hilfst ihr, sich zu beruhigen? Hmmm? Das wäre sicherlich das Beste, nicht wahr?« Sie legte ihren Arm um Lauren und führte sie nach draußen. Bridget folgte ihnen. Ihre Absätze hallten auf dem glänzenden Parkett und wurden immer wieder von keuchenden Schluchzern unterbrochen.

»Was ist mit ihr?«, flüsterte Chloe Katie zu, die jedoch nur mit den Schultern zuckte.

»Geht es ihr gut?«, fragte Trina mit dem gewohnten lauten Getöse. »Ist sie etwa schwanger?«

»Nein!«, riefen Katie und Chloe unisono, obwohl beide absolut keine Ahnung hatten.

Angelica kam mit einem strahlenden Tänzerlächeln zurück. Es konnte jedoch nicht die Sorge in ihren Augen überspielen.

»Okay!«, erklärte sie fröhlich. »Lassen Sie uns weitermachen. Sollen wir dieses Mal einen Promenadenschritt in den Social Foxtrott einbauen? Ich weiß, dass Sie sich alle noch an den Promenadenschritt erinnern! Baxter, wenn Sie vielleicht dieses Mal mit Chloe tanzen könnten? Wer hat eben mit Bridget getanzt?«

Die Musik hob an, und der Tanz begann wieder, als sei nichts passiert.

Draußen im Vorraum saß Lauren auf einer Bank nahe der Gedenktafel mit den Namen der Bürger Longhamptons, die im Zweiten Weltkrieg gefallen waren. Bridget legte den Arm um ihre Tochter und schickte Frank umgehend in den Saal zurück.

»Jetzt sind wir zwei allein, Lauren«, tröstete Bridget, und schon kannten die Tränenfluten kein Halten mehr.

»Ich weiß nicht, was ich tun soll«, stammelte Lauren schließlich zum fünften Mal.

Bridget küsste Laurens Haar. »Das hat aber jetzt nichts damit zu tun, was ich dir über die Hochzeitskosten erzählt habe, oder?«

Lauren schüttelte den Kopf. »Nein, ich verspreche es. Es ist wegen … Ich weiß es einfach nicht. Aber dann denke ich wiederum, dass ihr beide auch in unserem Alter wart und alles richtig gemacht habt, deswegen sollte ich wissen, dass …«

»Lauren«, unterbrach sie Bridget sanft. »Ich werde dir jetzt etwas erzählen, was ich zuvor noch nie irgendjemandem erzählt habe. Und dir erzähle ich es nur, weil ich nicht möchte, dass du meinst, unter Druck *irgendetwas* tun zu müssen, wozu du noch nicht bereit bist.«

Lauren hob den Kopf und merkte, dass es ihrer Mutter nicht leichtfiel, so ehrlich zu sein. Laurens Mut sank. Sie war sich nicht sicher, ob sie überhaupt schon die Wahrheit über die Kreditkarten verkraftet hatte.

Im Saal hatte Angelica den Kurs zu einem lebhaften Cha-Cha-Cha angetrieben, der laut genug war, um eventuelle Schluchzer zu übertönen. Die lateinamerikanischen Rhythmen drangen durch die Glastüren und wurden nur von Angelicas lautstarken Anweisungen übertönt.

»Bewegen Sie Ihre Hüften, Trina!«, brüllte sie. »Ihre Hüften! Und was ist mit den Knien? Die bewegen sich kein bisschen! Sie sind eindeutig zu jung für künstliche Kniegelenke!«

»Dein Dad und ich wären an meinem einundzwanzigsten Geburtstag beinahe miteinander durchgebrannt«, fing Bridget an. »Wir hatten alles monatelang geplant; Frank hatte den Ring gekauft und die nötigen Dokumente besorgt. Wir wollten mit dem Bus nach Gretna Green fahren, um dort zu heiraten. Ich hatte mir dafür sogar extra ein weißes Minikleid mit passenden weißen Stiefeln gekauft. Alles war *total* romantisch und geheim, weil dein Großvater nicht sonderlich viel von deinem Vater hielt, weißt du? Seiner Meinung nach hatte Frank zu lange Haare und war außerdem Kriegsdienstverweigerer. Väter ändern sich nie, nicht wahr?«

Lauren nickte.

Bridget seufzte. »Jedenfalls weiß ich nicht mehr, warum wir es uns in den Kopf gesetzt hatten, unbedingt heiraten zu müssen. Aber damals konnte man nicht so einfach zusammenleben, wie man es heute gewohnt ist. Und ganz besonders nicht in kleinen Städten wie dieser hier. Als der Tag allmählich näher rückte, legten wir uns eine clevere Ausrede zurecht, wohin wir fahren würden. Aber einen Tag vor meinem Geburtstag wurde ich wach und dachte: Nein. Ich kann jetzt noch nicht heiraten. Ich habe Paul McCartney noch nicht getroffen.«

»Wie bitte?« Lauren, die bisher unverwandt ihre Füße angestarrt hatte, hob den Blick und schaute ihre Mutter verwundert an. »Die Chance, in Longhampton auf Paul McCartney zu treffen, war doch recht gering, oder?«

»Nein, ich meinte damit ja auch nur, dass ich noch nie in London gewesen war.« Bridget riss die Augen auf, als ob die Frage doch klar wäre. »Paul war der einzige Beatle, der noch nicht verheiratet war. Ich hatte bis dahin nicht einmal die Chance gehabt, nach London zu gehen, ihn per Zufall in einem Pub in St. John's Wood anzutreffen und vollkommen vom Hocker gerissen zu werden. Wenn ich deinen Vater geheiratet hätte, wäre diese Möglichkeit nie wahr geworden. Okay, die Chancen standen denkbar schlecht, dass ich jemals Paul über den Weg laufen und er mir verzeihen würde, ein taubes Ohr zu haben. Aber dennoch wollte und konnte ich es nicht vollkommen ausschließen. Ich hatte aber eine Heidenangst, deinen Vater damit zu verletzen. Ich wollte es ihm nicht sagen, aber tief in meinem Inneren wusste ich, dass ich ihn nicht heiraten konnte. Noch nicht jedenfalls.«

Du lieber Himmel, dachte Lauren. Diese Woche lerne ich Mum von einer völlig neuen Seite kennen. Paul McCartney! Ausgerechnet er! Seitdem ich auf der Welt bin, ist sie nicht ein einziges Mal nach London gefahren, also scheint es keinen großen Unterschied gemacht zu haben.

»Wie hast du es ihm schließlich gesagt?«, erkundigte sich Lauren neugierig.

»Na ja«, seufzte Bridget und stützte die Hände auf den Knien ab. »Ich musste gar nichts tun. Ich bin vor Sorge und Stress so krank geworden, dass der Arzt kommen musste. Der hat mir drei Tage Bettruhe ohne Besuch verordnet. Dein Vater kam dann, um mich abzuholen. Wir hatten sogar einen geheimen Code dafür vereinbart und alles wie in einem

James-Bond-Film geplant, aber meine Mutter hat ihm dann mitgeteilt, dass ich schwache Nerven hätte und er am Wochenende wiederkommen sollte.«

»Und? Ist er wiedergekommen?«

»Oh, ja! Aber wir haben nie wieder darüber gesprochen, zusammen durchzubrennen. Ich vermutete, dass er mittlerweile genauso dachte wie ich. Er hat nie wieder ein Wort darüber verloren. Es war vor allem der Plan selbst, den ich so wunderbar fand. Wir hatten ein Geheimnis, das nur wir beide kannten.« Bridget seufzte wieder. »Wir waren damals zwar vollkommen arglos und unschuldig, dafür aber umso glücklicher!«

»Und was war mit der Hochzeit?«, drängte Lauren. »Wolltest du Dad denn noch heiraten?«

»Natürlich! Na ja, ehrlich gesagt mussten wir heiraten, als ich merkte, dass Billy unterwegs war. Aber es war schon komisch: Sobald ich wusste, dass ich schwanger war, habe ich keinen einzigen Gedanken mehr an Paul McCartney verschwendet!« Bridget hielt Laurens Hand und schaute ihr in die Augen. »Das versuche ich dir gerade zu erzählen. Ich wusste damals einfach, dass dein Dad der richtige Mann für mich war – für immer. Aber das wusste ich nur, weil ich bereit dafür war. Unsere Hochzeit war weit entfernt von den romantischen Plänen, die wir geschmiedet hatten. Ehrlich gesagt haben wir sogar alles innerhalb einer Woche auf die Beine gestellt. Als Billy dann Gott sei Dank gute vierzehn Tage später zur Welt kam als ursprünglich gedacht, sah alles gar nicht so schlecht und gedrängt aus.«

»Oh, ist *das* also der Grund, warum Grandma auf den Fotos ein so verkniffenes Gesicht macht?«, fragte Lauren, als der Groschen schließlich fiel. »Es ging gar nicht um dein Hochzeitskleid!«

Bridget nickte, doch plötzlich verschwand ihr schelmisches Lächeln, und sie wurde wieder ernst. »Dein Vater weiß davon nichts. Ich glaube auch nicht, dass er es wissen möchte. Aber du hast begriffen, was ich dir damit sagen will?«

»Wenn ein Teil von mir immer noch Justin Timberlake ehelichen will, sollte ich Chris jetzt besser noch nicht heiraten?«

»Ich bin mir nicht sicher, wer genau Justin Timberlake ist, aber ja, das ist die Quintessenz.« Bridget tätschelte Laurens Hand. »Und wie sich herausstellte, habe ich auf jeden Fall den Besseren von beiden erwischt. Bisher musste dein Vater seine Haare noch nicht färben, oder?«

Lauren musste lachen. Dann biss sie sich auf die Lippe und schaute ihre Mutter sorgenvoll an. »Aber was ist mit dem ganzen Geld?«

»Ich habe dir gesagt, dass wir uns später darum kümmern. Du bist jetzt das Wichtigste. Dein Glück. Ich glaube, dass ihr, du und Chris, euch einmal richtig unterhalten solltet. Dabei sollte es weder um die Hochzeit noch um das Haus gehen, sondern allein darum, was ihr beide *fühlt*.« Als sie Laurens Hand drückte, spürte sie, wie schmal und dünn Laurens Finger waren. »Seid ehrlich zueinander. Das ist das Einzige, was letztlich zählt.«

»Ich weiß«, erwiderte Lauren, stand auf und geriet ins Straucheln wie eine neugeborene Giraffe. »Ich werde ihn gleich anrufen. Ich denke, mit der Hochzeit können wir uns noch ein wenig Zeit lassen.«

Sie hielten einen Moment inne und genossen die Zärtlichkeit, die sie beide umgab. Bridgets Herz machte einen Satz, als sie sah, wie sehr Lauren Frank glich: Sie hatte nicht nur seine spitze Nase, sondern auch seine Güte und die gleiche beruhigende Zuverlässigkeit geerbt. Zwar himmelte Bridget Billy und Dave an, doch Lauren war immer noch ihr kleines Mädchen. Ich hätte alle vier Beatles für meine schöne Tochter hergegeben, dachte sie mit leidenschaftlichem Stolz.

Nebenan forderte Angelica gerade alle dazu auf, den Tanzpartner zu tauschen und ein gewisses Rhythmusgefühl zu entwickeln. Anderenfalls würde sie herumgehen und höchstpersönlich allen die Knie beugen.

»Zum Hochzeitstanz wird es gar nicht kommen«, erklärte Lauren plötzlich leise. »Das heißt, wenn Chris und ich alles absagen. *Falls* es so weit kommt.«

»Stattdessen tanzt du einfach beim Tanzabend!«, schlug Bridget vor und bemühte sich, fröhlicher zu klingen, als Laurens niedergeschlagenes Gesicht sie stimmte. »Mit deinem Dad und allen jungen Herren, die Schlange stehen werden, um mit dir zu tanzen! Außerdem musst du zugeben, dass Chris schon noch ein wenig Nachhilfe braucht, bevor er sich mit seinen ›Tanzkünsten‹ in die Öffentlichkeit wagen kann …«

Lauren brachte ein Lächeln zustande. »Darin könntest du recht haben.« Sie beugte sich vor und umarmte ihre Mutter. »Vielen Dank«, erklärte sie mit gedämpfter Stimme. »Ich habe dich lieb. Dich und Dad.«

»Ich weiß«, antwortete Bridget. »Wir haben dich auch lieb.«

Lauren richtete sich wieder auf und straffte die Schultern. »Na dann«, sagte sie, lächelte schief zum Abschied und ging zur schweren Eingangstür hinüber.

Bridget sah ihr nach und schickte ein Stoßgebet zu jeder hilfreichen Gottheit, die für heikle Beziehungen zuständig war, dass Lauren die richtigen Worte finden würde. Oder, falls sie dies nicht schaffen sollte, dass ihr durch Gottes Hilfe das furchtbare Gespräch erspart bleiben würde, so wie es bei Frank und ihr der Fall gewesen war.

Dann erhob sie sich mühsam von der Bank (wann bin ich bloß so alt geworden, dass ich meine Knochen so spüre?, fragte sie sich) und ging wieder in den Saal zurück, wo sie ihren Ehemann antraf, den sie immer noch genauso sehr liebte wie am ersten Tag.

Es war ihr nicht schwergefallen, Lauren zur Ehrlichkeit zu raten, aber sie dachte mit Unbehagen an die Dinge, die sie abends Frank beichten musste.

31

Nachdem Lauren gegangen war, wollte der Tanzkurs nicht mehr recht in Schwung kommen. Frank und Bridget tanzten so eng, dass für jeden ersichtlich war, dass sie in ein Gespräch vertieft waren, bei dem sie lieber keine Zuhörer haben wollten. Währenddessen taten alle anderen so, als seien sie keineswegs neugierig, worum es bei diesem Gespräch ging. Als erfahrene, professionelle Tänzerin hielt Angelica ihr strahlendes Lächeln und die freudige Begeisterung aufrecht, obwohl selbst sie ein wenig abgelenkt zu sein schien. Bei ihrer Definition des *Fleckerls* beim Wiener Walzer musste Baxter sie sogar einmal korrigieren.

Schließlich beendete Angelica den Kurs etwas früher. Sofort eilte Katie zu Bridget hinüber.

»Ist alles in Ordnung?«, fragte sie. Normalerweise mischte sie sich zwar nicht in die Angelegenheiten anderer Leute ein, aber Bridget hatte einen sonderbaren Ausdruck in den Augen, der Katie Sorgen machte.

»Oh, ich denke schon …« Bridget schulterte ihre Handtasche wie ein Soldat und lächelte schwach.

»Wenn ich etwas tun kann …« Katie wusste, dass sie keine große Hilfe sein konnte, aber Bridget schien sich über das Angebot dennoch zu freuen. Ihre Blicke wurden wieder lebhafter, als sie das Thema wechselte und sich an diese Ablenkung klammerte.

»Ich habe Ihrem Chef im Stadtplanungsamt wegen der

Memorial Hall einen Brief geschrieben. Außerdem habe ich vorgeschlagen, das Gebäude in der Schule zum Thema eines Geschichtsprojektes zu machen – darüber könnte man einen hübschen Artikel für den Lokalteil der Zeitung schreiben, nicht wahr?«

»Wie raffiniert!«, lobte Katie. »Aber offenbar haben Sie gerade andere Sorgen, als sich um –«

»Ich kümmere mich sehr gern darum«, widersprach ihr Bridget. »Das können Sie mir glauben.«

Dann kam Frank von der Toilette zurück, und Katie beobachtete, wie Bridget zu einer neuen Entschlossenheit fand, als sie sich von ihr verabschiedete.

Als Katie im Vorraum ihre Tanzschuhe auszog, hörte sie Angelicas Absätze, die sich ihr näherten.

»Katie, sind Sie in Eile?« Angelicas rote hochhackige Tanzschuhe waren einen Schritt von Katie entfernt zum Stehen gekommen.

Sie richtete sich auf. »Ich muss zu Hannah zurück«, erklärte Katie und kam sich ein wenig verlogen vor. »Ihr geht es nicht besonders gut.«

»Ach ja, natürlich. Ähm, ich würde gern einmal kurz mit Ihnen reden. Es geht auch schnell«, fuhr Angelica fort und ließ den Blick durch den Vorraum schweifen, wo die restlichen Kursteilnehmer langsam ihre Sachen zusammenpackten, um sich dann hinaus in den kalten Abend auf den Heimweg zu machen. »Vielleicht können wir noch einen Moment warten, bis …«

Oh Gott, dachte Katie. Ihr Mut sank. Sie will bestimmt wissen, was mit Ross ist und was wir bei dieser Tanzvorführung tanzen wollen. Alle anderen hatten sich schon Musik ausgesucht – alle außer ihnen. Und Greg und Jo natürlich.

»Gute Nacht, alle zusammen!«, rief Baxter. »Einen wunderschönen Abend! Katie, Ihre Fußarbeit macht langsam Fortschritte!«

»Vielen Dank.« Katie sprach eine Idee zu laut. »Nacht zusammen!«

Angelica beobachtete alles und lächelte, als Baxter Peggy in ihren Mantel half. Dann drehte sie sich um und ging zu einem Stuhl, wo sie Tasche und Jacke ablegte.

Katie beobachtete Angelicas Gang und war fasziniert von ihrer Anmut. Jeder Schritt glich einem Tänzeln, dachte sie und bewunderte Angelicas geschwungene Waden. Alles an ihr war perfekt, und sie gehörte definitiv zu der Sorte Frauen, denen man ihre Weiblichkeit schon aus der Ferne ansehen konnte.

»Ich hoffe, Sie nehmen es mir nicht übel«, erklärte Angelica und kehrte mit einer großen Papiertüte in der Hand wieder zurück. »Aber ich habe Ross und Sie beim Tanzen beobachtet. Ich habe hier etwas, was ich Ihnen gerne geben würde.« Sie überreichte Katie die Tüte. »Ich miste gerade ein wenig aus«, fügte sie erklärend hinzu. »Alles muss raus.«

Die Tüte stammte von Fenwicks aus London und war weitaus schwerer, als Katie erwartet hätte.

Vorsichtig warf sie einen Blick hinein. Darin entdeckte sie einen dunklen Stoff, der mit einem erdbeerroten Futter gesäumt und über und über mit funkelnden schwarzen Pailletten besetzt war.

»Angelica, es ist …«

»Ich denke, wir sind bis auf ein oder zwei Zentimeter etwa gleich groß. Es ist eines meiner alten Turnierkleider – vielleicht ist es zum Üben ein wenig zu kunstvoll, aber Sie werden niemals verstehen, was *Tanzen* bedeutet, wenn Sie nicht wenigstens ein bisschen die Femme fatale unter diesen langweiligen Bürokostümen hervorscheinen lassen. Da ich Sie nicht dazu zwingen kann, in ein Geschäft zu gehen und ein Kleid zu kaufen, das Ihre Beine zur Geltung bringt, dachte ich, dass dieses Kleid hier Ihnen vielleicht dabei helfen könnte, Ihre innere Drama-Queen zu finden.«

Wohl eher die innere *Dragqueen*, dachte Katie insgeheim.

Angelica hielt inne, als Katie nicht antwortete, und fuhr in einem milderen Ton fort. »Sie dürfen mich nicht falsch verstehen. Sie müssen die Drama-Queen nur auf der Tanzfläche herauslassen, wenn Sie möchten. Am Ende des Abends können Sie sie dann ja wieder einpacken. Aber vielleicht würde Ross ein wenig weiblicher Zauber gefallen, wenn Sie miteinander tanzen? Männer sind nicht so subtil und feinsinnig wie wir. Gelegentlich mögen sie es auch einmal ein wenig deutlicher. Geben Sie ihm das Gefühl, mit seiner hübschen Ehefrau zu tanzen und nicht etwa mit der Filialleiterin seiner Bank.«

Katie schwieg. Stattdessen hielt sie das Kleid an den mit Pailletten besetzten Trägern fest und zog es aus der Tüte, sodass der Zipfelsaum bis zum Boden reichte.

Angelica hatte recht; durch den schrägen Schnitt sah das Kleid aus, als würde es perfekt über ihre Kurven passen, obwohl es von Hand gefertigt zu sein schien und kein Größenetikett besaß. Es war viel zu theatralisch, um es auf der Straße tragen zu können, doch Katie konnte sich gut vorstellen, welche Wirkung es etwa beim Tanzabend unter dem Spiegelball entfalten könnte. Es war ein Kleid, das mit einem tanzte und alle dazu brachte, sich nach der Tänzerin und dem Tänzer umzudrehen, der seine Partnerin stolz über das Parkett führte.

»Es ist wunderschön, Angelica. Aber das bin nicht ich«, versuchte sie mit zitternder Stimme zu erklären. Sie war den Tränen nahe.

»Stimmt, es ist ziemlich schön«, pflichtete ihr Angelica nach einer kurzen Pause bei. »Aber nicht so schön, dass Sie deswegen weinen müssen.«

Katie ließ das Kleid in ihren Schoß sinken und blinzelte.

Komm schon, Katie, ermahnte sie sich. Du darfst Angelica nicht zeigen, wie aufgewühlt du bist!

Doch plötzlich kam alles hoch, all der Schmerz und die

Verzweiflung, die sie in der letzten Woche erfahren und hinuntergeschluckt hatte, damit die Kinder und das Büroteam nichts merkten. Sie hatte niemanden mehr, mit dem sie reden konnte – keinen Ross mehr, keine Jo, niemanden.

»Es ist zu spät. Zu spät, um meine innere Tänzerin zu finden, falls es sie denn überhaupt gibt. Ross und ich werden nicht mehr kommen.« Sie schluckte schwer und hatte Mühe, sich unter Kontrolle zu halten. »Er ist … Wir sind nicht mehr …«

»Sie wollen die Tanzvorführung nicht abwarten?« Angelicas schmale Augenbrauen schossen in die Höhe. »Aber Sie sind doch meine besten Schüler!«

Katie verzog das Gesicht. Diese Vorstellung war so abwegig, dass sie am liebsten laut gelacht hätte. Dennoch bedauerte es ein Teil von ihr sehr, dass sie diesen ruhmreichen Augenblick des Kurses verpassen würde. Ein größerer Teil jedoch erkannte mit einem Mal, wie viel Zeit ihres Lebens sie genau damit verschwendet hatte, immer die Beste sein zu müssen; stets hatte sie sich für andere verbogen. »Nein, wir werden uns trennen.«

»Oh mein Gott, das klingt gar nicht gut.« Angelica verschränkte die Arme, bevor sie sie schließlich gen Himmel streckte. »Was ist bloß mit dieser Klasse los? Was mache ich falsch?«

»Wir haben es versucht. Wir haben es wirklich versucht, aber nun ist es vorbei.«

»Sind Sie sicher?« Angelica musterte Katie. Der Eyeliner ließ ihre ohnehin schmalen Augen noch katzenhafter aussehen. »Ich frage nur, weil ich eigentlich einen anderen Eindruck gewonnen hatte.«

Katie hob den Blick. »Angelica. Wir sind nur im Kurs, weil das ein Teil unserer Paartherapie war. Wir gehen seit ein paar Monaten zur Eheberatung.« Sie schluckte schwer. »Aber ich habe ein paar Dinge gesagt, die ich nicht mehr zurücknehmen kann. Wir teilen uns noch das Haus, mehr aber auch nicht. Ross zieht sich vollkommen von mir zurück. Und …«

Katie schloss die Augen und hörte, wie ihr die schlimmste Befürchtung von allen über die Lippen kam.

»Außerdem glaube ich, dass er sich in eine andere Frau verliebt hat. In eine, die besser zu ihm passt als ich. Ich habe keine Ahnung, wie es nun weitergeht.«

Das war's, dachte sie. Jetzt habe ich es gesagt. Irgendwie fühlte sie sich ein wenig erleichtert.

Angelica atmete ein paar Mal tief und bedächtig ein, musterte Katie von Kopf bis Fuß und neigte den Kopf zur Seite wie ein exotischer Vogel.

»Darf ich Ihnen einen Rat geben?«

Katie nickte.

»Ich habe Hunderte Paare tanzen sehen. Anfänger, Amateure, professionelle Tänzer, alle. Ich sehe, wie sie mit anderen Menschen tanzen, und manchmal sehe ich, wie Leidenschaft entflammt, wo keine sein sollte.« Angelica beugte sich vor, damit Katie ihr in die Augen sah.

»Manchmal erlebe ich auch, wie Leidenschaft erlischt. Aber während all der Tanzstunden und auch während der Tanzabende hat Ross Sie keinen Moment aus den Augen gelassen – ganz gleich, ob Sie mit ihm getanzt haben oder nicht. Sein Blick hängt an ihnen, wenn Frank mit Ihnen über die Tanzfläche wirbelt, wenn Sie zur Toilette gehen, wenn Sie miteinander tanzen und Sie sich weigern, ihm in die Augen zu sehen. Nicht die ganze Zeit über und nicht auf eine besitzergreifende Art und Weise – aber immer wieder, um zu sehen, dass es Ihnen gut geht. Wenn Sie mit ihm tanzen, ist er ein anderer Mensch. Sein Rücken ist gerader, seine Schritte sind federnder. Ich gebe Ihnen Brief und Siegel, dass er keine Affäre mit Jo hat.«

»Jo?« Katie erstarrte und zog sich augenblicklich zurück. »Ich habe niemals irgendetwas über …«

»Das brauchten Sie gar nicht. Es stand Ihnen überdeutlich ins Gesicht geschrieben. Sie sind aber kein Paar«, versicherte Angelica ihr. »Sie sind lediglich Freunde.«

»Aber ich glaube, dass sie zusammen sind!«, protestierte Katie. »Es ist alles meine Schuld – ich habe ihn herumkommandiert und ihm das Gefühl gegeben, ihn nicht zu schätzen, obwohl das *Gegenteil* der Fall war. Er ist den Kindern ein wundervoller Vater, und ich habe jetzt erst verstanden, wie viel er aufgegeben hat, um sich um sie zu kümmern. Ich … ich empfinde nur einfach nicht mehr dasselbe für ihn wie früher.«

Angelica lehnte sich in ihrem Plastikstuhl zurück und schlug die Beine übereinander. »Katie, glauben Sie wirklich, dass es vorbei ist? Wenn Sie morgen in Ihr Auto einsteigen und weit, weit wegfahren könnten, würden Sie es tun?«

Katie dachte einen Augenblick angestrengt nach. »Nein«, erklärte sie dann. »Ich kann mir ein Leben ohne ihn nicht vorstellen. Aber ich weiß einfach nicht, wie ich den alten Ross wiederbekommen kann – ich kann nicht sagen, ob er einfach nicht mehr anziehend und attraktiv ist oder ob ich diese Seite in mir komplett abgeschaltet habe.« Traurig hob sie den Blick. »Ist das nicht schrecklich? Ich habe tatsächlich vergessen, wie es ist, eine Frau zu sein.«

Angelica änderte ihren Plan. Anscheinend reichte es nicht, ihr allein das Kleid zu geben.

»Katie, ich werde Ihnen einen Tanz beibringen, der Ihnen helfen und Ihnen ein ganz neues Körpergefühl verleihen wird. Das verspreche ich Ihnen.«

»Tatsächlich?«, fragte Katie unsicher. »Ich kann nicht besonders gut tanzen.« Sie hatte einen gequälten Gesichtsausdruck. »Ross ist der Tänzer.«

»Aber Sie sind gut darin, sich zu behaupten, und das ist genau das, worum es bei diesem Tanz geht.«

»Über welchen Tanz reden wir überhaupt?«

»Über den Tango Argentino«, erwiderte Angelica.

Katies hoffnungsvolle Miene verdunkelte sich. »Du liebe Güte, das ist doch wohl nicht dieser Tanz, bei dem man mit dem Fuß aufstampfen und den Kopf in den Nacken schmeißen muss? Ich weiß nicht, wie mir das helfen sollte.«

»Nein, nein – Sie haben jetzt den Standardtango vor Augen.« Angelica schüttelte den Kopf. »Der Standardtanz ist vollkommen anders und dreht sich hauptsächlich um den Mann. Der Tango Argentino dagegen ist viel erotischer und sinnlicher.« Sie lächelte Katie ermutigend an. »Beim Tango Argentino geht es um zwei starke Menschen, die zusammen tanzen. Sie werden ihn lernen, und ich gebe Ihnen mein Ehrenwort, dass Sie sich danach daran erinnern werden, wie es ist, eine Frau zu sein.«

»Sie sagen das, als hätten Sie das selbst schon einmal erlebt.« Katie merkte plötzlich, wie wenig sie alle über Angelica wussten, abgesehen von ein paar Bruchstücken über professionelle Tanzwettbewerbe und Kreuzfahrten. Hatte sie einen Ehemann? Einen Liebhaber? Einen Tanzpartner? Hatte sie vielleicht sogar Kinder?

Katie konnte sich nur schwerlich vorstellen, dass Angelica Eltern hatte. Sie war ein so individuelles, selbstbeherrschtes Wesen. Und dennoch, dachte Katie, war es die Grundlage ihrer gesamten Karriere gewesen, die perfekte Partnerin zu sein.

»Das habe ich«, erwiderte Angelica schlicht. »Der Tanz hat mein Leben verändert.«

Katie zögerte ein paar Sekunden. »Aber abends kann ich wegen der Kinder nicht kommen …«

»Haben Sie eine Mittagspause?«

Katie nickte.

»Gut, dann treffen wir uns hier. Morgen Mittag. Wir beginnen sofort, einverstanden?«

Die zuversichtliche, energische Art und Weise, wie Angelica sprach, ließ Katie keine andere Wahl, als einzuwilligen.

»So, da sind wir!«, erklärte Frank fröhlich, als er das Auto parkte. »Jetzt könnte ich eine Tasse Tee vertragen!«

Jetzt oder nie, dachte Bridget. Jetzt! Sprich mit ihm, nachdem wir einen so schönen Abend hatten.

»Frank«, begann Bridget, bevor sie es sich noch einmal anders überlegen konnte. »Frank, ich muss dir etwas sagen.«

»Was denn?«, fragte er, löste den Anschnallgurt und drehte sich zu ihr um. »Du hast unserer Lauren erlaubt, mich herauszuputzen, nicht wahr? Na ja, die Antwort lautet nein. Nicht einmal für Prinzessin Lauren. Sollte sie allerdings für Ihre Disney-Hochzeit noch ein Biest brauchen …«

Er schaute sie so liebevoll und zärtlich an, dass Bridget beinahe die Tränen gekommen wären.

»Nein«, entgegnete sie. »Ich habe ein paar Probleme. Geldprobleme, genauer gesagt.«

Frank zögerte einen Moment, als sei er nicht sicher, ob sie einen Scherz machen würde. Als er jedoch sah, wie es um Bridget bestellt war, wurde er schlagartig ernst. »Oh, Bridget. Wie viel?«

Sie wusste, dass er vielleicht mit ein paar Hundertern rechnete. Sie nahm all ihren Mut zusammen und nannte ihm die tatsächliche Summe. Zwar bemühte sich Frank, seinen Schock zu verbergen, doch seine Miene versetzte Bridget einen Stich.

Frank war nicht einfach nur erschrocken über die Höhe der Summe. Bridget wusste sehr genau, dass er ebenso sehr darüber geschockt war, dass sie ihn enttäuscht hatte. Sie fasste sich ein Herz, ballte die Hand zur Faust und beichtete ihm alles.

»Ich bin ein solcher Narr gewesen! Viel zu lange habe ich das Problem ignoriert. Ich habe alles Mögliche versucht und sogar ein paar Dinge über eBay verkauft, aber …« Bridget holte tief Luft. »Das Geld, das du Lauren für die Anzahlung des Hauses gegeben hast, stammte nicht von einer ausgelaufenen Lebensversicherung oder Ähnlichem. Das war Geld, das ich für schlechte Zeiten zurückgelegt hatte. Ich wollte dir davon nichts sagen, weil du nicht denken solltest, ich hätte unser Geld vor dir versteckt. Ich hatte Angst, du könntest glauben, ich hätte dich um das Geld betrogen.«

»Du? Mich betrügen? Sei nicht albern!«, fing Frank an, doch Bridget musste mit ihrer Beichte fortfahren.

»Mit dem Geld wollte ich die Kosten für Laurens Extrawünsche abdecken. Außerdem sind wir beide in letzter Zeit ein wenig verschwenderisch mit Geld umgegangen – ich meine zum Beispiel den Camcorder, den du gekauft hast, oder meinen wunderschönen Ring. Aber da wir jetzt nur noch mein Gehalt zur Verfügung haben … hat sich eben alles summiert.«

So, dachte sie. Jetzt habe ich es gesagt. Jetzt kennt er die Wahrheit.

Wortlos saßen sie im fahlen Licht der Straßenlaternen. Bridget fiel auf, dass das ganze Haus dunkel war. Lauren war also noch bei Chris.

Die Arme, dachte sie mitleidig und wünschte sich inständig, ihrer Tochter den Schmerz abnehmen zu können.

»Nein, ich bin hier der Narr«, erklärte Frank plötzlich. »Ich habe mich wie ein Idiot verhalten. Es ist meine Schuld, dass ich Lauren das Geld einfach geschenkt habe, ohne es vorher mit dir zu besprechen. Ich hatte absolut kein Recht, so etwas zu tun. Stattdessen hätte ich wissen sollen, dass du eine derart hohe Geldsumme nicht einfach auf der Bank liegen lässt. Na ja, dann muss sie uns das Geld eben wieder zurückgeben.«

»Frank! Das kann sie nicht!«

Er drehte sich zu ihr um. »Sie muss es, Liebes. Was sollen wir sonst tun?«

Bridget rieb sich die Stirn.

»Ich nehme an, dass sie und Chris sich dafür entscheiden werden, die Hochzeit abzusagen. Sie redet gerade mit ihm. Er ist …« Sie hielt inne, da sie nicht wusste, wie viel sie sagen durfte. »Sie weiß nicht, ob sie schon bereit ist für eine Ehe. Es wäre gemein, ihr nun auch noch das Haus wegzunehmen. Vielleicht können wir es auch als Kapitalanlage nutzen, wer weiß.«

»Meinst du?« Frank machte ein schuldbewusstes Gesicht. Alle Geldsorgen waren mit einem Schlag vergessen, als vor seinem inneren Auge eine todunglückliche Lauren auftauchte. Mit Schaudern dachte er daran, was er ihr gesagt hatte, ohne zu wissen, was sie vor ihm verheimlichte. »Ist das der Grund für ihr Verhalten heute Abend? Oh, ich bin so ein alter Narr!«

Bridget nahm seine Hand. »Du würdest ihr nie absichtlich wehtun, und das weiß Lauren auch.«

»Dennoch komme ich mir vor, wie ... Oh Gott!« Frank schüttelte den Kopf, als könne er so das Gefühlschaos durchbrechen und die richtigen Worte finden. Doch es half nichts. Er sah immer nur Lauren, die sich an seiner Schulter ausweinte, und er konnte nichts daran ändern. »Ich bin so dumm, gefühllos und unsensibel!«

»Komm her«, forderte ihn Bridget auf, als sie die Tränen in seinen Augen sah. Über der Handbremse zog sie ihn an sich und umarmte ihn. »Ich bin diejenige, die eigentlich weinen sollte, weil ich Geheimnisse vor dir hatte.«

»Warum hast du mir denn nichts davon erzählt, Bridget?«, fragte er. »Ich hätte dich weder angebrüllt, noch hätte ich dich aus dem Haus geworfen!«

»Ich wollte nicht, dass du dir Sorgen machst. Außerdem wollte ich nicht, dass du nach vierzig Jahren Ehe plötzlich schlecht von mir denkst!« Bridget schluckte. »Man sollte meinen, in unserem Alter sei man über solche Albernheiten hinweg!«

Frank lehnte sich ein wenig zurück, damit Bridget sehen konnte, wie ernst es ihm war. Sie konnte sich nicht erinnern, wann sie Frank das letzte Mal hatte weinen sehen. Ihm waren nicht einmal die Tränen gekommen, als die Kinder zur Welt gekommen waren oder als sein Dad gestorben war. Er hatte nicht einmal geweint, als England beim Cricket-Länderkampf gegen Australien gewonnen hatte. Jetzt allerdings kullerten ihm silberne Tränen über die Wangen, die im fahlen orangefarbenen Straßenlicht glitzerten und die markanten, ein wenig faltigen Züge eines Gesichts hervorhoben, das sie genauso gut kannte wie ihr eigenes. Eigentlich sogar noch besser.

Vielleicht hat Frank nun Falten bekommen, aber es sind immer noch die gleichen sanften Augen, die mich in unserem Englischkurs kurz vor der mittleren Reife angestrahlt haben. Ob er wohl immer noch das junge Mädchen in ihr sah, wenn er sie anschaute? Trotz der Brillengläser und der Krähenfüße?

Frank schaute ihr in die Augen. »Ich könnte dich niemals weniger lieben, ganz gleich, was du tust, Bridget. Du und ich, wir sind ein Team. Wir werden die Schulden begleichen und Lauren helfen. Und von nun an gibt es keine Geheimnisse mehr, einverstanden? Nie wieder.«

Dann zog er sie an sich und umarmte sie. Sie küssten einander wie Teenager – wenn auch wie Teenager mit kaputten Hüften und Gleitsichtgläsern – und waren froh über die Wärme und den vertrauten Geruch des jeweils anderen.

Ganz so einfach würde sich alles sicherlich nicht einrenken lassen, befürchtete Bridget. Aber für den Augenblick wollte sie nur aus Franks Mund hören, dass alles wieder in Ordnung kommen würde, und seine Arme um sich spüren, die ihr verziehen und versicherten, dass sie alles gemeinsam durchstehen würden.

32

Am nächsten Morgen hatte sich Ross wieder schick gekleidet, um seinen »freien Tag« zu genießen. Er trug eine dunkle Jeans, ein T-Shirt sowie darüber den Kaschmirpullover, den Katie ihm zu Weihnachten geschenkt hatte. Er hatte sich bei der Kleiderwahl eindeutig Mühe gegeben, jedoch nicht für Katie. Noch mehr setzte ihr allerdings die Tatsache zu, dass Ross eine demonstrative Leichtigkeit und gute Laune an den Tag legte, die eindeutig darauf zurückzuführen war, dass er den Tag über freihatte.

»Ich bringe Hannah zur Schule und setze Jack in der Kindertagesstätte ab«, informierte er Katie, als er Hannahs Toastbrot klein schnitt. »Jo holt sie dann später wieder ab, damit die Kinder früh genug zu dieser Lagerfeuerparty gehen können. Wenn du sie dann nach der Arbeit bei ihr abholst, kann sie ihnen noch Abendbrot machen.«

»Wir bekommen sogar Wunderkerzen!«, erklärte Hannah voller Stolz.

»Wow! Das ist ja toll!«, lobte Katie. »Wann kommst du nach Hause?«, wandte sie sich dann an Ross.

Allein nur diese Frage zu stellen fühlte sich schon sehr seltsam an.

»Ich habe keine Ahnung«, erwiderte Ross.

»Könntest du dich vielleicht *festlegen?*«, hakte Katie gereizt nach. »Kommst du, bevor die Kinder ins Bett gehen?«

Ross warf ihr einen sarkastischen Blick zu. Katie merkte

erst jetzt, dass er sich mit seiner Antwort für die vielen Abende revanchierte, für die sie selbst keine genaue Zeit hatte nennen können.

Katie änderte ihre Taktik und gab sich Mühe, fröhlich zu klingen. »Was hast du denn heute vor?«

»Ach, du weißt schon. Ich werde mit ein paar Leuten über Arbeit sprechen, anschließend gehen Jo und ich dann zusammen Mittag essen.« Er legte eine Scheibe Toast auf den Teller. »Hannah, möchtest du lieber Marmelade oder Gelee?«

Katie hatte das Gefühl, keine weitere Antwort zu bekommen, und ließ es betrübt dabei bewenden.

Im Büro wartete sie, bis Eddie durch die gegenüberliegenden Büros streifte und mit Nick Felix einige Scherze über das Golfspielen austauschte. Erst dann rief sie die Behörde an, die die Aufnahmeanträge für die Liste der denkmalgeschützten Gebäude bearbeitete.

»Ja, es geht um die Memorial Hall«, erklärte sie laut und beobachtete, wie Eddie die Ohren spitzte. »Ich möchte mich erkundigen, ob … Oh? Tatsächlich? Siebzehn Briefe? Ich hatte ja keine Ahnung …!«

Eddie kam in ihr Büro marschiert und starrte sie an.

»Das wirft natürlich ein vollkommen anderes Licht auf die Sache«, fuhr Katie fort und runzelte theatralisch die Stirn. »Diese Informationen muss ich erst überprüfen. Wer hat die Konzession beantragt? Wofür?«

»Wie bitte?«, flüsterte Eddie und beugte sich über ihren Schreibtisch.

»Für einen Benefizball?« Sie riss die Augenbrauen in die Höhe, als könne sie es nicht fassen. »Tatsächlich? Die historische Bedeutung … Aha.«

Offenbar war Bridget nicht untätig geblieben. Es klang, als hätte sie alle Hebel in Bewegung gesetzt – mit Ausnahme einer Live-Berichterstattung in der BBC.

Eddie verlor keine Zeit. »Was zum Teufel hat das zu bedeuten?«, rief er, bevor sie den Hörer wieder aufgelegt hatte.

»Anscheinend gibt es Probleme, eine Abrissgenehmigung für die Memorial Hall zu bekommen«, erklärte Katie.

»Aber das Dach ist doch vollkommen morsch!«, explodierte Eddie.

»Anscheinend hat sich eine Art Förderkreis gebildet, der es sich zum Ziel gesetzt hat, Spenden für die Memorial Hall zu sammeln«, erklärte Katie unschuldig. »Das Gebäude soll für die Nachwelt erhalten werden.«

»Ach, tatsächlich?« Er musterte sie argwöhnisch. »Und das *ausgerechnet* in den letzten Wochen? Welch ein Zufall.«

»Ich denke, dass die Memorial Hall öfter genutzt wird, als dem Gutachter aufgefallen ist. Wahrscheinlich wollte man schon seit Jahren ein solches Projekt auf die Beine stellen. Es ist ein wirklich bezaubernder alter Bau, Eddie, sehr romantisch. Haben Sie sich die Memorial Hall schon einmal angesehen?«

»Nein«, bellte er. »Es ist ein altes Gebäude wie jedes andere. Und insbesondere eines, das einer sehr wichtigen Neubebauung im Wege steht.«

»Die Wohngebäude können doch auch an anderen Plätzen verwirklicht werden, oder etwa nicht?«, hörte sich Katie sagen.

Eddies Gesicht zuckte. Er starrte sie überrascht an.

Ich bin so blind gewesen, dachte Katie. Jahrelang habe ich mich abgerackert, um es Idioten wie Eddie stets recht zu machen. Aber das macht man, wenn man zwanzig ist und es nicht besser weiß. »Offenbar lieben die Bürger die Memorial Hall«, fuhr sie fort. »Manchmal bedarf es einer größeren Krise, damit die Leute aktiv werden und Briefe dieser Art verfassen.«

»Aber woher sollten sie denn wissen, dass es eine größere Krise geben könnte?« Eddie kniff die Augen zusammen. »Es sei denn, wir hätten eine undichte Stelle, die etwas über die Entwicklungspläne hat durchsickern lassen …«

»Wer weiß?«, erwiderte Katie und lächelte unergründlich. »Ich werde mich darum kümmern.«

Mittags ließ Katie ihr gewohntes Baguette mit Ei und Mayonnaise ausfallen und machte sich auf den Weg zur Memorial Hall. Die silbernen Tanzschuhe trug sie in einer Tasche bei sich.

Obwohl sie währenddessen gedanklich bei den Stadträten und den Bauträgern war, hätte sie ganz gewiss nicht damit gerechnet, sie vor der Memorial Hall anzutreffen.

Nick Felix klopfte mit zweifelnder Miene gegen eine Außenwand des Gebäudes. Er hielt ein Klemmbrett in der anderen Hand und war von einigen Männern in Anzügen umringt. Sie alle trugen Bauhelme.

Als Nick Felix Katie erblickte, huschte ein hinterhältiger Ausdruck über sein Gesicht.

»Kate? Ich, ähm … hat Eddie Sie geschickt?«

»Nein«, erwiderte sie. »Ich bin aus privaten Gründen hier.«

»Sie sind also nicht wegen des Gutachtens hergekommen?«, fragte einer der Bauunternehmer.

»Nein.« Katie weigerte sich, Schuldgefühle zu empfinden. Sollte Nick doch ruhig Bericht über sie erstatten! Was wäre denn, wenn sie ein Interesse daran hätte, das Gebäude zu erhalten? Das hatten auch viele Bürger – nicht mehr und nicht weniger.

»Dann wollen wir Sie nicht aufhalten«, erwiderte Nick und deutete mit der Hand auf die Eingangstür. Katie schob alle Befürchtungen beiseite und trat ein.

Angelica war schon vor ihr angekommen, schlenderte gedankenverloren in ihren roten Tanzschuhen durch den Saal und starrte durch die Buntglasfenster.

Als Katie hüstelte, drehte sie sich mit der gewohnten Anmut zu ihr um und war sichtlich erfreut, dass Katie tatsächlich gekommen war. Beim Anblick der silbernen Tanzschuhe und des roten Lippenstifts, den Katie schnell noch im Vorraum aufgetragen hatte, wurde ihr Lächeln breiter.

»Wunderbar!«, lobte sie. »Ich war nicht sicher, ob Sie kommen würden.«

»Das ist mein neues Ich«, antwortete Katie. »Von heute an passe ich die Arbeit an meine Verpflichtungen an und nicht umgekehrt.«

»Dann wollen wir lieber keine Minute Ihrer Mittagspause verlieren, nicht wahr?«, stellte Angelica fest und nahm Katies Hand. »Als Erstes möchte ich, dass Sie alles, was Sie über den Tango zu wissen *glauben*, getrost vergessen. Die Rose zwischen den Zähnen, dieses alberne Herumschnellen des Kopfes – darum geht es nicht. Das ist ganz grober Tanztee-Unsinn und hat nichts mit Erotik und Leidenschaft zu tun. Der Tango Argentino ist der wahre Tanz – denken Sie an Gauchos, Prostituierte und heiße, verschwitzte Räume. Es geht nicht darum, sich zu verlieben wie beim Walzer oder beim Foxtrott, sondern darum, miteinander zu schlafen. Aber Sie müssen sich vollkommen dem Tanz hingeben, andernfalls funktioniert es nicht.«

Angelica blickte Katie ernst an. »Ich will keine halben Sachen, Katie. Der Tango ist ein Tanz, bei dem man sich selbst aufgibt und eine vollkommen andere Person wird.«

»Okay«, erwiderte Katie.

Vielleicht würde es ihr nach ein paar Drinks leichter fallen. Aber dies allein ließ sie schon wieder an ihrer Entscheidung zweifeln.

Nein, ermahnte sie sich. Du musst es wenigstens versuchen.

Angelica schien ihr Zögern zu spüren und tätschelte ermutigend Katies Hand. »Ich weiß, dass Sie das können! Ich möchte, dass Sie sich jetzt vorstellen, eine große Katze zu sein. Eine Katze mit geschmeidigen Gliedern, die um einen Mann herumstreicht.« Angelica streckte ihr langes Bein aus und zog es mit einer sinnlich-wohligen Bewegung wieder zurück in die Ausgangsposition. »Seien Sie verführerisch und bewegen Sie sich körperbewusst, ja?«

»Ja«, erwiderte Katie gehorsam, obwohl sie sich reichlich komisch vorkam.

»Sie werden sich freuen zu hören, dass es nicht viele Schritte gibt, die Sie lernen müssen. Der Grundschritt ist die sogenannte Salida.« Angelica setzte den linken Fuß langsam einen Schritt nach vorn, zog den rechten verführerisch nach, führte ihn nach rechts, zog schnell den linken Fuß an den rechten heran und trat dann mit dem gleichen Fuß einen Schritt zurück. Dann führte sie den rechten Fuß einen Schritt nach hinten, zog den linken nach und setzte ihn über Kreuz zum rechten Fuß. Anschließend trat sie mit dem rechten Fuß einen Schritt nach hinten. Mit zwei schnellen Schritten ließ sie den linken Fuß nach hinten folgen und trat zur Seite, bis sie die Füße wieder schloss, indem sie den rechten Fuß langsam wieder an den linken heranzog. »Im Grunde genommen kann man sich die Schrittfolge wie ein umgekehrtes C vorstellen. Und noch einmal.«

Sie wiederholte die Schrittfolge, dieses Mal folgte ihr Katie und ahmte die schwingende Bewegung ihrer Hüften nach.

»Lassen Sie Ihre Füße gleiten«, riet ihr Angelica. »Langsamer, verführerischer. Und noch einmal.«

Sie wiederholten und wiederholten die Schritte, bis Katie sicher war, dass sie die Abfolge beherrschte. Es war nicht besonders schwer, und da Angelica nur sie allein unterrichtete, fühlte sich Katie auch längst nicht so verlegen und gehemmt wie sonst.

»Fabelhaft – ich glaube, Sie haben es verstanden. Jetzt üben wir die Haltung.« Angelica legte den Arm um Katie, nahm ihre Hand und hielt strengen Augenkontakt, als sie vor Katie in die Ausgangsposition ging. »Das ist nun leider der kleine Nachteil, wenn Sie mit einer Lehrerin Tanzen lernen«, lachte sie. »Es gibt keine feste Haltung und keine starren Figuren, da es sich bei diesem Tango eher um einen Improvisationstanz handelt. Sie sind dadurch sehr viel näher an Ihrem Partner und bewegen sich viel enger an seinem Körper. Dieser verstärkte Körperkontakt ist nötig, um auf die Schritte des Partners schnell reagieren zu können.«

»Aha?«, staunte Katie. »Und dabei kommt man nicht zu Fall?«

Angelica musste lachen. »Nein. Der Tanz lebt von dieser beliebigen Schrittkombination. Wichtig ist allerdings, dass Sie Ihren Körper immer aufrecht halten. Lassen Sie uns nun die Schritte gemeinsam probieren …«

Dann legten sie los; Katie tanzte ihre Rückwärtsschritte und zählte dabei die langsamen und kurzen Schrittabfolgen mit. Beide drehten sich, bis Angelica eine andere Richtung einschlug und der Tanz weiterging. Bald schon erinnerte sich Katie daran, die Füße eng am Boden zu lassen. Als Angelica Katie nach hinten beugen wollte, merkte Katie, wie sie sich auf die Beugung einließ.

Es fühlte sich an, als würde sie ihren eigenen Tanz tanzen und nicht etwa Anweisungen folgen. Dieses Gefühl hatte sie bei allen anderen Tänzen bisher noch nicht gehabt. Ein freudiger Schauer lief ihr über den Rücken.

Als sie sich wieder aufgerichtet hatte, bemerkte sie, dass Angelica sie mit einem strahlenden Lächeln betrachtete.

»Sehr gut!«, lobte sie. »Wirklich schön! Ich denke, es wird langsam Zeit für ein wenig Musik, nicht wahr?«

Angelica ging zu ihrem CD-Player hinüber. Katie warf einen Blick auf die Uhr. Schon halb eins. Sie brauchte mindestens fünf Minuten, um ins Büro zurückzukehren, und die Mittagspause war bereits vorbei.

Doch sobald der charakteristische Staccatorhythmus des Tangos mit seinen traurigen Akkordeonklängen ertönte, verspürte Katie plötzlich eine unbändige Sehnsucht, alles miteinander verschmelzen zu lassen. Sie ließ ihre Füße schon die Salida tanzen, bevor Angelica überhaupt wieder zurückgekehrt war.

Diese sagte nichts, sondern ergriff Katies Hand und begann, sich zu bewegen; erst einen, dann zwei Durchgänge des Grundschritts.

Katie blickte auf und musste ununterbrochen lächeln. »Das fühlt sich wirklich leicht an«, erklärte sie.

»Nein, der Tanz ist nicht leicht. Sie haben einfach nur *Ihren* Tanz gefunden.«

»Tatsächlich?«

»Tatsächlich. Und jetzt hören Sie schon auf, auf die Jagd nach Komplimenten zu gehen! Beim Tango Argentino übernimmt der Mann nicht *alle* Entscheidungen. An dieser Stelle könnte er Sie allerdings in eine neue Figur führen.« Angelica zwang Katie dazu, ihre Füße zu überkreuzen. »Sie können jedoch selbst entscheiden, wie viele dieser Schritte Sie machen wollen. Jetzt eine doppelte Rechts-links-Drehung aus der Hüfte, bei der Sie die Knie zusammenhalten, sodass Sie sich drehen. Ja, schön. Jetzt andersherum. Der Weg der Füße beschreibt eine Acht, deswegen heißt die Figur ›Ocho‹.«

Katie folgte Angelicas Anweisungen, doch es brauchte ein paar Durchgänge, bis sie die Schritte beherrschte. Als es so weit war, konnte sie nicht mehr aufhören zu tanzen. Es fühlte sich unglaublich an!

»Ist das richtig so?«, fragte sie, aber sobald sie die Frage gestellt hatte, merkte Katie, dass ihr die Antwort im Grunde egal war. Sie genoss es in vollen Zügen, den Tango Argentino zu tanzen.

»Sie haben eindeutig Ihren Tanz gefunden«, erklärte Angelica stolz. »Ich wusste, dass es so kommen würde!«

»Meinen Sie?«

»Ganz sicher!« Angelica blickte sie an. »Der Tango ist kein Tanz für Mauerblümchen. Die Frau muss stark und entschlossen sein in ihren Bewegungen – genauso stark wie der Mann. Außerdem gibt es für diesen Tanz nicht so viele Regeln wie bei den Standardtänzen, sodass es den Tänzern selbst überlassen ist, was sie tun. Idealerweise sollten Sie beim Tanzen des Tango Argentino vergessen, dass sich noch andere Leute im Raum aufhalten. Der Hauptaspekt ist die Verführung Ihres Tanzpartners – die Zuschauer müssen spüren, wie es zwischen Ihnen funkt.«

Gerade noch hatte Katie Mut geschöpft, doch nach Angelicas Worten war sie mit einem Mal vollkommen ernüchtert.

»Ich sehe es ehrlich gesagt noch nicht, wie es zwischen Ross und mir funken soll«, erwiderte sie.

»Katie, ich will Ihnen einmal etwas sagen«, erklärte Angelica. »Sie müssen endlich damit aufhören, sich Gedanken darüber zu machen, wie gut Sie sind. Stattdessen sollten Sie die Dinge genießen, wie sie sind. Genießen Sie das Gefühl, sich zu bewegen, das schmeichelnde Gefühl, dass ein Mann darauf wartet, mit Ihnen zu tanzen. Lassen Sie nicht zu, dass Ihr Verstand immer alles kontrollieren will.« Sie warf Katie einen bohrenden Blick zu. »Ross ist als Tänzer zurzeit noch besser als Sie, da er nicht so streng mit sich ins Gericht geht. Ich verspreche Ihnen, dass *alles* besser wird, wenn Sie damit aufhören, sich immer gleich zu beurteilen.«

Katie wollte schon protestieren. Dann hielt sie jedoch plötzlich inne, als ihr einfiel, dass Angelica anhand ihrer beider steifen Haltung bis in Ross' und Katies kaltes, einsames Schlafzimmer schauen konnte.

»Alles«, wiederholte Angelica nachdrücklich.

Katie errötete und starrte betreten auf ihre Fußspitzen.

Schnell fuhr Angelica fort, um Katie nicht in Verlegenheit zu bringen. »Wenn Sie einmal das Tangofieber gepackt hat, lässt es sie nicht mehr los. Der Tango gehört zu den wenigen Tänzen, die die Macht über einen ergreifen können. Jedenfalls, als ich …« Sie hielt inne.

»Als Sie … was?«, fragte Katie.

Angelica lächelte sie traurig an. »Als ich Tango gelernt habe, haben mein Tanzpartner und ich uns monatelang nicht mehr mit Walzer oder Foxtrott beschäftigt. Unser Tanzlehrer war vielleicht aufgebracht! Wir haben einen Tango nach dem anderen getanzt. Wir haben neue Figuren gelernt und uns andere ausgedacht, bis uns der Tanz in Fleisch und Blut übergegangen ist. Es war, als hätten wir noch einmal ganz von vorn angefangen, tanzen zu lernen. Ich habe den Tango geliebt.«

»War er Ihr Tanzpartner oder auch Ihr … Lebensgefährte?«, fragte Katie.

»Beides.« Angelica wischte eine unsichtbare Fluse von ihrem Rock. Katie bemerkte, wie Angelicas Gesicht mit einem Mal sanft erleuchtete. »Sein Name war Tony Canero. Gemeinsam waren wir einfach unschlagbar – zumindest auf der Tanzfläche. Wir haben so ziemlich jeden Wettbewerb gewonnen, an dem wir teilgenommen haben. Ich habe noch nie einen Mann gesehen, der so tanzte wie er, weder damals noch heute. Er hat in mir etwas zum Vorschein gebracht, dessen Existenz ich bis dahin gar nicht kannte. Großartige Partner können so etwas.«

»War er Ihr Ehemann?«

»Nein.« Sie schnalzte mit der Zunge. Ihr Blick ließ erahnen, wie verletzt sie immer noch war. »Nein, wir haben nicht geheiratet. Ich glaube, dass es einfacher ist, mit dem Ehemann tanzen zu lernen, als den Tanzpartner zu heiraten. Wir haben zusammen überall auf der Welt getanzt, an jedem nur möglichen Wettbewerb teilgenommen und unendlich viel Zeit miteinander verbracht. Aber irgendwann hat es sich zugespitzt, und dann war alles zu Ende. Ich habe ihn seit Jahren nicht mehr gesehen.«

»Sie sind nicht mit ihm in Verbindung geblieben?«, fragte Katie neugierig. Wie konnte man mit einem Menschen so viel erreichen, so viele Dinge erleben und ihn dann so einfach aus seinem Leben verschwinden lassen?

»Wir sind nicht unbedingt in Freundschaft auseinandergegangen«, erwiderte Angelica. »Er hat sich mit einer Jüngeren aus dem Staub gemacht. Kurz bevor wir an einer nationalen Meisterschaft teilnehmen wollten. Das Timing war nicht das allerbeste …«

»Mistkerl!«, schnaubte Katie und schaute Angelica mitfühlend an.

Angelica wollte etwas erwidern, überlegte es sich dann jedoch anders. Als sie Katie anschaute, ließ ihre Offenheit ihren Blick noch durchdringender wirken. »Ich wollte gerade eine flapsige Bemerkung machen, doch wenn ich ehrlich bin, war ich genauso sehr schuld daran wie er. Damals war ich sehr unsicher und dachte immer, ich sei nur so gut wie das Ergebnis unseres letzten Wettbewerbs. Ich war geradezu besessen davon, jeden Titel zu gewinnen, und dachte, Tony würde mich nur so lange wollen, wie ich die perfekte Tanzpartnerin sei und wir zusammen neue Figuren und Tänze lernen würden.«

Angelica senkte den Blick. »Am Ende hat er gesagt, er wisse nicht, ob ich ihn außerhalb der Tanzfläche genauso lieben würde wie auf der Tanzfläche. Seltsamerweise hätte ich das Gleiche von ihm behaupten können. In Wahrheit hatten wir wohl beide Angst, ehrlich zueinander zu sein, wenn wir uns nicht über den Tanz miteinander unterhalten konnten. Auf der Tanzfläche hat es immer richtig zwischen uns gefunkt. Ich hätte den Gedanken nicht ertragen können, dass unser Leben zu Pantoffeln und Kakao abgeflaut wäre, wenn er herausgefunden hätte, welch eine Langweilerin unter den Pailletten verborgen war.«

»Sie sind doch alles andere als langweilig, Angelica!«

Das Showlächeln konnte über das Bedauern in Angelicas Blick nicht hinwegtäuschen. Wie sie dort im hellen Tageslicht inmitten des leeren Saals stand, erschien sie Katie mit einem Mal viel älter und erschöpfter als im Tanzkurs. »Leidenschaftliche, stürmische Beziehungen sind schön und gut, wenn man die Kraft hat, zu kämpfen und sich anschließend wieder zu vertragen …« Sie zuckte mit den Schultern. »Unsere Beziehung jedoch hat ein schnelles Ende gefunden, und mir ist ehrlich gesagt ein schnelles Ende lieber, als alles unnötig in die Länge zu ziehen. Anschließend bin ich nach Amerika gegangen, wo ich eine Zeit lang mit Jerry verheiratet war. Mit ihm war ich sehr glücklich.«

Katie ließ sich von Angelicas strahlendem Lächeln nicht täuschen. »Tony hat nie versucht, wieder in Kontakt mit Ihnen zu treten?«

Angelica schüttelte den Kopf. »Nein. Ich bin viele Male umgezogen. Außerdem habe ich noch nie etwas davon gehalten zurückzugehen.«

»Aber Sie sind doch auch hierher zurückgekehrt, nicht wahr?«, hob Katie hervor.

Angelica seufzte. »Es scheint so.«

Die Tangomusik schien Erinnerungen in ihr geweckt zu haben, die sie nicht einfach für immer auslagern und vergessen konnte. Katie merkte deutlich, dass sie in Angelicas Privatleben eindrang.

Nein, dachte sie, ich bin kein Eindringling. Vielmehr teile ich ohne Worte mein eigenes Leid mit ihr und sie mit mir. Es war ein bittersüßes Gefühl.

»Es tut mir leid«, erklärte sie. »Ich wollte nicht neugierig sein.«

»Das sind Sie nicht«, erwiderte Angelica. »Es ist nur … Ihnen diesen Tanz beizubringen und in diesen Saal zurückzukehren, weckt alte Erinnerungen. Eigentlich war ich nur hier, um das Haus meiner Mutter in Ordnung zu bringen.

Doch dann habe ich gemerkt, dass in Wahrheit *ich* diejenige bin, die in Ordnung gebracht werden muss.« Sie sah zu Katie auf und verzog das Gesicht. »Lagern Sie besser nie etwas ein, das rate ich Ihnen. Weder im echten Leben noch in Ihrer Beziehung. Eines Tages müssen Sie den ganzen Krempel nämlich doch wieder auspacken, ob Sie nun wollen oder nicht.«

Angelica klatschte in die Hände, um damit dem melancholischen Moment ein Ende zu setzen. »Und wenn Sie dann Ihre alten Kleider auspacken, stellen Sie deprimiert fest, dass Sie früher einmal schlank waren.« Sie lächelte. »Dann sind Sie gezwungen, schlanke junge Damen zu finden, denen Sie die Kleider geben können. Müssten Sie nicht eigentlich längst wieder in Ihrem Büro sein?«

»Doch, schon.« Plötzlich hatte Katie es gar nicht mehr eilig, zur Arbeit zurückzukehren. Das Büro war in der Liste ihrer Prioritäten nach unten abgerutscht. »Kann ich eine CD mit Tangomusik haben, um sie im Auto anzuhören?«

Angelica lächelte, und ihr Gesicht sah mit einem Mal dreißig Jahre jünger aus. »Natürlich. Endlich!«

Als sie sich auf den Weg machte und sich den Mantel enger um den Körper schlang, um sich vor dem eisigen Novemberwind zu schützen, drehte sich Katie noch einmal um und schaute zurück auf die Memorial Hall. Sie erschrak, als ihr Blick auf eines der äußeren Buntglasfenster fiel, das kaputt war. Die Scheibe war zwar nicht zerbrochen, aber definitiv gerissen. Langsam ging sie zum Gebäude zurück und entdeckte weitere tiefe Risse in zwei anderen Fenstern. Außerdem waren die hölzernen Fensterrahmen dieser Fenster auseinandergerissen worden, als hätte jemand beweisen wollen, dass sie morsch sind.

Katie schäumte vor Wut, und ihr war sofort klar, was Nick im Sinn gehabt hatte. Sie hatte zuvor schon von diesen dubiosen Methoden gehört – Bauunternehmer, die einen irreparablen Verfall an Treppen »entdecken«, wenn sie diese mit Vorschlaghämmern untersuchen, oder aufgrund geringer Beschädigungen an historischen Fassaden erklären, dass nur ein Abriss in Frage kommen kann.

Jetzt reicht es mir!, dachte Katie. Anstatt sich schlecht zu fühlen, stürmte sie beschwingt ins Büro zurück.

Jos Haus war ordentlicher und aufgeräumter als je zuvor. Doch als Katie am Abend die Kinder bei ihr abholte, lag ein Hauch von Chaos in der Luft. Ross hatte sie nicht angerufen und ihr mitgeteilt, wo er war, und sie wiederum war zu stolz, um ihn anzurufen und zu fragen, was er an seinem freien Tag unternommen hatte.

Gleich zu Beginn bemerkte sie, dass im Wohnzimmer der Fernseher lief, was ihr in Jos Haus noch nie aufgefallen war. Die Mädchen kreischten in der Küche, doch Katie konnte nicht sagen, was genau sie schrien. Bei ihr zu Hause bedeutete dieses hohe, schrille Geschrei im Allgemeinen, dass die Kinder mit Nachdruck nach Süßigkeiten verlangten.

Als sie die Küche betrat, merkte Katie, dass sie mit ihrer Einschätzung vollkommen richtiggelegen hatte.

»Jetzt gibt es keine Gummibärchen mehr!«, rief Jo, als Molly und Hannah zu hysterischen, fast bettelnden Gesten übergingen. »Molly, ich verspreche dir, dass du keine mehr bekommen würdest, selbst wenn ich noch Gummibärchen hätte! Sieh mal«, erklärte sie dann, nachdem sie Katie entdeckt hatte. »Hannahs Mummy wird mir recht geben. Es stimmt doch, dass einem die Haare ausfallen, wenn man vor dem Abendbrot zu viele Süßigkeiten isst, nicht wahr?«

Und ich dachte, Jo würde keine Gruselgeschichten erzählen!, dachte Katie. Gott sei Dank bin ich nicht die Einzige, die im Notfall zu solchen Mitteln greift!

»Das stimmt«, nickte sie ernst. »Dabei hatte ich eigentlich vor, am Wochenende mit *gewissen* kleinen Mädchen neue

Haargummis und -spangen kaufen zu gehen. Aber wieso sollte ich das tun, wenn ihr zwei keine Haare mehr habt, in die man Spangen und Haarbänder hineinstecken könnte?«

Hannah und Molly sahen sie entsetzt an und rannten dann schreiend ins Wohnzimmer.

»Vielen Dank!«, erklärte Jo erleichtert. Sobald die Mädchen die Küche verlassen hatten, zeigte sich in ihrem Gesicht wieder die Erschöpfung. Katie fiel auf, dass Jo ihr relativ normales Aussehen allein einem guten Abdeckstift zu verdanken hatte. »Ich hatte mir zwar eigentlich hoch und heilig geschworen, niemals diese fürchterlichen Lügen rund um Süßigkeiten zu erzählen, wie meine Mutter es getan hat, aber sie haben den ganzen Nachmittag nicht lockergelassen. Ich war kurz davor, Amok zu laufen und ihnen dieses Schlafmittel zu verabreichen, das Leigh Sinton ihrer Tochter letzten Sommer gegeben hat.«

»Wie bitte?«, fragte Katie ungläubig und setzte Kaffeewasser auf, bevor Jo sich gezwungen fühlte, sie zu bewirten. »Da habe ich wohl etwas verpasst.«

Wahrscheinlich hatte ihr Ross davon berichtet, doch sie konnte sich beim besten Willen nicht mehr daran erinnern. Sie wusste ja nicht einmal mehr mit Bestimmtheit, wer Leigh Sintons Kind war. Ich verpasse einfach zu viel, dachte sie grimmig. Kein Wunder, dass Ross glaubt, mir sei das alles gleichgültig.

»Delphis Mum. Sie hatte keine Lust, während der ganzen Fahrt in die Bretagne ›Ich sehe was, was du nicht siehst‹ zu spielen, deswegen hat sie sie außer Gefecht gesetzt, bevor sie auf die Autobahn auffuhr. Alle haben total entsetzt getan, aber bei Boots um die Ecke war das Zeug, das sie ihr verabreicht hat, innerhalb weniger Tage ausverkauft.« Jo warf Katie einen müden, abgekämpften Blick zu. »Die skandalöse Welt der Knirpse unter fünf Jahren! Unterhaltungstechnisch müssen wir schon sehen, wo wir bleiben.«

»Das ist weitaus spannender als mein Tag im Büro.« Katie sank auf einen Küchenstuhl. »Ich hatte einen ziemlich destruktiven Wortwechsel mit meinem Chef wegen dieses Städtebauförderungsprojekts, bevor ich dann gemerkt habe, dass sie die ganze Sache sabotieren wollen. Daraufhin habe ich dann bei der nationalen Denkmalschutzbehörde angerufen und darum gebeten, das Gebäude, um das es bei dem Städtebauprojekt hauptsächlich geht, auf die Liste der denkmalgeschützten Gebäude zu setzen. Wenn mein Boss das mitbekommt, wird er durchdrehen und mich wahrscheinlich sofort feuern.« Sie beobachtete, wie Jo Kaffee in zwei große Tassen goss. »Wegen meiner großen Sorge um historische Gebäude hat mir die Dame bei der Denkmalschutzbehörde sogar einen Job angeboten. Eigentlich könnte ich mir auch gleich meine eigenen Entlassungspapiere ausstellen, um Eddie die Mühe zu ersparen, mich wieder mit der Pflege der Parkplätze zu betrauen.«

Jo setzte den Kaffeebecher vor Katie ab. »Warum nicht? Ist doch eine tolle Idee! Du solltest wirklich einmal mit der Denkmalschutzbehörde reden – wir könnten ein wenig mehr Würdigung und Anerkennung brauchen für das, was die Stadt so alles zu bieten hat. Was plant ihr denn nun in Sachen Memorial Hall?«

»Bridget hat vorgeschlagen, noch vor Weihnachten einen Abend zu organisieren, bei dem verstärkt auf das Problem hingewiesen werden soll. Sie und Angelica planen einen Ball im alten Stil, bei dem alle in altmodischen Kleidern und Kostümen tanzen sollen. Sie wollen die Bürger auf die Memorial Hall aufmerksam machen und die Leute dazu bringen, sich für den Erhalt des Gebäudes einzusetzen. Angelica hat sogar versprochen, für die Musik ein paar ihrer alten Big-Band-Kontakte wieder zu aktivieren …« Katie umschloss den Kaffeebecher mit ihren Händen. Sie schaute zu Jo auf. »Du musst doch bestimmt denken, dass ich wie Greg total von der Arbeit besessen bin, zumal ich mich doch eigentlich um einige Dinge zu Hause kümmern sollte.«

»Katie, du hast nichts mit Greg gemein«, erklärte Jo. »Gar nichts.«

»Doch.« Katie starrte in ihren Kaffeebecher. »Die Arbeit beherrscht mein Leben, das weiß ich. Der Grund dafür ist aber, dass die Kinder alles bekommen sollen, was sie brauchen, und es ist nun mal meine Aufgabe, dafür zu sorgen. Ich will einfach nur eine gute Mutter sein. Und die bin ich leider nicht.«

»Du bist eine wunderbare Mutter, Katie!«, widersprach ihr Jo ernst. »Du gehst viel zu hart mit dir ins Gericht! Meinst du denn, Hannah wäre ein so tolles Mädchen geworden, wenn du eine Rabenmutter wärst? Du arbeitest hart und bist ein Paradebeispiel der Unabhängigkeit. Außerdem bist du immer für die Kinder da – wenn du nach Hause kommst und am Wochenende.«

»Aber das ist nicht genug«, entgegnete Katie. »Du bist immerhin jeden Tag bei ihnen – das ist einfach nicht das Gleiche!«

Jo setzte ihren Kaffeebecher ab und verschränkte die Arme vor der Brust. »Du musst dir diese Vorstellung aus dem Kopf schlagen, es sei rund um die Uhr, sieben Tage die Woche eine Kindergartenidylle. Ja, manchmal ist es sehr schön. Aber frag doch mal Ross – oftmals kommt man sich wie ein Gefangener vor – nur du, ein jammerndes Baby und stundenlang die *Teletubbies*! Innerhalb einer Woche wärest du mit den Nerven am Ende. Ganz im Ernst: Was Langeweile betrifft, brauchst du eine ziemlich hohe Reizschwelle, und deine ist eher weit, weit unten! Sieh es ein, Katie – und ich sage dir das als deine Freundin –, Ross ist ein phantastischer Vater. Von euch beiden ist er genau der Richtige, um den Haushalt zu schmeißen und sich um die Kinder zu kümmern. Also hör auf damit, dich deswegen fertigzumachen, und akzeptiere die Situation, wie sie ist.«

»Aber ich habe immerzu das Gefühl, sie im Stich zu lassen!«, platzte es aus Katie heraus.

»Warum denn?« Jo starrte sie an. »Ich verstehe das einfach nicht. Inwiefern lässt du sie im Stich?«

»Indem ich nicht für sie da bin.«

»Dann ist es *dein* Problem, und nicht das deiner Kinder«, erwiderte Jo derb. »Du bist für deine Schuldgefühle selbst verantwortlich. Denn, wenn ich dir das sagen darf: So, wie es ist, geht es deinen Kindern sehr gut. Du verbringst sehr viel und ausreichend Zeit mit ihnen, wenn du zu Hause bist, und sie lieben dich. Mit allem anderen baust du dir nur wieder selbst eine unüberwindbare Hürde auf, an der du dich abmühst und die niemand wirklich begreifen kann.«

Katie war verblüfft, wie direkt und hemmungslos Jo austeilte. »Willst du etwa behaupten, ich sei neurotisch?«

»Nein! Ich sage nur, dass du anscheinend nicht bemerkst, dass du eine tolle Mutter bist! Die beste Mutter, die man sich vorstellen kann, da du deinen Kindern ein Zuhause und alles gibst, was sie brauchen. Mehr kannst du nicht tun.«

Ihre Stimme wurde weicher, als sie Katies verstörten Gesichtsausdruck bemerkte. »Dies ist ein Eindruck, den du vielleicht jetzt gerade hast. Aber du hast doch noch *Jahre* als Mutter vor dir! Jahre! Denk bloß einmal an all die Mutter-Tochter-Shopping-Touren, die du mit Hannah erleben wirst, wenn sie älter ist. Du weißt doch gar nicht, wie sich alles entwickeln wird – vielleicht geht Ross in ein paar Jahren wieder arbeiten, und du könntest deine Arbeitszeit auf Teilzeit reduzieren, wenn Jack eingeschult ist. Dann kannst du mit ihnen zu Fußballspielen und endlosen Blockflötenkonzerten gehen.«

Sie beugte sich vor, packte Katie an den Schultern und schüttelte sie. »Ich meine es ernst, Katie. Warum bist du so hart zu dir? Du bist eine tolle Mutter. Ich bewundere dich für das, was du tust, und es bricht mir das Herz, dass du anscheinend nicht sehen kannst, was für alle anderen offensichtlich ist. Sei ein wenig nachsichtiger!«

Katies Lippe zitterte. »Das hat mir noch nie jemand gesagt«, gab sie mit brüchiger Stimme zu. »Ich verhalte mich ziemlich albern, oder?«

»Ach, tatsächlich?« Jo tat erstaunt.

Katie schüttelte den Kopf. »Ich wollte immer eine Mum wie du sein – du weißt schon, eine Mum, die ihren Kindern ein warmes, gemütliches Zuhause bereitet und Kekse backt. Das ist das, was ich immer wollte. Bei den Kindern bleiben, wie meine Mum es bei mir gemacht hat, und mit ihnen etwas *unternehmen*. Verantwortung für sie übernehmen. Aber es ist anders gekommen, als ich es geplant hatte, und jetzt komme ich mir vor … als hätte ich versagt.«

»Dann bist du verrückt«, entgegnete Jo. »Ich würde nämlich sagen, dass du deine Aufgabe besser gemeistert hast als ich.«

»Und ich habe meinen Frust an Ross ausgelassen«, fuhr Katie fort, als ihr mit einem Mal alles klarwurde. »Ich war wütend auf ihn, weil er das tun konnte, was ich gern getan hätte. Ich war wahrscheinlich einfach nur neidisch, dass er seine Sache so prima machte. Du hast vermutlich recht; ich hätte weder seine Geduld noch sein Feingefühl.«

»Oh doch, das hättest du auch«, widersprach ihr Jo.

»Nein, hätte ich nicht. Ein paar Stunden lang, sicher, aber nicht Tag für Tag. Ich war so sehr damit beschäftigt, mich selbst dafür zu hassen, dass ich am Ende meine Ehe damit zerstört habe.« Sie sah Jo traurig an. »Ich habe ihn weggestoßen, weil ich mich selbst gehasst habe. Wie dumm ich war!«

»Ziemlich dumm«, pflichtete ihr Jo bei. »Aber es ist noch nicht zu spät.«

Katie schüttelte den Kopf. »Er redet nicht mehr mit mir. Ich habe immer wieder versucht, ihm zu sagen, wie ich mich fühle, aber er will mir nicht zuhören.«

»Ich denke nicht, dass es zu spät ist«, wiederholte Jo. »Vertrau mir.«

Katie musterte Jos offene Miene. Was wollte sie damit sagen? Was hatte Ross ihr erzählt? Es tat weh, dass nicht nur er es einfacher fand, mit Jo zu reden als mit ihr, sondern dass auch Jo noch ein Vertrauen in ihre Ehe hatte, das sie selbst schon lange aufgegeben hatte.

»Warum? Was hat er gesagt?«, bohrte sie, doch Jo presste die Lippen fest aufeinander.

»Nichts hat er gesagt«, erklärte sie schließlich, doch Katie wollte ihr nicht glauben. »Ich weiß es einfach. Geht ihr immer noch zu dieser Paartherapie?«

»Er will nicht mehr – zumindest jetzt nicht.«

»Vielleicht solltest du wieder hingehen«, schlug Jo vor. »Allein. Das könnte vielleicht hilfreich sein.«

Katie musste an Peter denken und all die Dinge, die Ross ihm wahrscheinlich erzählt hatte, nachdem sie während der letzten Sitzung einfach davongestürmt war. Wenn sie allein zu ihm ging, gab sie damit indirekt zu, dass die Ehe gescheitert war.

Wenigstens waren die Tangostunden mit Angelica eine gute Übung, selbst wenn sie nicht den gewünschten Effekt haben sollten, den Angelica ihr prophezeit hatte. »Vielleicht«, antwortete sie, ohne jedoch davon überzeugt zu sein.

»Ich werde auch hingehen«, verkündete Jo und begann, Geschirr in die Spülmaschine zu packen. »Allein. Ich will nicht, dass ich immer nur dir, Ross und meiner Mum mein Leid klage.«

Das Geschrei im Wohnzimmer wurde lauter, doch Jo fuhr in aller Ruhe fort, Teller in die Spülmaschine zu stellen, und ignorierte das Gelärme. Für eine Frau, die gerade von ihrem Ehemann verlassen worden war, bewies sie eine erstaunliche Gelassenheit.

»Jo, versteh mich bitte nicht falsch, aber nimmst du Beruhigungsmittel?«, fragte Katie besorgt. »Warst du beim Arzt?«

»Oh, so bin ich nicht die ganze Zeit«, erwiderte Jo. »Innerlich koche ich vor Wut. Glücklicherweise ist es die Sorte Wut, die mich nicht durchdrehen lässt. Ich frage mich immerzu, wie Greg es wagen kann, mich zu verlassen, wie er mir so etwas antun kann. Andererseits kann ich die Kinder tun lassen, was sie wollen, und muss ihn nicht immer anflehen, nach Hause zu kommen. Es ist eine ziemlich seltsame Balance. Außerdem bezahlt er eine Putzfrau, die das Haus in Ordnung hält, sodass ich mich voll und ganz um die Kinder kümmern kann, und er macht mir keine Vorwürfe mehr wegen der Unordnung. Oder der Größe meines Hinterns. Ich muss mir keine Gedanken mehr darüber machen, wo er ist, da er einfach nicht mehr hier ist. Es gibt also ein paar Dinge weniger, derentwegen ich mir Sorgen machen muss.«

Einen kurzen Augenblick lang verlor Jo die Fassung. Der Moment reichte jedoch Katie, um zu sehen, wie angespannt sie war. Katie wurde von Mitgefühl überwältigt. Wenigstens war Jo wütend und gab sich nicht die Schuld für alles, was geschehen war. Aber war es wirklich so gut für die Kinder, wenn ihre Mutter innerlich vor Wut kochte?

»Jo, wenn du eine Auszeit brauchst, kann ich dir die Kinder jederzeit gern abnehmen«, schlug sie vorsichtig vor. »Ich will damit nicht sagen, dass du nicht allein klarkommst, aber wenn du mal richtig Dampf ablassen willst …«

Jo verstand Katies Sorge und streichelte ihr über den Arm. »Versteh mich bitte nicht falsch – ich bin nicht die ganze Zeit wütend. Manchmal habe ich einfach nur Angst, und das sind genau die Momente, in denen ich zusammenbreche. Aber ich sage mir immer wieder, dass es besser ist, wie es nun einmal ist, denn wenn ich ihm immer und immer wieder verzeihen würde, würden sich meine schönen, klugen Töchter zu Frauen entwickeln, die immer Angst haben und der Überzeugung sind, dass ein Mann sie nur lieben kann, wenn sie dünn sind und er fremdgehen darf.«

»Da hast du in der Tat recht«, erklärte Katie. »Falls du jemanden brauchst, der dich ab und zu noch einmal daran erinnert, dann ruf mich an. Jederzeit. Rund um die Uhr.«

»Das werde ich«, antwortete Jo mit einem schwachen Lächeln. »Ich habe mir einen Anwalt genommen, und meine Mutter ruft mich andauernd an. Die beiden werden es mir auch immer wieder sagen. Aber ich bin wirklich froh, dass ich dich und Ross habe.« Sie hielt inne und hob bedeutungsvoll die Braue. »Euch *beide.*«

Schon komisch, dachte Katie, dass wir beide nun kämpfen und uns durchbeißen müssen und auf diese Art und Weise plötzlich wieder etwas gemeinsam haben. Vielleicht liegt es aber auch nur daran, korrigierte sie sich, dass ich zu der wichtigen Erkenntnis gekommen bin, dass sich nicht alles um mich dreht, sondern dass auch sie nun Hilfe und Unterstützung braucht.

»Bald geht es dir wieder besser«, erklärte Katie. Sie wünschte es sich so sehnlich und sprach mit einer solchen Nachdrücklichkeit, dass Jo die Tränen kamen.

Das herannahende Getrappel kleiner Füße hielt beide davon ab, noch mehr zu sagen. Die Trauer in Jos Gesicht wich einer überzeugenden Fröhlichkeit, als Molly in die Küche stürzte. Dicht auf dem Fuß folgte ihr Hannah.

»Komm, das musst du dir ansehen, Mummy! Komm schon!«, rief Molly. »Komm mit, unser Zauberpferd ansehen!«

»Das ist ein Spiel«, erklärte Hannah und wandte sich an Jo. »Jo! Du musst mitspielen!«

»Beide Mummys müssen mitspielen«, erklärte Jo ernsthaft. »Was frisst denn das Zauberpferd?«

»Wie wäre es denn mit den leckeren Möhren, die ich im Supermarkt gekauft habe?«, schlug Katie vor und winkte mit der Einkaufstüte. »Pferde lieben Möhren!«

»Erinnerst du dich noch an die Pferde, die wir im Urlaub

gesehen haben?«, fügte Jo hinzu. »Ihr könnt uns ja mal zeigen, wie sie an den Möhren gekaut haben!«

Hannah warf Katie einen argwöhnischen Blick zu und gab dann widerwillig nach. »Na gut. Du kannst die Möhren mitbringen, Mummy. Aber sei ruhig, das Pferd schläft gerade.«

Hannah und Molly schlichen davon und machten einander Zeichen, leise zu sein.

»Ich hoffe, deine Pferdeimitation ist ein Knaller?«, seufzte Jo.

»Sie ist besser, als du glaubst«, erwiderte Katie grinsend.

33

Zwar wich der feine, herbstliche Nieselregen im Laufe des Novembers einer beißenden Kälte, doch Ross nahm sich weiterhin die Donnerstage und die Montagabende frei.

Gegenüber Katie machte er nur vage Andeutungen darüber, wohin er ging, doch einige Aussagen von Hannah ließen darauf schließen, dass er anscheinend viel Zeit mit Jo verbrachte. Katie war außerdem aufgefallen, dass er wieder die Haare geschnitten hatte. Die neue Frisur brachte sein Gesicht besser zur Geltung und verlieh diesem ein neues, frischeres Aussehen. Zu Hause war er sehr viel lebendiger und ließ es nicht zu, dass Hannahs neue Anhänglichkeit zur Gewohnheit wurde. Fast schon mit übertriebener Fairness erinnerte er Hannah gewissenhaft daran, wie schön es doch war, dass sie donnerstagabends nun Mummy ganz für sich allein hatte. Katie versuchte daraufhin noch stärker, Ross zu zeigen, wie sehr sie schätzte, was er tat, doch obwohl er sich genauso freundlich verhielt wie immer, blieb die kühle Distanz zwischen ihnen.

Jo kam wieder zum Tanzkurs. Katie verspürte plötzlich ein neues Mitgefühl für Chloe und Trina, da nun auch sie und Jo keine männlichen Tanzpartner mehr hatten. Frank und Baxter erfreuten sich größerer Beliebtheit denn je. Bisweilen war es jedoch auch ganz lustig, sich wie zwei alte Tänzerinnen zu fühlen. Sie mussten immer wieder darüber lachen, wenn ihnen ihr Busen im Weg war oder Katie selbst dann immer noch zu führen versuchte, wenn Jo schon längst an der Reihe war.

Als sie am Ende der Tanzstunde gehen wollten, fing Angelica Katie ab.

»Sie und Ross werden bei der Tanzvorführung auftreten?«, fragte sie, obwohl es eher nach einer Feststellung klang als nach einer Frage.

»Ich glaube nicht.« Katie schüttelte den Kopf. »Es ist zwar alles okay, aber …« Sie zuckte mit den Schultern. »Könnte ich nicht etwas mit Jo tanzen? Vielleicht einen Jive?«

Entschlossenheit machte sich in Angelicas Miene breit. »Katie, Sie kommen doch morgen zu unserer Verabredung in der Mittagspause, nicht wahr?«

»Ja, aber …« Katie wollte gerade erklären, dass sie den Sinn und Zweck des Ganzen nicht verstand, doch der grimmige, leidenschaftliche Ausdruck in Angelicas Blick ließ sie verstummen. »Ja«, nickte sie stattdessen. »Ja, ich komme.«

»Sehr gut. Ich zähle bei der Vorführung auf Ross und Sie«, antwortete Angelica und rauschte zu Lauren weiter, um ihr mitzuteilen, dass sie trotz allem ihren großen Walzerauftritt haben würde.

»Das habe ich gehört!« Jo spielte die Beleidigte. »Ich kann gar nicht glauben, dass du mich für Ross stehen lassen willst.«

»Wenn nur wir vier Frauen mangels eines Tanzpartners übrig bleiben, könnte Angelica vielleicht einen Cancan mit uns einstudieren?«, schlug Katie vor.

»*Moulin Rouge*!«, rief Jo begeistert. »Mit Trina und Chloe!«

»Das ist ein Cha-Cha-Cha«, erwiderte Katie nüchtern und freute sich, als sich Jo vor Lachen schüttelte.

Katie war froh, Jo so lachen zu sehen, da ihr gerade Gregs Anwälte das Leben schwer machten. Ihre Vermutung, dass er eine heimliche Freundin haben könnte, hatte sich nicht nur bestätigt; zudem stellte sich heraus, dass sie eine jüngere Angestellte in seiner Firma und obendrein auch noch von ihm schwanger war. Greg wollte eine schnelle Scheidung, dabei jedoch Jo so wenig wie möglich überlassen.

Sobald sie im Auto saßen, platzte Jo mit den Details heraus. Heiße Tränen liefen ihr über das Gesicht.

»Er versieht sogar alles mit einem Preis, was *ich* in unsere Ehe eingebracht habe«, schluchzte Jo. »Ich kann es nicht fassen, dass er mich genauso taxiert und bewertet wie das Haus!«

Während der nächsten Wochen änderte sich kaum etwas. Katie tröstete Jo, so gut sie konnte. Jo wischte sich dann mit einem feuchten Babytuch über das Gesicht und ging zu Molly hinüber, um ihr zu zeigen, wie man Rumba oder Cha-Cha-Cha tanzte, je nachdem, was sie bei Angelica gerade durchnahmen. Molly und Hannah hatten ihre Ponywünsche begraben und bettelten stattdessen darum, Ballettunterricht zu bekommen. Aber nur bei Angelica.

Angelica wiederum wollte es sich »durch den Kopf gehen lassen«.

Ein paar Wochen später machte sich Katie in ihrer Mittagspause wieder mal auf den Weg zur Memorial Hall, um dort mit Angelica Tango zu üben. Angelica musste schon im Saal sein, da ihr laute Tangomusik entgegenschallte, als sie die Eingangstür öffnete. Packende Akkordeonklänge legten sich über den Staccatorhythmus des Tangos. Katie hielt einen Augenblick inne. Die hin- und herwogenden Klänge waren so eindringlich, dass ihr die Haare im Nacken zu Berge standen. Es war keine Musik, zu der man mit dem Fuß wippen konnte wie bei den schönen leichten Walzern. Diese Musik forderte es geradezu heraus, Posen einzunehmen und Rollen auszuleben.

Allmählich begriff sie, warum Angelica der Meinung war, dass der Tanz sehr gut für jemanden geeignet war, der aus dem geregelten Alltagsleben ausbrechen wollte. Eine Musik wie diese hier forderte weitaus mehr als nur eine Reihe erlernter Schrittfolgen.

Während sie ihren Mantel an einen Haken hängte, spähte Katie vorsichtig durch die Glasscheiben in den Saal und erhaschte einen Blick auf Angelicas geschmeidigen Körper, der sich wie eine schwarze Katze bog, als die Musik langsamer wurde und dann zu einem wehklagenden Crescendo anschwoll. Angelica trug ein schlichtes rotes Kleid und hatte das Haar zu einem lockeren Pferdeschwanz gebunden, der wie schwarzer Zuckerrübensirup in ihrem Nacken glänzte.

Katie hatte Angelicas Haar noch nie so offen gesehen. Fasziniert hielt sie inne und beobachtete, wie es von einer Seite zu anderen wippte, ohne dass sie dabei ein einziges graues Haar entdecken konnte.

Kaum zu glauben, dass sie schon fast sechzig ist, staunte Katie, als sie sah, wie Angelica den Tangorhythmus mit ihren Bewegungen mal beschleunigte, mal verlangsamte und dazu mit dem gestreckten Fuß einen weiten Bogen zog. Sie besaß ein so natürliches Rhythmusgefühl, dass sie auch noch mit achtzig die beste Tänzerin im Saal sein würde, selbst wenn sie nur noch ein Viertel der Schritte tanzen könnte. In jedem ihrer Schritte würde man diejenigen erkennen, die sie ausließ, und zwar so klar und deutlich, als hätte sie sie tatsächlich getanzt.

Katie wollte sich gerade abwenden, als ihr auffiel, dass Angelica nicht allein war. Neben ihr war ein Mann, der vollkommen in Schwarz gekleidet war. Er hatte ein wenig abseitsgestanden, als sie eine Art stampfende Flamencofigur getanzt hatte. Nun hielt er sie wieder im Arm und kehrte zu der Salida zurück, bei der sich ihre Wangen berührten. Das Tempo der Musik veränderte sich, und er umrundete sie, als sich Angelica auf ihrem Fußballen drehte. Danach kehrte sie mit perfekter Eleganz wieder in die richtige Position zurück.

Katies Herz schlug schneller, ihre Nerven begannen zu flattern. War der Mann etwa Angelicas eigener Tanzpartner oder nur irgendjemand, dem sie Privatunterricht gab? Er war ziemlich gut. Als Katie jetzt sah, wie der Tango aussah, wenn er richtig getanzt wurde, kehrte ihre alte Verzweiflung zurück, und sie fragte sich, ob sie jemals ebenso gut sein würde.

Ich möchte eigentlich mit niemand anderem als Ross tanzen, dachte sie plötzlich. Ich will beim Tanzen keine neuen Leute kennenlernen – ich möchte nur, dass er so mit mir tanzt.

Angelica hielt inne und demonstrierte dem Mann einen neuen Schritt. Dabei schnellte ihr Fuß immer wieder vor und zurück, sodass ihre roten Tanzschuhe zwischen seinen schwarzen Hosenbeinen aufleuchteten. Ihre Körper waren eng aneinandergeschmiegt, und seine weiße Hand lag tief auf ihrem roten Kleid, während im Hintergrund die sehnsuchtsvolle Tangomusik spielte.

»Jetzt haben Sie den Bogen heraus!«, rief Angelica mit einer Begeisterung, die sie im Tanzkurs nur selten zeigte. »Perfekt!«

Katie kam sich wie ein Voyeur vor. Sie sank auf die Sitzbank und zog die Tanzschuhe an. Sie hatte extra ein neues Paar Schuhe aus goldenem Leder und mit guten, schnellen Sohlen gekauft – das entsprach genau der Menge Glitter und Glamour, die sich Katie in der kurzen Mittagspause leisten konnte.

Katie musterte ihre Füße und stellte sich vor, dass sie die gleichen stolzen, erotischen Schritte tanzen würden, die Angelica eben vorgeführt hatte. Es hätte wahrscheinlich geholfen, wenn sie vorher zur Pediküre gegangen wäre; der Tango Argentino gehörte zu den Tänzen, bei denen rote Fußnägel durch eine Netzstrumpfhose hindurchleuchten mussten.

Zum ersten Mal seit vielen Jahren wünschte sich Katie, Zeit für eine Pediküre zu haben, und sie erschrak über sich selbst, als sie sich bei der Frage ertappte, ob das Nagelstudio neben dem Sainsbury's-Supermarkt auch Termine um die Mittagszeit herum vergab. Vielleicht hatte Angelica genau dies im Sinn gehabt mit dem Hinweis, dass sie die Frau in ihrem Inneren wieder zum Vorschein bringen sollte.

»Kommt schon«, feuerte Katie ihre Füße an, als sie sich von der Bank erhob, um den Saal zu betreten. »Lasst mich nicht im Stich!«

Als sie die Saaltür aufstieß, lief zwar immer noch die Musik, doch Angelica war nun allein. Sie hielt die Arme in Tanzposition und schritt gedankenverloren vor und zurück, als sie eine neue Figur ausprobierte. Als sie Katie erblickte, flog ihr Kopf hoch und ließ den Pferdeschwanz wippen. Von Nahem betrachtet sah sie aufgrund der leichten Krähenfüße um die Augen herum nicht mehr ganz so jugendlich aus, doch die unbändige Freude in ihrem Gesicht und die geröteten Wangen verliehen ihr ein Strahlen, das sie wunderschön machte.

»Ah, hallo!«, rief sie. »Ich habe eine Überraschung für Sie!«

»Die habe ich schon gesehen«, erwiderte Katie.

Angelica starrte sie überrascht an. »Tatsächlich?«

»Ja, ich habe es durch die Glastür hindurch gesehen – Sie haben mit einem Mann getanzt.«

»Das ist *ein* Teil der Überraschung«, erklärte sie, erholte sich von ihrem Schreck und lockte Katie mit dem Zeigefinger heran. »Der erste Teil ist aber dies hier.« Sie ging beschwingt zu den Stühlen hinüber und griff nach einer gelben Selfridges-Tüte. »Ich denke, dass es allmählich an der Zeit ist, Ihren Tangounterricht auf eine neue Ebene zu heben, da Sie nun die Grundschritte alle beherrschen. Zuallererst möchte ich, dass Sie kurz in die Toilette verschwinden und dieses Kleid anziehen.«

»Noch ein Kleid?«, fragte Katie ungläubig und dachte an das atemberaubende schwarze, über und über mit Glitzersteinen besetzte Kleid, das immer noch in ihrem Kleiderschrank hing und neben all ihren eintönigen, düsteren Büroanzügen wie ein gefangener Schmetterling wirkte. »Aber Sie waren schon viel zu großzügig zu mir. Ich dachte …«

Angelica schüttelte den Kopf. »Nein, das andere Kleid ist für das, was wir hier machen, viel zu theatralisch. Der Schnitt dieses Kleides hier ist viel erotischer, und man kann sich einfacher darin bewegen. Los, gehen Sie schon und probieren Sie es an!«

»Aber was ist mit diesem Mann?«, fragte Katie und nahm die Tüte nervös entgegen. »Muss ich mit ihm tanzen? Ich bin nämlich nicht sicher, ob …«

»Sie sind nicht mein einziger Tanzschüler«, entgegnete Angelica streng. »Und jetzt ab mit Ihnen!« Sie tippte mit dem Zeigefinger demonstrativ auf ihre Armbanduhr.

Zögerlich machte sich Katie auf den Weg in die eiskalten Toiletten.

Wenn alle Stricke reißen sollten, könnte ich immer noch den Gemeinderat dazu überreden, den Saal an Filmcrews zu vermieten, dachte Katie, als sie den Blick über die mit Spinnweben überzogenen Rohre und Leitungen schweifen ließ, die an den Wänden entlangliefen. Sogar die Klempnerarbeiten waren mit Stil und einem Auge fürs Detail verrichtet worden, und der einheitliche blaugraue Anstrich tat der Eleganz keinen Abbruch.

In der Plastiktüte wirkte das Kleid nicht besonders groß, sondern eher wie ein Hauch von schwarzem Jerseystoff. Als Katie es über den Kopf streifte, glitt es über ihren Körper und saß perfekt an Schultern und Hüften. Der tiefe V-Ausschnitt vorn schmeichelte ihrem hellen Hals und den Rundungen ihrer Schultern.

Katie betrachtete sich im Spiegel und war halb überrascht, halb erschrocken darüber, wie sinnlich sich das Kleid an ihren Körper schmiegte und das bisschen, was sie an Kurven zu bieten hatte, zur Geltung brachte. Der Stoff war schwer, hob sich aber dennoch, als sie sich umdrehte, um im Spiegel den gleichen tiefen V-Ausschnitt auf dem Rücken zu betrachten.

Das Kleid flog so sexy hoch, dass Katie sich noch in die andere Richtung drehte, nur um zu sehen, wie es sich anfühlte. Und es fühlte sich phantastisch an, wie der Stoff immer wieder ihre Knie sanft berührte. Deshalb drehte sie sich noch einmal in die andere Richtung, lugte neckisch über die Schulter zurück und betrachtete ihr Spiegelbild.

Eine temperamentvollere Katie blickte ihr entgegen. Vor Überraschung hätte sie fast lachen müssen.

In der Tüte befand sich außerdem eine Haarspange mit einer großen roten Seidenblume, mit der Katie die eine Seite ihres Ponys zurücksteckte. Im Saal hatte die Musik wieder eingesetzt, und nach einem letzten Blick in den Spiegel (woher hatte sie bloß all die Kurven?) stolzierte sie aus der Toilette. Sie nahm eine vollkommen andere Haltung an, damit das Bäuchlein, das noch von Jacks Geburt stammte, nicht mehr Aufmerksamkeit auf sich ziehen würde als ihre Schultern.

Angelica klatschte begeistert, als sie sie erblickte, obwohl Katie noch etwas anderes in ihrem Gesicht entdeckte – einen Schatten dessen, was sie vor Katie zu verbergen versuchte. Doch es musste eine sehr starke Gefühlsregung sein, da sie in ihrem Blick klar zu erkennen war, obwohl ihre roten Lippen wohlwollend lächelten.

»Sie sehen umwerfend aus!«, rief sie. »Umwerfend! Dieses Tangokleid gehört von nun an Ihnen.«

»Aber das kann ich doch nicht …«

Angelica winkte ab. »Ich trenne mich gerade von einigen meiner alten Kleider. Ich habe schon für Lauren eine ganze Kiste mit Kleidern gepackt, mit denen sie sich herausputzen kann. Aber, wie ich schon gesagt habe, ich kann Ihnen zwar die Schritte beibringen, aber was sie brauchen, ist Spannung, mit der Sie spielen können, damit Sie den inneren Vamp finden, über den wir gesprochen haben.« Sie tätschelte Katies

Hand. »Und darum habe ich einen Tanzpartner für Sie aufgetrieben.«

Katies Herz klopfte schneller. Es war so weit. Nun war die nächste Ebene erreicht, doch sie war nicht sicher, ob sie Schritte wie diese mit einem anderen Partner als Ross tanzen wollte.

»Ich hatte den Eindruck, dass er ein sehr guter Tänzer ist«, fing Katie an. »Ich hoffe, Sie haben ihn gewarnt, dass ich eine blutige Anfängerin bin ...«

»Er tanzt selbst noch nicht allzu lange«, erwiderte Angelica und öffnete die Tür zum Vorraum. »Wir sind fertig und warten auf Sie.«

Der Mann in Schwarz trat in den Saal und fuhr sich auf eine sehr vertraute Art und Weise mit der Hand durch das Haar. Im selben Moment erkannte Katie ihn. Es war Ross.

Sie brauchte einen Augenblick, um zu begreifen, dass er der gleiche selbstsichere Mann war, mit dem Angelica vor ein paar Minuten getanzt hatte. Ross? Der mit einer derartig selbstbewussten Entschiedenheit tanzte? Tatsächlich?

Angelica grinste wie ein Honigkuchenpferd, drehte sich geflissentlich um und ging zum CD-Spieler hinüber. Katie und Ross starrten einander an, als begegneten sie sich gerade zum ersten Mal.

»Katie?«, fragte Ross ungläubig und zog die Augenbraue hoch.

Katie wusste nicht, was sie sagen sollte, doch sie spürte, wie ihr die Schamesröte ins Gesicht stieg, obwohl sie gar nicht wusste, warum. Ross sah in seinem schwarzen Polohemd und der eng geschnittenen Hose so männlich und ungewohnt aus! Außerdem hatte er irgendetwas mit seinem Haar angestellt, da es glänzte und aus dem Gesicht gekämmt war, sodass seine Augen zum Vorschein kamen. Zudem bewegte er sich mit einer Zuversicht, die schon fast – sie konnte es kaum glauben – an Stolzieren grenzte.

Sein Aussehen ließ ihre Haut vor Aufregung kribbeln.

Ich bin wirklich scharf auf ihn, dachte Katie, als eine Mischung aus Schock, Anziehung, Freude und Entzücken wie ein Schluck Espresso durch sie hindurchjagte. Er sieht *umwerfend gut* aus!

Ross kniff die Augen zusammen. »*Bailamos?*«, fragte er, *Wollen wir tanzen?*, und hielt ihr die Hand entgegen.

Seine Frage war nicht vollkommen ernst gemeint, doch in ihr war keine Spur seines gewohnten selbstironischen Humors zu verspüren. Sie passte gut in die ohnehin schon seltsame Situation, in der sie sich befanden.

»Si!«, antwortete Katie mit dem gleichen gespielten spanischen Akzent. Ohne Vorwarnung ergriff er ihre Hand, trat so nahe wie eben möglich an sie heran und nahm Tanzhaltung an. Er legte eine Hand fest auf ihren Rücken und umschloss mit der anderen Hand die ihre in Höhe ihrer Wange. Sie hatte das Gefühl, als würden ihre beiden Körper zu einem verschmelzen, als er sie ganz leicht aus dem Gleichgewicht brachte. Doch sein Bein stützte ihres, und er hielt sie. Sie lehnte sich mit ganzer Kraft gegen ihn, sodass sich ihre Körper entlang ihres Oberschenkels berührten.

Ihre Nasen streiften sich beinahe, und sie spürte seinen warmen Atem in ihrem Gesicht. Sie waren einander so nahe, dass sie keine andere Möglichkeit hatte, als ihm in die Augen zu sehen. Nach den langen Monaten der physischen Distanz verschwamm für einen kurzen Moment der Rest des Raumes, als ihr der Schock, derart innig und vertraut miteinander zu sein, durch jede Nervenbahn zuckte.

Ross schaute sie mit einer Leidenschaft an, die ihre Wangen erglühen ließ. Fast schwarz leuchteten seine Augen, und es war mehr als offensichtlich, dass er in ihr eine andere Katie sah, ebenso, wie sie einen anderen Ross in ihm erkannte.

Sie erwiderte seinen Blick und verbat sich zu lächeln, um nicht den Zauber des Augenblicks zu zerstören. Das war es also, was die Zeitschriften mit ihren Ratschlägen für Paare meinten, sich wie andere Personen zu verkleiden und sich in einer Bar zu treffen, dachte sie verwirrt. Der Mann vor ihr war Ross, aber irgendwie auch wieder nicht. Er war der Tango-Ross. Ich weiß, dass er sehr verführerisch und männlich sein wird, wie es der Tanz ihm vorgibt, und er weiß, dass ich es weiß. Er weiß, dass ich sinnlich und herausfordernd tanzen werde. Er kann es kaum noch abwarten.

Ihre Lippen trennten nur wenige Zentimeter voneinander, und keiner von beiden konnte den Blick vom anderen abwenden aus Angst, die Spannung zu zerstören. Katie wusste, dass sie nichts vor ihm verbergen konnte, und eine seltsame Furchtlosigkeit durchströmte sie angesichts der Herausforderung, die sie in seinen Augen erblickte.

Natürlich war ein Teil Pantomime, die zum Tanz gehörte, doch Katie konnte sich nicht erinnern, wann sie sich je so zu Ross hingezogen gefühlt hatte. Und da es offensichtlich war, dass es ihm nicht anders ging, überkam sie ein Gefühl, das sie noch von früher kannte. Es war das gleiche Kribbeln, das sie verspürt hatte, als sie ihm zum ersten Mal begegnet war und sie es nicht fassen konnte, dass er sie ebenso sexy und anziehend fand wie sie ihn. Ich will, dass er das gleiche Kribbeln verspürt, dachte sie verzweifelt. Und wenn er mir zu Hause nicht zuhören will, dann muss er mir eben jetzt zuhören.

Die Musik begann, und ohne ein Wort zu sagen, führte er sie in die Salida, den Grundschritt. Ihre Hüften streiften sich bei ihrem Rückwärtsschritt, sodass Katie ihr Bein so erotisch und sinnlich heranzog, wie sie es bei Angelica nicht vermocht hatte. Keiner von ihnen veränderte die Schrittfolge, und sie wiederholten die Salida wie zwei Katzen, die umeinander herumschlichen.

Gerade, als Katie dachte, nun zu einem weiteren Grundschritt überzugehen, führte Ross sie plötzlich in die Ocho, indem sie sich auf Zehenspitzen zunächst in die eine, dann in die andere Richtung drehte, während er zurücktrat und bewegungslos verharrte. Nur sein Blick folgte Katie, als ihre Hüften herumwirbelten und in eine Drehung drängten.

»Sie wollen mit diesem Tanzschritt Ihren Partner necken«, hatte Angelica ihr erzählt und ihr eine aufreizende Beinbewegung gezeigt. Katie hatte gedacht, dass sie diese Bewegung niemals schaffen würde. »Sie flirten mit ihm und zwingen ihn, mit dem nächsten Schritt zu warten. *Sie* entscheiden nämlich, wie viele Ochos Sie tanzen möchten.«

Bei der ersten Drehung flog ihr Rock hoch, hob sich über ihre Knie und gab den Blick auf ihre schmalen Waden frei. Sie drehte sich einmal, zweimal, und als Ross sie gerade wieder in den Grundschritt zurückführen wollte, warf sie ihm mit ihren langen Wimpern einen strengen Blick zu und drehte sich ein drittes und ein viertes Mal.

Dann erst ließ sie zu, dass er sie wieder in die Salida zurückführte und sie beendete. Ohne darüber nachzudenken, bog sie voller Stolz ihren Kopf nach hinten, wie Angelica es ihr im Unterricht vorgemacht hatte.

Danach trafen sich Ross' und ihr Blick. Vor Aufregung lief ihr ein Schauer über den Rücken, als sich seine Mundwinkel zu einem anerkennenden Lächeln hoben. Dies war jedoch nicht das gutmütige Grinsen, das er ihr für gewöhnlich zuwarf, sondern ein erotischeres Lächeln, das schwerer zufriedenzustellen war. Die Figur war ihr perfekt gelungen, und sie konnte in seinem Gesicht lesen, wie beeindruckt er war. Ebenso in seinem Blick, an seinen Händen, die ihren Rücken streichelten und an seinem warmen, beschleunigten Atem, den er ihr in den Nacken blies – viel schneller, als es ihr Tanz verlangte. Katie ließ ihren Fuß lasziv über den Boden gleiten, als sie ein weiteres Mal den Grundschritt tanzten und Ross sie in einem Bogen in die Mitte des Saales führte.

Katie bemerkte nur am Rande, wie sich die Glastüren hinter Angelica schlossen, doch es war ihr egal. Ihr ganzer Körper erzitterte, wenn sie mit Ross in Berührung kam, wenn sich ihre Beine zufällig streiften, wenn sie mit ihrem Knöchel neckisch an der Innenseite seiner Wade entlangstrich und er sie begierig mit seinen dunklen Augen anschaute.

Katie bewegte sich, ohne über Schritte und Figuren nachzudenken, und fühlte sich dabei so eins mit sich wie noch nie zuvor. Sie war sich jeder ihrer Bewegungen bewusst und spürte, wie die Luft in ihre Lungen gesogen und wieder hinausgeblasen wurde. Sie hatte keine Ahnung, welcher Schritt als Nächstes folgen würde, wenn sie wieder in den Grundschritt zurückkehrten. Manchmal verweilte Ross einen Augenblick länger auf einem Schritt und hielt die langen Schläge doppelt so lange, während er manchmal auch das Tempo beschleunigte, sodass ihr das Blut durch die Adern rauschte, wenn sie seiner Führung folgte.

Das Bandoneon erhob sich über die rasselnde Percussion, während eine Frau Worte sang, die Katie zwar nicht übersetzen konnte, aber dennoch instinktiv verstand. Sie sang davon, sich nach einem Mann zu sehnen, ihn zu wollen und ihn zu lieben. Adrenalin schoss Katie durch die Blutbahn. Sich zur Musik und im Einklang mit einer anderen Person zu bewegen war das erstaunlichste Gefühl der Welt und eine Million Meilen entfernt von den Unterrichtsstunden, durch die sie sich hindurchgestolpert hatten. Dieser Tanz besaß keine Regeln, denen sie folgen oder gegen die sie verstoßen konnten. Wo genau im Saal sie tanzten, war genauso sehr ihre wie Ross' Entscheidung. Die aufregende Vorstellung, dass auch sie die Macht hatte, seine Schritte zu leiten, versetzte sie in höchste Konzentration.

Ross trat einen Schritt zurück, sodass sie erst in die eine Richtung, dann in die andere wirbeln konnte, eine Ocho, die nur zwei Drehungen dauerte, da sie sich danach sehnte, wieder in seinen Armen zu liegen. Währenddessen schauten sie einander gebannt in die Augen.

Ich habe keine Ahnung, was er nun vorhat, dachte Katie;

ihr wurde ein wenig schwindelig. Und als könne er ihre Gedanken lesen, zog Ross sie an sich heran, sodass sein Mund beinahe den ihren berührte und ihre Lippen erwartungsvoll zu prickeln begannen. Er hielt sie so einen kurzen Moment, in dem sie die Berührung seines Körpers umso intensiver spürte, bevor er sie nach hinten neigte.

Katie zögerte keinen Augenblick und vertraute ihm vollkommen. Das Blut schoss ihr in den Kopf, als sie den Rücken nach hinten bog und die Gitarren und Trommeln auf einen tosenden Höhepunkt zusteuerten.

Ich bin so glücklich wie nie zuvor, dachte Katie. Ich fühle mich wie eine Frau Mitte dreißig, die bereits eine Menge erlebt und diesen attraktiven Mann an ihrer Seite hat, mit dem sie gemeinsam in die Zukunft gehen wird.

Dann spürte sie, wie Ross' Arm sie wieder nach oben zog. Bevor sie Luft holen konnte, hatte er schon seine Hände in ihrem Haar vergraben und küsste sie leidenschaftlich.

Katie vergaß alles um sich herum, als sie sich an ihn schmiegte und ihn so begierig küsste wie damals, als sie sich kennengelernt hatten und jede Berührung und jedes Raunen sich neu und wunderbar angefühlt hatte. Wie hatte es nur passieren können, dass sie diesem Mann einmal so nahe gewesen war und dann vergessen hatte, in ihm den Menschen zu sehen, der er wirklich war? Der Gedanke, ihn verlieren zu können, erschien ihr mit einem Mal unerträglich.

Es hatte nichts mit ihm zu tun, erkannte sie plötzlich, sondern allein mit ihr. Vielmehr hatte es damit zu tun, dass sie glücklich sein sollte darüber, wer sie war. Und das war sie gerade – sie hätte um keinen Preis der Welt mit irgendwem tauschen wollen.

Ross löste sich von ihr, sodass sie ihm ins Gesicht schauen konnte. »Ich habe Unterricht genommen«, erklärte er. »Jeden Donnerstagabend. Es war Angelicas Idee. Obwohl ich finde, dass du tausendmal besser bist als ich.«

Katie kamen die Tränen, doch sie lächelte. »Bin ich nicht. Und es tut mir unendlich leid«, flüsterte sie und schmiegte sich an seine weiche Wange. »Ich war so dumm! Ich habe zugelassen, dass sich meine Probleme zwischen uns gedrängt haben, und es tut mir leid, dich so verletzt zu haben!«

»Ich habe mich dir gegenüber genauso dumm verhalten«, murmelte Ross und wurde ernst. »Doch damit ist jetzt Schluss. Durch dich wird mein Leben erst richtig und gut, und ich will dich nicht verlieren.«

»Das wirst du auch nicht.« Katie bedeckte seine Wangenknochen, die Augenlider und seine Lippen mit Küssen. »Das kannst du gar nicht.«

Draußen regnete es in Strömen. Der Regen peitschte gegen die Buntglasfenster, doch in Katies Ohren klang es nicht wie ein typisch englischer Wolkenbruch, sondern wie ein heißer lateinamerikanischer Monsun.

34

Als Bridget sämtliche ihrer Kontakte aktivierte, um mehr Aufmerksamkeit auf die Kampagne zur Rettung der Memorial Hall zu lenken, setzte sich eine Woge der Zustimmung in Bewegung, die selbst Bridget überraschte. Da sie nahezu alle Einwohner von Longhampton unter fünfzig unterrichtet hatte und alle gern bereit waren, alles Erdenkliche zu tun für die nette Mrs. Armstrong, wurde innerhalb weniger Tage aus der Tanzgala, die Bridget bei einer Tasse Kaffee mit Angelica und Katie besprochen hatte, *das* gesellschaftliche Event des Jahres.

»Ein kurzer Anruf« beim stellvertretenden Chefredakteur der Longhamptoner Wochenzeitung hatte einen ganzseitigen Bericht über die Memorial Hall sowie ein Interview mit Angelica als bekanntester Tochter der Stadt zur Folge. Und das war nur der Anfang. Die Resonanz auf die Aktionen war so groß, dass der Artikel in der folgenden Woche mit einem Modespezial fortgesetzt wurde. Lauren sprang als Model ein und führte Angelicas alte Kleider vor, während Trinas Nichte aus dem Friseursalon Tipps für die ultimativen Hairstyles gab. Und obwohl Chloe leider nicht dazu überredet werden konnte, für sie ein zweites Mal als Model herzuhalten, machte die Friseurin ihre Sache wirklich gut und ließ Peggys graues Haar wie das der Queen aussehen. Wenn sich denn die Queen für glitzernde Schmetterlinge und rosarote Strähnchen entschieden hätte.

Bridget erklärte in einem Interview, dass es weniger darum ging, Geld für die Memorial Hall zu sammeln, als die Aufmerksamkeit auf den unsicheren Fortbestand des Gebäudes zu lenken. Doch sogar bei einem Eintrittspreis von £ 25 pro Person (inklusive Getränke und Musik – dank eines weiteren ehemaligen Schülers, der einen lokalen Weinhandel betrieb, sowie eines eigentlich schon pensionierten Bandleaders, den Angelica noch aus ihrer Zeit in London kannte) rissen sich die Leute geradezu um die Eintrittskarten. Das Interesse war überwältigend. Frank hatte tagelang nicht einmal mehr Zeit, sich um die Gartenarbeit zu kümmern, da das Telefon nicht mehr stillstand, und auch Lauren hatte in der Praxis mit dem Kartenverkauf alle Hände voll zu tun. Sogar Kathleen gab widerwillig zu, eine Eintrittskarte kaufen zu wollen. »Aber nur, um dich tanzen zu sehen, du großer Vogel«, fügte sie hinzu, als benötige sie eine zusätzliche Erklärung. Innerhalb kürzester Zeit hatten Ross und Jo eine Website geschaltet, auf der alle Fragen beantwortet wurden und sich die Online-Unterschriftensammlung von Tag zu Tag vergrößerte. Sogar Leute aus London bekundeten ihr Interesse für die Aktion und trugen sich in die Liste ein.

»Ihr macht eure Sache wirklich super«, lobte Katie, als sie eines Abends Ross über die Schulter sah und beobachtete, wie er weitere Fotos hochlud, die er von der Spiegelkugel gemacht hatte. Die Kinder lagen beide gebadet im Bett und schliefen tief und fest, und das ganze Haus war still und friedlich. Katie drückte Ross einen Kuss auf den Hinterkopf. »Das sind wirklich schöne Bilder.«

»Vielen Dank«, erwiderte er.

Ross drehte sich um und lächelte sie an. Sie arbeiteten daran, einander zu loben und auch einmal ein Lob zu erhalten, ohne gleich daraus eine große Sache zu machen – Peter bestand darauf. Nach jeweils zwei Einzelsitzungen gingen sie nun wieder gemeinsam zur Paartherapie. Zunächst war ihnen alles ein wenig gekünstelt vorgekommen, doch je öfter sie hingingen, desto leichter fiel es ihnen. Nun erschien alles in einem anderen, wärmeren Licht.

»Hören Sie auf, so streng mit sich zu sein«, hatte Peter ihnen geraten, als sie die Therapie fortgeführt hatten. »Wenn Sie nicht ein wenig mehr Nachsicht üben, werden Sie beide immerzu nach Vorwürfen suchen, wo es gar keine gibt. Nicht etwa Sie selbst, sondern diese Vorwürfe sind der eigentliche Grund für Ihre Streitereien.«

Obwohl Peter sie beide gleichermaßen anschaute, während er sprach, wusste Katie sehr genau, dass er damit eher sie als Ross meinte, wehrte sich jedoch nicht dagegen. Sie dachte an Jos und Angelicas Worte und pflichtete ihm bei. Ross und sie hatten es sich zum Ziel gesetzt, einander drei aufrichtige Komplimente am Tag zu machen. Das war auf jeden Fall einfacher, als Hannah dazu zu bringen, ihre täglichen fünf Bissen Obst und Gemüse zu essen.

»Ich habe mich mit Jo unterhalten«, fuhr Ross fort. »Einer ihrer Bekannten braucht eine neue Website. Ich habe ihr gesagt, dass ich mich gern mit ihm treffen kann, um vielleicht etwas für ihn zu entwerfen.« Er klickte mit dem Cursor auf das Bild einer Buntglasscheibe und verlinkte sie mit den Informationen, die Frank über den Mann herausgefunden hatte, der die Fenster entworfen hatte – und ziemlich berühmt war, wie sich herausgestellt hatte. Ein weiterer Pluspunkt für die Aufnahme in die Liste der denkmalgeschützten Gebäude.

»So, so, und was sagte Jo sonst noch?«, fing Katie an, bevor sie sich auf die Lippe biss. Doch Ross ließ sich nicht verleiten.

»Die Website ist für einen Immobilienmakler, der sich selbstständig machen will. Wir haben schon seit einer ganzen Weile darüber nachgedacht – seitdem wir in den Center Parcs waren. Wir haben uns deswegen ein paar Mal getroffen und Pläne geschmiedet; vielleicht gründen wir zusammen ein eigenes Büro für Webdesign. Wir könnten zu Hause arbeiten, um für die Kinder da zu sein.« Er drehte sich zu Katie um, um ihre Reaktion zu beobachten.

»Oh! Ist das der Grund, warum ihr euch immer getroffen habt?«

»Ja. Jo hat mir ein paar Tipps und Ratschläge gegeben, was Kosten, Marketing und so weiter angeht. Warum? Was hast du denn gedacht, warum wir uns treffen?«, fragte er belustigt. »Dachtest du, wir hätten eine Affäre? Sei doch nicht albern!«

Er drehte sich wieder zum Computer um und klickte weiter. »Warum sollte ich mich woanders umschauen, wenn ich mit der besten Tangotänzerin der Welt verheiratet bin?«

Katie schlang die Arme um Ross' Schultern und vergrub das Gesicht in seiner Halsbeuge. Er duftete nach Jacks Badezusatz und Persil. Zwar sagte sie nichts, doch diese kleinen, beiläufigen Komplimente bedeuteten ihr sehr viel. Sie waren Beweis dafür, dass sie einander nicht als selbstverständlich ansahen. Katie hatte keinen Grund mehr, auf die teuren Rosensträuße neidisch zu sein, die Greg immer Jo mitgebracht hatte, da sie nun wusste, dass sie seinem schlechten Gewissen zuzuschreiben waren. Der Tee, den Ross ihr ans Bett brachte, war hundertmal mehr wert.

»Es wäre nicht schlecht, die Haushaltskasse auf diese Art ein wenig aufzubessern«, fuhr Ross fort und tauschte auf dem Bildschirm ein Foto von Bridget aus, auf dem sie im Eingang der Memorial Hall stand. »Vielleicht könntest du dann sogar deine Arbeitszeit auf vier Tage pro Woche reduzieren? Du könntest einen Tag mit den Kindern verbringen, während ich mich in Jos Schuppen an die Arbeit mache. Dort wollen wir übrigens unser Design-Büro aufbauen. Es sei denn, du kannst uns einen Büro-Deal zuschanzen.«

»Ich werde mal bei meinem Chef nachfragen«, erwiderte Katie grinsend.

Das ist genau das, was ich mir immer gewünscht habe,

dachte sie, während sie beobachtete, wie Ross den Cursor über die Website wandern ließ und wunderbare Dinge anstellte, von denen Katie nichts verstand.

»Wenn ich für euch ein paar …«, begann sie, doch dann hielt sie inne. Ross sollte sich ruhig selbst um seine Sachen kümmern. Sie musste dieser ständigen Kontrollsucht ein Ende setzten.

»Was denn?«

»Nichts«, erwiderte sie. »Ich bin nur sehr stolz auf dich.«

Ross wandte sich vom Computer ab und schlang die Arme um Katies Taille. »Dann sind wir ein sehr stolzes Paar.«

Die einzige Person in ganz Longhampton, die sich von dem gesteigerten Interesse an der Memorial Hall nur wenig beeindrucken ließ, war Eddie Harding.

Es brachte ihn in eine »sehr schwierige Lage«, wie er Katie mit zusammengebissenen Zähnen in einem Gespräch unter vier Augen vor der großen Besprechung in ihrem Büro erklärte. Seine Lage konnte jedoch kaum schwieriger sein als die Lage, in der er sich derzeit befand: Mit einer Pobacke hockte er auf Katies Schreibtisch, was er offensichtlich als sehr entspannt und lässig empfand.

»Auf welcher Seite stehen wir eigentlich, Kate?«, fragte er phrasenhaft. »Unterstützen wir die Menschen, die Wohnungen brauchen, oder etwa die, die alles so erhalten wollen, wie es ist? Auf welcher Seite stehen wir also?«

Augenscheinlich auf der Seite der Wähler, dachte Katie insgeheim, da bald Kommunalwahlen anstanden. Sie antwortete jedoch nicht. Es verunsicherte Eddie, wenn Menschen ihm nicht sofort beipflichteten.

»Es ist ein wenig kompliziert für mich«, fügte er ein wenig martialischer hinzu und beugte sich so weit zu ihr vor, dass Katie seinen Kaffeeatem riechen konnte. »Ich finde es schwierig, wenn ein Mitglied meines engsten Mitarbeiterstabes in der Zeitung auf der ersten Seite abgebildet ist und etwas von einem verdammten Schwingboden erzählt.«

»Zusammen mit Amanda Page, ihrerseits Mitglied des Parlaments«, hob Katie gelassen hervor. »Der ich damit demonstriert habe, dass das Stadtplanungsamt im Einklang mit der Vergangenheit und der Zukunft der Stadt arbeitet.«

»Es zeugt von einer gewissen Befangenheit.«

»Schon richtig. Die Memorial Hall liegt mir sehr am Herzen, und ich habe bereits eine Empfehlung ausgesprochen, mit den Bauunternehmern in Verhandlungen zu treten, um das Städtebauförderungsprojekt um das Gebäude herum anzusiedeln«, erklärte sie und zog die Kappe ihres Füllers ab, um Eddie zu zeigen, dass sie sich nicht einschüchtern ließ. Natürlich würden die Veränderungen einige Extrakosten mit sich bringen, wogegen sich einige sträubten – allen voran Eddie.

Sie schaute zu ihm hoch und grinste breit. »Wenn Sie jedoch denken, dass es Ihre Integrität kompromittieren würde, wäre das auch in Ordnung. Ich hatte gehofft, mich nach der Besprechung kurz mit Ihnen unterhalten zu können, da ich beantragt habe, einen Posten zu schaffen, der für den städtischen Denkmalschutz zuständig ist.«

»Wie bitte?« Eddies Gesicht verdunkelte sich, als ihm die Auswirkungen eines solchen Antrags klarwurden. »Was soll der Quatsch?«

»Finden Sie nicht, dass wir die Pflicht haben, die historischen Bauten unserer Stadt zu schützen?«, fragte Katie ihn vorwurfsvoll. »Amanda Page ist der Meinung, es sei sehr bedauerlich, dass wir noch keinen obersten Denkmalschützer ernannt hätten.«

Eddie änderte die Taktik und senkte seine Stimme zu einem vertraulichen Raunen. »Das klingt nicht gerade nach einem karrierefördernden Posten, Kate. Zumindest nicht für ein so ehrgeiziges Mädchen wie Sie.«

Katie blickte ihm unerschrocken in die Augen. Dieser

Kriecher musste nicht unbedingt wissen, dass sie die Stellenbeschreibung für eine Vier-Tage-Woche bereits abgefasst hatte und mehr oder weniger schon die Zusage besaß, im neuen Jahr die Stelle antreten zu können. Außerdem brauchte er jetzt noch nicht zu wissen, dass ihr Aufgabengebiet den grundsätzlichen Schutz älterer Gebäude vor neuen Bauvorhaben umfasste und dass gewisse Leute bereits ihr Augenmerk auf gewisse andere Leute gerichtet hatten.

»Es gibt verschiedene Arten des Ehrgeizes, Eddie«, erwiderte sie daher nur. »Wie sieht es denn mit Ihren Tanzkünsten aus? Kann ich Ihnen vielleicht eine Eintrittskarte für die Tanzgala verkaufen?«

Mit der für sie typischen Sorgfalt und Tüchtigkeit hatte Bridget die Vorbereitungen für die Tanzgala innerhalb kürzester Zeit getroffen. Dabei hatte sie sogar gleichzeitig die Planung des Krippenspiels und den Einkauf der Weihnachtsgeschenke organisiert.

In diesem Jahr hatten sie sich auf ein striktes Geschenkbudget von 15 Pfund pro Kopf geeinigt. Doch immerhin waren mittlerweile alle Kreditkartenabrechnungen beglichen.

Diese Tatsache war Lauren zu verdanken, die aktiv geworden war und die verschiedenen ortsansässigen Lieferanten so bezirzt hatte, dass sie die großen Anzahlungen wieder zurückgezahlt hatten. Zudem hatte sie jeden einzelnen Gegenstand, der für die Hochzeit vorgesehen gewesen war, wieder verkauft – sogar ihre fünf Paar Brautschuhe. Dabei hatte ihnen die Tatsache geholfen, dass Lauren und Bridget die meisten Leute, mit denen sie dabei zu tun gehabt hatten, durch die Schule und die Praxis persönlich kannten. Aber dennoch bewunderte Bridget die Art und Weise, wie Lauren die Demütigung einfach hinuntergeschluckt und weitergemacht hatte.

»Sie können sicher sein, dass ich wiederkomme«, hatte Lauren den Händlern versprochen. »Höchstwahrscheinlich im nächsten Jahr. Wir haben zwar noch kein Datum festgelegt, aber ich werde mich bei Ihnen melden, sobald es so weit ist.«

Laurens Einsatz hatte ihnen ein paar Tausend Pfund in die Kasse zurückgeholt. Dann hatte Frank Bridget in Erstaunen versetzt, als er seinen männlichen Stolz hinuntergeschluckt und sich mit Irene über die Anzahlung des Hauses unterhalten hatte.

»Wenn Sie die Hochzeit bezahlen, dann lassen Sie bitte zu, dass mein Ron das Haus übernimmt«, hatte Irene erklärt (und laut Frank, der nicht gewusst hatte, wohin er schauen sollte, dabei mit den Tränen gekämpft). »Er hat Christopher ein wenig Geld in einem Treuhandvermögen hinterlassen, das er erst bekommt, wenn er fünfundzwanzig ist, damit er sich nicht irgendein albernes Auto davon kauft, wie ich annehme. Ganz unter uns, Frank: Ich habe schon des Öfteren darüber nachgedacht, ihm das Geld einfach zu geben, aber ich hatte Sorge, dass er nicht erwachsen genug ist, um es für vernünftige Dinge auszugeben. Aber während der letzten Wochen … Ich finde, dass unsere Kinder beide eine sehr weise Entscheidung getroffen haben, was ihre Zukunft angeht, nicht wahr? Es ist ihnen bestimmt nicht leichtgefallen, so besessen, wie Ihre Bridget von dieser Hochzeit war. Erlauben Sie mir bitte, Christopher das Geld zu geben, damit er Ihnen die Anzahlung für das Haus zurückzahlen kann, ja? Ich könnte Ihnen jetzt schon einmal einen Scheck über die Hälfte des Betrags ausstellen …«

Frank hatte schon zustimmend genickt, als Irene mit verschleiertem Blick fortgefahren war. »Denn ich weiß, wie stolz Ron gewesen wäre, Lauren als Schwiegertochter zu bekommen. Sie ist eine wirklich außergewöhnliche junge Frau …«

Das war der Punkt, an dem ihnen beiden die Tränen gekommen waren. Danach hatte Frank dann selbstlos erkennen müssen, dass Irene »vielleicht doch nicht so hochnäsig« war, wie er gedacht hatte. Er hatte schließlich sogar darauf bestanden, dass sie mit ihnen zum Weihnachtsball kommen sollte.

Der letzte noch fehlende Geldbetrag war dann einer sehr unerwarteten, aber dennoch sehr willkommenen Überraschung zu verdanken gewesen.

Eines Abends waren Frank und Bridget ins Kino gegangen, während Lauren die Pakete mit dem ganzen Hochzeits-Schnickschnack packte, den sie bei eBay verkauft hatte. Als es gegen acht Uhr plötzlich klingelte, stand Angelica vor der Tür und kämpfte mit dem Gewicht einiger riesiger Kleiderschutzhüllen.

»Frohe Weihnachten!«, ertönte es unter dem Stapel. »Lassen Sie mich hinein?«

Lauren dirigierte sie ins Wohnzimmer und hoffte inständig, dass Angelica sich nicht dazu entschieden hatte, dass sie bei der Tanzvorführung alle Kostüme tragen und etwa als Tambourmajorette verkleidet tanzen müssten.

»Ich bringe Ihnen ein verfrühtes Weihnachtsgeschenk«, erklärte Angelica, warf die Kleiderschutzhüllen auf das Sofa und begann, die Reißverschlüsse der Hüllen zu öffnen. »Bevor Sie etwas sagen: Ich sortiere gerade aus. Ich brauche die Kleider nicht mehr und möchte, dass Sie sie bekommen. Ich wünsche mir nämlich, dass wieder in den Kleidern getanzt wird – sie haben es verdient, noch einmal zum Einsatz zu kommen.«

Stoffe, die mit prächtigen purpurfarbenen und scharlachroten Pailletten besetzt waren, kamen zum Vorschein, als sei die Kleiderschutzhülle ein Kokon, aus dem wunderschöne Schmetterlinge schlüpften. Ballkleider. Atemberaubende glitzernde Kleider – viel zu schön für mich, dachte Lauren und strich ehrfürchtig über die Stoffe. »Aber wenn ich …«, fing sie an, als sie von Angelica unterbrochen wurde.

»Lauren, ich habe von der Hochzeit gehört. Ich kann verstehen, dass Sie sich in das weiße Kleid, die Petticoats und das alles verliebt haben. Aber Sie sind mindestens ebenso elegant auf der Tanzfläche, wie Sie es eines Tages in einem Hochzeitskleid sein werden. Es ist zwar nicht ganz das Gleiche, ich weiß, aber …« Statt den letzten Satz zu beenden, wandte sie sich wieder den Kleidern zu und befreite sie aus den Kleiderhüllen, bis schließlich das ganze Sofa unter aufwendig verzierten, glitzernden Stoffen verschwand.

Sie hatte niemals das ausladende weiße Kleid getragen – doch diese Tatsache hatte sie nicht davon abgehalten, im Mittelpunkt des Interesses zu stehen. Das war es, was Angelica eigentlich Lauren hatte sagen wollen. Das Tanzen würde Lauren das Selbstbewusstsein verleihen, das ihr zurzeit noch fehlte. Spätestens dann, wenn sie merkte, dass sie sich bei einem Ball nie wieder hinsetzen musste.

Da Lauren schwieg, fragte sich Angelica, ob sie die Grenze überschritten hatte.

Obwohl ihre blauen Augen die Kleider geradezu verschlangen, runzelte Lauren die Stirn. »Angelica, noch nie habe ich etwas so Schönes geschenkt bekommen. Ich weiß gar nicht, was ich sagen soll!«

»Ein einfaches Danke reicht vollkommen aus. Und das Versprechen, dass Sie die Kleider tragen werden.«

Lauren hielt sich ein Kleid vor die Brust – das schöne Foxtrottkleid, wie Angelica feststellte, mit den wippenden purpurroten Federn. »Es ist nur … Die Kleider sind atemberaubend, wie für eine Prinzessin gemacht, aber …«

Die Kleider waren in der Tat atemberaubend schön, aber wie konnte sie in diesen Kleidern tanzen – in dem Wissen, dass ihre Mutter den Ewigkeitsring bei eBay zum Verkauf anbot?

»Aber *was?*«, fragte Angelica, woraufhin Lauren ihr schuldbewusst die Geschichte von Bridgets Geldsorgen berichtete.

»Nun gut, dann sollten Sie die Kleider wohl besser verkaufen!«, erklärte Angelica plötzlich. »Es sind doch nur Kleider! Immerhin sind sie einiges wert.«

»Aber es sind doch Ihre –«

»Sie sind nichts als *Kostüme.*« Sie legte Lauren beruhigend die Hand auf den Arm. »Und dieser Teil meines Lebens ist definitiv vorüber. Behalten Sie ein Kleid, in dem Sie glamourös und bezaubernd aussehen, den Rest verkaufen Sie einfach. Glauben Sie mir: Das Wichtigste ist, dass Ihre Mutter glücklich ist. Und Sie haben eine wirklich wunderbare Mutter.«

»Und man hat schließlich nur eine Mutter«, seufzte Lauren.

»Na ja«, erwiderte Angelica. »Für gewöhnlich jedenfalls.«

Bridget war außer sich vor Freude, die Auktion abbrechen und den Ring behalten zu können. Sie war jedoch fest entschlossen, die Ausgaben für Weihnachten strikt unter Kontrolle zu halten. »Dieses Jahr werden wir es mit Geschenken nicht übertreiben«, erklärte sie Frank wenige Tage später beim Abendessen. Lauren war mit Chris ausgegangen – »zum Üben« war auch Kian mit von der Partie. »Nicht nach allem, was passiert ist.«

»Es gibt auch gar nichts, was ich noch brauche oder mir wünsche, Liebes«, antwortete Frank zur Bestätigung. »Einmal abgesehen vielleicht von einem neuen Paar Tanzschuhe. Nächstes Jahr nehmen wir nämlich den Quickstepp noch einmal in Angriff – ich möchte meine Fußarbeit wieder etwas beschleunigen.« Er zwinkerte. »Wenn du wüsstest, was du damit angefangen hast!«

Bridget wusste sehr wohl, was sie ausgelöst hatte. Frank war derjenige gewesen, der um eine zusätzliche Unterrichtsstunde bei Angelica gebeten hatte, um ihre gemeinsame Walzertechnik ein wenig aufzufrischen. Angelicas Plänen zufolge sollten Frank und Bridget einen Foxtrott und Lauren und Chris allein einen Walzer tanzen. Doch Frank hatte sich geweigert, bevor Angelica ihren Vorschlag überhaupt beendet hatte.

»Nein«, hatte er vollen Ernstes verkündet. »Lauren wird ein einziges Nervenbündel sein, wenn sie vor aller Augen dort allein tanzen soll – insbesondere, wenn dieser Riesenplattfuß Chris sie über die Tanzfläche zerrt. Es wäre viel besser, wenn wir gemeinsam mit ihr tanzten, nicht wahr, Bridget? Wir machen einfach einen Familientanz daraus!«

Angelica war der beschützende Blick, den Bridget und Frank einander zugeworfen hatten, nicht entgangen. Zwar gab Lauren Chris noch eine Chance, doch zunächst nur auf Probe, wenn es nach Frank ging. Angelica nahm sich vor, Chris eine private Zusatzstunde zu geben. Oder zumindest Bridget dazu zu überreden, diese Aufgabe zu übernehmen, die das eine gute Idee fand.

»Perfekt!« Bridget strahlte ihren Ehemann an. Mittlerweile hielt er sich nicht nur beim Tanzen gerade. Auch außerhalb der Tanzfläche schien seine gebeugte Haltung verschwunden zu sein.

Beim Walzer sieht er sogar noch besser aus als beim Jive, dachte Bridget überglücklich.

35

Die Nacht der Tanzgala war zwar eisig kalt, dafür aber klar. Am dunklen Dezemberhimmel funkelten Hunderte von Sternen, als wollten sie den mit Glitzersteinen übersäten Kleidern und den frischgereinigten Anzügen Tribut zollen. Im Hintergrund erschallten die rasanten Klänge der Big Band, während die ersten Tänzer die Memorial Hall erreichten.

Bevor jedoch den Gästen die Türen geöffnet wurden, stand Angelica allein im Saal und genoss die letzten Momente der Stille, nachdem die Band den Soundcheck beendet hatte und sich umziehen gegangen war. Angelica fühlte sich, als stünde sie mit einem Fuß in der Vergangenheit und mit dem anderen fest in der Gegenwart. Es widerstrebte ihr, den Blick in die Zukunft zu richten. Heute würde sie sich einzig und allein darauf konzentrieren, den Abend zu genießen, wie sie es sich noch nie zuvor erlaubt hatte. Nach all den Jahren, in denen sie sich immer wieder in ein neues Ich verwandelt und sich durchgekämpft hatte, war sie endlich glücklich darüber, ganz sie selbst zu sein, mit jedem tanzen zu können, der sie um einen Tanz bat, die Fortschritte ihrer Tanzschüler anzuerkennen und sich von der Musik treiben zu lassen.

Du kannst die Zeit nicht zurückdrehen, dachte Angelica, als sie den Blick über die alten Wandfriese schweifen ließ. Sie tanzte einen Langsamen Walzer unter dem Konfettilicht, das der Spiegelball auf den Boden warf. Darum sollte man seine

Angelegenheiten regeln, solange man es noch kann. Heute, dachte sie. Heute ist es so weit.

Ihre scharlachroten Lippen hoben sich zu einem Lächeln, als sie bewundernd feststellte, was Katie, Bridget und sie innerhalb kürzester Zeit auf die Beine gestellt hatten. Selbst in seiner Blütezeit hatte dieses Gebäude keinen Abend wie diesen erlebt: Statt des gewohnten Orangensaftes blubberte auf Tabletts im Vorraum nun eisgekühlter Champagner in Sektflöten, und kleine silberne Kugeln hingen von den Dachbalken herab. Diese waren wie ein Sternenbild um den großen Spiegelball drapiert, der sich langsam über dem blank polierten Boden drehte.

Auf den Eintrittskarten – die man auf Angelicas besonderen Wunsch hin auf festem Karton gedruckt und mit einer Goldkante versehen hatte – war die Bitte vermerkt gewesen, in Abendgarderobe zu erscheinen. Während die Gäste nach und nach eintrudelten, wurde Angelica erst so richtig bewusst, welch unerwartete Leidenschaft für Glamour sie in der Stadt entfacht hatte. Im gesamten Umkreis war auf keinem einzigen Dachboden, in keinem Geschäft oder Secondhandladen mehr auch nur ein einziges Ballkleid aufzutreiben gewesen. In den Drogerien waren sogar die Selbstbräuner ausverkauft, und die Friseure hatten den Tag über mit festlichen Hochsteckfrisuren alle Hände voll zu tun gehabt. Dank der großen Berichterstattung waren fast alle Amts- und Würdenträger der Stadt anwesend und sehr darauf bedacht, neben den gewohnten Teilnehmern des Tanzabends vor den Kameras zu posieren. Die Röcke waren so ausladend, dass nicht mehr als fünf Frauen zur gleichen Zeit in den Toiletten ihren Lippenstift auffrischen konnten.

Der Ball begann um Punkt halb acht nach einer recht nervösen, aber sehr bewegenden Ansprache von Bridget, in der sie hervorhob, wie wichtig es sei, die schönen alten Bauten der Stadt zu schützen und zu bewahren. Keiner der Tanzkursteilnehmer konnte sich über fehlende Tanzpartner beklagen. Baxter war auf die Idee gekommen, für die Damen Tanzkarten zu verkaufen, die ausgefüllt werden mussten. Angelica ihrerseits forderte für jeden Tanz mit ihr eine Spende für die Renovierung der Memorial Hall, und innerhalb kürzester Zeit hatte sie schon genügend Geld zusammen, um den Heizkessel reparieren zu lassen.

Die Vorführung des Tanzkurses sollte um halb zehn beginnen – in der Pause, um »allen, die außer Atem sind, die Chance zu geben, sich wieder zu erholen«, wie Angelica erklärt hatte. Den vor Anstrengung geröteten Gesichtern nach zu urteilen, kam die Unterbrechung keine Minute zu früh.

»Sind alle bereit?«, fragte Angelica, als sich ihre Schüler ein wenig angespannt draußen im Korridor versammelt hatten und sich für den großen Auftritt wie die Küken hinter der Mutterhenne aufreihten. Die Band spielte gerade »Moonlight Serenade«; am Ende des Liedes sollte es so weit sein.

Angelica bemühte sich, so fröhlich und unbeschwert zu klingen wie möglich, doch sie bemerkte sehr wohl die Gänsehaut auf Laurens bleichen Armen und Katies beschleunigten Atem, bei dem sich ihr neues Kleid sichtbar hob und senkte. Sie waren alle nervös. Sogar Baxter fuhr sich immer wieder durch das Haar und versuchte, es mit der Hand zurückzustreichen, bis es völlig glatt war und glänzte.

Angelica wusste, dass sie Nerven wie Stahlseile brauchen würden. Es spielte keine Rolle, ob man den Tower Ballroom betrat oder das eigene Wohnzimmer; wenn andere Leute einem zusahen, war alles anders. Ihr Unterbewusstsein hatte schon begonnen, die Strophen abzuschätzen und abzuzählen, wie viele Refrains noch blieben.

»Ich weiß, dass dies nicht der geeignete Zeitpunkt ist, um eine Rede zu halten«, entschuldigte sie sich und musste dabei die gedämpften Trompeten übertönen, die durch den Saal hallten. »Ich möchte jedoch, dass Sie alle wissen, wie stolz Sie mich bereits vor Betreten des Saals gemacht haben. Sie werden alle ganz wundervoll tanzen! Ich hoffe, heute Abend mit jedem Einzelnen von Ihnen tanzen zu können.«

»Nicht doch«, warnte Lauren und wischte sich mit dem Handrücken die Tränen aus den Augen. »Sonst verschmiere ich noch meine Wimperntusche!«

»Bloß nicht«, rief Trina erschrocken, deren umfangreiche Sammlung von Eyelinern ihr die Aufgabe eingebracht hatte, sich um das Make-up zu kümmern. »Ich habe eine halbe Ewigkeit gebraucht, um Ihre Wimpern zu tuschen!«

Trina und Chloe tanzten einen Cha-Cha-Cha zusammen, um zu zeigen, »wie gut wir uns bisher ohne Männer geschlagen haben.« Vernünftigerweise hatten sie das Latinthema mehr auf ihre Frisuren bezogen als auf die traditionellen paillettenbesetzten kurzen Kleidchen. Chloes Haar war zu einem blonden Lockenberg im Afrostil frisiert und mit goldenen Seidenblumen verziert. Trinas dunkler Kurzhaarschnitt dagegen war zurückgegelt zu einem »Elfen-Look«, wie es ihre Nichte sehr optimistisch ausgedrückt hatte. Beide hatten mehr Glitzer an ihren Wangen als das gesamte Ensemble der *Rocky Horror Picture Show* zusammen. Was ihre Kleidung betraf, hatten sie sich für schlichte Stufenröcke entschieden.

»Denken Sie ausschließlich an die Musik«, fuhr Angelica fort und musterte die Gruppe. »Lassen Sie die Musik auf sich einwirken, dann erledigen Ihre Füße den Rest schon von ganz allein! Genießen Sie es, dieses eine Mal das Tanzparkett ganz für sich allein zu haben. Und das Lächeln nicht vergessen!«

Wie auf Knopfdruck hoben sich alle Mundwinkel zu dem steifen Standardlächeln, als die Musik im Saal langsam zum Ende kam.

»Jetzt geht es los«, stellte Katie trocken fest und holte tief Luft, während Lauren unter der großzügig aufgetragenen braunen Tagescreme mit einem Schlag bleich wurde.

Angelica schwirrte zwischen ihnen umher, um sie ein

wenig abzulenken. »Wer war das erste Paar? Trina und Chloe, nicht wahr? Mit ›Lady Marmelade‹?« Sie stellte alle Paare in Reihe auf. »Dann folgen Baxter und Peggy mit ihrem wundervollen Foxtrott, dann alle meine Armstrongs mit einem Walzer. Im Anschluss daran folgt dann das große Finale …«

Sie drehte sich zu Katie und Ross um. »Sie beide werden allen die Show stehlen. Sind Sie bereit?«

Ross drückte Katies Hand und antwortete für sie beide. »Wir können es kaum abwarten!«

Angelica betrat die Bühne und nahm das Mikrofon zur Hand. Es war altmodisch, flach und glich vom Aussehen her eher einem Teppichklopfer. Als sie über den Rand des Mikrofons hinweg in das Publikum hinuntersah und ein Meer aus weißen und schwarzen Anzügen erblickte, in dem sie auch vereinzelte glänzende Gehröcke in der Farbe von gerösteten und kandierten Mandeln entdeckte, schien sich die Zeit vor ihr mit einem Mal zurückzudrehen. Die Gesichter mit den vor Vergnügen und Anstrengung geröteten Wangen schienen keineswegs der heutigen Zeit anzugehören. Mit den altmodisch gelockten Haaren und dem leuchtend roten Lippenstift der Frauen hätte es sich auch um ein Schwarz-Weiß-Foto handeln können, in das Leben eingehaucht worden war – als hätten sich die geisterhaften Tänzerinnen von damals unter die Lebenden gemischt, da sie der Live-Musik und der feierlichen Atmosphäre nicht hatten widerstehen können.

Applaus brandete auf, und Angelica musste beruhigend mit den Händen wedeln, um die Menge zu stoppen.

»Meine sehr verehrten Damen und Herren«, grüßte sie, und ihre Stimme hallte selbstbewusst durch den Saal. »Ich habe heute Abend die große Ehre, Ihnen die Angelica Andrews School of Dance zu präsentieren!«

Sie trat zurück, als die ersten mitreißenden Takte von »Lady Marmelade« erklangen und Trina und Chloe auf die

Tanzfläche stolzierten, sich beständig mit der Führung abwechselten und sich perfekt im Rhythmus bewegten. So, wie sie ihr Haar wie echte Showgirls nach hinten warfen, umherstolzierten, posierten und mit den Hüften wackelten, hätte man gut und gerne vermuten können, dass sie ihr Leben lang auf einer Showbühne in Las Vegas gestanden hatten und nicht etwa in einem langweiligen Steuerbüro im braven England angestellt waren. Sie tanzten, bis das gesamte Publikum mitklatschte.

Als sie langsam zum Ende kamen, blendete die Band zu »Night and Day« über, woraufhin Peggy und Baxter auf die Tanzfläche geflogen kamen. Sie hielten einander an den Händen und reckten dabei die Arme so hoch, dass Peggys lange Chiffonärmel elegant hinter ihr durch die Luft flatterten.

Peggy sah immer noch aus wie ein Mauerblümchen, dachte Katie, als sie durch die Türen in den Saal lugte. Doch sie wirkte nun wie ein schöneres, selbstbewussteres Mauerblümchen in einem mitternachtsblauen Kleid, auf dem Tausende von kleinen Glitzersteinen funkelten und das eines ihrer alten Tanzkleider sein musste.

Auch Bridget beobachtete sie, doch sie sah in Peggy nicht mehr die ältere Dame. Sie hatte sich mit ihr unterhalten, kurz bevor sie auf die Tanzfläche hatte gehen müssen. Nach diesem Gespräch konnte Bridget in ihr nur noch die junge Tänzerin von vor über fünfzig Jahren sehen, als diese noch ein Teenager gewesen war.

Sie hatten gemeinsam in der Damentoilette letzte Hand an ihrem Make-up angelegt, nachdem Lauren leidenschaftlich dafür plädiert hatte, Bridgets Wimperntusche und Rouge noch ein »klitzekleines bisschen Make-up« hinzuzufügen. Bridget hatte anschließend Mühe gehabt, das Ergebnis wieder auf ein normales Maß abzuschwächen, damit Frank keinen Herzinfarkt bekam.

»Sie können sich glücklich schätzen, eine Tochter zu

haben«, hatte Peggy erklärt, nachdem Lauren fortgeeilt war. Das Zittern in ihrer Stimme hatte Bridget sehr überrascht.

»Das tue ich auch«, pflichtete sie Peggy bei. »Insbesondere nach zwei Jungs. Lauren war immer mein kleines Mädchen.« Vorsichtig tupfte sie ihren Lippenstift ab. »Sie und Baxter haben auch zwei Söhne, nicht wahr?«

»Das stimmt. Graeme und Ray.« Peggy presste die Lippen aufeinander. »Aber ich hatte auch einmal ein kleines Mädchen.«

Bridget hatte vor dem Spiegel gestanden. Langsam drehte sie sich um. Von einer Tochter hatte sie bisher nichts gewusst, und Baxter selbst sprach mehr über seine Söhne (und ihre sportlichen Erfolge) als Peggy. Tatsächlich hatte Bridget gerade mehr Worte mit der stillen Peggy gewechselt als je zuvor. Sie wurde aber das Gefühl nicht los, dass Peggy etwas auf dem Herzen hatte. Es war gar nicht so selten, dass sich Leute bei ihr ihren Kummer von der Seele reden wollten, insbesondere bei Elternabenden.

»Ach, tatsächlich?«, fragte sie sanft nach. »Haben Sie sie verloren?«

»Auf gewisse Art und Weise.« Peggy starrte auf ihr Spiegelbild, als versuche sie, das junge Mädchen in ihrem faltigen Gesicht zu finden. »Ich wurde zum ersten Mal schwanger, als ich noch ganz jung war – jünger als Ihre Lauren. Baxter leistete gerade seinen Wehrdienst ab. Wir waren noch nicht einmal miteinander verlobt, wissen Sie? Mein Vater hielt nicht viel von ihm, weil er dachte, Baxter sei ein windiger Nachtschwärmer, weil er so gerne tanzen ging.« Sie lächelte traurig und ließ ihre kleinen Zähne aufblitzen. »Was er auch damals war, das will ich gar nicht bestreiten. Meine Mutter hat getobt, als sie von meiner Schwangerschaft erfuhr, und hat mir jedes nur mögliche Schimpfwort an den Kopf geworfen. Sie hat mir dann verboten, Baxter davon zu erzählen. Er war damals in Deutschland stationiert und sollte erst ein Jahr später zurückkehren, und sie wollte nicht, dass ich mich schon so jung binde. Ich glaube, sie hat nicht einmal meinem Dad etwas von der Schwangerschaft erzählt. Stattdessen hat sie mich unter dem Vorwand, ich hätte rheumatisches Fieber und brauchte eine Luftveränderung, zu ihrer Schwester nach Wales geschickt.«

Sie knabberte nervös an ihrer Lippe herum, als fühle es sich komisch an, über etwas zu reden, worüber sie so lange geschwiegen hatte.

Bridget fühlte sich schrecklich verantwortlich für das Geheimnis, das Peggy ihr anvertraut hatte. Offenbar hatte sie nie jemanden gehabt, dem sie davon hätte erzählen können, aber aus ihr unerfindlichen Gründen hatte Peggy heute Abend jemandem ihr Herz ausschütten müssen. »Und Sie haben dort ein kleines Mädchen zur Welt gebracht?«

Peggy nickte steif. »Sie war ein wunderschönes Baby, mit dunklen Haaren und richtigen Katzenaugen. Sie gaben sie zur Adoption frei. Mir wurde verboten, Baxter auch nur ein Wort davon zu schreiben, doch nach seiner Rückkehr habe ich ihm sofort davon berichtet. Wie hätte ich es ihm verschweigen können? Aber da war es schon zu spät. Meine Mutter meinte, es sei zu grausam, unser Baby ausfindig zu machen, da unser Mädchen doch nun Eltern hätte, die es von ganzem Herzen liebten. Manchmal glaube ich, dass Baxter mich nur geheiratet hat, weil ich so traurig war und er sich dafür verantwortlich fühlte. Immerhin weiß ich, dass ich damals nicht seine einzige Freundin war.«

»Peggy, nein!«, rief Bridget entsetzt. »So etwas dürfen Sie gar nicht erst denken!«

Peggy zuckte mit den Schultern, als ob es ihr mittlerweile egal sei. »Ich habe niemals aufgehört, an sie zu denken. Ich habe die zwei Jungs geliebt, aber wir haben kein Mädchen mehr bekommen. Dabei habe ich mir sehnlichst eines gewünscht! Ich habe mich einmal mit der Mutter getroffen, nachdem meine eigene Mutter gestorben war, und ich konnte ihr einige Fragen stellen, aber ich habe schnell gemerkt, dass sie mein kleines Mädchen wie ihr eigenes liebte.«

Peggy schaute zu Bridget auf, und unter ihrem schimmernden Lidschatten waren Tränen zu erkennen. »Es tut mir leid, meine Liebe. Seitdem wir wieder zum Tanzen herkommen, ist alles hochgekommen. Insbesondere heute Abend. All das erinnert mich daran, wie Baxter und ich uns kennengelernt haben. Aber wie auch immer …« Sie zupfte ein Taschentuch aus dem Ärmel ihres Kleides und tupfte sich damit ihre Nase ab. »Jedenfalls sind wir heute hier und immer noch zusammen.«

»Sie sind immer noch zusammen«, gab Bridget ihr recht, da sie nicht wusste, was sie anderes sagen sollte.

Als sie die Toilette verließen, sahen sie, wie Angelica mit dem Bürgermeister über das Parkett wirbelte und ihn wie Gene Kelly aussehen ließ. Ein kurzer Anflug von Stolz, der Peggys Gesicht für einen Moment zum Leuchten brachte, ließ Bridget erahnen, zu welchem weiteren Geständnis Peggy sich nicht hatte durchringen können.

Angelica war also ihr kleines Mädchen. Das war also der Grund, warum Peggy und Baxter, die erfahrenen, routinierten Tänzer, einen Anfängerkurs besucht hatten. Ob Angelica wohl davon wusste? Würde Peggy es ihr jemals sagen? *Musste* sie es ihr sagen?

Bridget dachte an Lauren und daran, wie sie sich vollkommen ohne Worte verstanden. Sie erzitterte innerlich und wurde von Gefühlen überwältigt, die sie nicht einmal genauer beschreiben konnte.

Sie beobachtete nun, wie Peggy mit Baxter über die leere Tanzfläche dahinflog. Ihre Füße schienen mühelos über den Boden zu gleiten. Die Leichtigkeit, mit der sie sich bewegten, beschämte den ganzen Kurs. Peggy war wirklich gut und verfügte über jahrelange Übung, doch Baxter war ein einzigartiges Naturtalent. Jemand, der so unglaublich tanzen konnte, zog selbstverständlich die Frauen an, dachte Bridget. Doch er musste Peggy wirklich lieben, um so lange bei ihr zu bleiben. Vielleicht vermisste er insgeheim seine Tochter genauso sehr wie sie. Dadurch, dass sie zusammenblieben und ihr Geheimnis miteinander teilten, wurde ihre Tochter für sie vielleicht lebendig. Vielleicht war es auch das Tanzen.

Welchen Unterschied machte es nun nach fast sechzig Jahren?

»Bist du so weit, Liebes?«, flüsterte Frank ihr ins Ohr.

Bridget schrak zusammen. »Ja!«, antwortete sie und drehte sich um.

Auch Lauren stand hinter ihr. Ihr gertenschlanker Körper steckte in Angelicas längstem Kleid, dessen fließender Tüll mit leuchtend roten Pailletten verziert war. An Angelica war es fast bodenlang gewesen, doch der mit Federn besetzte Saum umschwebte Laurens Schienbeine. Was aber Lauren nicht weiter störte. »Eine Sache weniger, über die Chris stolpern könnte«, hob sie hervor. »Außerdem kann man nun meine neuen Schuhe besser sehen.«

»Wie geht es dir, Chris?«, erkundigte sich Bridget flüsternd.

Chris sah wahnsinnig gut aus in seinem Smoking, schien jedoch ziemlich nervös zu sein. Er sah beunruhigt zu Frank hinüber, der hinter ihm aufragte.

»Prima«, erwiderte er. »Ich bin froh, wenn es endlich vorbei ist.«

»Du musst dich nur konzentrieren«, erklärte Frank ahnungsvoll.

»Das wissen wir, Dad. Keine Extraschritte oder Figuren«, antwortete Lauren gelassen. »Wir werden die Sache langsam angehen. Nicht wahr, Chris?«

Chris nickte, schluckte ein letztes Mal und nahm ihre Hand, als er Angelicas Zeichen bemerkte, das sie ihnen von der Bühne aus gab.

Innerhalb der letzten paar Monate ist sie unheimlich erwachsen geworden, dachte Bridget stolz. Und in diesem Ballkleid sieht sie hübscher aus als jemals in einem dieser Brautkleider. Außerdem ließen die roten Pailletten Laurens blaue Augen viel mehr strahlen als das schlichte Weiß. Und ein Kleid wie dieses konnte sie ganz nach Belieben jeden Freitag tragen.

Angelicas Stimme übertönte den Applaus, als Baxter und Peggy die Tanzfläche verließen.

»Und nun folgt der Langsame Walzer, getanzt von Frank und Bridget Armstrong sowie Christopher Markham und Lauren Armstrong!«

Die Band hob an und spielte die ersten Takte von »True Love« aus dem Film »Die oberen Zehntausend« – einer von Bridgets Lieblingssongs. Die beiden Paare gingen in Position und tanzten los. Worte waren dabei nicht vonnöten.

Bridget sah zu Frank auf, als sie mit den Grundschritten begannen und wie eine Einheit tanzten. Selbst dann, wenn sie durch den Raum wirbelten, löste sich ihre enge Haltung nicht. Die Gesichter der Zuschauer am Rande der Tanzfläche bemerkte sie kaum, da sie den Blick unbeirrt auf das vertraute Gesicht vor sich gerichtet hatte. Mit geradem Rücken hielt ihr Ehemann sie fest und führte sie sicher über das Parkett. Mit einem behaglichen Lächeln quittierte er den Song, den sie schon so viele Male als »ihr Lied« gespielt hatten.

Dennoch war seine Aufmerksamkeit geteilt zwischen Bridget und Lauren, die am anderen Ende des Saals versuchte, Chris nicht auf die Füße zu treten.

Lauren machte ihre Sache gut, so viel stand für Bridget fest. Doch Chris drehte sie nicht mit der gleichen Zuversicht wie Frank. Laurens und Chris' Drehungen waren eng, klein und verkrampft und damit das genaue Gegenteil der großzügigen Bogen, die Frank und sie tanzten.

Es ist nicht Chris' Schuld, ermahnte sich Bridget. Er wird

es schon noch hinbekommen. Im Grunde ist es eine reine Übungssache.

»Los, geh schon«, flüsterte sie Frank mit einem verständnisvollen Nicken zu. »Ich weiß doch, dass du alles dafür geben würdest, deine Tochter um diesen Tanz zu bitten.«

Und so ging Frank zu Chris hinüber und tippte ihm auf die Schulter.

»Du bist schöner als jede andere hier«, flüsterte Chris gerade Lauren zu, und Frank konnte sich mit einem Mal ein wenig für diesen Jungen erwärmen.

Als Laurens Gesicht vor Freude erstrahlte, nahm Frank seine Tochter so stolz in die Arme, wie er es an ihrem Hochzeitstag getan hätte, und sie tanzten Walzer. Frank wirbelte sie in eine ganze Reihe von schwungvollen Drehungen, bis ihr der Kopf schwirrte und die Federn an ihrem Rocksaum hochflogen.

Wie aus der Ferne konnte sie trotz der lauten Bandmusik den bewundernden Applaus der Zuschauer vernehmen, als ihre hochgewachsenen Figuren über die Tanzfläche glitten, als seien sie Fred Astaire und Ginger Rogers, die auf einer Hollywood-Traumwolke tanzten.

Lauren hatte noch nie zuvor Applaus bekommen. Es war ein wunderbares Gefühl! Ich werde nie wieder der ungelenke »große Vogel« sein, da ich nun weiß, wozu meine Füße fähig sind, stellte sie stolz fest. Ihr hüpfte das Herz vor Freude. Wenn Chris und ich doch nur immer noch so tanzen könnten, wenn wir in Mums und Dads Alter sein werden …

Ihr Blick fiel auf Chris, der ihre Mutter tapfer in einen Promenadenschritt führte. Er wirkte fast souverän, doch andererseits war Mum auch eine großartige Tänzerin, die ihn mitriss.

Einen Schritt nach dem anderen, ermahnte sich Lauren. Genieße jetzt erst einmal, wie gut du dich gerade fühlst. Und das alles aus ihrem schlaksigen, ungelenken Körper heraus! Wie unglaublich!

Frank bemerkte ihr Lächeln und hatte das Gefühl, dass ihm das Herz vor Freude und Stolz hüpfen würde.

»Du bist die Hauptattraktion«, flüsterte er ihr zu.

»Du meinst sicherlich Mum und dich«, widersprach ihm Lauren. »Na gut, wir alle sind es. Wir sind sozusagen die Trapp-Familie von Longhampton.«

»Die sind wir«, nickte Frank belustigt und summte die Melodie des Liedes mit, während sie sich zur Musik wiegten. Bridget liebte dieses Lied. Er erinnerte sich daran, wie sie es den Jungs vorgesungen hatte, als sie noch Babys gewesen waren. Bridget hatte die beiden mit dem Lied in den Schlaf gesungen, wenn sie dachte, Frank würde sie nicht hören. Doch er hatte sie gehört. Er hatte nahe der Treppe gestanden, seine Frau und die Kinder betrachtet und gewusst, dass es nichts auf der Welt gab, das ihn hätte glücklicher machen können.

Ach, was soll's, dachte er. Wenn ich singen möchte, tue ich es einfach.

»Love, forever …«

»Da-aa-aad!«, rief Lauren und schnitt eine Grimasse.

»… true«, sang Frank, als die letzten Takte erklangen.

»Jetzt sind wir an der Reihe«, stellte Katie fest und beobachtete, wie der federleichte Walzer der Armstrongs das Publikum zu einem ganzen Chor von romantischen Seufzern verleitete.

Ross nahm ihre Hand. »Nur, damit du's weißt, Katie …«

Katie schlug das Herz bis zum Hals, als sich die Armstrongs verbeugten und sich bei ihrem jeweiligen Tanzpartner mit einem Knicks bedankten. Jeden Augenblick würden die ersten Klänge des Tangos beginnen und sie auf die Tanzfläche hinausmüssen.

Sie schob die Träger ihres neuen Kleides hoch. Dieses Mal war es ihr eigenes Kleid, das sie sich bei einer Shoppingtour mit Jo gekauft hatte. Es hatte ihnen beiden mehr als gutgetan, ihre Garderobe zu verjüngen. Beide fühlten sie sich wie ein anderer Mensch. Hannah und Molly hatten einige der abgelegten Stücke für ihre Verkleidungskiste bekommen. Was die restlichen Kleider anging, so hatte ihnen die Internetspezialistin Lauren dabei geholfen, sie bei eBay zu verkaufen. Sehr gewinnbringend in Jos Fall.

»Was denn?«, fragte Katie geistesabwesend.

»Wir tanzen keinen Tango.« Noch während er sprach, begann die Band zu spielen, und Angelica kündete sie an. Katie bekam Panik und drehte sich zu Ross um.

»Aber wir haben den Tango *geübt*!«

Ross nahm ihre Hände. »Der Tango ist nur für uns beide. Es ist, wie Angelica es gesagt hat: Manche Dinge sind einfach privat. Wir werden stattdessen einen Social Foxtrott tanzen, nichts Ausgefallenes. Nur du und ich.«

Katie wollte gerade protestieren, doch Ross legte seinen Zeigefinger auf ihren Mund.

»Ich habe Angelica gebeten, dieses Lied zu spielen«, erklärte er ihr. »Es soll der Hochzeitstanz sein, den wir nie hatten. Vertrau mir einfach. Überlass mir die Führung.«

Bevor sie weiter protestieren konnte, führte Ross sie hinaus auf die Tanzfläche.

Er sieht so gut aus, dachte sie mit klopfendem Herzen, als sie den Blick über seinen dunklen Anzug und das butterblumengelbe Hemd schweifen ließ. Ross war zwar nicht unbedingt ein Anzugtyp, doch er wusste, wie gern Katie ihn in einem sah. Im vergangenen Jahr noch hätte sie niemals ein Wort darüber verloren, sondern hätte vielmehr gehofft, dass er ihren Wunsch erraten würde, während er jeden Hinweis als Seitenhieb auf seinen nicht vorhandenen Job gewertet hätte.

Nun hatten sie jedoch einen Kompromiss gefunden: Er hatte sich einen neuen, legeren Anzug – nicht zu förmlich

– für die Meetings gekauft, die Jo für ihr neues Webdesign-Büro anberaumte. Im Gegenzug hatte Katie versprochen, ihn nicht wegen einer Krawatte zu bedrängen. Er sah auch ohne sie umwerfend gut aus.

»Welches Lied ist das?«, fragte sie, als er seinen Arm um sie legte und sie nah an sich heranzog. Katie hatte Schmetterlinge im Bauch und wurde nervös – jedoch nicht, weil alle sie anstarrten, sondern wegen des Songs. Wenn es der falsche war, wäre dies hundert Mal enttäuschender, als über Ross' Füße zu stolpern.

»Warte«, forderte Ross sie auf und beugte seinen Kopf vor, bis er Katies Stirn berührte.

Als dann die romantische Gershwin-Melodie einsetzte, erkannte Katie das Lied sofort. Sie blickte in seine braunen Augen und hoffte inständig, dass Ross in ihren Augen sehen konnte, wie es in diesem Moment um ihr Herz bestellt war.

»It's very clear …«, sang Ross, für den Fall, dass sie das Lied noch nicht erkannt hatte.

Doch Katie wusste Bescheid. »Our love is here to stay«, antwortete sie.

Dann eröffnete er den schlichten Social Foxtrott – nichts Ausgefallenes oder Dramatisches, sondern nur die romantischen Grundschritte, bei denen man seinem Tanzpartner so nahe kam, dass man in sein Ohr flüstern konnte. Schritte und Figuren, die in Longhampton seit der Eröffnung der Memorial Hall schon zu so vielen Hochzeiten geführt hatten. Schritte, die einem sehr modernen Mann und seiner Ehefrau so lange ein wenig Sternenstaub verliehen, wie das Lied anhielt. Ihre Liebe jedoch würde bleiben, wenn die Halle schon längst gewischt und die Türen über Nacht verschlossen sein würden.

Als Katie und Ross schmusend über das Parkett tanzten, drehte sich der Spiegelball über ihren Köpfen und überzog sie mit seinem diamantweißen Lichterregen.

Dann, wie bei den besten Hochzeiten, verschwand der Schwingboden aus Ahornholz aus dem Blick, als die restlichen Tänzer ihre Partner an die Hand nahmen und sich zu Katie und Ross auf die Tanzfläche gesellten.

Eines dieser Tanzpaare waren Angelica Andrews und Peggy, die einen Slow Fox miteinander tanzten. Sie hatten die Köpfe zu einer sanften Unterhaltung geneigt, während sie in ihrer eigenen, privaten Welt tanzten und die Jahre um sie herum verschwammen und sich auflösten.

Epilog

Landesweit stürzten sich die Zeitungen auf die sonderbare Geschichte von dem alten Gebäude, dem von einer Reihe Tänzern wieder Leben eingehaucht worden war. Diese Geschichte besäße sogar »Filmpotenzial«, wie ein sehr begeisterter Feuilletonjournalist schwärmte. Diese Beschreibung führte zu einer langen, hitzigen Diskussion zwischen Trina und Chloe darüber, ob Gwyneth Paltrow wohl lernen könnte, so gut wie Lauren zu tanzen. Roger Moore war zur Idealbesetzung für Baxter auserkoren worden, obwohl sich Ross und Katie einig waren, dass David Suchet eindeutig der bessere Baxter sei. Insbesondere, wenn er immer noch diesen Poirot-Schnauzer besäße.

Eine Zeitung brachte sogar eine ganzseitige Reportage über die Tanzgala. Sie machten Pärchen ausfindig, die sich in der Memorial Hall kennengelernt hatten. Außerdem druckten sie ein ausführliches Interview mit Angelica ab über ihr bewegtes Leben und darüber, wie es sich anfühlte, jetzt wieder nach Hause zu kommen, wo doch das Turniertanzen dank des Fernsehens wieder in aller Munde war. Die Zeitung schickte einen Fotografen vorbei, der ein wunderbares Bild von ihr schoss. Sie saß darauf in ihrem roten Jerseykleid, das sie immer zum Üben trug, mit überschlagenen Beinen im Wohnzimmer ihrer Mutter.

»Du meine Güte, Sie sind ja sooo fotogen!« Lauren schnappte ehrfürchtig nach Luft beim Anblick der Zeitung.

Sie und Bridget waren mit Katie bei Angelica zu Besuch, um die nächsten Schritte in der »Rettet die Memorial Hall«-Kampagne zu besprechen. »Schauen Sie sich bloß einmal an! In Ihrem Gesicht ist keine einzige Falte zu sehen!«

»Ich habe ein großes Porträtfoto von mir auf dem Dachboden«, erwiderte Angelica und zwinkerte Bridget zu. »Es ist die reinste Katastrophe, glauben Sie mir.«

Später schnitt sie den Artikel aus der Zeitung aus und klebte ihn vorsichtig auf die letzte Seite im letzten Album ihrer Mutter. Es war schon seltsam: Ihre gesamte Lebensgeschichte hatte hier in einer Kiste im alten Haus ihrer Eltern gelagert, während sie um die Welt gereist war und versucht hatte, ihr Zuhause so weit wie möglich hinter sich zu lassen. Und jetzt war sie wieder hier und fügte ein Stück zu ihrer Lebensgeschichte hinzu.

Anerkennend betrachtete sie das letzte Bild. Angelica, zu Hause. Glücklich. Zur Sicherheit schob sie auch das Hochzeitsfoto von sich und Jerry in das Album und nahm dafür ein Foto von sich allein heraus. Darauf waren Tony und sie bei den National Championships 1977 zu sehen, mitten in einer sehr komplizierten Jive-Figur. Ihre Augen waren mit Kajal schwarz umrandet, und es war deutlich zu erkennen, wie sie einander mit Blicken verschlangen.

Angelica konnte sich nicht daran erinnern, das Bild damals gesehen zu haben. Jetzt hatte sie allerdings das Gefühl, dass die abgebildeten Personen gut und gerne auch jemand völlig anderes sein könnten.

Vielleicht war es gut, Tony so in Erinnerung zu behalten, wie er damals gewesen war – dunkel, geschmeidig und attraktiv. Sie hatte keine Ahnung, wie er heute aussah; nach einer ganzen Reihe von Scheidungen war er wahrscheinlich ein wenig verlottert und fuhr in einem klapprigen Porsche durch die Gegend.

Sie betrachtete sich wieder auf dem Zeitungsbild, wie sie

auf dem Sofa saß und dem Fotografen das Kinn entgegenreckte, sodass das Licht auf ihre Wangenknochen fiel und die länglichen, ein wenig schrägstehenden Augen im Schatten lagen. Seit einigen Wochen brauchte sie keine Schlaftabletten mehr, um die Nächte zu überstehen. Sogar ihre alten, knirschenden Gelenke schienen wieder biegsamer zu werden.

Ich habe es richtig gemacht, dachte sie und erlaubte sich ein zufriedenes Lächeln.

In den Tagen vor Weihnachten entschloss sich Angelica zu zwei Dingen: Erstens würde sie sich einen neuen Welpen holen, den sie lieben, stubenrein machen und nicht wie einen Ersatzehemann behandeln würde. Außerdem wurde es Zeit, dass sie das Haus in der 34 Sydney Street verkaufte.

In einigen sehr ehrlichen Momenten war sie nicht sicher, ob sie das Haus wirklich verkaufen wollte. Doch sie brachte lieber die Dinge ins Rollen – schließlich blieb danach noch genügend Zeit, um zu sehen, wie sich alles entwickelte.

Wenn mir jemand ein Angebot macht und ich merke, dass ich traurig bin, dann werde ich hierbleiben, überlegte sie. Doch so, wie die Kaufpreise in Longhampton gerade anstiegen, wäre sie verrückt, wenn sie nicht so viel mitnehmen würde, wie möglich. Dann würde sie in ihr schönes kleines Häuschen nach Islington zurückkehren, zu ihren Freunden, den Cafés und dem Leben dort, das sie derweil auf Eis gelegt hatte.

Zu ihrer eigenen Überraschung ertappte sie sich bei dem Gedanken, das Haus dennoch zu halten. Es würde mich nicht viel kosten, und ich könnte jederzeit für Tanzkurse herkommen und freitags Peggy und Baxter bei den Tanzabenden Gesellschaft leisten. Vielleicht könnte ich es sogar schaffen, die Formationstanzgruppe wieder ins Leben zu rufen, wenn genügend Interesse besteht. Außerdem bearbeiteten Jo und Katie sie immer noch wegen Tanzstunden für Kinder – dieser Vorschlag war definitiv eine Überlegung wert, wie sie fand.

Sie musste über sich selbst lachen, dass sie sich selbst belog, da sie doch nun in so vielen Dingen ehrlich war.

Während alle anderen gerade durch die Fußgängerzone hetzten, um in letzter Minute noch Weihnachtsgeschenke zu besorgen, räumte Angelica hier und da noch ein wenig auf und bereitete alles für den Immobilienmakler vor, der kommen sollte, um das Haus zu schätzen. Sie hatte eine Kanne Kaffee gekocht und Croissants aufgebacken, wie Jo ihr geraten hatte. Sie goss gerade Kaffeesahne in das gute Milchkännchen ihrer Mutter, als es an der Tür klopfte. Sie glättete ihren Rock und machte sich auf den Weg zur Haustür.

Es kommt, wie es kommt, dachte sie.

»Hallo!«, begrüßte sie den Immobilienmakler und lächelte ihn freundlich an. Ihr Lächeln wurde breiter. Es war gar nicht der pickelige Jugendliche, mit dem sie zuvor gesprochen hatte. Also gab es sie *doch* in Longhampton, die attraktiven älteren Herren!

Dann erlosch ihr Lächeln, wurde breiter und erlosch wieder, als sich in ihrem Kopf die Erinnerungen Stück für Stück wie nach einem langen, langen Dornröschenschlaf zusammenfügten.

Sie schluckte und war sich plötzlich ihrer Haare, ihrer Füße und ihrer Haltung bewusst. Das konnte doch gar nicht sein! Oder etwa doch?

»Hallo?«, wiederholte sie, dieses Mal jedoch recht ungläubig, als der Mann vor ihr sie mit einem langsamen, anerkennenden Lächeln bedachte, das sogar noch seine rabenschwarzen Augen zum Leuchten brachte.

Wenn er derjenige war, für den sie ihn hielt, dann war er keineswegs verlottert. Er war einfach nur reifer geworden, und die stolze Selbstverliebtheit seiner Jugend war einem verwegenen Charme gewichen. Weder der rote Schal über dem Kaschmirmantel noch die fehlenden grauen Strähnen in seinem dunklen, zurückgekämmten Haar ließen mehrere Scheidungen vermuten.

»Hab dich in der Zeitung gesehen und dich endlich gefunden«, sagte Tony Canero. Er streckte ihr eine sonnengebräunte Hand entgegen. An seinem kleinen Finger trug er einen goldenen Siegelring. Ein dünner weißer Streifen am Ringfinger war hingegen nicht zu erkennen.

»Es war ganz schön schwer, dich zu finden, Angie!«

Die Geste war so selbstsicher und ausgeglichen und erinnerte sie so sehr an sein perfektes Timing beim Tanz, dass Angelica spürte, wie ihre Beine schwach wurden und ihr schwindelig wurde.

Ihr entging die Ironie nicht, dass er sie just an dem Ort gefunden hatte, vor dem sie die ganze Zeit geflohen war, seitdem sie ihn kannte.

Es war keine Ironie. Es war *richtig*.

»Hier bin ich«, erwiderte sie.

»Und du siehst genauso bezaubernd aus wie eh und je«, stellte er fest. »Tanzt du noch?«

»Wenn du mich *so* fragst …«, antwortete Angelica Andrews. Er nahm ihre Hand – ein Versprechen der vielen noch folgenden Tänze in einer Bewegung –, küsste sie und ließ sie dabei keine Sekunde aus den Augen.

Danksagung

Dank gebührt Mrs. Cooper für die allerersten Stepptanzstunden, sowie Diana Wykes, die es tatsächlich geschafft hat, vier linke Füße in etwas zu verwandeln, was zwei zusammengehörenden Fußpaaren ähnelt.

Ebenso bin ich Carolyn Mays und Isobel Skenhead zu großem Dank verpflichtet für ihre Hilfe und Unterstützung, die sie mir haben zukommen lassen, sowie Dizzy Kremer für so ziemlich alles. Am allermeisten möchte ich jedoch meinem eigenen Fred Astaire danken, der das größte Opfer gebracht und Cha-Cha-Cha gelernt hat. Es gibt keine größere Liebe.

James Patterson bei Goldmann

„Eine brillante Geschichte,
die wohl keiner zur Seite legen kann."
Publishers Weekly